ギッシングを通して見る
後期ヴィクトリア朝の社会と文化

生誕百五十年記念

松岡光治 編

溪水社

まえがき

西暦二〇〇七年（平成十九年）はジョージ・ギッシングの生誕百五十年目にあたる。本書は、その記念事業として、編者がヴィクトリア朝研究の文字どおり第一線で活躍されている国内外の二十四名に声をかけ、今までの著書や論文に従って最も得意とされるテーマの章を割り当て、ギッシングを通して見た「後期ヴィクトリア朝」の社会と文化について論じてもらった成果である

本書における編者の主たる目的は、ギッシングの作品を二十五のテーマ別に読み解くことによって、彼が生きた後期ヴィクトリア朝の時代精神と社会思潮を複合的に捉え直し、新たな全体像を構築することにある。ギッシングは、自然科学の発達や科学技術の発明がもたらした新しい価値観の影響下で変貌する当時の社会と文化を冷徹な眼差しで観察し、そうした変化にもかかわらず大半の人々の改善されない、むしろ悪化している内面世界の真相を読者に提示している。教養を武器として、時には社会的な諸問題を自然主義的なリアリズムの立場で赤裸々に描いてみせ、時には主要人物たちが事大主義に陥って無意識的に犯している様々な罪を諷刺してみせるギッシングの文学は、上記の編集目的にかなった資料を豊富に供給してくれる。そして、このような目的で今回の出版を企画するにあたって、編者には固い信念があった。それは、本書が後期ヴィクトリア朝と極めて似た状況にある現代の日本社会に内在する諸問題を読者に直視させ、その解決の糸口を見出すのに示唆的で意義のある見解を示してくれるはずだという信念である。

ロンドンで第一回万国博覧会が開催された一八五一年から、新興国のドイツとアメリカの工業化によって大不況が始まる七三年までは、「中期ヴィクトリア朝」と呼ばれている。それは、イギリスが産業革命後の鉄道・汽船による交通革命を経て、「世界の工場」として経済と金融をグローバルに牛耳った大好況期である。一八七三年から始まるイギリスの慢性的不況は九六年まで続いたが、この大不況の到来から一九〇二年にボーア戦争が終結する直前までの後期ヴィクトリア朝は、文学青年ギッシングが習作を残した学生時代から、異郷のピレネー山麓の村にて四十六歳で亡くなった一九〇三年までの創作活動の時期とほぼ一致している。

歴史研究者の村岡健次氏は、一九八〇年に上梓された著書『ヴィクトリア時代の政治と社会』の冒頭で、後期ヴィクトリア朝に関しては「一八七〇年以前について与えられていたほどの明快なイギリス史像が打ち出されていたかとなると、これは疑問というほかはあるまい。（中略）また一八七〇年代以前における歴史との関連性も十分に問われたことがあるとはいいがたい」と述べている。しかし、その後の四半世紀の間に、後期ヴィクトリア朝研究は歴史学のみならず様々な学問分野でも大

いに進展した。出版物の量に関するかぎりは一八七〇年以前のヴィクトリア朝研究を凌駕している。このように過去四半世紀の間に後期ヴィクトリア朝への関心が急に高まったのはなぜであろうか。科学技術の長足の進歩が生活の便を格段に向上させたはずなのに、人間をかえって多忙にして疎外感を抱かせているという皮肉なパラドックスの点で、十九世紀の最後の四半世紀と二十世紀末を跨いだ過去四半世紀の状況が酷似していることに、その最大の理由があるように編者には思えてならない。

ギッシングが科学に反感を抱いたのは、随筆集『ヘンリー・ライクロフトの私記』（一九〇三年）で言っているように、「科学が半永久的に人類の残忍な敵となり、人生の一切の素朴さや優しさ、世界のあらゆる美を破壊する」（「冬」第十八章）という悲観的な思いがあったからである。そのような思いは百年以上が経過した二十一世紀の現在を生きる私たちの心の中にもあるはずだ。電気通信、タイプライター、万国郵便、自転車、地下鉄、蒸気船などによって日常生活が高速化した後期ヴィクトリア朝と同じように、インターネットの登場で急激に情報化と国際化が進んだ現代においても、人々は価値観や人生観の多様化によって漠然とした不安感や閉塞感を覚えている。華やかな最新の科学技術の裏面には必ず負の遺産が伏在しているのだ。最大の問題は、功罪が相半ばするものであっても、その功績が強調されるあまり、罪過が隠蔽されてしまうことである。これは決して科学技術だけの問題ではなく、本書で取り上げられている教育や宗教をはじめとする様々な領域の問題でもある。新しいものに関する常軌を逸した競争という近代および現代の人々の強迫観念は、新しいものに内在する功罪によって多種多様な問題を生じさせてきた。このように新しいものをめぐって人間社会が経験してきた流動・変遷の姿を記述することもまた、歴史学の仕事だと言えるのではあるまいか。

二十世紀初頭までの歴史学は政治・経済の史料に対する実証主義的な研究に偏っていた。しかし、過去の人間生活の諸事象を研究する学問であるはずの歴史学は、名もなき民衆の心性にまで深く切り込んで考察するために、人間の日常生活や風俗習慣を具体的に捉える社会史や文化史をも重視するようになった。一方、文学批評は文学作品を作家自身の思想や感情が表現されたものとしてだけでなく、社会や文化の諸相が言葉によってテクスト内部に再現されたものとしても捉え、作品を取り巻く社会とその様々な文化現象に多くの関心を払うようになった。その意味において、歴史学と文学批評は隣接領域だと言えるし、より高度な研究を進めるべく互いの研究資源を活用し、相互補完することは極めて重要である。教育、宗教、階級、貧困、都市をはじめ、本書の目次に見られるような数多くのテーマを内包するギッシングの作品、そして彼の作家としての内面を示す膨大な書簡や日記は、後期ヴィクトリア朝の社会と文化を考察する上で、第一級の歴史資料だと言ってよい。このような文学資料の分析によって、歴史学やその他の分野で提示されている言説の傍証を固め、今まで見えなかった後期ヴィクトリア朝の時代精神や社会思潮の位相を照射し、新たな全体像を構築するという方針で、本書は編纂された。そのような方向づけが多少なりとも達成されていると読者諸賢が判断されるならば、それだけで編者としては本望である。

＊＊＊＊＊

一八五七年十一月二十二日（日曜日）、ギッシングはイングランド北東部の旧州ヨークシャーにある大聖堂の町、バラ戦争の古戦場として有名なウェイクフィールドで生まれた。ギッシングの父（トマス）は薬剤師として町の中心街ウェストゲイトに自宅兼用の店を構えていた。この父は典型的な下層中産階級の人間で、地方の植物を調査して出版した書物も数点ある、いわゆる教養人であった。自宅には額に入ったディケンズの肖像画があったし、ギッシングが七歳前後の時には、父がディケンズの『互いの友』（一八六四〜六五年）の月刊分冊を購入していた。蔵書家の父は教養を志向する点において息子に大きな影響を及ぼしている。ギッシングの教養志向、とりわけ古典学習に対する熱意は、すでに幼年時代に芽生えていた。実家の近くにあった学校でギリシャ語とラテン語の基礎を学び、十歳の頃にはすでにウェルギリウスの作品の一部を翻訳している。ディケンズと奇しくも同じ一八七〇年に、敬愛する父が肺充血で亡くなると、二人の弟と一緒に入学したクエーカー教徒の寄宿学校で、ギッシングは勉学を続けるための奨学金取得に向けて睡眠を五時間半に定め、食事の時も散歩の時も本を読んでいた。このような猛勉強の結果、彼はマンチェスター大学の前身であるオーエンズ・カレッジで三年間の授業料免除を受け、その秀才ぶりから将来は古典の大学教授になるだろうと思われた。しかし、この若き秀才は街の女を更正させるために更衣室で友だちの金を盗み、退学処分を受け、古典学者への夢を潰されてしまった。

ギッシングは、アメリカでの一年間の逃亡生活から帰国後、この街の女（メアリアン・ヘレン・ハリソン）をロンドンに呼び寄せて結婚し、彼女が売春とアルコール中毒で見るも無残な最期を遂げたあとも、イーディス・アンダーウッドという無教養な女性と結婚した。これらの不幸な結婚は、教養があっても貧乏な男は中産階級の女性と結婚できないというギッシングの悲観的な自己否定の結果であると同時に、性欲を抑制できないために女性の教養の欠如を無視せざるを得なかった結果だと言ってもよい。しかし、精神的および肉体的孤独から労働者階級の女性と関係を持って陥ることになる流離落魄の境遇にもかかわらず、彼の教養に対する深い傾倒は揺らぐことがなかった。彼は無教養な労働者階級の女性を蔑視する一方で、ジョルジュ・サンドやジョージ・エリオットといった知的な女性作家に敬意を払い、ロンドン大学で経済学の学位を取った最初の女性クララ・コレットを自立した「新しい女」として高く評価していた。

従って、彼がイーディスを見放してフランスの中産階級の女性ガブリエル・フルリとの重婚を決意したのは、肺の病で自分でも残り少ないと感じていた余生を階級的にも知的にも自分と同等の女性と送りたかったからであろう。女性に対する蔑視と敬意の共存に端的に示されているように、ギッシングは多くの問題に両価感情を抱き、その激しい葛藤に絶えず苦悩していた。彼の作品が持つ力強さは、まさにこの葛藤の激しさに他ならない。フェミニズムの古典として、つとにその名を知られた『余計者の女たち』（一八九三年）に関しては、ジェンダーの問題へのギッシングの矛盾した感情が、今なお多くのフェミニスト批評家たちによって論じられている。この小説の出版後、「どんな社会平和も女性が男性と同様に知的な訓練を受けないかぎりは成就されない」と言ったギッシングは、ガヴァネスを中心とする「余った女たち」の経済的困窮を背景に、良妻賢母型の「家庭の天使」に代わる「新しい女」のヒロインを描き、教育の機会、職業の選択、財産の相続における男女不平等の実態に読者の目を向け、近代フェミニズム運動の展開に貢献した。ただし、フェミニストとしてのギッシングが共感を示すのは、あくまでも教養としての教育を受けて洗練された感受性を持つ女性たちであった。

ギッシング自身もまた教養、特に古典の教養のために生涯を通して骨身を削っている。大学時代は古典の科目で優秀な成績を収めていたし、ロンドンのスラム街で生活した駆け出しの作家時代も、独学で古典の学習をしていた。ロンドン上京後の十年に及ぶ貧しい執筆活動ののち、彼が一八八八年に『ネザー・ワールド』の版権料を得て真っ先に訪れたのは古典文学の故郷、イタリアであった。翌年にはギリシャ旅行の夢も実現させている。ギッシングの分身である『埋火』（一八九五年）の主人公、エドマンド・ラングリーは世を捨ててギリシャの古都で静かに四十二歳の冬を過ごしていたとき、「古典の教養などは何ら現世的な効用がない」と言う十八歳の若者に対して、「我々の今の時代ほど世界がギリシャ人たちを必要としたことはない。活力、健全な思考、そして喜び――それが彼らの信条なのだよ」（第四章）と答えている。そうした古典を中心とした教養への傾倒を、ギッシングは様々な登場人物の野心と挫折を通して描いているだけでなく、手紙や日記の中でも頻繁に示している。このラングリーの言葉は、マシュー・アーノルドが『教養と無秩序』（一八六九年）の中で記した考え、すなわち「教養の機能は特に我々の現代の世界で重要である。現代の文明はすべてギリシャやローマの文明よりもはるかに機械的、外面的であり、ますますそうなる傾向があるからだ。とりわけ我が国では、あらゆる所で文明が最も顕著な形で機械的な性格を帯びる傾向があるので、教養は果たすべき重要な役割を担っているのだ」（第一章）という考えを想起させる。科学的に実証可能なものだけを信じる合理主義の思想、例えばダーウィンの進化論によって社会制度としてのキリスト教が弱体化した中期ヴィクトリア朝の終盤に、アーノルドは現実社会に蔓延する美的情操のない中産階級の俗物たちの実利主義と当時の文化的な無秩序を批判した。彼は古典的な教養の精神によって現世における人間完成を追求すべきだと考えていたのである。

こうしたアーノルドの考え、そして同一延長線上にあるラングリーの言葉は、「今の時代ほど世界が教養を必要としたことはない」と言い換えるならば、現代の日本社会においても十分に有効ではないだろうか。少子化に苦しむ現在の日本では、生き残りをかける大学の大半が実社会で役立つ人材の育成に重点を置くあまり、実践能力を身につける専門教育を優先して、幅広い視野と複眼的な思考力や判断力を育成する教養教育をなおざりにしている。教養と専門は大学教育という車の両輪であるはずだが、専門教育を偏重する伝統が今も根強く残っている。このように教養が実益に直結しないがゆえに、社会から追放されたような疎外感に悩まされる（教養はあるが金とコネのない）若者が、ギッシングの作品には数多く登場する。その苦悩は下層中産階級の保守的な教養人であったギッシング自身の苦悩である。ギッシングが教育を論じるとき、労働者階級の場合は教育を利用して社会的地位を高めようとする無教養な個人にアイロニーが向けられる。教養小説に見られるような性格・思想の発展や人間的成長など、労働者には期待されていないのだ。一方、中産階級の場合は教養のための教育を実践に役立たないと決めつける社会に批判の矛先が向けられる。教養を身につけた登場人物たちの多くは、実益中心の社会でうだつが上がらずに敗残者になってしまう。いずれにせよ、両者の共通点は道徳観も倫理観もない実利主義と深く結びついていることである。二十一世紀を迎えた現在、高度に情報化された仮想現実の中にいることが多い私たちの品格——従来は他者との日常的な関係の中で自然に育まれた常識、社会性、倫理性といった人格的価値——が、急激に低下しつつある。そうした人格的価値を取り戻すために必要な力、換言すれば、次々と現れる新しいものに幅の広い視野と高い倫理観で適切に対応し、未知なるものの真実に立ち向かう力こそ、新時代に求められる教養だと言えるだろう。

戦後の急速な工業化と都市化を経てバブル景気を経験した現代の日本人は、産業革命後に飛躍的な経済発展を遂げて大英帝国の威光を浴びながら自己満足に陥っていた、そうしたヴィクトリア朝の人々と同じ轍を踏んでいるように思える。特に一九八五年のプラザ合意を引き金として生じた八〇年代後半から九〇年代初頭にかけてのバブル景気で、日本人はもう欧米に学ぶことは何もないという尊大な態度で「ジャパン・アズ・ナンバー・ワン」と声高に叫び、これが日本経済の実力なのだという束の間の夢に酔いしれたが、「日はまた沈む」の予言どおりにバブル崩壊は平成の大不況を招いてしまった。不況の原因の一つに東アジア諸国（特に中国）の台頭が挙げられるが、同じように独米の工業化によって大不況に陥った後期ヴィクトリア朝の研究は、日本の現代社会の諸問題を考える上で非常に有益であるはずだ。後期ヴィクトリア朝の諸問題を活写したギッシングの作品を読むことは、バブル絶頂期の一九八九年の『英語青年』四月号に掲載された「ジョージ・ギッシングと十九世紀英国」における小池滋氏の言葉を借りるならば、「百年前のイギリス社会・文明を概観するに留まるわけではなく、現代日本の社会・文明に対する肉迫ともなる」のである。

＊＊＊＊＊

本書では、「社会」、「時代」、「ジェンダー」、「作家」、「思想」という五つの枠組の中で、それぞれに関連する五つのテーマを章として配置した。

第一部の「社会」では、イギリス人の教育についてのタテ前と本音、失業と遺産相続の角度からの貧困の描写と宗教問題の関係、労働者階級と下層中産階級の登場人物から見た後期ヴィクトリア朝の階級意識、福音主義と弱肉強食の経済政策優先のために民間の善意に委ねられた貧民の救済、都市に対するギッシングの両価感情と決定論的な見解が論考の対象となっている。

第二部の「時代」が分析しているのは、科学に対する希望を時代の風潮として理解した上で意識的に背を向けた作家の錯綜した言説、犯罪人類学のコンテクストに照らした作家の〈正常〉と〈逸脱〉をめぐる言説の揺らぎ、後期ヴィクトリア朝の変貌する文学市場と出版事情、ギッシングが受けた同時代の文学者や哲学者からの影響、後期ヴィクトリア朝から二十世紀初頭にかけてのイングリッシュネスや南欧世界への傾倒から見たギッシングの文明観と創作活動の不可分性である。

第三部の「ジェンダー」では、因襲から解放された女がオースティンからギッシングに至って「新しい女」として自立する過程、ギッシングが「性のアナーキー」の時代と呼んだ後期ヴィクトリア朝のセクシュアリティに関する言説、医科学に多大な関心を寄せた当時の人々の身体観、ヴィクトリア朝の結婚制度の弊害による矛盾した女性観、女性の権利の擁護と女嫌いの狭間における当時の男たちの戸惑いと抗いが分析されている。

第四部の「作家」で明らかにされているのは、商業化の時代に個人主義を標榜しつつ空洞化の意識に脅かされ続けた作家の自己、流動性を増したイギリス社会におけるエグザイルたちの疎外感、ギッシングの紀行文に見られる創造的想像力で構築された安住の地としての古典の世界、ギッシングの語りの性質や人物造型の方法に見られる伝統的要素と革新的要素、書く自分と書かれる自分の乖離という後期ヴィクトリア朝の自伝文学に生じた現象である。

第五部の「思想」では、後期ヴィクトリア朝の実証主義や生物学といった科学精神に根ざしたリアリズム・自然主義運動の問題、当時の中心的な思潮からの亡命者としてのギッシングと彼のヒューマニズム、社会における芸術や芸術家の存在意義と

美を通した倫理意識の追求、科学的・実用的・功利的知識によって切り捨てられていった古典主義的精神の必要性が考察されている。本書の掉尾を飾るのはギッシング研究の第一人者、ピエール・クスティヤス氏による平和主義の章である。『ヘンリー・ライクロフトの私記』の中で、ギッシングは「科学が大きな戦争の時代をもたらし、それがやがて過去の幾千もの戦闘を顔色なからしめ、そして恐らく人類が苦労して得た進歩を蹂躙して血みどろな混沌状態にするだろう」（「冬」第十八章）という警告を発している。科学技術文明をもたらした近代人の理性はすべてをコントロールすることができなかった。人類の絶滅に直結する現代の核兵器開発はその反証である。北朝鮮の無思慮な核実験とアメリカ帝国主義の金融制裁の中で日本の姿勢が世界中から注目されている今、平和主義を標榜したギッシングの気質をイギリス帝国主義の歴史に照らして考察した最終章は、本書を出版する最大の意義を高らかに謳っている。

二〇〇七年五月二十三日

編　者

目次

まえがき……i
序章　ギッシング小伝……ピエール・クスティヤス（松岡光治訳）……1

第一部【社会】

第一章　教育――そのタテ前と本音……小池　滋……19
第一節　教育がオブセッションとなる時……20
第二節　教育をめぐる諸問題……21
第三節　精神成長をテーマとする小説……28
第四節　教育が大衆化した時……31

第二章　宗教――なぜ書かなかったのか……富山太佳夫……37
第一節　冒険小説と貧困小説……38
第二節　職探し、引越し……42
第三節　遺産相続……49
第四節　中心なき宗教……54

第三章　階級――新しい「ミドル・クラス」……新井潤美……59
第一節　後期ヴィクトリア朝におけるロウワー・ミドル・クラス……60
第二節　「ロウワー・ミドル・クラス小説」への転向……62
第三節　郊外という舞台……64
第四節　ヘンリー・ライクロフトの階級……74

第四章　貧困――貧民とその救済……石塚裕子……77
第一節　二人のブース……78
第二節　慈善ブームと慈善団体の組織化……80
第三節　貧者の天使とその実態……85
第四節　ギッシングと社会主義、そして福祉国家への道程……91

第五章　都市――自分のいない場所がパラダイス……松岡光治……95
第一節　階級の壁と都市の街路……96
第二節　人間を疎外する近代都市……99
第三節　都市と郊外の同一化……103
第四節　現実の都会と虚構の田舎……106

第二部　【時代】

第六章　科学――進化に背いて……村山敏勝……115

第一節　科学嫌い……116

第二節　実証主義……118

第三節　キリスト教ダーウィニズム……121

第四節　遺伝学と生物社会学……126

第七章　犯罪――越境する犯罪と暴力……玉井史絵……131

第一節　「生まれながらの犯罪者」……133

第二節　貧困と犯罪……136

第三節　階級を越える犯罪……139

第四節　国境を越える犯罪……142

第八章　出版――ギッシングと定期刊行物……グレアム・ロー（野々村咲子訳）……149

第一節　定期刊行物市場の変貌……151

第二節　連載出版へのギッシングの反応……153

第三節　出版形態と文学形式……157

第四節　変貌する文学市場への両価感情……160

第九章　影響――白鳥は悲しからずや……金山亮太……167

第一節　ディケンズへの片思い……169

第二節　影法師に怯えて……172

第三節　哲人と隠者のはざまで……175

第四節　教養主義の終焉……181

第十章　イングリッシュネス――「南」へのノスタルジアの諸相……石田美穂子……185

第一節　失われた「イギリス」を求めて……187

第二節　「南の異界」への関心……189

第三節　架空の田園、イングランド幻想……193

第四節　イングランドから／への二重のまなざし……197

第三部　【ジェンダー】

第十一章　フェミニズム――ギッシングと「新しい女」の連鎖……太田良子……205

第一節　メアリとファニー……206

第二節　心から体へ……208

第三節　「解放された女」……210

第四節　余計者の男たち……215

第十二章　セクシュアリティ――「性のアナーキー」の時代に　中田元子　223
第一節　知性とセクシュアリティ　224
第二節　男であることの困難　227
第三節　母親のセクシュアリティ　229
第四節　読書する売春婦　232

第十三章　身体――「退化」としての世紀末身体　武田美保子　239
第一節　都市記号と身体意識　240
第二節　優生学的な男性的身体の構築　242
第三節　時代を映す鏡としての女性身体　247
第四節　世紀末身体の魅惑と嫌悪　250

第十四章　結婚――結婚という矛盾に満ちた関係　木村晶子　255
第一節　ギッシングの女性問題小説の背景　256
第二節　結婚という不公平な関係　258
第三節　結婚という金銭関係　261
第四節　結婚という理想的関係　265

第十五章　女性嫌悪――男たちの戸惑いと抗い　田中孝信　273
第一節　流動化するジェンダーの境界　274
第二節　夢追い人エヴァラード　277
第三節　心を閉ざす人ハーヴェイ　281
第四節　ギッシングの脆き虚勢　285

第四部　【作家】

第十六章　自己――「書く」自己／「読む」自己　新野　緑　293
第一節　自伝の諸相　294
第二節　「書くこと」と自己抑圧　295
第三節　「読むこと」と自己充足　300
第四節　「自己」の本質　303

第十七章　流謫――失われたホームを求めて　小宮彩加　311
第一節　生まれながらのエグザイル　312
第二節　無階級の人々　314
第三節　ホーム、スウィート・ホーム　319
第四節　「これが私の望みだった」　324

第十八章　紀行――エグザイルの帰郷　バウア・ポストマス（光沢隆訳）　329

第一節　光かがやく古典文学の世界……330
第二節　憧れの故郷、イタリア……331
第三節　イタリアにおけるギッシング……334
第四節　想像の世界と現実の世界……338

第十九章　小説技法――語りの方法と人物造型……廣野由美子……347
第一節　自然主義的点描……348
第二節　心理の流れ……354
第三節　疎外の構造……358
第四節　伝統と実験……361

第二十章　自伝的要素――分裂する書く自分と書かれる自分……宮丸裕二……365
第一節　自伝の世紀末……366
第二節　小説と自伝、混交する手法……369
第三節　書く自分と書かれる自分……372
第四節　自分のための文学の登場……379

第五部　【思想】

第二十一章　リアリズム――自然主義であることの不自然さ……梶山秀雄……385
第一節　リアリズムという病……387
第二節　リアリストとは誰か……390
第三節　そして「私」だけが残った……394
第四節　メランコリー、そして終わりのない悲しみ……397

第二十二章　ヒューマニズム――時代からの亡命……ジェイコブ・コールグ（矢次綾訳）……403
第一節　荒廃した時代を証言する……404
第二節　教育はあるが金のない若者……408
第三節　ジョージ・エリオットの影響……412
第四節　ペシミズムの希望……416

第二十三章　審美主義――美を通じた理想の追求……吉田朱美……421
第一節　見ればわかる?……423
第二節　「美の宗教」……426
第三節　画家の使命……430
第四節　歌声と道徳性……434

第二十四章　古典主義――ある古典主義者の肖像……並木幸充……439
第一節　古典主義者ギッシング……440

第二節　古典・古代の追究……443
第三節　歴史小説というジャンル……445
第四節　『ヴェラニルダ』の生成……449

第二十五章　平和主義——その気質の歴史的考察
…ピエール・クスティヤス（田村真奈美訳）…455
第一節　私的・歴史的枠組……456
第二節　子ども時代から世紀転換期へ……458
第三節　反帝国主義と反軍国主義……461
第四節　人間主義と人道主義……467

あとがき……472

年表……（武井暁子）484
文献一覧……493
図版一覧……501
執筆者一覧……510
索引……540

ギッシングを通して見る
後期ヴィクトリア朝の社会と文化

生誕百五十年記念

序　章

ギッシング小伝

ピエール・クスティヤス

ウェイクフィールドの中心街ウェストゲイト（1900年頃）。
一番左端が薬剤師だったギッシングの父の店で、この頃は
J・L・チャップリンが所有していた。

社会の諸悪を根気よく観察して公然と非難した後期ヴィクトリア朝の小説家として、現代の英文学者や読者に知られているジョージ・ギッシングは、二つの世界を持つ男である。一つは彼自身が貧困やその他の悪条件によって住むことを余儀なくされた世界、もう一つは想像力ゆたかな彼が子供時代からずっと避難所を求めた古典の世界である。二十五年に及ぶ文筆生活の終わりに、ギッシングは往時を回顧する必要性を感じ、芸術家としての体験についての瞑想録『ヘンリー・ライクロフトの私記』（一九〇三年）を読者に提示した。そこでは彼の半自叙伝的な人物ライクロフトが、「私は学者になる素質を持っていた。余暇と心の平静とがあったならば、学殖を積んできたであろうし、学寮の構内にいたならば、常に自分の想像力を古《いにしえ》の世界で働かせ、とても幸福で無邪気な生活を送っていたであろう」（「春」第十七章）という啓発的な、同時に人を誤解させるような可能性を秘めた告白をしている。しかしながら、このようなことは夢にすぎなかった。

一八五七年十一月二十二日（日曜日）、旧ヨークシャー州のウェスト・ライディングと呼ばれていた地方のウェイクフィールドという町で生まれたギッシングは、[1]のちに作品や手紙の中でしばしば言及することになる醜い産業の世界について、幼児期にはもう熟知していた。この地方の当時の工場主たちが優先したのは、清潔な空気や水ではなくて自分自身の利益だったからである。ギッシングの父トマス・ウォラー・ギッシングは、本質的な点について言えば独学の薬剤師だったが、そうした環境問題も意識していたようで、政治活動では自由党員であったので、問題改善に全力を尽くしたものの、成果は乏しかった。このトマス・ギッシングの父も祖父もサフォーク州の田舎を一度も離れたことがない、つつましい靴職人だった。だが、トマス自身には知的および芸術的な願望があり、そうした願いに合致する様々な自己発展の道を探究していた。彼が情熱を注いだのは植物学と詩歌で、英国のシダ類とウェイクフィールドの植物に関する本を二冊、そして小さな詩集を三冊ほど出版していた。好きな詩人はワーズワスとテニスンであった。長男のジョージは天分に恵まれた早熟な子供で、そのことに気づいていた父は総合的な（特に文学、歴史、芸術、言語を含めた）教養についての熱心な探究を息子に奨励した。[2]ギッシング少年は賞を獲得するような秀才であったが、彼が散文と詩の分野で残した若き日の作品は、[3]知識人および芸術家としての高い潜在能力をはっきりと示すものであった。異常なほど内気であった点を除くと、彼の学校生

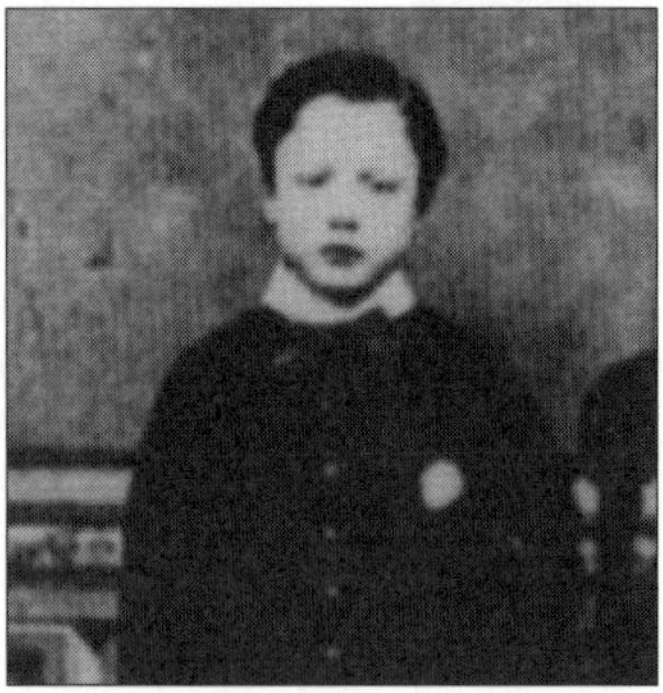
ジョージ・ロバート・ギッシング
（1865年頃）

活と家庭生活については、すべてが一八七〇年まで順調であった。しかし、働きすぎの父は衰えていた自分の健康に最後の数年間ほとんど注意を払わず、ある呼吸器系の病気が原因で、その年に死んでしまった[4]。

ギッシングは二人の弟たちと一緒にチェシャー州の寄宿学校へやられた[5]。そこの（名目上はクエーカー教徒の）校長は、彼の宗派の教義と慣習に自分本位で従っていた。ギッシングが軍国主義を嫌った原因は、一八七〇年代の初めに週一回ほど浅はかにも受けさせられていた数時間の軍事訓練までさかのぼることができる[6]。一八七二年から七六年にかけて、彼はオックスフォード大学地方試験の結果がマンチェスター地区で一位となり、奨学金を得てオーエンズ・カレッジ（現在のマンチェスター大学の前身）で勉強を続けることができるようになった[7]。彼はラテン語、ギリシャ語、英語で特に目立っていて、ちょうど彼の傑作『流謫の地に生まれて』（一八九二年）のゴドウィン・ピークのように、才気煥発な刻苦勉励の学生であった。ギッシングの旅行記『イオニア海のほとり』（一九〇一年）の背景には、エドワード・ギボン[8]の存在が一度ならず感じられるが、彼は少し知的な刺激が必要だと思った時に、ジョン・フォースターの『ディケンズの生涯』（一八七二〜七四年）と同じように、この歴史家の著作を何度もむさぼり読んでいた。

ギッシングはマンチェスター時代に大学入学資格試験に合格して文学士の学位にパスした。その四年間の終わり頃には学者としての彼の将来は以前にもまして明るく輝き、大学で身を立てる見込みは確実に手の届くところにあった。しかし、貧しい下宿住まいの孤独な学生として、彼は不幸にも色欲の誘惑に屈してしまった。彼の教師だけでなく学友までもが予想していたような、そんな彼の出世街道は完全に閉ざされてしまったのである。彼は数ヶ月ほど年下のメアリアン・ヘレン・ハリソン（愛称ネル）という街の女と恋に落ち、彼女を更正させようとした[9]。だが、彼女に与えるための金が払底すると、彼は大学の更衣室で学友のポケットから金を盗むようになった。一八七六年五月三十一日、彼は現場を押さえられて逮捕された。公式発表によれば、彼自身のポケットで見つかった（裏に印がつけられた）金の総額は五シリング二ペンスだった。それで、一ヶ月の懲役刑を宣告され、当然ながら退学に処せられた[10]。ネルは残酷な社会の犠牲者——そのように思った彼は軽率な行動に出てしまい、決して解決できない社会問題に対して自己破滅的なアプローチをし、その結果を人生

メアリアン・ヘレン・ハリソン
（愛称ネル、1880年頃）

の終わりまで甘受することになる。とはいえ、彼の若気の至りについては百も承知で、その仕事上の進展を見守っていた人たちの中には、この不名誉な事件を彼は時の経過とともに忘れたと言う者もいる。それ以来、彼が自分に苦行を課すという根強い傾向とともに示した良心的な正直さは、その情緒生活とプロ作家としての経歴とにおいて、ここぞという時の彼の行為を特徴づけることになった。

　この事件にひどく当惑した大学当局は、哀れな奨学生に対してもっと人間的な対処ができなかったことに良心の呵責を感じ、資金を集めてくれた。それに加え、ギッシング家の数人の友だちの善意のおかげで、母は一八七六年の秋に息子をアメリカへ逃がしてやることができた。異国の地で彼は人生の新たなスタートを切るものと思われた。しかしながら、そうはならなかった。ある絵画展についての記事を書いてやっと成功したボストンでも、[11]しばらく試しに教職に就いた隣町のウォルサムでも、[12]彼が根を下ろすことはなかった。オーエンズ・カレッジの教授たちを通して接触したアメリカの教養人たちの援助も、結局は何の役にも立たなかったのである。放浪性が次第に彼の生活を支配するようになった。突然、彼はウォルサムを離れてシカゴに向かい、[13]もうけの多い仕事を新たに――思い切って――見つけようとした。もう十九歳になっていたギッシングは、シカゴで文筆生活に乗り出し、その地方の新聞に短篇小説を寄稿するようになった。[14]『シカゴ・トリビューン』紙の編集長や似たような地位にある数名の人たちと彼との関係については、この二十年ほどで学術調査が進み、著しい成果を挙げている。[15]

　しかし、一八七七年の秋、ギッシングは書く材料がなくなって敗北を認めざるを得なくなり、相当な困難を経てイギリスへ帰国したが、母からは冷ややかな歓迎しか受けなかった。ただちに彼はロンドンに上京して住まいを定め、むさ苦しい彼の最初の下宿にネルが同居するようになった。[16]次から次に移り住んだロンドンの下宿については、長年にわたって彼のベストセラーとなる『ヘンリー・ライクロフトの私記』で写実的に描かれている。約十年間――すなわち彼がなんとか自分のペンで多少の生活費を稼ぐことができるようになるまで――彼は様々な片手間の仕事をしていた。支払いの悪い家庭教師の仕事が特に多かったが、それでも彼は徐々に二、三の上流家庭に出入りできるようになった。ただし、彼らの偉そうな態度に彼は時々うんざりさせられたようである。

　アメリカから帰国してギッシングがすぐに悟ったのは、ネルが矯正不可能な女であることだった。酒に溺れるようになり、荒くれた下層階級の女たちとの付き合いをやめない彼女の無責任な行動は、彼にとって常に心の重荷となった。それにもかかわらず、マンチェスター時代に拘禁されたことを無視するのは不本意だったこともあり、彼は心に深く染み込んだマゾヒズムに駆られ、一八七九年十月二十七日（月曜日）――その頃にはすでに、彼女が行ないを改めることはないと確信していたのだが——彼女と結婚した[17]。彼は三年後に彼女と別居することになるが、彼女が飲酒と梅毒に打ちひしがれ、一八八八年二月にランベスの貧民街で死ぬ最後の最後まで、彼は毎月の手当を彼女に送り続けていた。

ギッシングが最初に出版した小説『暁の労働者たち』（一八八〇年）は計画的な自叙伝ではないが、彼が一八七〇年代後半に住んでいた世界を十分に照射するものである。題材についての問題点は痛ましいかぎりだと言わざるを得ない。この小説の欠点は題材の多さゆえの欠点であるが、その責任は作者自身にあるというよりも、貸本屋《ミューディー》によって促進された三巻本形式による小説の馬鹿げた出版システムの方にある[18]。この新進作家は便宜的に自分の能力を抑える方法を学ぶ必要があった。その点を洞察力のある何人かの批評家は指摘しながらも、このギッシングの小説には「何か偉大なものを感じさせる力強さがある[19]」という大胆な予言をした。ギッシングは、フレデリック・ハリソンやイヴァン・ツルゲーネフを通して[20]、一八八一年から八二年にかけてサンクトペテルブルクの急進的な月刊誌『ヴェースニク・イブローピィ（ヨーロッパ通報）』に協力したが[21]、それは彼が実証主義の信条を受け入れていた結果として見るべきである。もっとも、その時にはすでに彼の社会主義に対する短期間の共鳴は過去のものとなっていたのだが。

『暁の労働者たち』はギッシングが労働者階級を描いた一八八〇年代の幕を切って落とした小説である。これに続いて彼の初期の名声を主として支えた四つの小説、すなわち『無階級の人々』（一八八四年）、『民衆——イギリス社会主義の物語』（一八八六年）、『サーザ』（一八八七年）、そして八〇年代の中で最も暗くて最も力強い『ネザー・ワールド』（一八八九年）が出版された。この最後の小説はロンドンの貧民たちの嘆かわしい生活状況を糾弾したもので、部分的には彼の妻の悲惨な死が執筆のきっかけとなっている[22]。一八八六年には『民衆』でギッシングはそれなりの成功を収めた。その成功には、ロンドンで暴動が起こって一時的に社会の平和が危険にさらされた時期に、匿名で出版されたという事情が寄与している。大衆の生活を生々しく描いた作家の名前は分からなかったものの、この作家の真剣さと芸術家としての才能について疑う知識人はいなかった。ギッシングの以後の作品も同じ観点から見られていたが、広く世間の好評を博する見込みはなかった。ギッシングはメレディスとハーディが個人的に表明してくれた『無階級の人々』に関する好意的な評価を大切に心にしまっていたが[23]、もし大衆の人気を得ていたならば、さぞかし彼は心を乱されていたことであろう。

一八八六年と八八年にそれぞれ出版した『イザベラ・クラレンドン』と『人生の夜明け』において、ギッシングは新たに地方の中産階級の生活に足を踏み入れた。これらは彼の扱うテーマの範囲の広がりを示す序曲であった。その範囲の広がりが、彼の長い二回の海外旅行——まず一八八八年九月から八九年二月まではフランスとイタリアでの滞在[24]、それから次の冬にはギリシャと南イタリアでの滞在[25]――と同時に起こったことは注目に値する。初心者として古典の学習を始めた故郷ウェイクフィールドでの幼年時代については、のちに『無階級の人々』のウェイマークとカスティとの会話に反映されることになるが、そうした幼少時代から彼はいつか地中海の海岸地方を訪れ、古代史における歴史的建造物の中で最も重要な遺跡をじかに見てみたいと思っていた。今や、ネルが死んでしまったので、彼はあらゆる点で自由になったと思うことができ、貧困に伴う最悪の恐怖も小説の売り上げによって味わわずに済むようになった。外国文化に関する大きな夢をついに実現することができたのである。当時の彼の日記や手紙には様々な知的探究、とりわけギリシャとローマの文明への探究、そしてそれほどではないにせよ、ルネッサンス期に開花した芸術への探究についての詳しい説明があふれている。

　ギッシングが二度の地中海旅行の間に書いた小説『因襲にとらわれない人々』（一八九〇年）は、E・M・フォースターの初期小説『天使も踏むを恐れるところ』（一九〇五年）と『眺めのよい部屋』（一九〇八年）における主要テーマを予告している。開放的な力を持つイタリアの生活様式は、あえて南方のナポリやロマンティックな名前を持つ他の景勝地まで足を踏み入れた英国の旅行者の中でも、教養が比較的ある人たちの道徳と精神にとって、利するところが大であった。『因襲にとらわれない人々』にはまた、十九世紀最後の十年間に書いた小説群を通して、ギッシングが英国のエリート層の読者に提示したテーマの探究についての前触れが見られる[26]。それから数年のうちに、彼は傑作として定評のある『三文文士』（一八九一年）の中で、一八七〇年の初等教育法以後の教育の普及から生じた文学の商業化を論じ、次に『流謫の地に生まれて』（一八九二年）の中では、科学的な合理主義と伝統的な信念との対立を論じた。『流謫の地に生まれて』の主人公ゴドウィン・ピークは、ラスコールニコフ、バザーロフ、ニールス・リーネ、ロベール・グレルー、そして私たちにもっと近いところでは巨匠カミュが創造したルムソーといったヨーロッパ小説の主要人物たちと比較されることが多い[27]。

　続いて一八九三年に、ギッシングは今ではいわゆる女性問題《ウーマン・クウェスチョン》に関する大きな貢献と考えられている『余計者の女たち』を書いた。これは結婚適齢期の過剰な余計者の女たちを考察した小説で、世紀の変わり目には何十名もの男女の小説家たちの注目を引き、極めて多くの純粋な時代物《ピリオド・ピース》の題材となった。いつものように、厳密に言えば真新しいとはほとんど言えない問題の本質を探究しながら、ギッシングは十分な独創性を見せている。この小説を再発行したヴィラーゴ版の序文で、マーガレット・ウォルターズは「よりよい未来の鍵を握っているのが、軽蔑的に社会活動の周縁へ押し出された敗残者や不適応者として見られる余計者の女たちであることは、この小説の中心にある生気に満ちた逆説である」と述べたが、[28]それは正しい意見である。ギッシングは『因襲にとらわれない人々』において精神的な解放を分析した後で、やや意外なことに希望が不死鳥のように絶望の廃墟から復活するかも知れないことを示した。本職としての仕事と男女同権とは焦眉の女性問題に対するギッシングの解答であった。彼は性のアナーキーの時代を予見していたが、自ら進んで自然に対して信頼を寄せた。これが性のアナーキーという物議をかもすトピックについての彼の最終評価であったかどうかは疑わしい。一年後に彼のペンから生まれた『女王即位五十年祭の年に』（一八九四年）は、混乱した国においては並木道も結局は単なる袋小路にすぎないことを示したものである。そして、もうけが少なくて慌ただしい都会生活によって二つの道が掘り崩されるという、そうした見解の一種の増補版の執筆を進取的な編集者クレメント・K・ショーター[29]から依頼され、ギッシングは諷刺的な作品『イヴの身代金』（一八九五年）を書いた。これは、金と結婚することで情緒的なためらいに決着を付けようとする若い女性が、一時的に幸せとなる運命――自由を手放して自分を人質にすることで見返りの金を要求する事例――を描いた小説である。

ギッシングは今や文筆活動の頂点に達した。一八九五年、彼はメレディスやハーディとともに、当時の英国小説家のベストスリーの一人と見なされるようになった。そのきっかけとなったのは七月十三日、ジャーナリストのヘンリー・ノーマンがオマル・ハイヤーム・クラブの記念すべき集まりについて書いた記事であった。[30]ギッシング自身は自分に敬意が払われていると は思っていなかったが、その道の目利きを自称する者たちよりは、彼の方がプロ作家の将来は外的な要素に大きな影響を受けることをよく知っていた。実際に、彼の作品は売れ行きがよかった――一八九三年以降、彼は短篇小説作家としての仕事にも乗り出し、年収もそれなりに増えていた――が、矢継ぎ早に出版された二つの中篇小説、すなわち一八九五年出版の『埋火』と『下宿人』がそれとなく示しているように、彼自身が先細りする危険が行く手に待ち構えていたのかも知れない。すでに彼は自分の健康が衰え始めていると思っていたのかも知れない。さらにずっと重要なことに、彼の心の安らぎはしばらく乱されていた。というのも、彼は一八九一年にイーディス・アンダーウッドという、またも無教育な若い女性と再婚していたのである。[31]この二度目の結婚は最初の結婚同様に大きな不幸をもたらすものであった。[32]とはいえ、状況は前回よりも悲惨だった。一八九一年の終わりに長男ウォルターが、続いて九六年の初めに次男アルフレッドが誕生したからである。それにもかかわらず、彼が部分的に家庭問題や教育問題と関連づけて書いた次の長篇小説『渦』（一八九七年）にとって、彼の不安定な私生活はそれなりに益するところがあった。これはどんな基準に照らしても素晴らしい作品で、昨今その真価がかなり注目を集めている。だが、たとえそうであるにせよ、この小説の完成と時を同じくして肺病の初期の前兆が現われていた。病気が鎮静する時も何度かあったが、結局それは致命的な病気だと判明することになる。

イーディス・アンダーウッド
（ギッシングの二番目の妻）

しかし、『渦』を完成させている間、人心を奪っていた当時の政治状況（特に日の出の勢いで現われていた帝国主義）に対する敵意を精神的支柱として、ギッシングは決して勇気を失わなかった。さらに、ちょうどその頃、新たな分野が彼の目の前に開けてきた。ヴィクトリア朝シリーズという新たな企画にディケンズの作品を収めるにあたって、その批評書を執筆するようにと依頼を受けたのである。[33] だが、熟知した問題で本を書くという仕事は延期しなければならないところだった。というのは、彼の版権代理人であるウィリアム・モリス・コリスに、[34] 連載用の中篇小説を渡すと約束していたからである。しかしながら、このような困難な情勢にギッシングがひるむことはなかった。一つにはディケンズ批評の仕事は小説をこつこつ書くことからの嬉しい息抜きになるだろうし、一つには締切が互いに近いと彼の能力は阻害されるどころか刺激されたからである。しかし、不幸にも一八九七年二月初めに、二つの危機によって彼の計画は打ち壊された。ギッシングは妻の凶暴なふるまいによってエプソムの家から追い出され、[35] さらには健康の悪化によって気候の温和なデヴォン州で体力を取り戻す必要が生じたのである。二月中旬から五月の終わりまで、彼はディケンズを読み直しながら批評書のためにノートをとっていたが、それとともにカッシオドールスとベネディクトゥスの著作にどっぷりと耽っていた。[36] ゆっくりと彼の頭の中で形をなしつつあった六世紀を舞台とする小説の中で、彼はそれらの著作を利用する計画だったのである。

ギッシングが続けて生み出した作品は、彼の業績が多方面にわたっていることを示している。一八九七年九月に三度目のイタリア旅行を決心したことに、その徴候を見出すことができる。彼はついにイーディスと別居することになった。彼女は息子のアルフレッドと一緒に住み、まさかの時には彼の頼りになる進歩的な二人の友人、イライザ・オームとクレアラ・コレット[37]が彼女をなだめてくれたので、彼は安心してシエナの地で『チャールズ・ディケンズ論――批評的研究』を書くことができた。これはギッシングの偉大なる先輩のまともな評価へ道筋をつけた画期的な本である。それから、十一月にはイタリア最南端まで旅をして数々の印象を記録に残したが、[38] それらは『イオニア海のほとり』（一九〇一年）という評価の高い気品ある文体の旅行記として結実した。モンテ・カッシーノでの短い滞在ののちに、彼は数ヶ月ほどローマに腰を落ち着け、長年あたためてきた六世紀のローマ人とゴート族[39]からなるロマンス、『ヴェラニルダ』（一九〇四年）のために資料を収集した。彼は国際色ゆたかな雰囲気の中で生活を送っていたが、それについてはユーモラスな見解を示している。そこへH・G・ウェルズ夫妻が加わった[40]。それは、古くからのドイツの友人であるエドゥアルト・ベルツ[41]の故郷であるポツダムを経由して、イングランドへ帰る前のことであったが、結局そのポツダム訪問はドイツで跋扈していた軍国主義に対する恐怖のために中途で切り上げられてしまった。

一八九八年六月、ギッシングの人生行路にまったく新しい局面が開かれた。ドーキング[42]に家を借りていた彼は、ガブリエル・フルリ[43]という二十九歳の教養ある中産階級のフランス女性の訪問を受け、『三文文士』の翻訳の許可を求められた。その後の二人の恋愛は一八九九年五月に普通法《コモンロー》上の結婚に発展し、その時から彼はフランスに住むようになった。最初はパリで[44]、時々はフランス中部のニエーヴル県サントノレ・バンやクアール、それから一九〇一年の末からは健康を害したためにジロンド県アルカションのボルドー南部、そして最後はサン・ジャン・ド・リューズ近くのシブールとサン・ジャン・ピエ・ド・ポール近くのイスプールというバスク地方の村[45]で生活した。それより少し前のことだが、二人の家庭にガブリエルの母親が同居したので、それが主に食事上の理由から一時的に夫婦の不和の原因となった。その不和は一九〇一年の夏に頂点に達していたが、その頃に彼はイギリスの医師たちの忠告に従って、サフォーク州ネイランドに新しく開設されたイースト・アングリア療養所に、六週間ほど入院しなければならなくなった[46]。そのあと彼の生活は以前より円滑に進んで行った。二度と再びイングランドに戻る機会はなかったが、彼の母国に対する郷愁の念が、特にエドワード・クロッド[47]や子供時代の友人で医師になったヘンリー・ヒックに書き送った手紙の中に、ますます現われるようになった。

他のジャンルに向かいたい誘惑にもかかわらず、小説は収益が一番よいという理由で、常にギッシングの主たる文学媒体となっていた。イギリス海峡を渡ってガブリエル・フルリと一緒になるのを待っている間に彼が書いた『命の冠』（一八九九年）の一部は、彼女に対する愛がきっかけとなっているが、この物語は反帝国主義的な平和への祈りというテーマの点で『渦』とも強いつながりが

ガブリエル・フルリと愛犬ビジュ
（1904年頃）

ある。[48] ギッシングは『我らが大風呂敷の友』（一九〇一年）で再び政治的な慣習《モーレス》に向かったが、今回は地方生活の角度から、メレディス的な喜劇観[49]で活発に演出した。彼が近代生活を標準の長さで描いた最後の小説『ウィル・ウォーバートン』は一九〇五年に死後出版された物語だが、彼の最晩年を特徴づける諦念がたっぷり染み込んでいる。[50] これら二つの作品の間に、ギッシングは例のヴィクトリア朝シリーズのために書いたディケンズ批評の成功を再現させるべく、さらにこの先輩作家について様々なものを書いた。その書き物の中には新聞や雑誌用の記事も含まれているが、大部分はジョン・フォースターのディケンズ伝の縮約改訂版、そして不幸な運命をたどったロチェスター版と直筆原稿版への序文集とからなっている。[51] しかし、彼の生前に出版された中で最も注目を引いた作品は、最初に『閑居幽棲の作家』として『フォートナイトリー・レヴュー』に連載された『ヘンリー・ライクロフトの私記』で、彼にとっては以前にないほど多くの読者を得た。この風変わりな随筆集――一九〇〇年から〇一年にかけて情愛を込めて創作された追憶と思索が半々の随筆集――は、半世紀にわたってギッシングの純文学の作品をすべて顔色なからしめてしまった。明らかに、これは体がだんだん衰えて年老いてきた男の作品であるものの、健康回復に努める作風と物議をかもす生死の問題についての新鮮で、面白い、率直な見解とは、エドワード朝の人々を魅了することになった。

サン・ジャン・ド・リューズにあるギッシングの墓（1904年頃）

ギッシングは歴史小説『ヴェラニルダ』を完成させる時間を与えられなかった。最後の五章は書かれないままで終わっている。一九〇三年十二月初旬の散歩中に彼は風邪をひき、それがすぐさま気管支肺炎に悪化してしまった。クリスマスに彼が重体に陥ったので、ガブリエル・フルリは彼の友人であるH・G・ウェルズとモーリー・ロバーツを呼ぶために電報を打った。[52] ウェルズがイスプールに駆けつけると、ギッシングはまだ生きていた。しかし、この友人がパリ時代に十分な食事を与えられなかったことをウェルズは思い出し、彼にたくさん飲み食いさせたので、そのことが――ガブリエルの話によれば――イスプールのメゾン・エルギュで彼の死を早めてしまった。[53] とはいえ、医者の意見によれば、十二月二十八日のギッシングの死の原因は心筋炎であった。この病人がうわごとを言っている際に起こったとされる改宗については論争があったものの、偽の情報を流した英国教会派の低俗な牧師セオドア・クーパーに対して、友人のロバーツは新聞で怒りの反駁を加えた。[54] ロバーツのイスプール到着はギッシングの死後であったが、独自の調査によって彼はギッシングが最期まで首尾一貫して不可知論者だったという事実を再び定着させることができた。サン・ジャン・ド・リューズまでギッシングの棺に付き添ったロバーツは、彼の親類たちへの敬意から準備されていた英国教会派の葬式に、当地に居留するイギリス人たちと一緒に参列し、その地方の共同墓地の頂上にある墓に友人が埋葬されるのを見守った。十二月三十日のことである。

学生時代の経験はトラウマとなってギッシングの心に深い痕跡を残したが、彼の性格は温和で、内気で、愛他的であった。このマンチェスターでの不正事件以後、幸福に通じる道はすべて自分には閉ざされたという確信から、ギッシングは屈辱的な結婚を二度もしてしまった。たとえ教育のある女性が芸術家としての自分の目的に共感してくれたとしても、当然のことながら彼女たちは決して結婚に同意してくれないだろうと思っていたからである。[55] 文筆生活の最後の十年においても、金銭的な不安が常にギッシングの心を悩ました。批評家たちから受ける好評と収入との間に落差があったため、彼は皮肉な言葉を何度も発していた。だが、生まれながらに陰気な男だったわけではなく、気心の知れた仲間たちと一緒の時は、友人や知人と機知に富んだ話をした。ギッシングは厳しい芸術家だったので、自分の作品に対する世間の評価に満足することは滅多になかった。それにもかかわらず、彼は正しい知識のある批評家たちから高い評価を得ていた。古今東西の文学に関して膨大な知識を備えたギッシングは、あらゆる形の暴力に反対する平和主義者であったが、同時に近代の生活様式と反りが合わないヒューマニストでもあった。彼は金銭的報酬よりも自分の芸術における主義を優先した作家として記憶されている。完成した原稿を破棄してしまった回数が多いのはそのためである。[56]

戦中・戦後における日本の知識人たちは、人道にかなった特性がはっきりと見えるギッシングの短篇小説や純文学としての小説に反応し、その真価を最初に認識した人たちであった。[57] そうしたギッシングの作品の途切れずに持続する社会性と今日性については疑う余地がない。昨今、ギッシングに対して好意的な批評家たちには、彼のことを時代の良心となるべく立ち上がった知識人として見なす傾向が見られる。ギッシングは女性の心を鋭く分析したが、彼自身が一八九五年に言明したように、「我々の時代に特有の——十分に教育を受け、育ちもまあまあなのに、お金がない、そうした部類の若者たち」[58] を描く時に、おそらく最も力強さを示す作家であった。文化と教養への間断のない傾倒ゆえに、ギッシングは何世代にもわたって眼識のある読者たちに慕われてきた。ある特定の真実がどんなに口に合わないものであろうと、彼は勇敢にもそれを言葉で表わした。確かな独創性を持つ芸術に加えて、人間に関する諸事についての（悲観的とはいえ）明晰な見解によって、ギッシングは英国小説史に占めるべき場をしかと保っている。

【訳註】

（1）旧ヨークシャー州は三つの地方に分かれていたが、ウェスト・ライディングはその一つ。バラ戦争の古戦場として有名な大聖堂の町、ウェイクフィールドはリーズの南約十六キロにある。ギッシングが生まれたのは、町の中心街ウェストゲイト（本章の口絵参照）の五十五番地——現在は六十番地。彼には、二十歳で死んだ一八五九年生まれのウィリアム、弁護士としても小説家としても成功しなかった六〇年生まれのアルジェノン、そして六三年生まれのマーガレットと六七年生まれのエレンという弟妹たちがいた。信心深いだけで教養がなかった母マーガレットは息子を愛撫することもなかったので、この母をギッシングは嫌って避けていた。

（2）父は多くの蔵書——ギッシングが読破した最初の本は当時の流行作家ディケンズの『骨董屋』（一八四〇～四一年）——を持っていて、教養を志向する点において息子に大きな影響を及ぼした。

（3）例えば、オーエンズ・カレッジ時代にA・W・ウォード教授へ提出した「十八世紀の英国小説」という題のエッセイ。「君の文体は直截簡明《シンプリシティ》によって非常に引き立っている」というコメントをもらっている。

（4）三十三年後、ギッシングは奇しくも父と同じ日（十二月二十八日）に、同じ原因（肺充血）で亡くなっている。

（5）マンチェスターの南東にあるオールダリー・エッジという町にある教育水準の高いリンドウ・グロウヴ・スクール。学校時代のギッシングは勉学を続けるための奨学金獲得に向けて睡眠を五時間半に定め、食事の時も散歩の時も本を読んでいた。

（6）『ヘンリー・ライクロフトの私記』（「春」第十九章）では、学校時代に校庭で行なわれた軍事教練の思い出を通して、徴兵制度が非難されている。

（7）最初の二年間、ギッシングはオールダリー・エッジに寄宿したまま通学し、三年目にマンチェスターで一人暮らしを始めた。

（8）十八世紀のイギリスの歴史家。『ローマ帝国衰亡史』（一七七六～八八年）は、トラヤヌス帝治下から東ローマ帝国滅亡までの千三百余年を論述した古典的名著。

（9）一八七六年二月に淋病を患ったにもかかわらず、ギッシングはネルをお針子として更正させるためにミシンを買い与えたり、父の形見であった時計を売ったりした。しかしながら、彼女は飲酒癖があって金のために売春をやめなかった。

（10）一八七四年から翌年にかけて必死に準備して合格していたロンドン大学入学の許可も取り消された。

（11）ギッシングの批評文はボストンの新聞『コモンウェルス』の一八七六年十月二十八日版に掲載された。

（12）ボストンの西郊外にある市。ギッシングが臨時雇いの教師をしたウォルサム高校は一九三三年に取り壊された。

（13）三月一日に学校をやめた理由は、ネルから帰国を願う手紙をもらっている。

らっていたギッシングが、一歳年下の女学生マーサ・バーンズと深い仲になることに対して良心の呵責を感じたからだと言われている。

(14) ギッシングが二日で書き上げて十八ドルを得た最初の短篇小説「父の罪」は、『シカゴ・トリビューン』の一八七七年三月十日版に載った。

(15) 例えば、一九八〇年代の『ギッシング・ニューズレター』に掲載されたロバート・L・セーリグによるギッシングのアメリカ時代の埋もれた短篇小説についての一連の論文。

(16) 上京したギッシングは最初グレイズ・イン・ロード近くに家具付きの部屋を借りた。一八七七年の終わりにはトテナム・コート・ロードはずれの下宿に移ったが、これはロンドンに来たネルと一緒に住むためであった。このあと、ギッシングは何度も引越したが、それは行く先々で繰り返されるネルの売春と喧嘩のせいであった。

(17) 彼はリージェント・パークの東にあるハムステッド・ロードのセント・ジェイムズ教会でネルと国教会の慣習に従って結婚した。

(18) 一八四二年に貸本業を始めて全国展開したミューディーは、一巻ものに比べて三倍の料金を読者から稼ぐことのできる三巻本形式を好んだので、出版社は新刊を大量注文するミューディーの意向を無視できなかった。

(19) 一八八〇年九月十五日版『マンチェスター・イグザミナー・アンド・タイムズ』の匿名書評からの引用。

(20) ハリソンはイギリスの法律家・哲学者・実証哲学協会会長（一八八〇〜一九〇五）。実証主義に熱中してハリソンの論文を読んでいたギッシングは、『暁の労働者たち』を彼に献本していた。ハリソンもギッシングを多くの文人に紹介し、自分の息子たちの家庭教師として雇ってくれた。また、ギッシングが何回も読んだツルゲーネフの『父と子』（一八六二年）では、合理主義思想を信奉して、いかなる種類の信仰も受け入れない主人公の態度が、『流謫の地に生まれて』におけるピークの道徳問題に甚大な影響を与えている。

(21) 一八八〇年十一月二十七日、この雑誌に年四回の記事を書くように、ギッシングはツルゲーネフから頼まれた。

(22) 一八八八年二月二十九日にネルが死んだという電報を受け、翌三月一日に彼女の遺体が置かれた汚い下宿を見たとき、社会的な不公平に対する激しい憤りが再びギッシングの心によみがえった。

(23) ギッシングは、ハーディが知性と教養の点でメレディスに劣っており、朝食時にナイフの平で蜂を圧殺するような彼の粗雑さの原因は生まれの卑しさにあると思っていた。

(24) スミス・エルダー社から受け取った『ネザー・ワールド』の版権料百五十ポンドを旅費にあて、パリで一ヶ月を過ごしたのち、汽車でマルセイユまで行き、そこから船に乗って十月三十日にナポリに着いた。その後は、十一月三十日にローマ、十二月二十九日にフィレンツェ、翌年二月八日にヴェニスへ行った。そして二十六日にヴェニスを発ち、スイスとベルギー経由で三月一日にロンドンに帰り着いた。

(25) 一八八九年十一月十一日にロンドンを発ち、最初にアテネで一ヶ月ほど過ごしてからナポリを再訪し、そこに翌年二月二十日まで滞在した。

(26) この小説では、近代社会の中産階級における競争心が生み出す自己欺瞞的な世間体第一主義が、ギッシングの皮肉と諷刺の対象となっている。

(27) ラスコールニコフはドストエフスキーの『罪と罰』(一八六六年)の主人公。自己の理性を過信して殺人を犯し、罪の意識に怯えながらも心美しい娼婦との出会いによって自首を決意する。その心理的葛藤の変遷についての描写が世界の文学に与えた影響は計り知れない。バザーロフは農奴解放前後のロシアの田園を舞台としたツルゲーネフの『父と子』の中で進歩的な知識階級を代表する主人公。この作品では父と子との相克を通して、ニヒリズムを底流に新旧の時代の対立が描かれる。ニールス・リーネはJ・P・ヤコブセンの『ニールス・リーネ』(一八八〇年)の主人公。無神論の立場によって詩作と恋愛で人間性を高揚させ、生きる根拠と目的を失いつつも信念を曲げない人物。ロベール・グレルーはポール・ブールジェが科学万能主義(特にそれを土台にした自然主義)への批判として書いた『弟子』(一八八九年)の主人公。感受性も動物的起源以外にはないので道徳上の善悪などは派生的な基準にすぎないという高名な実証主義哲学者の師の教えを守り、恋愛感情についての人体実験を行ない、殺人罪で捕らわれる。ムルソーはカミュの『異邦人』(一九四二年)の主人公。養老院で母親の埋葬に立ち会っても涙せず、葬儀の翌日には情婦を作り、「太陽のせいで」殺人を犯すムルソーを通して、生の無意味と不条理の思想が展開される。

(28) 一九八〇年のヴィラーゴ版は、一九六八年のブロンド版と同じノンブルだが、本文の誤りが訂正されて、ウォルターズの序文が付けられた。

(29) 『イラストレイティッド・ロンドン・ニュース』の編集長だったショーターは、短篇小説の契約によってギッシングに商業ベースでの道を切り開いてくれた。

(30) ノーマンは『デイリー・クロニクル』の文学欄の編集主任。オマル・ハイヤームはペルシャの数学者・物理学者・天文学者・医学者・哲学者。この文学愛好者のクラブは、一八九五年十二月に会員となったギッシングにとって、生涯で最も重要な社交の場であった。

(31) 一八九〇年九月二十四日の日記によれば、ギッシングはオックスフォード・ストリートのミュージック・ホールでイーディスに会ったようである。翌一八九一年二月二十五日(水曜日)、彼は彼女とセント・パンクラスの戸籍登録事務所で結婚した。

(32) 彼女は結婚して数年後に精神異常の兆候を示し始め、召使たちと喧嘩をし、短気を起こして家庭を混乱させ、ギッシングに対しても事あるたびに悪態をついていた。最後は精神病院に収容されたまま一九一七年に死亡した。

(33) 一八九六年十二月二十七日、ギッシングはオーエンズ・カレッジ時代の旧友J・H・ローズから手紙で依頼された。

(34) 一八九三年九月二十二日に初めてコリスと会ったとき、短篇小説の場合は千語につき三ギニーと聞き、ギッシングはその場で五篇を手渡した。

(35) ギッシングはイーディスを残し、デヴォン州の海岸町バドリ・ソルタトンで一人暮らしを始めた。

(36) カッシオドールスはローマの政治家・著述家・修道士。東ゴート王に仕え、公文書や書簡を集めた。ベネディクトゥスはイタリアの修道士で、五三〇年頃にイタリア中部のモンテ・カッシーノにベネディクト修道会を創始した。

(37) オームは裕福な不動産譲渡取扱人で、ギッシングの晩年の親友となり、彼の妻イーディスと次男アルフレッドの面倒を見てくれた。家庭が騒動で常に緊迫していたので、長男ウォルターの方はウェイクフィールドの実家に預けられていた。コレットはギッシングが妻についての悩みを手紙で最も多く伝えた相手。ロンドン大学で経済学の学位を取った最初の女性である彼女は、「新しい女」としてギッシングに気に入られた。

(38) ギッシングは九月二十五日にイタリア中部の都市シエナに着き、十一月十六日には旅行のためにナポリを離れ、丘陵と山地が多いイタリア半島南端のカラブリア州まで行った。

(39) スカンジナビアから移動してきた東ゲルマン民族で、一世紀頃にバルト海沿岸の南部に住み、三～五世紀にローマ帝国を侵略した。

(40) ギッシングはウェルズと一八九六年十一月二十日のオマル・ハイヤームのクラブで初めて会った。ウェルズは幅広い自然科学の知識をもとに独特の想像力を生かした科学小説で名声を得たが、戦後は警世家・啓蒙家・文明批評家として活躍した。

(41) ベルツは、ライプツィッヒとチューリンゲンの大学で哲学と政治学を学び、活動的な社会主義者となった。ギッシングは最後の十六年間に月一回の割合でベルツに手紙を書き送った。

(42) 一八九八年五月六日にギッシングが家を借りたサリー州のドーキングは、ロンドンの南南西約三十五キロにある古くからの市場町。ギッシングはイーディスの訪問と手紙を避けるために数人の友だちにしか住所を知らせなかった。

(43) 四十一歳のギッシングがガブリエルに初めて会ったとき、二十九歳の彼女は流暢な英語に加えてドイツ語とイタリア語にも通じ、ピアノに熟達した美しい声の持ち主であった。

(44) ギッシングとガブリエルが彼女の母と一緒に住んだ家は、ブーローニュの森に近い大きな現代風のアパート（シャム通り十三番地、パシー）。

(45) 一九〇二年四月二十四日にアルカションからスペイン国境近くの海辺の町サン・ジャン・ド・リューズへ引越し、翌一九〇三年七月一日には避暑のために隣町のサン・ジャン・ピエ・ド・ポールへ移っている。

(46) ギッシングの父に自分の店を売った薬剤師ヒックの息子ヘンリーに勧められ、ギッシングは六月二十四日に療養所に入り、しばらくは体重も増えて健康を取り戻した。

(47) クロッドは銀行家であったが、一八八四年にジョンソン協会、九二年にオマル・ハイヤーム・クラブの設立に尽力して会長となり、サフォーク州オールドバラの自宅で当時のほとんどの著名人を客としてもてなした。

(48) 『命の冠』で、ギッシングはボーア戦争を企業連合《シンジケート》に基づくイギリス帝国主義の発現として非難し、彼と同様にトルストイの影響を受けて兵役を拒否した霊の戦士《ドゥホボル》に見られるロシアの精神性を帝国主義の解毒剤としている。

(49) 実証主義の影響を受けたメレディスの『喜劇論』（一八七七年）によれば、喜劇的精神とは人間の心理に潜む矛盾と欺瞞の上にモリエール流の知的な笑いを浴びせ、その社会生活を反省させるものである。

(50) 事業の失敗で資産を失った主人公が雑貨屋の店員という不名誉を甘受し、素直に商業の時代に屈服するという諦念は、人間の行為はすべて外的な力に支配されているというギッシングの決定論の表出だと言える。

(51) ロチェスター版ディケンズ全集のために書かれた序文は、『チャールズ・ディケンズの作品研究』と『不滅のディケンズ』として共に一九二四年に上梓された。

(52) ウェルズは『イヴの身代金』や『下宿人』に対して好意的な書評を書き、ギッシングとは頻繁に手紙を交わし、彼が死ぬまでは陰に陽に力になってくれたが、彼の死後は故人をユーモアのない堅物で、人を軽蔑する楽しみに耽溺した、本当に恥ずかしいほど臆病な俗物として批判した。ロバーツはギッシングのオーエンズ・カレッジ時代からの学友で、のちに彼を小説化した伝記『ヘンリー・メイトランドの私生活』(一九一二年)を書いた。

(53) ウェルズは、『トーノ・バンゲイ』(一九〇九年)の中で語り手の叔父が南フランスの隠れ家で臨終を迎える場面に加え、『自伝の試み』(一九三四年)の第八章において、ギッシングの死を看取った時のことを描いている。

(54) ロバーツは一九〇四年一月にアングロカトリック派の新聞『チャーチ・タイムス』へ送った短信の中で、一生涯ギッシングは神学上の教義に敵対していたと述べた。

(55) 逆に、失敗に終わった二度の結婚でも明らかなように、教育を受けていない労働者階級の女性との結婚は、彼にとって性的欲求を満たすための手段にすぎなかった。

(56) 例えば、一八八二年九月初めに書き終えた『グランディー夫人の敵たち』の原稿は、貸本業ミューディーの読者に受けそうにないという理由でスミス・エルダー社から返却され、五十ポンドで引き受ける代わりに校正段階で削除と書き換えを要求したベントリー社とも折り合いがつかず、結局は原稿も校正刷りも行方不明になってしまった。

(57) 一九七〇年代になると、英米で高い評価を受け始めた『三文文士』やフェミニズムとの関係で注目され出した『余計者の女たち』をはじめ、幾つかの長篇小説に目が向けられるようになった。そして、一九八八年に全五巻の『ギッシング選集』(小池滋責任編集、秀文インターナショナル)が出版されてから、ギッシング関係の論文が急激に増えた。

(58) 一八九五年二月十日にモーリー・ロバーツに宛てた手紙からの引用。

(松岡光治訳)

第一部　【社会】

第一章

教　育

──その夕テ前と本音──

小池　滋

「教育フランケンシュタイン」『パンチ』［1884年カレンダー］
1870年の法律による国民皆教育がどんな弊害をもたらすか
──その結果失職した者はどれほど？

第一節　教育がオブセッションとなる時

ぼくの人生は六ヶ月前に比べて千倍——そう、百万倍——も豊かになっている。ぼくはもはや世界に含まれている最善のものに無知ではなくなったのだ。あとぼくに残っているのはギリシャに行くことだけだ。そうすれば教育の基本の仕事はすべて完了だろう。教育それ自体こそが、ぼくの生涯の仕事でなくてはならないのだ。

(*Letters* 3: 331-32)

ギッシングは一八八八年十二月三十一日に、イタリアから妹エレンに宛てた手紙でこう書いている。子供の時から、そしてロンドンでの長い貧乏文士生活時代を通じて憧れていたイタリアの土を初めて踏んだのだから、その感激のあまりの多少大げさな表現は割り引かねばなるまいが、それにしても最後の言葉は大変な——痛々しいとさえ感じられるほどの——決意表明ではないか。確かに秀才と周囲から褒めそやされていた少年時代から、教育こそが彼の理想——いや、オブセッションと言う方が適切であろう。

だが、はたしてこれはギッシングの個人的気質のみから生じた特異現象なのだろうか。ある程度まではそうであるかもしれない。しかし、彼が生きた十九世紀イギリス一般の社会を眺めてみると、彼の同類のような人間がうようよいたことに気づく。ギッシングは時代精神のあまりにも典型的な一例証であったことが、彼の生涯と作品から見てとれる。本章では、まず十九世紀イギリスの教育についての考え方を概観し、その具体的なあらわれとしてギッシングの（生涯の出来ごとについてはごく簡単に触れるだけに留めて）作品のいくつかを検討しよう。

いつの時代でも、またどこの国の人でもそうであろうが、教育ほどタテ前と本音の喰い違い、その使い分けの露骨さがひどいものはないように思える。例えば、上の引用の最後でも、わざわざ「教育それ自体」と言っている。教育とはそれ自体を目的とする純粋無償の行為でなければならない、それは世俗的な目的に奉仕するための手段であってはならない——というのが世間一般のタテ前であって、ギッシングもそれに賛同している。

だが、本音をさらけ出せば、多くの人びとは教育を何かの目的を達成するための——例えば、世の中で出世するため、お金や名誉をかち得るための有効な手段であると認め、そのように実行している。そして、このような都合のよいタテ前と本音の使い分けに成功している——あるいは使い分けていることに本人が気づいてさえいない——間は幸せなのだが、本人がその矛盾に気づいてしまうと、自分の払った犠牲の大きさに愕然とする——だけでは済まなくて、とり返しのつかぬ悲劇が生まれることさえある。知ることの不幸である。

これと関連していることだが、教育と言う時に、その対象が誰であるか——これも、理論上ははっきり区別できてよいはずだし、区別しなければいけないのだが、実際にはあいまいになっていることが多い。自分の精神を豊かにすることだけを考えればよいのか。それとも、他者、すなわち単数か複数の他の人間の才能を引き出し、人格を養ってやらねばならぬ仕事なのか。もっと広く考えれば、社会全体の向上までをその使命の中に含まなくてはいけないのか。この二つをはっきり割り切って区別できるのか。

さきのギッシングの手紙を読む時、わたしたちが自然に考えるのは、もちろん、教育と言う時に彼が意味したものは、自分の精神を豊かにすることであったろう。ギリシャやラテンの文化に触れることで、いわゆるリベラル・エデュケイションを完成させることであろう。その決意表明があの手紙の趣旨であったろう。

だが、ギッシングの伝記を少しでも読んだ人なら、そう簡単に納得するわけにはいくまい。父親に早く死なれた長男ジョージ・ギッシングは、若いうちから弟や妹たちの教育に必死になって尽力した。彼の弟や妹に宛てた他の手紙を読むと、その――確かに善意から出たものであることはよくわかるが――あまりにも露骨なお説教臭さに、うんざりすることがある。

そして、うんざりしているだけならよいのだが、その教育の効果がどうであったかを知ってしまうと、何とも空しい気持ちになる。弟や妹たちは、兄の望んだようなリベラルな精神の持ち主に成長してはくれなかったようである。さきに引用した手紙の相手であるエレンは、後に兄が書いた『因襲にとらわれない人々』（一八九〇年）の主人公の一人ミリアム・バスクが、自分をモデルにしたのではないかと不満を洩らした（Korg 149）そうだが、もちろんこれは誤解である。エレンはミリアムのように偏狭な宗教的道徳から解放されることがなかったという。そんな彼女が自分とミリアムを重ね合わすこと自体、滑稽な、あるいは憐れむべき無知と言わねばならない。さきの手紙の行間を読むと、兄が妹を教育しようとした意図が見えてしまうが、残念ながら効果はなかったようである。

もうひとつ、ギッシングが二人の妻に対して抱いた感情の中に、教育したいという善意を読みとることは容易であろう。だが、ギッシングにとっても、それぞれの妻にとっても気の毒なことに、ここでも教育がよい成果を生むことができず、悲惨な結果に終わったことは、伝記を読めば明らかな通りであった。

ギッシングの個人的事情については、これ以上詳しく述べる必要あるまい(1)。教育という仕事がいかに難しく、いや危険なものであるか、そして教育がオブセッションになると、いかにその危険が大きくなるかは、以下の記述によって充分証明できるだろう。

第二節　教育をめぐる諸問題

ここでは十九世紀イギリスで、教育の問題が一般国民によってどのように受け取られていたかを、簡単に述べることにしよう。詳しく知りたい人のために、まず現在わが国で簡単に読むことのできる本を紹介しておこう。

ブライアン・サイモン著、成田克矢訳『イギリス教育史』とくに、その第一巻『二つの国民と教育の構成（一七八〇～一八七〇年）』（原書は一九六〇年、邦訳は一九七七年、亜紀書房）

図①「横暴だ、初等教育法実施？」『パンチ』（1870年4月2日号）
ならず者Ａ「おいらたち、むりやり教育されちまうんだとさ。いやだと言うとぶち込まれるんだってさ」
同Ｂ「それであんなに大勢移民するんだな」

表題に示されている一八七〇年という年は、イギリス国会で初めて初等教育法（図①）が可決された年であるから、この巻では国会が公教育にはっきり踏み切るまでの、かなり長い期間を扱っている。また「二つの国民」というのは、一八四五年に発表された、政治家で小説家でもあったベンジャミン・ディズレーリの長篇小説『シビル、あるいは二つの国民』の表題から取ったもの。同じイギリスの国民でありながら、特権階級と一般庶民とは、はっきり二つの別々の対立した国民になってしまっていると警告を発し、この二つの融和統合こそ時代の最大課題だというテーマの「社会小説[2]」を発表したのである。以後「二つの国民」という言葉がよく使われるようになった。

最初の初等教育法が可決されたのは一八七〇年、わが国でいう明治三年であると聞くと、明治五年に「学制」を定めた日本の人は、先進文明国と思っていたイギリスにしては、何と遅れたことかと驚くかもしれない。でも、一八七〇年以前に初等教育が全く制度化されていなかったわけでないことは、上に挙げたサイモンの本を読めばすぐ理解できよう。

ただ、イギリスでは伝統的に教育とはあくまで個人の問題であって、政府や議会が干渉するのを嫌う傾向が強かったこともあって、法令化が確立するまでには、さまざまな過程を踏まねばならなかったのである。確かに「教育とは個人の領分」というのは正しいタテ前であって、他から介入されるのは防がねばなるまい。でも、ここでもタテ前と本音の喰い違いがあって、階級間の障壁が確固として存在し、安定していた間はさしたる問題は起こらずに済んだ。

だが、十九世紀に入ると、この階級間の壁にひび割れが生じ、崩れかかって来た。「二つの国民」なんぞという言葉が一般の人びとの間で流行したことこそが、そうした流動化を証明していることになる。自分の生まれた階級や身分におとなしく留まっていることに満足できぬ人に、階級を遮二無二駆け上がって出世するチャンスがやって来たことが、わかりかけて来たからだ。

上の階級に「成り上がる」のに有効な武器の第一は、もちろん金である。社会的身分も、紳士の称号も、国会の議席も、財力によって獲得することが夢ではなくなった。しかし、金だけでは、それこそ「成り上がり者」と軽蔑されるだけだ。もうひとつ役に立つ武器が「教育」だった。教育がないために自分がいかに差別され、不当な扱いを受けたかを身にしみて知っていた新興階級の親たちは、自分の子孫に「いい教育」を受けさせようと血まなこになった。

だが、オックスフォードやケンブリッジのような大学、そこへエスカレイター式に進学できる名門パブリック・スクール（もちろん公立ではなく私立）などは、こうした新参者を受けつけてくれない。そこに目をつけてひと儲けしようと、地方のなるべく辺鄙な場所に、新興寄宿制学校が雨後の竹の子のように現れた。

詳しい事情を知りたい人は、ディケンズが一八三八年に発表し始めた小説『ニコラス・ニクルビー』の前の部分を読むのがよかろう。ディケンズはさすがに新聞記者上がりだけあって、悪名高いヨークシャー州の学校を自身探訪調査した上で、「ドゥーザボーイズ（少年たちをやっつけろの意）・スクール」とその校長を描いたのであった。この小説は大ヒットして何度も版を重ねたが、一八四八年の版に彼自身が寄せた序文の中で、次のように書かれている。

私立学校こそ、英国における教育の長い間にわたる恐るべき怠慢、……国民の無関心を如実に示す実例である。他の職業に全く不適格であると証明された人間が誰彼かまわず、試験も資格も一切なしで、勝手にどこででも学校を開くことができた。……こうした人種が尊敬すべき礎石となっていたわが社会こそ、不条理と雄大高邁なる自由放任主義《レッセ・フェール》の世界に冠たるお手本だ。

教育は個人の問題だから外から干渉すべからずという、イギリス人のタテ前を痛烈に叩きつぶした本音がここにある。もうひとつの文学作品、シャーロット・ブロンテの『ジェイン・エア』（一八四七年）の中に描かれている寄宿制女学校（かなりの程度まで忠実に作者の実体験に基づく）の状況は、よく知られているから、ここで詳しく引用するまでもあるまい。

さすがに、教育に対する国の介入、規制や財政援助などを求める一般世論が高まって来た。体制側に反対するラディカルたちの多くが、その先頭に立って発言した。例えば、「最大多数の最大幸福」の名文句で知られる功利主義哲学者ジェレミー・ベンサムは、多くの教育制度批判や改革提言を盛り込んだ『クレストマシア』という本を一八一六〜一七年に出版した。この表題は「役に立つ学問」という意味のギリシャ語から出ているが、まさにベンサムの教育に対する姿勢をはっきり示している。彼は発言するだけでなく、それを実践する新しい学校のために、ロンドンの自宅の庭を提供した。これは昼間だけの通学校だが、後に寄宿舎設備も伴う同じ性格のヘイゼルウッド学校が、中部イングランドの大商工業都市バーミンガムに設立された。どちらも、もちろんのことながら、伝統的なオックスブリッジ大学やそこへの人材補給源パブリック・スクールとは全く違った教育方針を打ち出した。宗教は完全に教育から排除され、古典語は科目に入っていないし、それに代わって科学教育が重視された。まさにベンサムの本の表題そのものが実現したのである。ベンサムは後にロンドン大学ユニヴァーシティ・カレッジの母胎ともなるべき学校の設立にも貢献している。

またスコットランド出身のヘンリー・ブルーム（一八三〇年に男爵となる）は、選挙法改革などを強く主張したラディカル論客だが、一八二六年に「有用知識普及協会」を設立したことで知られる。彼は庶民の初等教育を国が行うべしと国会で訴えたが、やはり強力なタテ前論に阻まれて実現を見ず、一八六八年に死んだ。

しかし、正式の法制化に至る前に、少しずつその土台を築く作業が実現したあたりが、いかにもイギリスらしい。一八三三年には庶民の教育に対する国庫からの最初の助成金二万ポンドが認められた。また一八三九年に、枢密院に公教育問題を検討する委員会が設けられて、その初代事務長にジェイムズ・ケイ=シャトルワースが任命された。彼はマンチェスター近くで生まれた医師で、もともとはジェイムズ・ケイだったが、名門シャトルワース家の跡とり娘と結婚して、このような複合姓を名乗るようになった（これはよくあること）。

それはともかくとして、ケイ=シャトルワースはイギリス公教育の祖といわれ、二つの重要な著作、『枢密院委員会一八四六〜一八五二年議事録の公教育に対する影響』（一八五三年）、『公教育の四つの時期』（一八六二年）を残しているが、いずれも彼の姿勢をよく示してくれる。

それにしても、なぜ枢密院委員会なのか、なぜ国会の委員会ではないのか、という疑問が出るだろう。そこが、いかにもイギリスらしい、タテ前と本音の巧妙な使い分けの好例と言ってよい。「枢密院」（Privy Council）についての詳しい説明は百科事典などに譲るが、要するに君主、当時で言うとヴィクトリア女王の私的最高諮問機関なのである。それこそタテ前からすると、ここで国の公教育について議論するのは、筋違いなのであるが、国会で議論すると例のタテ前からする強い反対が出て難航するのがわかりきっているので、王室の私的委員会を隠れ蓑に利用して、ともかく実績を築いてしまおうという妥協の産物である。

さて、ケイ＝シャトルワースは自ら一八三九（一八四〇とする文献もある）年に最初の小学校教員養成学校を、ロンドン西南郊外（現在は市内）のバタシーに設立し、後にこれがセント・ジョンズ・カレッジとなった。日本でいうなら、かつての師範学校、いまの学芸大学というところだが、さすが医師の出身だからか、ケイ＝シャトルワースの教育方針は実学重視だった。学校を出て小学校の教師になった時すぐに役立つ知識を授け訓練を施した。教科目ももちろんそれに沿って選び、実際の小学校クラスにおける実習に重きを置いた。まさにプラグマティズム精神の枠である。

さらに、この教員養成学校生徒の中で優秀な者、将来有望な者を助教師に抜擢して、体験を積ませると同時に、何がしかの報酬をも与えることとした。つまり、伝統的な職人の徒弟制度を導入した。確かに、教員養成学校に入って来た若者には、一般の授業料の高い私立学校へ行けない貧しい家庭の出身が多かったから、この制度は大きな励ましとなった。経済的にも助かるし、先生という世間的に立派な称号をも獲得できるのだから。

さて、こうした動きを見て、体制側も黙ってはいられなくなった。パブリック・スクールからオックスブリッジ大学への主流の源泉にあるのは、もちろんイングランド国教会（しばしばイギリス国教会とか英国教会とか呼ばれることがあるが、誤解を招きやすい。勢力範囲はイングランドに限られているのだから）である。もともと首長が国王であることでもわかるように国政とは完全癒着であるから、庶民の子の初等教育施設を直接経営することは、タテ前上できないはずなのだが、現実には一八一一年に国教会は「国民協会」という団体を設立して、主として貧しい（従って授業料を必要とする私立小学校へ通う余裕のない）庶民の子供のための無料小学校を経営することとした。これが「国民学校《ナショナル・スクール》」と呼ばれるもので、わが国の太平洋戦争末期にあった「国民学校」を知る人は、てっきり公立小学校と思い込んでしまうかもしれないが、実体は宗教法人の財政負担による私立小学校であった（図②）。

国教会側の国民協会は、ケイ＝シャトルワースの教員養成学校を見て、これに張り合うような同じ学校、のちのセント・マークス・カレッジを、同じくロンドン南西郊外（いまは市内）チェルシーに設立して、その校長に詩人・批評家として有名なサミュエル・テイラー・コールリッジの二男ダーウェント・コールリッジを任命した。さらにベンサムのユニヴァーシティ・カレッジに対抗したのか、（後にロンドン大学に入ることとなる）キングズ・カレッジを設立した。

セント・ジョンズ・カレッジと同じ地域に誕生し、名前も似ていたが、セント・マークス・カレッジの教育方針は完全に違

図②「学校の格差」『パンチ』（1898年6月4日号）
A「BOARD SCHOOL（公立学校）とBOARDING SCHOOL（私立の食事付全寮制の学校）の差は大きいでしょう？」
B「いいえ。£．S．d．（ポンド、シリング、ペンス、つまり費用）だけよ」

っていた。こちらがオックスブリッジ大学のそれと同じで、古典語を重視するリベラル・エデュケイション、つまりすぐには職業に役立つことのない教育を基本に置いたのは、国教会系であるからには当然であろう。

　このように、それぞれの教育理念のぶつかり合いをはらんだまま、公教育への道が次第に固まって行ったわけだが、どちらの側にもタテ前と本音の喰い違いによる弊害もまた次第にあらわになる。役に立つ教育というと聞こえはいいが、実際には、先生あるいはマニュアル本から命じられた通りに知識をがむしゃらに詰め込み、一夜漬け勉強で試験に合格して、見事教壇に立つことができた先生が、どんな教育を子供たちに施すことになるかを考えると、身の毛がよだつではないか。ディケンズが『ハード・タイムズ』（一八五四年）に登場させたマチョーカムチャイルド[3]先生のような人がいてもおかしくない。あれはディケンズお得意のカリカチュアだと笑って済ますわけにはいかないのである。

　正規の学校以外にも、理解ある資本家が、タテ前上は労働者の福利厚生のため、本音では過激な労働運動などに走るのを防ぐために、大都市に「職工会館《メカニクス・インスティテュート》」というものを設けて、集会室や図書室を提供し、夜間にはそこで授業を行うことが多く見られた。やがてメカニクス・インスティテュートとは「夜学校」の意味で一般に使われるようになったが、当然のことながら、そこで行われた授業は最低限の読み書き算数と、仕事に役立つ知識を主として教えることであった。

　ところが、全国のこの施設を巡回して、精神訓話を熱心に行う人がいた。サミュエル・スマイルズはスコットランドの一商人の息子で、最初は開業医、後にジャーナリスト、鉄道会社重役など、いろいろな仕事をやったが、まさに出世階段を自力で昇った十九世紀イギリス立志伝の化身のような人物だ。だから、確固たる階級の障壁が崩れて流動化した社会においては、他力や氏素性などに頼るのではなくて、勤勉に自己の能力を開発する教育の力で出世階段を昇ることこそが人間として価値があること――つまり、「ジェントルマン」の証しであると信じ、またそれを他人に教える義務があるとも確信したのだ。

だが、ただお説教をしても昼間の仕事で疲れている職工たちは退屈するだろうから、具体的実例をたっぷり盛りつけて、聴衆の注意を集中させねばならない。そこで偉人小伝の詰め合わせのような講演を次から次へとやらかした（図③）。これが結構評判がよかったので、それをまとめて一冊の本として、一八五九年に刊行した。題は『自助論《セルフ・ヘルプ》』。

これがベストセラーとなって、刊行後一年以内に二万部売れたというのだから、国民の読み書き能力が今とは比べものにならぬ当時としては驚異的人気だ。彼はすっかり気をよくして、『人格論』（一八七一年）、『倹約論』（一八七五年）など、次々に処世訓の本を発表した。『自助論』が英国留学から帰朝したばかりの中村正直によって『西国立志篇』として邦訳され、明治四（一八七一）年出版と同時に爆発的人気を呼んだことは、歴史が教えてくれる。

図③「非労働者啓蒙クラス」『パンチ』（1858年10月30日号）
普通は労働者でない上流階級の人が労働者のための教育を施してやるものだが、たまには恩返しをしてもよかろう（スマイルズ先生もまっさお）！

いまとなって見ると、スマイルズの本や教えを古臭いお説教節と茶化すことはやさしい。だが、そんなつまらぬ本が、どうしてあんなに人気を呼んだかを考えてみる必要がある。既に述べたようにイギリス十九世紀という流動化した時代の、とくに若い世代、自分のアイデンティティや才能に不安を覚えていた人たちに、ある拠りどころを与えてくれたことは、容易に理解できる。教育のもつタテ前と本音の矛盾に困惑していた青年たちに、応援歌となって響いてくれたのだ。それは、過去の具体的な実例の羅列という、あまりにも即物的、だが実質のある盛りつけ方のお陰と言ってよかろう。伝統的に経験論を重んじる国民性は、説教者のスマイルズにも、その説教を聴いたり読んだりしていた一般大衆にも、共通していたのだから。

こうした実証主義に基づく近代科学が急速に広まったのが、十九世紀のイギリスだった。過去・現在の事実を多量に、しかも精密に調べて、ある体系を作り上げれば、それが未来の発明・発見につながる――つまり、人間と社会に無限の進歩と実利をもたらすという楽天的信仰が、スマイルズの教育方針の根本にあり、受け取る側もそれを素直に受け容れてくれた。教育もまた科学と同じ方法論を中心としなくては効果はないという確信が根づいたのであった。

スマイルズの『自助論』が刊行された一八五九年には、これよりももっと有名になり、後世にもっと強い影響を及ぼした本、チャールズ・ダーウィンの『種の起源』が出版された。もちろん、これは単なる偶然で、両者の刊行の間には関連はないが、生まれた背景に共通した精神風土、科学的思考への強い信頼があったことは間違いなかろう[4]。

第三節　精神成長をテーマとする小説

教育という魅惑と危険の双方をはらんだ美声に人びとが呪縛されていた十九世紀イギリスに生まれたギッシングであるから、教育が大きなオブセッションとなったのも無理からぬことだった。そこで、彼の主として前半の作品の中に、教育のテーマがどう扱われているかの検討に移ろう。ただ、あらかじめお断りしておかなくてはいけないが、紙数に限りがあるので、彼の作品の梗概は省略することになる。それについては、松岡光治（編）『ギッシングの世界』（英宝社、二〇〇三年）を参照していただきたい。

小説における教育のテーマといえば、当然すぐに思いつくのは、主人公の自己教育による精神の成長の軌跡を辿る種類の小説、一般にビルドゥングスロマン（*Bildungsroman*）[5]と呼ばれているものである。ギッシングは活字になった最初の長篇小説『暁の労働者たち』（一八八〇年）以来、まさにこの名がぴったり当てはまる作品を多く世に問うことになった。この小説は確かに社会改革を扱っているが、読者にもっとも強い印象を残すのは、ヒーローであるアーサー・ゴールディングと、ヒロインであるヘレン・ノーマンの精神形成のプロセスである。

最底辺の生活環境で生まれたアーサーは、画家としての才能を認められ、芸術家になろうと志すが、純粋無償の行為として美を探求し創造する仕事に徹すべきか、それとも現実の矛盾の解決、貧困と無知のどん底にいる人びとを教育し救済するという社会改革の仕事に己れの才能を活かすべきかというディレンマに苦しむ。もっと個人的には、貧しさゆえに堕ちた女キャリーへの愛が社会正義感と合体して、彼女を教育し救済しようと結婚する。

彼がお手本にしたかったのは、十八世紀の画家ウィリアム・ホガースであったが、彼がホガースほどの才能を持っていなかったからか、あるいは十九世紀イギリス社会の現実がホガース時代のそれ以上に厳しかったからか、彼の理想は無残にも挫折してしまい、最後にアメリカで自殺することとなる。

芸術家としての使命を貫き通すべきか、それとも一市民として社会正義のための義務を忠実に果たすべきか、この二つの目的の分裂・矛盾というのは、十九世紀から二十世紀にかけての多くの小説に見られるテーマであるが、ギッシングの多くの小説もこの苦悩のテーマを扱わざるを得なかった[6]。

ヘレンは牧師の娘で、真面目な勉強家だったため、新しい学問に関心を抱き、多くの本を読んだ結果、例えば聖書の記述に実証科学による検討を加えたドイツの学者フリードリッヒ・シュトラウスの著書『イエス伝』（一八三五〜三六年）に強い感化を受け、伝統的キリスト教信仰に疑いを持つようになる。彼女がシュトラウスゆかりのテュービンゲンに留学した時の日記によって構成されている第一巻第十四章のタイトルは、そのものずばり「精神の成長」（Mind-growth）となっている。

だが、ヨーロッパ大陸の学問の洗礼を受けてイギリスに帰った後、「人類教」の信奉者として社会改良の実践活動に献身するが、期待していたほどの効果が認められないこと、彼女の活動が救済の対象である貧民によってすら正しく受け取って貰えないことを思い知らされて絶望する。アーサーに抱いた愛も実らぬことを悟り、転地療養先のフランスで病死する。

「暁の」という表題は、一見希望を暗示しているかのように思えるが、実は最後になっても明るい陽光、精神教育の充実した成就は見えて来ない。この作品は芸術的には未熟（例えば、作者の個人体験があまりにも生のまま盛り込まれている点）であるが、ギッシングのビルドゥングスロマンの特質を既にはっきり示している点で興味深い。

そして、彼のビルドゥングスロマンのひとつの完成ともなっている『流謫の地に生まれて』（一八九二年）で、その特質がもっとも顕著に露呈されている。しがない身分に生まれた主人公ゴドウィン・ピークは、猛勉強で奨学金を得て、やっとパブリック・スクールに入学するが、もちろんひどいコンプレックスに襲われる。その時唯一の支えとなっていたのは、弟が（おそらく冗談かおべんちゃらからか？）贈ってくれた「精神の貴族」という称号だった。

庶民一般の少年が必死に掴もうとしていたのは、ベンサムのいうところの「役に立つ学問」であったが、ゴドウィンの自負心はそんなケチなもので満足することを許さなかったから、「役に立たない」リベラル・エデュケイションを求めて無理してパブリック・スクールに入ったのである。だが、結局のところ——これは頭がなまじよかったための不幸であるが——自覚せざるを得なかったのは、自分の知的努力も純粋無償の行為ではなくて、目的のための手段、スマイルズ流の立身出世の報酬目当ての頑張りと同じものに過ぎないということだった。「精神の貴族」から「事実上の貴族」になりたいという上昇志向、そのためには自分より上の階級のレディと結婚しなくてはというのが、彼の本音だった。

幸か不幸か、そのようなレディと親しくなり愛することになってしまった。父親からウィリアム・ゴドウィンの名をつけられたくらいだから、彼は筋金入りのラディカル、宗教に懐疑のメスを入れる実証科学の擁護者だが、彼女の関心をかうために、伝統的キリスト教の牧師となる決意をせねばならなくなった。ここでも、タテ前と本音の使い分けをせざるを得なくなる。そして、もちろん、最後には彼の正体が露見し、偽善者の皮を剥がれ、いたたまれなくなって大陸に逃れ、ウィーンで客死する。

本場ドイツの正統的なビルドゥングスロマンは、主人公がさまざまな試練（異性への愛もそのひとつ）を体験した後、最後に精神教育を成就させることができて、（例えば芸術家としての方向づけが固まったりして）ハッピー・エンドとなることが多い。こうした先例を見て、イギリスの小説家でウィリアム・ゴドウィン思想の信奉者であるエドワード・ブルワー＝リットンは、小説『アーネスト・マルトラヴァーズ』（一八三七年）の一八四〇年版序文の中で、次のようなことを言っていた。

精神の教育ないし修業という新しいアイデア、それをわたしは僭越ながら哲学的意匠と呼ばせて頂くが、それについてわたしは、もともとゲーテの『ヴィルヘルム・マイスター』に負っていることが容易にわかるようにしておいた。ただし『ヴィルヘルム・マイスター』においては、どちらかというと芸術の修業であったが、わたしが取り上げたより日常的なプランでは、むしろ実人生の修業なのである。

リットンはこの小説の献辞の中で、「思想家、批評家の民族、偉大なるドイツ国民」とベタぼめをしているが、その国民の創造した文学パターンを手軽に拝借して、紳士に立身出世する極めて実利的な物語を仕立て上げ、イギリス読者から喜び迎えられることに成功した。ディケンズはおそらくそうした流行を利用して、ビルドゥングスロマン（という言葉はもちろん使っていないが）に色目を使った立身出世物語を、例えば『デイヴィッド・コパフィールド』（一八四九～五〇年）などで試みていた。

ギッシングはこうした偽物の横行に腹を立てて、本物のビルドゥングスロマンのイギリス版を示そうとしたのであろう。だから、自分自身の教育オブセッションを露骨に表面に出して、教育を無理して身につけても、立身出世とは逆に、自分の本来の居どころを失って、故郷喪失、精神的亡命に終わることを強調し続けた。芸術家としての生き方と市民としての生き方の間に、決定的な断絶があることを示して、結果的には二十世紀小説のいくつかの先駆ともなった。

ただし、ギッシングの作品の中にも、主人公の精神成長に積極的・肯定的結実を与えている例が、数は少ないがある。『因襲にとらわれない人びと』（一八九〇年）の主人公の一人、ミリアム・バスクがその顕著な一例である。産業革命の中心であるランカシャー州の資本家であった夫を早く亡くした若い未亡人だが、厳しい福音派教会の教育を受けたために、快楽や美を罪悪としか考えない。そうした彼女がイタリアへ行って、そこの風土や生活によって、それから、そこで出会ったイギリス人の画家ロス・マラードの感化もあって、精神に大きな変化・成長の花を咲かせることに成功し、最後にマラードと結婚する。

　イギリス中産階級の頑迷偏狭な道徳に呪縛されていた女主人公が、イタリアで開眼するという点で、確かにこの作品は後のE・M・フォースターの初期の小説『天使も踏むを恐れるところ』（一九〇五年）、『眺めのよい部屋』（一九〇八年）などを先取りしているところがある。しかし、フォースターがイタリアという土地の霊――彼の好む言葉によると“genius loci”――神秘的な感化力、無知粗野な現地人の存在がイギリス人の精神解放に貢献している点を強調するのに対して、ギッシングはこの作品の中でそうした要素はほとんど無視して、教師としてのマラードの言動の方に重きを置いているところに注目すべきだろう。ここでも教育のオブセッションが、この小説をいささか図式化されすぎたビルドゥングスロマンにしてしまっている。

　第二部第七章は、ローマのヴァティカン宮殿でロスとミリアムが出会い、美術や古典文学についての講義をする男に対して、女がこれまで感じたことのない尊敬を、そしていつか恋心を抱き始めるという、重要な章であるが、その題が「学習と教育」となっているのに、読者は鼻白んでしまうだろう。作者の本音があまりにも正直に露出しすぎているからだ。恋人、あるいは妻を教育して、先生と生徒の関係を保ち続けるのが愛情の証し、末永い幸せの保証という、実生活では彼が実現できなかった夢を叶えようとするお伽噺を、いかに楽観的な読者でも素直に信じることはできまい。

第四節　教育が大衆化した時

　イギリス公教育の歴史の上で画期的な出来事が、一八七〇年の初等教育法可決であることは周知の事実だが、もちろん即座に全国で無料公立小学校が学齢児童に門戸を開いたわけではない。それは数年後のこと、そして六年間の教育を受けた最初の小学校卒業生が実社会に出て行ったのはもっと先のことである。でも、一八七一年に読み書きできない国民の比率が、男では一〇パーセント、女では二〇パーセントであったのに、一八八〇年代以降は限りなくゼロに近づいて行ったのは事実である。

　公立小学校出の新しい世代に対して、当然出版関係者も作家も注目し、対策を考えねばならなかった。ギッシングの作品にもそれが反映されている。一八九一年に世に出た小説『三文文士』の第三十三章で貧しい売れない文士の一人ウェルプデイルが、このような無尽蔵の潜在読者に、いわゆる“half-educated”（生半可の教育を受けた）以下の“quarter-educated”という新語を贈呈して、彼らを対象とした新しい週刊誌『雑談《チット・チャット》』を作れば、売れること間違いなしなのだが、誰か資金を出してくれないかなあと、彼が自画自賛する「天才的アイデア」を披露する。

　「やっとこ読むだけはできるが、注意力集中はできない」連中のために、「うんと軽くて内容のない……物語のかけら《ビッツ》、解説のかけら、スキャンダルのかけら、冗談のかけら、統計のかけら、馬鹿話のかけら」を満載した、まさに軽薄短小の大衆雑誌（図④）である。例えば「女王は何を食べている」とか「グラッドストーン首相のカラーは如何にして作られるか」といった短い記事でお客を釣る。

　一八九一年に『三文文士』を読んだ人なら、すぐにこれには現実の先例、モデルがあったと気づいただろう。ジョージ・ニューンズが一八八一年にマンチェスターで創刊した『ティット・ビッツ』（*Tit-Bits*）に対するあてこすりである。[7] 創刊号は発売開始から二時間のうちに五千部を売ったという。この人気の秘密は、主に一般読者からの投稿文を掲載したという新しいアイデアにあった。体験談、耳にした噂話、読んだことのある印刷物からの内容要約、ともかく何でもいいから投稿してくれと呼びかけたら、一日に二百通以上の応募があった。もちろん素人のものだから、文章も下手、内容も貧弱だが、そこが多くの読者を引きつけ、さらに多くの投稿を招くこととなったのである。

図④「庶民のための安い文学教育」『パンチ』（1849年9月22日号）
庶民に読み書きを教えても、彼らが読むのは低俗新聞・雑誌のセンセーショナルな殺人や暴力記事ばかりではあるまいか。『聖書』は床の上に捨てられている。

　そのうちに常連投稿者ができた。その中から後の作家アーノルド・ベネットやコナン・ドイルが誕生した。雑誌懸賞文で一等になったシリル・ピアソンは、編集部員にスカウトされてプロとなり、後に独立して『ピアソンズ・ウィークリー』を創刊した。常連投稿者の一人アルフレッド・ハームズワスは、後に新聞王ノースクリッフ子爵として天下に名を轟かすこととなる。彼は自分を育ててくれた恩人ニューンズについて、後にこう語った。

> 公立小学校がものを読みたがっている男女を毎年何十万と送り出している。彼らは普通の新聞など目もくれない。この『ティット・ビッツ』を生み出した男は、自分で思っている以上の大した大ものを手に入れたわけだ。彼こそジャーナリズムを全面的に変えることとなる進化のまさに出発点に立っているのだ。[8]

　ニューンズ自身一八八四年ロンドンに本社を移し、一八九一年に『ストランド・マガジン』[9] を創刊した。彼に育てられたドイルのホームズ短篇連載のお陰で、この雑誌が不朽の名を後世に残すこととなる。

ここで話はギッシングに戻るが、彼はただ単に教育の大衆化を上から見くだして冷笑を浴びせているだけの知的スノッブではなかった。『三文文士』の中では、未来に生き残れるのはウエルプデイルや批評家ミルヴェインのような現実感覚の持ち主だけで、「武士は喰わねど高楊枝《たかようじ》」の古臭い文士は退場せざるを得ないのだと、はっきり示されている。ギッシング自身が、この頃から短篇小説を雑誌に掲載することに熱意を燃やしはじめている。長くて重い三巻本小説の時代はもはや去ったと悟ったのである。自分があのように執着した教育の現実社会における大衆化現象が文学の形まで変える力を持ったのだと。

＊　＊　＊　＊　＊

イギリスの諷刺マンガ週刊誌『パンチ』は、毎年の初めに「今年のカレンダー」という特集を掲載していたが、一八八四年のカレンダーに、ハリー・ファーニス描く「教育フランケンシュタイン——未来の夢（初等学校委員会に献げる）」というカリカチュアが出ている。本章の冒頭にそのコピーを示したが、細部まで読み取ることは難しかろうから、以下補足説明を試みよう。

「フランケンシュタイン」とは、いまでは説明の必要のないくらい誰でも知っている言葉となっている。本来はメアリ・シェリーが一八一八年に発表した小説の表題で、その主人公である スイス在住の若い科学者の名前である。彼は科学に純粋の熱意を抱き、科学の発達は人類の未来に無限の幸福をもたらすと信じて、人間と同じ感情を持つ人造人間を創造することに成功した。

だが、作られたロボットは、なまじ人間と同じ微妙な感情を持つことが裏目に出て、己れの醜悪奇怪な外観に周囲の人びとが恐怖と敵意をむき出しにすることに最初は傷ついて悲しむが、遂には自分の創造主のみならず全人類に対して憎しみを持ち、復讐のために殺害絶滅しようと決心する。

この小説があまりにも広く人気を呼びすぎたため、いつしかフランケンシュタインとは、恐ろしい怪物の名前と一般に受け取られるようになり、今日に及んでいる。このマンガも明らかにそうした認識に基いていることがわかる。

一八七〇年の法によって初等教育だけは国民が全員無料で受けられるようになり、そうした教育を受けた多数の人びとが社会に出て来るようになったのが、一八八〇年代の中頃だった。既に見たように、これは半世紀以上も前からの、善意の人たちの努力の積み重ねが実を結んだものだったが、結果は手放しで満足していられるものばかりではなく、予想もしなかった弊害が現れ出たことを、このマンガが示している。

画面の下の方には、この新制度のお陰で失職し、「飢え死にしかかっている」と悲鳴をあげている人たちがいる。例えば、個人（家庭）教師――その多くは女性。文学の大衆化によって生活に窮する芸術家――『三文文士』の主人公リアドンやビッフェンのような人たち。その他もろもろ。

だが、重要な訴えは、こうした個々のケースではない。画面の中心で必死に身もだえしているのは、「教育」それ自身である。おそらくいまや強力すぎなくらいになった怪物の前では、ひとたまりもなく敗れたり、亡び去るしかないだろう。

ベンサムなどのラディカルたちが推進し、その著書の表題で歌い上げた「役に立つ学問」は、もちろん善意から生み出したものだが、結果としてはディケンズが示した悪夢、マクチョーカムチャイルド先生のような怪物を大量生産してしまった。つまり、教育フランケンシュタインである。

このマンガの主人公である怪物が腰にぶら下げている袋には、「ポンド、シリング、ペニー」と書かれている。マンガ家の意図としては、公教育には金がひどくかかる、つまり一般大衆の税金の負担がきつくなる、と言いたいのかもしれない。しかし、その後現在に至る世界の情勢を知っているわたしたちから見ると、これは教育が産業のひとつとして確立して、金儲けと効率のみを追求するようになった未来の悪夢を、早くも予言しているように思えてならない。

純粋の善意が恐るべき害悪を生み出し、それが逆に創造主に復讐して抹殺してしまうという、フランケンシュタイン図式は、まさに教育においてもっとも露骨に具現化されるものであることを、このマンガは残酷にも見せつけてくれる。つまり、それはタテ前と本音の喰い違いを適当に誤魔化し、見て見ぬふりをして来たツケである、と言い換えてもよかろう。

ギッシングがこのマンガを実際に見たことあるかどうかはわからない。それを示す具体的証拠は、私の知る限りではないようだ。でも、『パンチ』は多くのインテリによっても愛読されていたし、ある人に言わせれば『タイムズ』紙と並んだイギリスの名物なのだそうだから、おそらく見ていたのではないかと思う。果して、どんな感想を持っただろうか。画面の中のどの部分に共感、あるいは反感を抱いただろうか。想像してみることも無駄ではあるまい。

註

（1）関心のある方は次の論文を参照。Shigeru Koike, "The Education of George Gissing" in *English Criticism in Japan*, ed. Earl Miner (U of Tokyo P, 1972) 233-58.
（2）カギカッコをつけたのには理由がある。つまり、「社会に強く関心を持った小説」というような漠然とした意味ではなく、ルイ・カザミアンがその著『イギリスの社会小説』（一九〇三年）で定義した、限られた範囲の小説を指している。イギリス産業革命の影響で生じた階級間、あるいは労使間の対立抗争を主なテーマとする小説のことで、時代でいうと一八三〇年代から五〇年代にかけて発表された作品。
（3）"M'Choakumchild" という字からどのような連想を読者に持た

せるか、そこがディケンズのユーモリストとしての腕の見せどころだろう。"M(ac)"から当然スコットランド出身だとわかる。当時小学校教員にスコットランド出身者が多かったと指摘する人がいるが、スコットランド人の実学尊重の姿勢を意味すると考えてもよいかもしれない。ヘンリー・ブルームもサミュエル・スマイルズも同地の出身だった。さらに"choke"と"child"から「子供に知識を詰め込んで窒息させる」と連想するのは当然。"oakum"は、かつて木造船に水が浸み込まぬよう板の間に詰め込んだボロ布で、これを作る単純・退屈な作業は監獄で囚人に課されたもの。つまり、学校を監獄化するのがこの先生の仕事だった。

（4）なお本節の記述に関しては小池滋『英国流立身出世と教育』（岩波新書、一九九二年）をも参照。

（5）代表作にゲーテの『ヴィルヘルム・マイスターの修業時代』（一七九六年）、『ヴィルヘルム・マイスターの遍歴時代』（一八二九年）など、ドイツの小説が多いため、いまだにドイツ語のまま各国でも用いられている。日本では「教養小説」と訳されている場合があるが、次の理由から、ここでは使わないことにしたい。ドイツ語"Bildung"は精神形成のプロセスと、その結果得られたものの両方の意味を持つ。「教養」はその後者に対してつけられた訳語だが、この種の小説の主要テーマは前者の持つ動的プロセスであるから、静的ニュアンスを持つ「教養」は訳語としては誤解を招きやすい。なお、詳しくは『教養小説の展望と諸相』（しんせい会編、三修社、一九七七年）、とくにその中の一章、柏原兵三「ドイツ教養小説の系譜」の序章（五九〜六五頁）を参照。イギリスの場合については、川本静子『イギリス教養小説の系譜——「紳士」から「芸術家」へ』（研究社、一九七三年）、および小池滋「イギリス・ビルドゥングスロマン序説」（『教養小説の展望と諸相』一一七〜一三四頁）を参照。

（6）Cf. Jacob Korg, "Division of Purpose in George Gissing," *PMLA*, LXX (June, 1955) 323-36.

（7）詳しくは小池滋『島国の世紀』（文藝春秋、一九八七年）第二章第四節「普通教育制度とマスジャーナリズム」一一六〜一三一頁）を参照。

（8）Q. D. Leavis, *Fiction and the Reading Public* (1932; London: Chatto & Windus, 1965) 311, note 96.

（9）Q・D・リーヴィスは「最初の近代的雑誌」（Leavis 179）と評した。

第二章

宗　教

——なぜ書かなかったのか——

富山太佳夫

1900年頃のロンドンの浮浪児

第一節　冒険小説と貧困小説

貧しさを書く――人間の成長や愛、悲劇や幸福ではなくて、貧困を描くとはどういうことなのか。幸福な結末を予感させることのない極度の困窮を描いた小説を誰に読ませようというのだろうか、何のために？　十九世紀のイギリスで、とりわけ首都のイースト・エンドに蔓延していた貧しさを文学の言説の中にからめとるというのは一体何であったのだろうか。世紀末の貧困を執拗に描き続けたギッシングの小説を読みながら、そこに描かれている貧困のネットワークに殆ど言葉を失いながらも、絶えず問い続けなくてはならないのがこの問題である。彼の描き出した何重にも交差する貧困の風景はイギリスの文化の中の何を表象しているのだろうか。いや、そのことを問う以前に、そもそも貧しさを書くとき、その対象は自明の了解事柄としてそこに在るものなのだろうか。

金銭と経済をめぐる話題は、世紀末の自然主義の文学の中だけではなく、それから最も遠いところに位置する子ども向けの冒険小説の中にもあふれていた。世紀末の冒険小説家の中でも抜群の人気を誇っていたG・A・ヘンティの『ロバーツとともにプレトリアへ』（一九〇二年）はこう書き出されている。

サマセットシャのウェイバーフィールドの牧師館は悲しい朝を迎えていた。とりたてて贅沢な暮らしをしてきたわけではなかったが、牧師のジョン・ハーバートンにはミッドランドの銀行の株から来る個人的な収入もあったし、この銀行自体が安定した優良なものとみなされていた。ところがその日の朝、最初に彼の眼に飛び込んできた新聞記事は、「バーミンガム・コヴェントリー銀行崩壊。重大なる債務超過か。混乱広がる」というものであった。

「何ということだ」と、最初の驚きと嘆きを乗り越えたところで牧師はつぶやいた。「それでもまあ、まだ教会からの収入があるわけだから……」（第一章）

牧師はただちに倹約のプランを練り始めるが、そのうちのひとつに息子の学校中退が含まれている。息子の方は父親の窮状を察して、いかにも冒険小説の主人公になるのにふさわしい男の子らしい言葉を口にする。「僕のことなら、何とかやれるよ。優等生になる見込みなんてなかったけどね。ラグビー校をやめるのがさびしくないわけじゃないけど、お父さんが馬も馬車も、あれもこれも手離さなきゃいけないのにくらべたら、何でもない」（第一章）。この小説では、少年が冒険に乗り出すことをあと押しする家庭の経済的な破綻が、あまりにも対照的に、同時代のギッシングやアーサー・モリスンの貧困小説では底無しの転落への契機となってしまうのだ。しかし、そのような極端な対比性と併行して、経済的な破綻が一連の展開のきっかけになり得るという発想が文学の構造決定に絡んできていることは疑い得ないだろう。

『宝島』（一八八三年）の場合には、経済的次元の介入がさらに極端なかたちをとる。そもそも宝島という名称自体が異例であると言うべきだろうか。ヴィクトリア時代の冒険小説の典型的なパターンというのは、主人公の少年が難破や、見知らぬ土地での蛮族、猛獣との闘いを体験して、みずからの勇気と正義心を証明し、それによって大英帝国のすばらしさを体現する人物となる過程を描くということであった。もちろん彼はその成功報酬を手にはするものの（宝物や報奨金、あるいは結婚のかたちで）、最後に手にすべき目標としての〈宝〉をまず最初にかかげるというのは、多少なりともパロディ風味の露悪性を正面に押し出すことでもあったろう。作者のR・L・スティーヴンソンはそのことを意識していたはずである。主人公の少年には「不思議な島や冒険」、「蛮族」や「危険な動物」を予期させる一方で、ブリストルの港の人々は航海の目的が「宝物」だと信じていることにしている。登場人物のひとりの台詞、「宝物なんてどうでもいい！　俺の頭を熱くするのは海の栄光だ」（第七章）は、冒険小説の定式とそのパロディの間に成立した言説と読むこともできるだろう。

そのようなパロディをかいして経済的次元がもっとあからさまに侵入してくるのが、海賊シルヴァー船長の人物造型である。

彼はロング・ジョン・シルヴァーと呼ばれていて、片足がない。もっとも私の方としては、それを有利な点と判断したがね。彼は不滅のホークの指揮下で働いているときに祖国のために片足をなくしたんだ。それなのに、年金がもらえない。まったく何というヒドい時代なんだ！……彼は銀行に口座を持っていて、借出し超過になったことはない。宿のやりくりは奥さんに任せるらしい。その奥さんというのは黒人だから、きみや僕のような独身男としては、彼が海の放浪に戻りたくなったのは、健康のこともあるだろうが、奥さんのせいじゃないかと勘ぐりたくもなるね。（第七章）

『宝島』を単純かつ典型的な冒険小説とみなすことの愚は、ブリストル港を出る前のこの一節が十分に教えている。年金云々の話といい、銀行の口座の話といい、経済的次元のあからさまな侵入は、世紀末のイギリス文学の中ではもはや決して異物とはみなされなくなっていたと考えてよいだろう。問題は、そのような経済的次元の、つまり金銭問題の侵入がどのようにして描かれるのかということだ。

冒険小説の主人公となる少年が、勇気と正義心と公正感を身につけながら大団円に向けて突き進み、最後にはしかるべき報酬と幸福を手にするのとは対照的に――『宝島』の場合であれば、「我々全員が宝物の分け前を十分に手にし、それぞれの性格に応じて賢明に使ったり、浪費したりした」（第三十四章）ということになる。宝探しの冒険にかかわった大人にしても、その分け前を手にして引退生活を楽しむ者もあれば、「上昇志向」に突き動かされて努力し、今では船主となって、「結婚し、一家の父」となる者も出てくるし、せっかくの報酬をまたたくうちに浪費した挙げ句、今では「田舎の少年たちの……大の人気者となり、日曜日や聖人の日には教会で堂々と歌をうたってい る」（第三十四章）者もいる――ともかくそれとは対照的に、世紀末の貧困小説に登場する少年たちは正反対の負の属性に囲まれて、彼らなりの負の〈冒険〉に乗り出すことになる。

『宝島』を世紀末の冒険小説のひとつの代表作とみなすならば、貧困小説の代表作としてそれに対置できるのはアーサー・モリスンの『ジェイゴーの少年』（一八九六年）ということになるだろう(1)。イースト・エンドの中でも際立った極貧地区で始まるこの小説の主人公は、始まると同時に盗みや暴行事件に巻き込まれてしまうことになる。正確には、彼が盗み、暴行に走るのだ。しかしそのことは、この驚くべき小説の中にプラスの価値観が示唆されていないということではない。スラングを多用して書かれた母と少年の次のようなやりとりが既に第一章に挿入されているからだ。

「……うちはそういう人たちとは違うんだよ、ディッキー、あんたにも分かってるでしょ、お母さんはいつだってちゃんとした正直な生き方をしてきたのよ。あんただって――」

「分かってるよ。お母さん、前にそう言ってたんだから、お父さんに――聞こえたんだ。お父さんが黄色い石みたいなのを持って帰ったとき――ネクタイのピンだろ。あれ、どこで手に入れたんだよ？　父さん、何ヶ月も何ヶ月も仕事ないんだよ。家賃を払ったり、ルーイのパンやミルクを買うお金、どっから来るの？　ぼくが知らないと思ってんの？　子どもじゃないんだよ。分かってるよ」

「ディッキー、ディッキー！　そんなこと言うもんじゃない！」よどんだ眼に涙を浮かべた母親はそれだけ言うのが精一杯であった。「よくないことよ――浅ましいし。おまえはいつもちゃんとして正直でいてくれないと、ディッキー、そしたら、おまえは――成功できるから」

「正直なやつらなんて、バカだよ。……ぼくは大きくなったらお偉いさんのような服を手に入れて、上の奴らの仲間になるんだ。デッかくパクるんだから」

「暗い牢屋に何年も何年もぶちこまれちゃうよ……」

（第一章）

ここにはロマン主義が発見したはずの純真無垢な少年像の痕跡も、多分にフィクショナルな家庭の天使という子ども像の影もなく、世紀末のロンドンの貧困地区に実在したかもしれない少年の現実的な表象が存在するだけだ（図①）。この少年にとっては、このような犯罪社会の中で生き抜くことこそが生きのびるための〈冒険〉となる。しかも、すぐあとの第二章でそのような冒険が始まってしまうのである。

救世軍の活動やトインビー・ホール他のセツルメント運動を頭において構想されたと思われる「イースト・エンド向上運動ならびに全知協会」の設立式が、そのための舞台となる。生活向上、思想向上、人間性拡大を謳い文句にするこの団体の設立式とその御祝いの場にこっそりともぐり込む少年の目的は、まず第一に、そこで出されるおいしいケーキを盗み喰いすることであった。少年はそれには成功する。そのあと彼は、御祝いの演説をして御満悦の司教の時計を盗むことになる。かりにこのエピソードだけならば、幼い少年のあまり深くとがめるほどのことはない窃盗事件という解釈も成り立つのかもしれないが、

図①　社会事業家・慈善家Ｔ・Ｊ・バーナードによって創始された孤児院への入所を待つ子どもたち

『ジェイゴーの少年』はそのような柔和な解釈を拒絶してしまう。読者は暗澹たる雰囲気の中にたたき落とされるのだ。

そのような方向に読者をひきずってしまう力は、少年の窃盗に由来するというよりも、両親が彼の窃盗の結果を引き受けるときの言動に由来すると思われる。「お母さん――お父さん――見て！　やったよ！　時計が手に入った――赤いやつ！」この純粋な自慢と喜びの言葉に対して母の返す言葉は、既に見た彼女の考え方を追認するものとなる。「おまえはなんて浅ましい、よくない子なの。本当に、ジョシュ、この子は――この子は悪人になってしまうわ」。その息子をいきなりベルトで殴りつける父親の乱暴さにしても、ことによっては許容せざるを得ないものかもしれない。しかし、みずからの行動をきびしくとがめられた少年が部屋を飛びだしてしまったあとの二人のやりとりは、この小説の描き出す貧困社会のやりきれなさを一挙に浮上させる。


少年の姿が消えると、彼女はためらいがちにこう言った。

「すぐに処分する方がいいんじゃない、ジョシュ」

「ああ、行ってくる」時計を片手でもてあそびながら、ジョシュが答えた。「いいやつだな――最高級品だよ」

「ウィーチのところで売ったりはしないでしょうね、ジョシュ。あいつは――しみったれだから」

「そんな心配はいらんよ。これならオクストンでも大丈夫だ」

子どもの犯罪、そして大人の犯罪、しかもどちらかと言えば、殺人のような犯罪ではなく、しみったれた窃盗などを書き込むというのは、ディケンズの例を挙げるまでもなく、貧困社会を描くときの常套的な手段であった。大きな宝物を導入するのには冒険小説が必要であったし、殺人を導入するには推理小説の形式が有効であったのに対して、貧困社会を描くための素材としてはしみったれた犯罪と人間のいじましい行動、いじましい心理を使いまわすのが定番であった。この考え方はモリスンの小説の結構を説明するだけではない。ギッシングの小説の中にもこの鉄則によって説明できる部分が多量にあることは、『ネザー・ワールド』（一八八九年）ひとつを考えてみても十分に分かることである。そこにあふれている夥しい数の嘘のつき合いは、ジェイン・オースティンの小説世界におけるゴシップのように、小さな共同体をひそかに支えるものとして機能しているのではなく、相互の人間関係を決定的に破壊してしまうことはないものの、そうした嘘によってささやかな利益を手にしようとする登場人物たちのおぞましさを効果的に印象づける働きをしている。ギッシングの小説を読んだあとに快感が残ることはほとんどない。むしろ、あとに残るやりきれなさこそが――世紀末イギリスの社会の困窮と困惑を描く作品が残すやりきれなさこそが――彼の小説の魅力であると言うべきかもしれない。（第三章）考えてみれば、このようにねじれた魅力をもつ作家は、イギリス小説史の中には、他に例がない。

第二節　職探し、引越し

世紀末の貧困小説を支えているもうひとつの重要なモチーフが職探しである。名前をもたない浮浪者は困窮の風景のひとつの構成要素として以外には使いにくいという小説作法上の要請も絡んでいるだろうが（『ジェイゴーの少年』の書き出しはそのような風景化の一例である）、モリスン、ギッシング他の世紀末の作家たちの作品で好んで前景化されるのは新たに職を求める人、転職を願う者、そして失職して職探しをしている者たちの苦しい表情である。『ジェイゴーの少年』でも、かつては左官業についていた少年の父は今は失職中という設定になっている。「あなたが定職についてくれるといいんだけれど、ジョシュ、昔のように――本当に、定職があれば」（第一章）。モリスンはこの失職、職探しの問題をいたるところに発見してしまう。短篇集『貧しい街の物語』（一八九四年）では随所にこのモチーフが顔を出している。わずかでもお金を手に入れようとして、パブの裏手の部屋でのボクシングの試合に出る少年の登場する「三ラウンド」には、「ネディ・ミルトンには闘うだけの体力はなかった。半端な仕事でもいいからと一日歩き回って、もう足が棒。十八歳の少年が朝から夕方まで食事抜きというのは辛い」。「改宗」の主人公は雑貨商の使い走りから始めて、窃盗犯となり、次には警察の密告人となり、そして偶然に宗教に目覚め、そのあと足の悪い老婆のものを盗む。「打つ手もなく」では、ロンドンの港湾ストに参加した労働者たちの困窮ぶりが描かれる。「ストライキに参加した者の多くは参加手当があるわけでもなく、行進したところでそれが腹の足しになるわけでもなく、仕事があるかもしれないというので、マンチェスターやバーミンガム、リヴァプールやニューカッスルに向けて歩き出した」。そのような失職者の行進の中では、ひとりがぶつ正論にしてもひたすら虚ろに響くだけである。

労働者がみずからの額に汗して生みだした富と贅沢と放縦の中に立ちつくし、空腹でいるというのは、どういうことか。同士諸君、立ち上がるべき時が来た。奴隷を追いたてる傲慢な資本家どもをひざまずかせるべき時だ。

この発言の妥当性に泥を塗ってしまういじましさは、もちろん既に検討した窃盗や嘘からしみ出してくるいじましさとは異質のものではあるにしても、その両者は連動し得るはずである。連動して困窮の雰囲気を強化しているはずである。さらにここに飲酒や売春の話が加味されるならば申し分ないはずであるが、モリスンもそのことを見落しているはずがない。『貧しい街の物語』の声価を決定した感のある巻頭の短篇「リザラント」の役割はそれを導入することであった。十七歳という年齢で作品に登場することになる彼女は「ピクルスを作る工場で働いていた」。週給は十シリング。結婚した相手には定職がない。「ビリーは失業者の集会に出かけて、ロンドン塔を襲撃しようといった提案に拍手をしたりしていた。もっとも、棒先にハンカチをくりつけて行進しながら、邪魔するオマワリはぶち殺してやるなどと気勢をあげることはしなかった。そうした行進の結末がどんなものになるのかを承知していたからだ」。彼女が二十一歳を迎える数ヶ月前には三人目の子どもが生まれるが、「ピクルス工場はしばらく前に彼女をクビにしてしまい、今ではときどき掃除婦の仕事をするくらいだ」。そうした窮状の中で、同居していた夫の母が死に、かろうじてその葬式をすませたあと、彼女は最後の選択を強要されることになる。


「ともかく——俺はかまわねえ。やれよ」

「なんですって」と、リザーは唖然として顔をあげた。

「私が街に立って、やれるって、あなたは言うの？」

「あたり前だろ。他にも一杯やってるじゃねえか」

「ビリー……どういうつもりなの？」

「どうもこうもあるもんか。他にも一杯やってるって言ってんだ。やれよ——いつまで清純ズラしてんだよ。……やれよ——その頭をぶっとばされたくなかったら、金をかせいでこいよ」

確かにギッシングの作品にはここまで極端な表現はないにしても、生きるために売春するという行動が彼女の射程内にあったことは歴然としている。『無階級の人々』（一八八四年）は、主人公のひとりアイダの母が、彼女を育て、教育を与えるために売春をしていたことが学校に知られて、この少女が放校になるところから物語が始まるのだから。「『学校の連中が私のことを知ったのよ、それでアイダがやめさせられたんだわ』、ロッティはそう言って絶望的な顔をした。……『この病気が治ったら、もうやめる——神様、本当です！　正直な生き方に戻ります、その方法さえあったら』」（第二章）。結局この母親は、願い通りに新しい職を見つけることもなく死んでゆく。放校という、ある意味では失職に対応するような経験をしたあとのアイダは何回も転職を重ね、母と同じように街娼も経験し、挙げ句の果てに冤罪で六ヶ月の刑を言い渡されることになる。作者がこの少女のために用意したのはウェイマーク青年の心もとない言葉でしかなかった。「ぼくの理想の女性というのは、人生の暗い秘密をとことん知りながら、それでも純粋な心を持っているひと——アイダ、きみのように」（第十七章）。常識的には、このような愛の言葉の前後にはその意味を支えるコンテクストが展開するはずであるが、貧困小説『無階級の人々』はそのような期待を裏切ってしまう。そして、そのように期待を裏切ってしまうことによって、経済的な窮状が人間を奈落にひきずり込んでしまうさまを表象するのである。いわゆる貧困の情景の描写だけに終始するのであれば、ピクチャレスクという言葉でくくられるような表象の提示に行きつくだけになりかねないだろう。それはスケッチという言葉で指示されるもののレベルにとどまってしまいかねない。しかし、貧困とは決して静止した画像ではない。動きつづけ、変化しつづけ、まわりにあるものを引きずり込んでゆくコンテクストなのだ。そのような性格をもつ〈渦〉なのだ。

そのような渦の中で生きる人々を描くにあたっては安定や静止といったモチーフほど違和感を生みだすものはない。ギッシングの作品は——『ヘンリー・ライクロフトの私記』（一九〇三年）は例外としていいかもしれないが——驚くほどの不安定な動きにあふれている。[2]田舎の貴族や地主を中心とした共同体やそこに展開する自然につきものの不変性は、彼の作品からは排除されてしまう。彼の都会小説を埋めつくしているのは、絶えず不安定に動きまわる人々だと言っていいだろう。彼らは職を失い、職を求め、繰り返し転居し——ヴィクトリア時代には、中流階級以上の持ち家率も決して高いものではなく、転居は常態化していた——何か新しいことを試みようとする。その新しい何かは、ときには階級性や教育、教養を度外視して作家になろうとする欲望のかたちをとったり、女性の権利を主張しようとする動きのかたちをとったりする。短篇「蜘蛛の巣の家」（一九〇〇年）の中で語られる印象的な持ち家願望は、実のところ、ギッシングの作品に蔓延する不安定な動きへの対抗的な願望であると解釈すべきかもしれない。

今までずっと自分自身の家を持つのはどんなに楽しいことだろうと思っていました。本当の、自分の持ち家ですよ。借家なんかじゃなくて、そこで暮らして死んでいける家ですよ。誰にも自分を追い出す権利なんかないって思える家です。何度も何度もそれを夢に見て、どんな気持ちになるものか想像してみようとしました。大きな、立派な家じゃなくてもいいんです――ほんとに、そう。どんなにちっちゃくても構やしなかった。ほんとに、私のような者にはちっちゃいほどいいんですから。

こう語る人物も長い間借間暮らしを経験してきているが、それはギッシングの貧困小説に登場してくる人物大半の運命でもあった。挫折の頻出する人生を考えつくことにたけていた彼は、この人物とは反対に、立派な持ち家を手に入れても、そこに安住することのできない人物までも造形してみせている。すなわち、人生の不安定な動きを押しとどめて安定を約束するはずの持ち家がさらなる不安定さにつながってしまうような事例まで捻出して作品の中に埋め込んでいるのである。ここまで来ると、不安定な動きにとりつかれた人物、状況、筋を考察することがこの作家にとっては中心的なオブセッションになっていたのではないかと勘ぐっていいくらいだ。この場合の例は、『余計者の女たち』（一八九三年）に登場するウィドソン。

彼は急死した兄の遺産として立派な家屋敷と年六百ポンドの収入を手にすることになる。「たった一日で――一時間で――私は奴隷状態から自由になったのです。貧乏から安楽以上の生活になったのです」（第五章）。その彼が自分の持ち家について、こう述懐する。

今までずっと自分自身の家を持ちたいと思っていましたが、それが実現するなどと考えたことはありませんでした。大体人間なんて、自分に合った住まいがありさえすれば他のことは気にしないものでしょう――少なくとも、独身のときには。私はいつもひとりで暮らしたいと思っていました――つまり、赤の他人と一緒にではなくて。前にも話しましたが、私は人づきあいがいい方じゃない。自分の家を手に入れたときにはオモチャをもらった子どもみたいなものでした。嬉しくて眠れませんでしたよ。（第七章）

しかし、この家でのモニカとの結婚生活は、結局のところ彼女の悲惨な死に辿りついてしまい、この家が安定と静止のシンボルとなることはないのである。

ウィドソンは持ち家と結婚のうちに安定と静止を見出せなかっただけではない。彼の人生そのものが、職歴そのものが安定とも、安定的な上昇化とも無縁のものだった。父はブライトンの競売人であったものの、仕事がうまくゆかず、結局は馬車にはねられたのがもとで死亡。母は下宿屋を始め、彼は「十四歳のときに父のパートナーであった人物の事務所」に出され、「十九歳になるまで使い走りの手伝いにすぎなかった」。そして、「自分の将来がどうなるのか見当もつかなかった。事務所の仕事なんて、仕事という仕事が大嫌いだった。でも、どっちを向いても出口なんて見えやしない。……事務員の生活なんて――地位のあがる見込みのない事務所人生なんて――ひどい運命だ！」（第五章）。そうした人生を送っている最中に、一番仲の悪かった兄（株式仲買人）が急死して遺産を残し、彼の人生は一変するのである。彼に与えられるのは、ゆうに一冊の小説になるほどの変化にあふれた人生の軌跡なのだ。

服地屋で働いている二十一歳のモニカにしても、死ぬほど酷使され、タイプライターの打ち方を教わってもっと有利な仕事に転職したいと考えている。『余計者の女たち』では、筋の展開と併行して、転職と転居の話がでてくる。いや、この小説に限ったことではない。『無階級の人々』にも似た例がいくらでも見つかるだろう。そのいい例が主人公となるウェイマークであって、学校の教師として登場しながら、その学校の運営のあり方に嫌気がさして、次には貧民街の家賃の取り立て係として働き、そのあとは「貸本屋のアシスタントの地位を手に入れた。賃金は安かったが、それでも夜は自由になれた」（第三十一章）。そのあとの彼は小説家に転身してゆく。家賃の取り立てのために貧民街を探訪する彼の眼の前には、おそらく世紀末の読者が予期したはずの悲惨な光景が展開するので、オクテイヴィア・ヒルやチャールズ・ブースたちの社会調査と比較して、その社会史的な表象の意味を探ることも十分に可能ではあるだろうが、作品内在的な見方をとるならば、登場人物を予想外の方向に不安定に動かし続けるギッシングの執拗な技法のもうひとつの例がここにもあるということになるだろう。

『ネザー・ワールド』からもひとつだけ例を挙げておくことにしよう。あまりにも人物関係と筋の展開とが錯綜し、そこに犯罪ミステリーめいた雰囲気まで加味してあるために、整然と説きほぐすことのむずかしいこの小説の中から例として取りあげるのは、ジョン・ヒューイットである。この小説の登場人物は、大別すれば、スノードン家の関係者とヒューイット家の関係者、そしてその両者をつなぐ役割をするシドニー・カークウッド他の人々ということになるだろう。この三つの系列の人物たちが複雑に交錯する中で、時代の貧困問題、貧民の救済問題、当時の新しいさまざまの思想をはらんだ言説がやりとりされるのがこの小説である。極論すれば、この作品からは貧困小説のすべての要素の他に、植民地問題や当時の演劇事情にいたるまでのいっさいを、上流社会と社交界に関わる事柄以外のいっさいを読み取ることができるとまで言えそうである。その中から敢えてジョン・ヒューイットを取り出すのは、彼の占める位置の重要性とその比較的輪郭のはっきりとした人生の変転を考えてのことである。

　この小説の中では数少ない善人のひとりとしてよいジョンは、失業中の指物師として登場して来る。先妻との間に二人の子どもが、今の病弱な妻との間に幼い四人の子どもがいて（そのうちのひとりは生後二週間にしかならない）、文字通り極貧の生活を余儀なくされている。そして新聞の求職広告で「窓拭き、掃除等」の仕事を見つけて出かけてゆくことになるが、「俺は八時半についたんだ。で、どうなったと思う？　……五百人も押しかけてたよ！」（第三章）。それだけの苦労はしていても、この人物は紋切り型の堕落への道を走ることなく、どん底の世界の悲惨さが強烈に露呈する場所へ足を運んだ。彼はクラーケンウェル・グリーンの集会では絶えず演説し、ラディカル・クラブでも演説した。そうした興奮のもたらす影響というのはひどいものではあったが、飲酒のもたらす悪ほどひどいものではなかった」（第二十一章）。多少皮肉なユーモアがまじっているようにも見える最後の文は、実はこうした労働者の運動に対する作者ギッシングの姿勢を洩らしてしまっているようにも思える。彼は間違いなく下層の人々の窮状を知っていたし、その状態を改善しようとする動きも、博愛主義の運動のことも知っていたが、そこに最終の希望を託すということはしなかった（図②）。『ネザー・ワールド』は、ある意味では、そうした運動や努力がことごとく挫折してゆくプロセスを描いた作品とも言えるのである。ギッシングの創作活動には困窮の悲惨さをさまざまの場所に見出し、そこから脱出しようとする何人かの人物を投入し、その努力の挫折を描くことの繰り返しであったと言える部分がある――それは職を失い、職を求め、また職を求めざるをえない下層民の生活のパターンと明らかに相似形をなしているだろう。

　当然のことながらと言うべきだろうが、ジョン・ヒューイットの政治的な姿勢も挫折する。「死ぬまで苦しみと貧乏しか知らなかった」妻の死後、彼はわずかながらも貯金していた金を横領されてしまったことを知る。「クラブの金が盗まれてしまった。俺の金を盗んだんだ。女房の棺桶を買ってやる金さえなくなってしまった」（第二十一章）。しかし、ここで彼の人生が

図②　チャールズ・キーン「博愛主義者と煙突掃除の少年」『パンチ』（1876年10月7日号）
博愛主義者「ほら、1ペニーあげるよ。何に使うかね？」
煙突掃除の少年「うわっ、これ全部！二倍かゼロか、コイン投げでかけようぜ」

終わるわけではなく、彼はただ闘いの舞台から降りて、ともかくも静かな安定を手にすることになる。

シドニーと一緒にいると、この疲れ切った反抗者も平静になった。無骨な苛立ちを浮かべた顔も、奇妙に傲りのないおだやかなものになった。結局のところ、以前ならばチャリティと呼んだはずのものを受け取ることになったのだ……［それでも］彼は、いずれ不可知の恩人に感謝する日が来ますよというシドニーの主張は信用しなかった。（第三十二章）

ジョンの娘は家出をして、地方の劇場で舞台に立っていたものの、嫉妬にかられた別の女優から顔に硫酸をあびせかけられ、人前に出るのもはばかられるほどの傷を負ってロンドンの貧民街に戻って来るが、その彼女を妻とするのがシドニーである。ジョンの静かな安定はこの青年の慈愛に由来する。

それではこのシドニーという人物は一貫して好意と善意を体現する人物として設定されているのかと言えば、決してそうではない。彼の愛自体が二人の女性の間で、つまり、この小説のヒロインとみなしてもいいジェイン・スノードンと実際に妻となる女性との間で大きく揺れ動いているのだ。

ジョン・ヒューイットにしても、彼にしても、同じこと。彼の関心の幅もしぼんでしまい、今では家族のこと、家賃、食事代、光熱費のことしか頭になくなった。若い頃には、どん底の世界における生存競争とはどんなものか知っている気でいたが、今となっては、そんな知識は空論でしかなかったという気持ちしかない。確かに、貧しい人々に向かって高い生活の理想を説くのは何でもなかった。一週間の経費にかなりの余裕があるならば。ビール屋やジン・ハウスで我を忘れようとする男女をいさめるのも、心静かに合理的な楽しみを味わうだけの余裕のあるときは、何でもなかった。（第三十九章）

しかしシドニーに対する評価の揺れはこれで終わるわけではない。またしても揺れる。彼の人生もまた不安定に揺れ動いた挙げ句に、作品の結末では作者から次のような暫定的な評価を受けて中断することになる。

お互いの人生に祝福すべきことはほとんどなかった。彼の方は、若い頃の夢が挫折してしまい、画家にも、正義のために闘う男たちのリーダーにもなれなかった。彼女の方は立派な手本となって社会を救う人間になることも、民衆の娘として、困窮している人々のために富を掲げることもできなかった。それでも、二人には仕事が与えられはしたのだ。他人の眼をひくことも、励まされることもないまま、ただ正直さと思いやりだけを支えとして、もっと恵まれない人々のそばに立ち、勇気をそれほどには持ち合わせていない人々の心に慰めをもたらしたのだ。二人の住まうところは闇だけに包まれてはいなかった。必ず悲しみが二人を待ち受けていた。かろうじて立てたささやかな目標さえかなわないこともあったかもしれない。しかしそれでも、少なくとも二人の人生は、どん底の世界の深淵を崩壊で満たしてしまう社会の残酷きわまりない力へのプロテストとして残り続けるだろう。（第四十章）

皮肉なことに、これはギッシングが書き残した最も美しい言葉のひとつであるだろう。しかしそれは決して終わりの言葉ではない。シドニーの人生にはまだ先がある――生まれてくるかもしれない子どもを妻とともに育てなくてはならないからだ。祖父を失い、父を失ったジェインにも先がある。彼女は生き続けねばならないからだ。そしてこのような未完結性の中断こそは、オースティンともディケンズとも違う、冒険小説の作家たちとも違う世紀末の作家ギッシングの特徴としてよい点ではないかと思われる。

第三節　遺産相続

ギッシングの小説の中で繰り返し使われるにもかかわらず、どん底の生活を描く貧困小説には場違いの印象を与えるのが遺産相続のモチーフである。オースティンの小説であれば相続という問題は田舎の地主や貴族の家柄や土地や館、そしてその周囲の共同体をただちに連想させて、結婚という主題を支えることになるだろう。しかし、ギッシングの作品の中でもこの遺産相続というモチーフが有意味な力を発揮するのだろうか。もしかりに相続という問題がその典型的な役割を離れて導入されているとしたら、それは一体何を表象するためだったのだろうか。

『余計者の女たち』は、G・A・ヘンティの冒険小説にあまり劣らないほどの意外性をもった書き出しを与えられている。「『アリス、明日』と、マドン医師はクリーヴドンの海辺の丘を長女と散歩しながら切り出した。『千ポンドの生命保険に入る手続きを始めようかと思ってね』」（第一章）。作家である以上、書き出しには特別に神経を使うはずであるが、この書き出しはそれ以降の展開をまったく予測させず、読者を宙吊りにしてしまうことに成功する。しかし第一章の終わりのところでは、その医者が馬車の事故で早々と世を去ってしまい、第二章ではその十六年後、八百ポンドの遺産を手にした三人の娘がロンドンに出て来て借間探しをする場面から話が始まることになる。この場合の遺産は明らかに地位と生活と住居を保証するものになっておらず、ヴィクトリア時代の小説家たちが乱用した遺産相続のパターンとは異質である。家系に絡む相続の争いとも無縁である。

これに対して、「生まれついての金稼ぎ屋」で、「ありとあらゆることに投機をやった」（第五章）兄のおかげで毎年六百ポンドもの収入を得ることになったウィドソンの場合はどうかと言えば、彼の生活自体はそれによって十分すぎるくらいに保証されるものの、彼がそれを有効に活用している気配はない。モニカと結婚したあともこの遺産が有効に活用されている様子はない——例えば彼の前には、貧しい人々のための博愛的な活動のためにそれを活用するという選択肢（図③）があったはずであるが、作者のギッシングは彼がその方向に眼を向けることを許していない。エヴァラード・バーフットにも同じような拘束がかけられている（年に四百五十ポンドを遺産分割で手にする彼は、貧しい友人の結婚式で善意を示すにとどまる）。問題は、定職も持たずに暮らせるほどの彼の境遇を支えている遺産の出所だ。彼の従姉のメアリ・バーフットはその間の経緯を次のように説明している。

彼の前に出るとなんだか悪いことをしたような気になるの。エヴァラードの父親は本来ならば彼の方に行くはずのお金をごっそり私に遺産相続させたのよ。……私の伯父は庶民のランクからはい上がった人だったけれど、そのことを思い出すのが嫌いで、自分で財産を作っておきながら、その役に立った仕事を嫌っていた。願っていたのは社会的な地位を手に入れることだけ。……エヴァラードはイートン校に行ったんだけど、あの学校がとんでもない影響を与えてしまった。彼を恐ろしいくらいのラディカルにしてしまった。貴族のうちの子をまねるかわりに、憎んで、軽蔑したのね。もちろんイートン校からオックスフォードに進むことになっていたんだけれど、その段階で本格的な反抗に出てしまって。嫌な大学なんぞに行って役にも立たない学問を頭につめ込むなんてまっぴらだと言って、技師になる決心をしてしまったの。……必死に働いて世界を動かしているような階級の連中と一緒にいたい、そう言って、大騒ぎになったけれど、自分の意志を貫き通した。イートン校を出て土木工学の勉強をしたわけよ。……そのあと十八から三十近くになるま

図③　1884年のクリスマス・イヴに、アーノルド・トインビーを記念して、イースト・エンドのホワイトチャペルに創設された最初の大学福祉セツルメント「トインビー・ホール」（『ビルダー』1885年2月14日号）

でその仕事から離れなかったけれど、本当は大嫌いじゃなかったのかと思うわ。……それが今では不思議なくらいにラディカリズムが消えてしまった。彼は労働者階級に本当に共感することはなかったんだと、私は思う。……もし偉いエンジニアになれる道が見えていたら、巨大な企業のトップになれる道が見えていたら、彼は仕事を捨てたりしなかったでしょう。ひょっとしたら、信じられないほどの強情さが彼の人生をダメにしてしまったのかもしれない……

（第八章）

ギッシングは何を考えながらこのくだりを書いていたのだろうか。ただちに分かるのは、ここでは小説一冊分に相当するプロットが語られているということである。このイートン校出の強情な人物を軸にして、彼を大英帝国の植民地での冒険に赴かせれば、G・A・ヘンティやW・H・G・キングストンの冒険小説にひけをとらないものが書けるくらいのことが、彼に分からなかったはずはない、私はそう思う。そして、そのような植民地に由来する財産を活用することもできただろう。

いずれにしても、アイロニカルな精神を十分に持ち合わせていた作家ギッシングは、そのような人物を博愛的な奉仕活動に向かわせることはせず――兄の死にともなって、彼の年収は千五百ポンドに達するにもかかわらず――その仕事を従妹に割り振ることになる。「親戚が二人、未亡人となっていた姉と伯父とがあいついで亡くなってしまったおかげで、彼女は相応の富を手にすることになった」

彼女は「運動」のリーダーとして名前を知られることを狙ったりはしなかったが、彼女の静かな仕事ぶりの方が、女性の解放のためにプロパガンダをやる女性たちのともかく目立つ生き方よりも、間違いなく効果的であったろう。……肉体的に大きな力を必要とする仕事は別として、男にできることならば、女にも同じようにうまくできるはずだと彼女は信じていた。その彼女を手本として、それから彼女の財布の助けをかりて、二人の女の子が薬剤師になる勉強をしていた。別の二人は、彼女の助けをかりて、本屋を開いていた。他にも事務員をめざす何人かが、彼女の学校で実にしっかりとした訓練を受けていた。

（第六章）

われわれの時代にも受けそうな、ある種のラディカルなフェミニズム性をもつローダ・ナンの言動と対比されねばならないし、げんに作者がそのような存在として設定した彼女の言動の中にこそ、ギッシングという作家の言説世界のひとつの重心が託されているかもしれない。下層の女性たちのための転職と知的な生長のための手助けをしようとする彼女の言動の中に。派手な結婚否定論を口にしながらもエヴァラードへの想いに揺れるローダや、結婚は実現しても欲求不満に揺れるモニカのかたわらにあって、その両者と接点を持ち、そのいずれの生き方も全面的には否定も肯定することもない彼女の言動こそ、『余計者の女たち』という小説の中の最も重要な〈奇妙な残余〉なのかもしれない。「頭脳と意志のある女なら、われわれの時代の一番大きな運動の中で——女性の解放という運動の中で——名前を挙げることもできるでしょう。でも、男には何ができるの？　天才がないかぎり」と言い切るローダに対して、彼女はこう答えるのだ。

そうね。私たちの時代には、女である方が有利だわ。私たちには前進する喜びが、克服する誇りがあるでしょう。男は物質的な進歩を考えられるだけ。でも私たちは——私たちは魂を勝ち取って、新しい宗教を広めて、この地球をきれいにできるんだから！
（第八章）

もちろん今、このすべてを真に受けるわけにはいかないが、少なくともここには確固たる希望と自信の表明がある。つい、「新しい宗教」と呼ばれてしまうほどのものがある。

伝統的な家名、地位、土地と館などをめぐる遺産継承の問題がオースティンやディケンズ他の小説の展開を支えた深層構造であったのに対して（推理小説も多分にこの構造を利用して成立してくる。密室殺人などのトリック重視はのちの時代のこと）、ヴィクトリア時代の後半になると、継承され相続される遺産の由来が国内的な経済活動（起業しての成功、投機での成功）か、遠い植民地での活動（隠微な搾取、冒険的な宝探し）に移行してくる。このような経済基盤の変化に眼を向けることをしないヴィクトリア時代の小説の研究には、教養小説論であれ、社会小説論、心理小説論、フェミニズム小説論の何であれ、私には何の関心もない。逆にギッシングの小説にこだわり続けるのは、この遺産継承の実体の変化を彼が確実に見すえていたからである。

既にエリザベス・ブラウニングの長編詩『オーロラ・リー』（一八五六年）の中にオーストラリアの金か、国内での富籤に由来する遺産を国内での博愛活動に向けるという設定が組み込まれているけれども（その活動は成功しない）、植民地由来の財産を、田舎の館での静かでかつ豊かな生活につなげてゆく冒険小説とは違って、都会での貧民の救済活動に接続してゆく可能性も視野においていたのがギッシングの『ネザー・ワールド』である。この小説の半分が、ジョン・ヒューイットとその周辺の人々の苦闘を書くことに費やされていることは間違いないが、残りの半分はオーストラリア由来の遺産をめぐる犯罪事件と、その遺産を有効に博愛運動に使おうとして挫折する人々の描写に使われている。そもそもこのような構成を思いつくこと自体、並大抵の構想力ではないとしていいだろうが。

家族にも見捨てられてロンドンの貧民街で育ったジェイン・スノードンの前にオーストラリアから祖父が戻って来るという設定自体、あまりにも作為的な雰囲気をもつように感じられるが、さらに型破りと言っていいのが、この祖父が息子のひとりの遺産を受けついでいるという逆説的な設定である。「息子がひと財産を築いて、あとに広大な土地と何千ポンドものお金を残していったんだ。ところが遺書がない」というわけで、祖父がそれを継承することになる。但し、彼はその遺書を抱えて、イングランドの田舎に成功者として引退するつもりはない。「わしはただの片時も自分を金持ちだなんて思ったことはない。自分の金だなんて思ったことはないよ、一度も」（第二十章）。彼は孫娘ジェインを探そう、その金を貧しい人々のために使おうと決意している。つまり、異例のかたちながら、ここにも遺産継承から博愛主義的な救済活動へのルートが浮上してきているのだ。しかも彼は、自分のそのような決意を孫娘に、あたかも貴重な遺産か何かのように継承させようとする。

> 自分が死ぬときに、この金が、自分でも貧しい階級のひとりとして育ってきた女性によって、貧しい者たちの幸福のために使われることを信じられたら……。分かってもらえるだろうか。普通の形でチャリティに残すのは簡単なことだろうけれど、わしの考えているのはそんなことじゃない。ジェインに教育を受けさせて貴婦人にして、その上でこのお金をうまく使ってくれるように望むこともできたかもしれない。でも、わしの考えたのはそんなことじゃない。最近じゃあ、みじめな者に関心を持って、財産を気前よく使って下さる御婦人方もたくさんいらっしゃる。わしの願いは、貧しくて教育のない者のために、彼らの中から友となる人間を育てるということ。彼らが味わったのと同じ苦しみをくぐり抜け、彼らと同じように自分の手を使って生きるための糧をかせぐのに慣れていて、自分の方が彼らよりも上だと思ったりしたことがなく、彼らと同じように世の中を見、彼らの欠乏を知っている人間を、だよ。貴婦人もいいことはして下さる、それは分かっている。でもな、わしの知ってるような貧しい人間たちの友達になるというわけにはいかんだろう。（第二十章）

この正論は十分に理解できる。しかしギッシングは一体何のために、この老人にこんな科白を吐かせたのだろうか。しかも、きわめて例外的な状況に身を置く老人に？　慈善活動や博愛主義の活動を諷刺し、茶化すためだろうか。それとも、それの更なる改善を願ってのことだったのだろうか。それとも、世紀末のイングランドで最も眼につきやすかった題材を創作上の都合からただ持ち込んだだけなのだろうか。こうした部分や困窮の描写を当時の社会的な資料とつき合わせてギッシングの自然主義的なリアリズムを云々するのは造作もないことだし、新歴史主義的なアプローチを振り回すこともやさしいだろう。しかし、作者の意図とは本当のところ何であったのだろうか。作者の意図と言ったからといって、べつに私は旧い批評に帰りたいと思っているわけではない。この小説では、そのレトリックと構成そのものが、作者の意図なるものを、たとえ一義的な結論は出ないにしても、考えてみることを強制しているのであって、ここではそれに反応しないということ自体が作品のレトリックを裏切る批評行為となってしまうはずである。

娘ジェインは祖父の望みに従う。そしてミス・ラントの博愛主義の活動を手伝うことになるのだが、そのことが期待された事態をもたらすことはない。

彼女の生活は家庭を守る方に向いていた。意識の高い博愛主義者とむりやり組ませるというのは、彼女を限りなくいつわりの立場に立たせるということであった。彼女は、愛する人々の欲望に自分を合わせようとするあまり、苦しみを我慢し続け、ひとり目立っていた頃のことを思い出して、ひそかに嘆き悲しむことになるだろう。（第二十六章）

彼女と結婚する可能性もあったシドニー・カークウッドのこの心配は杞憂に終わる。なぜならば、祖父の予定していた遺産が彼女の手に渡ることはないからだ。行方不明になっていた父がアメリカから帰国して、突然ふらりと祖父と彼女の間に割り込んでしまった挙げ句に、法律上の相続人としてそれを継承し、再びアメリカに渡ってしまうからである。しかもその財産を狙って、父は正体を隠し、かつてジェインをいじめ抜いたクレムと結婚してしまうという、何かしら策謀めいた事態にまで関与してくるとなると、犯罪小説めいた雰囲気まで漂いだしてしまう。大金を手にしてアメリカに渡った父親は大々的な株の取引に関与して、失敗してしまう。「アメリカではよくある財政破綻のひとつが彼を完璧に破産させてしまった」（第四十章）。父は遺産を残すことなく、死ぬ。このような祖父、父、娘の関係は一体何と評すればいいのだろうか。

このような多重底的な展開を眼の前にして何か確定的なことを言い得るとするならば、それは作者の意図を一義的に特定するのは困難だということである。これはプロテスト性やメッセージ性を強く前景化することをひとつの示差特徴とする自然主義的なリアリズムの作品では珍しいことと言うしかない。ここにあるのはいわゆる多義性や曖昧さではなく、何を言おうとしているのか決定しがたいという事実である。そして、このような決定不可能性をはらむテクストに最もなじまないのが宗教的な言説なのだ――ギッシングの小説における宗教性を論ずるには、このような迂回路を必要とする。

第四節　中心なき宗教

十九世紀末のロンドンの惨状を語るための方法のひとつは、言うまでもなく宗教の言説を経由するということであった。それを実践してみせたジェイムズ・トムスンの『怖ろしき夜の街』（一八七四年）は、「ヴィクトリア時代の大都会におけるかつてない都市体験を神なきもの、希望なきものと規定する重要な詩である」[3]。彼の詩はどん底の世界の悲惨さをモリスンやギッシングのようなかたちで活写しているわけではないが、それでも貧困、荒廃と宗教的な言説のひとつの典型的な出会い方を提示していることは間違いない。

ここは夜の街だ。死の街とも言えるかもしれないが、
しかし夜の街だ、疑いもなく。露に濡れた、冷たい灰色の
夜明けのあとに、明るい朝のかぐわしい
息吹きが来ることはないのだから。
月や星の輝きはあざけりなのか、あわれみなのか。
太陽がこの街を誘うことはない
美しい陽を浴びれば、街は消滅する。

そのような街の荒廃ぶりを描き、糾弾したあとで、場面はある聖堂の暗い説教壇に移り、そこからひとつの声が闇の中にとどろき渡る。

おお、憂苦に沈む兄弟たちよ、暗い、暗い、何と暗いことか！
舟さえもなく、暗黒の海の中でもがくのか！
おお、この汚れた夜の中をさまよう亡霊たちよ！
幾年が経つのか、私の魂はこの闇の中で血を流してきた
涙のごとくに、苦い血が私の頬を伝わった
ああ、暗い、暗い、暗い、喜びも光もありはしない！

あなたたちの苦しみを思えば、この胸は苦悶にゆがむ
あなたたちの悲しみは私の苦悶。そうなのだ、私も衰えて
倒れてしまう、祝福もなく倒れてゆく者を見ていると。
私も探しまわった、この宇宙の全体を
高きところ、低きところ、ことごとくを。必死に、
不安にあえぐ人々のわずかな安らぎを求めて。

そして今やっと嘘いつわりのない言葉を伝えよう、
死せるもの、生けるもの、すべてが認めた言葉を。
喜びにあふれるよき知らせだ、あなたたちへの、すべての人への。
神は存在しない、と。神聖な名をかたる悪魔が
我等を造り、拷問しているのでもない。たとえ嘆くとしても
それは存在者の怒りを鎮めるためではない。

ここにあるのは神の存在を否定し、困窮と苦悩をその不在によって説明しようとする痛切ではあるものの、決して先例のなくはない対処法である。その実効力は別として、これがロンドンの惨状に立ち向おうとする宗教的な言説のひとつのあり方であることは否定できない。現実の悲惨さを前にして、ここでは超越論的な説明の失効が申し渡されているのである。最終的な神意は知り得ないとして超越論的なレベルを温存するのではな

く、その存在そのものが否定されているのだ。このような不可知論的な考え方をギッシングが知らなかったとは思えないが、彼がとったのはそうした立場との直接対決ではなく、そのような選択肢を複数性の騒音の中にかき消してしまうという姿勢であった。根本のところで一義的な決定を迫る宗教的な言説が多方面的な言説の錯綜の中に沈められてしまうと言うよりも、浮遊させられてしまうのである。

夕暮れが近づくと、現代の集会広場とも言うべきクラーケンウェル・グリーンは演説する者の声が響き渡り、そのまわりには聴く者、議論をふっかける者、あざける者、無関心にうろつくだけの者が群れ集まって来た。不可知論話をする者のサークルと、祈りの集会に集まったサークルが交錯した。熱狂的な禁酒主義者のわめきがラディカルな政治運動家の叫びと混じりあった。冷静な思考と繊細な知性を必要とする問題を少しは落ち着いて論じ合うために大きな集団から離れてゆく小グループもたくさんあった。三位一体の教義から、キャベツ対牛肉論争にいたるまで、新マルサス主義からワクチンの強制接種にいたるまで、現代という時代が大衆の前に投げ出した問題で、ここでもみくちゃにされない話題はひとつとしてなかった。（第二十一章）

『ネザー・ワールド』のこの場面で特徴的なのは、宗教に関わるはずの言説も多数の中のひとつとして扱われ、明確な方向性を与える役割を果たしていないということである。「神は存在しない」という言葉が「この宇宙全体」の悲惨さを説明しようとするのに対して、ギッシングは決してそのような一方向性の言説を許容しなかった。職探しや引越しを手始めとして、さまざまの貧困の表象を扱い、もろもろの人間関係を扱うときに、執拗なオブセッションのように彼に憑いていた終着点の見えない多方向性がここにも認められるということだ。

このような多方向性は作者を引き裂き、そして登場人物の統一性をも引き裂いてしまう。ギッシングの描き出す人物にはいわゆる教養小説的な人格の達成は見られないと断定していいかもしれないし、読後に残る何かを釈然としない未整理の印象はそのこととも関係しているように思われる。彼の作品には同時代の社会風俗に関する言説がおびただしく含まれているけれども、それを拾い出して社会史的な資料とつき合わせ、その照合を指摘してみても、彼の文学に手が届くことはない。そこにあるのは多義性でも曖昧性でもなく、それぞれの部分においては明確な意味を与えられた全体としての多方向性なのだ。

そうである以上、ギッシングの描き出した世紀末の世界に宗教の話や博愛主義の運動の話が登場するのは論理的にも必然のことであるだろう。さらにそれが特定の信仰のあり方に収斂していかないというのも。

マイケル・スノードンが……いずれかの宗派に属することはな

かった。日曜の礼拝に出ることはなかったし、孫娘のジェインにそうしてほしいと願ったこともなかった。彼は聖書を道徳的な教えのもととして使っていたし、日曜日の朝にはその数節を一緒に読んではいたけれども……ジェインが宗教的な精神を持つようにということを彼はつねに願っていたし、彼の人生のたったひとつの目標もそこにあったが、形式的な信仰は彼の性格に合わなかった。……彼女は人間味のあるやさしさには敏感だったし、道徳的なまじめさも十分に持ち合わせていたものの、教会やチャペルや街角の宗教にはまったく心を動かされなかった。救世軍の行進にしてもなんとなくおかしい奇妙なものとしか思えなかった。祖父と同じで、それを拒否したりしたわけではないが、それが自分にも関わりのあり得る重大事とは思ったこともなかった。彼女は祈りの言葉を口にしたことはなかった。

（第十八章）

救世軍にせよ、セツルメント運動にせよ、さらに博愛主義の運動にせよ、ヴィクトリア時代には宗教との関わりを抜きにしては考えられなかった（図④）にもかかわらず――『ジェイゴーの少年』が一例だ――作者はその宗教的な面を黙殺する。[4]『余計者の女たち』におけるフェミニズム色の濃い博愛主義の活動の扱い方にしても同じであった。しかもその傍らに、教会史に興味を持ち、ジョン・キーブルの詩集『クリスチャンの一年』（一八二七年）を愛読する女性を配していた。『無階級の人々』の中ではウェイマークに次のように語らせている。

ぼくは宗教と哲学に興味を持った。そして、いわゆる自由思想の戦闘的な弟子になった。ぼくの中ではありとあらゆる種類のラディカリズムがはじけたんだ。自由思想の安い本なども買ったし、その種の新聞に投稿もした。……労働者のクラブで演説もしたさ、激しい題のついたのを。そのひとつは「合理主義の

図④　救世軍シェルターでの礼拝

福音」とか言ったな。　（第七章）

その一方で、同じ作品の結尾には、「伯母と姪は『真の教会』に入信したあと、ミッドランドのある町の修道女会に加わって、チャリティの仕事に生涯を捧げるつもりでいる」（第三十八章）というエピソードも書きしるすのだ。

ギッシングは博識の小説家であった。彼には眼の前に展開するものをすべて小説の中に書き込むくらいの能力があったはずであるが、そして確かに多様きわまりない素材を取り上げることにはなったのだが、それらを整理して最終的にひとつの方向性を与えることはしなかった。教養小説にせよ、冒険小説にせよ、宗教小説にせよ、結末が悲劇であるかハッピー・エンドであるかに関わりなく、何らかの「終わりの感覚」を与えるのが小説の自明の前提であった時代に、彼はあまりにも多くの中絶を残してしまった。『宝島』と、当時最大のベストセラー宗教小説『ロバート・エルズミア』（一八八八年）の間の広大な世紀末の空間をさまようのが彼の運命となってしまった。

註

（1）モリスンについては P. J. Keating, *The Working Classes in Victorian Fiction* (London: Routledge & Kegan Paul, 1971) 167-98 を参照。他に同じ著者による *The Haunted Study: A Social History of the English Novel 1875-1914* (London: Secker & Warburg, 1989) も参照。

（2）ギッシングの小説については John Goode, *George Gissing: Ideology and Fiction* (London: Vision, 1978) を参照。

（3）Francis O'Gorman, ed., *Victorian Poetry* (London: Blackwell, 2004) 394.

（4）労働者階級と宗教については Hugh McLead, *Religion and the Working Class in Nineteenth-Century Britain* (London: Macmillan, 1984) を参照。救世軍については M. England, "The Salvation Army" in *London in the Nineteenth Century*, ed. Sir Walter Besant (London: A. & C. Black, 1909) 277-304 が興味深い記述となっている。Anthony S. Wahl, *The Eternal Slum: Housing and Social Policy in Victorian London* (1977; London: Transaction, 2002) 141-99 も参照。

第三章

階　級

――新しい「ミドル・クラス」――

新井　潤美

「月桂樹荘」――郊外のロウワー・ミドル・クラスの家
（グロウスミス兄弟『ノーボディの日記』から）

第一節　後期ヴィクトリア朝におけるロウワー・ミドル・クラス

ロウワー・ミドル・クラスに生まれた、聡明な少年にとっては、人生のこの局面をおよそ通らないわけにはいかなかった。

（『流謫の地に生まれて』第一部第二章）

ここでいう「この局面」とは、主人公ゴドウィン・ピークが、近親の女性を軽蔑の目で見始めることを指している。母親、妹、そしておばに対して嫌悪の感情を抱くゴドウィンが恋に落ちる相手は、自分より上の階級、アッパー・ミドル・クラスに属するシドウェル・ウォリコムである。そこからゴドウィンの苦悩が始まり、彼はシドウェルとその家族に気に入られるために、宗教観さえ変えることになる。階級意識は信仰にまで影響を及ぼすのである。

ミドル・クラスという呼称に「アッパー」と「ロウワー」という形容詞をつけるようになったのはヴィクトリア朝半ばのことである。ひとくちに「ミドル・クラス」と呼ばれていても、アッパー・ミドル・クラスとロウワー・ミドル・クラスは、じつはまったく別の階級なのであり、「アッパー・ミドル・クラス」が「紳士」と「淑女」からなりたっているのに対して、「ロウワー・ミドル・クラス」をなすのは、「紳士」でも「淑女」でもない「人《パーソン》」なのである。かなり大雑把な言い方をすれば、同じミドル・クラスでも、従来「アッパー・ミドル・クラス」に属するのは、知的職業、つまり聖職、研究職、法曹、軍隊の士官クラス、及び金持ちの商人からなる階級で、地主や貴族階級の、長男以外の子息たちだということもあって、アッパー・クラスとのつながりが強い。それに対してロウワー・ミドル・クラスとは、もともとはワーキング・クラスの出身でありながら、教育などの恩恵により、事務職や小規模の小売業などについて、ミドル・クラスの仲間入りを果たした人びとからなっている。こういったロウワー・ミドル・クラスのうち、富を築き、自分の子供たちには教育を受けさせ、ホワイト・カラーの仕事につかせて、さらに上昇させた人びとのことを、「ミドル・ミドル・クラス」と呼ぶようにもなった（図①）。

つまり、ロウワー・ミドル・クラスからアッパー・ミドル・クラスに移ることは、並大抵のことではない。それどころか、その世代のうちにはほとんど不可能に近い。たとえば、同じ法曹を目指すにしても、ロウワー・ミドル・クラスの子息にとっては、事務弁護士（solicitor）になるのは可能であっても、法廷弁護士（barrister）は夢にも叶わないものであった。

しかしそれでも、教育を受ける機会が広がったことによって、ワーキング・クラスやロウワー・ミドル・クラスの野心的な若者たちは、少しでも上の階級に近づく術をみいだしたのである。実際、十九世紀後半においては、このような、野心的で勤勉な

図①「上昇志向——農家の娘も家を出て家庭教師になりたがる昨今」『パンチ』（1885年4月11日号）

若者たちが、勉強によって夢を成就させようとする様子を描いたものが多い。H・G・ウェルズの『恋愛とミスター・ルイシャム』（一九〇〇年）、『トーノ・バンゲイ』（一九〇九年）、アーノルド・ベネットの『北部出身の男』（一八九八年）、ギッシングの『流謫の地に生まれて』（一八九二年）などが代表的な例である。いずれも、著者自身の体験をもとにして書かれているのだが、共通していることは、こういった作品においては、主人公はいくら丁寧な計画表を作って、毎日根をつめて勉学に励んでも、最終的にはその努力が報われないという点にある。「典型的に自虐的な方法で、ギッシングはピークに、自分自身が得ることのできた成功を与えることを拒否したのである」(1)。同様に、ウェルズのミスター・ルイシャムも、『トーノ・バンゲイ』のジョージ・ポンデレヴォも、ベネットのリチャード・ラーチも、最初に抱いた夢を手に入れることができない。特にベネットの『北部出身の男』の結末では、主人公と著者のコントラストは、はっきりと描かれている。

> 彼には自分がもうこれ以上執筆を試みるつもりがないことが分かっていた。……これから自分はたんなる、郊外《サバーバン》の夫になるのだ。今までの倍以上も従属することになるだろう雇い主には義理をつくし、家の修理を怠らず、庭いじりをして、妻を散歩、そしてときには劇場に連れ出し、そしてなるべく貯金を多くする。……ひょっとしたら自分の子供が文才を示すようになるかもしれない。もしそうならば——そしてこういった才能は消えてしまうことはなく、次に受け継がれるのだろうから——その才能を必ず育て、そして伸ばしてやるのだ！　（第二十二章）

こうして、ラーチは、自分が果たせなかった夢を、次の世代に託すという、妥協の人生を選ぶのである。キャリアと家庭の間で揺れるのは、この時代では女性の運命だけでなく、ラーチや、ウェルズのミスター・ルイシャムといった、ロウワー・ミドル・クラスの男性のジレンマでもあるのだ。彼らにはつまり、両方を手に入れるだけの財力がないわけで、結局は彼らの階級に特有の小心さと用心深さ、そして保守性が勝利を収め、彼らは自分たちの階級の枠を乗り越えることができない。ウェルズ、ベネット、そしてギッシングもまた、このような人物を、「自伝的」な小説の主人公に置くことによって、かえって、自分たちの成功を確認しているのである。

十九世紀半ばにアメリカではホレイシオ・アルジャーが、『ぼろ着のディック』（一八六七年）などの作品で、いわば「ぼろから富へ」物語を流行させ、アメリカン・ドリームを語っている一方で、イギリスでは「いくら勤勉に働き、勉強に励もうと、階級の壁は乗り越えられない」という、なんともやるせない作品が人気を集めていた。しかし、これらの作品を読むのは、ロウワー・ミドル・クラスと自分たちの間に距離を置きたいと考える、アッパー・ミドル・クラスの読者だけではない。例えば、すでに一七一九年には、デフォーの名高いロビンソン・クルーソーは、「真ん中、あるいは下層階級の上部」に属し、その地位に満足するようにと父に言われていたのに、従わなかったために、とんでもない目にあったと繰り返し読者に警告を発しながらも、最終的には自分の息子を土地持ちのジェントルマンにしてしまい、上昇志向の読者に結果的には希望を与えている。同様に、ウェルズやベネット等の作家も、「高望みしたロウワー・ミドル・クラス」の運命を、ユーモアをこめながらも赤裸々に描いてみせる一方で、その実、成功した自分という、例外の存在によって、彼らにまたひそかに夢をもあたえているとも言えるのである。

教育が普及し、読み書き能力を持つ人口が増えることによって、この時代にはロウワー・ミドル・クラスという新しい読者層ができあがった。そして彼らをターゲットとした、新しいかたちの新聞や文芸雑誌が次々と創刊されていく。そこでは、無害かつ物語性のある短篇小説が求められた。一八九一年七月から『ストランド・マガジン』に掲載された、コナン・ドイルの「シャーロック・ホームズ」のシリーズが、その一例である。ウェルズ、ベネット、そしてギッシングは、これらの読者の階級の出身者であり、かつ自分の階級の読者を対象とする雑誌に執筆していたのである。

第二節　「ロウワー・ミドル・クラス小説」への転向

ギッシングはヨークシャーのウェイクフィールドという町で、薬屋の家に生まれた。店の上が住居という、典型的ロウワー・ミドル・クラスとも言える環境に育ったのである。少年の頃から、勉学をとおして成功を得たいというオブセッションを持ち、寝る時間も惜しんで「教養」を身につけようとした。一八七二年には奨学金を得て、マンチェスターのオーエンズ・カレッジに進学している。この学校は『流謫の地に生まれて』で、主人公ゴドウィン・ピークが、奨学金を得て入学した、キングスミルのホワイトロー・カレッジにあたる。ピークは、ホワイトロー・カレッジで常に、まわりの生徒たちに対する劣等感に悩まされる。これは、勉学の上での劣等感ではなく、所属する階級から来る劣等感である。このことについては次の節でより詳しく述べるが、教育をとおして、上の階級の人間と接することになる、ロウワー・ミドル・クラス及びワーキング・クラスの、優等生たちが常に抱える悩みであり、このテーマそれ自身は、現代においても、けっしてアナクロニズムとはならないのが、イギリスの社会の特徴であろう。二十世紀においては、例えば詩人フィリップ・ラーキンの書いた長篇小説『ジル』（一九四六年）は、まさにこのテーマの上になりたつ、滑稽ながらもものがなしい作品となっている。また、一九七二年に桂冠詩人となったジョン・ベッチマンも、ロウワー・ミドル・クラス出身であり[2]、大学で出会うアッパー・ミドル・クラスの友人たちに対して抱くコンプレックスを常にあらわにしていた。

オーエンズ・カレッジでギッシングが起こした不祥事も、結局は、このように、自分がまわりから孤立し、しかも劣等感を抱かされたことから生じたという見方ができる。もし『流謫の地に生まれて』をそのまま自伝的に読むことができるのであれば、ピークが、同級生の母親や姉妹といった、アッパー・ミドル・クラスの女性の言葉や立ち居振る舞いに、大きな驚きと気後れを感じるように、ギッシングもこの階級の女性には怖じ気づいたことが想像できる。しかし一方では、自分と同じ階級の女性は蔑視しているのであれば、かえってロウワー・ミドル・クラス的な道徳観やリスペクタビリティから解放された存在である、ワーキング・クラスの女性に惹かれるのも理解できるということになる。

実際に、原因はどうであれ、売春婦メアリアン・ヘレン・ハリソンのためにギッシングは盗みを働き、一ヶ月刑務所で重労働の刑に処せられた。このときに彼はすでにロンドン大学への入学が許可されていたが、それも諦めざるをえなかった。その後ギッシングは、数人の知人から経済的援助を受けて、アメリカへと渡る。その後イギリスに戻り、一八七七年にはロンドンに居をかまえた。ここで彼は、ワーキング・クラスの生活感をまのあたりにし、自ら体験することになる。その中で書かれるのが『暁の労働者たち』（一八八〇年）、『無階級の人々』（一八八四年）、『民衆』（一八八六年）、『ネザー・ワールド』（一八八九年）といった、ワーキング・クラスを扱った小説である。ジェイコブ・コールグは、その伝記の中で、このときのギッシングの様子をこう語っている。

ライクロフト同様、ギッシングは、自分が赤貧よりは数シリング分上にいる自分を、幸運と考えていた。彼は自らの貧困を人格に対する試練と考えていたようで、その意味では、自分のみじめな生活を楽しんでいるといってもよいほどだった。

(Korg 21)

こうして実体験したワーキング・クラスの生活が、ギッシングの初期の小説の舞台であり、題材であった。チャールズ・キングズリーの『オールトン・ロック』（一八四九年）や、ウォルター・ベザントの『あらゆる種類と身分の人たち』（一八八二年）といった、いわゆるワーキング・クラス小説の流れで書かれたものの、ギッシングの初期小説は、あまりに深刻で陰鬱で娯楽性に欠けると批判された。しかし、ギッシングが、自分の階級よりも下に位置する人びとについて書くことを通じて文筆の自信をつけてきたことも事実である。とりわけ、当時の主な読者層が知る術もない階級の実態を自分は知っているのだという自負があった。ただし、この初期の小説の中ですでに、ギッシングのワーキング・クラスに対する視線は、徐々に厳しいものとなっており、『民衆』においては、労働者階級出身の人物が、アッパー・ミドル・クラスの妻に比べて倫理観が欠如しているさままで書いている。そしてこれが、後に『流謫の地に生まれて』で、ゴドウィン・ピークに「僕は下層の、教育を受けない奴らが大嫌いだ！　一番汚い害虫よりもおぞましい！」（第一部第二章）と叫ばせる感情につながるのである。

一方で、このように文筆家としての自信と地位を確立してはじめて、ギッシングは自らの生い立ちである新興ロウワー・ミドル・クラスについての小説を書き始める。H・G・ウェルズは対照的に、『運命の車輪』（一八九六年）や『キップス』（一九〇五年）といった初期の小説の中で、すでに自分の属するロウワー・ミドル・クラスを軽妙かつ滑稽に描いて見せている。とはいえ、ウェルズは、『恋愛とミスター・ルイシャム』や『トーノ・バンゲイ』のような後の小説において、自分の階級の限界をシニカルに描いてもいる。この階級が居住する郊外《サバービア》は、『宇宙戦争』（一八九八年）で火星人の襲来により徹底的に破壊されるのである。これに対して、ワーキング・クラスの考察の延長上にロウワー・ミドル・クラスへの関心が浮かび上がってくることこそ、ギッシングに特有な点だといえよう。

第三節　郊外という舞台

ワーキング・クラスを舞台とするギッシングの初期の小説に対する当時の批評を読むと、その多くが、ワーキング・クラスの生活を正確に描写する能力をギッシングに認めている。一方で、アッパー・ミドル・クラスの登場人物については、その描き方に現実性がないとの非難が少なくない。実際、ギッシング自身の不満もこの点にあった。彼は弟アルジェノンにあてた、一八八〇年十月十三日付けの手紙で次のように書いている。

> すべての批評家は私をワーキング・クラスの一員だと思っているようです。もし私の作品を注意深く読んでくれれば、このような推測はひどく馬鹿げているとわかりそうなものだ。私が研究しなければならなかったのは私とは違う世界、つまりミドル・クラスではなく、むしろロウワー・クラスのほうなのに。
>
> (*Letters* 1: 303)

たしかに、例えば一八八〇年六月十二日の『アセニーアム』に掲載された、『暁の労働者たち』に関する匿名の評者は、「著者は……クイーンズ・イングリッシュを完全にものにしているとは言えないが、その文体はかなりきちんとしていて、流暢なものだ」(*Critical Heritage* 51)と、著者が教養のない、ロウワー・クラス出身者だときめつけたようなコメントを書いている。また、同じ作品について、一八八〇年七月三十一日の『アカデミー』に掲載された書評で、筆者のジョージ・セインズベリーは、「ギッシング氏はその登場人物を、少なくともアッパー・クラスの人物を、いささかも現実的に描くことに成功していない」(56)と述べているし、一八九五年十二月二日の『デイリー・クロニクル』紙に掲載された、『無階級の人々』の匿名の書評は、「著者は……ロンドンの貧民とロンドンのロウワー・ミドル・クラスの社会を誰よりも鮮やかに描いている」(77)と賞賛するのである。ここで評者の言う「ロウワー・ミドル・クラス」とは、のちにギッシングが「堕落したワーキング・クラス、向上心と能力のあるワーキング・クラス、堕落したロウワー・ミドル・クラス、向上心と能力のあるロウワー・ミドル・クラス」と羅列する、「社会の各層」(244)のうち、「向上心と能力のあるワーキング・クラス」と「堕落したロウワー・ミドル・クラス」の部分を指している。

たしかにこの時代には、いわゆる「ワーキング・クラス作家」と言われる文筆家が登場し、「内から書いたワーキング・クラスの生活」を読者に示して、話題になっていた。しかし、同時にこの時代に大きな関心を集めたのが「向上心と能力のあるロウワー・ミドル・クラス」、つまり、なんとか小金をため、郊外の小さな家に住み、新聞や雑誌、ウェルズやドイルの小説を読みふける、新しいロウワー・ミドル・クラス、つまり郊外の人々《サバーバンズ》であった。交通機関の発達と政府の指導による交通運賃の値下げによって、それまでは自分の馬車を持つほどの経済力がなければ不可能だった、郊外という住居が、つねにアッパー・ミドル・クラスを模倣してきたロウワー・ミドル・クラスの手の届くものになったのである。ロウワー・ミドル・クラスという新しい市場を得て、郊外は急速に発達していった。彼らは家に少なくとも一人は使用人を置き、応接間には必ずピアノが据えられ、猫の額ほどの小さな庭に、小人の置物などを飾り、アッパー・クラスのカントリー・ライフの猿まねの生活を作り上げた。

こうした郊外のロウワー・ミドル・クラスの人々は、この時代の読み物の題材として、好んでとりあげられた。例ば一八九七年に出版された『リスペクタビリティという名の病』では、著者のジェフリー・モーティマーは、「リスペクタブル」なロウワー・ミドル・クラスを評して「ブリクストンかクラパム〔いずれもロンドンの郊外の居住地の名〕に住み、隣人たちに対して『上品な』姿を見せようと、常に必死である」と揶揄している。(3)

実際、一八九五年一月九日号の『スケッチ』誌に、ギッシングの『女王即位五十年祭の年に』の評を掲載したL・F・オースティンは「個人的には私はブリクストンで何が起こっても不思議ではないと思っている。それでも私はギッシング氏が暴露したことにはまことに驚かされた」(*Critical Heritage* 230) と書いた。あるいは、一八九五年一月十二日の『アセニーアム』の匿名の書評では、「郊外はジョージ・ギッシング氏に大きな借りがある。彼はその最新作において、郊外を、優越感にあふれた近代のジャーナリズムの安っぽい嘲笑から堂々と救うことができたからである」(*Critical Heritage* 233) と、賞賛している。いずれも、この新しい郊外のロウワー・ミドル・クラスの実態が、いまひとつつかみにくかったことを示唆すると共に、題材や文体からも、明らかに「アッパー・クラス」の作家とは思えないギッシングが、ワーキング・クラスのみならず、ロウワー・ミドル・クラスに対しても、権威であるとみなされているのである。

ギッシングはたしかに、経験から書くという点では、自分の出身階級であるロウワー・ミドル・クラスを描写することがもっとも得意であったという感は免れない。彼が一時的に体験したワーキング・クラスの描写が、いかに実態に即したものであっても、読み物としては、陰鬱すぎて適さないと非難され、一方では、アッパー・ミドル・クラス以上の社会の描写は「不自然」と退けられたからには、彼は、本来の階級であるロウワー・ミドル・クラスに関する著述で本領を発揮せずにはいられなかった。たとえ彼が、ロンドン郊外のロウワー・ミドル・クラス社会について、直接的な体験を得ていなかったとしても、彼が「ロウワー・ミドル・クラス」の作家であることが知れ渡ると共に、その社会について彼が何を書こうとも、それがそのまま実態なのであると見られるようになったことが窺える。例えば一八九八年に発表した『都会のセールスマン』という作品がある。これは、「セールスマン」(commercial traveller)、下宿屋のおかみ、下宿人たち、陶器屋の女店主などの、当時のロウワー・ミドル・クラスの典型といった人物が登場する。陶器屋の女店主の夫がじつは貴族であり、自分の身分がいやで、身分を隠してクロウヴァーという名を騙って結婚するが、爵位を継がなければならなくなって「失踪」するのを、セールスマンのギャモン氏がつきとめるという、かなり奇抜な物語である。また、下宿人の一人であるポリー・スパークスは、劇場のプログラム売りをしている。彼女に思いを寄せる事務員のクリストファー・パリッシュは、金がないためにポリーに求婚することができない。しかしある日彼は、ロウワー・ミドル・クラスの間でかなり流行った、あるゲームに参加する。これは当時、実際に週刊誌が行なったもので、一つの文の中に空白をおき、文の意味が通るように空白を埋めるという、現在の日本の、英語の試験問題のようなゲームだった。ある程度の教育を受けたロウワー・ミドル・クラスの読者を夢中にさせたというこのゲームで、クリストファーはみごとに賞金を得て、まさにロウワー・ミドル・クラス的デウス・エクス・マキナによって、めでたく結婚することができるのである。この作品は、ギッシングにしては暗いところがなく（とはいえ、身分を隠していた男爵が病気になり、最後には、群集にもまれて死ぬというくだりはなかなかペーソスに満ちているが）、軽快で楽しい作品であると、好評だったようだ。[4] この作品についてのある書評は「登場人物の生活、言葉づかい、習慣は本物だ」（*Critical Heritage* 338-39）。「この話にでてくる、ロンドンの生活の一つの側面はけっしてまがいものではない。……著者はロウワー・ミドル・クラスの生活の悲喜こもごもをわれわれに教えてくれた作家であるということをあらためて思い起こさせる」（340）とも賞賛された。ギッシングは、自分の階級を描いてこそ、このように生き生きとするという評である。こういうところにイギリスにおける階級意識がはっきりと表われている。

そしてここで注目すべきなのは、ウェルズやベネットなどのロウワー・ミドル・クラスの作家にとって、彼らのヒーローの成功というのは、勤勉で上昇志向の強いロウワー・ミドル・クラスの少年が、最終的には華やかなキャリアを諦め、適切な女性と結婚し、郊外に「幸せな家庭」を構えることにあるということだ。つまり、アルジャーの描く少年達のように、たとえ勤勉で道徳的な生活をして励んでみても、イギリスのヒーローたちは所詮は、自分が属する階級の中でのもっともよい状態に行き着くに過ぎない。それどころか、ウェルズのキップスのように、思いがけずに莫大な遺産を手にして、アッパー・ミドル・クラスの仲間入りをしようとしても（キップスの場合は、勤勉だったわけではなく、たんに幸運だったのであるが）、自分が居心地の悪い思いをして、苦労するだけなのである。

同様にギッシングにおいても、例えば『流謫の地に生まれて』のゴドウィン・ピークは、奨学金をもらって入学することのできたホワイトロー・カレッジで、アッパー・ミドル・クラスの子弟たちと肩を並べて勉強することになり、ここで、学問による向上だけでなく、アッパー・ミドル・クラスの友人を作ることによって、自分の出身階級をも越える機会を与えられるわけだが、ゴドウィンにはそれができない。かろうじて親しくなった同級生のウォリコムの母親にもろくに挨拶ができず、「あんなに感じのよくない若者ははじめてだわ！　どういう育ち方をしたのかしら」（第一部第一章）と顰蹙を買う。しかも、ゴドウィンは学問においてさえ、完全に成功したとはいえない。学年末の表彰式では、ライバルのブルーノ・チルヴァーズにほとんどの科目で第一位の座を奪われてしまう。これは、ギッシング自身が、オーエンズ・カレッジで、首席だったことを考えると、著者があえて、自分の主人公に、社交と学問において二重の挫折を与えていることになる。

　しかもピークは、ホワイトロー・カレッジでの教育を終えることさえできない。その理由が、またあまりにも「ロウワー・ミドル・クラス的」なのである。ゴドウィンの父親は労働者の息子であり、医者の家の乳母を務めていた母親よりは、階級が少し下であった。父親は四十三歳で死んだが、父の弟はパン屋の職人として生計をたてていた。同級生とともに表彰式から帰る途中にゴドウィンはいきなりそのおじに出会う。そしてそのおじが、この町で食堂を開く計画があることを聞いて、ゴドウィンは大きな衝撃を受ける。

> 自分が、学校の正面の食堂の経営者の甥だということがすべての同級生、すべての教授、いや、それどころか、門番たちにもわかってしまったら、どうやってここで勉学を続けてよいのだろうか？　このような試練に対する予防薬は、倫理学にもみいだせない。どんな劣等生であれば、このような嘲笑と侮蔑の材料を、無視することができるだろうか？　（第一部第三章）

　現代の感覚からは、あまりにも大げさに思えるゴドウィンの反応であるが、この話をきいたゴドウィンの母親も、ゴドウィンは退学するしかないことに同意する。ゴドウィンのこの無神経なおじは、次のように描写されている。

> きわめて耳障りな、純コックニーのアクセントでゴドウィンにこのように話しかけたのは四十五歳の男で、ズボンの折り目はくっきりとめだち、袖がいささか長すぎる、新しい、ぶらさがりのツイードのスーツを着ていた。その顔は見た者に下品な印象を強く与えるものだったが、同時に一種のあどけなさ、自己陶酔的なエネルギーと単純さが見られ、完全に不愉快なものになるのを妨げていた。額は狭く、目は小さくて輝いており、品の無い唇は、赤茶っぽい無精ひげに半分隠されていた。この顔立ちには、ゴドウィン・ピークに似たものがあり、たとえその場の状況ではありそうもないにしても、彼らが親類関係にあることを気づかせるのに十分であった。名前を呼ばれてゴドウィンは凍りついたように立ちすくんだ。両腕を下に伸ばし、まるで殴られるのを避けるかのように、頭を後ろにひいた。彼の顔色は一瞬土色になり、次の瞬間は頬にさっと赤い色が走った。
> （第一部第一章）

ゴドウィンのおじ、アンドリュー・ピークの話す言葉は、彼の「純コックニーのアクセント」がはっきりと読者に伝わるように表示されている。表彰式（prize day）は prize-dye となるし、「何をもらったんだい？（What 'ave you took?）」という質問においても、h音の欠如、文法の間違いなど、ロウワー・ミドル・クラスにとっては、彼らの階級をワーキング・クラスに引き戻す、致命的な要素がはっきりとでている。

ギッシングは後に『下宿人』（一八九五年）というユーモラスな中篇小説を書いているが、その主人公のマムフォード夫妻は、経済的な理由で下宿人をおかずに居られない状況においこまれている。彼らはロンドンの典型的郊外サットンに住むロウワー・ミドル・クラスの人物として、読者の前に現われる（図②）。

> 「ラニミード」[5]（これがマムフォード夫妻の家の名前なのだが）は、サットンの住民達に、自分がカントリーサイドに住んでいると思い込ませてくれる、並木道の一つにたつ一軒家だった。赤いレンガ造りで、正面玄関の両側に窓があり、木造とスタッコのポーチがついていた。玄関の脇の片方には張出し窓が、もう片方には普通の窓がついており、そのコントラストによって、郊外《サバーバン》の人びとの目を楽しませていた。（第二章）

『下宿人』の原題（*The Paying Guest*）とは、「金を支払う客」という意味であり、ここに敢えて下宿人を下宿人（boarder）と呼ばないマムフォード夫妻のプライドが揶揄の対象となっている。そしてこの「客」に関して彼らがまず第一に心配するのは、その発音である。

> 階段の下の方からはっきりとした、気取りの無い声が聞こえてきた。「マムフォード夫人は御在宅（at home）ですか？」あ

図②　郊外の家――郊外の典型的な家が「美しい庭園の中」にあると宣伝されている、不動産の広告。フランク・グリーン『ロンドンと新旧の郊外』（1933年）から。

あ、よかった。たしかにｈの音がきちんと発音されていた！　（第一章）

服装、趣味、人柄によって、相手の階級を判断する力がないマムフォード夫妻は、この新しい「客」が「下品でない」ことを判断する材料は、発音しかないのである。こうしてミス・デリックは、ｈの音を発音することによって、マムフォード夫妻の「客」として無事に迎えられる。その後、彼女の母親が、嘆かわしくも、ｈの音を発音できず、しかも文法の間違いを連発する階級であることが判明する。しかしマムフォード氏も、じつは経済的にあまり豊かではないため、少々の譲歩をしても、下宿人をおく必要にせまられている（図③）。

「ミス・デリックを迎え入れることにしよう」とマムフォードは宣言した。「彼女の両親がここへ来るわけではないのだから。ミス・デリックはたしかにｈを発音しているのだろうね？」

「ええ、もちろん。多分よい学校に行っていたのでしょう」（第一章）

ここで重要なのは、たとえミス・デリックの母親がｈを落としていようと、その血の繋がった娘でも、ｈを発音するのであれば、自分たちと同じく、かろうじてミドル・クラスの一員として、マムフォード夫妻が迎えることである。ここにイギリスの階級の流動性が見られる。マムフォード夫妻も、ひょっとしたら、ｈを落とす両親を持っているのかもしれない。しかし、自分たちが、「よい学校」に行って、なんとかミドル・クラスの仲間入りをした手前、同じようなミドル・クラスの新参者は、受け入れる用意があるのである。

図③「アッピーな思いつき」『パンチ』（1885年6月6日号）
ｈの音の需要性――ロウワー・ミドル・クラスのブローキー夫人は、展覧会で、恥ずかしい裸体の絵を見ないですむように、隣の厩舎から遮眼帯を借りてきた。「芸術」に接したいが、過剰に道徳的な反応をする、ロウワー・ミドル・クラスの夫人の話し方の特徴は、ｈの音の間違った使い方である。

さらに留意すべき点は、ミス・デリックの母親がｈの音を落とす様子、あるいは『流謫の地に生まれて』のアンドリュー・ピークの「エイ」を「アイ」と発音するコックニーのアクセントは、書き言葉で表わすことができるのであるが、マムフォード夫妻や、ゴドウィン・ピークのロウワー・ミドル・アクセントは、微妙な母音のアクセントで違いがわかるので、書き言葉で表わすことができないということである。ゴドウィンは、おじの明らかなコックニー・アクセントを、級友の手前恥じながらも、自分自身、いわゆる「クイーンズ・イングリッシュ」を話すわけではない。成人したゴドウィンは、ウォリコム家の人々に再会し、その家の娘シドウェルに恋をする。彼女を手に入れるためにゴドウィンは、それまでの自分の信条に背いて、牧師になる勉強を始める。あくまでも、ゴドウィンの両親に気に入られ、少年時代の悪い印象を払拭し、アッパー・ミドル・クラスである彼らの階級の一員だと思い込ませるためである。しかし彼にはいまだ気がかりな点がある。

自分には、以前属していた、下の階級を思わせるなにかが残っているだろうか？　発音になにか不備はないか、話し言葉に、お里が知れるようなぎこちなさは残っていないか？　自分の言葉について間違いなく判断するのは不可能だが、自分の知る限りでは、下品な癖はないようだった。ホワイトロー校を退学してからかなり時が経っているが、彼が手本としていた何人かの教授のアクセントはまだ真似することができた。……バックランド・ウォリコム〔ウォリコム家の長男、ゴドウィンの友人〕は、自分の話し方にいささか無頓着なようだったが、これは、発音について考える必要の無い男、子供部屋にいるときから、上品な発音をすることが当たり前である人間独特の無頓着さだった。これからは、自分もこの効果を狙わなければいけない。言葉が正確すぎてはいけない。若者が正確に話しすぎると、意識して努力しているように見えるからだ。ときには少しいい加減な構文を使い、文法的な語句の代わりに、口語的な言い回しをしなければいけない。

（第二部第三章）

ここでゴドウィンが気にかけているのは、過剰矯正（over-correction）と呼ばれる、ロウワー・ミドル・クラスが陥りがちな癖である。現代でも、一部のアメリカ人の言葉にこの傾向が見られるが、文法の誤りを、ワーキング・クラス的と恐れるあまり、あまりにもペダンティックな言葉遣いをしてしまうことである。数年前、イギリスのエリザベス女王が、文法的に“I”と言うべきところを“me”と言ってしまって話題になったが、このような誤りはアッパー・クラスの特権ともいえる。そしてアッパー・ミドル・クラスをめざすゴドウィンは、こういった細かい事情まで把握していて、とにかく自分の出身階級に付随する要素を完全に捨てようとするのである。

したがって、『下宿人』のマムフォード夫妻のスノバリーなどは、まだまだ可愛い方であり、ロウワー・ミドル・クラスの人間がアッパー・ミドル・クラスに入ろうとするためには、たんに真面目に勉強に励むだけではとても無理だというのが、ギッシングが描く、ゴドウィンの涙ぐましい努力によって、はっきりするのである。

ゴドウィンはそもそも、自分が生まれてきた階級に、精神的には属していないと信じていた。彼が自分の階級を捨てて、アッパー・ミドル・クラスの仲間入りをしようとする不遜な行為も、彼の中では、己が精神的には上の階級に属するという信念によって正当化されていたのである。

彼は血のつながりという事柄に対して心を閉ざし、最近、自分の失意の原因として自分に言い聞かせるようになった言葉を繰り返した。「僕は流謫の地に生まれた――流謫の地に生まれたのだ」。そしてとうとう彼は探求の旅にでることになったのだ。自分の精神的な同胞に出会える、見知らぬ土地を探して。（第一部第五章）

しかし最終的にゴドウィンは夢に破れ、オーストリアのウィーンで一人寂しく、文字通りの流人《エグザイル》となって世を去る。この知らせを聞いて、ゴドウィンの友人エリカが「死ぬ時も流人か、可哀相に」と思うところで小説は終わるが、こうしてギッシングは、読者の誤解の余地がないように、小説のテーマを、しつこいまでに確認している。同じミドル・クラスの中で、一生かけてもロウワーとアッパーの溝を越えることができなかった主人公のペーソスが強調されるのである。

一八九三年にギッシングはそれまで二年間住んでいたエクセターから、ロンドン郊外のブリクストンに移ってきた。そこで彼はサバーバン・ロウワー・ミドル・クラスの生活の場を目の当たりにすることになる（図④）。

図④「郊外の住人の悲哀の歌」『パンチ』（1885年8月22日号）
仕事が終わって郊外の家に帰ろうとするロウワー・ミドル・クラスの男性。雨の中、夕食の材料を持って、乗合馬車を待っているが、流しの辻馬車が邪魔で、乗合馬車を留め損ねてしまう。辻馬車に乗る階級の人々を妬む気持ちはないが、せめて辻馬車が道を空けてくれるように、警官が注意をしてくれればよいのに、と悲哀を込めて歌っている。

ロンドン南部ではロウワー・ミドル・クラスはもはや、労働者とプロフェッショナルに挟まれた、不安定な、従属的な位置を占めていなかった。この階級は自信を持った一つの文明をなし、その赤レンガの家は、地平線まで広がり、サリーやケントのカントリーサイドにまで容赦なく侵入していったのである。(6)

『女王即位五十年祭の年に』では、ギッシングはもはやロウワー・ミドル・クラスを共感の目で見てはいない。このサバーバン・ロウワー・ミドル・クラスが、自分が属していたウェイクフィールドの商人仲間のロウワー・ミドル・クラス社会とは異なっていたこともあるのだが、H・G・ウェルズと同じく、恐ろしい勢いでカントリーサイドに広がっていく郊外《サバービア》、サバーバン・スプロールと呼ばれるこの現象に、恐れをなしていたのである。

　この作品にでてくるフレンチ三姉妹の描写は、郊外のロウワー・ミドル・クラスの女性の痛烈なカリカチュアとなっている。

> 彼らは不思議な言語を話した。それはいい加減な教育と、偽の洗練が、根強い俗悪さという幹に接木された結果のものだった。もし、無知とか、育ちが悪いといった謗りを受けたならば、彼らは三人とも驚き怒ったことだろう。エイダは十七歳の終わりまで「若い淑女のための学校」に通っていたし、残りの二人は十八になるまで、さらに気取った学校で、教養を学んだのであった。全員「ピアノを弾く」ことができた。全員が「フランス語を知っている」と言い張り、そう信じていた。ビアトリスは経済学を「やった」のであり、ファニーは無機化学と植物学を「ひととおり終えた」のだった。言うまでもなく、実は彼らの精神、人格、そして性質は、彼らに押し付けられた教育の影響を徹底して受けなかったのである。彼らが、自分たちの使用人よりも洗練されたアクセントで話すことができるのはたんに、彼らがまがい物の中で育てられ、金の力によって、彼らの精神的な同胞である、使用人たちと一緒に暮らすことを免れているにすぎないことを意味しているだけであった。
>
> （第一部第二章）

　この俗悪な郊外から抜け出すために、登場人物の一人、ジェシカ・モーガンは、猛勉強をして学位を得ようとする。この小説において、唯一好意的に描かれている人物であるナンシー・ロードは、アッパー・ミドル・クラスの青年ライオネル・タラント（といっても、その祖父はロウワー・ミドル・クラスに所属していたことが判明するのだが）との結婚によって、自らの階級を逃れる機会を与えられ、その弟ホレスは、勉強ができないために、裕福な後援者（実は自分の母親なのだが）の出現によって、金の力で脱しようとする。しかしいずれの人物も最終的にはその試みを成功させることができないのである。

　このように、ギッシングの作品において、その登場人物は、おのれの階級につきまとう様々な要素から逃れることができない。上にも述べたように、『民衆』では、ワーキング・クラスのリチャード・ミューティマーが、思いがけなく遺産を相続し、アッパー・ミドル・クラスの女性アデラと結婚する。しかも彼は、じつは自分と同じ階級に属する、エマという許婚がいたにもかかわらず、彼女を捨てて上の階級の女性と結婚するのである。アデラ自身は、すでに心を寄せている男性がいたのだが、その男性に関する醜聞を信じてしまったために傷心し、ミューティマーの財産にひかれた母親が薦めるまま、ミューティマーと結婚してしまう。言うまでもなく二人の結婚生活はうまくいかない。ギッシングは彼らのすれ違いを描く際に、執拗に思えるほど彼らの階級の違いを強調するのである。後に、新たな遺書がみつかり、自分に遺産を相続する権利がないことが発覚した際もミューティマーは、その遺言書を握りつぶそうとするのに対して、妻のアデラがそれを許さない。「これほど長くアデラと一緒に住んでいた結果、より高潔なものの考え方を少しは理解せずにはいられなかった」（第二十四章）ミューティマーは、とうとう妻に屈するが、自分と同じ階級の人間と結婚した妹のアリスはそうはいかない。彼女はアデラが余計なことをしたとくってかかり、ただでさえ「気取っている」と敬遠していたこの義姉を憎み始める。このように、登場人物の道徳観が、それぞれの所属する階級の影響による短絡的なものとして描かれているのである。

第四節　ヘンリー・ライクロフトの階級

この時代において、階級へのオブセッションがギッシングに限ったものでないのは言うまでもない。例えば、彼の友人でもあったH・G・ウェルズは、ロウワー・ミドル・クラス向けの読み物で成功を収め、ロウワー・ミドル・クラスの主人公を扱った、半自伝的な作品を書いているが、その過程で、この階級に対して、近親憎悪とも言える感情を抱くようになる。彼は『宇宙戦争』のような作品において、ロンドンの郊外地を破壊し、さらに、その評論では、優生学的思想を表明するようになる。

一方、『ヘンリー・ライクロフトの私記』（一九〇三年）におけるギッシングは、階級を越えたある境地を表わそうとしているようだ。この作品は、ヘンリー・ライクロフトという作家の手記を、著者が編集したというかたちをとっているが、その「編集者」による序文によると、ライクロフトは五十歳で思いがけぬ遺産を受け取る。彼はさっそくそれまで住んでいたロンドン郊外の住居を引き払い、カントリーサイドに移り、物書きという仕事をやめ、理想的な家政婦をおいて、こじんまりした家に住まう。散歩をして、本を読み、黙想にふけり、考えたことを断片的に書き留める。その中にはイギリスにおける階級に関する考察も含まれているが、これらはあくまでも他人事として書かれていて、筆者がどの階級に属するかは定かではない。しかしこれらの断片に記されているラテン語やドイツ語の引用から、筆者が教養ある紳士であることが垣間見られる。実際、この手記は、ようやく、アッパー・ミドル・クラスの文人という生活を手に入れた人物の手記という設定になっている。同じカントリーサイドに暮らしても、自分の土地に責任を持ち、ノブレス・オブリージュを負う、地主階級に属するわけではなく、気ままに、孤独を楽しむことができる人物である。

このような理想的な「ジェントルマン」の姿を書いたギッシングは、ライクロフトと自分を重ねられることに怒りを表明した。ライクロフトとギッシングをまったく同一人物と読んだ『アセニーアム』の評者が、「この手記は、その本質は隠遁者であり、研究者である人間が書いたもので、写実的な小説の書き手よりはむしろ大学教授だったほうがよかったような人物である」と書いたときに、ギッシングはそれを、小説を書いている自分へのあてつけととって、激怒した(7)。

たしかに、豊かな教養と感受性に溢れるライクロフトの手記は、ギッシングのそれまでの作品、そして彼自身の出身階級や背景を考えると、ロウワー・ミドル・クラスの勤勉な若者が陥り易い、知識のひけらかしのような不自然さという印象を免れない。ハーディが、その小説に、ラテン語系の難しい言葉を好んで使って、自身の学問に対するコンプレックスを解消しようと試みたように、ライクロフトも、ギッシングが理想とする、存在しえない有閑紳士の肖像のように見られかねない。

十九世紀後半、社会によって教育を受ける機会を得て、「上昇する」機会を与えられた人々が、結局は自分の出身階級からはみだし、同時に、上の階級にも落ち着くことができないという不条理さを、この時代の「ロウワー・ミドル・クラス」の作家たちは、繰り返しとりあげざるをえなかった。ウェルズが、近親憎悪と優生学へと惹かれていた一方で、ギッシングは、『ヘンリー・ライクロフトの私記』において、それこそ「無階級」の理想的な第二の自我（alter ego）を書こうと試みたのかもしれない。

註

（1）Pierre Coustillas, introduction, *Born in Exile*, by George Gissing (Brighton, UK: Harvester, 1978) xii.

（2）ベッチマンの家は経済的には裕福だったが、彼は父親が商人であることに、つねにコンプレックスを感じていた。

（3）Geoffrey Mortimer, *The Blight of Respectability: An Anatomy of the Disease and a Theory of Curative Treatment* (London: University P, 1897) 5.

（4）同じ年にギッシングが『チャールズ・ディケンズ論』を出していることもあって、ディケンズの影響を受けた作品であるという評が当時は多かった。

（5）ロンドンの南西、テムズ川岸の草原で、ジョン王が一二一五年にマグナ・カルタに調印したという場所の名。ロンドンの郊外では、このように歴史にちなんだ有名な土地か、あるいは「森」「丘」といった、カントリーサイドを思わせる名前を家につけることがはやっていた。

（6）Paul Delany, introduction, *In the Year of Jubilee*, by George Gissing

(London: Dent, 1994) xvii.

（7）『アセニーアム』一九〇三年二月二十一日号の匿名の書評。ギッシングはこの書評が、『ヘンリー・ライクロフトの私記』を褒めるというかたちをとりながら、それまでに自分が書いた小説の価値をすべて否定するものととって憤慨したという（*Critical Heritage* 416）。

第四章

貧　困

——貧民とその救済——

石塚　裕子

ヒューバート・ハーコマー『黄昏——ウェストミンスター救貧院の一場面』（1878年）

第一節　二人のブース

聖書にも物乞いは登場している。人間の歴史始まって以来、人と貧困とは切っても切り離せない。ただ、十九世紀のイギリスが抱えた新たな種類の貧困は、産業革命を経て確立した資本主義経済社会が生み出した貧富の差、その結果として現れた貧困である。一八三〇、四〇年代における大都市部の民衆の餓え、疫病、不潔、貧困などの惨状をディケンズらは数々の小説の中で社会告発した。それから五十年が経ち、事態は幾分かでも改善したのであろうか。否、この間にロンドンの人口はおよそ二倍半、一八八一年には約三百八十万人に膨れ上がり、一部屋に四〜五人は当たり前という狭く過密化し、しかも不衛生な住居環境に押し込められたままだったし、また五〇、六〇年代の繁栄期の後、新興のドイツやアメリカの躍進に伴い、斜陽化する大英帝国にあって、一八七〇年代後半の大不況、失業した労働者による幾多のストライキ（図①）やデモと世相は暗く、飢餓も、不衛生も、売春も、犯罪も、そして救いの見えない貧困も相変わらず居座っていた。

貧困とは相対的なものであり、人によって感覚も違うだろうから、どこまでを貧困とし、どこから貧困とは呼べないのか、これを科学的に立証しようとしたのも、十九世紀後半になってからのことだった。その調査を行った人物とは、ロンドンではチャールズ・ブースが、そしてもう一人、ヨークでは、クエーカー教徒で慈善家のチョコレート工場主の家に生まれたB・シーボーム・ラウントリーの名が挙げられよう。ブースの著書『ロンドンの人々の生活と労働』（一八九一〜一九〇三年）を読んで、都会だけではなく、地方都市にも貧民はいると確信し、ブースに倣い、ヨークで戸別調査に当たり、『貧困――地方都

図①　1889年の港湾労働者のストライキ

市の研究』（一九〇一年）を著し、労働者の年金計画や週五日制の制定に貢献した。

さて、ブースはリヴァプール生まれの、船舶で成功を収めた裕福な実業家であり、むしろ自由放任主義《レッセ・フェール》を信奉していた。一八七五年に妻とロンドンに移り住み、その大都会に蔓延すると噂に聞く貧困に、とりわけ八〇年代の不況の背後に潜むとされる貧困に疑いを抱いており、そこで独自の方法で調査に当たったところ、十七年間に及ぶ結果では、自身が思っていたより事態は悪く、実はロンドンに住む人々の三分の一が貧困状態にあることを証明する結果となった。ちなみに妻メアリは、十九世紀イギリス社会主義の中心人物シドニー・ウェッブの妻で、ブースのロンドン貧困調査に積極的に協力したベアトリス・ポッター（旧姓）のいとこにあたる。その作業は膨大な時間をかけて、イースト・エンドとセントラル・ロンドンを一軒一軒、辛抱強く、詳細に記録するという前代未聞の科学的調査だった。そして社会階級を最下位のAから最上位のHに分類し、その中で貧困線を引いた。ただ、この調査には解説は加えられず、救済策の提案もされなかったが、その驚くべき結果は人々の目を見開かせるに十分であり、政治と慈善の世界に反響を呼んだ。この調査は国や自治体によるものではなく、一個人の途方もない興味から開始されたものではあったが、老齢年金や失業保険への道を開く有力な論拠となり、ブース自身も後に救貧法に関する王立委員として養老年金法の成立に貢献した。

貧困救済に力を注いだもう一人のブースは、この社会・統計学者とは縁遠い、「救世軍」創始者、伝道師ウィリアム・ブースだ。[1] ノッティンガムの釘製造業者の家に生まれながら、父の投機失敗による破産と、その後の父の死という憂き目に遭い、本来ジェントルマン教育を受けるはずが、途中で退学し、質屋に就職しなければならなくなった。これは、プライドが高く、万事において餓鬼大将的存在であったブースにとっては大きな屈辱であり、また極貧の民衆、最下層の人たちとのつながりができるきっかけともなった。メソジスト派の影響を受け、また当時盛り上がっていたチャーティスト運動の集会にも参加し、毎日十二時間におよぶ仕事の合間を縫って、熱心に貧民窟で伝道活動を行なったが、十九歳でロンドンに出て、二十三歳には世俗の仕事は辞め、伝道師一本で生きる道を選んだ。

たまたま依頼を受けて、一八六五年イースト・エンドで説教を行ない、当初は数週間の特別伝道のつもりであったのが、その惨状を目の当りにし、伝道と貧民の救済に、妻ともどもここで生涯を捧げる決意を固めた。ホワイトチャペルに伝道所の本部を置いたが、一八七八年には救世軍と改称して、自らを大将《ジェネラル》とし、軍旗や制服も定め、キリストの血と聖霊の火に由来する血と火（blood and fire）を標語とする、軍隊に似せた組織体を結成した。ちょうど当時、有名な探検家スタンレーが『最暗黒のアフリカにて』（一八七〇年）を発表し、アフリカ旅行の成果、暗黒の未開地の実体を世に知らしめた。ブースは、それを模して『最暗黒のイギリスとその出口』（一八九〇年）を著し、その最暗黒の世界は代表的キリスト教国であり、世界一の富を誇るイギリスの首都の足許に展開し、人口の十分の一が「どん底階級（submerged tenth）」で極貧に苦しんでいる、白人は、アフリカ人やその他の後進国の国民の文明を進化させるという仕事をするより、まず国内のぼろ家のスラム街に住んでいる人々が野蛮人の生活を強いられている工業都市の改良の仕事を始めるべきだと、訴えた。この本は売れに売れ、大きな社会反響を引き起こし、救世軍は世界規模で大きな発展を遂げていく。

ところで、イースト・エンドの貧民を救済するための経済的援助はどのように調達されたのだろうか。貧民を救う道は、詰まるところ、今も昔も変わることなく、国家か民間かの手に委ねられよう。それでは国家の手に余るものはどうするのか。解決策は紛れもなく善意の寄付だ。それでその善意の寄付金を出すのは誰か。これを痛烈に皮肉っているのがG・バーナード・ショーの『バーバラ少佐』（一九〇七年）だ。

バーバラは理想に燃え、救世軍で社会奉仕をする娘だが、私生児で孤児の生い立ちから火薬製造会社の社長へと伸し上がった父アンドリュー・アンダーシャフトと、零落れた伯爵の娘を母に持ち、オーストラリア生まれで、大学のギリシャ語教授をしている恋人と、ハロー校からケンブリッジ大というエリート教育を受けた兄と、バーバラとは違って生まれ育った環境をありのままに享受する妹セーラがいる。父は娘バーバラを救世軍から取り戻すためにどうしたのか。「まさかバーバラを買い戻すとでもいうのか」との質問に、アンダーシャフトは「救世軍を買ってしまえばいいだけのことだ」（第二章）と答えている。寄付金を集められなければ、バーバラの所属する伝道所は閉鎖となり、父からの寄付金に頼らざるを得ない。戦争の手助けをし、人殺しの兵器を拵えている、まさに火薬庫の火と人の流す血（blood and fire）、死の商人の血に染まった金という援助で貧民の救済が行なわれているのだ。また救世軍では、飲酒がたたって破滅した貧民を救済しているが、元来、規則では禁酒であるはずなのに、やはりその救済にはウィスキー醸造業者からの多額の寄付金を受けざるを得ない。そういう矛盾に満ち満ちた現実を目の当りにし、理想に敗れ、バーバラは、養子になる恋人（オーストラリアのギリシャ語＝現実の知性を表す）ともども、権力と金を支配する父の許に戻っていく。

第二節　慈善ブームと慈善団体の組織化

十九世紀の貧民救済は国家と民間の両方で行なわれた。けれども一八三四年の救貧法改正が端的に示しているように、イギリスでは中産階級の産業資本家よりの考え方を示し、従って国家による救済は、民間による救済をあくまでも補助するスタンスで行なわれた。その第一の理由は、主に中産階級が信奉した宗教にある。ピューリタンは真面目で、誠実・勤勉、良心的で、よく働き、神を畏れ、つましく平凡な生き方を信条としたから、救貧法の適用を受ける貧困者（pauper）は、労働する体力を持たない無能力な貧民でないかぎり、道徳的に非難を受けるに値すると考えていた。つまり貧困の原因は、個人が怠け者か、堕落しているか、その両方だからであり、それゆえ失業したのだと考えた。一生懸命仕事を探しているのに、見つけられない人がいることに産業社会が気づいたのは、十九世紀末になってからのことだった。労働能力のない者の場合は別として、貧困は国家の介入を受けるに値するものではないという考え方が、第二の理由になる、自由競争の経済活動において、個人の権勢を正当化する方便として使われていったとも言えよう。事実、国家補助金は自助を弱めるものとして、厳しく排除されてきた。イギリス人はまた国家よりも民間の手による慈善の優位性を誇りに思った。実際問題として、国家に救済される事態というのは、他に救われる道のない最下層貧民であることを意味し、『オリヴァー・トゥイスト』（一八三七～三九年）に描かれているように、救貧院《ワークハウス》でのきつい単純労働が待ち構えており、食糧も施設も衛生状況も極悪で、手当ての支給もカットされたため、貧民もできる限り国の助けを受けたがらなかった。

救貧法は、はるかエリザベス朝からあり、慈善活動も盛んに行なわれてきたが、人が慈善を行なう動機には、慈善団体からの勧誘、宗教、人道主義的立場、社会的責任感、愛国心、虚栄、特定の事柄に関する強い問題意識、故人の遺言による公共への寄付（身近な親戚への嫌悪感から、いっそのこと公共目的へ寄贈する道を選ぶ場合もあったが）、あるいは遺言は存在しなくても、故人にたまたま身近な親類がなく公共に寄付される、などといったケースはよくあった。

十八世紀は博愛の時代と言われるほど、不運な人を救う慈善心に富んだ人が数多く現れた。その中で株式会社制度による慈善事業が展開し、その担い手は商工業のブルジョアジーであったが、宗教よりも市民による不幸な人々への同情という人道主義が多かった。産業革命を経て、経済的な激動期を迎え、貧困、犯罪、衛生問題、労働者の生活の日常化する惨状、売春、捨て子など都市型の社会問題が生まれ出し、同情心から慈善の手を差し伸べようとしたのが十八世紀の博愛の特徴である。ディケンズの作品、『リトル・ドリット』（一八五五～五七年）に登場するタティコーラムは貰い子だが、名前の後半コーラム（図②）は十八世紀の代表的慈善家の一人で、海軍を退役してから、ロンドンの道端に、生きたまま、あるいは死んだ状態で捨てられている幼児たちを目の当りにして、善意と哀れみから捨て子養育院の創立に力を尽くした篤志家コーラム大佐の名から取られたものだ。

十九世紀を迎え、成熟していない初期資本主義社会のもと、都市型の社会問題がますます深刻の度を増し、従って多方面の分野に慈善がいよいよ拡大していくことになった。ディケンズ小説では、肝心の自分の家庭はほったらかして、アフリカとい

図②　ウィリアム・ホガース『コーラム大佐』（1740年）

う遠い世界の慈善活動にうつつを抜かしている『荒涼館』（一八五二～五三年）のミセス・ジェリビーの姿がすぐに思い浮かぶではないか。またギッシングでは、『因襲にとらわれない人々』（一八九〇年）で、尋常でないほどのピューリタン精神にあふれているミリアム・バスクは私財を投げ打って、非国教会の教会堂新築に没頭しているが、実は純粋な宗教心からばかりでなく、たまたま近所に引っ越してきた女友達の夫のほうが、自分の夫よりも裕福で社会的地位も高いので、これと張り合うためという、世俗的野心から考えついたものだった。また『流謫の地に生まれて』（一八九二年）の冒頭は、ゴドウィン・ピークに奨学金を与えてくれる地元の名士、慈善家サー・ジョブ・ホワイトローの胸像除幕式から始まっている。

十九世紀の慈善家では、炭鉱、工場などの環境を改善した福音主義のシャフツベリー卿や、住宅改良のピーバディが筆頭に挙げられようが、他にも例えば、その額と規模の大きさにおいて桁外れであり、ディケンズの協力のもと多角的に慈善事業を展開したミス・アンジェラ・バーデット・クーツを忘れてはなるまい。クーツ銀行の創始者トマス・クーツが八十歳にして、先妻の死後ほんの数日後に再婚した相手、三十八歳の女優がアンジェラの母ハリオットで、先妻の子供たちとの間でスキャンダルはあったものの、その死に際し、全財産は妻ハリオットに遺され、数年後ハリオットはセント・オールバンズ公爵と再婚し、その膨大な財産に相応しい社会的地位も獲得した。娘のアンジェラはクーツ家と公爵家の両方の遺産を引き継ぎ、その途方もない資財をつぎ込んでの慈善事業の生涯が始まるのだが、それは教会関係、教育、売春婦救済、住宅、移住、子供福祉、都会再開発にまで及び、金持ちの女性による社会奉仕というよりは、慈善活動のプロといえよう。アンジェラは美貌と女性的魅力には恵まれなかったものの、クーツ銀行も個人銀行から株式制を選択するなど、意志の強さ、知性と洞察力に恵まれ、自らの手で女男爵の身分を手にしていて、結婚は六十七歳のときに、二十七歳の青年と結婚し、九十二年の人生を全うしている。

そもそもイギリス人の慈善活動への関心の高さにはピューリタニズムと、そして十九世紀にはとりわけ福音主義と深い関係がある。十九世紀の慈善家は福音主義者の同義語に近く、例えばウィルバーフォースは収入の四分の一を定期的に約七十の慈善団体に寄付しているし、E・M・フォースターの出身である奴隷制度廃止協会で有名なソーントン家では、百七十三の慈善団体に出資金を出し、ジョン・ソーントンは生涯で十五万ポンドを寄付し、銀行家でクラパム派の中心人物、息子のヘンリーは結婚に際し、慈善金を収入の七分の六から三分の二に減らさなければならなかったという(2)。

福音主義は、宗教と慈善の関係を再び強化し、神は人々にそれぞれ固有の地位を、すなわち金持は金持、貧民は貧民であることを命じ、金持は神に感謝し、貧民は裕福な慈善家に感謝するという構図を示し、階級制度を明確に定めた。またマルサスやリカルドと同じく、貧乏は人生の動かしがたい事実であり、その現実は非常に厳しいものだが、神の法の命令であるから、不平を言わずこれに従わなければならない、と説くものである。また自分たちよりも不幸な同胞を助けるのは、生まれながらに文明人として持つ自明の理であり、「野蛮人か未開人」と変わらないような貧民に慈善金を与え、その家を訪問することで、より下層階級の人たちに、富裕層への感謝の気持ちを育くませることに狙いがあった。もちろん富裕層のより広大な地所と便利で快適・贅沢な生活というのは、大勢の庶民の、極貧を強いられ、本来当たり前のはずの生活権を踏みにじられたことで成り立っていたわけである。そして自分たち富裕層はそういった博愛行為によって、死後の天国を保証しようとしたのは言うまでもない。

ヴィクトリア朝の中産階級の間では慈善が義務化し、時には『因襲にとらわれない人々』のミリアム・バスクのような行き過ぎもあるが、社会的には強制力すら持ち、また世間的な名士でありたいと願う人たちの間では、慈善家として名を成す、または名を残すといったスノビニズムとも結びついていった。にわかに裕福になった者は、貧者・病人に父親的な博愛心を示す貴族の伝統に従って、その役割を果たすべく、高い身分に伴う義務たるノブレス・オブリージ精神を引き継いでもいくことになった。

立身出世の階段を昇る手段としても、慈善は大きな意味を持ち、有力な慈善団体の代表は王族や貴族であったため、勤勉に利己的でなく慈善活動に身を打ち込んでいる姿を見せるというのは重要なことであった。動物虐待防止協会のパトロンはヴィクトリア女王自身で、それは以降この団体が永劫不滅の存在であることを意味した。

十九世紀末には、チャールズ・ブースが科学的に証明したように、貧困はあながち怠惰さや堕落によるものではなく、個人の力ではどうすることもできない、社会の構造に欠陥があることが判明したとは言え、やはり私的慈善はいつでも取りやめられるが、公的救済には弊害も生じるとして、商業をまず第一に重視する経済の側から反対が根強く、国家的福祉はきたる二十世紀を待たざるを得なかった。

労働者たちのほうも、生活協同組合とともに、例えば、相互援助と地位向上を願って、「友愛組合」を組織し、恐怖と恥辱をもって広く知られていた救貧埋葬の世話にはなりたくないという気持ちから、葬儀費や疾病の相互保障を行なう方法を定め、共済事業で自己防衛を図った。けれどもこういう組合組織に加入できたのは、労働者階級でも金銭的に余裕のある者だけで、現実のところ、大多数は相互援助の組合には縁のない、雨天のための備えもできず、その日暮しをしていた。またたとえ、せっかく加入できた葬儀組合も、経営のまずさによる破産、詐欺、あるいは『ネザー・ワールド』（一八八九年）のジョン・ヒューイットの場合に見られるように、持ち逃げの被害に遭うなど、いざというときに役に立たない場合も少なくなく、決して安心できるものではなかった。

イギリスには実に多くの慈善団体が存在している。ロンドンだけでも、十九世紀の前半で二百七十九の慈善団体が設立され、次の十年で百四十四団体がさらに産声を上げたという。(3)事実、一八八〇年代の『タイムズ』紙によれば、(4)イギリスの慈善金収入は、スウェーデン、デンマーク、ポルトガルの国家歳入よりも上回っていたというのだ。一八六九年、この大小多数にある慈善団体を統一・組織化しようとしたのが、慈善組織協会（略称ＣＯＳ）である。だから、言ってみれば、ウィリアム・ブースの「救世軍」などはほんの一慈善団体に過ぎないし、しかもＣＯＳからは、科学性のない、無差別に思慮なく施しをする、愚直な善意団体として忌み嫌われた。ギッシングは、『ネザー・ワールド』の中で、宗教心を少しも持ち合わせていないジェイン・スノードンは「救世軍の行列に出会うと、面白おかしいような、面食らうような気分になった」（第十八章）と、その感想を漏らしている。

ＣＯＳ設立は慈善団体を統合し、救済・慈善の重複を避けるのが狙いであった。けれども慈善行為というのは、本質的に個人の心情に発するもので、目的実現にかなうための統一行動の調整といった性質のものとは馴染みにくいのだ。所詮、他人、異邦人、移民、難民、亡命者などの集合体であり、また人口流動性も激しい大都会にあってみれば、救済の重複や不正受給などがしばしば生じ、これが明るみに出ては、結果として救貧法の対象者と慈善の対象者を峻別することが不可欠になった。さらに、ＣＯＳは貧民の自立を促すためのものであったが、救貧院には収容されない、極わずかの救済の手が差し伸べられる院外救済の対象者にも、慈善金補助を行なわないことなどが決められた。

ＣＯＳは地区委員会を設立し、そこを情報交換の場として機能させ、さらに富裕層が貧困層の生活の実態を認識し、その理解に努めることによって階級間の距離を解消しようとしたのだが、実際は、生活困窮や傷病の申請の受付と調査・審査を担当し、救済の重複と不正受給を阻止し、また乞食の禁止を図るなど、要は、慈善の警察といったような役目を果たすことになったのだった。会長はロンドン主教で、貴族、宗教人、議員、銀行家、知識人、文人、軍人など各界の錚々たるメンバーが名を連ね、一八七四年までにはヴィクトリア女王も加入している[5]。

ところがその理念とは裏腹に、COS自体は評判が悪く、強い批判を受けた。伝統的な慈善団体からみれば、新規に出来たCOSに、これまでのやり方をあれこれ口出しされたのでは面白くない。聖職者も、キリスト教の教えと世俗の慈善がごた混ぜなのはけしからぬと、これまた非協力的だった。慈善家たちが統合を嫌い、聖職者も好意的でなかったように、貧民も審査を嫌った。ショーは『ピグマリオン』（一九一三年）で（一九五六年初演ミュージカル『マイ・フェア・レディ』にもその科白はそのまま残っているが）、イライザの父ドゥーリトルにこう語らせている。

おいらは援助を受けるに値しねぇ貧乏人でさあ。そのとおり。それがどうしたってぇんだ。いっつもこいつが中産階級の道徳に合わねぇんだな。何かがあって、ちょこっと、そのお裾分けを貰おうとするとな、いっつも話はこうなるんだよ。「あなたは援助に値しない方です。ですから支給できません」、ってね。懐具合の寒さ加減は、おいらだって同じじゃねぇか、つまりよ、旦那一人死んだだけで、たった一週間のうちに、六ヶ所から別々に慈善団体から金貰ってる一番援助に値するとかの後家さんとね。援助に値する奴よりか懐具合がいいなんてことは断じてねぇよ、いや、おいらのほうがずっと懐は寒いね。（第二幕）

ここの「援助に値する（deserving）」というのは、COSが認定した慈善金を与えるに値すると選別された者を意味している。COSの側から言えば、貧者には最終的には自立の道が必要であるから、慈善金漬けにして自立を妨げる行為は差し控えたいわけで、未亡人や一時的な失業者・病人には手を差し伸べるが、娘にまで無心する、飲んだくれのドゥーリトルは慈善金支給対象外になるのだ。その他にも、慢性的に基金不足だったこともあり、支給選別に手厳しく、情けもなく、四角四面だったCOSは、ともすれば貧困を個人のせいにし、これが時として行き過ぎとなり、援助・救済どころか、無視、果ては告発行為になりかねなかった。

第三節　貧者の天使とその実態

このCOSの有力メンバーには、後にナショナル・トラストを創設するオクテイヴィア・ヒル（図③）がいた[6]。祖父はピーターバラ近くのウィズビチの有力な銀行家であったが、すでに廃業し、父の代には麦と羊毛を取引する商人となっていた。オクテイヴィアは、父が三番目の妻キャロラインとの間に儲けた五人の娘のうち、上からも下から三番目の娘にあたるが、父が一八四〇年に破産したため、母の実家、熱病専門病院の医師で

図③　ジョン・シンガー・サージェント『オクテイヴィア・ヒル』（1898年）

あり、かつてエドウィン・チャドウィックの右腕となって、公衆衛生改善など社会問題に献身的に携わってきたサウスウッド・スミス博士の援助を受けて育つことになった。オクテイヴィアは読書好きの少女で、洞察力に富み、利発で、独立心旺盛、人を扱うことの上手い、常にリーダー的存在であったという。

けれども独立心と意志が強く、父親の援助を解消したかった母は、オクテイヴィアが十三歳のとき、女性自立の方法の一環であった女性協力ギルドの理事となり、一家はロンドンの都心に移り住むことになった。オクテイヴィアはギルドにかかわる一方で、生活のため家庭教師をしていたが、この地で悲惨と貧困を体験し、キリスト教社会主義のF・D・モーリスに心酔して、その説教に通うようになった。母親はユニテリアンであったが、英国国教会の洗礼を受けることになった。さらに絵が好きで、その先生として、ラスキンの知遇を得てもいる。モーリスは労働者学校を開設しており、次にはその女性版を発足させ、一日約二時間の教師の仕事をオクテイヴィアに斡旋したのだった。

また二十三歳のとき、姉妹でノッティンガム・プレース学校を開校し、さらにラスキンから父の遺産の使い道に関して相談を受け、二十七歳で、このお金を資金にパラダイス・ヒルに三軒借家を購入し、労働者の住宅水準の向上を図った。オクテイヴィアは家主として、毎週定期的に家賃徴収を行い、一軒一軒借主の家を訪問して、労働者の実態を把握し、それが住宅改善の模索を促すことになったが、この住宅管理の仕事は馬が合っていた。労働者も、結局は酒代にまわすお金を、集金に来る家賃のために取っておくようになり、徴収の取り組みは労働者に意識改革をさせ、順当に貸家から利益があがり、オクテイヴィアの住宅購入は着々と続けられ、さらには劣悪な住宅環境にある子供達の遊び場が造成されていった。これが後のオープン・スペース運動やナショナル・トラスト運動へと発展されていくことにもなったのだ。

COSは、一八六〇年創立の「生活困窮者救済委員会」や、イースト・エンドにおけるE・デニスンの活動、その他にも地方での救済活動や、オクテイヴィアらの「ロンドン貧困・犯罪防止協会」——ちなみにラスキンがこの協会の設立費用の三分の二を出資していたが――などが母体となって創設されたが、COSではロンドンでも極貧のメリルボン地区をオクテイヴィアは担当することになった。この地区は慈善金を受けつづけていたため、頽廃していたが、そこでオクテイヴィアは金銭的援助をやめ、石炭支給チケットと無料食事の供給を行なった。貧困の程度、家族資産を一件一件調査して、援助ではなく、仕事を与え、その仕事をしていない場合には援助もしなかった。事実、『暁の労働者たち』(一八八〇年)では、ビル・ブラザリックは、片目と片手がないふりをして、ウェスト・エンドのブルジョアジーから施しを巻き上げることを商売にしているし、ヘレン・ノーマンもまた、貧民街で知り合った家族にまんまと騙され、せっかく施してやった家具も服もお金も、酒代へと消え、水泡に帰してしまうという苦い経験がある。だからオクテイヴィア・ヒルは己の宗教的、またこれまでの経験上の信念に基づき、多数のヴォランティア訪問員を育成し、自身も熱心に活動したのだが、このやり方は相手方の大きな反感につながった。けれどもCOSの目標から見れば、慈善の額そのものも少なく、救貧院当局との協力関係を良好にし、初期では最も成功した地区といえる。

オクテイヴィアの活動を彷彿とさせるのが、『暁の労働者たち』のヘレン・ノーマンのイースト・エンドでの社会奉仕だ。アーサー・ゴールディングが子供の頃に世話を受けた牧師の娘ヘレンは、二年間のドイツ留学のうちにコントなど進歩的な思想家たちの考え方を吸収して、社会改良に燃え、ロンドンに戻ると、非国教会の牧師ヘザレイと共に貧民救済活動を始める。例えばこんなことがあった。小さな寝台と腰掛けしかない安借家の屋根裏部屋では、身体を隠すのにも足りない僅かのぼろを纏っただけの、涙の筋跡以外に元の顔がわからないほど汚くて煤けた少女が膝に乳飲み子を抱えている。

「下で聞いたんですけど、お仕事のない間借り人の方がいらっしゃるって。あなたのことかしら」

「うん、仕事ないの。あればいいんだけど」

「でも、ここで独りぼっちなのかしら」

「うん」

「お父様かお母様はいらっしゃらないの」

「二人とも、六週間前からおつとめしてるんだ」

ヘレンが問い掛けるようにミスタ・ヘザレイを見つめると、両親とも六週間服役中のことだ、と小声がかえってきた。

「でも小さい妹さんの食事はどうしているの、妹さん、それとも弟さんかしら」

「あたいの子さ」微塵も羞恥心は見せず、実に純朴に少女は答えた。

「何ですって、あなたのお子さん」

「うん」自分の言った言葉が驚かせてしまったことにびっくりして、相手は答えた。

「でも——でも、あなたお幾つなの」話しながら顔を赤らめ、ヘレンは尋ねた。

「十五になったよ」

……

「ご——ご結婚はなさってるの」

「ううん、まだ」

「お相手はどなた、何をしている方なのかしら」

「肉屋の店員さ」

「その方、あなたと結婚するつもりなの」

「いつかは。週に十五シリング貰えるようになったらね」

「今はいくら貰っていらっしゃるのかしら」

「九シリング六ペンスさ」


（第二部第二章）

現在のところ、服役する前に母親が渡してくれた四シリングで食いつないでいるが、これがなくなったら、先はどうしてやっていくか分らないという。ここで少女から、気丈さは失せ、泣き崩れてしまうのだった。十九歳のヘレンは半クラウン銀貨二枚を施し、服と、洗面器と水差しを手配する。それに対し、へザレイはたしかにこれは救済に値する（deserving）ケースだが、騙す手口にはくれぐれも注意し、一度に沢山の金銭を与えてはならないことと、さらに救済の手を差し伸べる必要があるときには、このぞっとする環境で面談したのでは、正しく冷静な判断が出来ないから、教会で面談することを忠告している。また通常、このように戸別訪問は聖職者とヴォランティアがペアを組んで行なわれていた。ヴォランティアの女性だけで訪問した際、身に付けている衣服を、質屋に売るために、剥ぎ取られてしまったり、あるいは往診にきた医師が貧民の女達に待ち伏せされ、金を取られる事件が実際に起きており、警官でも極貧のスラム街へはグループを組んで入ったという[7]。

ヘレンは経験を積むうち、慈善行為の難しさを知り、やがて貧民への教育の必要性を痛感し、夜間学校でも教えるようになるが、結局は激務の過労から病死してしまう。けれどもこの小説は処女作でもあってか、ヘレンがあまりによく出来た理想の女性に過ぎ、ギッシングは作品を重ねるにつれ、例えば『無階級の人々』（一八八四年）では、アイダ・スターが売春婦から社会奉仕に目覚めるといった風に、こういった「貧民の天使」をより人間的な存在に描きかえていき、さらに『ネザー・ワールド』のジェイン・スノードンへと変貌させていく。

『無階級の人々』ではアイダは祖父を説得し、慈善活動を行なうが、『ネザー・ワールド』ではこれが見事に逆転して、博愛に目覚めた頑固な祖父のスノードンが、ジェインを貧民に手を差し伸べる神《プロヴィデンス》にしてしまう。

わたしが死んだとき、この金は全部、自分自身も貧しいような女の手で、貧乏人のためになるような使われ方をしてるって、確信が持てたらいいんだが。……ジェインに教育を受けさせ、上流の婦人に仕立て上げて、それでその金を上手いこと使ってもらうって道も望めるんだろうが。昨今は不幸な人に関心を寄せ、自分のことのように財産を使うって上流の御婦人も多いらしいからね。わたしの望みは、貧乏で無学な者のために、この身内の中から同胞を育て上げることなんだよ。みんなと同じように苦労を共にし、みんなと同じようにこの手で稼いで暮らし、みんなより上だなんてことは考えてもみないし、みんなと同じ目線で世間を見て、みんなが困っているのも、ちゃんと分っているような人間をね。上流の御婦人は善意を施してくださるだろうよ、そりゃ、承知しているが、だが所詮、貧乏人の同胞にはなれないね。上流の御婦人の住む世界と貧乏人の世界じゃ、あまりにも開きがありすぎるものな。（第二十章）

例えば『流謫の地に生まれて』でも、シドウェル・ウォルコムの兄が妻に選んだミス・レンショーは美人で教育のある二十五歳で、「二、三年、イースト・エンドで活動的に社会事業に貢献し、社会問題に関する著書もあり、実に素晴らしい講演もする」が、「年収三、四千ポンドを保証された資産家」であるし、シドウェルも「真剣に取り組む仕事が人生には全然なく」、多分これから先「優雅な閑暇、つまり退屈な無為（wearisome idleness）のもう二十八年間が待ち構えているのかと思うと心は弾みません」（第六部第四章）と、皮肉交じりに描かれている。イースト・エンディングと呼ばれた有閑女性たちの慈善活動は貧民の生活実態とのギャップがありすぎ（図④）、こと祖父の志は的を射ているし、またご立派な理想に違いないが、夢を押し付けられる孫娘のほうはたまったものではない。

ジェインはさっそくミス・ラントという献身的に慈善活動をしている中年女性に引き合わされるが、この女性は年収三百ポンドで質素な暮らしをし、宗教とは無縁の慈善事業に並々なら

図④　「貧民地区視察員」『パンチ』（1898年10月8日号）
「伝染病が発生したらすぐに教えてくださいね。わたしは――寄りつきませんから」

ぬ情熱を注ぎ、これを孤独な生活におけるいわば愛情のはけ口にしている。ミス・ラントから慈善の手ほどきを受け、例えばスープ事件など、貧民が当然の権利として慈善を受ける、その傲慢な態度を垣間見たりと、辛い経験をあれこれ積むが、ジェインは不安を払拭できないし、自信を持てずじまいで、自分にはこの仕事が向いてないことを自覚しだす。また、シドニーも「こんなにかわいくって、やさしい娘が若い青春をむざむざこんな風に無駄にさせられなくちゃならないだ」（第二十八章）と、怒りを覚え、疲労し切ったジェインを慰めている。

　受胎告知の大天使ミカエルを想起させるマイケルの名を持つ祖父は、自分自身が稼いだわけではなく、同じ名前を持つ長子が築き上げた財産を、御告げとばかりに孫娘に託し、貧民に分配する、いわば天使の役目を担っていると言えよう。そして結局肝心のその遺言を破棄し、あっけなく急死してしまう。ちょうど時を同じくして、気の狂ったジャックは錯乱して、天使が部屋に立ってお告げをしたという夢を見ている。それによれば貧者もかつては神に祝福された幸せな金持だったが、犯した罪のために今は貧乏に苦しんでいるという。そしてこの世は地獄で、そこから逃れようもなく、年を取れば取るほど、惨めに餓え、ますます貧乏になり、絶望の死だけが待ち構えているのだという（第三十七章）。十九世紀に登場してきた福音主義時代の天使たちというのは、こんなに苛酷な現実を突きつけていく、厳格にして救いのない天使へ何と変貌してしまったものだ。

　祖父の不撓不屈の物の考え方を、ジェインは自分の限界を超えて無理やり詰め込まれ、本来、人生をただ単純に楽しめたはずなのに、自分には似つかわしくもなく、また苦痛を覚えるほど厳格に叩き込まれた義務の重荷に、本来の優しい性格は押しつぶされてしまうのだった。例えば、G・エリオットの『ミドルマーチ』（一八七二年）のドロシア・ブルックや、ロモラのように、生来高邁な意識を持ち合わせ、選ばれた女性とは違い、ジェインはひ弱で、ごく普通の平凡な優しい娘にすぎない。つまり、神《プロヴィデンス》などでは断じてない。それでも自分に我慢、我慢と言い聞かせて、頑張りはしたものの、結局は祖父の理想には追いつけなかったのだ。最終的には、シドニーを失い、祖父の遺産も父に取り上げられるが、それでも慈善からは解放され、ジェインは一間の部屋でささやかに自活する、いわば身の丈にあった人生を手に入れている。結局、『暁の労働者たち』のトラディのように、慈善はまず身近な家の中から始まるということなのだ。

　ギッシングはＣＯＳの活動は当然知っていたが、慈善活動には作品の題材として以外に興味はなかったという。チャールズ・ブースの手伝いをし、二十年来ＣＯＳの仕事をしているソーシャル・ワーカーのクレアラ・コレットとは、ギッシングの家庭の窮境と、その際の援助者だったという関係で知り合っていたものの、その社会調査には関心を示さなかった。[8] 女性ジャーナリスト学校や禁煙圧力団体など、様々な小説の題材提供はコレットから受けているが、多くのギッシングからの手紙をコレットは破り捨てているというのだ。

ギッシングの作品を読んで、例えば、『暁の労働者たち』でアーサーが牧師館を逃げ出さなければ、貧乏のどん底まで落ちる苦労をせず、なにも死ななくてもよかっただろう。また『無階級の人々』で、アイダが母の死後、祖父の援助を反抗せず受けていれば、売春婦にまで身を落とさずに済んだだろう。『ネザー・ワールド』で、シドニーが財産目当てと思われたくない、などと考えず、ジェインと結婚していれば、みすみす貧乏を背負い込まなくてもよかっただろう。『流謫の地に生まれて』で、ゴドウィンが、近くで叔父が店を開くのを屈辱だなどと感じずに、そのままホワイトロー校を卒業していたら、人生は全然違っていただろう。ギッシング作品を読んで、こんな風に読者はどこかで感じざるをえないのではないだろうか。そこに共通してあるのは主人公達が持つプライドで、しかも極貧や、売春婦や、死ともひきかえに出来るほどの強烈なプライドのために、みすみす不幸で苦労の多い赤貧の人生を選択する結果になってしまったのだから、ギッシング自身が持つ誇り高い性格の反映でもあろうが、環境の犠牲者とはとても言い切れないのだ。

そこで、小説の周辺部で気の滅入るような痛ましい貧民の生活実態をどんなにリアルに描写しても、なぜかその貧困の惨状に素直に読者は心から共感を寄せられない部分が残る。底抜けのユーモアと真正直な持ち前の正義感で、社会の底辺にいる庶民の貧困をバイタリティに溢れるタッチで描き、社会告発に繋げたディケンズと比較すると、ギッシングの描く貧困は、到底社会告発の力を持ちえなかったのも妙に納得できる。またディケンズの貧民イコール善人という図式めいたものもギッシングにはない。むしろ貧困は悪といってもいい。結局、ディケンズは中産階級の成功した人間として、貧困を傍観していたに過ぎないが、ギッシングはその中に暮らし、貧民の真実を目の当りにしていた結果だと言えよう。それでいて、どんな極貧の生活を強いられようとも、ギッシングには物質よりも魂、それも飛び切り透明な魂の方が崇高であり、生きる糧であったのだ。

第四節　ギッシングと社会主義、そして福祉国家への道程

さて、COSはまた長い間、院内救済を除き、国家の干渉に反対していた。けれども、七〇年代後期や八〇年代中期の不況にあっては、たとえどんな大規模な慈善ブームが展開されようと、私的慈善だけで、貧困を食い止めようなどというのは、所詮、大海の一滴、十九世紀末イギリスが抱えていた根深い貧困は、民間の慈善では到底救済できる程度の生易しい規模の貧困ではなかった。結局は国家による福祉政策が必要になってきた。それに支配階級である中産階級にとっても、労働者階級が貧困や失業者問題で暴動を繰り広げ、政府転覆を狙うような革命で

も起こされた日には、それこそ我が身が危なくなるわけだから、国が貧民対策に乗り出さざるをえなくなった。

それならば、社会主義の力で救済の道が開かれるのであろうか。『民衆――イギリス社会主義の物語』（一八八六年）はちょうどタイムリーに世に出た。一八八六年二月、トラファルガー広場で経済不況打開と失業者対策に関する社会民主同盟の大規模な集会が開かれたが、これがハイド・パークに向うデモの参加者によってペルメル通りにある幾つかのクラブに嫌がらせの投石や商店の略奪など、さながら革命を思わせる、いわゆるトラファルガー暴動事件へ発展したのだ。ギッシングはさっそく暴動の翌日、第二巻まで書き上げた小説をスミス・エルダー出版社に持ち込み、第三巻を完了することを条件に出版の約束を取り付け、三月には大々的宣伝のもと、発表された。『民衆』はギッシングが世間的に成功を収めた最初の作品で（Halperin 75, 86）、文学界では時の人となり、仏、独、露、ポーランド語に翻訳された。一八八五年九月のデモにはウィリアム・モリスが参加し警官に暴行を加えて、逮捕されたが、これが新聞に載り、治安判事に「あなたの職業は」、と聞かれ、「私は芸術家で文学者であり、ヨーロッパ中でまあまあ有名であると思う」と答えたという。ギッシングはアルジェノン宛の手紙に、「あんな男が一体全体、奴隷船で何をやっているのだ。言葉にならないほど痛ましい。なぜ人目につかないところで詩でも書いていられないんだろう。ごろつきどもに混じってりゃ、十中八九、自分を卑しめるだけになってしまうだろうに」（*Letters* 2: 349）と感想を漏らしている。ここから『民衆』の着想を得たという。

一八八一年には株式仲買人からマルキシズムへ帰依したケンブリッジ大卒のハインドマンが社会民主同盟を、一八八三年にはトインビーやサミュエル・バーネット夫妻らが中心にオックスフォードを拠点に大学セツルメントを、一八八四年にはウェッブ夫妻やショーが中心にフェビアン協会を、一八九三年には独立労働党が旗揚げし、時代は社会主義の波がひたひたと押し寄せていた。けれども、これら社会主義運動の指導者たちは、中産階級出身者や知識人であり、肝心の労働者のほうは毎日生き延びることに手一杯で、宗教も美も政治も、要は、ものを考える余裕もない。またモリスのような知識人社会主義者の言うことなど、プロレタリアート社会主義者は信じきれない。平等とは口にするが、所詮誠実な人間たちではないし、労働者階級を踏みつけにし、どこかに身の安全と資本家の金庫のことを気にかけているのだ。

『民衆』は、ディケンズの『大いなる遺産』（一八六〇～六一年）の枠を借りてきて、いわば、このギッシング・ヴァージョンを創りあげたものである（S. James 77）。つまり、思いがけず金持の遺産相続を手にした労働者階級のミューティマーは、社会主義の指導者になり、協同組合経営の工場をウォンリーに設立し、上の階級のアデラと結婚でき、国会議員出馬と順風満帆の人生のはずが、実は、遺産相続者ではなかったことが、妻の手によって発覚し、妻の説得により正当な相続者に譲ってからは、元の労働者（つまり民衆《ディーモス》の一員）にあっけなく戻り、それは何をやっても上手くいかない挫折の人生の始まりで、果ては群衆に見放され、そして死へと突き進むのである。ここには、『大いなる遺産』のピップのような最後にささやかな幸せを手にする余地などない。労働者階級出身の社会主義者も、一皮剥けば、協同組合の工場からも実は利益をちゃんと懐に入れ、かつての貧しい婚約者も、アデラのために捨てと、結局は金と権力と理想の女性を手に入れたいだけの、ただの俗物である。突然富を手に入れ、階級を上がろうとする人間の醜さに対してギッシングは手厳しい。また同じ有産階級のエルドンの愛を得、アデラは美に救いを求め、二人は、すべて産業興起のために、人の手により傷ついた自然を、元の緑豊かな自然へと蘇らせようとするが、労働者には自然の美を愛で、いつまでも保存したいなどという余裕などないのだ。

　『民衆』の評価は高かったが、ただし、この作品を支持したのは、中産階級以上の人間であり、従って労働者階級や反民主主義的な考え方に対する敵意と、ギッシングの名とは結びつけられたという（Halperin 76）。考えてみれば、自身がどんなに窮境にあろうとも、古代ギリシャ・ローマ文学をこよなく愛するということは、下々の人間には所詮手の届かない特権階級の教養の持ち主である、つまり、高い教育を身に付けた保守派であり、きわめて貴族的な存在であるということを根本的に意味し、だからギッシングが社会主義などという卑しい庶民の運動に染まるはずもない。けれども、国家のほうは、二十世紀初頭の二つの大戦を経てから、以降サッチャー政権まで継承されることになる「揺りかごから墓場まで」の福祉国家へと大きく舵をきっていくことになったのであった。

註

（1）ウィリアム・ブースに関しては以下を参照。H. K. Kosier, *William and Catherine Booth: Founders of the Salvation Army* (Ohio: Barbour, 1999); Commander Booth Tucker, *William Booth the General of the Salvation Army*, (Honolulu: UP of the Pacific, 2001).

（2）David Owen, *English Philanthropy, 1660-1960* (Cambridge, MA: Belknap P of Harvard UP, 1964) 93.

（3）Robert Humphreys, *Sin, Organized Charity and the Poor Law in Victorian England* (New York: St Martin's, 2005) 52.

（4）Owen 469.

（5）Humphreys 60.

（6）オクテイヴィア・ヒルに関しては、モバリー・ベル『英国住宅物語——ナショナルトラストの創始者オクタヴィア・ヒル伝』（日本経済評論社、二〇〇一年）および中島直子『オクタヴィア・ヒルのオープン・スペース運動』（古今書院、二〇〇五年）参照。

（7）Andrew Mearns, "The Bitter Cry of Outcast London" in *Homes of the London Poor/The Bitter Cry of Outcast London* (London: Frank Cass,

1970) 23.

（八）Diana Maltz, "Blatherwicks and Busybodies: Gissing on the Culture of Philanthropic Slumming," in *George Gissing: Voices of the Unclassed* (Aldershot: Ashgate, 2005) 17.

第五章

都　市

――自分のいない場所がパラダイス――

松岡　光治

ジョン・オコーナー『日没――ペントンヴィル・ロードから見た
セント・パンクラス駅ホテル』（1884年）

産業革命後に計画もなく無闇に大きくなったヴィクトリア朝の都市は、カーライル、ディケンズ、ラスキン、モリスといった有名な文芸家たち、そして自然保護運動家オクテイヴィア・ヒルや近代都市計画の祖エベニーザ・ハワードに代表されるような、多くの社会改革者たちによって批判された。しかし、夢をかきたてるような、神秘的で華美な都市に魅了され、相反する感情を抱く画家や作家も少なくなかった。例えば、本章の口絵に用いたジョン・オコーナーの『日没——ペントンヴィル・ロードから見たセント・パンクラス駅ホテル』（一八八四年）では、大英帝国の首都に対する彼の矛盾した感情が描出されている。前景では、ロンドンの典型的な街路に見られる路面電車、馬車、群集、商店、そして右手前の屋上に積まれたガラクタ類が、都市の日常的な単調さを強調している。一方、後景の夕焼け空では、ロンドン名物の霧の中から浮かび上がったセント・パンクラス駅ホテル（一八六八年開業）のネオ・ゴシック様式の尖塔が[1]、中世の大聖堂か古城のように美しいシルエットとして非日常的な幻想を生じさせ、現実的な前景と絶妙な対照をなしている。

小説家ギッシングにとってのロンドンもまた、悲惨な貧困生活と不幸な結婚生活を余儀なくされた彼が、孤独と不安によってアイデンティティの危機に陥り、たびたび田舎や外国へ現実逃避することになる幻滅の都市であると同時に、その幻想的な魅力と知的な刺激が彼を引きつけてやまない創作活動の磁場であった。このような両価感情《アンビヴァレンス》はギッシングの郊外や田舎に対する態度にも見られる。いや、彼は教育、階級、女性、結婚、金銭をはじめとする様々な問題に矛盾した感情を抱き、その激しい葛藤に絶えず苦悩していたのである。引越しを繰り返した彼の亡命者《エグザイル》のような漂泊の生活は、そうした両価感情ゆえの苦悩の結果だと言えるかも知れない。本章では、都市に対するギッシングの矛盾した感情に注目しながら、帝都ロンドンの外的な力からは逃れることができないという彼の決定論的な見解を検証してみたい。

第一節　階級の壁と都市の街路

後期ヴィクトリア朝を生きたギッシングは、彼が先輩作家として敬意を払って批評書まで書いたディケンズとの間に、大きな世代差を感じていた。そのような意識を育んだのは、一八六七年の第二回選挙法改正による選挙権の拡大、七〇年の初等教育法による文盲率の低下、米独の資本主義の急速な発展による七三年からの大不況、そして大不況の深化による八〇年代初頭の社会主義運動の興隆といった時代の変化であった。ギッシングが死んだ一九〇三年に生まれ、同じように彼との世代差を感じていたオーウェルが言ったように、ギッシングが長篇小説で労働者たちを描き始めた頃のロンドンは「八〇年代の霧に閉ざされ、ガス灯がともったロンドン[2]」、すなわち一八八一年にワトソン博士と知り合ってベイカー街の下宿で共同生活を始めたシャーロック・ホームズのロンドンである（ギッシングは八四年末から六年間その近くに住んでいた）。そして、社会史家ブリッグズの言葉を借りれば、「ディケンズのロンドンとフェビアン主義が大きな影響を与えたエドワード朝のロンドンを結びつけている」[3]のが、ギッシングの小説なのである。

　しかし、ディケンズとギッシングの労働者階級の描写に見られる差異は、世代的な違いよりも気質的な違いの方が大であるように思える。その証拠に、ギッシングの処女作『暁の労働者たち』（一八八〇年）の冒頭は、読者に対する語り手の次のような誘いの文句で始まっている。

> 読者の皆さん、私と一緒にホワイトクロス・ストリートを歩いてください。貧民たちの市《いち》が立つ土曜日の晩は、この大都市の疲れた賃金労働者たちが、明日は奴隷のような仕事がないと思って安心し、一週間の中で心おきなく気晴らしのできる唯一の晩なのです。……これら「スラム街の住まい」の一つを選んで、その入り口まで群集を押し分けながら進み、不快な悪臭を我慢できるかぎり覗いてみましょう。恐ろしい暗闇の中で目を凝らすと、私たちには行き止まりの路地が見えます。言葉では表現できない忌まわしいものが、向こう側で点滅しているガス灯によって薄ぼんやりと見えるのです。　（第一部第一章）

ここでの読者は作者ギッシングと同じ（下層）中産階級が想定されている。都市の中心部でゲットー化されたような、そうした貧民街を一緒に見ようとする語り手と読者の、言わば植民地主義的な視点はディケンズやギャスケルにも見られる。語り手が中産階級の読者を導いてロンドンの労働者階級の世界を見せるとき、その悲惨さをリアリスティックに描く点でギッシングはディケンズに似ているが、それは表層的な類似にすぎない。つまり、子供時代の記憶に基づいて描写するディケンズがスラム街の悲惨な生活に対して同情的であるのに対し、大人の実体験に立脚したギッシングの描写は「不快な悪臭」や「忌まわしいもの」に対して反感的である。ディケンズは労働者まで視点を下げることができるが、ギッシングの視点は距離を設けたままであるギャスケルの視点に近い。とはいえ、ギッシングが大衆としての労働者に対してギャスケルのように同情や共感を抱くことは決してない。

　『ロンドンの労働とロンドンの貧民』（一八六一年）を出版した翌年、ヘンリー・メイヒューは熱気球に乗って首都ロンドンを上空から一望のもとに眺めた。ボードレールの男性遊歩者《フラヌール》のような語り手に導かれて陸続と街路を見せられる『暁の労働者たち』の読者もまた、そうした気球から都市全体を見下すようなパノラマの視点を与えられる。その点において興味深いのは、『チャールズ・ディケンズ論』（一八九八年）の中でギッシングが、「ディケンズは一段高い場所から貧しい人々を見下ろして発言したり考えたりすることができない」（第十章）と述べていることだ。これに関してピーター・キーティングは、ディケンズがロンドンの労働者階級を描く場合、彼らは社会の一部となるのに対し、ギッシングがそうする時はいつも「階級の壁」が再確認されると言っている。[4]イギリスにおける貧困の科学的調査の創始者で、一八八九年に『ロンドンの人々の生活と労働』を著したチャールズ・ブースはロンドン住民を八つのクラスに分類し、その財政状態を七つに色分けした地図（図①）を作成して、貧富の空間的な分布状態を明らかにした。[5]ギッシングのロンドンは富の分配が地理的に色分けされた都市であり、ブースの地図のように街路間の境界がはっきりしている。ギッシングの小説に通底する点は階級の違いが街路の違いとなっていることである。ディケンズやギャスケルといった前世代のヴィクトリア朝作家は階級の壁を乗り越えることに関心があったが、ギッシングはその壁を再建あるいは強化することに関心があったと言ってよい。

『暁の労働者たち』に登場する洗練された知的なヘレン・ノーマンは、社会の改革と個人の芸術の板ばさみで苦しむ主人公アーサー・ゴールディングの芸術的側面を体現している。その意味で、この小説をギッシングが執筆する動機の一つとなった社会改革の目的について考えると、コントの『実証哲学講義』（一八三〇〜四二年）を読んで「ロンドンのように混迷した大都市の方が私の力を発揮するのにふさわしいのではないかしら」（第一部第十四章）と言うヘレンが、実証主義とロンドンを結びつけている点は注目に値する。要するに、社会問題を実証主義的に——経験的な事実の観察を重視して——論証するには、労働者たちが群居する都市以上によい場所はないと、ヘレンは考えているのである。

しかし、ギッシングのような芸術志向の強い人間にとって、実証主義理論は物質的、唯物的、具体的すぎたようである。アーサーとヘレンの社会的な目的が達成されず、彼らが敗残者と

図①　チャールズ・ブースが1889年に描いたロンドンの貧困に関する図形マップの一部

なるのはそのためだ。ドイツ観念論哲学を研究したヘレンはイースト・エンドのスラム街に入って貧しい人々の間で隣保事業《セツルメント》に携わるが、結局は郊外のハイベリーに落ち着き、子供時代の田園的な環境を再構築してしまう。彼女はたとえ都市の中にいても社会的な壁を意識し、個人的な慰安のために文化的な飛び地《エンクレーヴ》に逃避する。ロンドンに接近はする（実証主義的に大衆に関心は示す）が、すぐに反感を抱いてしまうのだ。芸術を志向する〈私領域〉と社会改革を志向する〈公領域〉が相互に作用することはないのである。

ディケンズは、『ピクウィック・クラブ』（一八三六～三七年）が端的に示しているように、都市の情景に多数の人間を登場させることで生命力を与える小説家である。しかし、ディケンズが憂鬱な日曜日におけるロンドンの風景を描いた『リトル・ドリット』（一八五五～五七年）の第一部第三章の「我が家」に、ギッシングは「ユーモアを完全に失ってしまい、この大都市を何か気むずかしい感じで眺めている」（『チャールズ・ディケンズ論』第九章）先輩作家の姿を見出している。『リトル・ドリット』のロンドンには抑圧的な社会を象徴する牢獄が鮮明で具体的なイメージとして支配している。そこでは牢獄の壁という不変の物理的な形が強調され、それが個人の意志をものともせずに人間を孤立させる障壁となる。この障壁を平面化したものがギッシングの作品に頻出する「街路」である。つまり、『リトル・ドリット』で描写されたロンドンこそ、ディケンズのリアリズムの流れを汲むギッシングの眼が捉えたロンドンなのだ。

ギッシングの登場人物たちは街路や居住区を階級的に画定されている。その区画を越えて互いに関係することはない。ロンドンは断片化された街路の連続体にすぎないのだ。『暁の労働者たち』でも、ヘレンの社会はロンドン北部の郊外ハイベリーで、アーサーが結婚する堕落した貧しいキャリー・ミッチェルの社会はトテナム・コート・ロードの貧民街に定められている。アーサーがキャリーの飲酒癖を直すために北西郊外のハムステッドに連行した際も、そのような彼の田園趣味《パストラリズム》は彼女の都会性《アーバニズム》に逆襲される。事実、彼女は最初はハイゲートへ、次にキャムデン・タウンへ、最後はトテナム・コート・ロードに逆戻りしてしまう。キャリーは「運命の女神の声に従った」（第三部第三章）だけなのだが、ギッシングの小説における運命の女神とは外界、すなわち不変の階級的な壁を擁立しているロンドンという都市に他ならないのである。

第二節　人間を疎外する近代都市

十九世紀中葉に〈世界の工場〉として空前絶後の経済的繁栄を誇り、世界の通商金融市場を支配していたイギリスも、一八七三年に始まる世界恐慌を起点として九六年まで恒常的な不況に陥った。この大不況は機械の改良による熟練労働の解体と農業不況による不熟練労働者の都市への流入を通して大量の失業者を生み、一八八〇年代初頭に社会主義運動を復活させることになる。一八八四年～八五年にかけて中産階級の知的エリートたちによって結成されたフェビアン協会や社会主義者同盟は、ヴィクトリア朝初期のチャーティスト運動がイングランド北部の産業都市を中心に展開されたのに対し、首都ロンドンを中心に活動した。そして、こうした社会主義運動に支えられた失業者たちは不満分子となり、パリで起こった一連の革命を通して支配階級に不安を与えていた。

「ブラック・マンデー」と呼ばれる一八八六年二月八日、トラファルガー広場での三～五千人の失業者の集まりは暴動となり、ペルメルを中心としたウェスト・エンドは数時間にわたって民衆《ディーモス》の手中に落ちた（本書第七章・図③）。ギッシングにとって社会主義運動は、人間の個性に脅威を与え、彼が何よりも大切にした教養・文化を破壊する民衆に権力を与えるだけであるように思えた。彼に『民衆』（一八八六年）を書かせる動機となったのは、そのような社会主義観である。とはいえ、『民衆』は「イギリス社会主義の物語」という副題とは裏腹に、二つのカテゴリーの対立——社会主義と保守主義をそれぞれ代表するロンドンの急進的な労働者リチャード・ミューティマーと田舎に住む旧地主階級のヒューバート・エルドンという個人の対立——を描いたものになっている。

思わぬ遺産を相続したミューティマーは地方の自然を破壊して新しい産業都市（ニュー・ウォンリー）を建設し、その地方の社交界に入ろうとする。だが、彼の運命が定められたものだと考えるギッシングは、階級の壁を強化して彼を労働者たちの住むロンドンへ最終的に戻すことで、「商人根性の染み込んだ」（第三十章）英国の社会主義を嘲罵する。一方、今では斜陽階級となったエルドンは産業革命以前の社会の価値観を代表する人間であり、芸術の世界へ逃避したいというギッシングの願望を体現している。結局、ミューティマーは没落して暴徒の投石で殺され、エルドンが産業都市を逆に破壊して以前のような美しさと静けさを持つ田園（ウォンリー）に戻す。これは単に保守主義の勝利を意味するだけではない。それは産業の拡張を反対方向に転換して審美主義的な理想をかなえた行為であると同時に、エルドンが近代社会では疎外されていること、そして社会的な壁の中で作者自身が孤立していることを暗示している。要するに、産業化された近代都市には知識人や芸術家の居場所はなく、そこでは疎外されて孤立するしかないのである。(6)

都市は個人が群集の一人として溶け込むことで匿名性を提供する。窃盗の罪を犯したギッシングがアメリカに逃避し、一年後に帰国して即座にロンドンへ出た理由は想像にかたくない。しかしながら、都市空間の匿名性は社会的な疎外と人間の孤立感を生む。労働者階級の貧困を扱った最後の小説『ネザー・ワールド』（一八八九年）では、ロンドンの都市化による人間の疎外が最も悲観的に描かれている。『ネザー・ワールド』でロンドンを描く際のギッシングの実証主義的な正確さは、この都市のユニークな発展の点から説明可能である。北部の産業都市では労働者たちが製造工場で集団として組織化されていたのに対し、大英帝国の中心であるロンドンでは銀行業や保険業などが発展し、不動産価格の上昇で大規模な製造工業は発展を抑止された。その結果、首都ロンドンは「熟練工や職人の都市」[7]となってしまったのである。

シドニー・カークウッドのような熟練工の大半は、ロンドンの富裕層のために工芸品の生産に従事していた。カークウッドの住むクラーケンウェル（図①）は、そうした熟練工たちが住む地区の典型である。クラーケンウェルはロンドンにおける宝石製造の中心地で、熟練工たちは特殊な道具を共有する必要から当地での定住を余儀なくされた。一方、重工業がロンドンを無視していたことに加え、当時は農業不況によって田舎から都会への人口流入が続いていた。この首都の人口増加は不熟練労働者の余剰につながり、一八八〇年代に一連の騒動を生み出すことになる。結果的に日雇い労働者が激増し、彼らは仕事が朝早く始まることもあってロンドンに住まねばならず、多くのスラム街が形成されてしまったのである。

ロンドンの発展に伴う別の興味深い現象として、都市中心部の空洞化と人口減少によるスラム街の周縁化が挙げられる。一八六〇、七〇年代には大英帝国の威信をかけてロンドン中心部で貧民街撤去《スラム・クリアランス》がなされ、銀行、事務所、倉庫、駅などが建設された。一八五三年から一九〇一年までに七万六千人が鉄道建設のために立ち退きを強制され、彼らの住まいは周縁化されていた。ドレの『ロンドンの上空を――列車で』（図②）に見られるように、鉄道の高い軌道や深い掘割は社会的なゾーンを隔離する障壁を形成した。[8] 一八七五年の職工住宅法もまたロンドン中心部のスラム街を撤去し、鉄道との一体化によって都市を再開発するものであった。その結果、クラーケンウェルはファリンドン・ロードとクラーケンウェル・ロードに囲い込まれ、シティーと切り離されて孤立してしまった。この境界線の重要性

図②　ギュスターヴ・ドレ『ロンドンの上空を――列車で』（1870年）

にギッシングは着目する。例えば、クレム・ペコヴァが郊外にあるバートン・クレセントの自宅から南下し、実家の下宿屋のあるクラーケンウェルへ戻る場面で、「シティー・ロードを横切ったあと、クレムは生まれ育った土地に足を踏み入れた」（第三十五章）と記されている。

　ディケンズの『荒涼館』（一八五二～五三年）の登場人物の多くはホルボーンとシティーの区域に住んでいたが、ホルボーン地区からはスラム街の撤去で一八三〇年から半世紀の間に十万人が追い出され、[9] シティーの人口も一八六一年から八一年の二十年間に半減した。彼らが住んでいたチャーンスリー・レーンの周辺は、『ネザー・ワールド』の頃には非住居地域になっている。つまり、『ネザー・ワールド』の中心地がホルボーンの北側に位置するクラーケンウェルへ変わったことは、人口の分散化とスラム街の周縁化を意味しているのだ。ディケンズは『荒涼館』の中で「霧」という包括的なイメージを使い、大都市ロンドンを統一体として捉えた。産業革命を経て巨大化・複雑化した帝都ロンドンは、ヴィクトリア朝後期にはもはや有機的な社会の統一体として捉えることができなくなっていた。『ネザー・ワールド』でギッシングが描いたロンドンは、断片化された社会空間の連続体としての都市になっている。大都市の中で労働者階級の分散化と周縁化が起こり、ロンドンはクラーケンウェルのように孤立した多くの特殊な区域からなる都市、すなわちブースが色分けして詳細に描写できるような都市になったのである。

　人間は遺伝や環境に従属するもので精神的な変化は望めないというギッシングの自然主義的なリアリズムは、都市の場面から個人的な理念――例えば、ディケンズに時として見られる個性的な解釈による主題の美化――を削り取り、そうすることで都市化した社会における人間の疎外を強調している。レイモンド・ウィリアムズは『田舎と都会』で「ディケンズにおいては物理的な世界が人間と関係しないことは決してない。それはディケンズが作り、解釈したものである」と断じた。[10] ディケンズの都市はそこに住む人間と語り手の声で構造物を人間化していた。一方、ギッシングのロンドンでは、型彫り師で贋金作りに手を出すボブ・ヒューイットは孤独であり、明らかに自分自身が作ったものではない周囲の都市の構造物から疎外されている。『ネザー・ワールド』は小説の最後の一行に明示されているように、「奈落の底まで敗残者たちであふれさせる社会の非情な力に対する抗議」（第四十章）の書である。ギッシングの世界では、労働者階級だけでなく下層中産階級でも、志を立てた人物が生存競争から脱落し、近代都市ロンドンの外的な力によって疎外される。そのような敗残者たちが集められたギッシングの小説は、中産階級――ピューリタン的な自助《セルフ・ヘルプ》の精神と実学の精神でヴィクトリア朝中期の繁栄を支えた中産階級――の様々な立志伝中の人々からなるサミュエル・スマイルズの『自助論』（一八五九年）と対蹠的な世界だと言えるだろう。

第三節　都市と郊外の同一化

一八五〇、六〇年代の〈イギリス大好況期〉の嚆矢となるロンドン万博（一八五一年）において、鉄道利用の割引料金で一般大衆の団体旅行を企画して成功したトマス・クックは、ロマン主義的魅力を持つスイスや教育的価値の高いイタリアに目を向けるようになり、一八七三年には『ヨーロッパ鉄道時刻表』を発行し、それまでは特権階級だけのものであった外国旅行を中産階級にも可能にした。『ネザー・ワールド』を書き上げたギッシングは、一八八八年九月末に少年時代からの憧憬の地であったイタリアへ旅立ったが、その旅の様子が手紙を通してよく分かるように、妹のマーガレットにクック社の『南イタリア・ガイド』を送っている（*Letters* 3: 275）。そして翌年十一月にも、彼は自分の教育の基礎工事を仕上げるためにギリシャへの旅に出た。多くの批評家が指摘するように、ギッシングがロンドンを離れた二回の大陸旅行を彼の生涯における転換点と見なすことは可能である。彼自身も旅行中に日記の中でロンドンの都会生活を呪い、「私は海峡を渡ると純粋素朴な詩人となった」（*Diary* 54）と書いているからだ。さらに、二回目の大陸旅行から戻って約一年後の一八九一年一月、彼はロンドンから逃れてデヴォン州のエクセターへ引越し、二年間そこで生活することになる。

一八八〇年代のギッシングの小説は、その大半が陰鬱な労働者階級に焦点を当てたものだったので、このようなロンドンからの脱出は彼の気持ちを幾らか楽観的、審美的にしたようである。例えばマイケル・コリーは、「ギッシングは『ネザー・ワールド』出版後、人物と物理的環境との決定論的相関関係から逃れるようになった」（Collie, *Alien Art* 68）と論じている。しかし、この人間と空間との「決定論的相関関係」はギッシングの小説を通して常に維持されているので、その関係が以後の作品では単に他の社会領域に移されただけだと反論せざるを得ない。というのは、登場人物がどこにいようが、ギッシングの小説ではロンドンの支配体制から逃れる道はないのだから。

『ネザー・ワールド』のクラーケンウェルから『女王即位五十年祭の年に』（一八九四年、以下『五十年祭』と略記）のキャンバーウェル（図③）への移動は、労働者階級の生産に重きが置かれたロンドン内部の地区から、ロンドン南部の郊外ブリクストンの近くにあるミドル・クラスの消費に重きが置かれた地区へ移動である。だが、そのように焦点が移っても、人間と空間の関係および個人と社会の関係は変わらない。一八九三年六月、ギッシングはデヴォン州からブリクストンへ引越していたが、このブリクストンでの生活はロンドン中心部を支配するイデオロギーが郊外にも浸透していることを彼に認識させただけだった。鉄道のような交通機関が都心の経験を郊外まで伝えていたからである。十九世紀の郊外は都市と距離を保つことを理想と

図③　1870年代のロンドン郊外、キャンバーウェル・グロウヴ

していたにもかかわらず、都市との結びつきにより維持・管理されていた。英国支配下の平和《パクス・ブリタニカ》に支えられた一八五〇、六〇年代の大好況期に最も富裕化して経済的実力階級となったミドル・クラスの郊外の住人たちもまた、ロンドンの中心に住む労働者階級と同様に物質主義、商業主義、資本主義といった目に見えない都会の支配勢力に従属していたのである。

ロンドンの郊外は一八六〇年代から急速に発達して八〇年代にピークに達している。[11] 十九世紀前半の都市化とは対照的に、ヴィクトリア朝後期に見られたのは都会からの脱出である。かつての郊外は都市生活の最も堕落した部分（賤業者や犯罪者）を遠ざけるための場所だった。昔の都市警察には原始的な監視能力しかなかったので、郊外が無法地帯と思われていたのも当然である。[12] だが、郊外はやがてロンドンで激増した労働者たちと距離を置き、自分の富を物質的に認識したい新興ブルジョア階級の理想の場所となった。『五十年祭』のキャンバーウェルは、十八世紀末には人家がまばらな寒村にすぎなかったが、百年後には人口が約二十五万人となり、[13] ロンドンのミドル・クラスが住む郊外の縮図と見なされるようになっていた。

ギッシングはミドル・クラスの価値観の支配——都市に集中する産業・経済の発展を重視することや精神的な生活（芸術志向の生活）を軽視すること——を恐れていた。これが『五十年祭』の中心テーマとして郊外生活の空虚さに焦点が当てられた理由である。サバービア（郊外生活特有の様式・風俗・習慣）の現実は、『暁の労働者たち』のヘレン・ノーマンが郊外のハイベリーで送るような理想化された半田園的な隠棲生活とは違うのだ。ギッシングはそのことをブリクストンでの経験によって悟っていた。その証拠に、『五十年祭』のキャンバーウェルは世間体《リスペクタビリティ》と地位の向上に執着するミドル・クラスの虚栄と偽善が支配した郊外として描かれている。

ヴィクトリア女王の即位五十年記念式典（一八八七年）には、世界中の様々な国から代表者たちが表敬のために出席し、その豪華絢爛たる祝賀行進（本書第八章・図⑤）を見たロンドンの人々は、太陽が没しない大英帝国の無敵を誇る威容を初めて体験した。この五十年祭はイギリスの発展や変化の象徴と見なされたが、そうは思っていなかったギッシングの態度は実に冷ややかである。「郊外の神（suburban deity）」（第五部第三章）と呼ばれるサミュエル・バームビーにとって、五十年祭を祝うのは英国の「五十年の発展が完了したことを祝う」ことであり、それは「人類の歴史に前例のない国家的な発展」（第一部第七章）に他ならない。郊外社会のイデオロギーを体現するバームビーを通して、サバービアが首都ロンドンの社会システムから分離されておらず、むしろその本質的な一部であることをギッシングは強調している。経済的に成功したバームビーは郊外のキャンバーウェルの中心にあるダグマー・ロード（ダグマーはデンマーク語で「栄光の日」の意）へ引越すことができた。だが、彼が「ダグマー・ロードという住所の魅力を密かに認めていた」（第四部第一章）ことは、国家が発展しているという考えも、郊外が汚濁の都市から分離されているという考えも、自己欺瞞的な虚構にすぎないことを示している。

広告業に携わるラックワース・クルーは文明の発展に関して「近代の科学と広告の技術がなかったならば、どうやって私たちは今のようになり得ただろうか」（第一部第八章）と言う。このような考えはキングズ・クロス駅の構内（図④、本書第十六章・図②）に見られる近代文明の象徴としての広告、「一ヤードでも利用できる壁があれば、至る所で人の目に訴える広告」（第五部第二章）と結びつけられる。鉄道駅の列車が広告の伝播性を連想させるのは、この交通機関が商業主義というロンドンを支配するイデオロギーを郊外および国内の隅々まで伝達するからに他ならない。それまで画然と隔てられていた都市と郊外が鉄道によって連結され、都市も郊外も商業主義の影響を受けて同一化されるという現象は、ヴィクトリア朝末期になって特に顕著になっていた。ミドル・クラスを描いたギッシングの一八九〇年代の作品は、そうした史実を数多く収納した宝庫なのである[14]。

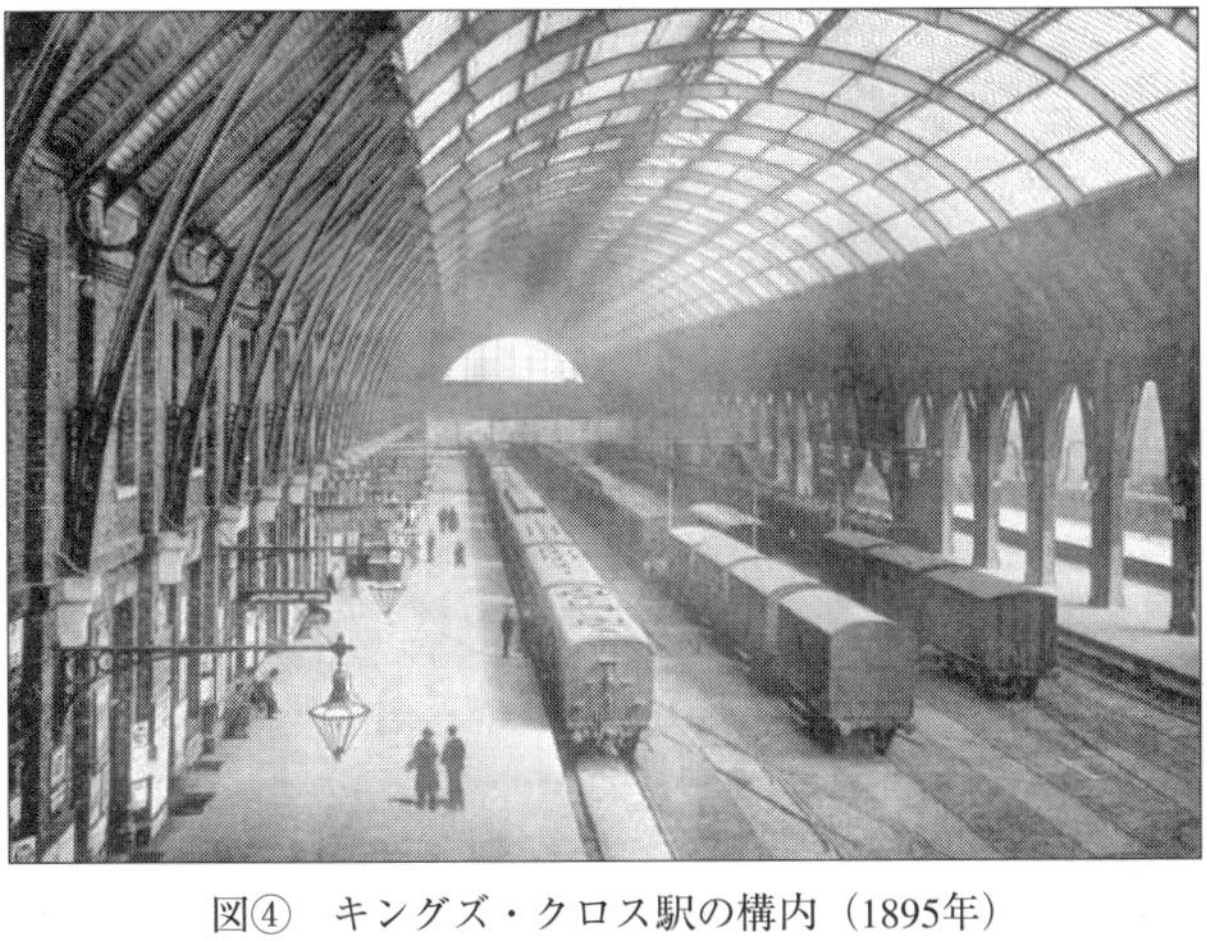

図④　キングズ・クロス駅の構内（1895年）

第四節　現実の都会と虚構の田舎

後期ヴィクトリア朝も時代が進むにつれ、ロンドンから遠く離れた地方の農村生活は、鉄道を通して都会から押し寄せる新聞、雑誌、観光客、そしてギッシングのような長期滞在者などのために、都市郊外のような生活に変貌しつつあった。歴史家トレヴェリアンの指摘にあるように、一八七〇年の初等教育法によってヴィクトリア朝末期には田舎の農業労働者やその家族たちも読み書き能力《リテラシー》を持つようになり、軽い記事と写真からなる廉価な日刊大衆紙『デイリー・メール』（一八九六年創刊）などが至る所で読まれていたのである(15)。ロンドン万博があった一八五一年は都市と農村の人口が同じになった記念すべき年であるが、それから半世紀の間に農場労働者は半減してしまっていた。都会生活の悲惨さや工場労働の苦労を聞いても、都会へ出たいという彼らの希望は抑えられなかったのだ。W・J・リーダーが言うように、田園生活への憧れは支配階級の感傷にすぎず、農民《ホッジ》にとっては田舎の風景を破壊する鉄道も都会の素晴らしい生活につながっているように見えたのである(16)。

確かに、鉄道が通っていないデヴォン州の内陸部などでは理想的な田園生活が残っていたが、少なくともギッシングの田舎の描写には常に文化的エンクレーヴへの逃避という私的願望が隠されている。言葉を換えれば、彼の小説における田舎は決して現実の現実ではなく、都市の商業主義から逃れるための慰安の地という虚構にすぎないのだ。都会が裏舞台となって田舎が表舞台となる随筆集『ヘンリー・ライクロフトの私記』（一九〇三年、以下『私記』と略記）ですら、ロンドンの支配から脱してはいない。

一八九四年九月、ギッシングはロンドン南東の郊外エプソムへ移ったが、三年後には肺気腫を患い、田舎へ引越すように医者に命じられた。その時すでに彼はイーディス・アンダーウッドと衝動的な再婚をしていたが、彼女が階級的にも知的にも意に満たなかったので、九七年二月にはエプソムから逃れ、デヴォン州の海岸町バドリ・ソルタトンに行って一人暮らしを始めた。やがて、九八年七月から中産階級のフランス女性ガブリエル・フルリと関係を持つようになり、これが失意の時の慰めとなる。しかし、ここで見落としてならないのは、フランスで送るようになるガブリエルとの重婚生活においても、彼が本当の満足を見出せなかったことだ。彼は幸福の最中にあっても、英国を離れたことや大都会ロンドンの知的刺激がなくなったことを嘆いていたと考えられる。なぜならば、ガブリエルは一九〇一年六月にH・G・ウェルズへの手紙（*Letters* 8: 202）で「彼は生まれつきの不満家です。……彼にとって常にパラダイスは自分のいない場所にあるのです」（傍点は筆者）と語っているからである。

ギッシングは『私記』の焦点を境界線が細かく画定された都

市空間からデヴォン州エクセターの田舎家に移している。一八八五年八月の手紙の中で、彼は「六ヶ月ほど本当の田舎家でゆっくりとホーマーでも読めるのであれば、人生の一年ぐらいをあげてもよい」(*Letters* 2: 337)と書いていた。近代都市からの私的逃避というのはギッシングの生涯と作品にとって重要な概念である。語り手ライクロフトと作者ギッシングの見解の類似性は少なくとも表面的には明らかだ。『私記』を「小説というよりは薄い仮面をつけた個人的回想」(Halperin 307)と呼んだジョン・ハルペリンのように、この作品を多くの批評家が作者の「精神的な自伝」(Lowell 41)として見ている。だが、ギッシングが一九〇三年二月の手紙(*Letters* 9: 58)で『私記』を回想録《メモリー》というよりは熱望《アスピレイション》と言っていることから、作者と語り手のギャップに留意せざるを得ない。この手紙は『私記』の虚構性を語っていると言えるのではあるまいか。ギッシングが近代都市で抱いた疎外感は逃避願望を育んだが、ロンドンに対抗するための実現可能な代替物は、実際にはどこにもない理想郷《ユートピア》として以外に何ら提示されていないからである。

シャーロック・ホームズが四十九歳で探偵を引退して風光明媚なサセックス州の丘で読書と養蜂という隠遁生活に入ったように、文筆家のライクロフトは五十歳の時に亡友から終身年金を遺贈されてデヴォン州の田舎家(図⑤)に隠遁した。しかし、ライクロフトの田舎への逃避もまた私的なもので、非現実的だと言わねばならない。『私記』の「序文」によれば、ライクロフトはロンドンを去る前に著述業に別れを告げ、出版用にはもう一行も書きたくないと語っている。それに対し、ギッシングの方はロンドンを離れても書き続け、まだ文学的・商業的成功を望んでいた。ライクロフトとは違って、ギッシングは依然として文学市場を意識し、田舎で生活する自分自身を外界であるロンドンの意志に従わせねばならないと考えていたのだ。ピエール・クスティヤスが道破したように、語り手ライクロフトの

図⑤　アーサー・クロード・ストローン『デヴォンの田舎家』(1901年)

田舎への逃避は決して作者ギッシングを満足させていなかったのである。[17]

一八九一年から九三年にかけてデヴォン州エクセターに住んでいた頃、ギッシングは自分の芸術の源泉たるロンドンから離れすぎてしまったと感じていた。それは「このデヴォンで二年ほど浪費してしまったようだ。私の題材があるのは明らかにロンドンだ」(*Letters* 5: 104) と九三年四月に弟アルジェノンへ書き送った手紙から分かる。ある程度の金銭的余裕があるライクロフトのような隠遁した文筆家は別にして、知性と教養を求める若者たちにとって、ロンドンから離れることには深刻な損失が伴う。文学界での出世という野心を持つ『三文文士』(一八九一年) のジャスパー・ミルヴェインにとって、「どこか郊外に小さな家を持つ」ということは「野心を幾らか放棄する」(第三十四章) ことを意味する。ギッシングは売れない作家エドウィン・リアドンに次のように言わせている。

「……ぼくは知力《ブレインズ》を意識していたので、自分にとっての唯一の場所はロンドンだと思っていた。……ぼくたちはロンドンについて今なお知的生活の唯一の中心地であるかのように考えているのさ。……だけど、実際、今日の知識人はロンドンから逃避しようと懸命になっている——一度この場所のことが分かってしまうとね。……ロンドンに住まなければならないのは、特殊な仕事に携わっている稀な場合だけだよ。……このロンドンが知力のある若者たちを鬼火のように引きつけているのは大きな不幸だね。彼らはロンドンに出てきても、堕落するか身を滅ぼすかのどちらかだ。彼らの本当の領域は田舎の平和な生活なのだよ。ロンドンで成功できるタイプの人間は、多かれ少なかれ冷淡でシニカルな人間なのさ。……」(第三十一章)

これは文学市場の生存競争に負けた敗残者による〈酸っぱい葡萄〉と〈甘い檸檬〉の論理である。この合理化がうだつの上がらないストレスに対するリアドンの防衛機制なのか、ギッシングが自分のストレスを彼に投影した結果なのかはさておき、[18] ディケンズのようにロンドンで成功することが「鬼火 (will-o'-the-wisp)」のように追ってみても達成できない望みと分かっていながら、「特殊な仕事に携わっている」ギッシングは追わずにいられなかったのではないだろうか。そして、(理性では押さえることができない) この衝動こそ彼の都市に対する両価感情の源であるように思えてならない。

そのような衝動はライクロフトにも見られる。ライクロフトの都会から田舎への物理的な退却は、メアリ・ハモンドが言うように、孤独で内省的な生活を送ると同時に、中途半端な教育を受けた大衆のためではなく、自分自身のために書くという精神的・芸術的な意味を持つ退却だと言える。[19] とはいえ、ロンドンの「昔なじみの恐ろしい場所 (dear old horrors)」へのライクロフトの (強迫観念と言ってもよい) 懐郷の念《ホームシックネス》を、彼が若い頃に抱いた「野心」や「希望」（「春」第十章）と切り離して考えることはできない。ライクロフトは自発的にロンドンから離れたにもかかわらず、彼の意識は常に現実の都会へ引き戻されている。田舎のことを考えている時でさえ、それは以前のロンドン生活の現実とのコントラストにおいてのみ重要なのである。『閑居幽棲の作家（*An Author at Grass*）』という『私記』の原題が暗示するように、ライクロフトは都会を離れることで実質的な活動をやめて世を捨てたのだが、これは一種の精神的な自殺である。ロンドンで生活することは大英帝国の中心で生きることであり、その圏外で生きようとするのは非現実と死を受容することに他ならない。ロンドンはギッシングの小説における唯一の現実だったのであり、『私記』の田園生活ですらロンドンに支配されていたのである。

ライクロフトの田舎は後期ヴィクトリア朝の社会で疎外された知識人や芸術家の現実逃避への衝動を映し出した虚構の地《エレウォン》だと言える。この虚構性はギッシングが逃避願望を成就できないことを示している。ギッシングは自分の芸術の中で新世界を創造することも社会を再構築することもせず、ただ近代社会の現実の中で実現不可能な私的理想空間を描いているだけなのである。マーティン・ウィーナーは「世界初の産業国では、産業主義は都市化を率先したが、完全になじんでいたわけではなく、英国民は都市を無視したり、蔑んでいた」と言っている。[20] しかし、ギッシングが都市を蔑むことはあっても、無視したりすることは決してなかった。ロンドンはそこから周縁化されたギッシングにとって彼の小説の中心だったのだから。ギッシングは真善美の追求、獲得した知識の伝達、人に感動を与える精神活動といった狭義の文化を何よりも重視していた。彼の場合、そうした文化を育む社会は、たとえバビロンのように華美で悪徳がはびこっていようと、少年時代の古典学習で燦然と輝いていた古代のローマやアテネのように文明化された大都市、すなわちロンドン以外に考えられなかったのである。

＊＊＊＊

ロンドンの現実に幻滅して、郊外の田園都市に引越そうが、田舎に安住の地を求めようが、ギッシングは実際そこに住んでしまうと、都会の文化と知的な刺激を求めざるを得なかった。もっとも、一九〇三年の年末にピレネー山麓の村で四十七歳の短い人生を終えることなく、ロンドンへ戻ることができていたとしても、すぐまた彼は都会生活を呪って文化的エンクレーヴとしての田舎や外国に逃避していたであろう。妻ガブリエルの言葉は正しかった——生まれつきの不満家であるギッシングにとっては、「自分のいない場所がパラダイス」だったのである。

註

（1）ネオ・ゴシック様式の重厚な建築物は、ヴィクトリア朝の経済を牛耳った中産階級の俗悪な成金趣味と結びつけられることが多い。例えばE・M・フォースターは、『ハワーズ・エンド』（一九一〇年）の第二章で無限《インフィニティ》を暗示するキングズ・クロス駅に対して、「上辺だけの壮麗さ（facile splendours）」が目立つセント・パンクラス駅を蔑視した。しかし、ギッシングは『五十年祭』でキングズ・クロス駅構内の広告を「文明が生み出した屑《くず》」（第五部第二章）と言っている。

（2）George Orwell, "George Gissing," *Collected Articles on George Gissing*, ed. Pierre Coustillas (London: Frank Cass, 1968) 50.

（3）Asa Briggs, *Victorian Cities* (1963; Harmondsworth: Penguin, 1980) 349-50.

（4）Peter Keating, *The Working Classes in Victorian Fiction* (London: Routledge, 1971) 24.

（5）ジェイコブ・コールグが指摘するように、ブースが詳細に記述したロンドンは、ギッシングが知っていたロンドンと同じで、メイヒューの著書がディケンズ小説の確証となったように、ギッシングの写実の正確さを裏づけている（Korg 32）。

（6）ロンドンから遠く離れたウォンリーの村はウィリアム・モリスの理想の保守版だと言えよう。それは歴史の進行を逆にした非現実的な、社会のエリートにとって周縁的な避難所にすぎない。皮肉にも、『民衆』における産業都市の破壊と田園の回復は、モリスの社会主義宣伝の物語『ユートピア便り』（一八九一年）で起こる田園化の過程と同じ道をたどっている。ギッシングもモリスも産業革命による社会の変化に反対する立場だが、モリスが特権階級の芸術を労働者階級にも普及させるためにユートピアをロンドンに置いて社会全体の再生を考察したのに対し、ギッシングは芸術を基本的に貴族やインテリゲンチャのものと考えていた。

（7）Gareth Stedman-Jones, *Outcast London: A Study of the Relationship between Classes in Victorian Society* (London: Clarendon, 1971) 240.

（8）J. R. Kellet, "The Railway as an Agent of Internal Change in Victorian Cities" in *The Victorian City: A Reader in British Urban History, 1820-1914*, ed. R. J. Morris and Richard Rodger (London: Longman, 1993) 181-208.

（9）Stedman-Jones 161.

（10）Raymond Williams, *The Country and the City* (London: Chatto and Windus, 1973) 161.

（11）Kellet 149-80.

（12）Donald J. Olsen, *The Growth of Victorian London* (Harmondsworth: Penguin, 1976) 191.

（13）V. T. J. Arkell, *British Transformed: The Development of British Society since the Mid-Eighteenth Century* (Harmondsworth: Penguin Education, 1973) 85.

（14）大都市圏での鉄道の拡張によって郊外に住むようになった人たちについては政治的・社会学的調査がなされなかったし、ギッシング以外に彼らに関心を示した小説家もほとんどいない——ジャック・シモンズはそう述べている。Jack Simmons, "The Power of the Railway" in *The Victorian City: Images and Realities*, ed. H. J. Dyos and Michael Wolff, 2 vols. (London: Routledge, 1973) 1: 299. 例えば、シティーまで鉄道で通勤するマムフォード氏とその妻が金のために受け入れた下宿人に家庭を乱される『下宿人』（一八九五年）では、郊外のサットンに住みながらもロンドン時代の思考から抜け出せず、世間体を最優先する下層中産階級の哀れな姿が、アイロニーの対象となっている。なお、「ヴィクトリア時代に根を下ろし、揶揄や嘲笑を浴びながら、近現代のイギリス文化を逆説的に支えてきた」下層中産階級についての考察は、新井潤美『階級にとりつかれた人びと』（中公新書、二〇〇一年）が詳しい。

（15）G. M. Trevelyan, *English Social History* (1942; Harmondsworth: Penguin, 1982) 588-89.

（16）W. J. Reader, *Life in Victorian England* (London: Batsford, 1964) 53.

（17）Pierre Coustillas, "Gissing's Variations on Urban and Rural Life" in *Victorian Writers and the City*, ed. Jean-Paul Hulin and Pierre Coustillas (Villeneuve d'Ascq: Publications de l'Université de Lille III, 1979) 143.

（18）一九〇〇年十月三十一日、漱石はロンドン塔を見物する前に群集や交通に圧倒され、これから始まる留学生活で神経をやられるようなストレスを覚え、「マクス・ノルダウの退化論」を信じる心境になっている。ノルダウの著書『退化論』（一八九二年）によれば、近代の芸術家は過密する都市や工業化された生活によって脳の中枢が冒された病人と見なされる。産業革命を経て環境が激変したロンドンで適合できずに疎外感に苦しんだギッシングも、『三文文士』のリアドンのように人間社会と同様の熾烈な「本の社会における生存競争」（第三十三章）でストレスを味わっていたはずである。

（19）Mary Hammond, "'Amid the Dear Old Horrors': Memory, London, and Literary Labour in *The Private Papers of Henry Ryecroft*" in *Gissing and the City: Cultural Crisis and the Making of Books in Late Victorian England*, ed. John Spiers (Basingstoke: Palgrave Macmillan, 2006) 176.

（20）Martin J. Wiener, *English Culture and the Decline of the Industrial Spirit, 1850-1980* (Cambridge: Cambridge UP, 1981) ix.

第二部　【時代】

第六章

科　学

——進化に背いて——

村山　敏勝

「人間は虫にすぎない」『パンチ』(1882年カレンダー)

第一節　科学嫌い

「科学は私には関係のないことだ」と『ヘンリー・ライクロフトの私記』（一九〇三年、以下『私記』と略記）の語り手は断言する。

私の感じは、恐怖の、いやほとんど戦慄の形さえとることがある。……私が科学を憎み、恐れるのは、永久でないにしろ、とにかく長い将来にわたって、それが人類の残忍な敵となるという私の信念にもとづくのだ。科学が人間生活のすべての単純さと優雅さを破壊し、世界のすべての美を破壊しつつあるのを私は見ている。

（「冬」第十八章）

科学と美、科学と人間性を単純に対立させるこのような科学批判は、ここまで激烈なものは少ないにせよ、現在でもよく目にするありふれたものかもしれない。なかば隠遁生活を送り、物静かに美と自然の省察にふけるライクロフト＝ギッシングのスタイルに、この科学への呪詛はあまりにぴったりとはまっている。実際、ギッシングの小説に科学批判が現れることもしばしばだ。『命の冠』（一八九九年）では、火薬開発に携わる科学者が否定的に描かれているし、『民衆』（一八八六年）は、「科学的」社会主義計画が崩壊していく物語である。

しかし、ギッシングは科学にただ目を背けていただけなのだろうか。若き日の彼は実証主義哲学、「科学的」な方法論で人間と社会を分析する哲学に、またその政治思想版というべき社会主義に関心をもっていたし、実際彼を世に出したのは実証主義思想家フレデリック・ハリソンだった。自然主義小説という方法そのものが、「科学的」な客観性を前提としたものでもある。晩年のもっとも親しい友人といえば、「ＳＦの父」Ｈ・Ｇ・ウェルズだった。ギッシングはこの九歳年下の作家と一八九六年に知り合い、家族ぐるみで親しく付き合うようになる。二人を結びつけたのはまず、下層中産階級出身で苦労して学識を身につけたという出自の共通性で、科学について彼らが深く論議したという記録は残っていないが、ギッシングはむろん『タイム・マシン』（一八九五年）や『透明人間』（一八九七年）を読んでいた。ギッシングは早世し、ウェルズは長生きして多産な晩年を過ごしたこともあって、二人は別の時代に属しているかのように思われがちだが、彼らはヴィクトリア朝末期という同じ時代に生き、書いていたのだ。

ギッシングはたんに科学から遠い作家ではない。事実『私記』の第十八章は、その後「四十年前のあのおおらかな希望と熱意の時代が懐かしいと思う。あの当時、科学は救世主とみなされていた」と続く。四十年前、一八六〇年代初頭といえば、ギッシングは生まれて間もない頃である（ライクロフトはギッシング自身よりずっと年長に設定されているので、当時を自ら覚えていることになる）が、この判断は正当なものだろう。ダーウィン『種の起源』の出版は一八五九年。六〇年代初頭といえば、進化論をめぐる議論が熱くなっていた時期である。また実証哲学の生みの親、オーギュスト・コントは同じ一八五七年に亡くなっているが、イギリスでは彼はようやく紹介され始めたところだった。ハリエット・マーティノーによる『実証哲学』の縮約英訳版と、ジョージ・ヘンリー・ルイスによる解説書『コントの科学哲学』は、いずれも一八五三年に出版され、コントの思想を英語圏で一般に知らしめた。ロンドン実証主義協会が設立されるのは一八六七年のことだ。もちろん社会主義への期待も高まっていた時代である。そうした動きは文学にも反映されて、ルイスの配偶者だったジョージ・エリオットは、『フロス河の水車小屋』（一八六〇年）で語り手に「科学はわれわれに告げないだろうか、もっとも小さなものともっとも偉大なものとを一つに結ぶ統一性を確かめようとすることこそ、もっとも高次の努力ではないか？」（第九章）と言わせている。個と全体、個人と社会をいかに結ぶかという問いに、科学がヒントを与えてくれるのではという思いは、文学者のなかにもあった。たしかに「四十年前」は、科学に対する希望と熱意が溢れていた時代だった。ギッシングは、そうした風潮をよく心得た上で、むしろ意識してその希望に背を向けた作家なのである。

とくにギッシングが関心をしめし、作品にしばしば否定的に取りこんだ科学といえば、生物学である。当時大きな話題になっていた熱力学などの物理学、あるいは化学について彼が詳しく言及した例を、私は知らない。しかし、生物学の影はいくつもの作品に射している。ダーウィニズム論争が社会問題だったこの時代、生物学のことばと人間社会を論ずることばを完全に分離するほうが無理だったと言ってよい。なかでも『流謫の地に生まれて』（一八九二年）では、科学が中心テーマとして躍り出ている。近代的合理主義者であるにもかかわらず聖職につくことで出世しようとする主人公ゴドウィン・ピークの歩みには、『種の起源』出版後の古生物学をめぐる論争が凝縮されていると言えるだろう。また、同傾向の設定がされた『我らが大風呂敷の友』（一九〇一年）では、主人公が、生物社会学の雄大な構想を語ることで有力者にとりいろうとする。

しかし、この二つの作品のいずれにおいても、科学を語る主役は肯定的に描かれているわけではない。自分の出世のために科学を利用し、それに失敗する彼らは、下層中産階級出身の専門科学者——当時ようやく確立された職業である——のカリカチュアとすら言ってよく、ここに『私記』がいう「四十年前」の熱狂はかけらもない。ギッシングの愛読書だったツルゲーネフ『父と子』（一八六二年）と比べてみれば、それははっきりするだろう。『父と子』の主人公バザーロフは医師で、合理主義者で、旧弊な因襲を鼻で笑う「ニヒリスト」である。『流謫の地に生まれて』のゴドウィンに、バザーロフの影を見るのは難しくない。しかし、ロシアの文豪が、バザーロフをある部分肯定的に、来るべき社会を担う資質を備えた存在として位置づけているのに対して、ゴドウィン・ピークの前にそんな未来はありそうにない。既存の伝統と合理主義との衝突を描いていることでは同じでも、ギッシングのニヒリズムは、古い慣習以上に、「科学」そのものに向いているのだ。

この章では以後、この科学への不信がどのようなかたちをとるかを通じて、当時の科学、とくに生物学の展開をあらためて考えてみよう。そこには十九世紀末の科学の、幾重にも錯綜した言説が浮かび上がってくるはずだ。

第二節　実証主義

ギッシングの最初の長篇『暁の労働者たち』（一八八〇年）は、当時ロンドン実証主義協会会長だったフレデリック・ハリソン（図①）に送られた。若い作家が、労働者の生活ぶりをリアリスティックに描いた第一作をハリソンに送ったのは、ごく自然なことだ。ハリソンは一八六七年から六九年まで、国会の労働組合問題王立委員会のメンバーであり、組合活動を擁護する進歩派の弁護士としてもっとも知られた人だったし、急進的総合誌『フォートナイトリー・レヴュー』（一八六五年創刊）に関わって、J・S・ミルをはじめ、エリオットやルイス、レスリー・スティーヴンといった当時の代表的作家、批評家とも親しかった。彼はゾラ流の自然主義小説はしばしば露悪的にすぎるとして好まなかったようだが、『暁の労働者たち』を高く評価し、やがてギッシングを自分の息子の家庭教師に雇い、出版社を紹介する。いわば作家の最初のパトロンとなるのである。

図①　フレデリック・ハリソン（1889年）

ちょうどこの頃ハリソンは、ロンドンのフリート・ストリート近くのニュートン・ホール――その名の通りニュートンの助言によって王立科学協会が十八世紀初頭に購入した、由緒ある敷地である――を借り、コントの実証主義哲学と、彼が作り出した新たな宗教「人類教」の教えを講ずるための本拠地としようとしていた。[1] ハリソンがコントの著作に親しんだのは、一八五〇年代、オックスフォードのウォダム・カレッジでのことだ。カレッジのフェロー、リチャード・コングリーヴは、イギリスにおける最初のコント哲学の理解者であり、一八五七年には

「人類教」の指導者に、コント自身から任命された人だった。ギッシング自身、マーティノーの抄訳を通じてコントを読み、実証主義に関心を抱いていた。もっともギッシングが実証主義協会に参加したのはわずかなあいだで、コントの直弟子ピエール・ラフィットをフランスから招いてニュートン・ホールで最初の集会が行われる一八八一年五月が最後だったとされている。あまり協会の活動に熱心ではなかったわけだが、後で述べるようにそれはふしぎなことではない。

オーギュスト・コントの『実証哲学講義』（一八三〇〜四二年）は、人類の知の体系は「神学的」「形而上的」「実証的」と段階的に進歩してゆくと唱えて、多くの人を魅了した。かつて世界は宗教によって「神学的」に説明されていたが、それに「形而上的」な抽象思考がとってかわり、そしていまや厳密に科学的な「実証」による新たな体系が得られるのである。コントは数学者だったが、本来の専門を大きく踏み越えて、物理学、天文学、化学を次々と自らの体系に取り込み、さらには生物も、人間社会も、物理学同様の実証的法則によって解明されると宣言して、「社会学」ということばを発明した。コントの壮大な体系は、観察可能なあらゆるものを一つにまとめあげ、人間世界についての考察を自然科学と直接結びつけた。そして彼が四〇年代末頃から語り始めるのが、科学による人類の救済を目指す神なき新宗教「人類教」である。

理性に基づき、キリスト教の超自然的部分を否定し、実証的に証明可能なもののみを足場にして、なおかつ人類を向上させることこそ、人類教の目標だった。あらゆる法則を解明し、己の体系に取り込もうとしたコントが行き着いたのは、教会組織と祭儀を自分の教義のうちに作りだし、実証主義を宗教の位置に高めることだったのだ。これは一種の「カルト」だが、ハリソンのような実践的活動に長けた知識人を引き込む力をもったカルトだった。人類教の教会組織自体はその後大きく拡大することがなかったが、愛他精神の強調、社会学が人類の知的向上に寄与しうるという確信など、その精神的な遺産は、フェビアン主義者など、後続世代の社会改革者たちに流れこんでいると思ってよい。

こうして明らかなのは、実証主義という科学主義思想に、たぶんに宗教的な理想主義が含まれていることだ。もちろん、ミルやスペンサーをはじめとして、この時期に科学の価値を信じ、世界の法則を可能な限り明らかにすることに大きな期待を寄せた人々はすべて実証主義者と呼んでよく、彼らのほとんどはコントの教義に直接従ったわけではない。コントのあまりに壮大な体系は、個別の事実を重視する科学的経験主義と齟齬をきたすとも考えられた。演繹的な体系性への傾斜と、一つ一つ個別の観察を積み上げていく帰納的方法の重視との衝突と言ってもいいかもしれない。実際ミルは『コントと実証哲学』（一八六五年）で、コントの思想は過度に「統一性」へと向かいすぎ、科学的方法から逸脱していると批判している。[2]しかし、実証主義者たちは、コントのカルト的教義から距離をとる場合でも、皆「なにかしら科学の宗教ともいえるものを打ち立てようと試みていた」[3]。実証主義とは、たんに自然科学を称揚するのではなく、自然科学的な法則性を人間世界にも見出し、そこから社会を、さらには人類という生物種を改善していこうとする姿勢なのだ。

このような理想主義こそ、ギッシングが耐えられないものだったのではないだろうか。彼は一八八二年に「ペシミズムの希望」（『随筆と小説』所収）を書いて、ハリソンと袂をわかっている。彼はここで、現代社会にはあらゆるところに絶望しかなく、楽天的になりうるのは芸術家だけだと主張する。なぜか。芸術家は、社会の絶望的な悲惨さを材料として作品をしたてることができるからだ……。なんともアイロニカルな、露悪的ともいうべき宣言だが、これを、人間性を重んじる芸術家が非人間的な客観科学に幻滅した、などと解釈することはできない。彼は現代社会のほとんどあらゆるものに幻滅していたのであり、そして彼の少年時代には、そんな社会を耐え難いほどに熱い希望をもって語っていたのが、科学実証主義思想だったのである。

自然主義文学は、事実観察を基盤とするという意味で「実証的」だが、実証哲学の理想主義を必ずしも共有しない。ゾラの「実験小説論」（一八八〇年）は、クロード・ベルナールの『実験医学序説』（一八六五年）の文学作品への応用を唱えた。ベルナールは、コントと同様、無生物のみならず生物の機能もまた、科学的な法則のもとに決定されており、医学・生理学も厳密な実験科学であるべきだと主張している。もちろん生物は非常に複雑なメカニズムだが、細胞や器官、神経の一つ一つの現象は、生理学実験室で厳密に測定し、予測することができる。生物という一つの有機体は、それら個々の働きの集合体であり、全体としてある法則性をもったシステム――ベルナールのいうデテルミニスム（決定論ないし決定された体系）をなしている。そして人間もまた生物である以上、その行動を決定する法則を追求することができる。こうした姿勢は、紛れもなく「実証主義的」だ。しかし、建設原理としての実証主義が、あるべき社会を築くための法則を志向したのに対して、ベルナールやゾラは、現在稼動している、ときに不安をかきたてる法則を記述しようとしたのである。

『ネザー・ワールド』（一八八九年）をはじめ、労働者階級の世界を克明に描く初期ギッシングの筆致は、ゾラ同様十分「科学的」である。ただしそこには、実証主義哲学に見られる人類の前進への期待がない。コントが、自然科学と宗教という救済の二つのモードを一体化させて未来を語ろうとしたのに対して、ギッシングは両者をともに否定したのだといってもよい。こうした態度ゆえに、彼の作品は逆説的に、当時の科学言説の問題系をいっそう浮き彫りにすることになる。

第三節　キリスト教ダーウィニズム

『流謫の地に生まれて』はイギリス文学史上もっとも正面から進化論を扱った小説のひとつである。主人公ゴドウィン・ピークの名は、無神論者で急進的政治思想家であったウィリアム・ゴドウィンにちなんでおり、小説中のゴドウィンも最初は急進的な近代科学の信奉者だ。下層中産階級出身の彼の出身校はロンドンの王立鉱山学校。鉱業や土木だけでなく、数学や生物学の課程も備えた総合的な科学学校として一八五一年に創設され、現在はロンドン大学インペリアル・カレッジとして存続している機関である。啓蒙的生物学者として時代の先端に立っていたトマス・ヘンリー・ハックスリーもここで教えていた。ゴドウィンは学んだ知識を生かして、化学工場に勤めつつ、急進主義の雑誌に評論を発表している。しかし、故郷での友人だったバックランド・ウォリコムの妹シドウェルへの恋心――ゴドウィンは、ギッシングの多くの主役たちと同じく、身分違いというべき上層中流階級以上のお嬢さましか恋愛の対象にできないのだ――が芽生えたことで、彼の人生は急転回する。階級社会で上昇するためにもっとも確かな道として、本来無神論者の彼は牧師になる道を探り始め、科学と信仰を両立させようと苦慮しているシドウェルの父、マーティン・ウォリコムにとりいろうとするのである。

この小説では啓蒙的科学とキリスト教信仰の対立が当然視されているが、両者を融和させようとするウォリコム師のような態度は、べつに特異なものではない。ダーウィニズムはキリスト教の愚昧を打ち破り、新たな科学の時代をもたらした、といった対立図式はいまでもしばしば語られる。この小説のバックランドもまた「近頃、頭脳も教育もある青年で、中世のキリスト教――国教会のキリスト教がまさにそれだ――を誠心誠意擁護しようとする者は一人もいないのが事実だ」（第五部第三章）と断言する。このような見かたからすれば、ゴドウィンはたんに打算的な偽善者にすぎない。しかし、そもそもこの対立図式が、ジョン・ウィリアム・ドレイパーの『宗教と科学の闘争史』（一八七四年）などによって確立された、時代の産物なのだともいえる。科学と宗教との単純な二分法は、進化論の孕む多様性を無視したあまりに一面的なものであることは、くりかえし指摘されてきた。[4] 進化論はダーウィンが発明したものではない。『種の起源』以前にも多くの進化論が唱えられており、なかでもジャン＝バティスト・ラマルクの『動物哲学』（一八〇九年）の用不用論は大きな影響力をもった。イギリスでは、エディンバラの出版業者ロバート・チェンバーズが匿名で出版した『創造の自然史の痕跡』（一八四四年）がラマルクの影響下、進化論を一般読者に広く知らしめた。全ての進化論者が神を否定したわけではないし、むしろラマルク的な進化論は、キリスト教の精神と十分親和性のあるものだった。これについては後に述べよう。

ダーウィン以前、教会の生物学に対する公式見解はいわゆる「自然神学」であり、ウィリアム・ペイリーの『自然神学』（一八〇二年）がその思想の集大成として参照されていた。ペイリーの名高い比喩は、生物を時計に喩えるものだ。時計なるものの存在を知らない人でも、道で時計を拾ったとしたら、これほど精巧に組み立てられて目的をはたす機械には、かならずその作り手がいると考えるはずだ。生物も同じこと。自然がかくも複雑で機能的に組み立てられている以上、かならずその「デザイン」を作った存在、つまり神がいるはずであり、神の手によってこそ自然の調和は達成されている。自然神学は種が変化するとは考えない。世界は聖書のいうとおり一挙に創造されたはずであり、あらゆる種は創造の時から現在にいたるまで同じ姿をとっているはずである、と。しかし、このような思想は、地質学が発達し、数多くの絶滅した生物の化石が発見されるにつれ、疑問を呈されるようになる。地質学者は時代ごとの生物層の変化をなんとか説明しなければならなかった。

ゴドウィンの友人バックランドの名のもととなった地質学者ウィリアム・バックランドは、まさにこの問題に直面した人だった。小説中のバックランドは不可知論者を名のる進歩派だが、彼の名はたんに科学の進歩を象徴しているわけではない[5]。自身聖職者であったオックスフォード大学教授のウィリアム・バックランドは、聖書の教えと最新の地質学をなんとか合致させようとした人物だったからだ。彼の代表作を含むのは、名高い「ブリッジウォーター論文叢書」。一八二九年に世を去ったブリッジウォーター伯爵が、王立科学協会に八千ポンドを委託し、「創造に表れた神の力と知恵と善」を、合理的かつ科学的に描き出す著作を出版するようにと遺言を残した結果として生まれた叢書である。こうして書かれたキリスト教擁護派による八つの科学書のうちでも、バックランドの『自然神学の見地による地質学と鉱物学』（一八一三〜一八年）は広い影響力をもった（図②）。

彼の立場はいわゆる激変説、地層の断層は大規模の地震、洪水といった天変地異によって起こるとするものだった。生物種は徐々に変化するのではなく、激変のたびに生物層が一変するのであり、ノアの洪水こそ、地球誕生以来何度か繰り返された天変地異のうちもっとも新しいものなのである。少年時代のゴドウィンが学校で褒美として貰ったフィギエの『大洪水以前の世界』（一八六二年）は、まさにこのような見地から古生物世界を描いた図版本で、ゴドウィンは当初その挿絵に魅せられるが、彼に地質学を手ほどきする老ガナリーは、あからさまに本に腹を立てる。バックランドは頑迷で非科学的な宗教家などではなく、実証性を踏まえた大科学者だったが、そうした人が自然神学の枠組と実証的観察を一致させようと心を砕いた時代だったのである。そもそもイギリスの博物学を支えていたのは、自分の教区の動植物の観察を趣味とした多くの国教会の牧師たちで

図②　バックランドの発見をもとにしたサミュエル・グッドリッチによるメガロザウルス図

あり、ダーウィンもはじめは聖職につくことを考えていた。自身科学に関心をもつウォリコム師が、息子をバックランドと名づけたのは無理もない。

こうした護教的科学論の流れはその後もとだえない。ゴドウィンが内心嘲りながら、ウォリコム師の前では「名著」と持ち上げ翻訳まで試みるフランツ・ロイシュの『聖書と自然』（一八六二年、英訳一八八六年）も、そのような試みの一例だった。「創世記」は、神が世界を七日間で創造したと語るが、地質学の知見では地球が人類登場までに過ごした年月ははるかに長い。ロイシェはこの事態を解決するために、聖書の語る七日間は二十四時間の七倍ではなく、はるかに長い時間を比喩的に語ったものだと考えた。七日間という期間はあくまで比喩であり、六日働いて一日休むという「人間の一週間と神の創造の期間を類比させた」[6]ものにすぎない。そう考えれば、たとえばはるか彼方の星の放つ光が地上に届くには何光年もかかるという事実と、天地創造の四日目に神が創造した星々の光が地上をすぐに照らしているという記述は矛盾しないのである。ロイシェは無学な妄想家などではなく、ライエルやダーウィン、ヘッケルの著書を十分読み解いた上で、こうした議論を展開したのだった。

　進化論もまた護教論の体系に組みこまれた。ヴィクトリア朝のダーウィン批判としてもっとも影響力をもったジョージ・ジャクソン・マイヴァートの『種の誕生』（一八七一年）は、進化論そのものを否定しているのではない。もともとハックスリーの弟子であり、ダーウィンに傾倒していた彼がやがて否定したのは、自然選択が進化の「唯一の」原理であるという考えだった。ダーウィンにおいては、基本的に種の変化はランダムであり、その変化のなかでたまたま周囲の環境に適応した変化が生き延びるのにすぎない。つまり、いかなる意味でも自然神学的な「デザイン」は否定されるのだが、これに対してマイヴァートは、種の変化は「それぞれの生物に内在する特殊の力や傾向の支配をうける」[7]という。言いかえれば、彼は種の変化にある種の定向性を見ている。生物はみな、神の定めた完璧な姿へ向かって変化していく。そうでなければ、進化の途上に生まれる役に立たない器官――たとえば、まだ飛行能力をもたない鳥の祖先に生えている羽毛――などは、説明できないではないか。自然は完璧であり、過去も未来もその完璧な統一を保ち続けるというペイリーの教えが擁護できなくなっても、こうして自然は完璧へと「向かい続ける」という思想は生き続け、宗教的心性と進化論とを融和させた。こうした進化論をボウラーは「偽ダーウィン主義」、ジェームズ・R・ムーアは「ダーウィニシズム（ダーウィン風主義）」と呼んでいる[8]。目的論的な進化論は護教的であるとは限らない。たとえばドイツの進化論者エルンスト・ヘッケルは、旧来のキリスト教神学ははっきり否定したが、彼の「進化の系統樹」（図③）には、生物がある法則性をもってより高次のものへと進化していくという主張が反映されている。いやむしろ、こうした視点のほうが十九世紀はむろん二十世紀の前半にいたるまで、主要な「進化論」であって、ダーウィンの徹底した偶然性の世界は十分理解されていなかったのだとすら言えるだろう。

『流謫の地に生まれて』のゴドウィンが接近しているのも、こうして仕立て直されたデザイン論である。

「進化は、宇宙に存するデザインの証拠を侵すものではありません。それはただ、そのデザインが遂行された、あるいはいま遂行されつつある有り様について、私たちの不完全な認識（十分に成熟しておらず、そのため科学が教えられることがなかった時代から引き継いだ認識）を修正するだけです。進化論者は生命を説明することはできていません。ただ生命に関する新しい法則を発見しただけです。説明しようとすれば、造物主の観念を受け入れるほかないのです」

（第三部第四章）

「遂行された、あるいはいま遂行されつつある有り様」という一節では、かつては完全に静的であったデザイン論に時間軸が導入されている。神の方向づけによって進化が進むというこの観点は、現在のいわゆるＩＤ、インテリジェント・デザイン

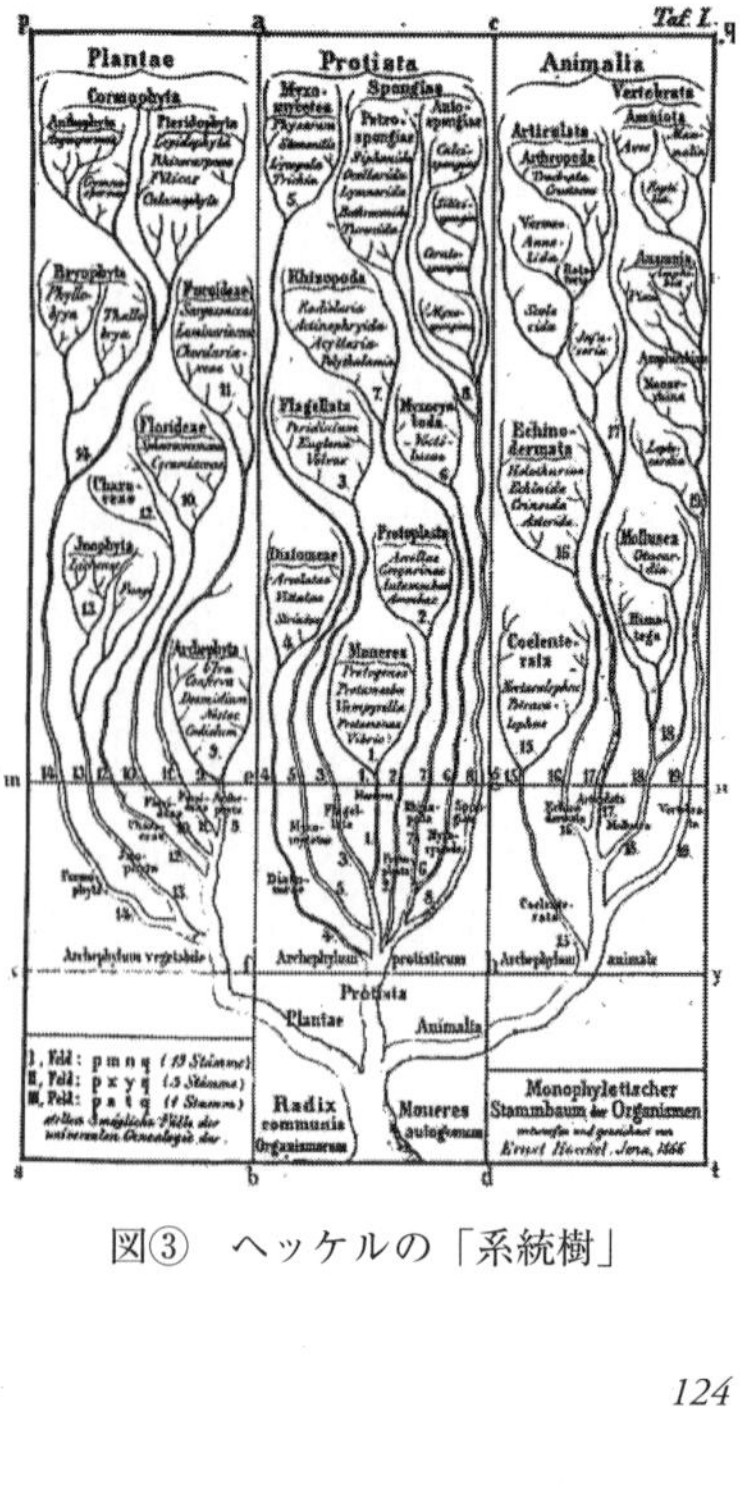

図③　ヘッケルの「系統樹」

論者のとる立場でもある。あらためて強調しておけば、このような思想を抱いたのは、ゴドウィンのようなシニカルな偽善者ばかりではない。ボウラーのいう偽ダーウィン主義は、反知性的などではない真剣な思想的営みだった。

「進化」を生物のみならず宇宙全体に広げ、人間社会にもあてはめた哲学者といえば、ハーバート・スペンサーである。彼はしばしばダーウィニズムを人間社会に適用する「社会ダーウィニズム」の代表者とみなされるが、『総合哲学体系』（一八六〇～九六年）が説いた、あらゆるものは普遍的動力によって「まとまりのない均質性からまとまった多様性へと変化する」[9]という議論は、ダーウィンよりもはるかに目的論的だ。スペンサー自身は神の存在に関して不可知論的立場をとっていたが、宇宙が後戻りすることなく進化＝複雑化していくという彼の根本原理は、偽ダーウィニズムの集大成というべきものであり、宗教的理想主義とも親和性が高かった。このような未来の進歩への信頼感こそ、ギッシングが体質的に反発したものだろう。先の引用に続くゴドウィンの台詞には、スペンサーの影をはっきりみてとることができる。

「低次の存在は、高次の存在への橋渡しの役を務めると、後者が残って自身は滅び去ります。これまでのところ進化の最終形態は肉体に宿る魂です。生存競争が究極の段階に達したら、全き魂のみが生き残りはしないでしょうか？」

スペンサーの進化論では、ある存在が進化の結果平衡状態に達し、それ以上の複雑化が望めなくなれば、自然と解体に入る。こうしてゴドウィンが言うとおり、古い生物種や社会組織は新たなものに乗り越えられる。進化と解体という「相対する力の普遍的共存は、必然的に普遍的なリズムを生み……同時に究極の均衡を達成する」（Spencer 392）。こうした進化と解体の定常的プロセスのはてに、人間がいまより高次の段階に進化することがありうるのではないだろうか。実際スペンサーはそうした可能性を語っている。彼は「適者生存」ということばの生みの親でもあり、強いものが生き残り弱いものが滅びる生存競争を、進化に必要不可欠なものとして肯定したとしばしば考えられている。しかし、彼は同時に人間の道徳性と能力が十分進化すれば、適者生存原則などに頼らずともよい社会、生まれる子どもが少なく、その全員が安寧な生を保証される社会がくるのではないかとも予想している。[10]そのとき人間は種としての階梯を一つ上がったといえるだろう。そのような進化のさらに先に、「全き魂のみが生き残る」段階がくるというゴドウィンの発想は、ことさら異様で滑稽なものとばかりは言えないのだ。

こうして『流謫の地に生まれて』は、十九世紀進化論と生物学の多様な議論をすくいあげている。ここで揶揄されている思想は、いずれも当時の真剣な知的営為の産物であったことをあらためて強調しておこう。進化のはてに「全き魂」が現れるという一見荒唐無稽なアイデアも、オラフ・ステープルドンやアーサー・C・クラークなど、後のSF作家が真剣にとりあげたものである。しかし、ギッシングは旧来の宗教とスペンサーらに代表される「科学の宗教」のどちらからも希望を奪うことで、この特異な思想小説を完成させた。ギッシングは必ずしも当時の「退化論」に芯から浸かっていたわけではないが、少なくとも前向きの「進化」を信ずる人ではなかったのである。

第四節　遺伝学と生物社会学

生物学を人間に応用しようとすれば、イデオロギー的判断を伴わないわけにはいかない。犯罪人類学や優生学は、その典型といえるだろう。多くの場合、生物学はなかばメタファーとして、すでに書き手が抱いている思想を補強するために使われるのであり、同じ理論がまったく逆の結論を導き出すのに用いられることもしばしばだ。最後に、ギッシングが実際に参照した二冊の本を中心に、人間社会を語るのに用いられる生物学のレトリックが揺れ動くさまを検証して、章の結びとしたい。

初期ギッシングの重要なテーマの一つは、労働者階級が自分の「生まれ」を脱し得ないというものだった。この発想は当然遺伝学の文脈と接続する。金森修がゾラについて指摘しているとおり、進化論と遺伝学という、十九世紀後半に大きな力を振るった二つの発想は、根本的に相容れないものをもつ。(11) 進化論が生物の変化を語る思想なら、遺伝学は、生物が変化せず、過去の性質が受け継がれていくものだと前提する思想だからだ。遺伝学を基盤に据えるゾラの労働者階級表象は、決定論＝運命論的な暗い色合いのものになる。アルコール中毒をはじめとする悪徳が綿々と子孫に伝わっていく以上、マッカール家の人々に明るい明日はないようにみえるのだ。これはギッシングの初期小説にもあてはまるだろう。ジェイコブ・コールグが指摘しているとおり、『民衆』は、ギッシングのもっともあからさまに階級差別的な小説として、当時の遺伝学を反映している。(12) 主人公リチャード・ミューティマーは、出自の低さゆえに、共感力のない下劣な性格を脱し得ないのだから。ただし「生まれも育ちも完全に妻より下の男」（第二十六章）ということばからは、ことが純粋に遺伝の問題ではないことがわかる。労働者階級の人間は、もともと血筋が劣っているから改善の可能性は一切ない、とまではギッシングは書かない。「育ち」によって改善の可能性はある。ただしその効果はすぐには現れず、品位のある暮らしが数世代継続することが必要なのだ。

ここには漠然とラマルク的な獲得形質遺伝の要素が入りこんでいる。ダーウィン進化論（図④）において、ある生物が誕生後に後天的に獲得した性質は子孫に遺伝しない。しかし、ダーウィンに先行したラマルクは、獲得形質は遺伝しうると考えた。高いところの葉を食べようと首を伸ばしたキリンの子どもは、最初から首が長く生まれる。強い筋肉を身につけた職人の子どもは、最初からたくましい。重要なのは、スペンサーをはじめ、社会の進歩を確信した論者の多くがラマルク主義者だったことである。遺伝が絶対なら種の性質は変化せず、いつまでも同じまま続くことになってしまうが、獲得形質遺伝を前提すれば、変化の要素を遺伝学に導入できる。意図して優れた特質を伸ばした個体は、それを生物学的にも次世代に伝えることが可能なのである。偽ダーウィニズム、たえざる前向きの進歩を想定する進化論に、ラマルク主義は必要な理論装置だった。

図④　「ダーウィン進化説例証」『パンチ』（1877年12月15日号）
生存競争のために自分の楽器（手回しオルガン）だけにしか頼らない芸人のオルガンは、同時に猿も使う芸人のオルガンよりも常に大きい。

ソルボンヌの初代実験心理学講座教授でスペンサー主義者だったテオデュール・リボーの『心理学的遺伝』（一八七三年、英訳一八七五年）は、まさにラマルク的な視点から、道徳性その他の心理的な遺伝を論じている。純粋に身体的ではない性格上の特徴がいかに遺伝するかというリボーの問題設定は——リボーの関心はどちらかといえば優れた形質の遺伝のほうにあったとはいえ——当時の犯罪人類学などにも通ずるものだ。『渦』（一八九七年）の登場人物もこの本を読んでおり（第一部第三章）、ギッシングの遺伝についての知識は、おもにリボーとヘンリー・モーズリーの『身体と精神』（一八七〇年）に拠っていたらしい（Collie, *Alien Art* 86）。いずれも遺伝を扱っている以上、基本的には決定論的な立場の書物である。ただしリボーは「遺伝は本質的に保守的な力」だが、「進化というものがある以上全ては変わってくる。生物はたえず内的・外的な原因によって変化し続ける」[13]と述べる。現在の目で見ると、彼が挙げる、怪我をして指が曲がった男の子どもがやはり指が曲がって生まれたなどという報告は非科学的にみえるし、才能の遺伝の例として音楽家や文学者の家系を、意志の強さの遺伝の例として政治家と軍人の家系を延々と列挙するのにも、首を傾げたくなる。これらは生物的遺伝と少なくとも同じくらい、教育、つまり「育ち」の問題なのではないかと。しかし、獲得形質が遺伝するとすれば、そもそも「生まれ」と「育ち」の差異は曖昧なのだ。純粋に生まれのみを因子とする遺伝学はあまりにも決定論的で、自発性や自由意志を圧殺しかねないし、なにより社会の進歩はそこからは生まれない。獲得形質遺伝の導入は、人類を教育や住環境の改善によって向上させうるという思想と相関している。

このように考えれば、労働者階級の家系からやがてりっぱな紳士が生まれることもあるだろう。未開地域の異人種ですら、そのような向上は可能なのだから。「野蛮人の精神は未開拓の土地のようなものであり、数世代にわたるたえざる努力によってのみ、矯正が可能である」(Ribot 327)。一世代では無理でも、数世代あれば後天的性質は「蓄積」し、後は遺伝によって人類の質は高まる。こうして「矯正には数世代かかる」というやや中途半端な考えは、『民衆』が示しているものと変わらない。ただリボーの進歩主義に対して、ギッシングのほうが、「階級の痕跡はすぐにはなくならない」という悲観性に傾斜している。前向きの決定論ともいうべきスペンサー流の社会進化論にブレーキをかけるために、遺伝学という後ろ向きの決定論を導入しているといってもよい。品位の向上には数世代が必要という思いはたぶん、下層中産階級に生まれて後から上流の生活に触れたギッシング自身の実感だろう。その感覚を正当化するのに、当時の遺伝学は最適のモデルを与えてくれた。ギッシングは、遺伝学的進化論なるものがそもそも孕んでいる混乱を劇化して、楽天的な進化の語りに楔を打ち込んでいるのだ。

科学が修辞的に使用されるもう一つの例は、最後の長篇『我らが大風呂敷の友』の「生物社会学」に見ることができる。主人公ダイス・ラシュマーがあたかも自分のアイデアであるかのように利用するのは、いまではほぼ忘れられたフランスの社会学者、ジャン・イズレの『近代都市』(一八九四年)である。[14]イズレはここで、社会を有機体に、個々人をその細胞に喩え、社会関係を「化学的結合」にもとづくものと論じている。彼は当時、彼のために用意されたコレージュ・ド・フランスの政治哲学講座教授の地位にあったが、その後デュルケームと弟子たちがフランス社会学を学問として整備していくのに伴って、影響力を失い、その「生物社会学」は歴史の彼方に追いやられている。

そんなイズレのどこにギッシングが惹かれたかは、ラシュマーによる本の要約を見れば想像がつく。ここには二つのヴェクトル——社会を有機的な連関としてみる考えと、エリート主義とが浮かび上がっている。

「生物社会学とは、生物学的事実に基づく社会理論です——完全に科学的で、説得力があります。……どちらの学問でも、中心原理は結合にあり、そこから指導の力が進化するのです。一頭の動物は多数の細胞の結合です。あらゆる結合は労働の分業を意味します。さて、有機的発展の進歩とは、身体を指導するべき器官——脳——がゆっくりと形成されることです。社会でもそうなのです——個々人の結合においては、指導器官、つまり政府がゆっくりと形成されるのです。……〈平等〉を語るのは無意味です。政治的集合体を〈頭部化〉するところに進化はあります——動物有機体の細胞集合の場合と同じです。選ばれし者と群集とが分別されるのです」（第二章）

エリートは社会という生物の「頭部」として大衆を率いなければならない。イズレの問題意識は、「都市」という多数の人間の集合体に、いかに秩序をもたらすかにあった。『我らが大風呂敷の友』では触れられていないが、彼はコント同様、キリスト教に代わる新たな世俗宗教を構想している。カーライルの『英雄および英雄崇拝論』（一八四一年）やエマソンの『代表的人間』（一八五〇年）の仏訳者でもあったイズレは、「平等主義は自然に反する」[15]と唱え、有機体における器官ごとの機能分化をエリート主義の正当性の根拠とみなしたのだった。

社会を一個の生物として捉える見かたは古くからあるが、そのような視点を当時もっとも強く打ち出したスペンサーは、国家権力についてまったく異なる考えをもっていた。『人間対国家』（一八八四年）で彼は、完全にレッセ・フェールの立場をとり、自由市場に対する国家規制の介入を否定している。イズレの生物社会学とスペンサーの『社会学原理』（一八七六〜九六年）はどちらも、「社会は有機体である」と宣言し、「機能のたえざる細分化とともにそれらの構造も細分化する」[16]という。スペンサーもまた、社会が労働の分業によって複雑化し、個々の部分が独立していながら相互に関係しているという状況を、生命体と類比させている。しかし、スペンサーが個人の独立性と社会全体の相互連関とは矛盾せず、両者が本来的に調和しているかのごとく語るのに対して、イズレはあくまでエリート階層の必要性を主張するのだ。イズレが特殊な見方をしていたとはいえない。ハックスリーなど、有機体論と個人主義は両立しないと考えるスペンサーの批判者は多かった。[17]イズレ同様、社会が有機体であるなら、ある程度の統合作用をもたざるをえず、個々の部分がばらばらに動いていてはならない、と彼らは主張したのである。

ここから見えてくるのは、ほぼ同じ言葉で語られる社会有機体論が、結論としてまったく異なる政治メッセージを発するという事態である。おそらくこれは、自然科学の人間社会への援用においてつねに現れる問題だが、『我らが大風呂敷の友』のギッシングは、相反する議論のどちらにも距離をおき、そのレトリックの空虚さを浮かび上がらせている。ゴドウィンが聖職を選び、ダイスがやはり宗教的な思想家から影響をうけたのは皮肉というしかない。合理主義者が知力によってもっとも出世が望めるのは、聖職という伝統的な知的エリート職においてであるのだ。伝統的な宗教にも、科学の宗教にも、幻想を抱けなかったギッシングだからこそ、この矛盾を描ききることができたと言ってよいだろう。

註

（1）ハリソンの業績については、Martha S. Vogeler, *Frederic Harrison: The Vocations of a Positivist* (Oxford: Clarendon, 1984) および光永雅明「『人類教』とジェントルマン」『周縁からのまなざし――もうひとつのイギリス近代』（川北稔・指昭博編、山川出版社、二〇〇〇年）八二〜一〇七頁を参照。

（2）John Stuart Mill, "Auguste Comte and Positivism" in *Collected Works of John Stuart Mill*, vol. 10 (Toronto: U of Toront P, 1969) 291-95.

（3）Peter Allan Dale, *In Pursuit of a Scientific Culture: Science, Art, and Society in the Victorian Age* (Madison: U of Wisconsin P, 1989) 7.

（4）代表例としてピーター・J・ボウラー『進化思想の歴史』（鈴木善次他訳、朝日新聞社、一九八七年）、同『ダーウィン革命の神話』（松永俊男訳、朝日新聞社、一九九二年）、松永俊男『ダーウィンの時代――科学と宗教』（名古屋大学出版会、一九九六年）。

（5）バックランドについては松永、六九〜八三頁を参照。なお、バックランド自身が後にノアの洪水説は取り下げている。

（6）Fr. Henri Reusch, *Nature and the Bible: Lectures in the Mosaic History of Creation in Its Relation to Natural Science*, trans. Lathleen Lyttleton, 2 vols. (Edinburgh: T. & T. Clark, 1886) 1: 176.

（7）George Jackson Mivart, *On the Genesis of Species* (Bristol: Thommes, 2001) 44.

（8）ボウラー、一九九二年、一〇三〜一二五頁。James R. Moore, *The Post-Darwinian Controversies* (Cambridge: Cambridge UP, 1979) 217-51.

（9）Herbert Spencer, *A System of Synthetic Philosophy vol.1: First Principles* (Osnabrück: Otto Zeller, 1966) 291.

（10）Herbert Spencer, *A System of Synthetic Philosophy, vol. 3: The Principles of Biology II* (Osnabrück: Otto Zeller, 1966) 522-33.

（11）金森修「仮想の遺伝学」『ゾラの可能性――表象・科学・身体』（小倉孝誠・宮下史朗編、藤原書店、二〇〇五年）一一一〜一一六頁。

（12）ジェイコブ・コールグ「その他の長篇・中篇小説」『ギッシングの世界』（英宝社、二〇〇三年）二七六〜七八頁。

（13）Théodule Ribot, *Heredity: A Psychological Study of Its Phenomena, Laws, Causes, and Consequences* (London: Henry S. King, 1875) 288.

（14）イズレについては William Logue, *From Philosophy to Sociology: The Evolution of French Liberalism, 1870-1914* (Dekalb, IL: Northern Illinois UP, 1983) 111-17 を参照。

（15）Jean Izoulet, *La Cié Moderne et la métaphysique de la socialisme* (Paris: Felix Alcan, 1894) 646.

（16）Herbert Spencer, *A System of Synthetic Philosophy vol. 6: The Principles of Sociology I* (Osnabrück: Otto Zeller, 1966) 439.

（17）M. W. Taylor, *Men Versus the State: Herbert Spencer and Late Victorian Individualism* (Oxford: Clarendon, 1992) 131-36.

第七章

犯　罪

――越境する犯罪と暴力――

玉井　史絵

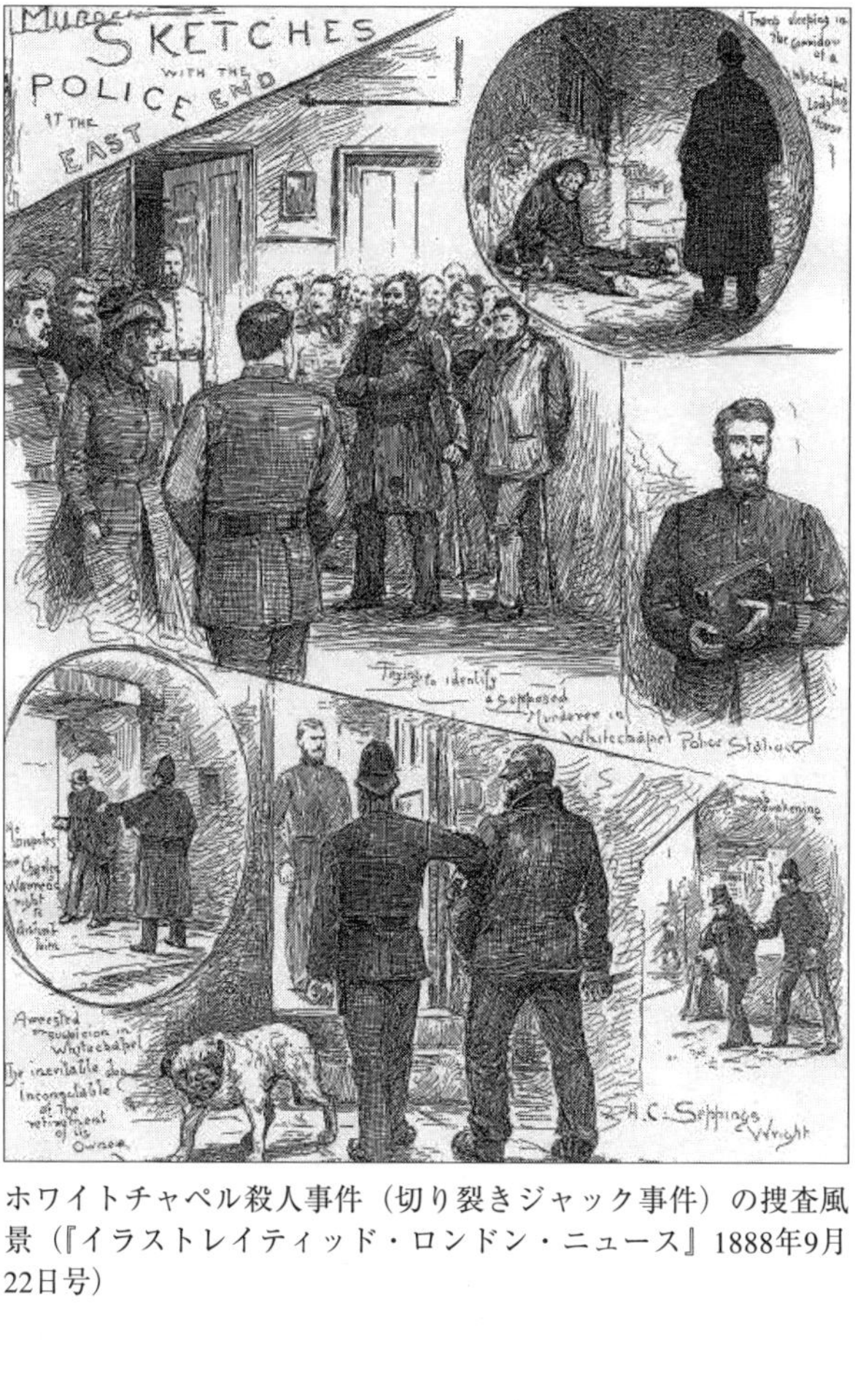

ホワイトチャペル殺人事件（切り裂きジャック事件）の捜査風景（『イラストレイティッド・ロンドン・ニュース』1888年9月22日号）

「我々の文明はこの時点まで、いつだって馬鹿げたぐらい欠陥だらけですよ。男たちは女性を発達の野蛮な段階にとどめておいて、彼女たちは野蛮だって不平を言っている。同じように、社会は犯罪者階級を作り出すのに躍起になっておいて、犯罪者に対して怒り狂っている。けれどもご覧の通り、私はその男たちのひとりで、しかもあまり我慢強くないひとりなんですよ」

（第十章）

これは『余計者の女たち』（一八九三年）に登場する独身男性エヴァラード・バーフットが、女性のための職業訓練学校で働くローダ・ナンに対して語る言葉である。自立する女性ローダに抗《あらが》いがたい魅力を感じたエヴァラードは、この言葉に続けて女性を文明化する教育は男性の利益にもなるのだと説き、ローダたちの行っている事業に理解を示して彼女の心を引こうとする。女性の問題は本書の第三部に譲るとして、この引用文で注目すべきは、女性とともに犯罪者が文明の枠外にあるものとして並列されている点だ。エヴァラード自身は男性のひとりであり、男性は女性、犯罪者との対極にあって文明を体現するものとして位置づけられている。だが同時に、「犯罪者階級」という範疇は、社会が（より厳密には男性社会が）「作り出す」ものだということをも、彼の言葉は示している。近代社会の権力は比較、区別、序列、同質化、排除によって〈逸脱〉を規定し〈規格化〉するとフーコーは論じる。[1] 犯罪者という逸脱を創りだすことで、中流階級男性を規範とする権力は成立したのである。

　ギッシングの生きた後期ヴィクトリア朝は、〈犯罪学〉、〈犯罪人類学〉といった学問によって、犯罪者が科学的分析の対象として研究され、議論された時代であった。また「切り裂きジャック」のような世間を震撼させる事件が起き、ジャーナリズムが競ってセンセーショナルに犯罪を報道した時代でもあった。ギッシングの同時代人にはシャーロック・ホームズ・シリーズの作者ドイルや、『ジキル博士とハイド氏』（一八八六年）の作者スティーヴンソンがいる。犯罪は世紀末英国社会の病理をあらわすものとして、小説やジャーナリズムの世界で繰り返し表象されたのであった。

　ギッシングの小説においても数多くの犯罪や暴力が描かれている。それは世紀末社会の反映であると同時に、逸脱の表象を通して、正常の規範を確立しようとする試みでもあった。しかし、逸脱と正常の境界線は曖昧で、逸脱は階級や国家といったボーダーを越境して、正常という規範を揺るがしていく。本章では、ギッシングの小説における犯罪と暴力の表象を、犯罪学をめぐる言説の文脈の中で分析することにより、時代の転換点にあって揺らぐ規範について考察したい。

第一節　「生まれながらの犯罪者」

後期ヴィクトリア朝に流布した犯罪学における中心的人物は、イタリアの精神科医、監獄医として〈犯罪人類学イタリア学派〉を創始したチェーザレ・ロンブローゾである。一八七六年にイタリアで出版され、一八九一年にイギリスで翻訳が出された彼の主著『犯罪人論』は、大きな反響を巻き起こして当時の文化に強い影響を及ぼした。またロンブローゾは、『フォーラム』や『モニスト』といったアメリカの雑誌にも寄稿し、犯罪人類学の積極的な宣伝に努めた。『犯罪人論』の中で彼は、数多くの犯罪者の頭蓋骨を計測した結果として、大きいあご、高い頬骨、張り出した眉のアーチ、大きな眼窩などの特徴（図①）が、犯罪者、野蛮人、猿に共通して見られると述べ、犯罪人を「原始人や下等動物の獰猛な本能をその内に再現した先祖返りの人間」[2]と定義づけた。またこうした「犯罪者のタイプ」は、身体的、知的、道徳的な遺伝性の欠損のため矯正不可能な「生まれながらの犯罪者」であるとした。ロンブローゾは内面の逸脱と外面の逸脱との間に密接な関係を認めている。「見ることができないものはすべて否定するのが私の鉄則である」[3]と彼は『フォーラム』に寄稿した記事の中で語っている。犯罪者形質の目に見える印があるからこそ、それを見逃さないことによって、犯罪者を事前に避ける、犯罪者に特別な教育を施すといった対策も可能となるというのが、彼の主張であった。[4]内面的逸脱は可視的なものであるとする彼の考え方は、長い伝統を持つ骨相学に大きな影響を受けたヴィクトリア朝の人々にも共通する考え方であったといえる。例えば、ロンドンの貧民の生活実態を調査したヘンリー・メイヒューは、路上生活者の特徴として「高い頬骨と突き出たあご」を挙げ、精神病院の医師アレキサンダー・モリスンは、「顔の特徴は精神の状態に密接に

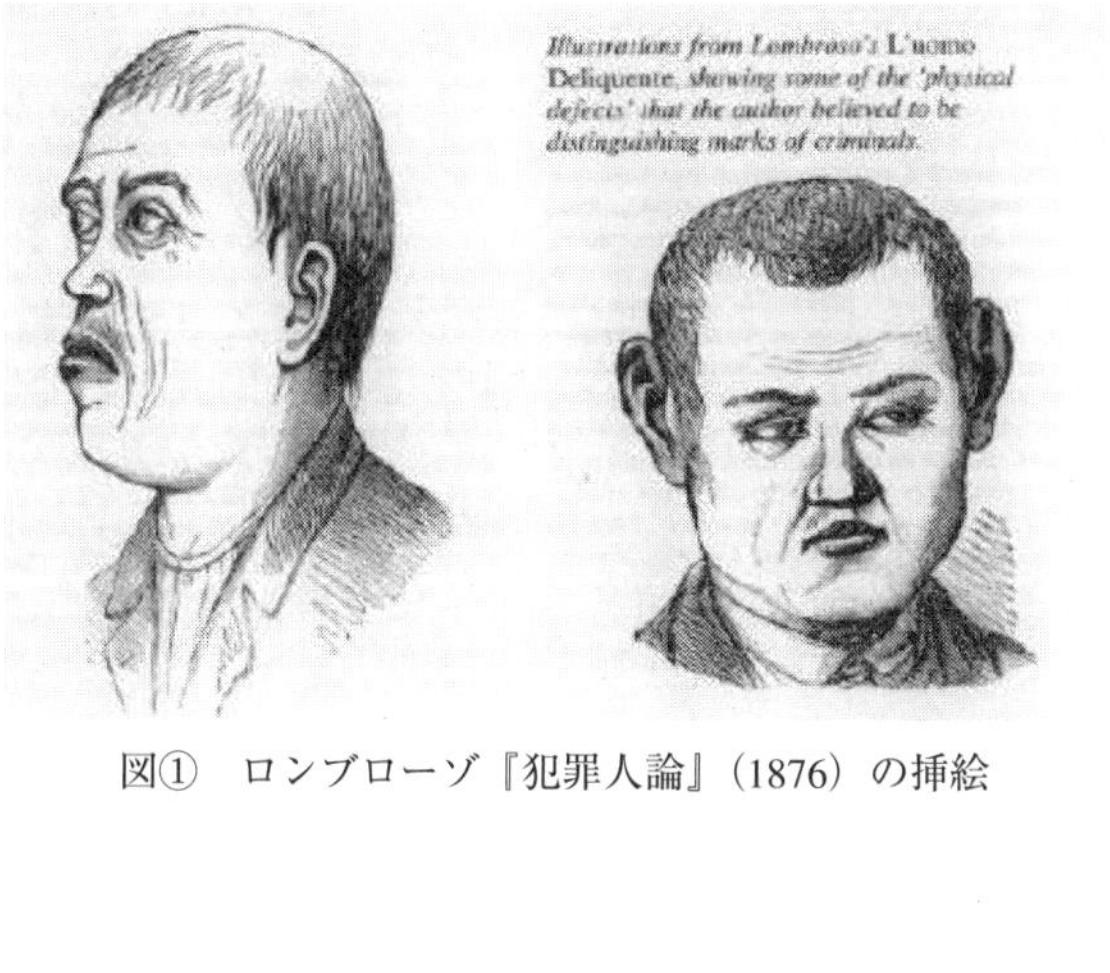

図①　ロンブローゾ『犯罪人論』（1876）の挿絵

関係し、左右される」として、目の動きや顔の表情に精神の異常を見出そうとした[5]。このような言説によって人々は、内面の逸脱を外面の逸脱に置き換え、犯罪者、下層階級といった人々の潜在的な脅威を、目に見える徴候としてとらえようとしたのであった。

ロンブローゾの主張は賛否両論を含め大きな反響を呼び起こしたが、論争の中心は、果たしてある特定の犯罪者形質というものがあるのか、そしてそれは遺伝するのか、「生まれながらの犯罪者」というのは本当に存在するのか、という問題であった（遺伝に関しては本書第六章参照）。『犯罪人論』の出版と前後して、当時萌芽期にあった社会学や心理学といった幅広い分野で、この問題に対して様々な議論がなされたが、ある種の遺伝性を認める主張が主流であった。精神科医のヘンリー・モーズリーは『精神病における責任』（一八七四年）という著書の中で、「犯罪者を研究しているものなら誰でも、明らかな犯罪者の部類の人間というものを知っている。彼らは大都市の泥棒の巣窟に群がり、飲酒にふけり、放蕩三昧で暴れまわり、婚姻関係や血縁の制約に関係なく、退化した犯罪者の人口を増殖していく[6]」と述べている。一八七七年にアメリカで発表されたジュークス一家に関する有名な研究は、一家の子孫七〇九人中、売春婦、私生児、物乞い、前科者の占める割合が異常に高いことを示して、犯罪性の遺伝を統計的に証明しようとした[7]。実地の社会調査にもとづいて『ロンドンの人々の生活と労働』（一九〇二～〇三年）をまとめたチャールズ・ブースは、ロンドンの人々を年収、職業等に応じて八段階に分類し、「季節労働者、路上生活者、浮浪者、犯罪人、準犯罪人」から成る最下層クラスAの人々は、「かなりの程度遺伝的」であるとしている。彼はまた、これらの人々の生活は「野蛮人の生活」で、「個人としてはおそらくほぼ矯正不可能[8]」だとの見解も示している。

もちろん遺伝的な犯罪者形質を認めた当時の主流の議論に対しては異論もあった。特に貧困こそが犯罪者を生み出す原因であるとし、貧困を放置している為政者の側の責任を強調する改革主義的な議論は、十九世紀を通じて常に存在していた。『ウエストミンスター・レヴュー』の一八九六年に掲載された「貧困と犯罪」という記事では、「貧困が増加すれば犯罪も増加する[9]」と述べられている。しかし、こうした記事においてさえ、犯罪者形質の遺伝性が完全に否定されたわけではなかった。記事の筆者は「スラム街の社会的な雰囲気が、生活の義務や責任に対する遺伝的な無関心に多大な影響を与えるので、最低の人間性以上のものは望むべくもない[10]」と続けている。『精神――心理学と哲学の季刊誌』に一八九二年に掲載された「犯罪についての考察」と題する記事においてW・D・モリスンは、「ロンブローゾが先祖返りに起因すると考えた犯罪者の異常性の多くは、犯罪の経歴が原因であるという仮説によっても説明できる」として、犯罪者の「異常性」が生まれつきのものだとするロンブローゾの説に対して反論を試みる。けれども、彼は最終的には「退化し脆弱な体質を持って生まれた人間は、職を得て生計を立てる可能性が低い。したがってそのような人は、より犯罪者になりやすいが、この場合彼を直接犯罪へと駆り立てるのは経済的な要因であって、身体的欠損から来る生まれつきの異常性ではない[11]」との、一種の折衷説に落ち着いている。彼の場合も犯罪者形質の遺伝性、先天性を完全に否定してはいないのだ。

十九世紀末に一世を風靡した犯罪人類学であるが、学問としての犯罪学はその後発展することなく、一九六〇年代になって復活するまで、長い空白の期間を迎えることになる。マリー・クリスティン・レプスは十九世紀末の犯罪学の隆盛と、一九六〇年代の再興の理由は、犯罪学をとりまく社会情勢にあると分析している。犯罪学の言説が流布する時期は、市民社会が不安定な時期と一致すると彼女は言う。十九世紀末は経済不況の中、労働者階級や女性の権利を求める運動が盛んになった時代であり、一九六〇年代から七〇年代は市民権運動や核兵器廃絶運動が起き、マイノリティ、平和団体、フェミニストや消費者団体までもが既成の権力に対抗した時代であった。犯罪学は国家がそれを必要とするときに現れる。「それはあたかも権力と知の関係に対する組織的な反抗がきっかけとなって、犯罪者の言説と研究が増殖しているかのようだ――あたかも犯罪学の最初の機能は、逸脱の定義の拡大を可能とするような言説を生み出し、より厳しい管理の手続きにお墨付きを与えることであるかのようだ[12]」と彼女は論じる。例えばロンブローゾは、パリ・コミューン支持者やアナキストには「犯罪者タイプ」が多く見られると述べている。彼は一方で「政治犯や最も暴力的なアナキストでさえ本当の犯罪者ではない」としながらも、他方で「彼らには犯罪者と狂人に共通する退化的な性質がそなわっている。彼らは異常であり、遺伝的にそうした形質を持っているのだ[13]」と主張する。また先に引用した「犯罪についての考察」の筆者モリスンは、女性の自立と犯罪との関連について考察し、「女性が家庭や家族のつながりを持たず、孤立し、自立した生活を大都市で営んでいる場合、すぐに犯罪人口のより大きな割合を占めるようになるという事実は、一般的に広く認められている。よって女性が男性と同じような社会的、経済的状況に置かれると、彼らの犯罪傾向もより顕著になると思われる[14]」と論じている。十九世紀の犯罪学の言説は、市民権を求め始めた労働者階級の人々や女性と「犯罪者タイプ」とのあいだに共通点を認めることにより、彼らの運動の正当性を否定し、抑圧するのに加担したのであった。

ギッシングの小説は、旧来の社会構造が大きく変動しつつある世紀末の不安定な社会を反映している。『暁の労働者たち』（一八八〇年）、『民衆』（一八八六年）、『ネザー・ワールド』（一八八九年）といった小説には、社会の不平等を怒り、労働者階級の地位向上や政治参加を訴える人々が、そして『余計者の女たち』には、男女の平等な社会参加を求めて活動する人々が登場する。ギッシングがそうした世界の中に描く犯罪や暴力は、当時の犯罪学をめぐる言説と時には共鳴し、また時には不協和音を奏でているのだ。

第二節　貧困と犯罪

貧困者層の生活を扱ったギッシングの初期の小説には、犯罪や暴力の実態が詳細に描かれている。『チャールズ・ディケンズ論』（一八九八年）の中で、ディケンズの最後の小説『エドウィン・ドルードの謎』（一八七〇年）が殺人という「血なまぐさい俗悪な行為にまつわるつまらないミステリー」（第三章）をテーマとしたことを批判したギッシングは、決して犯罪や暴力をセンセーショナルに扱うことはなかった。しかし、犯罪は貧困者層の悲惨な生活実態を如実に表すものとして、作品に織り込まれている。『ネザー・ワールド』を例にとってみよう。物語はペコヴァ家の娘クレムによる、小間使いの少女ジェイン・スノードンの虐待から始まる。貧しい労働者ジョン・ヒューイットの二番目の妻マーガレットはお針子をしていた頃、貧しさに耐えかねて上着を六着盗み、六週間監獄に入れられたという過去を持っている。ジョンの息子ボブとペニロウフ・キャンディの結婚式の一日は、スラム街の若者たちとの乱闘のうちに終る。そのペニロウフの母はアルコール中毒で、断酒を幾度試みても失敗し、酒浸りの生活から抜けることができない。ヒューイットが貧しい生活の中、家族のお葬式だけはきちんと出してやりたいと互助組合に預けていたお金は、横領されてしまう。女優を目指して家出したジョンの愛娘クレアラは、同僚グレイス・ラッドによって顔に硫酸をかけられ、またグレイス自身は鉄道自殺をとげる。ボブは贋金作りに手を染めて、ついには警察に捕らえられて死んでしまう。クレムは財産目当てに母親を毒殺しようとするが失敗する。このように見ていくと、ギッシングによって貧しき人々の生活が描写されるとき、犯罪と暴力は欠くべからざる要素となっていることがわかる。

ギッシングの描く犯罪者が、犯罪性の刻印をその容姿に明瞭にとどめている点は、当時の犯罪学の影響と見ることができる。『暁の労働者たち』の中で、幼い日の主人公アーサー・ゴールディングを連れてスラム街を訪れたトラディ氏は、次のように言う。

「ここにしばらく立って……あそこを通り過ぎる人々の顔をよく見てみよう。悪徳と犯罪が、まるで言葉で書かれているかのようにはっきりと現れていない顔なんてあるだろうか？　顔ばかりを見ていないで、身体つきも見てごらん。あの一メートルもないぐらいの背丈の老婆を見なさい。何という恐ろしい奇形だろう！　労苦で疲れ果て、悪徳に蝕まれ、空腹にさいなまれた惨めな者どもが、幾世代かかってあんな子孫を生み出したのだろうか？　顔には気がついたかね？……あの男の鼻と唇の獣のような形や、恐ろしく突き出た顎骨を見てみなさい。あの十五歳ぐらいの少女はどうだろう？　これ以上完璧におぞましい顔つきを想像することができるだろうか？」

（第一部第十一章）

トラディ氏は「見る（look at）」という言葉を幾度も繰り返す。「悪徳と犯罪」の刻印は、「まるで言葉で書かれているかのようにはっきりと」目に見える印としてスラム街の人々の身体に刻まれている。男の「恐ろしく突き出た顎骨」は、まさしくロンブローゾの「生まれながらの犯罪人」の特徴であり、老婆の小さな身体は退化的な形質を示す指標である。ロンブローゾが主張したように、ここでは内面の逸脱が、観察者がひとつひとつ確認し記録できるような外面の逸脱となって現れているのである。

犯罪者はまた、多くの場合動物や異人種といった比喩を使って表され、退化した野蛮人として表象されている点も、犯罪学をめぐる言説と重なり合う。『暁の労働者たち』において、死の床で革命の幻想に取り憑かれて、アーサーを襲撃するジョン・ペザーの手は「ゴリラのように黒く毛むくじゃら」（第二部第七章）である。『無階級の人々』（一八八四年）で、オズモンド・ウェイマークを監禁して金を奪うスラム街の住人スライミーは、「血走った目」を持つ「野生の獣」（第十二章）のようだと描かれる。『ネザー・ワールド』のクレムは、最も鮮明に犯罪者の退化的形質を体現している。ジェインを虐待する彼女の残忍さは、「森の中を走り回る高貴な野蛮人」にも等しく、「レッド・インディアンのような嗅覚」（第一章）でジェインが一番恐れていることが何であるかを感知する。彼女の狡猾さと残忍さは、別の場面では「藪で待ち伏せをする野蛮人」（第十四章）のそれとも比較される。彼女は文明の対極にある野蛮人なのだ。「文明はこの若い女性を告発することはできない。文明と彼女は何の共通の尺度も持たないからだ」（第一章）と語り手は記している。

ロンブローゾは遺伝性の退化的欠損のため矯正不可能な「生まれながらの犯罪者」が存在すると考えたが、ギッシングは犯罪が遺伝による退化的形質に起因するのか、それとも環境に起因するのか、どちらか決めかねているようにも思われる。彼は確かに人々を犯罪へと駆り立てる貧困者層の劣悪な生活環境（図②）を、初期の小説の中で告発している。『シカゴ・トリビューン』に一八七七年四月に掲載された最も初期の短篇小説のひとつ、「高すぎた代価」では、貧しい靴職人の主人公が、病弱な孫娘を田舎で療養させたいというささやかな願いのため、誘惑に屈して盗みを働く。正直者の彼が盗みという罪を犯したのは、ひとえに孫娘を思う「彼の心の本質的な善良さ」（第二章）のためで、彼は生涯をかけて罪の償いをする。『無階級の人々』のアイダ・スターや彼女の母ロティが売春で生計を立てざるをえなかったのは、女性が自活していく手段が限られていたからであり、彼女たちの性質そのものが堕落していたからではない。『ネザー・ワールド』のマーガレット・ヒューイットの窃盗は、貧困がまねいた犯罪としてきわめて同情的に描かれている。事件は過去の新聞記事という形で物語に挿入されているが、それによると、彼女は「正直で働き者」であったにもかかわらず、朝の九時から夜の八時まで週給四シリングという長時間、低賃金労働に耐えかね、ついに「誘惑に屈して」五ポンド相当の上着を雇い主から盗んだという。彼女は三日間何も食べておらず、以前の下宿には「隅に置かれた数枚のボロ着と小さなテーブル以外には家具はなかった」。その窮状には彼女を裁いた判事さえもが、「困窮が不正行為を正当化することがあってはならない」としながらも、「悲しい状態だ」（第六章）と言って同情したぐらいであった。

図②　「ホワイトチャペルの荒屋で眠る浮浪者」（『イラストレイティッド・ロンドン・ニュース』1888年10月13日号）

　しかし、ギッシングは、貧困という環境が犯罪者を生み出す要因だとする一方で、中流階級と労働者階級の人々の異なる生活環境に起因する知的、道徳的優劣の差は、遺伝するものだということも示唆している。クレムの狡猾さと残忍さは明らかに母親譲りのものであり、彼女の家系に関して語り手は、「彼女の血に飢えた支配欲は、ペコヴァ家の先祖たちが苦しんだ残忍な奴隷状態の自然な成り行きではなかろうか?」（第一章）と述べて、先祖代々耐え忍んだ劣悪な生活環境が残忍な性格を育み、遺伝的性質となったのではないかと疑問を投げかける。労働者階級の人々の貧困が残忍、狡猾といった犯罪者気質を育むとするなら、中流階級の人々の豊かな生活環境は繊細で洗練された感受性や人間性を育む。『民衆』に登場するリチャードとアデラ・ミューティマー夫妻は、労働者階級と中流階級の遺伝的性質の違いに阻まれて、お互いを理解することができない。「おそらく彼女の祖先は三世代にわたって良家の身分を誇ってきた。それは彼女とミューティマー家の人々とのあいだに大きな溝を生むのに十分であった」（第二十七章）と語り手は述べる。暴力に満ちた世界に生きる労働者階級の人々と、十分な教育を受け、文化を享受できる中流階級の人々の性質の差異は、遺伝として固定化され、乗り越えることのできない壁として彼らのあいだに横たわるのである。

第三節　階級を越える犯罪

このようにギッシングの初期の小説における犯罪の表象を検討してみると、逸脱は労働者階級に限定され、中流階級は正常の枠内にとどめられて、結果として現存する社会体制を維持しようとする保守的な傾向がうかがえる。しかし、犯罪が階級の壁を越えて中流階級の世界に侵入し、脅威を与えることもある。そもそも貧困に陥る可能性は、労働者階級だけではなく中流階級の人々にも当然あるわけで、それゆえ誰もが犯罪者になる可能性から逃れ得ない。貧しい売春婦ネルとの恋に落ち、困窮の挙句に窃盗をはたらいて懲役、オーエンズ・カレッジ追放という不名誉な懲罰を受けたギッシングであればこそ、このことを誰よりも強く認識していたはずである。『暁の労働者たち』のアーサーの父は、オックスフォードのベイリオル・カレッジを出たが、その後事務員として生活に必要なだけの給料を稼ぐことができず、誘惑に屈して雇用主から盗みを働く。このことがきっかけで彼は更なる貧困に追いやられ、ついにはスラム街の極貧生活の中で死を迎える。売れないがゆえに貧困生活を強いられる作家たちの物語、『三文文士』（一八九一年）では、貧困がいかに人間を堕落させるものであるかが、様々な登場人物を通して如実に描かれている。[15] 唯一の成功者であるミルヴェインは物語の最後に、ウォルター・サヴェッジ・ランドーの詩を引用して、「悪徳は窮乏に通じると、くどいくらい繰り返し言われてきたが、窮乏が悪徳に通じるとは誰も言わないだろうか？」（第三十七章）と語る。貧困に陥った人々は、正常と逸脱の危うい境界線をさまようことを運命付けられるのである。とはいえ、中流階級から転落し罪を犯して正常から逸脱した人々が、貧困者層の犯罪者と同等のものとして描かれているのかといえば、決してそうではない。アーサーの父が犯した犯罪は、一時の誘惑に負けたためであり、その罪が犯罪者形質としてその子供に遺伝することはない。アーサーは社会の最底辺層の人々と一緒に暮らしているときでさえ、本来の生まれの良さをその容姿と性質にとどめている。彼の持つ細やかな感情は、「彼を普通の浮浪児と区別する洗練された性格的要素」（第一部第六章）であり、「乱暴さや粗野な身勝手さが見られないことにおいて、彼は同じ境遇にあるほかの少年たちとはある程度違っている」（第一部第七章）のである。

中流階級の人々が〈正常〉を逸脱して犯罪者となる可能性とともに、ギッシングが強調するのは、労働者階級の暴力が階級の壁を越境して中流階級の人々の世界を脅かす可能性である。

そしてそれは、労働者階級による復讐という形によって現れる。積年の貧困や抑圧に耐えていた労働者階級の怒りが暴力となって爆発するとき、その破壊的な力は階級の壁を越えて、既存の社会体制を揺るがそうとする。『暁の労働者たち』のペザーは、労働者階級のルサンチマンを体現する人物である。監獄で生まれ救貧院で育ち、ありとあらゆる貧困の辛酸をなめてきた彼は、「ロンドンの通りが血の川となるような」（第二部第七章）革命の大量虐殺を夢見ている。『無階級の人々』のスライミーによるウェイマーク襲撃も、個人的な恨みにもとづくものではなく、労働者階級の復讐と解釈できる。スライミーという名前は「汚泥（slime）」を連想させるが、エルム・コートの劣悪な衛生状態は、天然痘という病を撒き散らして家主のウッドストックを死に追いやることで、ある種の復讐を成し遂げる。デイヴィッド・テオ・ゴールドベルグは「不潔、泥、病、汚染は分類的範疇を逸脱する働きを持つものとして表現される。つまり、法の観点から言えば秩序破壊の危険性として表される」[16]と述べている。十九世紀の衛生問題に関する様々な報告書や新聞、雑誌記事、小説において、スラム街の不衛生に起因する疫病の蔓延の脅威と労働者階級による犯罪や反乱の脅威とは、常に表裏一体のものとして論じられた。例えばディケンズは『荒涼館』（一八五二〜五三年）において、トム・オール・アローンズと呼ばれるスラム街の貧困と不衛生な状態を告発する際、疫病の発生に貧困者層の反乱のイメージを重ね合わせている。「トムの汚泥の一かけら、彼が呼吸する毒された空気の一立方インチ、周囲の汚れ、無知、邪悪、彼の犯す非道の一つ一つが、必ずや社会のすべての階層を通り抜け、栄華を誇る者たちの頂点にまで達して復讐を遂げるであろう。」汚染、略奪、腐敗によって、トムは確実に復讐を遂げるのだ」（第四十六章）と語り手は述べる。疫病は社会の底辺に生きる者たちのルサンチマンの表出であり、階級の境界線を崩して社会全体を揺り動かす脅威となる。『無階級の人々』におけるエルム・コートの疫病の蔓延というモチーフには、『荒涼館』の影響が感じられる。スライミーに代表される貧困者の怒りは、暴力と疫病の両方の形をとって、中流階級への復讐を果たすのだ。

労働者階級による怒りの爆発の恐怖が最も端的に表現されているのは、貯金を横領され怒り狂った群集が指導者のミューティマーを殺害する『民衆』の最後の場面である。ロンブローゾは犯罪者と共通する群集の退化的形質について触れ、「群集の大多数は善人であっても、群集そのものは残虐な獣に変質しうる。各々の個人が持つ激情は多数の人間と同時に共有された場合、二倍の強さとなる。各々の感情が次から次へと伝播し、すべての個人が持つ潜在的な犯罪性が突然現れるからだ」[17]と論じている（図③）。ここでロンブローゾは、群集は「善人」であるとしながらも、同時に「潜在的な犯罪性」を持つとも述べて、群集と犯罪者を同一視している。『民衆』における群集も、野蛮人や獣のイメージを使って描写され、犯罪者との共通性が強

図③　トラファルガー・スクウェアの集会の分裂（『イラストレイティッド・ロンドン・ニュース』1886年2月13日号）

調される。「民衆はただ虚ろに響く演説にうんざりして蜂起した。それは野生の獣の大きな雄叫びのときであり、殺戮を味わうときであった。群集の顔のほとんどすべては、人間の表情が作り出しうる最大限の野蛮性を表すべく歪められていた」（第三十六章）。群集の潜在的な野蛮性が露になり、社会を脅かす暴力となる瞬間である。『民衆』の中で群集の暴力の犠牲者となるのは、中流階級ではなく労働者階級出身のミューティマーであり、その意味で暴力の脅威は限定的なものではあるが、労働者階級のルサンチマンの爆発が社会の安定に及ぼす危険性は十分に描かれていると言えよう。

犯罪と暴力は階級の壁を越境して、中流階級の安定的な世界を揺るがす。しかし、ギッシングは中流階級の人々自身の内に潜む暴力性も見逃してはいない。『暁の労働者たち』でモード・グレシャムと結婚するジョン・ワグホーンは、一見非の打ち所のない立派な紳士だが、実際にはギャンブルや飲酒、売春婦との遊蕩にふける堕落しきった生活に明け暮れている。一方のモードは夫を軽蔑し、自らの空虚な人生のわびしさを、際限のない消費で紛らわせている。そんな二人が決裂するとき、ワグホーンは怒りの感情を制御できずにモードに暴力をふるい、防御のためにピストルを取った彼女に「虎のように」（第三部第十三章）飛びかかって、武器を奪う。正常と逸脱は階級の壁によって境界線を引くことはできない。ワグホーン夫妻の描写は、困窮だけではなく過剰な消費によっても人間は堕落すること、また貧困とは程遠い、贅沢な品々に囲まれた生活の中にも暴力は存在することを示している。中流階級の人々を描いた中期の小説のひとつ『渦』（一八九七年）でギッシングが問題とするのは、そのような暴力であり犯罪である。

第四節　国境を越える犯罪

『渦』には、女中によるカーナビー邸の泥棒、「ブリタニア融資投資銀行株式会社」の破産、ヒュー・カーナビーによるサイラス・レッドグレイヴ殺しという三つの犯罪が描かれているが[18]、これらの犯罪は、豊かな消費文化を謳歌する中流階級の人々の内に潜む腐敗や暴力性を暗示し、逸脱が労働者階級に限定されたものではないことを示唆している。ブリタニアの破産が発覚する前に、フロシンガム家の娘アルマが催した演奏会を聴きに行ったハーヴェイ・ロルフは、「ベネット・フロシンガムのような男は、いろんな形の〈狂気〉を知っているに違いない。彼自身、正真正銘の異常につながるような愚行の数々を行ってきたはずだ」と考え、「この陽気で音楽的な暮らしに、どんな恐ろしい残虐性や虚偽が隠されているのだろう」（第一部第四章）と感じる。裕福な階級の華やかな世界に生きる人間の内面に存在する犯罪性を、ロルフは鋭く感知しているのだ。カーナビーも、自分の邸宅の泥棒を手引きした女中について次のように語って、ロルフと同じような認識を示している。

「彼女はホワイトチャペルの泥棒なんかじゃない。我々が一緒に住んでいるような人たちの中に組織されたギャングがいるんだ。もし僕が食事に招かれたとしたら、泥棒や詐欺師や、そういった類の連中の隣に座っていることだってありえないことじゃない。……何人もの男や女たちがベルグレーヴィアやメイフェアからニューゲート監獄へ連行されていくんだよ。きっとそうなる！　我々の文明のようなものから、いったいそれ以外の何が期待できるっていうんだ？」（第二部第七章）

ベルグレーヴィアとメイフェアはロンドンの一等地で、裕福な人々が住む地区である。カーナビーはのちにレッドグレイヴ殺しによって、皮肉にも「何人もの男や女たちがベルグレーヴィアやメイフェアからニューゲート監獄へ連行されていく」という言葉を自分自身で証明し、成就することになってしまう。初期の小説において労働者階級の人々の属性であった犯罪性は、今や中流階級の人々の属性となり、イギリス社会全体を蝕んでいるのだ。

三つの犯罪の中で特に注目したいのは、カーナビーの犯した殺人である。レッドグレイヴと自分の妻シビルとの不倫を疑うカーナビーは、レッドグレイヴの家に偶然居合わせたアルマを妻と見誤り、激情にかられて彼を打ち殺す。事件後、彼は妻シビルに「これはすべて僕の忌々しい欠点のせいだ。僕は文明人の中にいるべきじゃない獰猛で屈強な獣なんだ」（第二部第十三章）と語って、自己の内面に文明とは相容れない、獣のような攻撃性や野蛮性が存在しているという不安を表現している。だが、殺人という罪を犯すに至らしめたカーナビーの攻撃性、野蛮性は、カーナビーが認識するように文明と相容れないのではなく、実は文明と表裏一体なのではないか、いや文明そのものなのではないか？——そうギッシングは『渦』において問いかける。カーナビーの殺人はイギリスの文明に潜む暴力性を暗示する出来事として解釈することができるのである。

小説の語り手は、カーナビーの身体を「よい食事でよく育ったイギリス人男性の見事な見本だった——背が高く、日に焼けて、柔軟で、かなり魅力的で、赤い首と力強い顎、そして鋭い目を持っていた」（第一部第二章）と描写する。このたくましく鍛え抜かれた彼の身体は、〈筋肉質のキリスト教〉の理想を体現している（図④）。〈筋肉質のキリスト教〉という用語は、キングズリーの『二年前』（一八五七年）に対する書評の中で、「神を恐れ、千時間で千マイル歩くことのできる男性」[19]という理想を表す言葉として最初に使われた。その後帝国主義の高まりとともに、世界を支配できる肉体的な強靭さとキリスト教的精神を兼ね備えた男性像は、時には揶揄の対象となりながらも、強く人々の心をとらえていった。『渦』が出版された一八九七年は、〈新帝国主義〉と呼ばれる時代の只中であった。ヨーロッパ諸国にアメリカ合衆国、日本を加えた列強が熾烈な植民地獲得競争を繰り広げていたこの時代、イギリスの外交政策もますます好戦的な拡張主義に向かっていた。『渦』の語り手は、カーナビーに「あと少しの落ち着きと冷静さ、そしてほんの少しの知的な額があれば、最上の征服し、文明化するイギリス人となりえたであろう」（第一部第二章）と述べて、彼の強靭な身体が帝国の発展に寄与する可能性を秘めたものであることを示唆する。彼は実際、結婚以前にボスワース大佐のコーカサス探検隊に参加したり、スペインに狩猟に出かけたりして、〈征服し、文明化するイギリス人〉としての素質を発揮している。彼の家系がおそらく遺伝的に強靭な身体に恵まれているであろうことは、彼の兄と妹に関する記述からうかがえる。兄マイルズは南アフリカの北西フロンティアで活躍する少佐、妹のルスは伝道宣教師の妻で、兄妹はそれぞれ力と文化による植民地の支配に貢献しているのである。このようにして、ヒューを殺人へと駆り立てた攻撃性は、実は帝国の拡大に必要不可欠な攻撃性でもあることが明らかにされる。

図④　キリスト教実業学校の体操の授業風景（『イラストレイティッド・ロンドン・ニュース』1888年11月17日号）

しかしながら、カーナビーの攻撃性は、結婚後シビルの消費文化の世界に取り込まれることによって、捌け口を失い、フラストレーションを募らせていく。[20]彼は狩猟に行くことを止め、シビルが好む都会での生活に専念するが、そのような生活は決して、彼の冒険や危険を求める内なる欲求を満たしてくれるものではなかった。「彼の好みではない、娯楽に満たされた怠惰、贅沢、浪費の一年にわたる結婚生活は、男性的な落ち着きのなさという当然の結果をもたらした。彼の頑強な、とりわけ戦闘的な、身体と気性は、荒々しく暴力的な生活のもとでの自由を求めていた」（第一部第六章）と語り手は分析している。次に引用するロルフとの会話が明らかにするように、カーナビーは植民地拡大という幻想に浸ることで、鬱屈した攻撃性を発散させようとする。

「我々すべての何かがひどく間違っているんだよ――それだけは確かだ」

「ひとつには怠惰だろうね」とロルフは言った。

「どうだろうね。僕は何をするにも歳をとりすぎた。どうして僕はマイルズについて軍隊に入らなかったんだろう？　南アフリカに行って、自分でちょっとした戦争を起こしたくなることだってあるんだ」

ロルフは声をあげて大笑いした。

「そんな悪い考えじゃないね。それに間違いなくこの世で一番簡単なことだ」

「黒人狩りさ。すばらしく大きなゲームだね」

「南アフリカでは他にもやることはあるさ」とハーヴェイは言った。「……我々は戦って、併合し続けるんだ――大英帝国の衰亡までね。……我々の中には過度に文明化されてしまったものもいるから、残りのものがその反動で健全な野蛮に走ってしまうんだ。我々は二十世紀に炎のように戦うだろう。それだけがイギリス人を健全に保つ唯一の方法だ。商業主義は呪縛だ。……イギリス人は戦って余分な脂肪を落とさなくちゃいけない。戦争はイギリスの節制食事療法さ」（第一部第二章）

カーナビーのフラストレーションはロルフにも共有されている。十九世紀イギリスにおいて植民地は急激に増大する人口を吸収する広大な空白の土地であり、労働者階級の不満をそらす「政治という機械の安全弁」[21]であった。けれども、ここで「安全弁」として機能しているのは、貧困にあえぐ労働者階級の不満に対してではなく、過度な文明の中で倦怠感に悩む中流階級の男性たちの不満に対してである。行き場を失った男性たちの攻撃性は、国境を越え帝国の前線へと向っていくのである。

ロルフは上の会話で、商業主義は男性の攻撃性を阻害し、帝国での戦いこそがイギリス人男性を健全に保つと述べている。しかし、商業主義と帝国主義は実際には表裏一体のものだ。クイーンズランドで精錬業を営むダンドーの例が示すように、イギリスの商品は植民地で生産される原材料によって作られる。

また、植民地は様々な文物をイギリスに提供し、人々の消費への欲求をかきたてる。消費文化を謳歌するシビルは、ハワイ、オーストラリアに滞在後、本国に戻ってきたとき、「博物館ができるぐらいの美しく珍しいもの」（第二部第四章）を持ち帰っている。こうした商品の消費と陳列は、物語の冒頭のカーナビー邸が、ヒューによって仕留められた動物の剥製で飾られていたことと重なり合い、消費文化の背後にある暴力を暗示する。帝国によってもたらされた富が過剰な消費文化を生み出し、その中で行き場を失った男性たちの攻撃性は帝国の前線に捌け口を見出そうとする――『渦』で描かれているのはそのような暴力の連鎖なのだ。

カーナビーは自身を文明人の中の獣と呼んだが、文明が野蛮な暴力にもとづいている以上、誰もが犯罪者だと言うこともできる。カーナビーを逸脱者という範疇に回収してしまうことはできない。なぜなら、逸脱と正常の境界線などどこにもないからである。人間の歴史は文明の歴史である一方で、野蛮と犯罪の歴史でもある。ギッシングが『渦』の中で達したこの悲劇的な結論は、ロルフの内面を借りて語られる。

それに大好きだったあの歴史――それは声なき悲嘆の忌まわしい記録以外のいったい何だというのだ？　どうして彼は何世紀にもわたって果てしなく繰り返される苦しみを――戦争、疫病、圧制、火刑柱、牢獄、拷問の無数の道具、想像を絶する残虐行為を――じっと注視することに喜びを感じたのだろう？

（第三部第一章）

「文明の記録であると同時に野蛮の記録ではないものなど何もない」[22]とベンヤミンは述べている。ロルフの歴史の再認識はベンヤミンの言う「野蛮の記録」の認識でもある。過去の歴史が野蛮の歴史であるとすれば、未来はいったいどうなるのであろうか？　『渦』においてギッシングは、この問いに対しても決して楽観的な見解を示してはいない。未来をつかさどるのは子供であり、大人は教育を通じて子供へ未来の希望を託す。しかし、ロルフは「人類の最大の関心事が殺戮の道具を完成させることであるような時代」（第三部第六章）に確固たる希望を持つことはできず、いったい何を息子ヒューイに教えればよいのか思い悩む。暴力的な世の中に適応することを教えるべきなのか、それとも優しさや同情といった豊かな感情を育むべきなのか？――彼には答えを見出すことができない。

『渦』はロルフと彼の旧友バジル・モートンが、キプリングの好戦的な詩『兵舎のバラッド』（一八九二年）を読んで、詩に表された帝国主義的世界観に共感を示す場面で終る。この場面についてギッシングは、「あのモートンとの会話で、私は決してロルフが『兵舎のバラッド』の人生観に傾いていることを示唆しようとしたわけではない。彼の言ったことすべては、ただ唾棄するような事実に対する、彼の希望のない認識を表現しただけだ[23]」と述べている。『渦』は、暴力が国境を越えて果てしなく拡散していく時代に対して、ギッシングが投げかけた疑問とためらいの声で終るのである。

＊　＊　＊　＊　＊

以上、本稿では世紀末に流布した犯罪学のコンテクストの中で、ギッシングの作品を読み解いてきた。初期の小説において、貧困にあえぐ労働者階級の世界の犯罪や暴力を描いたギッシングだが、その関心が中流階級へと移るにつれ、より大きな視点に立ち、いわば国家規模の暴力にまで問題意識を広げて作品を書いた。『渦』の三年前に出版された『女王即位五十年祭の年に』（一八九四年）には、様々な商品の広告が溢れるロンドンの街路に、ヴィクトリア女王即位五十年記念を祝って繰り出した群集が描かれている（図⑤）。彼らは、『民衆』に登場する怒りに満ちた群集とは違い、「間の抜けた満足に浸ってのどをごろごろと鳴らす途方もなく大きな獣」（第一部第六章）のような群集である。しかし、消費文化を謳歌して満足に浸る群集の間にこそ、国境を越える強大な暴力のエネルギーが蓄積されていることを、ギッシングはすでに感じ取っていたのかもしれない。彼の発した文明に対する疑問の声は、二十一世紀を生きる私たちにも向けられている。

註

（1）Michel Foucault, *Discipline and Punish*, trans. Alan Sheridan (Harmondsworth: Penguin, 1979) 183.

（2）William Greenslade, *Degeneration, Culture and the Novel, 1880-1940* (Cambridge: Cambridge UP, 1994) 91.

（3）Cesare Lombroso, "Criminal Anthropology: Its Origin and Application," *The Forum* 20 (1895): 35.

（4）Cesare Lombroso, "Criminal Anthropology Applied to Pedagogy," *The Monist* 6 (1895): 51-59.

図⑤　ヴィクトリア女王即位50周年記念祭での行列（1887年）

（5）Greenslade 90; Jenny Bourne Taylor and Sally Shuttleworth, ed., *Embodied Selves: An Anthology of Psychological Texts, 1830-1890* (Oxford: Clarendon, 1998) 262-64.
（6）Marie-Christine Leps, *Apprehending the Criminal: The Production of Deviance in Nineteenth-Century Discourse* (Durham: Duke UP, 1992) 29.
（7）Greenslade 24.
（8）Greenslade 50-51.
（9）Harold Thomas, "Poverty and Crime," *The Westminster Review* 145 (1896): 76.
（10）Thomas 76.
（11）W. D. Morrison, "The Study of Crime," *Mind: A Quarterly Review of Psychology and Philosophy* 1 (1892): 507.
（12）Leps 43.
（13）Cesare Lombroso, "Illustrative Studies in Criminal Anthropology," *The Monist* 1 (1891): 339.
（14）Morrison 504.
（15）『三文文士』における貧困と人間性の堕落に関しては、松岡光治「『三文文士』——貧乏作家はうだつが上がらない」『ギッシングの世界』（英宝社、二〇〇三年）二二六～二二八頁参照。
（16）David Theo Goldberg, *Racist Culture: Philosophy and the Politics of Meaning* (Oxford: Blackwell, 1993) 54.
（17）Lombroso, "Criminal Anthropology: Its Origin and Application," 43.
（18）このうち銀行の破産に関しては、詐欺、横領といった明確な犯罪行為があったかどうかは曖昧にされているが、自殺をした社長、ベネット・フロシンガムの共同経営者のウィグラムが投獄されたということが仄めかされている（第二部第四章）ことから、何らかの違反行為があったと考えられる。少なくとも破産の結果多大の被害をこうむった人々にとって、フロシンガムは「泥棒」以外の何ものでもない。カーナビーはフロシンガムを「泥棒」と呼び、銀行の破産と彼の屋敷で窃盗を働いた女中を同列おいて、「これはうちの女中がやったのと同じくらい完全なかっさらいだよ」（第一部第五章）と言っている。
（19）Donald E. Hall, "Muscular Christianity: Reading and Writing the Male Social Body" in *Muscular Christianity: Embodying the Victorian Age*, ed. Donald E. Hall (Cambridge: Cambridge UP, 1994) 7.
（20）カーナビーの男性性がいかにシビルに象徴される女性的消費文化によって阻害されているかの議論に関しては、Simon J. James, "The Discontents of Everyday Life: Civilization and the Pathology of Masculinity in *The Whirpool*" in *George Gissing: Voices of the Unclassed*, ed. Martin Ryle and Jenny Bourne Taylor (Aldershot: Ashgate, 2005) 93-105 参照。
（21）Patrick Brantlinger, *Rule of Darkness: British Literature and Imperialism, 1830-1914* (Ithaca: Cornell UP, 1988) 115.
（22）Walter Benjamin, "Theses on the Philosophy of History" in *Illumination*, ed. Hannah Arendt, trans. Harry Zohn (London: Fontana, 1973) 248.
（23）Patrick Parrinder, ed., *The Whirlpool*, by George Gissing (Hassocks: Harvester, 1977) 464 n.

第八章

出　版

――ギッシングと定期刊行物――

グレアム・ロー

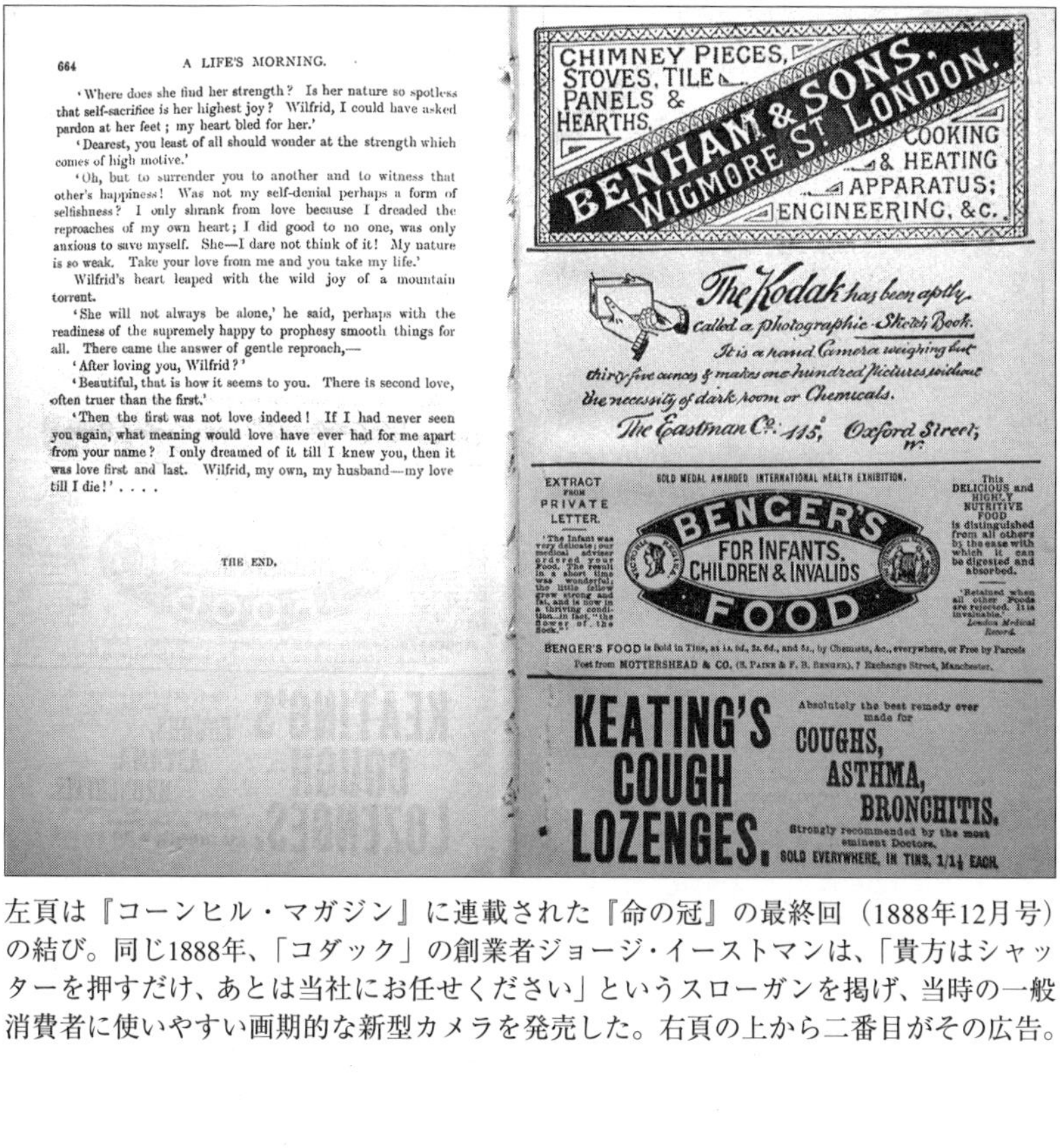

664　　A LIFE'S MORNING.

'Where does she find her strength? Is her nature so spotless that self-sacrifice is her highest joy? Wilfrid, I could have asked pardon at her feet; my heart bled for her.'

'Dearest, you least of all should wonder at the strength which comes of high motive.'

'Oh, but to surrender you to another and to witness that other's happiness! Was not my self-denial perhaps a form of selfishness? I only shrank from love because I dreaded the reproaches of my own heart; I did good to no one, was only anxious to save myself. She—I dare not think of it! My nature is so weak. Take your love from me and you take my life.'

Wilfrid's heart leaped with the wild joy of a mountain torrent.

'She will not always be alone,' he said, perhaps with the readiness of the supremely happy to prophesy smooth things for all. There came the answer of gentle reproach,—

'After loving you, Wilfrid?'

'Beautiful, that is how it seems to you. There is second love, often truer than the first.'

'Then the first was not love indeed! If I had never seen you again, what meaning would love have ever had for me apart from your name? I only dreamed of it till I knew you, then it was love first and last. Wilfrid, my own, my husband—my love till I die!' . . . .

THE END.

左頁は『コーンヒル・マガジン』に連載された『命の冠』の最終回（1888年12月号）の結び。同じ1888年、「コダック」の創業者ジョージ・イーストマンは、「貴方はシャッターを押すだけ、あとは当社にお任せください」というスローガンを掲げ、当時の一般消費者に使いやすい画期的な新型カメラを発売した。右頁の上から二番目がその広告。

新たに刊行される定期刊行物《ペリオディカル》『ミンスター』の広告に、寄稿者ジョージ・ギッシング氏の名前があるのに気づくと、いささか驚かれるだろう。その驚きは、彼がそこに名を連ねるべき人物ではないからではなく、私が知る限りは、この有力な作家が定期刊行物に姿を現したことがかつて一度もなかったからである。ようやく彼を見出した雑誌について、私は他にも幾つか聞き及んでいる。この作家の非常に優れた作品が比較的ずっと黙殺されてきた理由が、私にはよく理解できなかった。(1)

この所見が発表されたのはイギリス文芸家協会の公認機関誌、『著者』の一八九五年一月号に掲載された文芸閑話の一つであった。発表した人物は、十九世紀最後の二十五年間で最も安定した成功を収めたイギリス人作家の一人、ウォルター・ベザントである。ベザントは、社会の中心人物としても、この月刊誌を創立した編集者としても、当時の文芸市場について最も博識な批評家の一人と称せられていた。しかし、この件についてベザントが誤解していたことは、ギッシング本人の私的な日記だけでなく、公的には彼の作品を再載した多数の出版物の編集者によっても、(2)手短に指摘されている。実際、『ミンスター』の創刊号に載せられた物語「地の塩」は、定期刊行物に掲載されたギッシングの三十八番目の短篇小説であった。とはいえ、この数字は誤解を招く。ギッシングの初期に出版された短篇小説の大多数は、一八七六年九月からのアメリカ亡命中に、そこの幾つかの日刊新聞《ジャーナル》に匿名で掲載されているのに対し、彼がアメリカから本国に戻ってから一八九二年末までの間、ロンドンの出版界では一握りの小説しか掲載されていない。これらのうち、一八八八年を通して月刊誌『コーンヒル』に遅ればせながら連載された『人生の夜明け』が、最も目立つものであった。対照的に、一八九三年から彼の人生の最後までに、約八十篇が連載出版されたが、絶頂期を迎える一八九五年には、週刊誌『イラストレイティッド・ロンドン・ニュース』における中篇小説『イヴの身代金』（一八九五年）の連載に加え、二十七もの物語や小品が個別に出版された。このように、一八八〇年代当時に文筆で生計を立てていた大部分のイギリス人作家と比較すると、ギッシングの定期刊行物への寄稿は非常に間隔が空いていたが、この点に関しては一八九〇年代半ばに注目すべき逆転を見ることになる。冒頭に引用したベザントの所見は実質的に誤りだったにせよ、気持ちの上では真実に近かったのである。

しかしながら、本章の目的はギッシングの作品についての書誌的な知識に多少なりとも貢献することではない。すなわち、最近ピエール・クスティヤスが網羅的に記載した書誌（もちろん、上記に示した数値は彼のリストからの引用）と重複するような仕事ではない（Coustillas, *Definitive Bibliography* 457-94）。より正確に言えば、後期ヴィクトリア朝の読者層に文学作品を提供していた当時の変貌する出版メディアを背景にして、どのようにギッシングの小説が展開して行ったか、つまり物語形式に重要な影響を与えた出版業のコンテクストを描き出すことが本章の目的である。そのような企ては無論、連載形式だけでなく、巻形式の出版にも注意を払わなければならないが、本章では紙面が許す範囲内でそうするつもりである。しかし、三巻本（triple-decker）形式の初版を突如として消滅させ、それを支えていた貸本屋（circulating libraries）を徐々に周辺に追いやってしまった一八九〇年代半ばまでの時代の影響については、ここ数十年の間に様々な観点から分析され、[3] その間に得られた洞察はギッシング研究において評価されてきた。それに対し、後期ヴィクトリア朝における定期刊行物市場の質的な変貌が経済的、社会的、文化的研究の主題になったのは、ほんのここ数年のことであり、その成果については未だに周知されていない。[4] 結果的に、ギッシングとジャーナリズムとの関わりについての記述は、ギッシングと編集者ジェイムズ・ペインが『コーンヒル』で出会ったことについてのモーリー・ロバーツによるメロドラマ調の記述（Roberts 90-92）を典拠とするなど、関係する編集者や経営者の個性に焦点を当てたものが多い。従って、筆者はここで、まず後期ヴィクトリア朝の定期刊行物市場において起こった変化全般との関係において、次に新しい出版形式が当時の支配的な文学形態に及ぼした特別な影響との関係において、ギッシングの連載出版物について論じながら、より公平な社会学的分析を提供したい。

第一節　定期刊行物市場の変貌

決してヴィクトリア朝に考案されたわけではないが、書籍の形で上梓されるのに先立ち、新刊の小説を連載の形で出版することが支配的になったのはヴィクトリア朝のことであった。経済的理由と同様に審美的な理由のために、[5] 十九世紀後半まで小説の原作はほとんど新聞や雑誌のような定期刊行物に織り込まれるか、あるいは独立した分冊の形で初めて読者が入手できるものであった。もちろん、これとは別に引き続き再版のために様々な連載形式が利用されていた。週刊誌はもともと労働者階級を相手にした三文小説《ペニー・ブラッズ》と関係があったので、月刊誌の方は前期ヴィクトリア朝における中産階級にふさわしい文学作品の連載出版の基準となっていた。言うまでもなく、ここで大きな影響力を及ぼしたのは、チャップマン・アンド・ホール社から出された『ピクウィック・クラブ』（一八三六〜三七年）や『ベントリーズ・ミセラニー』に掲載された『オリヴァー・トゥイスト』（一八三七〜三九年）といった、ディケンズ初期小説の月刊分冊による出版であった。

　しかし、煽情小説がブルジョア階級の読者層で流行し始めた一八六〇年頃から、様々な週刊出版の場が、品のよい《リスペクタブル》作家たちにとって次第に利用できるようになった。その結果、ギッシング自身が作家稼業を始める頃までに、週刊の発行はすでに英国における連載出版の最も優勢な形態になっていた。この傾向を促進する上で、『大いなる遺産』（一八六〇〜六一年）が最初に連載されたディケンズによる二ペンスの雑録週刊誌『オール・ザ・イヤー・ラウンド』の役割は重要だった。しかし、質の高い挿絵と一シリングという安価で新世代の月刊誌が幾つか同時に現れたことで、首都ロンドンの市場における衝撃は弱まってしまった。一八六〇年、スミス・エルダー社による『コーンヒル』や六六年にベントリー社が引き継いだ『テンプル・バー』のように最も成功した雑誌は、当時の主要な小説出版社によって所有されていた。もっとも地方においても、その影響ははっきりしていた。少なくとも世紀半ばから、地方作家による連載小説がスコットランドや北イングランドの安価な雑録週刊誌に登場し始めた。一八七〇年代初頭までに国のほとんどを網羅する小説の通信社ネットワークが存在していたので、首都で好評を得た作家は、潜在的な読者層と経済的な報酬の増加によって、すぐそのネットワークに魅了されるようになった。こうして、一八八一年にジェイムズ・ペインは、「地方の安価な新聞は……今や通信社のシステムのもとで、最も著名な小説家の活動を支配している」[6]と自信をもって言った。ここでの先駆者は間違いなくティロットソン・アンド・サンという名前のボルトンの会社（図①）で、その時までにすでに北アメリカと植民地での海外市場の開拓を始めていた。しかし間もなく、地方の競争相手だけでなく、キャッセル社やナショナル・プレス・エイジェンシーのようなロンドンの競争相手も現れた。

　ロンドンの出版界が失った基盤を取り戻そうとした方法はこれだけでなかった。むしろ長い目で見て重要だったのは、首都

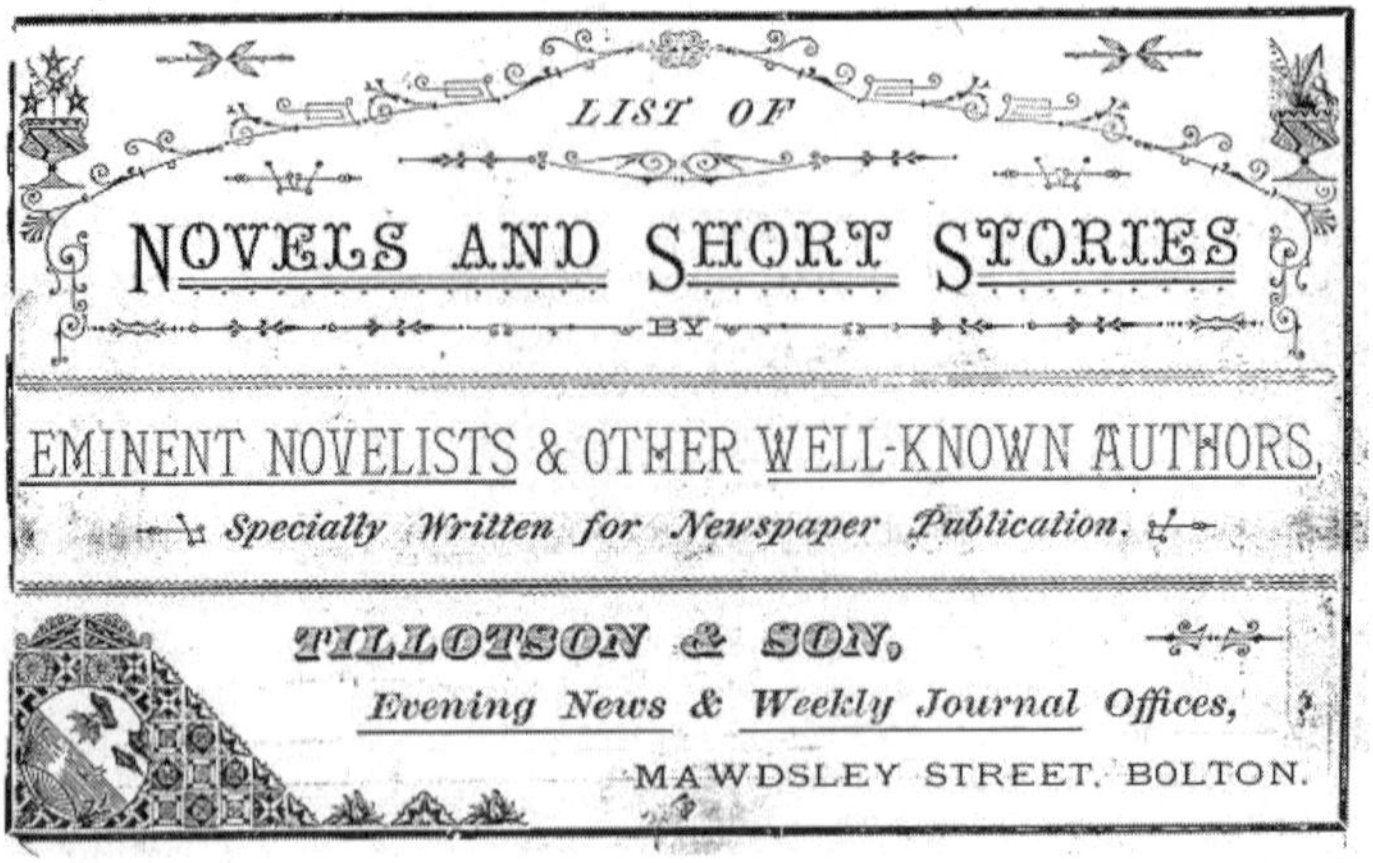

図①　ティロットソン社による1884年頃からの既刊書目録の表紙

における別の新しい種類の定期刊行物の出現である。その多くもまた週刊の出版であった。顕著な特徴は豊富な挿絵を入れたことだ。特別な紙の上や薄紙の下に個別に入れたのではなく、地の文の中に埋め込まれた。同様に重要だったのは、主要な経営者がベントリー社のような家族経営の管理下にある古い出版社ではもはやなく、むしろ二十世紀初頭に出版帝国を築くことになる新型の有限会社だったという事実である。新しい出版界の実力者で抜きん出ていたのはジョージ・ニューンズであった。彼の大衆向け一ペニー雑録週刊誌『ティット・ビッツ』（一八八一年）や、中産階級の読者層向け六ペンス月刊誌『ストランド・マガジン』（一八九一年）は代表的な成功例であり、アルフレッド・ハームズワスやC・アーサー・ピアソンのようなライバルによって即座に模倣された。しかし、ここで同じように重要なのは、影響力のある六ペンス挿絵入り新聞『グラフィック』や『イラストレイティッド・ロンドン・ニュース』を中心に設立された会社である。ギッシングの活動した時期はずっと、これら二つの挿絵入り新聞が小説連載で最も名声と利益を高めた出版社の代表格であり、寄稿者の中にはウォルター・ベザントやジェイムズ・ペインがいた。

古い出版形態は新たな形態に取って代わられるというよりは従属する傾向があったので、必然的に後期ヴィクトリア朝には小説を求める定期刊行物の競争の場を急速に拡大することになった。大衆向けに安価な版を販売するよりは、新作を貸本屋のために贅沢な版で出したがるヴィクトリア朝の書籍産業の保守性を考えると、これは連載出版で作家の受け取る収入が単行本出版での収入をしのぐことを意味する。しかし、出版社から得る報酬を最大にするには、文学市場についての十分な実用的知識が必要であった。通常は二つの選択肢しかない。作家自身が商才を大いに伸ばすか、あるいは彼らのために行動してくれるプロの著作権代理人を雇うかである。もちろん多くの作家は両方を実践した。A・P・ワットの先駆的な仕事が示すように、プロの代理人の役割は明らかに広告を扱う通信社の代理人の役割から生まれたものであり、少なくとも初期の段階では単行本の権利よりは連載刊行物の権利に深く関わっていた。

第二節　連載出版へのギッシングの反応

後期ヴィクトリア朝における定期刊行物市場の変貌についての上記の概要が全体的に妥当であるにせよ[7]、その変貌についてのギッシングの認識がどの程度で、彼がどのように反応したかという問題に取り組む必要がある。例えば、一八八八年一月一日に妹エレンに送った手紙の中で、分冊出版は「概して単行本形式の二倍の利益がある」（*Letters* 3: 172）と彼は書いている。この手紙が『コーンヒル』から十二回に分けて連載された『人生の夜明け』の第一分冊の出版と同時期だった——そのとき彼はスミス・エルダー社に単行本の権利を売却して五十ポンドとという僅かな金を得た——ことを考えるならば、彼は「概して」という言葉が自分自身に当てはまらないことに気づいて苦々しく思ったに違いない。少なくともその理由の一部は、彼の経歴の早い時期に新しい定期刊行物が人目につき始めたことに気づかなかったから、あるいはそれを無視したかったからである。アメリカ逃亡生活の後半におけるギッシングの作だとされている二十余りの短篇小説のうち、大部分は一つか二つのシカゴの新聞社から出版された。これらの中で六作は『シカゴ・デイリー・ニュース』に掲載されている。この新聞はやがてティロットソンズ社小説部局の最も重要で長く続いたアメリカの取引先の一つとなった(8)。しかしながら、ギッシングは英国に戻ると新聞通信社という選択肢を考慮しなかったようだ。ティロットソン・アンド・サン社が一八八八年のクリスマス用の物語をギッシングに求めると、彼は最初は否定的な反応をしてから、結局「議事堂でのクリスマス」(*Diary* 118-19; *Letters* 4: 14-15) に関する叙述的な一篇を提供した。これは一八八九年の後半に少なくとも四つの地方紙で同時発表され (*Diary* 502-03)、例のボルトンの出版社に対する彼の唯一の作品となった。同じ時期に『民衆』(一八八六年) が『マンチェスター・ウィークリー・タイムズ』の寄稿欄で再掲されて成功を収めているとき、出版の手配は著作権所有者のスミス・エルダー社によってなされていたが、その連載について作者自身が知ったのは、連載が終了する間際の一八八九年十二月五日だった (*Diary* 185)。他にギッシングの作品が地方紙で出版されることは、彼の死後までほとんどなかった。

その代わりに、アメリカから帰国して十五年間ずっとギッシングが小説を提供した唯一の定期刊行物は、文芸出版社が所有する古株の雑録月刊誌だった。彼の短篇小説が提供されたことは実際にほとんどなかった。アメリカで出版された物語の一つ「芸術家の子供」の改訂版が一八七八年一月に『ティンズリーズ・マガジン』に再掲されたのは、経営者の破産直前のことであった。一八八四年三月にはベントリー社の『テンプル・バー』に「フィービー」が少し削除修正された形で、九一年八月には「レティー・コー」が大幅に遅れて掲載された。そして、「境遇の犠牲者」が一八九一年の後半に『ブラックウッズ・マガジン』に提示されたが、掲載されたのは九三年一月になってからだった。しかし、ギッシングが一八八〇年代半ばに何度か本格的な長篇小説の分冊出版を準備しようとしたとき、どれも不満足な結果となってしまった。この問題はギッシングが単行本と分冊本の権利の両方を同じ当事者と交渉していたことによって更に悪化した。『人生の夜明け』は一八八五年の後半にスミス・エルダー社に受け入れられたが、『コーンヒル』での連載は八八年初頭まで延期された。その間に、『民衆』と『サーザ』(一八八七年) が同じ雑誌に連載される可能性は、様々な理由でジェイムズ・ペインによって消されてしまい、ジョージ・ベントリーもまた「クレメント・ドリコット」は『テンプル・バー』にふさわしくないと判断した。最後のケースでは、この書き終わっていた物語の原稿は断念（恐らくは後で破棄）されてしまった。もっとも、ベントリーは単行本での出版の権利に対して気前よく支払おうとしたようであったが。ギッシングは弟への手紙で露骨に「Bは物語が『T・B』にふさわしくないと言っている。全く予想通りだ。私が連載の鉱脈を打ち当てることは決してないだろう。さしあたりそいつは放置しておこう」（*Letters* 3: 130）と書いている。編集者としてのベントリーやペインに対するギッシングの侮蔑が完全に正当化されるかどうかはともかく、この落胆によって疑いなく彼は分冊出版の卑俗性にうんざりし、それが質の悪い作品と是正不可能な関係にあると思い込んでいたはずだ。ギッシングの態度の基調は、先に引用した妹エレンへの「もちろん卑劣な出版方法だ、あの連載形式は。……私は阻止するために最善を尽くすつもりだ。私が高く評価する本は断じてこの方法で出版させたりしないぞ」（3: 172）という手紙でも触れられている。この強い侮蔑の念がすぐに宥められることはなかった。おそらくそれは彼の永続的な態度となっていただろう。

　ギッシングが長期間にわたって自分の原稿を定期刊行物の編集者に管理させようとしなかったことは確かである。つまり、『三文文士』（一八九一年）が広く一般に歓迎され、彼が自分の著作権の交渉をプロの代理人に託すまで管理させなかったのである。A・P・ワットが最初にギッシングの書簡に登場するのは一八九一年四月二十九日のことで、そのとき彼はこの代理人の証明書を写して、三巻本の『三文文士』の献本と一緒に弟のアルジェノンに送った。ギッシングが憤慨して原稿を取り戻して新しい代理人ワットに送ったのは、それからちょうど三ヶ月以上も経ってから、すなわち、『三文文士』に支払われた金額（たった百五十ポンド）以上を次の小説『流謫の地に生まれて』（一八九二年）に対して払うようにスミス・エルダー社に忠告することはできないと、ジェイムズ・ペインが一八九一年八月九日の手紙（*Diary* 253）で言ってきた後のことだった。結果は落胆するものだった。この新しい小説は結局ちょうどペインが言った金額で（もちろん代理人の手数料を引いた金額で）、エディンバラのA・C・ブラック社との契約に落ち着いた。しかし、ギッシングがワットは「大きな利益がなければ労をとってくれない」（*Letters* 5: 15）という結論を出す頃には、すでにベザントの文芸家協会と（当時はモリス・コリスに任せられていた）新しい著者組合《シンジケート》のことを考えていた。以後、ギッシングの文筆活動は主にコリスによって管理された――少なくとも一八九七年の夏、彼が新しい代理人のジェイムズ・B・ピンカーと駅で鉢合わせし、この男こそ臨機の才のある代理人だと確信する一八九七年八月二十七日までは（*Diary* 443）。遡ること一八九一年九月、旧友モーリー・ロバーツは、ギッシングがスミス・エルダー社に代わって長期にわたる関係を築くことになる新しいロレンス・アンド・ブリン社と接触させてくれていた。従って、コリスとピンカーの両者によってなされた交渉の大部分が、書籍出版ではなく連載出版に関係していたことは驚くに足らない。

　一八九〇年代初頭、ギッシングの作家としての経歴に社会的・経済的な変化が見られたが、その前兆として彼が方向転換して連載出版に関与したことがあったのは確かである。もちろん、紀行文『イオニア海のほとり』（一九〇一年）や随筆集『ヘンリー・ライクロフトの私記』（一九〇三年）――両方とも彼の晩年にジェイムズ・ピンカーによって『フォートナイトリー・レヴュー』に掲載された――の連載版を除くならば、彼の文筆活動の終盤に初版が分冊で掲載された物語風の小説はたった一篇しかない。しかし、『イラストレイティッド・ロンドン・ニュース』における『イヴの身代金』の週刊連載（図②）は、一八八〇年代半ばにギッシングが経験した月刊連載よりも、おそらく労が少ない割に報酬は多かった。すなわち、比較的短い物語を連載する権利だけに対して百五十ポンドの報酬を得ることができた。それにもかかわらず、実際に一八九三年初めから目につくのは、ギッシングが大量に短篇小説を創作したことである。この時期から書かれた約八十もの短篇があらゆる種類の定期刊行物に載せられた。時には、旧式の文芸月刊誌や新型の知的な月刊誌、そして人気のある新聞さえも含まれていた。しかし、ほとんど大多数は前に述べた新しい世代のロンドンのジャーナルであり、その代表格はニューンズの『ストランド』や『ハームズワス・マガジン』（それぞれ一八九八年と一八九九年の創刊）といった中産階級に向けた六ペンスの新しい挿絵入り月刊誌である。とはいえ、ここで更に典型的と言えるのは、ジェローム・K・ジェロームによって編集された二つのジャーナル、つまり週刊誌『トゥデイ』と月刊誌『アイドラー』で、一八九四年から九九年にかけて計九つの物語と小品を掲載している。

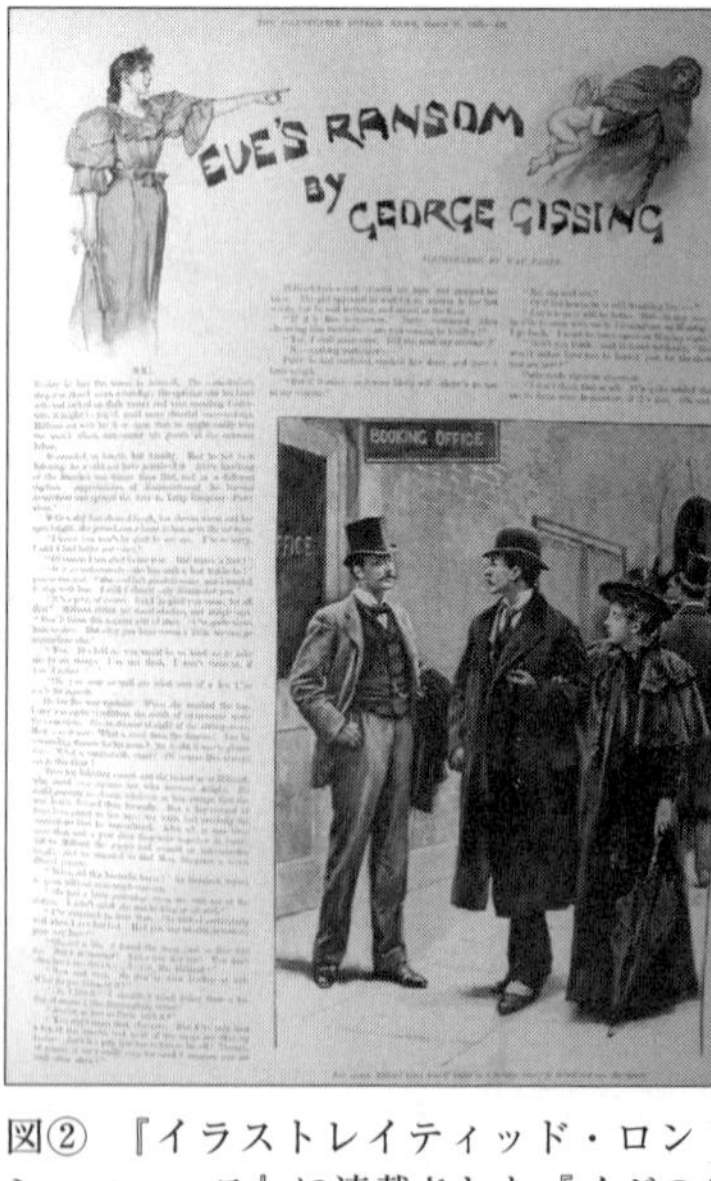

図②　『イラストレイティッド・ロンドン・ニュース』に連載された『イヴの身代金』（1895年3月16日号）

　上記の物語のすべてはコリスかピンカーによって掲載されたので、ギッシングと編集者が直に接触することは皆無だった。しかし、このことはギッシングの後期の小説にとって最も重要な連載の場となる三誌、すなわち一つの連載小説に加えて約五十の短篇や小品が掲載された月刊誌『イングリッシュ・イラストレイティッド・マガジン』と週刊誌『スケッチ』および『イラストレイティッド・ロンドン・ニュース』には当てはまらなかった。当時、三誌はすべてイラストレイティッド・ロンドン・ニュース社の所有であり、ジャーナリストのクレメント・ショーターによって編集されていた。ショーターが最初にギッシングと交渉したのは一八九三年三月の手紙であり、二人は徐々に友好的な契約関係を築いていった。気質や受けた訓練は相当に違うものの、同じ世代で経歴も似ていたので、明らかにギッシングはペインやベントリーほどショーターに対して疑念を抱いていなかった。[9] 両者の協力で五つの物語、「面目にかけて」や「判事と悪党」のように皮肉にも意外な展開をする物語、「原料」や「六ペンスの歌」のように凝縮された性格描写がなされる短篇が矢継ぎ早に生まれた。これらは不幸にもギッシングが生前に目を通した唯一の短篇小説集となる『人間がらくた文庫』（一八九八年）に収められている。

第三節　出版形態と文学形式

ギッシングの同時代における文学市場への不満が有能な代理人の雇用によってのみ取り除かれると言うことは、定期刊行物の性質が生産と分配の構造によってのみ決定されると思うのと同様に、愚直すぎるだろう。これらの問題点について見識をもって深く理解するためには、出版形態と文学形式の複雑な相互関係について、後期ヴィクトリア朝全般だけでなく、本質的にはギッシングの全作品においても、考えてみる必要がある。ここで我々は、ジャンルや様式の問題のみならず、長さや規模の問題にも注意を払わねばならない。要するに、複数冊での初版や伝統的な雑録月刊誌を持つヴィクトリア朝の古い文芸出版社は、小説の通信社や近代的な都市部の定期刊行物とは違って、貸本屋制度の要求に束縛されていた。言い換えれば、十九世紀の終わりまで、ブラックウッド社、ベントリー社、スミス・エルダー社は未だにミューディーの貸本屋（図③）が決定することに従う必要があったのに対し、ティロットソン、ニューンズ、イラストレイティッド・ロンドン・ニュース社は臨機応変に活動する自由を持っていたのだ。

英国小説における「率直さ（candour）」について活発な討論がなされていたので、三巻本の独裁が単に長さや形態だけの問

図③　ミューディーの貸本屋（アッパー・キング・ストリート、1842年創業）

題ではなかったことは明白である。この長く続いた議論で、反対派は（冒険、ミステリー、センセーションへの懐旧的な思慕を示す）「ロマン主義」と（フランスの自然主義や審美主義に対して現代的な共鳴をはっきりと示す）「リアリズム」の旗印のもとで戦った。もし英国の小説家が作品をミューディー・セレクト・ライブラリーで配送されることを望むなら、時代後れのセンセーション・ノヴェルにかこつけてのみ、彼らは性的な問題の扱いを許される。そう言って反論したのは、パリ滞在から戻ったばかりのジョージ・ムアであった。この反論は一八八四年後半にロンドンの夕刊紙『ペルメル・ガゼット』に掲載された短い記事でなされ、投書欄での長い議論合戦を引き起こし[10]、翌八五年八月には『リテラチャー・アット・ナース』という長い、表現が露骨な小冊子でも同じ議論が起こった。ムアは特にウォルター・ベザントの（一八八四年四月の王立協会での）公開演説とヘンリー・ジェイムズの（『ロングマンズ・マガジン』の記事での）答弁——両方とも「小説の技術」という見出し——に言及した[11]。そこで、リアリストのジェイムズは、「意識的な道徳目的」(Besant 24) ゆえに近代英国小説を賞賛したロマン主義者ベザントをはねつけ、その「道徳的臆病さ」(James 519) がむしろ目につくことを示した。この議論は、一八九〇年一月の『ニュー・レヴュー』に掲載された「小説の率直さ」という論文集が示すように、世紀末になってもまだ続いていた。その中で、英国小説のバラ色の未来についてのベザントの生ぬるい意見に論駁すべく、ハーディが任命された[12]。ジョージ・ムアと同様に苦々しく思っていたハーディは、「多くの英国小説に充満するインチキ」に対して攻撃を始めるために『ニュー・レヴュー』の論文集を利用し、最後はムアが文学形態と出版形式をはっきり結びつけたことに話を戻し、「上品な雑誌と精選された貸本」に責任の大半を負わせた。結びとしてハーディは、中産階級読者層の倒錯した要求から小説を解放するためには、「本を借りるのではなく買うことができるような出版システム」を作るだけでなく、小説をまず「大人が主として読む新聞の文芸欄（*feuilleton*）として」(Hardy 18, 21) 刊行しなければならないと提言している。

英国小説の形態と形式の両方を近代化する必要についての長年の議論に対し、ギッシングの立場ははっきりしていなかった。彼はしばしば日記や書簡の中でロマン主義の代表者——特にベザントやペインがそうであるが、R・L・スティーヴンソン、H・ライダー・ハガード、アンドリュー・ラングも除外できない——について毒づいているが、リアリズムの擁護者との結束については多くを語っていない。実際、ハーディとムアは——ギッシングが彼らの文学的な計画に特別な共感を抱く可能性もあったであろうが——両者ともしばしば毒気を含む言葉で扱われている。文学の「率直さ」の議論に携わるとき、明らかにギッシングはどちらの味方にもつきたくなかったようだ。ギッシングは弟アルジェノンに「感動的な小品」の書き方について助言すべく手紙を送ったついでに、「ウォルター・ベザントは王立協会に小説の書き方を指導してきた――すばらしい考えだ！　そうした問題では教訓などすべて無意味だ」（*Letters* 2: 212）と書いているように、ベザントの「小説の技法」を蔑んでいるが、それは「道徳目的」を弁護していたからではない。一方、ジェイムズの反応については見過ごされたか無視されたようである。『ニュー・レヴュー』の論文集もまたギッシングからの反応は何もなかったが、わずか三ヶ月ほど前にエレンへの手紙の中でハーディの小説の限界について率直な意見として、「そうだね、第一に、彼の領域は狭い。彼が本当にうまくできるのは田舎に住む農民の生活と気質だけだ。……そんな歩き慣れた小道からそれた途端に、彼の力はなくなってしまうのさ。上流階級の人々を扱う際はいつも、彼の作品は無価値なものになる」（*Letters* 4: 104-05）と言っている。

しかし、この議論へのギッシングの唯一重要な貢献は、ジョージ・ムアの記事に応えて『ペルメル・ガゼット』に送った手紙にある。そこで判然とするのは、ギッシングはムアの「学派」との関係を断ちたかっただけでなく、貸本屋制度に責任を持つ商人から、「自分の人気と収入を損なわないように最善を尽くすことを恐れている」（*Letters* 2: 276-77）芸術家たちへ、非難の矛先も変えたかったことである。これは出版社がミューディーの反応と彼の好みを恐れたために生じたことだが、ギッシング自身も『グランディー夫人の敵たち』の出版がすでにベントリー社によって二年も延期（結局は無期延期）されていた。翌年の夏にギッシングが弟に宛てた手紙を読むと、彼の非難の動機がはっきりしてくる。ムアが自分の小冊子の出版を公表したとき、ギッシングは「ムアという男はミューディー社に対して攻撃すると言っているが、それがうまく行ったら、私は万歳しよう。とはいえ、あの男の中に粗野な気質があるのは気がかりだ。少し前にＰ・Ｍ・Ｇに掲載された彼の記事は気に入らなかった……彼の『モダンな恋人』はお話にならない駄作だ」（*Letters* 2: 322-23）と評した。「哀れな作で、想像を絶する俗悪さだ。私は読んだあと、あの男が作るものは何であれ見たくなくなった。彼の頭は粗雑でどうしようもない」（2: 327-28）というのが、小冊子を読んでのギッシングの結論であった。特筆すべきことだが、ギッシングの日記と書簡のどこを見ても、彼自身が長年にわたって購読者であったミューディーの貸本に対する非難の言葉は見出せないし、彼が三巻本の形態を少しでも独裁だと思ったことを示す資料もほとんどない。貸本制度そのものの崩壊が明らかになったとき、ギッシングは弟アルジェノンの文筆活動への影響を心配していたものの、それ以外の点では、「出版社は完全に三巻本の出版を断念したがっているようだし、文芸家協会も同じ趣旨の決議を下している。それに関する私自身の利益は全く見当がつかない」（*Diary* 343）と語っているように、無関心だった。

それでもなお、十九世紀末頃の英国小説を近代化する計画は、長さと規模の問題と重大な関係があった。しかし、何よりも重要なのは、三巻本の形態と小説の長さの間に何ら絶対的な関係がなかった点を憶えておくことである。ヴィクトリア朝において三巻本の単語数は三十万から十万以下まであった。しかし、複数巻の初版が優勢だったので、小規模な小説、すなわち約三万語から六万語の範囲の小説──世紀の後半に使われるようになるイタリア語「ノヴェラ」(中篇小説)──の創作は思いとどまる場合が多かった。とはいえ、後期ヴィクトリア朝にかけて三巻本小説の平均的な長さが徐々に短くなってきたことは、作者も読者も小説の叙述の背景を縮小する必要性を感じるようになったことを示している。一例を挙げてみよう。ウィルキー・コリンズの一八六〇年代の四つのセンセーション・ノヴェルはそれぞれ平均が二十五万語強であったが、彼が一八八〇年代に出版した六つの三巻本小説は、ほぼ同じジャンルだったにもかかわらず、それぞれ十二万語程度の長さしかなかった。それでもやはり、三巻本版は物語構成にほぼ同じ規模の三つ段階(簡単に言えば、始まり、中間、終わり)──ロマン主義の小説家がリアリズム作家よりも自分の好みに合うと思った三つの段階──を強要する傾向があった。『オックスフォード英語辞典』で引用された「ノヴェラ」の初例が、「長篇小説の規模で書かれた現代の作品で、多くのノヴェラが具現する形式美を持つものはほとんどない」[13]と言ったアメリカ・リアリズムの大御所W・D・ハウエルズのものだったことは、偶然ではない。最後に我々が認識しなければならないのは、英国小説を近代化する計画には、ますます縮小に向かう全体的な傾向だけでなく、作品の規模は出版形態のような外部の強制によってではなく、むしろそのテーマ固有の性質によって決定されるべきだという、理想主義的な願いもまた含まれていたことだ。換言すれば、そうした作品こそがまさに芸術作品だったのである。

第四節　変貌する文学市場への両価感情

ここまでは証拠の確実な裏付けがあったが、ここでは馴染みはないが関連のある二つの点を強調しておきたい。それは、当時の定期刊行物がノヴェラを含むものの、それだけには限定されない、無駄なスペースのない文学形式を奨励するために肥沃な場を提供したということ、そして同時に、この過程で芸術家志望の者は市場が課す題材の制約から逃れられなかったことである。後期ヴィクトリア朝の数十年間、クリスマス特集年報と普通の月刊誌や週刊誌の(今ではクリスマスのみならず夏季にもしばしば出版される)休暇特別号は、伝統的な雑録の形態を拒み、代わりに単一の短篇小説を掲載する傾向があった。実際、新型のコンパクト版ではあるが、明らかにロマン主義的な様式の「スリラー物」に、これらは属していた。独創性に富んだ例としては、一八八三年の『アロースミス・クリスマス年報』として出版された「ヒュー・コンウェイ」による『呼び戻されて』

や、一八八七年の『ビートン・クリスマス年報』として出版されたアーサー・コナン・ドイルの最初のシャーロック・ホームズ物、『緋色の研究』がある。

しかし同時に、リアリズムの傾向があるノヴェラには出版の場が多かった。特筆すべきは『グラフィック』や『イラストレイティッド・ロンドン・ニュース』の豊富な休暇特別号で、例えばブレット・ハートによるカリフォルニアの地域色物語などが、しばしばそこに拠点を見出した。連載出版もまた明らかに近代的な形式としての短篇小説の構成に貢献していた。ヴィクトリア朝初期の定期刊行物では、しばしば「完結もの（complete tales）」と呼ばれるもの——「短篇小説」という言葉は米語が起源であり、英国ではノヴェラの直前に一般使用されるようになったにすぎない——は、[14]本格的な小説の分冊と分冊の間を埋めるものとして機能するか、ゴシックの趣を添えるクリスマスの季節と結びつくかのどちらかの傾向があった。世紀末の頃には、短篇小説ははるかに広範かつ頻繁に出版されただけでなく、連続物として登場するようにもなった。最も目についた例はニューンズの『ストランド・マガジン』に掲載された探偵小説のシリーズで、特にアーサー・モリスンの「犯罪調査官マーティン・ヒューイット」、そしてもちろんコナン・ドイルの「シャーロック・ホームズ」であった。

しかし、リアリズムの傾向がより強い連続物に、連載の場が不足することはなかった。とりわけキプリングの筆によるものは、後に『高原平話集』（一八八八年）や『ストーキーとその仲間』（一八九九年）のような短篇集に収録された。一八九〇年代初頭から、ティロットソン小説部局でさえ（それぞれ五千語程度の）短篇小説を四半期ごとか半年ごとに大量に配信するようになった。そこでは、よりセンセーショナルな題材に加え、「新しい女」の描写で有名になったモウナ・ケアドや「イオータ」のような作家による非常に当世風の力作が含まれていた。[15]そのほんの少し後に、例のボルトンの出版社が、取引先用の特集ページにあるコラム以下の隙間を埋めるために、非常に短い（約二千語の）「掌篇（storyettes）」を大量に提供し始めた。ロンドンの新聞もまた即座にこの流行の様式に飛びついた。一八九〇年代半ばまでに、『トゥデイ』や『スケッチ』のような週刊誌は、同じ文芸作家による短篇小説を連続して定期的に掲載した。十九世紀末までに、当時の定期刊行物の編集者にとっては、短篇小説の連続物の方が長篇小説の連載よりも明らかに魅力的な選択肢になっていた。

これらの新しい出版様式に対するギッシングの反応は決して単純ではなかった。一八九〇年代半ばに、代理人と編集者の助言に応じて、ギッシングはコンパクトな形式の物語の制作にいろいろと従事し、少なくとも経済面において非常に満足のいく結果を得ていた。一八九五年には三巻本小説がすでに落ち込んでいたので、[16]ギッシングは本格的な小説をまったく出版せず、代わりに性質の異なる三つのノヴェラを上梓した。最初の一番長い中篇小説（約五万五千語）は現実的な恋愛小説『イヴの身代金』で、『イラストレイティッド・ロンドン・ニュース』の十三回の連載物として書かれ、その後すぐロレンス・アンド・ブリン社から一巻本で再版された。ギリシャの設定で書かれた『埋火』（一八九五年、約三万二千語に対して百五十ポンド）と喜劇的な諷刺小説『下宿人』（一八九五年、二万七千語に対して五十ポンド）は、コンパクトな一巻本小説の別の新シリーズのために書かれ、それぞれアンウィン社によるオートノミ・ライブラリーとマックス・ペンバートンによって編集されたカッセル・ポケット・ライブラリーとして出版された。同年三月、ギッシングはジェロームの『トゥデイ』のために「小人たちの私生活」というシリーズとして週刊連載で六つの性格描写の小品を創作した。これはすぐにショーターの『スケッチ』のために書かれた類似した二十篇のシリーズとして『人間がらくた文庫』（一八九八年）の出版につながった。この後も、ギッシングの傑作に数えられる五つの短篇小説の連続物で、一八九六年五月から九月にかけてショーターの月刊誌『イングリッシュ・イラストレイティッド・マガジン』で出版された「小世界の巨人たち」が続いた（図④）。千語の小品につき三ギニー、四千語の短篇小説につき十二ギニー、生計を立てるには骨を折って『三文文士』を創作するよりも、これの方が明らかにずっと気楽な方法であった。しかし、だからと言って、ギッシングが作品の圧縮を審美的な意味で肯定的に見ていたと言うつもりはない。

　このような印象を確認すべく、ギッシングの本格的な小説の長さを比較してみよう。『暁の労働者たち』（一八八〇年）の二十八万以上という途方もない語数に匹敵するものが続いて出ることはなかったものの、残りの三巻本小説は長さの点で大差なく、ウィルキー・コリンズと比較すると、徐々に縮小の過程をたどっているという感じはない。実際、ギッシングの日記や書

GREAT MEN IN LITTLE WORLDS. 265

the local magnate, felt his heart burn within him as he heard Goodeve tell of joys and perils which put a circle round the globe.

"Ah, you have lived!" he exclaimed at length, starting up and moving excitedly about the room. "It is you who have been the rich man; I, a miserable pauper! The Arabs have a proverb, 'Travel is conquest.' You have conquered the world, whilst I have been crouched in my petty corner, playing at life. I go down yonder, and sit in a big chair, and look as wise as an owl, and send poor devils to prison: this is the utmost I have attained to. You have been

Mr. Rutland stared at him with fascinated eyes.

"Yes—yes," he said slowly and under his breath. "I might see something of the world yet."

He moved again to the atlas, and turned to the map of South America.

"That's one of the things I most wish to see—the river Amazon."

"Little more than a fortnight's voyage," replied Goodeve mirthfully.

"A fortnight! Yes. A fortnight."

Mr. Rutland spoke as one in a dream. His finger trembled as it marked the course of the great river.

"Go to Bahia," said Goodeve, "and see

THEY OPENED A GREAT ATLAS, AND MR. RUTLAND FOLLOWED HIS FRIEND'S VOYAGING FROM LAND TO LAND.

living among men, working, suffering, enjoying like a man, and every day learning something new. Good God! it maddens me to look back on these thirty years, and contrast my vegetable existence with such a life as yours. Can you imagine the sort of people I have to do with? Men and women who wear a certain kind of costume in the morning, and a different kind at night, and who know nothing more important than the change from one to the other. We attend meetings about local option, and you, you are fighting a hurricane in mid ocean, or landing in some new port, with a new world before you."

"Hang it, man!" shouted the other with a great laugh. "It's not too late. You're no older than I am."

my friend the tobacco-merchant. A fine fellow. He can tell you more in an hour than I could in a week. I wish I could go with you."

Again Mr. Rutland stood and stared at his guest.

"Why not? You mean the expense of going as a passenger? What's that to me? Say you will go, and——"

He paused, his hand in the air, and seemed to be fronting a vast enterprise. However ludicrous the obstacles in another's sight, to Mr. Rutland they meant nothing less than the crushing habits of a lifetime.

"I'll go fast enough," said Goodeve, seeming to sniff the Atlantic.

"We might do more than just go to Brazil and back," pursued his host, whose

図④　「小世界の巨人たち」シリーズの短篇『治安判事と浮浪者』『イングリッシュ・イラストレイティッド・マガジン』（1896年6月号）

篇には、彼が首尾一貫して大がかりな小説を書きたいと明らかに思っていたこと、そして小規模な作品に対する（しばしば軽蔑と嫌悪が混じった）拒絶的な態度がはっきりと読み取れる。ギッシングの一八九一年九月四日の日記には、「快晴。雨はなし。短篇に取りかかるも、やる気なし。自分を鼓舞するためには大きなキャンバスが必要。夕方、真面目な本について考え始めた」（*Diary* 255）と書かれている。結局、長篇も短篇も放棄したが、そこで使っている言葉も感情の構造も典型的なものである。事実、一八九〇年代半ばの『ギッシング書簡集』の第五巻と第六巻において、これよりも激しい言葉がしばしば出てくる。『スケッチ』に寄せられた小品は「ガラクタの山」（*Letters* 6: 21）にすぎず、最初の中篇『イヴの身代金』は結局「完全なゴミ」（*Letters* 5: 210）、あるいは「まったくのクズ」（5: 214）、最後の中篇『下宿人』は「このシリーズの短い本とはもう関係をもたない」（*Letters* 6: 87）と彼に決心させるような「つまらない話」（6: 76）だと記されている。一方、短篇小説についてギッシングは彼の代理人に、「私が本を書いてしまうまでは絶対にストップしなければならない。私は近頃かなり本道をそれてしまったので、これまでに失ったものの埋め合わせをする必要がある」（6: 67）と、たしなめるような口調の手紙を書いている。それから二年ほどして本格的な小説『渦』の創作に取りかかったとき、すぐさま彼はそれを「堅実なもの」（6: 74）とか、「私が長年してきたことのどれよりも中身がある」（6: 215）と語るようになった。変貌する文学市場とその物語形式への衝撃に対するギッシングの矛盾した反応が明らかに示しているように、彼は英国小説を近代化しようとするリアリストの計画に対して根本的に両価感情《アンビヴァレンス》を抱いていたのである。

＊＊＊＊＊

結論としては、ギッシングの文学市場に対する持続的な欲求不満も、市場を支配するように思えた経営者、編集者、代理人との闘争も、部分的には自分自身に対する不満や闘争であったと言わねばならない。本章で概略した出版文化の変貌の前後いずれにおいても、ギッシングはずっと孤軍奮闘した作家であった。彼は新旧両方の出版制度に満足せず、後戻りするか先へ進むか決められず、周囲で起こっていた激しい文化的な衝突では、どちらかの味方をするのをいやがった。自分の社会的地位についての強い不安感があった――それは時には俗物根性の形で現れた――ので、近代化のプロセスに対するギッシングの疑念は、モダニズムの文化的な問題のみならず、民主主義の政治的な基盤にも及んでいった。このように分裂した気持ちは、連載出版に対する感情において特に興味深い形で現れている。ギッシングははっきりした古典的普遍性を持つ本に物理的な愛着を抱いていたが、その暗い側面として彼は、明らかに一過性のものであるがゆえに知識と思考そのものの安定を脅かすように見える近代的な定期刊行物を恐れて嫌悪していた。連載形式に対する侮蔑は、初期ヴィクトリア朝において貴族的な傾向のあった作家の間で頻繁に見られた。例えばトマス・アーノルドは、一八三九年のラグビー校での説教において、「精神に住み着き、いわば一滴一滴と染み込む」ことで機能を果たす「近代の娯楽作品の……特別な出版方法」が及ぼす狡猾な道徳的影響に対して警告を発した[17]。しかし、そのようなスタンスは、ディケンズやサッカレー、トロロプやジョージ・エリオットの筆による当時の偉大な作品の初版の多くが連載形式で出版された後では、滅多に見られない場違いなものであった。ここでギッシングの態度をヘンリー・ジェイムズのそれと比較することは興味深いだろう。ジェイムズの「市場との軋轢」がマイケル・アネスコによって実に手際よく分析されているからである[18]。生涯も終わりに近づいた頃、ジェイムズはヴィクトリア朝文学の大御所たちが「一ポンド連載出版」によって越えた「アルカディアの谷」を回想し、「量と数で窒息させられる」当世の作家たちが直面している「イバラの迷宮」を、その谷と対比させた[19]。このように現在の苦しみに対する懐古的な補償も与えられなかったギッシングが、緊張状態——一八八〇年代と九〇年代の英国の初期モダニズム作家たちが恐らく不可避的に共有していた運命としての緊張状態——を極端な形で経験していたのは明らかである。

註

（1）Walter Besant, "Notes and News," *The Author* 5.8 (January 1895): 208.

（2）ベザントの一文が一八九五年一月二日号の『デイリー・メール』の「作家と読者」でそのまま引用されたあと、ジェローム・K・ジェロームもクレメント・ショーターも（それぞれ『トゥデイ』と『イングリッシュ・イラストレイティッド・マガジン』の編集者）、自分たちのジャーナルは最近ギッシングの物語にスポットを当てたという主旨の書き込みをした。その書き込みもまた「（ジョージ・）ギッシング氏と定期刊行物」という見出しで一月三日と四日に出版された。

（3）ここで重要なのは以下に挙げる三つの（ゲットマンの文献書誌学的、グリーストの物語論的、フェルツの新マルクス主義的）アプローチである。Royal A. Gettmann, *A Victorian Publisher: A Study of the Bentley Papers* (Cambridge: Cambridge UP, 1960); Guinevere L. Griest, *Mudie's Circulating Library and the Victorian Novel* (Bloomington, IN: Indiana UP, 1970); N. N. Feltes, *Modes of Production of Victorian Novels* (Chicago: U of Chicago P, 1986).

（4）先駆的な文献は P. J. Keating, "Novelists and Readers" in *The Haunted Study: A Social History of the English Novel, 1875-1914* (London: Secker and Warburg, 1989) 9-87.

（5）ヴィクトリア朝の連載小説の楽しみを最も完璧に分析したのは、Linda K. Hughes and Michael Lund, *The Victorian Serial* (Charlottesville: UP of Virginia, 1991).

（6）James Payn, "Penny Fiction," *Nineteenth Century* 9 (January 1881):

153.

（7）当該のパラグラフは拙著で詳述された議論を要約したものである。Graham Law, *Serializing Fiction in the Victorian Press* (New York: Palgrave, 2000) 3-38.

（8）See Charles Johannigsmeier, *Fiction and the American Literary Marketplace: The Role of Newspaper Syndicates in America, 1860-1900* (Cambridge: Cambridge UP, 1997) 162-67; Law, *Serializing Fiction* 72-74.

（9）とはいえ、ギッシングがいつもショーターを好意的に扱っていたわけではない。例えば一八九三年十二月一日の日記では、「ショーターからはまだ小切手も『イングリッシュ・イラストレイティッド』も受け取っていない。またもや卑劣な行為だ」(*Diary* 322) と書いている。

（10）George Moore, "A New Censorship of Literature," *Pall Mall Gazette* (10 December 1884): 1.

（11）Walter Besant, *The Art of Fiction* (London: Chatto and Windus, 1884); Henry James, "The Art of Fiction," *Longman's Magazine* 4.23 (September 1884): 502-21.

（12）See Walter Besant, Eliza Lynn Linton, and Thomas Hardy, "Candour in Fiction," *New Review* 2.1 (January 1890): 6-21.

（13）W. D. Howells, "Some Anomalies of the Short Story," *Literature and Life* (New York: Harper, 1902): 116.

（14）See Bret Harte, "The Rise of the 'Short Story,'" *Cornhill Magazine* ns 7 (July 1899): 1-8; Keating 39-43.

（15）See Graham Law, "New Woman Novels in Newspaper," *Media History* 7.1 (June 2001): 19-22.

（16）ロンドンで出版された三巻本の数は、一八九四年の百八十四から九五年の五十二に落ち込んだ。See Griest 208.

（17）Thomas Arnold, *The Christian Life, Its Course, Its Hindrances, and Its Helps: Sermons Preached Mostly in the Chapel of Rugby School*, 4th ed. (London: Fellowes, 1845) 40-41.

（18）Michael Anesko, *"Friction with the Market": Henry James and the Profession of Authorship* (New York: Oxford UP, 1986).

（19）Henry James, *Notes of a Son and Brother* (New York: Scribner, 1914) 19-21.

（野々村咲子訳）

第九章

影　響

——白鳥は悲しからずや——

金山　亮太

（右）46歳当時のディケンズ（シャルル・ボーニェによる素描からの版画、1858年）
（左）30歳当時のギッシング（1888年8月22日撮影）

ヴィクトリア朝が英国史上最も隆盛を極めた時代であったことは明らかであるが、いつからが後期になるのであろうか。一八三七年に弱冠十八歳で即位したヴィクトリア女王が一九〇一年に没するまで、優に六十五年にわたって閲《けみ》したこの時代の、どこまでが隆盛でどこからが衰退なのか。一八五一年にハイド・パークを会場として開催された第一回万国博覧会においてこの時代の栄華は早々に頂点に達していたとする見解を採るならば、(1)ギッシングが誕生した一八五七年には、既に時代の趨勢は下り坂になっていたことになる。確かに、その四年後にアルバート公に先立たれた女王は、これ以降公式行事を含め人々の前に姿を現す機会を減じていく。まるで欠け始めた月がゆっくりとその輝きを失っていくように、ギッシングの少年時代は、ヴィクトリア朝の栄光が翳りを見せていく過程と重なっていたことを最初に確認しておきたい。

この時代の繁栄の裏には、急激な社会の変化に戸惑う多くの人々が存在した。いや、むしろ、誰もが迷いの中にいたのではないかとさえ思えるほど、この国には大きな転換期が訪れていた。十九世紀とは、イギリスという国に訪れた何度目かの「成長期」であり、いわば「青春時代」だったのである。身体的にも精神的にも大きな変化が生じるこの時期には、誰もが不安や焦燥に駆られ、わずかな歓喜や挫折に身をよじるものだ。こう考えれば、「後期」ヴィクトリア朝とはすなわち青春の終わりを実感し、安定と成熟を受け入れるべき「不惑」の頃に当たっていたと言えよう。では、このような時代の壮年期に成長したギッシングはどのような影響を同時代の作家や思想から受けていたのであろうか。

ウォルター・ホートンがその著書の副題に「一八三〇〜七〇年」という年代制限を設けたことからも明らかなように、ヴィクトリア女王即位前夜からディケンズの死までの四十年間は「教会や貴族階級に伝統的に備わっていた権威が揺らぎ始めたことに危機感を募らせた文人たちが、それまでの時代以上に、同時代の情景に注意を払い、彼らの分析を通して何らかの政治的、宗教的、道徳的哲学を採用するように人々に働きかけた時代だった」。(2)ルイ・カザミアンが「社会小説」と命名したことで市民権を得たこのような文学の様態、すなわち、文学作品を社会の公器として用いることによって、同時代人を教化することが作家の使命とされた。それは十八世紀のサミュエル・ジョンソンが『アイドラー』（一七五八〜六〇年）で実践したような、読者を「教化しつつ楽しませる」などといった優雅な姿勢ではなく、文学者もまた社会改良のために何かを為さねばならないという大真面目な義務感であり、これはギッシングの作品にもほぼ一貫して見られるものである。問題は、こういった社会的メッセージ性を伴う文学が、本当にギッシングの資質に合っていたかどうかである。本章では彼が一八九七年にシエナ滞在中に執筆した『チャールズ・ディケンズ論』（一八九八年）を頼りに、彼が先輩作家として最も影響を受けたディケンズとの比較を行い、次いで同時代の他の作家の影響を考察する。彼がいかにそれらを受容し、どのような混乱を抱え込んだか、そしてそのように生き惑う彼の姿が、誰に影響を与えることになるのかについても検討していきたい。

第一節　ディケンズへの片思い

一八一二年に生まれたディケンズが成人する前年に第一回選挙法改正が施行され、一八三七年という女王即位の記念すべき年に彼の出世作『ピクウィック・クラブ』が出版されたことを知れば、同じヴィクトリア朝の作家とは言いながら、この二人の吸っていた空気がいかに異なっていたものであったかは容易に想像できよう。ディケンズが良くも悪くもこの時代を最もよく体現した作家であるように捉えられてきたのは、一つにはヴィクトリア朝の発展と彼の作家としての経歴が同一歩調を取っていたことによるものである。ギッシングが小説を本格的に書き始めた一八八〇年代は大英帝国の斜陽が新アイルランド土地法や不況という形で顕著に現れ始めた時期であり、チャーティスト運動に典型的に見られるような労働争議、あるいはアイルランド大飢饉などで揺れた一八四〇年代とは世情不安という点で似ているように見える。しかし、女王とアルバート公の結婚と共に一八四〇年代の幕が開いたことを考えると、この四十年の間に人々の社会に対する意識がかなり変わっていたであろうことは明らかである。

もちろん、この二人に共通点がないわけではない。ギッシングの作家としての出発点は、オーエンズ・カレッジを退学の後に流れていったアメリカで、糊口をしのぐために一八七七年頃に手がけた短篇小説であった。ジャーナリストとして新聞記事を書く傍ら創作にも手を染めたディケンズが一八三三年の秋に『マンスリー・マガジン』誌の原稿受付ポストにこっそりと滑り込ませた（図①）のも、後にデビュー作となる短篇小説の原稿であった。ここで見逃してはならないことは、二人とも最初から文学者たらんとしたわけではなく、いずれも好意を抱いている女性との生活を実現するためにまとまった金銭が必要であり、そのために選んだのが文筆業だったという点である。[3] この当時、ペンで身を立てるというのは決して選ばれた者にのみ可

図①　初めての作品を投稿する21歳のディケンズ（1833年秋）

能なことではなく、むしろ頭の良い若者ならば一度は考えてもよい選択肢の一つであった。ギッシングが『三文文士』（一八九一年）の中で言及した『雑談《チット・チャット》』誌のアイデアが一八八一年創刊の読者投稿雑誌『ティット・ビッツ』のパロディであることからも明らかなように、十九世紀の末期には一八七〇年に施行された初等教育法の恩恵を受けた、一般大衆を中心とした大量かつ新種の読者層が誕生しており、そこでは文章の書き手と読み手の格差が縮まっていた。一方、ディケンズの青年期にも批評誌や雑誌の創刊が相次ぎ、新しい読者層を惹きつけられる書き手を求めていたのであり、いわばこの二人は各自の時代の流れに乗ってペンに賭けたのである[4]。

　ここで思い出されるのは、ちょうど世紀の折り返しの年に出た『クランフォード』（一八五一年）の第一章で、『ピクウィック・クラブ』の文体は低俗であり、ジョンソン博士の文章こそ模倣すべきものであると主張する人物（ミス・ジェンキンズ）が作者ギャスケル夫人によって揶揄的に描かれていることであろう。まだ文学というものが尊敬すべき教養のひとつであった時代の名残がここには見て取れるが、実際にはそういった「化石のような」意見に耳を貸す者はもはや急速にいなくなりつつあったことをもこの一節は示している。一方、ギッシングの時代の文筆家は、もはや売文業であることを自ら認めた方がむしろ生き易く、『三文文士』の中に描かれる、真摯な芸術家たらんとするような者の居場所はなかった。芸術至上主義、芸術のための芸術などというようなフレーズは、経済的にゆとりのある階層の人々だけが口にできる「たわごと」であることを、ギッシングは心得ていた。この作品中、現実主義者の作家ハロルド・ビッフェンは、長年にわたり彫琢を加えてきた『乾物屋ベイリー氏』という作品を完成させることで芸術的達成感を味わうが、一般読者がそのような芸術性など文学には求めていないことを誰よりも知っていたのは作者その人であった。にもかかわらず、読者に自分と同じ知的レベルを期待せずにはいられない部分がギッシングには最後まであったのである。

　一方、ディケンズはまず何よりも読者が求めているものを提供することを念頭に置いて初期の作品を発表した。そのために、時として読者の好みに合わせてプロットを変更することをためらわなかったし、そもそも念入りに作品構成を練るということ自体、その頃のディケンズの発想にはなかったのではないかと思えるほどである。彼のデビュー作である『ボズのスケッチ集』（一八三三～三六年）などは、さしずめ彼が同時代の読者に提示した「お品書き」であって、彼らの好みの内容や文体を探りつつ、一方で題材の調理の腕を磨く場であった。読者を飽きさせないように、バラエティ・ショーさながらに様々な語りを聞かせるうちにディケンズの中に確信として芽生えたのは、読者あってこその作家、という信念であり、まず読者に手にとってもらうことが肝心なのであって、たとえそれが読者を教化する目的であったとしても、彼らを退屈させたり反発を覚えさせたりすることは禁物であることを肝に銘じていたに違いない。仮に批評家に酷評されてもディケンズは（内心はどうあれ）自分のスタイルに揺らぎを生じさせなかった。彼の執筆方針を変えさせるのは親友による忠告か、あるいは月刊分冊の販売部数の減少という形で突きつけられる読者からの「ノー」であった。この哲学は後に彼自身が編集・発行することになる『ハウスホールド・ワーズ』誌や『オール・ザ・イヤー・ラウンド』誌においても一貫していた。ディケンズが雑誌の売り上げの低下を懸念し、執筆者や編集者に檄を飛ばすとき、彼の不安の根底にあったのは金銭的損失だけではなく、自分が独りよがりに陥って、読者に寄り添ってはいないのではないかという恐怖であった。つまり、あくまでも読者との双方向的意思伝達は可能であり、彼らと同じ価値観を共有することによって初めて彼らの懐に飛び込んでいけるとディケンズは信じていたのであって、常に彼の方から読者の側に降りていくというのが彼のスタンスであった。

ギッシングは、ディケンズのこのような「才覚」に対して理解を示している。ジョン・フォースターが著した『チャールズ・ディケンズの生涯』（一八七二～七四年）を座右の友とし、その縮約版まで編集・出版（一九〇二年）するほどの彼であったが、そこに窺われるこの先輩作家の創作上の苦悩や葛藤に共感を覚え、その出自が自分と同様に下層中流階級である点に親近感を抱く一方、自分との資質の違いも実感していたと思われる。『チャールズ・ディケンズ論』で、ヨーロッパの高尚な作家たちを支持し、ディケンズのいい加減さを非難する同時代の批評家たちに対してギッシングは次のように述べる。

ディケンズはそのような芸術的理念を目指してはいなかった。読者を怒らせる自由など望んではいなかった。読者と一緒に感ずることこそが、彼にとっての生命だった。この共感が完全であればあるほど、彼は自作を高く評価した。……政治の誤りや社会の不正と戦うためには、彼は芸術の力の限りを発揮してためらうことがなかった。なぜなら、善良な大衆が賛同してくれることは間違いなかったからである。同国民の少数者ならともかく、大多数に反逆するような小説を書くなんて、彼にとっては一種の冗談としか思えなかった。できるだけ多くの人々を喜ばせることこそ、小説執筆の第一にして最高の鉄則ではなかろうか。（第四章）

この文章を読みつつ、われわれが考えてしまうのは、ここまでディケンズの偉大さの本質を知っていた彼が、なぜこの先輩作家のように書くことができなかったのかであろう。

『チャールズ・ディケンズ論』を執筆した頃のギッシングが経済的な要求に迫られて短篇小説を書きなぐらなければならない状況であったために、この先輩作家の世俗性の真価を認めることができるようになったのだ、という意地悪な見方も可能であるが、ことはもう少し複雑である。『三文文士』で、ギッシングの分身の一人であるビッフェンはディケンズのことを以下のように評することで彼を超えようとする。

「僕はくだらない境遇に翻弄されている大多数の人間の日々の暮らしを描くと同時に、本来非英雄的な人間の姿を描きたいと思っているんだ。ディケンズはそういう作品も可能だということを知っていたけれど、彼はすぐにメロドラマにしてしまうし、彼自身の気質のせいもあって、それを手がけてはいない」（第十章）

このあとビッフェンは、たとえそれが退屈なものになろうとも、自分は対象を過不足なく描写することで、そのものの本質を描くような作品を書きたいと口にする。(5) これはギッシングの文学的理想の一端を表してもいよう。彼がこの貧乏作家に代弁させたもの、すなわち自分なりに納得できる作品を書き上げることができたならば、たとえその作品の売れ行きが芳しいものでなくとも、清貧に甘んじる覚悟を抱けるようになることがギッシングの願望ではなかったかと考えられる。すなわち彼にとって創作とは、金のために手を染めたとは言え、あくまでもテーマの誠実性、芸術作品としての完成度の高さといった自己満足のためであり、ディケンズのように売り上げを確保して読者を喜ばせつつ、社会的メッセージを含む作品で彼らを教化するなどといった離れ業をやってのけることは自分にはできないという諦念を抱いていたのである。ここには、単に作家としての資質の違いだけでは片づけられない、この二人の小説家の違いが関わっていそうである。次節ではその違いについて考察してみたい。

第二節　影法師に怯えて

経済観念の乏しい父親のツケを払わされる格好となり、債務者監獄に入った父親に代わって借金の返済をするために、労働者階級の子供たちに混じって靴墨工場で半年働くという経験を通して、ディケンズは社会を「下から眺める」視点を図らずも獲得した。いわば、「怪我の功名」とも言うべき運命の巡り合わせが小説家ディケンズを生んだのである。彼は自分をこのような境遇に追い込んだ両親を心から許したことはなかったし、十分な教育を受けるのにふさわしい知性を自分は持っていたはずなのに、と嘆いてみせる。(6) ディケンズが自作の中で西洋古典学者というものに対して執拗なほど敵対的、あるいは冷笑的であるのは、高等教育への「酸っぱい葡萄」であると言えよう。(7) しかし、経済的余裕さえあれば、当時の中流階級の子弟が受けさせてもらえたような教育の機会が自分には保証されていたはずだ、という彼の確信がここには潜んでいることを見落としてはならない。ディケンズは痩せても枯れても、骨の髄まで中流階級の人間だったのである。

一方、ギッシングは父親を十三歳の時に亡くしたものの学業を続けることができ、奨学金を得てオーエンズ・カレッジで文学に親しみ、ゆくゆくは古典学者になろうと考えていたことからして、ディケンズのような屈折した形での高等教育への憧れは持たなかった。むしろ彼は優秀な成績を収めることによってしか自分の特権を享受できないことを十分知っていたのであり、西洋古典を読みつつ、同時代の思想や科学にも目を配り、外国語にも精通するという知識人として理想化された自画像を、自らの血のにじむような努力によって現実のものとしてきたのであった。その一方で、常に優等生でなければならないというストレスに由来するものかどうかは分からないが、娼婦である恋人のために盗みを働き、全ては「身から出た錆」の代償として、自分の将来を台無しにしたのである。まるで自分には人並みの幸福に安住する資格などないのだと思っているかのように、ギッシングは自分を不幸へ追い込むような自虐的な選択をするのが常だった。つまり、ディケンズが身内の過失をむしろ梃子にして這い上がったのに対し、彼は自らの才覚を過信して居場所を失い、そしてその汚点を直視できないために更に失敗の上塗りをしてしまうのであった。

ギッシングは、経済的に困窮していた彼が生活の場をそこに定めていたために必然的に観察することを余儀なくされたスラム街を舞台とした小説を書き、様々な社会悪を告発した。しかし、彼とディケンズとを隔てるのは、対象に対する距離の取り方である。ディケンズの描く登場人物が、脇役も含めて強烈な存在感を示すのに対し、ギッシングの描く人物は、たとえそれが悲惨な生涯を送る者であれ、夢破れて零落の暮らしに身を落とす者であれ、いずれも複雑さを内包しており、明快な像を結ばない。ただし、これはディケンズの方がギッシングよりも描写する対象に肉薄していたことを意味するものではない。ディケンズは所属する階級の一員であるというアイデンティティを失うことがなかったために、自らの立ち位置が揺らぐことがなかった。したがって、対象と自分との間にきちんと一線を引き、何の迷いもなく人物造型をし、その巧みさの故に時には庶民の理解者のような振る舞いをすることができたのである。[8]ギッシングにはそのようなことをする要領の良さ（偽善性とも言えよう）はなかった。彼は常に対象を緻密に観察し、観念的な処理と冷徹な計算を施して登場人物を描写した。そこには断固とした知的な距離が保たれている。にもかかわらず、彼らにはどこかつかみ所の無さ、正体不明なところが残るのである。これに対しては、ディケンズが「カリカチュア」の技法を使って個々の人物の特徴を誇張しているから印象に残りやすいのに対し、ギッシングは自然主義的な「あるがまま」の人物を描写しようとしたからこそ、曖昧な部分が残って然るべきなのだという主張が出てくるであろう。しかし、ギッシング自身、ディケンズの描く登場人物がカリカチュアであるという批判に対して『チャールズ・ディケンズ論』第六章で反論を試みているのである。

また、ギッシングはその登場人物の中に自らを投影することが多く、彼が対象との間に一線を引いているというのは矛盾しないか、という議論もあろう。確かにギッシングは男性の登場人物に自分自身の断片を、また女性の登場人物には彼の身近にいた女性の断片を埋め込むことがある。しかし、それで登場人物に現実味が増すわけではない。むしろ、木偶人形の一部に本物の人体が使われているような生々しさだけが印象に残り、読者には登場人物の全体像が飲み込めなくなる。彼の伝記的事実を知ってしまうと、ますます混乱が生じる。実はわれわれがギッシングの小説を読むときに時として感じる歯がゆさはここに由来するのである。たとえば、ディケンズが『オリヴァー・トゥイスト』（一八三七〜三九年）や『デイヴィット・コパフィールド』（一八四九〜五〇年）、『大いなる遺産』（一八六〇〜六一年）などの「自伝的」と言われる諸作において、彼自身の体験を交え、時には自分自身を投影していることは明らかである。にもかかわらず、登場人物に対する彼の距離の取り方には「揺らぎ」がなく、読者はディケンズの過去を知ったとしても、実際に作品を読んでいるときに幼い作者の姿がちらつくことはない。ところが、ギッシングの描く人物には、まるで背後霊のように作者の姿が透けて見えてしまうのである。この差を考える際の鍵は、ギッシングに自分の所属する階級への帰属感があったかどうかである。

薬剤師をしていた父を持つギッシングは、地方都市でこそインテリで通ってはいるものの、所詮父親の教養などたかが知れていたことに気づいていたように思われる。ここに、自分が本来所属している階級に対する彼の捩れた自意識を見て取ることができよう。これは彼自身が本物の高等教育を受けることによって獲得した副作用かも知れないが、少なくとも正式な教育を受けることの意義をギッシングは確信していた。それこそが彼を教養人として完成させてくれるはずのものだったからである。ディケンズにもう少し教育があったなら、という仮定に対して彼は次のように述べている。

ディケンズの教育の無さが重大な人格的欠陥だったというのは、彼の生涯を辿ればいやでも目につくし、時には彼の作品の欠点となって現れることも否定できまい。……中庸とか均衡の点では、人間としても芸術家としても明らかにディケンズには欠点がある。ごく普通のものでいいから、もう少し教育があれば、彼ほど素晴らしい才能に恵まれている人間なら、その欠点がきっと緩和されたはずだった。彼独自の知性を失わずにすんだはずだ。（第二章）

ここで展開されているのは、知性ある人間は教育を受けることでそれに磨きがかけられるはずだという主張なのだが、この発言の中に教育に対するギッシングの絶大な信頼が窺える。すなわち、教育とは劣った知性の持ち主には大した実りをもたらさないが、それを受け入れる器の持ち主には必ずや人格の向上を約束してくれる、というナイーブな信念である。そして、自分こそ教育を受けるにふさわしい人間であることを彼は疑わなかった。『流謫の地に生まれて』（一八九二年）の主人公ゴドウィン・ピークに典型的に見られるような、「自然が生んだ貴族[9]」などと自称する彼の選民意識（そして、その裏返しとしての強い劣等感）がここには露わになっている。

ディケンズが『バーナビー・ラッジ』（一八四一年）や『二都物語』（一八五九年）において、暴徒と化した群衆への嫌悪と恐怖を表し、ギッシングも無知蒙昧な大衆を毛嫌いしている点でこの二人は似ているように見える。しかし、実は自分はもしかすると大衆の側に近い存在なのではないかという懸念はギッシングの脳裏からは去らなかった。ディケンズが自分の「生まれ（nature）」の良さに対する素朴な信頼を失わなかったのに対して、ギッシングは自分の「育ち（nurture）」の良さを、他でもない自分自身の努力によって証明するより他に方法がなかったからである。優秀な成績を収め、数々の奨学金を手にし、ロンドン大学への入学まで約束されていた彼が、何故に自分の階級意識にここまで縛られなければならなかったのか。そこには、むしろ彼の教育（そして、それによってもたらされた教養）が邪魔をしているようにさえ見える。教育の力によって振り払うことができたはずの階級的劣等感（彼にはそれはまるで身体にしみ込んだ汚点であるかのように思えたに違いない）は、皮肉なことにぼんやりとした影法師のように彼につきまとい、かえって漠然とした不安の元凶ともなったのである。次節では、彼と同じような境遇、すなわち地方都市出身であり、かつ富裕階層ではなかったにもかかわらず自らの努力で高等教育を得るに至ったものの、その後の生き方が彼とは全く異なる二人の人物がギッシングに与えた影響について見ていきたい。いずれもヴィクトリア朝において特異な位置を占め、時代の終わりには象徴として仰ぎ奉られ、実際には敬して遠ざけられる存在となった人物である。

第三節　哲人と隠者のはざまで

一つの時代の過渡期には様々な価値観が錯綜し、人々の精神状態が不安定になることは言を俟たない。特にヴィクトリア朝人にとっては、自分を見失うことなく、かつ急速に変化する社会に対応していくのは並大抵のことではなかった。こういう激動の時代を生き残る方法には二通りある。一つは自ら流れを生み出し、その中心的存在になることで他の流れに巻き込まれないようにすること、もう一つは世間の喧騒から離れて隠棲することである。前者の場合、強靭な精神力と体力が何よりも必要になる。また、自ら世論を引っ張っていくか、あるいは常に警世の句を発したり、世間の耳目を集めるような主張をすることで存在感を保たなければならない。後者の場合、まず隠遁生活が可能なだけの経済的基盤がなければならないが、全く社会と没交渉になるのではなく、時に応じて世間の人々にその存在を知らしめなければならない。そのためにも、折に触れて人々がご意見を伺いたくなるようなカリスマ性を備えていることが望ましい。総じてこのような存在になるには、何よりもまず社会的尊敬を集めることが必要であるが、何によってそれを確保するかは時代の趨勢によって異なる。近隣諸国との間に大きな戦乱もなく、自由党と保守党が交互に政権を担当していたこの時期、軍人や政治家がカリスマになることは困難であった。むしろ、このような時期においては、快刀乱麻の発言で混沌とした世相を切り捨てるような知識人が歓迎される。当時の人々がその発言に謹聴した主要な人々を挙げてみると、ベンサム、M・アーノルド、カーライル、ミルなどといった広範囲にわたる言論活動を繰り広げた人々だけでなく、ラスキンやペイターなどといった芸術分野での批評家、リー・ハント、ジョージ・ヘンリー・ルイス、レスリー・スティーヴンなどといった文芸批評家の名前がすぐに想起される。また、マコーリーのような歴史家やウォルター・バジョットのような政治批評家を含めることもできよう。このように十九世紀は言論界に多くの人材を輩出した時代であった。その中で、特にカーライル、そしてチャップマン・アンド・ホール社の原稿査読係としてギッシングに作品執筆上のアドバイスを与え、後には友人として遇したメレディスが彼に与えた影響について考えてみたい。

ギッシングは長年の友人であったエドゥアルト・ベルツへの手紙（一八九六年二月二十三日付け）でカーライルとメレディスの両名に言及している。

> 先日、チェルシーにあるカーライル邸を訪れてみた。ひょっとすると君も知っているかもしれないね。実はカーライル博物館になっているんだよ。実に興味深かった。それに、本人がどう言ったかは分からないけれど、自分の家があんなふうに保存されて名誉あるものとされているのを知ったら、大将、悪い気はしなかったんじゃないかな。
>
> 来週はもう一度メレディスに会いに行くつもりだ。
>
> (*Letters* 6: 101)

また十九世紀があと一年を残すのみとなった一八九九年十二月三十一日には、この時代を振り返ろうとでもしているかのようにカーライルを紐解いている。

> 近頃『衣装哲学』を読み返しているところだ。この本は十九世紀が生んだもっとも重要な本の一つだと思うんだが、君はそうは思わないかね？　カーライルがあの哲学的現実主義にもう少しこだわりを持っていたならどんなに良かっただろう。きっ

とカーライルの影響力はもっと深くて長続きするものになっていただろうね。でも『衣装哲学』というのは永遠に読み継がれる本だよ。ある種、聖書みたいなものだね。

(*Letters* 7: 420)

このようにベルツに書き送るギッシングは、カーライルを尊敬しつつも、どこか冷めた目で見ていることは明らかである。宗教的には不可知論者だった彼が『衣装哲学』(一八三三～三四年)を「聖書」になぞらえるとき、盲目的な賞賛ではないにせよ、少なくともある一定の評価を彼がこの書物に下していることが分かる。カーライルに見られる民主主義への疑念をギッシングも共有しており、大衆が教育を受けることの意義を説きつつも、教育を受けても矯正されることのない劣った資質というものがあるということを彼は信じていた。本来ならば自由主義的な発想の持ち主であったはずの彼ではあるが、一方でカーライルのような、ある意味では頑固な、理論の力よりも情熱と信念の強さだけで自己主張を通してしまうような人物にも惹かれているように思われる。幅広い教養を誇った彼は、本来ならばミルのような柔軟な知性により親近感を抱いていたであろうことは間違いないが、何ゆえにカーライルの孤高な獅子吼《ししく》に共感を寄せるのであろうか。

スコットランドの敬虔なピューリタンである石工ジェイムズ・カーライルを父として一七九五年に生まれ、十四歳の若さでエディンバラ大学に進んで数学と論理学を専攻したものの、その詰め込み教育に嫌気が差して学問への情熱を失い、数学の学校教師を務めた若き日のトマス・カーライル(図②)の中に、ギッシングとの類似点を見つけることは難しくない。無論、その気質の点では大きな違いがあることは確かだが、たとえば本来の階級を超えて、その頭脳のゆえに大学進学のための奨学金を得るほどであったことや、若くして人生に、そして女性に迷うことが多かった点などは瓜二つとさえ言える。ギッシングの作品中最も自伝的性格の強い『流謫の地に生まれて』の冒頭の場面、ホワイトロー校での賞品授与式において、最初に表彰されるのが論理学の最優等生であるゴドウィン・ピーク(作者の分身)であることを考えても明らかなように、頭脳の明晰さは

図②　ジェイムズ・ホイッスラー『灰色と黒のアレンジメント――カーライルの肖像画』(1872～73年)

論理学（数学の一分野である）で優秀な成績を収めることによって証明できると作者は考えていたようである。また、プライドが高いことや非妥協的な点などもこの二人に共通しているし、ギッシングがアメリカで食い扶持を稼ぐために学校教師を短期間務めたことを考えると、当時の生き惑う知的な若者の選択肢がいかに似通っていたか、驚くほどである。

カーライルはその後、ドイツ文学の研究・翻訳を通して当時のイギリス文壇にヨーロッパの潮流を伝えることで自分の生き方を確立することができ、ジェイン・ウェルシュとの結婚を一八二六年に果たした。一八三〇年に着手した『衣装哲学』は三三年から『フレイザーズ・マガジン』に連載が始まり、三八年に完成を見る。それと前後して大著『フランス革命』（一八三七年）が出、四一年には『英雄および英雄崇拝論』が公刊され、ここにおいて彼の文壇での地位は不動のものとなった。ディケンズより少し早く登場したために、文字通りヴィクトリア朝における文学界の先駆けを務めたことになるが、彼の賞味期限はヴィクトリア朝も後期に差し掛かると切れ始めていたようである。アメリカの詩人エマソンとの交流などはあったものの、十九世紀後半におけるカーライルの位置づけは「いささか時代遅れになりかかった預言者」といったところだった。ちょうどギッシングが第一作『暁の労働者たち』（一八八〇年）を出版した翌年にこの世を去った彼は、ヴィクトリア朝前期の高揚感を象徴する存在として見なされ、そのために後期になると、内面と外面、ロマンティシズムとリアリズム、文学と社会、歴史における必然と理想の関係などといった問題に対して彼が提示した解釈や理論は、矛盾があるとかこじつけであると捉えられることが多くなり、結果的に彼は同時代人によって超克されつつあった。しかし、ギッシングがベルツあての書簡で記したように、十九世紀が終わろうとしているときにおいてさえ、カーライルは時代の記念碑的存在として一定の敬意を払われており、その存在感は薄れてはいなかったのである。

ギッシングがこの人物に見ていたのは、上記のような共通点ばかりではなく、仮に世間から見放されようとも、自分の信念を貫き通そうとする強さであろう。彼自身、カーライルのことを「大将（the old fellow）」と呼び、まるで旧友に対するような親しみをこめている点に注目したい。カーライルと同様に明晰な頭脳の持ち主であった自分が、彼のような筋の通った生き方ができなかったことに対して、ギッシング自身は内心忸怩たる思いであったろう。ディケンズのように大衆に受け入れられることを望まなかった彼にとって、カーライルはその生き方の孤高さと、世間から尊敬されつつも、一種独特の距離のとり方をされている点において、良きロール・モデルたり得たはずであった。しかし、結婚もせず、ひたすら芸術活動に打ち込むビッフェンを描きながら、自分にはそれだけの信念を貫き通す精神力がないことを知っていたギッシングにとって、カーライルは憧れこそすれ、決して真似できる人物ではなかった。たとえば、知的な妻を求めて長い求婚期間を堪えるだけの性的な忍耐力が彼には欠けており、それが彼の二度の結婚生活を不幸なものにしたことは、他でもない彼が一番よく分かっていたのである。

　ギッシングにとって、より模倣しやすい先達を挙げるとすれば、彼の文才を見抜き、『無階級の人々』（一八八四年）の出版のための助言をし、小説家としての評価も高かったジョージ・メレディス（図③）がいる。ギッシングよりも三十歳ほど年上になるこの作家は、ウェールズ地方出身の仕立て屋を父に持ち、十四歳の時にドイツのモラヴィア派の学校へ行き、そこで当時のドイツ思想界の影響を受けた。このあたり、十九世紀前半のドイツの知的遺産から受けた影響など、カーライルとメレディスには共通項があることが分かる。彼らはまた、労働者階級と呼んでも差し支えない父親を持ちながら、結果的に文壇の大御所となり、尊敬を集める身分になった点でも似ていると言えよう。また、メレディスが最初の妻（作家トマス・ラヴ・ピーコックの娘で彼よりも十歳年上の未亡人メアリ・アン・ニコルズ）との結婚生活が破綻し、後に再婚した相手にも先に逝かれるなど、やはり結婚生活に影が差していたことも、ギッシングには心惹かれるところがあったかも知れない。

図③　ジョージ・F・ワッツ『ジョージ・メレディス』（1893年）

　メレディスは特に後期作品の難解な文体ゆえに一般読者には理解されなかったと言われるが、最初から彼の特徴をなす晦渋さが存在していたわけではない。そもそも彼は一八五一年に自費出版した詩集『谷間の恋』の作者として登場したときには清新な作風をロセッティやテニスンによって賞賛されていたし、作家として本格的に小説を発表するようになるまではジャーナリストとして定期的に雑誌に寄稿するなど、明快な文章を書かざるを得ない立場にいたのである。彼にとって運が悪かったのは、創作活動を始めたのがカーライルやディケンズのようにヴィクトリア朝の黎明期でもなければギッシングのように時代の衰退期でもない、ヴィクトリア朝が一時代として最も「脂が乗っていた」十九世紀半ばだったということであろう。小説家としてはディケンズ、サッカレー、C・ブロンテ、詩人としてはブラウニング、テニスンが君臨する当時の文壇に彼の居場所は用意されていなかった。したがって、思想的には急進的であったにもかかわらず、ただ生計を立てるために彼は『イプスウィッチ日報』や『モーニング・ポスト』といった保守党系の新聞社で記者を勤めたり、『週に一度』（一八五九～七四年）と題された雑誌と関係し、他の雑誌にも定期的に投稿するようになった。ジャーナリストとして一八六六年まで働く一方、自らの結婚生活の破綻を題材にした『リチャード・フェヴェレルの試練』（一八五九年）や詩集『近代の恋』（一八六二年）を出して気を吐く。このように、転んでもただでは起きないところがメレディスのしたたかさである。

一八六一年からはジョン・フォースターの後をついでチャップマン・アンド・ホール社の編集顧問として勤め始めたメレディスは、ようやく生活に安定が兆した六四年に再婚し、六七年、三十九歳の時にサリー州ボックス・ヒルのフリント・コテージに定住し、終生をそこで、特に二度目の妻が八五年に亡くなってからは半ば隠者のようにして過ごした。やがて『ビーチャムの生涯』（一八七四年）、『エゴイスト』（一八七九年）などといった代表作によって文壇に不動の地位を確保するに至る。また、西洋古典の知識を存分に発揮した講演内容を収めた『喜劇論』（一八七七年）によって当時の知的読者を満足させ、義務教育化などによって万人が教育を受けられるようになったこの時期に、真の教養はやはり古典語を読みこなせる者にのみ享受できるものである、という再認識を促すきっかけを作ることになる。この頃までには彼の文体があまりに凝ったものになったために一般読者がついていけなくなる一方、メレディスを読みこなすことが教養人の必須条件であるかのような、いわば試金石の一つになっていた。一八九五年の『驚くべき結婚』を最後にメレディスは小説の執筆から手を引き、ここに及んで押しも押されもせぬ文学界の権威として君臨することになったのだが、その仕上げとなったのが、一八九二年にセント・アンドリューズ大学から名誉博士号を授与され、逝去したテニスンの後、英国文芸協会の会長に就任したこと、さらに一九〇二年にロンドン図書館の副館長に任命され、一九〇五年にメリット勲位を贈呈されたことであった。

その作品を正しく評価できた者がほとんどいないにもかかわらず、ヴィクトリア朝の掉尾を飾るべき人物としてメレディスが選ばれた背景には、大英帝国が生み出した最高の文学者という象徴が必要だったことが挙げられよう。ある意味では自分独自の世界にこだわり続け、その真価とは別に、その難解さによってのみ稀有な芸術家と位置づけられ、神棚に祭り上げられるような待遇を彼は受ける必要があったのである。メレディスは「偉大なヴィクトリア朝」の生んだ「偉大な芸術家」という記念碑として記号化されたのだったが、それはギッシングがかつてビッフェンの中に描き出した（彼には不可能な）真の芸術家としての作家が、時代の要請によって偶像として処理されたことを意味していた。

ギッシングが『ヘンリー・ライクロフトの私記』（一九〇三年、以下『私記』と略記）において繰り返し書く自然への愛着などは、田園に居を定めたメレディスに倣った部分もあろう。また、イギリス下層社会で彼がつぶさに見た、人間性を抑圧する貧困や差別などを告発するときの激しさには、カーライルのそれと同じ預言者のごとき孤高さが見て取れる。ただ、彼らは一時代のイコンとして消費され、超克され、そしてもはや誰もその著作に本格的に取り組むことがなくなったが、ギッシングはマイナー・クラシックとしての地位を未だに占め、特に日本では常に一定の読者を得ている。この差は何に由来するのかを最後に考えてみたい。

第四節　教養主義の終焉

ギッシングが辿ってきたような、教育によって自らの人格を陶冶し、その社会的地位を少しでも上方修正し、ひいては社会改良に参画するような人物となることが理想と見なされていた時期は日本にもあった。大正から昭和初期に至る、有為の人材を育成する場としての旧制高等学校が特異な位置を日本の教育界において占めていた「教養主義」時代のことである。[10] そこでは都会出身者と地方出身者が共同生活を送りつつ、選ばれた者としての矜持を胸に「末は博士か大臣か」という青雲の志を持っていたとされる。それの真偽はともかく、ここで注目しておきたいのは、彼らの英語教科書にはギッシングの作品、とりわけ『私記』が収録されていることが多かったという事実である。一見すると田園で花鳥風月を愛でる風流人の余滴のように見える、いかにも日本人の感性に馴染みそうなこの作品が、その裏側に作者が捨ててきた都会生活への愛憎、イギリス帝国主義への嫌悪を滲ませていることは一読して明らかであるが、何よりもこの作品に特徴的なのは繰り返し語られる書物への偏愛である。ギッシングは『蜘蛛の巣の家』（一九〇四年）所収の短篇「ハンプルビー」などで書物に淫する人物が家族を巻きこむ様子を揶揄してはいるが、彼自身は書物への愛着を繰り返し『私記』で表明していた。注意すべきは、ここに描かれているのが単なる蔵書癖などではなく、多幸感をもたらしてくれる麻薬のようなものとして書物が捉えられていることである。このようなフェティシズムが何に由来するのかは推測することしかできないが、恐らく自らも書物を撫でさすることによって精神的に慰撫されることの多かったはずのギッシングは、いわば書物を彼のエロスの対象としていたのである。文字通り、「富めるときも貧しきときも」書物こそが彼の伴侶だったのだ。自らの教養の証である古典の書物を紐解き、そのインクの匂いを嗅ぎつつ作品世界に没入するとき、彼はこの世の憂さを忘れて別天地に遊べたのである。

旧制高校生が、お守りのようにゲーテやショーペンハウアーを小脇に抱えて歩いたことをわれわれは笑えない。理解できるかどうかは別として、そういった錚々たる古典を鑑賞できる人物になりたいと願った彼らの向上心（見栄も含まれていよう）は、少なくとも青春期特有の葛藤に由来する、真剣な願望に基づいていたと考えられるからである。ギッシングもまた、教養のある、より上質の人間になりたいと願っていたことは間違いないが、それが自分に可能であると信じていたかどうかは疑わしい。理想を追求しつつ、あと一歩のところでそれをみすみす逃してしまう、まるで受難者のような生き方を選び取るのが彼の性癖だったからである。それは、自分の本来いるべき場所から抜け出そうともがいた挙げ句に全てを失った彼の体内に埋め込まれた強制反復装置のようなものであって、壊れた音楽再生装置の如く、同じメロディを奏で続けることになるのだ。

　教養主義は教育そのものが大衆化していく中で陳腐化し、没落していくが、ギッシングが『私記』の中に残した書物への執念だけは日本の旧制高校生、あるいはその後の団塊の世代に受け継がれた。その教養主義もいよいよ息の根を止められ、その理念だけが過去の遺物として語り継がれるようになるのかも知れない。しかし、まさしく教養主義時代の人であった若山牧水（図④）が「寂しさ」を抱えて日本各地を漂泊したのちに、沼津に居を構えて千本松原の自然保護に力を入れたように、いつかはまだ見ぬものへの憧れを人は失い、日常の中に回収されていく。[11] ギッシングはそれを最後まで拒否することで、終生「旅の人」であり続けた。われわれが今日なお彼の『私記』に惹かれるとすれば、それは居場所を持たないような不安や焦燥に駆られ、分かりもしない本のページを繰ったり、背伸びした議論を交わしながらやり過ごした青春時代に繋がるからであろう。

図④　27歳の若山牧水（大正元年撮影）

註

（1）Geoffrey Best, *Mid-Victorian Britain, 1851-75* (London: Fontana, 1979); Bernard Denvir, *The Late Victorians: Art, Design and Society 1852-1910* (Harlow, Longman, 1986) などはその代表例である。

（2）Walter E. Houghton, *The Victorian Frame of Mind, 1830-1870* (New Haven, CT: Yale UP, 1957) xvi.

（3）ディケンズの場合は、片思いの女性であるマライア・ビードネルとの経済・階級格差を埋めるための方便の一つであったが、ギッシングの場合は、帰国後、文筆で身を立てようと決心したからであった。

（4）Richard D. Altick, *The English Common Reader: A Social History of the Mass Reading Public, 1800-1900* (Athens: Ohio UP, 1998) を参照。

（5）ハロルド・ビッフェンの作品は、このような彼の理想を具現した作品だったのであろうが、やはり読者には受け入れられなかった。

（6）John Forster, *The Life of Charles Dickens*, 2 vols. (London: Dent, 1980) 1: 21

（7）『ドンビー父子』（一八四六～四八年）のブリンバー博士、『デイヴィッド・コパフィールド』（一八四九～五〇年）のストロング博士など。

（8）Pam Morris, *Dickens's Class Consciousness: A Marginal View* (Houndsmill: Macmillan, 1991) 1-2.

（9）正確には、ゴドウィンの弟が自分たちと兄との違いを指摘するために用いた言葉である。

（10）阿部謹也『教養とは何か』（講談社現代新書、一九九七年）、竹内洋『教養主義の没落』（中公新書、二〇〇三年）、高田里恵子『グロテスクな教養』（ちくま新書、二〇〇五年）など、教養、教養主義を巡る著作がここ数年出ているのは、教養主義の最後の担い手であった世代が表舞台から去っていきつつあるからでもあろうか。いずれにせよ、ギッシングがここで取り上げられている「教養主義者」の先達であったことは確かである。

（11）本名、若山繁。宮崎県出身。早稲田大学英文科を卒業後、中央新聞社に勤務するも退社、その後、詩歌雑誌『創作』を刊行する創作社を興す。旅と酒を愛し、日本各地を旅して回り、自然主義文学としての短歌を多く残した。

第十章

イングリッシュネス

——「南」へのノスタルジアの諸相——

石田　美穂子

ジョン・コンスタブル『麦畑』（1826年）

しかし、南のくにの　住人は、／いちばん、やさしく賢明だ。
たかく吼《ほ》える　寄せ波から／哄笑《わらい》をまなび、その幸せな瞳に
やどる
信仰は、たしかに、人間の妹、春の女神に
由来する、そう　女神が海をこえてくるときに。
……
松林に入ると、たしかに／サセックスの空気が　かおり、
砂浜をさまようと、なつかしい／わが家が　そこにある。
空には
丘陵地帯《ダウンズ》の稜線が　うかびあがる、／あんなにも　気高く、
むきだしに。

――ヒレア・ベロック「南のくに」[1]

この詩の作者ヒレア・ベロックは、一八七〇年にパリ郊外で、婦人参政権運動家であるイギリス人の母とフランス人の父との間に生まれ、母親の庇護のもと、イングランドで育った。二十代から詩才を発揮し、オックスフォードに入学。教授職をねらったが特別研究員《フェロー》になれず、国会議員として短い期間活躍したのち、多才な文筆家として名声を得た人物である。この詩で繰り返し表現されるようなイギリス、サセックスへの郷土愛の強さは、二重の国籍をもつ彼ゆえの屈折した心理の表れであり、国家の中央に地位を得ることに対する強い執着とも、同根の現象だといえるだろう。彼の創作の背景にある、なかば強迫的な「イングランド人志向」は、ヴィクトリア朝後期からエドワード朝への過渡期に盛りあがりをみせた、「（善かれ悪しかれ）イングランド人は特別な存在である（はず）」という感受性と同期していた。近年では、この時代に限定された、この特殊な感受性を「イングリッシュネス」という呼び名で研究・考察するのが一般的となっている。

このベロックより十三歳年長でありながら、ヴィクトリア朝末期の文壇で認められるべく苦闘していた作家、ジョージ・ギッシングもまた、その時代の感受性と無関係ではなかった。ベロックの紀行本『ローマへの道』（一九〇二年）が人気を博した翌年、後に代表作となったギッシングの随筆集『ヘンリー・ライクロフトの私記』（以下、『私記』と略記）が出版されている。イギリスの周縁から大都市ロンドンへ居を移し、短い後半生には南欧への旅を繰り返し、フランスで客死した漂泊の作家ギッシング。彼の文化的な出自を確認することは、後期ヴィクトリア朝のイギリスの文化自体を考察することにつながるだろう。

とはいえ、あらゆる思想的扇動に対して懐疑的であった彼の作品の中に、一貫した姿勢や固い信条を探そうとすると、彼の特質であるモラリスト的な揺らぎが見逃され、その魅力がだいなしになる。そこで本章では、彼が好んだ二つの対照的な土地、「地中海世界」と「南イングランド」の表象に注目して、ギッシング自身の「イングリッシュネス」を検討してみたい。なお本稿では、「イギリス」という国名に言及するときには

イギリス連合王国《グレート・ブリテン》を指しており、その連合王国に属しているという意識、「ブリティッシュネス」と、イングランドという限定された地域に対して抱くルーツ意識、すなわち「イングリッシュネス」とは、明確に区別して考察している。

第一節　失われた「イギリス」を求めて

近年のポストコロニアル研究では、「生まれつきのイギリス人らしさ」、すなわち本質的なイングリッシュネスを意識すること自体が大英帝国の生んだ諸悪の根源であったとの議論が盛んであるが、ここではその問題には立ち入らない。そのかわりにまず、内実は不安定であった、当時のイギリス社会の構造を概観しておく必要がありそうだ。ケルトの興亡、ゲルマンの侵攻、ノルマンの征服……と、その歴史的成り立ちゆえに多民族国家の住人であるイギリス人には、各々が「イギリス再発見」を迫られる瞬間があった。ことに、十九世紀末社会の思想的枠組みの激変の中では、彼らは「（イギリス）国民再生プログラム」[2]に取り組まざるをえなかったのである。

　ギッシングの創造した人物のなかでおそらく最も有名なのは、『私記』の語り手ヘンリー・ライクロフトだろう。彼は裕福な「退役文人」であり、ユーモアのセンスもそなえた温厚な人物である。だが、その彼をも憤慨させるもの、それはなんと、「まずい料理」である。イギリスの宿屋で「本物のチョップやステーキ」を期待できた時代は遠く過ぎ去り、やがて英国特産のエールがミュンヘンのビールにとって代わられる由々しい事態が出来するだろう、と彼は嘆く[3]。そして、ショー・ウィンドウに飾られた外国製のバターにいたっては、亡国の予兆にほかならない。「こんな光景に接するとイギリスの前途の容易ならざるを思ってわれわれの気持ちは暗然とする。イギリス製バターの品質低下は、わが国民の道義心の低下を物語る最悪の兆候の一つである」（「冬」第十一章）。

　たかが酪農製品に対するこの大人げないリアクション、まるで人種衰退説の「モンティ・パイソン」風コント仕立てのようだが、ヴィクトリア朝独特の知的「真剣さ（being earnest）」を身上とするギッシングは大真面目であった。だが、ライクロフトは、結果的に紛争を扇動するような悲観論を嫌う点で、人種衰退論者とは一線を画している（「夏」第七章）し、また、徴兵制度を声高に叫ぶような性急な愛国主義者《ジンゴイスト》とも立場を異にしている（「春」第十九章）のは間違いない。では、そのライクロフトの創造者、ギッシングにとっての「イギリス」とは、どのような連想を伴うものだったのか、その背景を考察しよう。

　ヴィクトリア朝最盛期の急進派議員チャールズ・ディルク卿はこう述べている――「イギリス国民が自国に対して抱く愛情の念は、単に人類愛とか祖国愛といったものより一層堅固な、ふだんは目に見えぬ心土（subsoil）の上に立っている。その心土とはすなわち、広く知られたところの、イギリス国民に生来備わった徳性と力（virtues and powers）である」（Trotter 154）。この「イギリス国民に生来備わった徳性と力」という観念は、やがてエドワード朝イギリスの愛国主義者の合い言葉となる。では、ディルクをはじめ多くの識者が想定していた「イギリス国民」の実体とは、一体どのようなものだったのだろうか。

イギリスは、司法の早期確立、習得が容易な言語の発達、といった好条件下で、ヨーロッパでは最も安定した国家のひとつとなり、十七世紀以降いち早く国民国家《ネイション》意識が確固としたものになった、と考えられてきたが、イギリス人が好むその「説」もまた、一つの虚構である（Trotter 154）。その虚構化には、経済的・軍事的覇権を背景に「イングランド」の表象を「大ブリテン」のそれにすりかえようとする、イングランドの力が働いていた。[4] スコットランドを併合して大ブリテンへ、そして一九〇〇年までには連合王国へと、規模を拡大していたイギリスにとって、国家の維持は時代を追うにつれ困難になってゆく。台頭してきた新手の愛国主義者にとっては、歴史的伝統（王室、貴族、議員、国教会など）も、昔からの文化的一貫性を感じさせてくれる「ノスタルジア」に過ぎなかった。[5]

政治的な統一が困難になるに従い、国民のあいだに一体感を煽る「文化的な縛り」の必要性が叫ばれたことは、現代でも流行の書籍やスポーツの傾向を考えれば、たやすく想像される。ヴィクトリア朝のイギリスで考案された「文化的縛り」は、大きく分けて、言語学と地理学の二分野で見られた。たとえば、第二節で取りあげる「ことば」への関心の高まり（辞典の編纂や標準英語の制定）、そして第三節で考察する「田園のイングランド（Rural England）」というイメージの創造である。[6] これらの分野に対して強い関心を抱いた、キプリングやライダー・ハガードと、D・H・ロレンス、E・M・フォースターら、すなわち代表的な帝国主義的作家と目される前者と、リベラルな態度で知られる後者には、意外に共通点があったことがわかる。

ギッシングといえば、文学史的には、ゾラの提唱した自然主義に対するイギリスからの回答であり、イギリス社会の制度悪に起因する人間性の喪失を見すえたリアリスト、というのが通念である。しかし、その社会派文人ギッシングが古典文学の舞台である南欧に憧れたことの意味を、現実からの逃避、あるいは当時のイギリスへの幻滅と考えるか、あるいは「イギリス」というファンタジーを守るための逆説的なアプローチだと考えるのか。いずれも読者の自由であるが、たとえば、想像力による憧憬の念の視覚化、というギッシングが得意とした技法は、ロンドンに幻滅した彼の「空想と言語的表出のレヴェルで起きた新たな代償行動」ではないかという議論は興味深い。[7] そこで実際に、いくつかのギッシングの作品解釈から、彼にとっての憧れの地、「南のくに」――「南欧」と「南イングランド」の双方――の諸相を探ってみたい。

キプリングの帝国主義的偏向に対するギッシングの反感はよく知られている（*Letters 7*: 412）。だが、架空のアングロ・サクソン文明圏再生に取り組んだキプリングと、古代ギリシャ・ローマの理想の文明圏を懐かしむギッシングとは、いずれも当時のイギリス社会のイングリッシュネスの複雑さと無縁ではない。一八九七年から九八年にかけて古典文学の「無時間世界」を漂泊したギッシングは、その間の体験と想念を紀行文『イオニア海のほとり』（一九〇一年）と幾つかのフィクションに結実させた。それとは対照的に、一九〇二年に執筆された変則的な随筆『私記』は、祖国の「限定された時空間」を記録している。ヴィクトリア女王崩御の直前、という象徴的な時期に書かれた、この二つの異質なテクスト――ギッシングにとっての祖国「イギリス」は、このフィクションとノン・フィクションとのはざまに存在している。

第二節　「南の異界」への関心

「南」――ギッシングの「イングリッシュネス」探求のキーワードである。ギッシングが憧れた南イタリアも、ライクロフトが絶賛する南イングランドも、ともに民族のルーツである歴史的遺産の地であり、愛国主義者にとっては「くにのかたち」の礎であった。自国の現状に対する不満がつのると、伝統回帰を志向する現象は古今東西、見受けられる。ギッシングがかなりマイナーな風景画家であったコプリー・フィールディングをひいきにし、作品中で言及した（この点については第三節で詳しく考察する）のも、彼の古代ギリシャ遺跡シリーズが気に入っていたからだと考えられる（図①）。そうした懐古趣味が愛国心の一つの表現法であるとすれば、「憧憬の念」もまた、変革を願う欲望のもう一つの相であると言えるだろう。ギッシングの思想的枠組みの中では、「マグナ・グラエキア（大ギリシャ）」と「古代アングロ・サクソン」という二つの異なる民族の文化

図①　コプリー・フィールディング『アイギナ島のミネルヴァ神殿』（1839年）

はそれぞれ、片や知的な洗練を達成した「先行の支配者」、片や素朴で好学な「北方の蛮人」として、密かに結ばれている。(8)『イオニア海のほとり』の次の一節は、その絆を示す示唆に富んでいる。

　この書［カッシオドールスの公文書］に示されている世界は、ある点では極めて高い文明のレベルを有する。つまりローマ文明であって、その法や風俗習慣がゲルマン民族の支配化になっても、かなり残っていたのだ。別の見方をするならば、野蛮人に征服され、精神の暗黒へ沈もうとしている、崩壊の世界に過ぎない。……中央権力の衰亡と、政治的混乱の発生を見ることができる。（第十六章(9)）

片や理知的な支配者を見上げ、その一方で素朴な蛮族にも惹かれる矛盾した「憧憬の念」の背景には、古代ギリシャ・ローマ植民圏を踏襲した帝国でありながら、ゲルマン民族の雄でもある、という両義的な国家イメージを内外に広めてきた、ヴィクトリア朝のイギリスが存在している。この「大英帝国」の矛盾した民族的系譜が、ギッシングの両義的なイングリッシュネスの根幹をなしているといってよいだろう。

　前述のディルク卿が推奨した「徳（virtue）」再評価の機運が高まる後期ヴィクトリア朝の雰囲気のなか、ギッシングは「大《グレート》ブリテン」を離れて「大ギリシャ《マグナ・グラエキア》」へと向かう。そこで彼は、征服者である「野蛮人」西ゴート族の王アラリックの墓を探すが、その正確な場所はついに突きとめられずじまい。宿屋に帰ったギッシングはその夜、暗闇の中で夢想する。

　……ローマ人が溶かした黄金のウィルトゥスの立像の一部も、川床の下に今もあるのかもしれない。男子の美徳を象徴する立像を溶かし地金にするには西暦四一〇年という年号はまんざら不適切ではなかった。……「それ以後ローマからはすべての勇気と栄誉が消えてしまった」から。

（第三章「アラリックの墓」）（強調は筆者による）

帝国主義文学の人気モチーフのひとつに、「古代の謎《エニグマ》」がある。素朴な観光旅行者《ツーリスト》なら、海外で評論家お薦めの「美学的なもの」を拝見して満足したが、探険家・歴史家たちは過去の栄華の「名残り」を見出すのが目的であった――「完全な闇がその起源を、その目的を、その歴史を覆っており、それによってその遺跡の価値はますます唯一無二のものとなった(10)」。古代の王の墓は、その「闇の奥」を暴かれないからこそ「謎」として求心力を保つことができる。ところがギッシングが探し求めているゴート族の王の墓の場合、その核心部に埋められているのは、溶かされた「ウィルトゥス」（英語の virtue の語源となったローマ神話の神）であるという。「男らしさ」という語義を持つ、この象徴的な神の像が溶かされていくイメージを脳裏に浮かべるとき、「蛮族の反乱」（＝植民地の自治要求）により求心力の低下を暴露され、その数多い矛盾を露呈しつつあった当時の大英帝国の「徳」喪失への危機感が、読者にも鮮烈に共有されたはずである。[11]これを記した一八九七年十一月十八日という日に、ギッシングは歴史学者としての直感で祖国イギリスの「徳」の衰退を予見したといえるだろう。

ところで、『イオニア海のほとり』の特徴の一つは、ギッシングの現代イタリア観察の細やかさである。ことに彼の現地の「ことば」に対する関心の高さは、「言語（国語）の継続すなわち帝国経営の継続」と考えた、当時のイギリスの状況と深く関係している。十九世紀後期、擬似ダーウィン論的な人種退行説と歩調を合わせるように、英語の「退化」を案じる知識人層が現れ、ことばの点での伝統回帰を唱えた。[12]その一端がキプリングやG・M・ホプキンズなど、古アングロ・サクソン言語の系譜に関心を抱く作家や詩人たちである。一八五七年、一般人からの例文募集という原始的な方法でスタートした（『誤った用法の例文辞書』というネガティヴなタイトルが象徴的な）辞書作りはやがて、一九二八年まで続く国家規模の大事業『オックスフォード・イングリッシュ・ディクショナリー』編纂へと拡張されてゆく。[13]また、民間の環境保護団体「ナショナル・トラスト」の設立（一八九五年）は、「ほかのいかなる場所よりも強力に国民が自分の遥かな過去を思い出す縁となるレンガや石の記録」[14]を保護しようという、文化遺産保護の機運が高まったことを示しているといえるだろう。穏やかな田園風景の描写を得意としたコンスタブルでさえ、ロマン派の詩に相通ずるような劇的な筆致で、イングランド南部に存在する巨石群遺跡「ストーンヘンジ」を描いている[15]（図②）。

一方ギッシングは、先に紹介したような「強くて素朴なゴート族」への憧れはあるものの、イギリス本国に蔓延したアング

図②　ジョン・コンスタブル『ストーンヘンジ』（1835年）

ロ・サクソン言語崇拝には同調していない。あるエピソードでは、コトローネで出会った宿屋の少年の見事な敬語遣いを活写して――「文句なしに最高の文明人はこの少年だった……『グラツィエ・ア・ヴォイ、シニョーレ』（お客さま、恐縮に存知まする）と答える」（第十章）――素朴さを売りにしたアングロ・サクソン的な反理知主義を、暗に揶揄している。国籍や文明の境界を越えて無知と俗悪を嫌う、彼の知的貴族主義が、『イオニア海のほとり』の次の引用に凝縮されている。

老若を問わずカタンツァーロの代表的人物たちの交わす言葉は、同じように晩の余暇を楽しむイギリス地方人のそれよりも、遥かに程度が高い。……これは別に、素朴なアングロサクソン語と、古典語をルーツに持つイタリア語の違いではないのだ。思考の根本的差異である。この民族は生まれながらにして、理知的なものに敬意を抱くが、これは典型的イギリス人には欠けている点だ。（第十三章）

ギッシングのこの思想はオーウェルに引き継がれ、彼の評論文『ライオンと一角獣』（一九四一年）に収められたエッセイ「イングランド、君たちのイングランド」の中でも、彼ら（イングランド人）は「抽象的思考を嫌悪し、哲学だの体系的『世界観』だのといったものの必要を感じない」と言わしめている。[16]

またギッシングは、ヤギ飼いの少年に花を一本所望されて（「何か小さいのを」）、彼の方言がひどく解りにくかったにもかかわらず、会話を試みている（第八章）。彼の方言に関するこだわりは、いわばウィリアム・ブレイク流の「一粒の砂に永遠を見る」ような世界の見方であり、永い時間のなかで培われた「ことばの豊饒」へと向けられたものである。彼に古典の素養に裏打ちされた言語能力があったからこそ、異国の「聞き慣れないことば」は「昔からの活力のあることば」[17]として再生されたといえる。また注目すべきなのは、イタリアとイギリスの田舎の両方に、等しく「昔からの活力のあることば」を見出しているギッシングの知的公平さである（*Commonplace Book 58*）。これもまた、南イタリアのみを文化的に格上げすることなく、イギリスとヨーロッパの文化的な血縁関係を客観的に眺められたギッシングならではの業績である。それは当時の知識人たちの態度、すなわちアングロ・サクソン言語の派生物であるイギリス南部の方言を、現行の標準英語に比べて「より純粋で豊か」だと考えたがった知的傲慢、とは対極の、世界市民《コスモポリタン》としてのギッシングの姿勢であった。[18]

このように、ギッシングの内的世界に存在する祖国イギリスと、憧れの地「南イタリア」とのあいだには、両義的な関係がある。それをさらに具体的に観察するために、もう一つのキーワード、「田園」に注目することにしたい。ギッシングは近代化するイタリアの暴力的な空気に対しても警鐘をならしている――「現代のイタリアに愛国者がいるとすれば、それはただ土地を耕し、種を蒔き、収穫をし、自分の畑のことしか知らず関心を持たぬ人のみである」（第十八章）。近年に目覚ましく進展している文化研究の領域では、こうした牧歌的田園趣味もまた、十九世紀末から二十世紀初頭のイギリスで勃興した愛国的気運の一要素であると論じられている。次の節では、美学と地理学の相関という観点から、地中海世界の愛好者ギッシングの内面では、「田園」が「イングリッシュネス」とどのように関連しているのかを考察する。

第三節　架空の田園、イングランド幻想

十九世紀末におこったイギリス社会の田園礼賛は、前節で述べた「帝国」イギリスの衰亡説と深い関係がある。帝国領の植民地は、都市化・工業化によって失われてゆく本国の田園の代替品と目され、おおいに期待されたが、ボーア戦争での大敗を契機にそのユートピア幻想は破綻。二十世紀初頭、人びとは再び、祖国の田園に関心を寄せた。[19] そして様ざまな学問・芸術ジャンルのなかで、「真正のイギリス（England）とはどこか？」という問いが発されるようになった。これまでもっぱら、都市生活者を自然主義の手法で観察してきたギッシングの作品と比べると、『私記』は一見、それまでの文学的な試みに対する反動のように見えるかもしれない。しかし実のところ、一八九一年から二年間イギリス東南部のデヴォンシャーに暮らして以来、ギッシングの脳裏には常に、この地が理想郷としてあったのである。事実、晩年一九〇二年二月二十四日付のベルツへの手紙でも、「もしマダム・フルリがいなかったなら、デヴォンシャーかコーンウォールに移り住みたいところだ」（*Letters* 8: 345）と告白している。

ギッシングは『私記』のなかで「イギリスでもっとも注目すべきところはどこか」という問いに考えをめぐらせる（「冬」第十三章）――その答えは「イギリス南部の古い村落」である。彼によれば、南の住民はたとえ粗野でも「古い伝統的な世界の一員」であるが、北方の粗暴な人間は「やっと野蛮の域を脱したばかり」であるという。そして、こう結論づけている。

> ……今やあれほどはっきりと違う力や美点を示しているあの古い、正真正銘のイギリスの上に、彼ら北方人の支配の手が次第に及んでゆくのを、われわれはただ手をこまねいて見ているだけである。美しい農村が織りなすこの麗しく広き国土も、好事家や詩人や画家以外にはあまり興味をもたれなくなってしまった。（「冬」第十四章）（強調は筆者による）

建国神話の地である南イングランドに対するこの強い愛着は、ギッシングのアングロ・サクソン文明称揚に対する反感とは、一見矛盾してみえる。だが彼のなかでは、近代化・工業化された「非人間的で非衛生な」イングランド北部への反感と、南イ

ンググランドの伝統的な「美しい農村」への愛惜の念とは、齟齬なく結びついている。それを、エキゾチックと見なされた国を好んで創作の舞台にしたキプリングと比較してみよう。彼でさえ後半生には、ヴィクトリア朝末期に流行した「人種衰退説」に対抗するべく、『プークが丘の妖精パック』（一九〇六年）に代表される「妖精パック・シリーズ」など、イングランド史をテーマにした児童文学を重要視した。後にオーウェルは、キプリングのナショナリズムを「帝国主義とキプリングとサセックス」と揶揄したが、その言いかたに倣うなら、「田園偏愛とギッシングとデヴォンシャー」とでも呼ぶべき、思想的なキーワードの組み合わせが誕生したのである。それを誕生させたのは、E・M・フォースターも『ハワーズ・エンド』（一九一〇年）の終わりで匂わせた「田園を脅かす近代化の暗雲」への不安であった。

本節の以下では、短篇「境遇の犠牲者」に表れているギッシングの田園観について、具体的に考察してみたい。本作品は、一種の「芸術家小説」である。偶然に、本職の画家からスケッチの才能を見出されたヒルダは内心喜び、ひととき風景画家としての栄誉の夢をみる。しかし結局は「家庭の天使」たるべきヴィクトリア朝女性の義務を優先させ、自分が描いた絵を「夫の作品」と偽って売ることで一家の収入とし、自分の芸術的野心を抹殺する。

この作品で興味深い点は、この時代に確立されていた「グラストンベリ」という土地のステータスである。グラストンベリはイギリス西南部サマセット州にあり、ブリトン族の伝説上の王・アーサー王の終焉の地であると伝えられている。またここは、その昔聖杯がキリストの弟子、アリマタヤのヨセフによって運ばれてきたという聖杯伝説の地でもある。自ら「イングランド人」を自称したウィリアム・ブレイクの詩「エルサレム」（一八二〇年）――「この緑なす快きイングランドの地に聖地を建てるまで」――が今日まで、国歌と並び愛唱されていることから考えても、この土地は明らかに、イギリス人《ブリティッシュ》の美化された自己イメージを担ってきたのである。この短篇の執筆時期は一八九一年十一月（*Letters* 4: 338）であるが、ギッシングは同年一月にデヴォンシャーのエクセターに引っ越しており、七月ないし八月に本作品の舞台グラストンベリを実際に訪れている（4: 312）。この創作の経緯からも、本作品は「イングランド的なもの」に関する一種の考察であると考えてよいだろう。

もちろん、「グラストンベリ」が舞台であるからといって、本作品を単純に、ギッシングのイングランド復興のスローガンと見ることはできない。この作品でグラストンベリの風景に愛着をしめすのは、妻ヒルダのほうだからである。興味深いことに、ヒルダという古ゲルマン語由来の名前は「闘いの乙女」という両義的な意味をもっている。そして、一般にアングロ・サクソン文化は「男くさいもの」と理解されているのに反して、グラストンベリは文明揺籃の地という「母性」をも帯びており、ギッシングはこの土地の矛盾した、もしくは両性的な性格に着眼したに違いない。

そんな多義性とは無縁の夫、そして皮肉にもラテン語起源の姓名をもつカスルダインの関心は、もっぱら英国復興《イングリッシュ・リヴァイヴァル》に向けられている（「子供の時からわたくしは、イギリス古代史が画家によって十分に注目されていないと痛感しておりました」[20]）。この、愛国的なモチーフに無駄な労力を注ぐ自称画家の姿は、明らかに当時のアングロ・サクソン文化回帰ブームのパロディであり、[21]無自覚なナショナリズムに対して、ギッシングが抱いていた危機感をよく表している。一八九一年のギッシングは、のちにキプリング批判をしたオーウェルに先駆けて、過剰な懐古趣味が精神の閉塞につながる危険があることを予見した、と言えるだろう。

次に重要なのは、「風景画」というジャンルと、ギッシングのイングリッシュネスとの関連である。夫カスルダインが「そのあたりのスケッチ」と侮蔑する風景画だが、この絵画ジャンルの完成度は十九世紀、一つのピークを迎えていた。特に田園を描いた水彩画《ラスティック・ペインティング》は、大衆に広く愛された。[22]『私記』にも「実に淡々たる田園風景の画を見て、心を、それも実に深く、動かされたものだった」と、ナショナル・ギャラリーでコンスタブルの『麦畑』（一八二六年）を観たときの感動が語られている（「夏」第二章）。本短篇中にも、ターナーやミレー、デイヴィッド・コックスやコプリー・フィールディングといった実在の画家への言及があり、彼が風景画というジャンルに対して、かなり強い関心を寄せていたことがわかる。次の引用は、かつて妻ヒルダが描いた風景画が、ある金持ちの家の客間に掛けられているのを見出した夫のセリフで、彼の決定的な敗北の瞬間である。

「……わたしは水彩画なんか全くの駄作だと思っていました。ところが、いまや、そのうちの二枚がサー・ウィリアム・バーナードの奥方のお部屋に、ミレーやターナーやその他の傑作と並んで掛かっているのですからねえ！……」

この科白が当時の中産階級の嗜好をよく示している。ところが興味深いことに、『私記』にはターナーへの批判的な記述が見られるのである。

ターナーがイギリスの田園を味わったかどうか疑問だ。……われわれが美しいと呼んでいる平凡な事象の本質的な意義が、はたして彼の魂に啓示されていたかどうか、……自分はむしろバーケット・フォスターを好むと私にいったとしたら、私は微笑するだろう――しかし、その気持ちはよく分かるのである。

（「秋」第四章）

例えば、当時ナショナル・ギャラリーに展示してあり、ギッシングも目にしたであろうターナーのある絵は、ナポレオン戦争の戦時下でイギリスの農作物の豊かさを称揚つつ、歴史的建造物を配置した、きわめて愛国的なものだ。だが、ギッシングの目には、壮麗だが「真にイギリス的なものには見えない」という（図③）。一方、そのターナーの対抗馬として言及されたバーケット・フォスターとは、テニソンの詩集の挿絵などを手掛けた、ヴィクトリア朝の大衆好みのセンチメンタルな画風の画家である（図④）。ヨーロッパ、とくにイタリア絵画の伝統との緊密な関係を感じさせる「理知的」なターナーを斥け、「反理知的」な大衆的感傷をよしとする、ギッシングのこの両義的な絵画的嗜好は、何を意味するのだろうか。

図③　J・M・W・ターナー『カブ掘り、スラウ近郊にて（ウィンザー城遠景）』（1809年）

美学と地理学との相関関係を研究するスティーヴン・ダニエルズによれば、「風景にまつわるイメージ群《イメジャリー》は、単にさし迫る社会・経済・政治問題を映すもの、あるいはそれらの諸問題からの気晴らし《ディストラクション》ではない。その風景のイメージ群は、しばしば、社会参画と知の構築を担う、一つの強力なモードとして作用する」[23]。このことばを借りるなら、「英国風景画《ブリティッシュ・ランドスケープ》」というジャンルは、ヴィクトリア朝社会の「知を構築する様態」のひとつであって、まさに「イギリス人意識の構築」を担ったのである。当時の帝国主義的思想は、現実の支配と同時に自分たちのアイデンティティ神話をも他者に押し売りし、「外国」の上に「自

図④　マイルズ・バーケット・フォスター『乳搾りの娘』（1860年）

国」への「類似と差異」の両方を示すような絵画的符号《コード》を押し付けたという。いわば、異文化をパロディ化した、と言ってよいだろう。ギッシングも例外ではなく、ギリシャのある遺跡で、次のような幻想を見る――「神殿の構内には草がびっしりと生い茂っている。満開のバラのしげみのみずみずしい上品な美しさ……柱列の根元あたりに茫々と茂っている草が、一瞬私にイギリスの田園を思い出させた」(『イオニア海のほとり』第六章)。ここでは、ギッシングの理想とする「イギリスの田園」がギリシャの上に投影されているのがわかる。それを裏づけるように、ギッシング好みの田園を描いた画家コンスタブルは、次のように書いた――「しかし、私は、イタリアなどより、もっと幸福に満ちた国土、心から愛してやまないわが古き英国を描くために生を享けたのだ[24]」。

図⑤　コプリー・フィールディング『ナクソス島』(1839年)

　また、「境遇の犠牲者」で、画家の手本として名を挙げられるコプリー・フィールディングがギリシャに関する研究本[25]に寄せた挿絵は、どう見ても英国風景画の手法でギリシャを描いたものである[26](図⑤)。そこには、最盛期の帝国イギリスが、古代の帝国ギリシャに対して抱く郷愁と、北方のゲルマン民族が「南のくに」に対して抱く違和感とが、混在して刻印されているようにみえる。

　それにしても、ギッシングが風景画家としては二流の存在であったフィールディングを作品中に登場させていることは、きわめて意味深長である。それは、古代と現代、ギリシャとイギリス、これら双方に引き裂かれるギッシング自身の二面性の表明であり、彼の作品からにじみ出る、「アイデンティティのぶれ」の根源ではないだろうか。

第四節　イングランドから／への二重のまなざし

ここまでの節で、ギッシングのイングリッシュネスには、この時代特有の分裂と重層性が見られ、それが地中海世界、あるいは南イングランドの田園に投影されていることを確かめてきた。では、その両義的な性格のために、ギッシングはライクロフトと同様、現実世界に対して無力であっただろうか——最終節では、この問いに対する「ノー」という答えの証として、彼の短篇「くすり指」（一八九八年）を取りあげたい。この作品は、ローマの観光ホテルを舞台に、滞在中の若い男女のあいだに起こる交流と、心理の推移を描いた佳品である。プロットを邪魔しない程度に観光地描写が挿入されており、一見映画化も可能な「安全そうな」作品に見えるが、やはりここにも複合民族国家イギリスの重層性が隠されている。本来ひとくくりに出来ないはずの「イングランド性《イングリッシュネス》」と「ブリテン性《ブリティッシュネス》」が交差し、官能的緊張感が高まる、その特異な設定を指摘したい。

　主要な登場人物は、北アイルランド人女性ケリン嬢と、イギリス人青年のライトンである。伯父のビジネス・レターを代筆するケリン嬢と、本国に恋文を書き送る同世代のライトンとのあいだには、次第に淡い友情のような絆が生まれる。しかし、語り手がケリン嬢の[27]「アイルランドなまり」に頻繁に言及することで、「ブリテンの辺境」である北アイルランド人のパロディ性が強調されている。一方、ライトンの出自についての情報はきわめて少ない。ケリン嬢の特徴や出自、家庭環境などは全能《オムニポテント》の語り手によって、冒頭で十全に説明されているのに対して、ライトンの説明は、ケリン嬢による一人称の語りに切り替えられている。

　あの人は幸せにみちた人ではない。見ただけでわかる。わたしと同じように、あの人も孤独なのだ。……彼女は自分の振舞いがあまりにもありきたりだったことを思い出すと、顔が赤らんだ。そのためにあの人は、わたしを非難するだろうか。いえ、いえ、あの人はそれほど残酷な、不当な判断を下す人じゃない。[28]

このように、きわめて主観的なケリン嬢の観察と判断が示されるのみである。他方ライトンは、折に触れケリン嬢を「盗み見」し、彼女の外見や表情の変化を観察している。

　どうやら彼女は、教養に欠けているらしく見えたが、低俗なところはなかった。……血色がもう少しよくて、目鼻だちのとげとげしさがほんのもう少し和らいだら、彼女は美人と言えたろう。ある角度から見ると、きちんと結われた黒い髪の毛と、形のいい頭と、乙女らしい胸の線が強調されて、とても上品な印象を与える。

ケリン嬢はただ「見る（see）」のに対して、彼が「見る」際には「観察する（observe）」という主体の優位を示す動詞が使われている。この視線の不平等こそが、本作品を特徴づけていると考えてよいだろう。非対称な視線は、読者に「二重のまなざし（Double-Vision）」を与え、その結果、不安定な物語が形成されてゆく。やがて両者の現実が衝突し――実際に、ある肉体的な傷がつけられ――押し殺されてきた女の感情の、危うい均衡が失われる。

　ライトンが散歩中に誤って、同伴していたケリン嬢のくすり指を「全体重をかけて踏みつぶしてしまう」というクライマックスは、ローマの遺跡コロシアムという舞台設定からも、ケリン嬢がある種の殉教者であることを思わせる、幾重にも象徴的な場面である。ケリン嬢は「顔は真っ蒼で、鼻で荒い息をしていた。だが口を固く結んで声を出すまいとしていた。……唇が震えている。だが、それでも笑みは絶やさない」という驚くべき自制をみせる。ライトンの表面的な気づかいの結果、ケリン嬢は彼との結婚への期待を抱き、「くすり指（指輪をはめる指！）」の傷も「この栄光の都ローマで……わたしの理想の男性に求められる」吉兆だと思い、甘受する。そして終盤、ライトンには、本国イギリスに婚約者がいたことが判明するのである。

　しかし、ケリン嬢はその献身的態度のダメ押しのように、ライトンに（フランス）金貨を一枚差し出し、本国での結婚指輪の費用の一部にすることを約束させる。この金貨こそ、彼女がコロシアムで、ライトンに指を踏みつけられる危険を冒してまで、拾い上げようとしたものであった。しかも、ギッシングの当初のアイデアでは、ライトンは指を踏むのではなく、ナイフで彼女の手のひらを突き刺すことになっていたことが、ローマで執筆中に書いた友人への質問から窺える――「仮に手のひらを刺すと、どれほど血が流れるものなのでしょうか、またその応急処置の方法はありますか」（*Letters* 7: 71）。いわばケリン嬢（＝北アイルランド）は、自分の身体に聖痕《スティグマ》をつけることで、結婚指輪に出資する資格、すなわち「大ブリテンの統合」に参画する資格を買ったのである。

　想像力の欠如、真情の伴わない博愛、無自覚な暴力――ライトンの行動に表れているこれらの特徴は、大戦間・戦後にフォースターやオーウェルらが繰り返し糾弾した、大英帝国の精神的副産物である。例えば、イギリス人が好んで引用したウェリントン公爵の（言ったとされる）「ウォータールーの戦いの勝利はイートン校の運動場のおかげだ」という言葉を例に挙げ、フォースターはパブリック・スクール出身者の知的未熟に触れたし、オーウェルもこの有名なセリフをもじって、「だが、その後の緒戦はすべてそこで失われた」（『ライオンと一角獣』三五頁）と述べている。フォースター独特の諧謔によれば、「イングランド特有の異様な制度」であるパブリック・スクール出身者にとっては「この言葉が歴史的に不正確で、ウェリントン公爵が言ったわけでもなく、この公爵がアイルランド人だということなどどうでも」よく、彼らは「みんながみんなパブリック・スクールの卒業生でないどころかアングロ・サクソンでさえな」いことに気付かない。[29]

一方、「イングランド人」に傷つけられても声を出さず、笑みを浮かべ続けるケリン嬢は、「大ブリテン」に呑み込まれ、イングリッシュネスを内面化させざるをえなかった、北アイルランドのアレゴリーとして読むことができるだろう。ヴィクトリア朝の文化が生んだ表象は、しばしば、「非白人（動物・怪物を含む）」が「イングランド人女性」を襲うという、支配者側に都合のよい類型に陥りがちであった。しかしギッシングはその陥穽に落ちることなく、彼の優れた観察力と、精妙な現実感覚をもって、「イングランド」の巧みな人心掌握と心理的支配を告発した。そして返す刀で、支配者の論理を内面化する敗者側の意識の問題点を暴いたのである。

だが、まるで『動物農場』（一九四五年）のラストシーンのように、だんだん、お互いに似てくる勝者と敗者とは誰か。それは、この「くすり指」という珠玉の短篇のうちに「後期ヴィクトリア朝社会」という小宇宙を封じ込めてみせた、作者ギッシング自身のふたつの顔である。オーウェルが後に喝破した、「愛国心あるいは郷土愛」と「左翼系知識人の心性」との相容れない関係[30]を地で生きたギッシング。コスモポリタンとして生きることに憧れながら、晩年には、イングランドへの非理性的な愛着に苛まれた（Halperin 319）[31]ギッシング。そのような彼自身の重層的な出自意識が、この短篇にもまた、避けがたく刻まれている。

註

（1）ヒレア・ベロック「南のくに」『英詩の歓び』（松浦暢編訳、平凡社、二〇〇〇年）一三二～三三頁。

（2）David Trotter, *The English Novel in History 1895-1920* (London: Routledge, 1993) 155.

（3）以下、本文中の引用はすべて平井正穂訳『ヘンリ・ライクロフトの私記』（岩波文庫、一九九一年）による。

（4）飯田操「イングランドとイギリス」『イギリスの表象――ブリタニアとジョン・ブルを中心として』（ミネルヴァ書房、二〇〇五年）二三七～五四頁。

（5）J. H. Grainger, *Patriotisms: Britain, 1900-1939* (London: Routledge, 1986) 64.

（6）Alun Howkins, "The Discovery of Rural England" in *Englishness, Politics and Culture 1880-1920*, ed. R. Colls and P. Dodd (London: Croom Helm, 1986) 62-68.

（7）松岡光治「まえがき」『ギッシングの世界』（英宝社、二〇〇三年）。

（8）並木幸充「『イオニア海のほとり』――ギッシングの「詩と真実」」『ギッシングの世界』二三〇頁。

（9）本文中の『イオニア海のほとり』の引用はすべて、小池滋訳『南イタリア周遊記』（岩波文庫、一九九四年）による。

（10）James Bryce, *Impressions of South Africa, 3rd ed.* (London: Macmillan, 1899) 82.

（11）荻野昌利『歴史を〈読む〉――ヴィクトリア朝の思想と文化』（英宝社、二〇〇五年）二八七～八九頁。

(12) ダウティは『ブリテンの夜明け』(一九〇六年) の中で「不能にして不敬な汚らわしいことばを駆除すべし、なぜならそれは明らかな国民の退廃の象徴であるから」と説いた。
(13) Simon Winchester, *The Meaning of Everything: The Story of the Oxford English Dictionary* (Oxford: Oxford UP, 2003) を参照。
(14) "The National Trust and Public Amenities," *Quarterly Review* 214 (1911): 157-78. 引用はTrotter 159.
(15)「古代の王国」というモチーフはライダー・ハガードやチャールズ・ダウティの典型的な冒険小説に見られる。またE・M・フォースターの『いと長き旅路』(一九〇七年) ではウィルトシャーの遺跡「キャドバリー・リング」が郷土愛に根ざした愛国心をかきたてる (第三十章)。
(16) George Orwell, *England, Your England and Other Essays* (London: Secker & Warburg, 1953) 195. 本文中の引用は川端康雄編『ライオンと一角獣』(平凡社、一九九五年) 一四頁。
(17) Max Muller, *Lectures on the Science of Language* (London: Longmans Green, 1861) 49. 言語学者ミュラーは都市の言語を抽象語と呼び、経験に根ざす具体言語「方言」による国家の活性化を説いた。
(18) Robert Colls, *Identity of England* (Oxford: Oxford UP, 2002) 134, 232.
(19) 井野瀬久美恵「田園の再発見」『イギリス文化史入門』(昭和堂、二〇〇三年) 二四二～四六頁。
(20) 小池滋訳『ギッシング短篇集』(岩波文庫、一九九七年) 所収の「境遇の犠牲者」を参照。以下、本文中の引用はすべてこの版による。
(21) D. H. Lawrence, *England, My England* (1915; Harmonds-worth: Penguin, 1960) 8では、「完璧なイギリス人種の見本」であるエグバートは妻ウィニフレッドと共に「かつて村落と自由農民を擁した古きイングランド」であるハンプシャーに農家を持つ。彼らの名はそれぞれ古サクソンの王、およびアーサー王の妃グィネヴィアのウェールズ語読みから取られている。
(22) Ann Birmingham, *Landscape and Ideology* (Los Angels: California UP, 1986) 197.
(23) Stephen Daniels, introduction, *Fields of Vision: Landscape Imagery and National Identity in England and the United States* (New Jersey: Princeton UP, 1993) 8.
(24) ニコラス・ペヴスナー『英国美術の英国性――絵画と建築にみる文化の特質』(友部直・蛭川久康訳、岩崎美術社、一九九二年) 一一一頁。
(25) Christopher Wordsworth, *Greece: Pictorial, Descriptive, and Historical* (London: W. L. Graves, 1839). 所収の図版は「アイギナ島のミネルヴァ神殿」、「ナクソス島」。
(26) 橋秀文『水彩画の歴史』(美術出版、二〇〇一年) 一〇八頁。『イラストレイティッド・ロンドン・ニュース』の通信員画家などに特徴的で、描かれた風景は当時のイギリス人好みの東洋趣味であるが、絵の手法は陳腐である。
(27) ギッシングの『因襲にとらわれた人々』(一八九〇年) の主人公ミリアム・バスクも冒頭シーンから「手紙を書くのに熱中して」いる。この小説はイギリス中産階級社会の因襲とイタリアの芸術が象徴する精神の解放との間で揺れる若いイギリス人女性の成長を描いた点で、後のE・M・フォースターの『眺めのよい部屋』（一九〇八年）に通じるところがある。なお、この作品については石塚裕子『ヴィクトリアンの地中海』（開文社、二〇〇四年）第五章に詳細な分析がある。

(28) George Gissing, "The Ring Finger," *Cosmopolis: An International Review*, 12 vols. (1896; Tokyo: Kinokuniya Shoten, 1997) 10: 297-314. 執筆背景については小池滋訳『ギッシング短篇集』の「解説」を参照。以下、本文中の引用はすべて上記短篇集所収の「くすり指」による。

(29) E・M・フォースター『アビンジャー・ハーヴェスト』（小野寺健他訳、みすず書房、一九九五年）所収の「イギリス国民性覚え書き」四～六頁。

(30) 川端康雄編『ライオンと一角獣』編者解説より。「彼がとりわけ批判した点は……直截簡明な英語の対極にある知識人特有の抽象的で不明瞭な言葉遣い、そして、自分を育んだイギリスの風土と伝統文化への敵意……といったものだった」三一六～一七頁。

(31) 一九〇一年、ギッシングはH・G・ウェルズに宛てて「イングランドの草原、イングランドの路地を歩くことを夢見てきた……昼夜を問わず茹でたジャガイモやイギリスの牛肉、パイやプディングやティーケーキをむさぼり食うのを夢に見る」(*Letters* 8: 159) と訴えた。

第三部　【ジェンダー】

第十一章

フェミニズム

――ギッシングと「新しい女」の連鎖――

太田　良子

エミリ・ファーマー『迷いつつも』（1905年）
「目を伏せ、胸には忘れな草の花束、意に沿わぬ結婚なのだろう」

第一節　メアリとファニー

「新しい女《ニュー・ウーマン》」とは、十九世紀のイギリスに従来の結婚観などから距離を置いた「新しい」考えを持つ女性が出てきた社会現象に概念をとり、さらに女権拡張志向を取り込み、やがて『パンチ』の常連となり、「新しい女」小説と呼ばれる小説群を多数残し、新旧二つの世紀の変貌の一面を伝える役割を果たした呼称である。[1] 一八九〇年代に二度のアフリカ旅行を敢行したメアリ・キングズリー（図①）は、「私は〈新しい女〉と呼ばれるのを好みません」と言い、また、女医を初めて見たさる博士が「医業が女向きの職業だとは思いませんしね。私個人としては、男っぽい婦人というのは嫌ですよ」と言うのはコナン・ドイルの『バスカヴィルの犬』（一九〇二年）の一場面である。[2]

図①　メアリ・キングズリー（1899年）
メアリはジャングルに行き、男みたいなズボンでなく、女らしいロング・スカートをはいたおかげで命拾いした。

揶揄をこめたこの呼称が正式に登場したのが一八九四年前後とはいえ、十八世紀に相次いで起きたアメリカの独立とフランス革命は全世界を揺るがし、新旧の交代が社会のあらゆる面で起きたことは言うまでもない。そしておよそ「新しい女」と言うとき、メアリ・ウルストンクラフトの名を忘れるわけにはいかない。すなわち、女性は男性の快楽のために造られた「玩具」であるとするルソーの女性蔑視の言説があり、『エミール』（一七六二年）を愛読しながらも、このルソーに反発したメアリは、人権における男女の平等を訴え、よりよき社会の実現には女性の教育が不可欠と説き、『女性の権利の擁護』を一七九二年に出した。

> 女性を解放せよ。そうすれば、男性がますます賢明で有徳になるのと同じように、女性も速やかに賢明で有徳になるであろう。何故かというと、男性と女性は、手を取り合って進歩しなければならないからである。さもないと、人類の半分である女性が耐え忍ばねばならぬ不正は、抑圧者である男性の上にも跳ね返ってくるのであって、男性の美徳は、獅子身中の虫によって蝕まれるであろう。[3]

いち早く産業革命を経験したイギリスに生まれ、フランス革命に共感し、最初の夫がアメリカ人だったこのメアリによって、イギリスのフェミニズムは理論的な基盤に立ったとされ、「新しい女」はひとまず「解放された女」として、フェミニストとともにその存在が浮上してくるものの、隣国フランスの革命は国王処刑に続いて恐怖政治へと激化し、対仏・対ナポレオン戦争に突入したイギリスは改革よりも保守路線に傾き、男女同権思想は後退した。その後、『種の起源』（一八五九年）の激震にくわえてダーウィンはさらに「性の選択」で男女の差異を理論づける一方[4]、J・S・ミルは『女性の隷従』（一八六九年）を出して、「男女の差異の本質は、ただ全く社会的に決定されたもの」とするにいたる[5]。

こうして十九世紀の初めには兆していた「新しい女」の問題は、オースティン（図②）の『マンスフィールド・パーク』（一八一四年）の中でささやかな波風を立てている。その第三十二章、サー・トマス・バートラムとファニー・プライスが交わす対話のシーンがそれである。この章は「愛情と結婚」をめぐる作者の結婚哲学の核心をなすものであり、対話とはいうものの、ヘンリー・クロフォードの求婚に断固として応じないファニーは「ノー」の一点張り、いきおいサー・トマスの独演となる。

> 私としては、とくに君は、わがままな気性や、自惚れや、近頃の若い女性にすでに蔓延している精神の独立（independence of spirit）とかいうものを求める傾向には、一切染まっていないと考えていたし、そういうものがある若い女性は、私には不愉快で、腹立たしくもなるから、不愉快どころではなくなるがね。

図②　姉カサンドラによるジェイン・オースティンの肖像画に基づいた版画（1870年）

むろん準男爵たるサー・トマスには伝統遵守の使命と従順を求める古来の女性観があり、妻レディ・バートラムの発言をかねて封じてきた男だから、なるほどアメリカは「独立」したかもしれないが、「わがままで自惚れている」だけの「近頃の若い女性」が「精神の独立」とやらにうつつを抜かすなど、片腹痛いだけである。前後の事情も知らないノリス伯母までもが、「ファニーは……幼稚なくせにその精神には秘密とか、独立とか、たわごとが詰まっているのよ」と言って、「精神の独立」

を持ち出す始末。つまりこの二人は、従順であるべきファニーが思いどおりにならないことに驚きあきれ、「精神の独立」などとことさらに言い立てて牽制しているのだ。アメリカは独立、フランスでは革命という世の中、ことにイギリスで「新しい女」が歓迎されなかったのは、マンスフィールド・パークだけの偏見ではなかっただろう。

一方、当のファニーは「精神の独立」は聞き流したが、サー・トマスがつい「君は恩知らずだ」と口走ったときにショックを受ける。「経済の独立」のないファニーには精神も独立も自由もない、という彼の本音が出たわけである。ファニーにとってての問題は、「何をしても必ずそこに悪が付きまとう」ヘンリーとの結婚は論外のこと、彼の求婚に絶対にイエスとは言えない、その一点である。しかも、ヘンリーの邪悪な正体をサー・トマスに理解してもらうには、サー・トマスの留守中にヘンリーが芝居の稽古にかこつけて見せた火遊びについて話さねばならず、それを話せばその相手をしたマライアの不品行に触れることになる。もちろんそれは伯父を裏切る「恩知らずな」言動であり、それも絶対にしてはならない、というのがファニーの沈黙のもう一つの理由だった。ファニーは「君は恩知らずだ」という言葉に困惑し、「新しい女」の問題はその沈黙の中に消える。

では、ファニーが「精神の独立」とは縁のない「古い女」かというと、それは違う。ファニーは思索の大半を内的独白で語るが、「ヘンリーを好きになるはずはないから彼との結婚はあり得ない」という一点だけは、明確に言葉に出して主張する。当時、傾いた実家を救うとか、独身で貧乏するよりはマシという経済的結婚――『余計者の女たち』（一八九三年）のモニカの結婚、社会の梯子としての偽善的・俗物的結婚――『流謫の地に生まれて』（一八九二年）のゴドウィンの結婚、駆け落ち婚――『高慢と偏見』（一八一三年）のリディアの結婚、または妊娠などの背徳的結婚などが、結婚の大半を占めていた風潮の中、男女の愛と合意に基づく結婚の神聖を信じるファニーの「強い」精神力は、サー・トマスが不愉快だと言って一蹴した「精神の独立」のまぎれもない相関物ではなかったか。そこには、愛情のない結婚をするくらいなら汚れなき独身を通す、という作者の哲学がこめられている。ファニーのこの「精神の独立」は、メアリ・ウルストンクラフトが『女性の権利の擁護』で他に先駆けて掲げた男女同権思想、すなわち基本的人権に相通じるものである。この「精神の独立」が「新しい女」の条件なら、ファニーのみならず、オースティンのヒロインたちはみな「新しい女」であると言えよう。

第二節　心から体へ

「新しい女たち」が家庭の天使神話の偽善や紳士たるべき夫の欺瞞に気づき、家庭の外の世界に憧れ、夜の街を徘徊する、アルコールに手を出す、といった身体行動で語ることに着目し、これをヒステリー、不眠、狂気といった「女の病」と見て世紀末を論じる向きもあるけれども、メアリ・ウルストンクラフトは最初の夫イムレイの浮気沙汰などで自殺未遂を繰り返しているし、彼女と彼の間に生まれた長女ファニーが孤独な人生の果てに毒物を飲んで自殺したのが一八一六年、ゴドウィンとの間に生まれたメアリが、シェリーの妻が入水自殺のあと正式にメアリ・シェリーとなり、病んだロマン主義の落とし子『フランケンシュタイン』を書いたのは一八一八年だった。[6]一八一四年の『マンスフィールド・パーク』もそのあたりの不穏な空気と無縁ではあり得ない。

先にも触れたように、絶対君主であるサー・トマスは、妻が発言するとそれを「すぐさま改良」したり、「遮る」ので、レディ・バートラムはつとに現実を見失い、まるで阿片吸引者のような言動しかできなくなっている。ファニーの場合は、「頬の紅潮《フラッシュ》」である。『高慢と偏見』では、エリザベスの白い頬が朝の原野の歩行で紅潮し、ミスタ・ダーシーの心を捕らえた。また、ミスタ・ダーシーの奔走によって転落女の不名誉を免れたあと、平然として実家にもどった妹リディアを見て、エリザベスとジェインは思わず頬を赤らめている。それから下ってファニーになると、頬の紅潮はさらに深刻である。それは内面のジレンマと密接に係わり合い、言葉にならない煩悶が外に出た、まさに身体言語になっている。さらにファニーには「東の部屋」があって、従兄姉たちの言動やノリス伯母の理不尽さについて、または金の鎖や兄ウィリアムのことを考えたいとき、彼女はいつもここへくる。「東の部屋」は、ファニーにとって瞑想と認識の場であり、分別を取り戻す緩和剤だった。彼女はこの部屋のおかげで、アルコールや睡眠薬や夜の街の徘徊を知らずにすんだと言える。[7]だがファニーは無垢とはいえ、ヘンリーが「ロンドンで心の悩みを癒す」男であることを察知していた。その同じヘンリーが、ファニーの愛する兄ウィリアムを海軍少尉に昇進させてくれた恩人であったとは。

このジレンマを前に万策尽きたファニーの頬は、深い紅に染まる。ところが、以前にはヘンリーが、いまはサー・トマスが、それを無垢な若い娘ゆえの恥じらいととっている。サー・トマスの場合はファニーの成長のための試練と映じる一方で、ヘンリーの場合は、彼が妹のメアリに請合ったときは、ファニーの「心」を射止めるゲームだったものが、つぎの第三十三章の冒頭にあるとおり、サー・トマスの意にかなった正式な求婚というマナーの裏で、誰にも「占有された」ことのない「心と体(mind and person)」を落とす勝利の快感に変わっている。それだけでなく、ファニー陥落のプロセスを妹メアリと姉のミセス・グラントに目撃させ、さらに卑しい興奮を貪ろうとしている。どうやらヘンリーの原型はラクロの『危険な関係』(一七九二年)にあるようだ。[8]つまり、清純な処女を娼婦に変え、貞淑な人妻を陥落する、というモチーフが小説芸術の一方の極致であることを『危険な関係』が示して以来、ことに十九世紀の作家たちにとって、純潔（貞節）を守るか守らないか、言い換えれば、「愛・心」と「性・体」で、ヒロインたちが二分された。「金髪」と「黒髪」、あるいは、「聖女」と「娼婦」に分かれる明暗二人のヒロインがそれである。ここではロンドンを知っているメアリがファニーの対極にいる。ヘンリー・ジェイムズが『デイジー・ミラー』（一八七八年）のヒロインに「浮気娘(flirt)」と「無垢な娘 (innocent girl)」の両面を秘めたのもその一例であろう。むろんギッシングも例外ではなかった。彼のヒロインたちも時代の成熟に連れて必然的に「心」と「体」に分裂する自己認識のもと、ファニーは免れえた「危険な関係」に遭遇することになる。(9)

「新しい女」という視点で『マンスフィールド・パーク』を見てくると、ここにある「近頃の若い女性」がやがて「新しい女」にいたる見取り図の中にあり、またそこに「新しい女」がやがて直面する運命の暗示があって、ギッシングの小説を「新しい女」というコンテクストで読む段取りが見えてくる。小説が社会の矛盾や激動を市民に示すもっとも有効なアートとなった十九世紀、「新しい女」はその矛盾と変化の記号として、作家のヒロイン造型の意欲を揺さぶったのだ。ギッシングの『流謫の地に生まれて』（一八九二年）では、主人公のゴドウィンが早々に「俺は解放された女なんて、大嫌いだ！」（第二部第一章）と言い、『余計者の女たち』になると、ヒロインのローダは自他ともに認める「新しい女」なのに、相手役の男はその冷たい手に触れて彼女を「処女」と見なし、密かに「危険な関係」を目論んでいる。他方、結婚した「古い女」はどうかというと、ローダの助言をよそに結婚したモニカや、『渦』（一八九七年）のヒロインのアルマたちは、夫に飽き、夜の都会を歩き、姦通に惑わされ、それでも満たされぬ懊悩によって心身を病んでいく。結婚した「古い女」たちは、これらの「新しい」経験と、身体言語という「新しい」宿命によって、皮肉にも「新しい女」の連鎖に連なっていく。

オースティンは不幸を書くのは他の人に任せようといったが、むろん不幸を知らなかったわけではない。彼女がわざと書かなかったその不幸が、「新しい女」に次々と降りかかる。メアリ・ウルストンクラフトから百年、ファニー・プライスから八十年余を経た十九世紀末、ギッシングはそれを主題に据えて相次いで小説を発表した。彼女たちがどのような変化をくぐったのか、ギッシングは彼女たちの変貌をどのように書き留めたのか。

第三節　「解放された女」

『流謫の地に生まれて』の時代設定は一八八〇年代、すなわち後期ヴィクトリア朝に置かれている。当時のイギリス社会は、「女性の役割は、そして女性の権利はどうなったのか」に進展が見られぬまま、「『自　助《セルフ・ヘルプ》』や『美徳《キャラクター》』や『品　性《リスペクタビリティ》』という『ヴィクトリアニズム』の本質をなす要素が疑問視されはじめ、このような資質の現われとしての勤勉、節制、倹約という行動が攻撃の的になり出した」という風潮がその現実だった。また、「福音派も国教会カトリック派も、十九世紀の科学の発展を恐れていたという点では一致していた。……そして十九世紀のリベラルな努力と手を携える道を模索したのは、高教会でも低教会でもない第三の宗派、広教会であった」[10]。本書の主人公ゴドウィンが聖職者たらんとして採ったこの広教会とは、「理性の意義を十分に尊重する姿勢をとる人々」を引きつけ、コールリッジやマシュー・アーノルドがその代表だったという[11]。

本書についてジョン・スローンは「十九世紀の知的生活の錯綜ぶりを捕らえた傑作」（Sloan 104）と評し、ジェイコブ・コールグはこれをドストエフスキーの『罪と罰』（一八六六年）やツルゲーネフの『父と子』（一八六二年）に並べた事例を伝えている（Korg 14-15）。また、マイケル・コリーは十九世紀末のイギリス社会に兆した深刻な変化を「ヴィクトリア朝の不安」と呼び、その結果として「ニヒリズム」が蔓延し、ヴィクトリア朝の特徴である「偽善」がさらに度合いを深めたとし、この小説を「当時を描いた主要な人間ドキュメント」（Collie, Alien Art 127-28）と位置づけている。さすがの繁栄に影が射しはじめた後期ヴィクトリア朝にあって、主人公ゴドウィン・ピークは本書の第一部と第二部で発作的にとった行動の結果として、過去を隠し、真意を隠し、ことあるごとに心の中で自己正当化を繰り返す「偽善者」となって生きることになる。こうして彼は、「大衆に代わって語るのではなく、例外的な男、感受性のある男、野蛮人の中で孤立した男に代わって語る」[12]ギッシングのヒーローの一人として、さらに「下層の生まれながら教育があり、社会のどこにも居場所のない青年」[13]を代表する視線を新たに帯びて、後期ヴィクトリア朝という最も興味深い時代のすぐれた証人となるのである。

ゴドウィンの問題行動の第一は、コックニー丸出しの叔父が大学の前に軽食堂を開き、「ピーク」という大きな看板を立てると聞いたとき、ただちに退学したことである。下層の家系に生まれた身分を恥辱とし、学問に優れた自分だけは突然変異の貴種であるとする彼の自負心は、猫飯屋に等しい叔父の看板は、とうてい正視できないものだったのだ。

少年時代のゴドウィンは、「美しい若い女はまるで絵巻物のようで、見ただけで理由のつかない絶望感」に圧倒される一方、「少女」のすべては「憎悪」の対象であり、「既婚女性と未婚の中年女性」は「蔑視」の対象だった。そして、「二十四歳を過ぎると、金で買う快楽が克服できるようになり、孤独な青年にはあまり類を見ない禁欲的な生活を送った」（第二部第二章）。つまり彼は、若き日の肉欲に負けるという過去がなかった代わりに、階層意識に縛られた学業放棄という汚点を抱えて行動することになる。

そして一八八四年、ロンドンに出て化学工場で働く身となったゴドウィンは、大学以来の友人で、いまはロンドンでジャーナリストとしての将来が見えてきた、適者生存理論の見本のようなジョン・エリカとの語らいで次のように発言している。

俺の至高の望みは、完璧な洗練に達した女性と結婚することなんだ。正確な言葉で言うよ。俺は平民だが、レディと結婚することに狙いをつけた。……俺が心に描いているのは、我々の文明が生み出しうる最高のタイプの女性だということを、どうか覚えていてほしい。（第二部第二章）

学業放棄の土台にあった劣等感は、いまや「レディ」と結婚して「平民」を脱するという俗物《スノッブ》の上昇志向になって、彼の心を占めていることがわかる。マンスフィールド・パークから里帰りしたファニーは、ポーツマスの実家にはもう自分の居場所はないと感じている。このファニーの焦燥がゴドウィンには痛いほどわかったことだろう。

そんな彼の前に二人の女性が登場する。マーセラ・モクセーとシドウェル・ウォリコムである。両親を亡くしたマーセラは、ロンドンで兄のクリスチャンと二人暮し、シドウェルはゴドウィンの学友だったバックランド・ウォリコムの妹で、父は俗物ながら地方の名士である。二人とも経済的にもゆとりのある中流階級に属しているものの、マーセラは器量が悪くシドウェルは美人という相違があり、ゴドウィンはマーセラにあうたびにこのことを意識する。

女性の外観に対する彼の執着には、優生学や適者生存といった進化論の時代の感化、人相が内実を現わすという骨相学や観相学への関心、さらに犯罪学からシャーロック・ホームズにいたる当時の社会の熱狂が背景にあることを思わせる。またイギリスの上層階級が、言葉や体格や容貌の点で、一見して下層階級とは著しく異なっている事実、つまり「二つの国民」という実態が背景にあると考えられる。

「俺は解放された女（emancipated women）なんて、大嫌いだ！」（第二部第一章）とゴドウィンがマーセラを指して言うのは、夕食に招いてくれた彼女の自宅を出た直後だった。対話の相手のエリカも同じ言葉を繰り返し、さらに「女は啓蒙されて（enlightened）もいけないし、独断的なのもいけない。女はセクシャルであるべきだ」と続ける。そしてゴドウィンは、「ミス・モクセーは耐えがたい。自分でもよくわからないが、なぜか好きになれないだけでなく、知れば知るほど、反感を覚えるんだ。あの人には、女らしい魅力がひとかけらもない――ひとつもないね」と言い、この観察の真意は後日明確になるにしろ、マーセラを見る彼の目は終生変わらない。

その彼はシドウェルを一目見ただけで心惹かれ、「美しい娘だ」と二度もつぶやき、さらに「甘美にして威厳があり、物腰はさらに控え目で、さらに優雅」と褒めたたえる。かくしてシドウェルは上に見たゴドウィンの理想の「女らしい女」となり、彼が狙い定めた理想の人生の相関物となる。「平民」が「レディ」と結婚し、「彼自身の生物学的な家系をウォリコム家に移植」(Goode 60) すべく、彼は第三の問題行動に出る。

『流謫の地に生まれて』の第二部第四章は、その問題行動、つまり、急進主義を標榜してきたゴドウィンが聖職者になると広言するにいたる一章で、その決断の重さのために訪れた、眠れぬ夜で幕を降ろす前半のクライマックスである。エクセターを訪れ、蜜蜂の羽音に心を洗われ、バックランドの招待によって憧れのウォリコム家の居間に座を占めながら、ゴドウィンは、眼前に開けた「女性の社交」に目を奪われつつ、「解放された女」と「レディ」について比較している。

因襲的な女たち――だがこれは同意語反復ではないか？　魂を自由にした少数の女は、必然的に女性を犠牲にしたのだから、この先の長い年月、そのまま女性ではなくなるのではないか？　その一方で、シドウェルのような女は完成された存在であり、人間進化が到達したある一定の段階で完成の域に達した存在なのだ。彼女を一目見るがいい。そこに座ってムアハウスと対話している、蝋燭のほのかな光を顔に受けて。彼女を、解放された並みの女と、人民の娘と比べてみたまえ。前者のなんと物足りなく、後者のなんとむかつくことか！　ここにあるのは絶妙なる中庸にして、このレディこそ十九世紀末のイギリスが完成させたものなのだ。（第二部第四章）

「因襲的な女たち（conventional women）」が同意語反復とは、どういう意味か。「因襲」と「女」は同じだ、というのである。「魂を自由にした（liberated）女」が代償として犠牲にした「女性（woman）」は生涯失われるから、「解放された女」は完成された女性像としての「レディ」に到達することはない。「解放された女」とは「因襲」から「解放された」ことを指し、したがって「解放された女」とは、語の矛盾であり、「女性」ではない存在として、ゴドウィンの目に映じていたことがわかる。彼が「因襲」から「解放されない男」であることが判明し、同時に、あのサー・トマス・バートラムの女性観が彼の中にもしぶとく生き残っていることが明らかになった。ウォリコム家ではとくに例の「二重の意識」[14]で武装していたはずのゴドウィンだったのに、彼が本心を隠していることをシドウェルの妹のファニーは見抜いていた。「社交儀礼が介在すると、誰も誠実にはなれない」と言うファニーは、シドウェルより解放されていたのか、ゴドウィンの偽善を嗅ぎつけている。

ゴドウィンがウォリコム家で目の当たりにした「広く美しい部屋」、「適度に贅沢な趣味が随所にしのばれる寝室」、そして「蝋燭のほのかな明かり」等々は、「文明が生んだ最高の成果」として彼を圧倒し、ついに彼はバックランドに向い、「近く聖職につきたいと思っている」（第二部第四章）とつぶやいていた。そのとき、ひときわ明るい流星が夜空を走る。やがて寝室に引き取った彼は、急進主義を貫いてきた我が身が、まことしやかに嘘をつき、偽善を装ったことが重圧となり、「堕ちてゆく、堕ちてゆく」という自嘲の叫びを上げる。進化論に触発され、母と通った教会を捨てて無神論を信条とし、聖書と科学は矛盾しないという場当たり的な護教論の矛盾を暴いた「新ソフィスト論」を書き上げていた、そのゴドウィンが、国教会の牧師になろうとする。それはすべて、下層階級を脱し、「文明が生んだ最高の成果である」中流階級に安住するため。シドウェルと国教は、彼がその手段として選んだ対象にすぎない。

一八九一年には脱稿していた『流滴の地に生まれて』が、出版社を盥回しになっている間に、ギッシングは改訂を思い立ち、おもに視点人物をゴドウィン一人から多数の人物に移すことに腐心した。コリーはこの指摘にくわえて、とくにマーセラとシドウェルに独自の視点を与えたことに大きな成果があったとしている（Collie, *Alien Art* 141）。

「新ソフィスト論」が『クリティカル』誌に掲載されたのを契機として、ゴドウィンの偽善が明るみに出るや、マーセラとシドウェルは認識の変化を迫られることになった。マーセラは生まれつき聡明で、女学生だった頃から良家の子女である学友たちを馬鹿にして、「民衆派支持の過激な意見」を振り回し、成人したあとも読書中心の独学で広範な知識を獲得し、並み居る男たちを圧倒していた。そのマーセラにとってゴドウィンは「運命の男」だった。そこに自分の分身を見たマーセラは、美しいシドウェルがゴドウィンに意味するものを理解した上、彼の偽善の根底にある「貴族性」を救うべく、自分の財産の大半を贈る申出をし、その後事故死する。ゴドウィンは終生嫌悪しつづけた「解放された女」に救われ、マーセラのほうは皮肉にも、報われぬ愛に殉じた乙女というオフィーリア以来の「古風な女」の伝統に組み込まれて生涯を閉じた。

一方、シドウェルがゴドウィンの視線から独立するには、彼の嘘を兄の口から直接聞くまで待たなくてはならなかった。それは皮肉にも真実の愛を覚えたゴドウィンが、ついに彼女に求婚した直後のことだった。兄が投げ捨てていった「新ソフィスト論」を前に、彼女はこの偽善に隠された彼の本心を探ろうとする。宗教も見せかけなら、愛情も見せかけだったのか。ここで彼女は「新ソフィスト論」をあらためて読み、イギリスの社会がこぞって「心にもない信仰を奉じている」のは、隠しようもない事実ではないか、として、時代の新しい認識へと目が開かれていく。その後彼女は「自分のことは自分で決める権利がある」と父に主張してゴドウィンに会い、彼に向かって次のように言う。

あなたが適合しようとしてきた世界は、本来のあなたには向かないものでした。あなたの居場所は、新しい秩序の中にあるのよ。古い秩序に逆戻りすることで、あなたは空しい人生にご自分を追い込んでいたんだわ。……あなたはここを出て、あなたと同等の人たちと交わり、未来のために働いている人々とともに、その一翼を担わなければ。

（第五部第四章）

この言葉によって、ゴドウィンの偽善は完全に空中分解してしまう。彼女が「新しい秩序（order）」、そして、「未来」と言うとき、それは因襲の向こうに見える世界のことであり、それこそが「解放された女」の視線が捕らえていたものだった。つまりシドウェルはここで図らずも「解放された新しい女」に変身して彼の偽善を粉砕し、自ら再生したと言えるだろう。彼女に返したゴドウィンの台詞、「あなたのいるところが僕の世界なのです」は、通俗ロマンスのヒロインが言う殺し文句のようで、このどんでん返しには思わず腰が引けてしまう。ときどき見つかるこうしたズレは、この重厚な小説にときおり吹く微苦笑という隙間風であろうか。マーセラもまた、「私たちはいつも世間の因襲を軽蔑してきたわ。だから、そんな因襲に囚われて、言いたいことを言わないなんて、おかしいと思うの」と言って、遺産の譲渡の説明をしていた。「因襲」と「女」を同意語としていたゴドウィンに、この言葉はどう響いたのだろう。「因襲」から「解放された女」が見ていたのは、かくも自由な境地だったとは。それは、階級意識の奴隷には到底見えない新しい世界だった。シドウェルはその後、ゴドウィンの求婚を断り、父の屋敷の屋上にある小さな部屋で、水彩画を描く「レディ」にもどる。ゴドウィンの階級闘争は完敗した、と見るほかない。この作品で、「解放された女」すなわち「新しい女」を後期ヴィクトリア朝の病というべき「偽善」を映す鏡として、また偽善が巻き起こす大小の渦を解読する鍵として用いたのは、ギッシングの慧眼だったと言うべきだろう。

第四節　余計者の男たち

ところでシドウェルは、二十八歳の誕生日に友人のシルヴィア・ムアハウスに宛てて次のような手紙を書いて、さらに「新しい女」に近づいていた。

昨日は私の誕生日でした。二十八歳になりました。……でも、残念なことに、私は真剣に取り組む仕事をしたことがないの。あまり明るくない見通しだわ、きっとこの先もまた二十八年間の優雅な空き時間なんて――それは鬱陶しい怠惰ということですもの。私に何ができるのかしら？　私のために何か仕事を考えてくださらない、一生涯続けられるような仕事を？

（第六部第四章）

こう書いたとき、シドウェルは次なる「新しい女」、ローダ・ナンの登場を告げていたことになる。「仕事」が女性の途上に見えてきたからである。ところでゴドウィンがマーセラからもらった遺産は年収にして八百ポンド、十九世紀がまもなく終わり、二十世紀に入っても戦争が始まるまでは、独身で暮らすには十分すぎる額と言えるだろう。ときどき海外に出かけ、ロンドンのメンズ・クラブで葉巻をくゆらし、サヴォイ・オペラを見る、といった夢の生活ができる。しかしこれは、シドウェルが恐れていた「優雅な空き時間」と「鬱陶しい怠惰」そのものではないのか。夫になったゴドウィンを想像すると、仕事がないので在宅しがちになり、妻のシドウェルを「レディ」という「因襲」で縛るかもしれない。マーセラの兄クリスチャンも、女医となった従妹のジャネットと婚約しながら、結婚後は彼女の体力不足を理由に女医を辞めさせようと考えている。

ところでイタリアでゴドウィンが患った病気は、本当に熱病だったのか。ギッシングの場合、ヒーローのほとんどが若い肉欲に負けて行きずりの女を拾い、貧乏は厭なのに汗を流すのを嫌い、誰かが死んで降ってきた遺産によって安楽な生活に入り、それでどうにか結婚する。そしてその安楽な環境を壊されたくないばかりに、「新しい女」を敵視し、まことしやかな理由をつけて攻撃する。これこそまさにゴドウィンが、そしてイギリス社会がこぞって隠蔽してきた偽善のシナリオだったのではないか。静謐で内省的な『ヘンリー・ライクロフトの私記』（一九〇三年）の語り手ライクロフトも、晩年に奇特な友人の遺産で入った年収三百ポンドのおかげで、四季のうつろいが美しいエクセターで夢の田園生活に浸っている。もはや女性には何の用もなく、「我が家の家政婦」つまり「古風な家政婦」がいるだけでいい。名前も不明なこの家政婦が、お茶やジャガイモ料理を持って書斎に入ってくるときが至福のひととき、おまけに彼女はパン焼きの名手。そして彼のこの言葉、「いかなる階級の娘であれ、完全なパンを焼き上げられる能力を立証できない限り、結婚して人妻となることはまかりならぬ制度」が作られたら、「この騒然たるイギリス」に「栄光ある革命がもたらされる」（「冬」第十一章）である。イギリス紳士の理想は「パンのみにて生きる」ということだったのだ。

このからくりを見破る「新しい女」こそ、『余計者の女たち』のヒロイン、ローダ・ナンその人である。ローダは自分で選んだ仕事を持ち、「経済の独立」と「精神の独立」を我がものとして、遠くはファニーの、いまはシドウェルの希望を実現させ、しかも長身で知的な魅力にあふれた外観を持つ「自立した女性」となっているからだ。彼女はさらに、貸し本屋から借りてきたロマンス小説ばかり読む馬鹿な女を冷笑する一方で、男性の「性的な衝動」をつねに別問題として触れようとしない三文小説家どもの欺瞞を衝き、「あの連中は、ためになる真理は一つも言わない」と喝破し、かつ、「すべての男性は事実上、独身者ではない」と断言し、「誰も口にしない事実がある」（第六章）として、ヴィクトリア朝男性の性生活に切り込むギッシング初のヒロインである。

近年の『余計者の女たち』研究では、モニカ・マドン・ウィドソンに関心が集まっているようだが、彼女は一八五〇年前後から顕著になった「女余り現象」で男にあぶれた、いわゆる「余った女」ではなく、年収六百ポンドに釣られてむさくるしい四十男と結婚した女である。おかげで高価な衣裳を着せてもらいながら、いつも在宅している夫を嫌って「ストリート・ウォーカー」（図③）になったことから、世紀末と大都会ロンドンという二大記号装置を読む記号解読者という顔が新たに認められ、注目を集めたのだ。

　都市を徘徊することが男だけの楽しみではなくなった現象は興味ある問題を種々含んでいるとはいうものの、エマ・リギンズによれば、女のストリート・ウォーカーは往々にして「売春婦という、男の好意と金を当てにした存在」（Liggins 102）とみなされた。父が医者だったモニカはたしかに下層の生まれではなく、売春婦まがいのような売り子仲間と共通点はないという自負があったとはいえ、ウィドソンと出会ったのは一人で街を歩いていたからであり、彼と結婚はしたものの、「男の好意と金を当てにする存在」にかわりはないから、彼女をここで「新しい女」と呼ぶわけにはいかない。「都会の自由を得た女は、男の目にはつねに、性的な含みと、品格の欠如と映じる」（123）だけなのである。

図③　ギュスターヴ・カイユボット『ヨーロッパ橋』（1876年）の一部。通りすがりの女性を値踏みするフラヌール。このあと二人がどうなろうと、その関係は文字通り「行きずり——passing」のもの。

　正式に「新しい女たち」の一人と呼ばれる初めてのヒロインとして登場したローダは、死んだ母が残した少額の金をもとに、専門知識もないままに教えるのが苦痛だった教師を辞め、ブリストルに出て速記や簿記を習い、大商店の出納係に就職した。そのあと、広告を出してバースで事務職につき、ロンドンに近づくには必須の技術と見たタイプを習い（図④）、ロンドンにあるその事務職訓練学校の経営者であるメアリ・バーフットに優秀さを認められ、いまは彼女の右腕となって同校の経営に当っている。三十歳になったいまはメアリの住居の一角に暮らしていて、大きな本箱と書き物机のある部屋には、切り花を活けた花瓶がいくつか置かれ、よい香りが辺りを包んでいる。このローダの転職の軌跡は、女家庭教師に始まった「新しい女」の仕事の歴史そのものであり、そこには二十世紀が目前に迫った社会が見える。ファニー・プライスが使っていた「東の部屋」

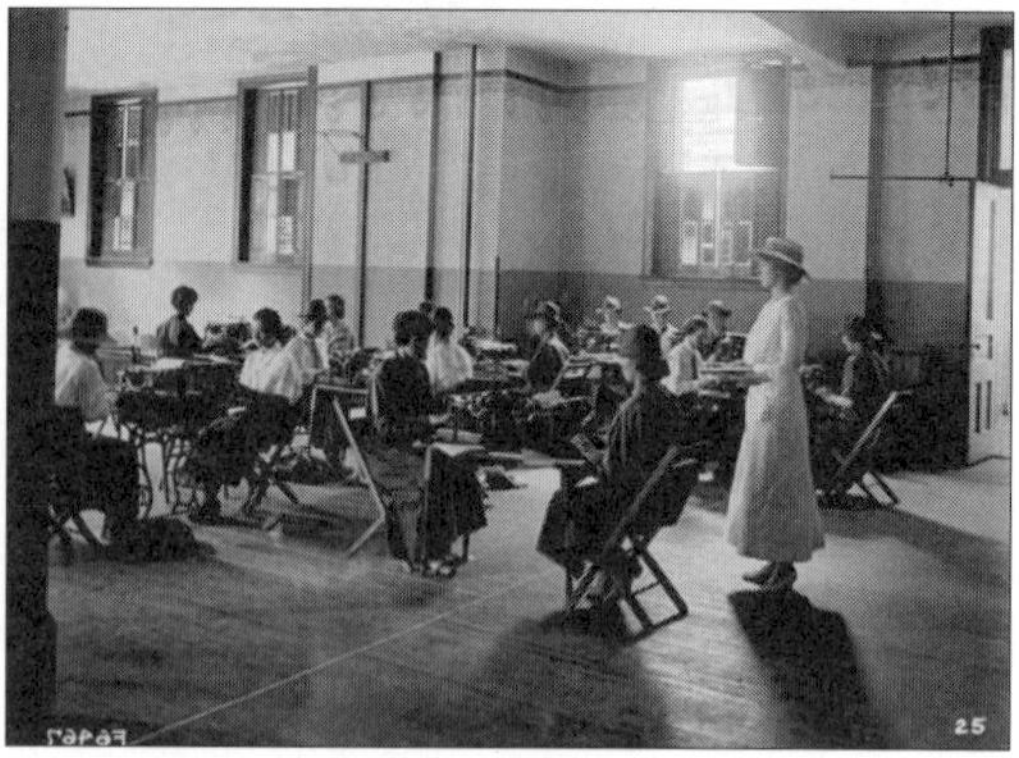

図④　タイプの学校（1914年頃）
もと応接間が今はタイプの教室。右端にはミス・バーフットのような校長先生らしき女性。

は、ようやくローダがロンドンのチェルシーに持った自室、「自分だけの部屋」となった。一八九〇年代に入ると、「新しい女」小説の守備範囲は労働者階級から中流階級に移りはじめる。リギンズは、「中流階級の働く女性が、結婚という誘惑に直面しながらも、独身を守ろうとして葛藤する、その社会現象をドラマにすること」（Liggins 105）がギッシングの意図であるとし、「自立した人生を模索する女性たちの戦い」が本書の主題であるというギッシング自身の言葉を上げている（106）。

ローダの前に現われるエヴァラードはメアリ・バーフットの十歳下の従弟で三十三歳、父親は下層の出身から中流階級にのし上がり、二人の息子を紳士にするべく教育した。長男のトムは従順だったが、次男の彼はイートン校でラディカルの洗礼を受け、オックスフォードに進まないという反抗で父親に逆らった。女性問題でさらに父親の怒りを買い、父は彼に四百五十ポンドの年収しか遺さなかった。しかし悪妻に苦しめられた兄の急死は、エヴァラードに千五百ポンドの年収をもたらした。おまけに彼は身長があり、清潔で明朗な外観にくわえて、「耳を愛撫するような声」の持ち主だった。ローダの相手役として、ギッシングは目にも耳にも官能的な美男子を選び、「心から体へ」を示唆している。エヴァラードは「女性らしさに関する限り、未知のものはなく」（第十章）、目の前にいるローダを見て、いわゆる美人ではないとしながら、秀でた額、知的な唇、長い睫毛などを仔細に眺め、均整の取れた体、うっすらと静脈の浮く白い肌へと視線を泳がせ、彼女を「欲望を理性でコントロールできる成人男性の、現代文明によって強化された欲望の象徴」（第十三章）と見なし、次第にローダを狙うべき獲物に変えていく。ローダを名実ともに「新しい女」と見て、好感を持ち評価する目はあるものの、「彼女の顔には処女と書いてある」と見る意識は、彼が「新しい男」にはなりきれない尻尾の痕跡を思わせる。

一方ローダには、「相思相愛の夫婦なんて、一万組に一組もいない」、「結婚は知性の結びつきであって、生活の手段ではない」、「結婚は待ち望むものではなく、避けるべきもの」という結婚観がすでにあり、その根底にはむろん「どうして男性は馬鹿と結婚するのか」、「本当に独身の男がいるのか？」（第六章）といった男性観があり、自分の夫になる男には「しみ一つない誠実」（第二十五章）を求める自分を知っていた。そして同じ第二十五章、ローダが休暇で訪れた海辺の小村を舞台とするエヴァラードの自由恋愛とローダの正式な入籍結婚をめぐる応酬は、とどのつまり、たがいのセクシュアリティを賭けた「支配」と「被支配」の図式に陥って決裂する。だがこの海辺の小さな村は、ローダに揺るがぬ人生の設計図をあらためて認識させる場となった。

夫の愛――そしておそらくは子どもたちの愛。それだけでは嫌だ。……何らかの知的な仕事に実質上従事すること、何らかの「運動」に協力する――いや、指揮すること、自分と同時代の一大転換期にある生活と関わりを持つこと……私が了解しているような女性の解放に対し、エヴァラードが本気で共感しているか否かは疑問だ。（第二十五章）

この願いと疑いは、いまも女性の心を二分している。ローダの言う「女性の解放」、つまり男性の真剣な共感を得た「女性の解放」が実現することはあるのだろうか。ローダの前に広がっている不安は、時代や歴史をよせつけない男女の差異または人間存在の根源に横たわる不安のいいであろう。エヴァラードの中にこれを見たかのように、彼女は一人ロンドンにもどる。そこに待っていたのは、二度ともどるまいと思ったチェルシーのあの部屋だった。

懐かしい寝室に入ったときの感じは非常に不思議だった。……部屋の匂いが、悩みと希望のうちにすごした長い時間を思い出させ、彼女は吐き気がし、憎しみの余り逆上して、自分の人生のほとばしるような流れに足を踏み入れ、その清らかさを濁した男を呪った。……この男に対する恋を打ち砕くことができなければ、私は毒を呑んで死ぬ。……そうして、彼の虚栄心を満足させていいのか？　この男への愛のために、知情ともにめったにないほど卓越した資質を持った女が、一匹のネズミみたいに死んだのだという一生の思い出を彼に与えるのか？（第二十七章）

これがゴドウィン・ピークの眠れぬ夜に匹敵するローダ・ナンの徹夜の瞑想である。「私の人生のほとばしる流れに足を踏み入れて、その清らかさを濁した男」、これこそローダの、そして「新しい女」の独立宣言ではないだろうか。男女が対等な人間であるということが、この二人の男女の眠れぬ夜で示されている。女性の財産権や離婚法や婦人参政権が実現しても、女性の人生には眠れぬ夜が一再ならず訪れる。ローダという「新しい女」は、その苦い杯を呑んで見せた新しいヒロインだった。ギッシングはローダによって、女性の自立の映像化を果たしたとも言えるだろう。ここには、「一人で、または友人たちとともに暮らし、家族のしがらみや、男の支配や監視から独立する権利」を働く中産階級の女性たちに認定し、「郊外の妻たちを窒息させるような結婚を避ける最善の道」は、『「栄光ある独身女性』としてのライフスタイルを開拓することだ」と示唆するギッシングがいると、リギンズは解説している（Liggins 127）[15]。

とはいえ、結婚という亡霊は出没するのをやめることはなく、夜空が白むまで眠れない夜が必ずまたやってくる。

ギッシングは一八九三年、友人のベルツに宛てた手紙にこう書いている。

> 人生の悲惨の大半は女の無知と幼稚さに原因がありますね。……こうした事態は、まさしく教育の欠如によるものです。イギリスの解放された女性の中には、素晴らしい人がたくさんいます。そうした人は女性の美点を何一つ失うことなく……知性の面で（また道徳の面でさえ）多くのものを得ている人たちです。僕は典型的な女の粗野な愚かさによって気も狂わんばかりの思いをさせられました。こういった女は消滅するか、とにかくごく少数になってもらわねばなりません。それを達成する唯一の道は、いわゆる性のアナーキーの期間を経ることでしょう。
> （*Letters* 5: 113）

これは本論で最初に見たメアリ・ウルストンクラフトの思想の再確認にほかならない。メアリ・バーフットの学校経営も同じ理念で始めたもの、メアリとローダは「女性の解放」という目標に向かって再びタッグを組んでいくだろう。結婚後のエヴァラードは無為の夫にもフラヌールにもなるだろうから、妻のアグネスが家を出て、ストリート・ウォーカーになる可能性がないとは言い切れない。

こうしてメアリとファニーという、ありふれた名を持つ女性たちが哀しみや反発によって語り伝えてきた「新しい女」の問題は、マーセラ、シドウェル、ローダといった特異な名前を持つ女性たちがそれぞれに遭遇した「新しい体験」によって深く掘り下げられ、人間と時代を読み解き、数々の忘れ得ぬシーンになってひとまず結実した。いつの時代であれ、どんな社会であれ、必ず起きる地殻変動は、周辺を居場所とする女性によってまず感受され、そこにまた「新しい女」が誕生する。この意味で時代を先導する役割を持った「新しい女」は、永遠に連鎖する宿命にあると言えるのではないだろうか。

ちなみに、二〇〇五年九月十八日付けの『タイムズ』には、「キャリアガールたちが若いツバメブームに沸いている」という記事が出て、八歳以上若い男性と結婚する女性の割合がこの二十年で倍増し、「女性の解放（female emancipation）」と「高給が得られるキャリア」がその二大要因であるとあった。続いて二〇〇六年四月十六日付けの同紙には、「『新しい女』は家庭の主婦」という特集記事が掲載され、その小見出しは「解放されたキャリアたちは家庭生活を選ぶ」であった。「新しい女」は二十一世紀にも生き残り、時代の変貌を映していくようだ。

註

(1) 武田美保子『〈新しい女〉の系譜』(彩流社、二〇〇三年)から多くの教示を受けた。

(2) 富山太佳夫『シャーロック・ホームズの世紀末』(青土社、一九九七年)七七、八八頁。

(3) メアリ・ウルストンクラフト『女性の権利の擁護』(白井尭子訳、未来社、一九八〇年)三二七頁。

(4) Gillian Beer, *Darwin's Plots: Evolutionary Narrative in Darwin, George Eliot and Nineteenth-Century Fiction* (London: Ark Paperbacks, 1983) 210-13.

(5) バンクス夫妻『ヴィクトリア朝の女性たち』(河村貞枝訳、創文社、一九八〇年)三八頁。

(6) メアリ・ウルストンクラフトの生涯については、山上正太郎『フランス革命とひとりの女性』(社会思想社、一九九七年)を参照。

(7) Barbara Hardy, "The Objects in Mansfield Park" in *Jane Austen Bicentenary Essays*, ed. John Halperin (Cambridge: Cambridge UP, 1975) 184. 「ファニー・プライスはヴィクトリア朝のヒロインたちを先取りしている」とあり、「東の部屋」を本篇の心臓部として論議している。

(8) クレア・トマリン『ジェイン・オースティン伝』(矢倉尚子訳、白水社、一九九九年)一一七頁。オースティンはラクロを読んでいただろうとしている。

(9) 『渦』を「姦通」というテーマで読んだ拙論「『渦』——ギッシングと姦通小説」『ギッシングの世界』(英宝社、二〇〇三年)を参照されたい。

(10) エイザ・ブリッグズ『イングランド社会史』(今井宏・中野春夫・中野香織訳、筑摩書房、二〇〇四年)三七二、三七八頁。

(11) 富山太佳夫『笑う大英帝国』(岩波新書、二〇〇六年)六五頁。

(12) George Orwell, "George Gissing" in Coustillas, *Collected Articles* 51.

(13) Pierre Coustillas, introduction, *Born in Exile*, by George Gissing (Brighton: Harvester, 1978) xii.

(14) この「二重の意識」(第一部第三章)は時代の現象として多くの批評家が言及している。とくに、Jenny Bourne Taylor, "The Strange Case of Godwin Peak: Double Consciousness in *Born in Exile*" in Ryle and Taylor, *George Gissing: Voices of The Unclassed* 61-75 に詳しい論述がある。

(15) 『ヴィクトリア朝の女性たち』には、「独身でとどまることはかつては恐るべき運命であったが、次第に多くの女性が自立の喜びを発見するようになるにつれて……好んで独身を選ぶようになった」(一四五頁)とある。

第十二章

セクシュアリティ

——「性のアナーキー」の時代に——

中田　元子

「女性の権利、つまりお好きな方を」『ジュディ』（1869年3月31日号）

第一節　知性とセクシュアリティ

「性のアナーキー」(*Letters* 5: 113) ――ギッシングが生み出したこの言葉は、現在ショウォールターの著作の題名としてよく知られている。ショウォールターによれば、性のアナーキーの時代とは「性のあり方と営みを支配していたすべての掟がこわれたようにみえる時期」[1]であり、余計者の女たち、新しい女たちの出現とともに始まった(Showalter 59)。そのような女性たちのなかには、高度な教育を受け、従来男性の領域とされた領域に進出することを求める者も出てきた。既得権を脅かされつつあると感じた男性たちは「科学的根拠」をもって猛反発した。知的活動は女性の生殖機能に悪影響を与えるというのである。この主張の元祖ともいえるハーバート・スペンサーは「女性は過度の知的労働によって、完全に不妊になったり、不妊傾向に陥ったりする」[2]と警告し、「厳しい勉強をくぐり抜けたぺちゃんこの胸の娘たちは子どもに授乳できなくなる」(Spencer 486)と脅している。ロンドン大学ユニヴァーシティ・カレッジの法医学教授だったヘンリー・モーズリーは「精神と教育における性差」(一八七四年)において、「身体に男女の区別があるように、精神にもはっきりした性別がある。したがって、精神がその本来の資質によって可能な最良の教養を得るためには、性別に応じた精神の特質を考慮しなければならない」[3]と主張し、さらに、女性に長期にわたって精神的作業を続けさせると「虚弱で病気がちになり……結婚しても母親としての機能を十分に発揮できない身体になる」(Maudsley 475)と述べる。モーズリーにとって、J・S・ミルの「現在女性の本性と呼ばれているものは際立って人為的なものである」[4]という主張などは、身体的な男女差がある以上論外なのである(480-81)。

　女子高等教育については世紀末に至るまで反対が唱えられ続けた。一八九八年『ガールズ・オウン・ペイパー』に掲載された「ロンドン大学学位授与式」という記事のなかで、「女子卒業生」と名乗る筆者は、女性が高度の学問をすることに対しては依然として根強い反対があることに触れている。

> 勉強しすぎが娘たちに与える弊害については耳にタコができるほど聞きます。……女たちが知識の追求に一生懸命になりすぎると嘆く殿方が数多くおられます。そんなことに身を入れていると、若さや目の輝き、美しさを早くになくしてしまうと予言なさいます[5](図①)。

しかしそのような反対にもかかわらず現実は進展していった。女子高等教育反対の旗頭モーズリーが教授を務めていたロンドン大学は、一八七八年、女性に対するすべての差別を撤廃し、その結果、一八九一年までに同大学で学士号を取得した女性の数は四百二十二人になった[6]。

「性のアナーキー」という言葉の生みの親ギッシングは、一八九三年六月二日付エドゥアルト・ベルツ宛ての手紙で、女性の知的向上を求めている。「私が女性の〈平等〉を求めるのは、とにかく女が男と同程度の教育を受けて知的にならないかぎり、世の中に平和は訪れないと確信しているからです。人生の不幸の大半は、女の無知と幼稚さが原因なのです」(*Letters* 5: 113) と書き、女性に対する教育を強く求める。たとえそのことによって、多くの人にとって「性のアナーキー」とみえる時期が到来したとしても、その段階を通過しなければ、男女が真に幸福になることはできないとギッシングは考えたのである。また、「イギリスの解放された女性たちのなかには立派な人がたくさんいます。彼女たちは、女性としての美点を全く失わず、しかも啓発される過程、つまり知力開発の過程を通して、知性の面で（また道徳の面でさえ）多くのものを得ているのです」(5: 113) と述べ、女性に対する高等教育を全面的に支持している。これは実際にイライザ・オームやクレアラ・コレットといった高等教育を受けた女性たちと親しく付き合ったうえで得た確信であろう(7)。

図①　「麗しき女子卒業生」『グラフィック』（1891年5月23日号）

さらにギッシングは、女性のなかでもとりわけ労働者階級の女性を知的に向上させることへの強い希望を表明する。同じ手紙の後半で、「労働者階級の女性が今のブルジョアなみの分別を持つようになってくれれば満足です――そうなれば確かにかなりの進歩ということになるでしょう」(*Letters* 5: 114) と述べ、ブルジョア女性がすでにある程度の知的段階まで達しているのにひきかえ、労働者階級女性の知性が物足りないとの認識を持っていたことを示している。ミドル・クラスに属するギッシングがなぜわざわざとりたてて労働者階級女性の知性を問題にしたのだろうか。それは、ギッシングが自分の結婚相手としては労働者階級の女性しかいないと考えていたことに原因があると推測される。ギッシングは二度目の結婚相手となるイーディス・アンダーウッドと出会う前の月に、ベルツに宛てて「上の階級の女性と結婚できる望みは現実的には全然ありません。全くないのです!」(4: 235-36) と書いている。なぜそこまで確信を持っていたかと言えば、同じ階級の娘との結婚を望んだところで、「教育のある英国娘は、わざわざ貧乏をすることが分かっていて結婚しはしない」（4: 235）と書いているように、自分の収入はミドル・クラス女性が十分と思うほどではないだろうと考えていたこと、前科者であることなどの理由が考えられるが、そのほかに、ミドル・クラスの女性に自分の性的欲望を満たしてもらうことは望めないと考えていたこともあるのではないだろうか。

　ヴィクトリア時代、女性は性欲を持たないものとされていた。ウィリアム・アクトンの「多くの女性はいかなる類いの性的な感覚にもあまり煩わされない」[8]という言葉は余りにも有名である。女性のなかでも特にミドル・クラスの女性はその道徳性を称賛されるにあたって、男性と違って性的欲望に悩まされず純潔であることがひとつの根拠となっていた。ミドル・クラスの女性が性交渉を苦痛の種と考えているという報告もなされていた。アクトンは、性交渉の結果起こる妊娠・出産によって、身体の不自由、苦しみを味わうことを思うと、もう夫と性交渉を持ちたくない、と打ち明けた女性の話を引用したり、逆に妻がそのような状態に陥ってしまい悩んでいる男性たちについて言及している（Acton, *Functions* 166）。また、夫婦間であっても性交渉は週一回にとどめておいたほうがよいと勧めてもいる（146）。ギッシングは、スランプ時の日記に「結婚するまでもう決していい仕事はできない」（*Diary* 226）と書いたこともあるように、創作の不調を性行為によってまぎらわそうとすることがあった。しかし、女性には性欲がないという通説が広まっているなか、欲求不満解消のための性交渉を妻に、とりわけミドル・クラスの妻に求めることはできないと、ギッシングは考えていたのではないだろうか。

　アクトンが女性には性欲がないと言った時、そこには労働者階級の女性も含まれていた。アクトンは女性が売春婦になる理由を考察するなかで「自身の制御しがたい性的欲望のせいで女性が道を踏み外すことはほとんどない」と述べている。[9]しかし労働者階級には放縦、堕落、汚染などといった性格が付与されていた影響で、その階級に属する女性も同様の性格を持ち、したがって性的にもたがが緩いと考えられていた。実際には労働者階級の女性のあいだでも性についての知識、行動には差があったが、ミドル・クラスが労働者階級の女性たちについて抱いていたイメージは、婚前交渉を当然のように行ない、売春婦を生み出す、性的に放縦な女たちというものだった。[10]『余計者の女たち』（一八九三年）で、女性のための職業訓練学校を経営するメアリ・バーフットは、「労働者階級の娘の唾棄すべき欠点は……動物的本能を満たすことだけに夢中になっていることだ」（第六章）と述べ、労働者階級の女性が性的欲望に弱いと考えられていたことを示している。

　とはいっても、メアリは女性の性欲の存在自体を否定しているわけではない。ミドル・クラスの女性は、教育と属する階級の気風によってその存在を前面に出さずに済ますことができ、そこが労働者階級の女性と違う点だというのである。ここで注目すべきなのは、アクトンによって否定された女性の性欲の存在が認められていることである。ハヴロック・エリスが、女性にも性欲がある、と指摘したのは二十世紀になってからのことである。[11] ギッシングは、女性の性のあり方についての先入観を覆すような見方を表明していると言ってよいだろう。

　そのようなギッシングが自分の結婚相手としては労働者階級の女性しか対象として考えられなかったのはなぜだろうか。ミドル・クラス女性が性欲をもつセクシュアルな存在であることが認識されているのであれば、すでに知的にある程度解放されているミドル・クラスの女性こそ理想的な伴侶の候補となったのではないだろうか。しかし、性欲があることは自覚していても、メアリが言うように、それを慎み深く隠しておくことが女性の取るべき態度であると考えられていれば、そのような態度を装う女性に対しては、男性も礼儀上性欲を持たないものとして対応せざるをえなかっただろう。ギッシングは、女性のうちに知性とセクシュアリティの共存を求めたが、何よりもまず自分の性的欲望を満たすことを優先させたため、慎み深さの規範を前提とするミドル・クラス女性は選択の対象外になったことが推測される。

第二節　男であることの困難

アクトンは、女性には性欲がないとする一方で、「健康で節制を守っている男性の性的欲望は非常に強い」（Acton, *Functions* 121）と述べた。そして、その欲望は動物が持っているのと同じ本能ではあるが、自然に任せたままにしておくと健康を害すと警告した（148-54）。ヴィクトリア時代のミドル・クラス男性は、性的欲望に関して、自然なものではあっても、その発揮を抑制しなければならないという二律背反に直面したのである。

　ギッシングは一八九〇年九月十六日の日記に「ときどき狂人になったような気がする。結婚するまでもう決していい仕事はできない」（*Diary* 226）と書いた。執筆が不調で精神的に追いつめられていた時、必要なのは女だった。この欲求を満たすために行動したギッシングは、八日後、オックスフォード・ミュージック・ホール（図②）でイーディスと出会う。そして、そ

図②　1890年代のオックスフォード・ミュージック・ホール

れから二週間も経たないうちに妹エレンに手紙を書いて、「年末に結婚するかもしれないと知らせた」（実際には翌年二月に結婚、*Diary* 227）。後にガブリエル・フルリに認めたところによれば、ギッシングはその時「欲求不満の極みに達して絶望的になっており、恐ろしいほどの性的欲求に苦しめられていた」(Halperin 136)。第一節でみたように、同じ階級の娘が自分を結婚相手と考えてくれるわけはないと悲観してもいた。こうしてギッシングは、労働者階級出身の、全く知的ではない女と、孤独——とりわけ肉体的孤独——を慰めるために結婚した。結婚という形態は、何よりも肉体的欲望を継続的に満足させる見通しを与えてくれるという点において望ましいものと、少なくともその時には考えられたのである。

欲望を抑制することが規範とされる集団に属しながら、欲望を抑えきれず性急な行動をした結果もたらされる不幸な出来事の一例が『渦』（一八九七年）でセシル・モーフュウの経験として描かれている。セシルにはヘンリエッタという婚約者がいたものの、婚約者の両親から結婚するに十分な収入があるとは認められず、永すぎた春を過ごしていた。その間に起こったある出来事が婚約者に知れて婚約を破棄されるのだが、その破談通告を受けたあと、ハーヴェイ・ロルフに事情を説明するなかでセシルは言う。

「ヘンリエッタの事でひどく惨めな思いをさせられていたことをご存知ですよね。ぼくはほとんど発狂寸前だった。あの、あれをどう言ったらいいんだろう。あの年頃の男が経験する苦しみを表現するちゃんとした言葉がなぜないんだろう。もうどうしてもひとりではいられなかった——限界だったんです」

（第三部第七章）

セシルはそのように追いつめられた状況のもと、公園で出会った労働者階級の娘と関係を持ち、子どもができたと告げられる。セシルは「自分は善良な女性の愛には値しない」（第三部第七章）と、自身が下劣な男であることは認めつつも、他の女と関係を持つような事態になったことの責任の一端は婚約者にもあると考える。「娘たちは、一年また一年と男を待たせておきながら、自分たちがどういうことをしているのかわかっていない」（第三部第七章）と、女が男のセクシュアリティについて無知であることを責める。とはいうものの、セシルはただ女だけを責めて済むものではないことも承知している。なぜなら男の性欲のことを「だれも説明してやれない」（第三部第七章）のだから。つまり、女の無知はヴィクトリア時代のお上品ぶりが奨励した無知である以上、女だけの責任を問うわけにはいかないということである。セシルの苦しみは、社会が一致団結して産み出した構造的苦悩ということになり、セシルの背後には、同じ苦しみを分かちもつ無数の男たちがいるのである。

男性の欲望の制御しにくさは、ハーヴェイをして、男の子はいっそのこと幼いうちに死んでしまったほうが幸せだと言わせるほどである。ハーヴェイは、セシルが関係を持った女が産んだ子が、結局一、二ヶ月で飢え死にしたと聞いても、「それが一番だったよ、きっと」(第三部第七章)と慰める。長じて性の苦しみを味わうことがなくて済んでよかったと考えたからである。ハーヴェイは三歳の自分の息子についても、「ヒューイは黄金時代のまっただなかにいる。あと一、二年もすれば人生最良の時は終わる。今はもう幼児でもなく、かといってまだ少年でもないが、それに比べると、少年期は鉛のように重苦しい時期なのだ。そして男になると――性の苦しみが始まる」(第三部第一章)と言い、だから、子ども時代の幸福と無垢を永久に失って大人になるよりは、遊んでいる間に眠りに落ち、二度と目覚めないほうが息子にとって望ましいのだと考える(第三部第六章)。あまりにも皮肉で悲観的な見方のように思われるが、子ども時代に人生を終えることの幸福をハーヴェイは半ば本気で信じているようだ。

男の性欲が生きる上で非常に厄介なものであることをあからさまに表現している点で、ギッシングは表面を取り繕うヴィクトリア時代に一種の「性のアナーキー」状態を作り出していると言える。さらには、男であることの困難が、部分的には女の無理解によって生じていること、また女をそのような状態にとどめている社会にも責任があることを指摘した点も、旧弊な規範から見れば眉をひそめられることだっただろう。

第三節　母親のセクシュアリティ

さて、結婚は男性にとって確実に性的欲望を満たすことができる方法と言えるが、それはまた社会公認の再生産システムでもある。第一節で見たように、女性に対して男なみの教育を与えることに反対していた医師たちは、女性が知的活動をしすぎると再生産活動が不調になる、すなわち女性としてのセクシュアリティを十分に発揮できなくなると警告していた。つまり母親になるということはセクシュアリティを最大限に発揮する活動なのである。しかし、妊娠・出産という母親になるための行為、またそれに引き続く授乳という行為はふつうセクシュアリティの発揮とは認識されない。母親はもっぱら精神的に慈しみ育てる存在として理想化され、セクシュアリティという要素を脱色される。

『渦』ではアルマの妊娠は次のようにほのめかされる。ハーヴェイが、妻アルマの様子がおかしいと言うのに対して、アルマの義理の母であるミセス・フロシンガムが控え目に微笑みながら「何でもないのよ」(第二部第一章)と言うこと、これだけがアルマの妊娠を示している。その後、妊娠中のアルマ本人が登場することはなく、妊娠中の経過については伝聞の形でさえ伝えられることはない。そして出産に至るが、それは「相当危険なものだった」(第二部第一章)と語られるものの、これも具体的にその様子が描写されることはない。また、アルマが二度目の妊娠をしていたことが読者にわかるのは、山道で乱暴に馬車を走らせたあと倒れたアルマを診察した医師が「明快な診断」（第二部第三章）を下したという一節を読んで、それが流産を意味していると解釈できた時である。この流産のあと、アルマはもう一度妊娠する。この時にはアルマ本人がハーヴェイに「身体の不調の当然の説明」（第三部第四章）をしたと表現される。一方、『余計者の女たち』でモニカの妊娠がほのめかされるのは、駅の待合室で気分が悪くなったモニカを介抱してくれた婦人たちの言葉が「心もとなげで注意深く曖昧なものだったが、モニカには思い当たったことだろう」（第二十三章）というそれ自体曖昧な表現によってである。

これらの婉曲表現が示しているのは、再生産自体は社会から推奨された行為だったとはいえ、妊娠に関しては、その語自体も含めて表現することは注意深く避けられていたということである。ヴィクトリア時代において、母親であることは価値のあることであっても、母親になる行為は触れるべからざるものであった。この点において、ギッシングは時代の慎み深さを共有しているといえるだろう。

次に、出産に引き続いて行なわれる授乳という行為について考えてみよう。十九世紀末には人工哺育がある程度安全なものになってはいたが、医師はつねに母親による授乳を推奨した。医師たちは、授乳は「絶対的な義務」[12]であると声高に命じ、授乳しない母親は獣にも劣ると非難した。エドマンド・コートリーは『乳児哺育』（一八九七年）で、「健康な母親であっても、授乳を拒否することによって、子どもを病気にしたり死に至らしめる原因を作り出す」[13]と書いて、授乳しない母親に脅しをかけている。そして「完璧な母親」となるための条件を、身体全般にわたる健康状態、乳房と乳首の状態、精神状態、生活様式、年齢、妊娠に備えた準備、食事、運動、全般的な衛生、乳房と乳首の手入れなどに分けて十頁にわたって細かく記している（Cautley 12-22）。ここで母親の乳房はまるで子どもを養い育てる機能に特化した機械のように扱われ、いかなる意味のセクシュアリティも持ち合わせないものになっている。

ハヴロック・エリスは授乳時の性的な快感について述べた母親もいると報告している。[14]しかし、母親となった女が示すことを許されるセクシュアリティは、母乳を分泌するという母親としてのセクシュアリティのみであり、しかもそれはセクシュアリティの発露と意識されてはならない。授乳という行為から性的な意味合いは一切排除され、代わりにそれはもっぱら母性愛の表れとみなされる。たとえば、『渦』におけるハーヴェイの友人バジル・モートンの妻は、自分の存在意義は家族のために尽くすことにこそあると考え、自分の都合、楽しみのことなどは全く頭をかすめない女性であり、その「乳房は命の泉で、赤ん坊はそこにくっついて大きくなった」（第三部第一章）と表現されている。母親の乳房が理想の母親の象徴とされているのである（図③）。

　一方『渦』のアルマは初めての子に授乳しない。赤ん坊の誕生に新しい愛情を呼びさまされたハーヴェイはその態度に違和感を覚えるものの、周囲の雰囲気もアルマが授乳しないことを当然と受け止めているようなので、あえて何も言わない（第二部第一章）。アルマが授乳しないのは生活の中心が社交にある多くの上流婦人たちと同じ理由による。彼女たちは人前に出る機会に備えて容姿を美しく保ちたいと考え、医師に非難されても授乳しなかった。[15] アマチュア・ヴァイオリニストとして幾度となく聴衆を前に演奏した経験を持ち、機会さえあればプロの音楽家になりたいと考えている女性にとって、形の良い乳房は

図③　エドゥアール・ドゥバ=ポンサン『舞踏会の前に』（1886年）

見せ物としての価値を有しており、授乳によってその見栄えを損なうことは禁物なのである。この場合の乳房は、母性愛の象徴としては価値を認められておらず、男性の視線を意識した女のセクシュアリティの表出手段としてのみ認識されている。
　ハーヴェイは、アルマへの求婚に際して「自由を分かち合う」（第一部第十一章）ことを提案し、子どもが生まれた後も「君の人生を僕の人生に従わせる必要はない」（第二部第三章）と、アルマに旧弊な妻の役割を求めない意志を表明する。したがって一児の母になったアルマがプロのヴァイオリニストとしてデビューすることも黙認する。一方アルマは、授乳することを避け美しさを保った身体を活かして男性の協力者を得、初演奏会を終えるが、その緊張や人間関係のもつれから精神を病んでゆく。アルマは後に第二子を得たとき授乳することを強く希望するが、睡眠薬を常用している身体ではそれは許されない。その赤ん坊が突然死に、その後しばらくして、アルマも薬の過剰摂取によって命を落とす。一方、『余計者の女たち』のモニカは、夫の子を宿している時、ビーヴィスと駆け落ちする決意をする。この関係は夫の知るところとなり、モニカはビーヴィスとは別れるが、女児を出産した直後息絶える。[16]
　アルマとモニカの運命が示しているのは、セクシュアリティを持たない存在とみなされ、子どもの養育を最優先させるべきであると考えられていた母親が、家庭外に出て女性としてのセクシュアリティを発揮すると、罰せられるということである。

母親になるということは、当然のことながら女性のセクシュアリティが発揮されたことを示すものだが、その表現はなるべく遠回しに、またセクシュアリティを隠蔽された形でなされ、母親のセクシュアリティの発揮としての行為は「母性」に回収される。アルマとモニカは、後期ヴィクトリア時代においても、『渦』のモートン夫人のような「旧式な良妻賢母」（第三部第一章）でなければ生き残れないことを身をもって示している。母親のセクシュアリティは、決して「アナーキー」の状態に陥ることは許されないようだ。

第四節　読書する売春婦

ウィリアム・アクトンが主張するところによれば、売春婦について一般的には「ひとたび美徳の頂点を踏み外した女性はきわめて急速に没落し、最後は健康も慎みも世俗の繁栄をも失う」（Acton, *Prostitution* 59）という見方や、「けばけばしく飾り立てて厚化粧した酔っ払いのふしだらな女」（60）という見方があった。アクトンは悪名高い「伝染病予防法」制定に際して中心的役割を果たしたが、一般的に流通していた右のような売春婦観を正す必要を感じていた。彼は、売春婦は「健康体にしても病んでいるにしても概して美人で、物腰も優雅である。泥酔癖も、すでに彼女たちの先輩の代に……やめている」（60）と述べる。また、一度売春婦になったら死ぬまでそのままということはなく、売春婦から妻への移行は容易であり「売春婦のなかでも比較的恵まれた者は、貴族から馬丁までの、社会のあらゆる階層の男性の正妻になる」（73）としている。このように、売春婦が一般社会と行き来する存在であるからこそ売春婦を検査・管理する「予防法」が必要だと主張したのである。第一節で触れたように、アクトンは、売春婦「自身の制御しがたい性的欲望のせいで女性が道を踏み外すことはほとんどない」（127）と見ており、セクシュアリティの点でも、売春婦になる女が、性欲を持たないとされた他の女たちと違っているわけではないとする。では、女優、婦人帽子屋、店員、家事使用人、工場労働者、農婦たちが売春婦になるわけは何かといえば、それは多くの場合堪え難い貧困だというのである。（129）

ギッシングは若き日に売春婦を救うための金目当てで窃盗を働き、逮捕されて放校処分になる。そして後にはその売春婦と結婚するという形で実際に「救済」しもする。その行動からは、売春婦を貧困を放置する社会の犠牲者とみなし、条件を整えてやりさえすればまともな生活ができるのだと考えていたことが見てとれる。売春婦のひとつの現実とともに生きていたギッシングは、その作品においては売春婦をどのように描いたのだろうか。

『暁の労働者たち』（一八八〇年）で、キャリーの友人ポリー・ヘンプは、人というより獣のようだと描写される。顔立ちが悪いわけではないが、心根が曲がっていて、それが表情に出ている。悪意、狡猾さ、欲望やその他、女のうちに巣くうことが想像できるかぎりの情念が潜んでいることを示す目つきをしている。そして身体はまったく健康とは言えない（第三部第八章）。ポリーは、アクトンが否定しようとした、性格的欠陥を持つがゆえに堕落し不健康であるという一般的先入観としてあった売春婦像を典型的に示すものとして描かれている。

『余計者の女たち』にはミス・イードという店員から売春婦になった女が登場する。かつてモニカと服地店で同僚だったミス・イードは、今では「けばけばしい安っぽいドレスを着て、やせこけた頬の赤みはほお紅であることがすぐわかった」（第二十八章）と外見の変化が著しいことが述べられる。店員という職業は、売春婦になった女の元の職業の典型としてアクトンがあげているもののひとつである。ミス・イードは、モニカが結婚のため店を辞めた後、自分も辞めてしまっていた。確かに店員は長時間カウンターの後ろに立ち続けなければならないなど労働条件が悪く、一八七〇年代から新聞や雑誌でその窮境について一般の注意が喚起され始めていた。これを受けて改善に向けた提言がなされ、後には法律も制定されたほどである[17]（図④）。賃金もモニカの例で言えば年給十五ポンドと少ないものだが[18]、しかしそれでどうにか自分一人の生活を成り立たせ、辛抱して勤め続けている娘もいることを考えれば、我慢できなかった者は忍耐が足りなかったとみなされるだろう。この考え方にしたがえば、店員を辞めて売春婦になった娘は苦労を厭う怠惰な女ということになり、堕ちた原因は貧困ではなく個人的性格に帰せられる。

短篇「ロー・マテリアル」（一八九五年）には、家事使用人から売春婦になる娘が登場する。紹介所からプール夫妻の家に来たメイドのミニーは、使用人あしらいの下手な新米主婦プール夫人を手玉にとって怠けてばかりいる。家事は全くできず、頻繁に外出して夜更かしし、朝も遅くまで起きてこない。さすがのプール夫人の堪忍袋の緒も切れかかっているとみるや、涙を見せてプール氏に取り入ろうとする。しかし結局、ある晩酒に酔って帰宅したためクビになってしまう。そんなミニーが次に姿を見せるのは、ヴィラーズ・ストリート――ヘンリー・メイヒューの『ロンドンの労働とロンドンの貧困』（一八六二年）で

図④　「手ずから」『パンチ』（1880年7月24日号）
美しいが情け深いお客「どうぞお座りなさいな。とてもお疲れみたい。私は午後中ずっと馬車でしたから、椅子は必要ありませんわ」

売春婦が客引きをする場所として記録されたヘイマーケットにほど近い――で売春婦としてなのである。きちんとした勤め先があったにもかかわらず、性格が怠惰なため働き続けることができず、売春婦に堕ちてしまった例ということになる。

アクトンは、一度売春婦になっても一生そのままということはない、それは一時的な状態であって、その後ふつうの結婚をすることがよくあると述べていたが、ギッシングが描くこれらの売春婦になった女たちは、その後だれとにせよ結婚をしそうにはない。ギッシングが売春婦自身の性格に堕ちる資質があったように描いているのは、アクトンが否定しようとしたこの時代の先入観を反映しているようにみえるが、より直接的には、ギッシング自身の最初の結婚での経験に基づいていると考えて良いだろう。売春婦を、不公平な社会の犠牲者とみなして救済しようと考え、結婚までして更生させようとしたものの、妻となった元売春婦は結局堕落状態から脱することができなかった。この経験から、売春婦は内在的に堕ちる性質を持っているとみなさざるをえなかったのだろう。

しかし一方で、ギッシングの理想の実現に希望を持たせるような売春婦もいる。つまり条件を整えて援助してやりさえすれば、作家の妻にもなる可能性を持つ売春婦である。『三文文士』（一八九一年）では、リアドンが同情と敬意を抱いた美貌の物静かな売春婦が結婚相手としての可能性を考慮される（第二十七章）。この売春婦はリアドンとビッフェンの会話の題材になるだけで舞台から消え去っているが、『無階級の人々』（一八八四年）のアイダ・スターは思慮深い売春婦として作中大きな役割をになう。アイダは、母親が街娼だったが、そのことは知らずに育つ。十一歳の時に母が亡くなったため、アイダは食堂の住み込み働き、女中、洗濯婦、と職を転々としたあと、ある家の小間使いとなる。つらい仕事にも耐えていたが、ある日雇用主の言葉に我慢ができなくなり、怒りをあらわにして言い返して勤め先を飛び出す。その家の息子が同情してくれたので愛人になったものの、結局捨てられ、ついに街に立つのである。この転落の履歴は、境遇に翻弄された哀れな娼婦というヴィクトリア時代のひとつの典型的な売春婦像を示している。初対面でその人相に深い印象を受けたウェイマークは、すばらしい顔つきをしているのに、売春婦という仕事を選んだことによって今後堕落の跡が刻まれることになるのは残念だと言う。これに対してアイダは、売春婦になってもそれだけで堕落したとはいえない、他の生き方は選べなかったのだから軽蔑されるいわれはないと反論する（第十一章）。つまり、売春婦になったのは、怠惰な性格のためではなく、さまざまな努力をしたあげく、他に道がなくなった結果であると主張しているのである。そしてその主張が正しいことは、その後のアイダの身の処し方によって証明される。

アイダは、ウェイマークのもとから姿を消して半年後、売春婦を辞めて再び洗濯婦として働いている。[19]その後、ハリエット・スメイルズの中傷と嘘によって仕事先を解雇され、さらに投獄までされるが、そのような試練にも屈しない。出所後は、祖父ウッドストックと暮らし、家庭教師について精力的に勉強する。そして祖父に貧民の暮らしを向上させることに関心を持たせるなど、かつて私生児を産んだ娘を追い出した祖父の考え方を変えさせるほどの影響を与える（図⑤）。祖父の死後は遺産を相続し、実際にスラムの住宅改良や女子支援などの慈善事業に取り組む（第三十六章）。とくに、スラムの娘たちが、自分と同じ惨めな道に進まずにすむようにしてやるために、家庭から引き離し、そっくり他所に移すという計画を立てる。アイダの場合、ミス・イードやミニーのように持って生まれた怠惰な性格のために売春婦になったわけではなく、もっぱら外的な不可抗力が原因とされており、機会さえ与えられればいつでもすぐ辞めて、きちんとした生活に戻ることができる人物として描かれている。物語の結末で、ウェイマークとの結婚が暗示されているが、これは、アクトンが、売春婦から妻への移行は容易であると述べたことを例示しているようにみえる。

図⑤　リチャード・レッドグレイヴ『追放者』（1851年）

アイダは、ヴィクトリア時代の売春婦についての先入観を覆すと同時に、新しい売春婦の姿をも示している。彼女は街娼をしながらも本を読むのである（第十一章）。初対面の時たまたまウェイマークが持っていた本を借り、さらに貸してくれるよう頼む。アイダは学校時代には教師になりたいと考えていたくらいなので、もともと知的好奇心はあったのだが、知的な男性と対等に会話ができるというのは当時の街娼の属性にあるとは考えられないものだっただろう。ウェイマークにとってアイダは「自分と対等な存在になる人格の力がある」（第十四章）と思われるほどの人物である。すでにモードという十分知的な女性と親しくなっていたにもかかわらず、アイダはウェイマークの理想の女性となる。「君の知識は彼女たち［他の十九歳のまだ学校に行っている娘たち］の無知よりも素晴らしいと思うよ。僕の理想の女性は、人生の最悪の秘密を知りながら、清らかな心を持っている人だ——君みたいにね」（第十七章）。このようにアイダは知的であることによってウェイマークを喜ばせるが、そもそも出会ったときから売春婦であることがわかっているからには、何よりも性的な存在であり、「官能の情熱」（第二十一章）の対象であって、そのことはウェイマークにとって大きな価値を持っていたことだろう。この作品は、性的に解放された女性が、同時に男性に尊敬されるような頭脳も持ちうることを示した点でも画期的だった。

ギッシングは知的に自分と対等な女性を求めながら、そのような女性は自分の手には届かぬ存在であると考え、また性的な満足を得る必要に迫られて結婚し、その結果最初の結婚は身内や友人にも紹介できない相手との結婚となった。また二度目の結婚時には、「ハリソン夫人に手紙を書いて、結婚したこと、これ以降は教養ある人たちとは付き合えないことを知らせた」(*Diary* 244) ように、妻の知性の欠如を恥じていた。女性が性欲を持たないとされていた時代、またミドル・クラスの夫婦の性が生殖のための性に限定されていた時代に、執筆の不調を性行為によってまぎらわそうとしたギッシングを受け入れ、しかも知的にも対等な女性は、当時の規範からすれば「性のアナーキー」を体現する存在となっただろう。それこそがギッシングの理想の女性であり、アイダはその理想を託された人物だったのである。

＊＊＊＊＊

ギッシングは「性のアナーキー」の状態を、男女が理想的な関係を築くために通過しなければならない状態として想定した。女性の生殖能力を低下させるとして反対された女性への教育を勧め、男性の性欲が厄介なものであることをさらけ出す。また女性には性欲がないという先入観に異を唱え、売春婦を理想の女性像として提示する。しかし一方では、母親のセクシュアリティが規範から逸脱することは認めず、従来型の良妻賢母を「旧式」としながらも肯定している。新旧の価値観が入り乱れ論争が闘わされていた時代を背景に、相反する欲望に引き裂かれたギッシングのセクシュアリティ観自体もアナーキーなものだったと言えるだろう。

註

（1）Elaine Showalter, *Sexual Anarchy: Gender and Culture at the Fin de Siècle* (Harmondsworth: Penguin, 1990) 3.
（2）Herbert Spencer, *The Principles of Biology*, 2 vols. (1867; New York: Appleton, 1882) 2: 485.
（3）Henry Maudsley, "Sex in Mind and in Education," *Fortnightly Review* 21 (1874): 468. なおこの論文はハーヴァード大学医学部教授エドワード・クラークの『教育における性』（一八七三年）に依拠している。
（4）John Stuart Mill, *The Subjection of Women* (1869; New York:

Appleton, 1870) 38.

(5) A Lady Graduate, "Presentation Day at London University" in *The Girl's Own Paper*, vol. 19 (23 July 1898) 677.

(6) Margaret Bryant, *The Unexpected Revolution: A Study in the History of the Education of Women and Girls in the Nineteenth Century* (London: University of London, Institute of Education, 1979) 88.

(7) イライザ・オームとクレアラ・コレットについては、本書序章の註(37)を参照のこと。

(8) William Acton, *Functions and Disorders of the Reproductive Organs in Childhood, Youth, Adult Age, and Advanced Life: Considered in Their Physiological, Social, and Moral Relations* (1857; Philadelphia: Lindsay and Blakiston, 1875) 162.

(9) William Acton, *Prostitution*, ed. Peter Fryer (1857; London: MacGibbon, 1968) 127.

(10) 労働者階級では妊娠するまで結婚しないという習慣もあったため、婚前交渉が行なわれることがあったが、ミドル・クラスの規範からすると、それは性的モラルの欠如とみなされただろう。Joan Perkin, *Victorian Women* (London: John Murray, 1993) 59-61.

(11) Havelock Ellis, "The Sexual Impulse in Women," *Studies in the Psychology of Sex*, vol. 3 (1903; Philadelphia: Davis, 1908) 179.

(12) Lionel A. Weatherly, "Breast-feeding: An Absolute Duty" (1882) in *Women from Birth to Death: The Female Life Cycle in Britain 1830-1914*, ed. Pat Jalland and John Hooper (Atlantic Highlands, NJ: Humanities, 1986) 206-08.

(13) Edmund Cautley, *The Natural and Artificial Methods of Feeding Infants and Young Children* (London: J. & A. Churchill, 1897) 11-12.

(14) Havelock Ellis, *Studies in the Psychology of Sex: Sexual Selection in Man* (1904; Philadelphia: F. A. Davis, 1906) 27.

(15) 医師シャヴァスは「社交は、時としてまたの名を自殺、そして乳児殺しと言う」と書き、社交を理由に授乳しない母親に子殺しの罪を負わせる。Pye Henry Chavasse, *Advice to a Wife on the Management of Her Own Health and on the Treatment of Some of the Complaints Incidental to Pregnancy, Labour, and Suckling with an Introductory Chapter Especially Addressed to a Young Wife* (1839; London: Churchill, 1875) 7. また、乳母雇用反対の先鋒であった医師ラウスは「(授乳という)義務がいっとき楽しみの妨げになるからといって……それを他人に任せるような者がいる」と非難している。C. H. F. Routh, *Infant Feeding and Its Influence on Life or the Causes and Prevention of Infant Mortality* (1860; New York: Wood, 1879) 58.

(16) モニカの子は、母亡き後、モニカの姉が育て、ローダが後見人となる。ローダもモニカの姉も未婚であるため、セクシュアリティを持たない母親を文字通り体現することになる。

(17) たとえば、一八七八年十一月九日付『タイムズ』の投書欄には、常日ごろ、立ちっぱなし、食事時間不足による早食い、休養不十分などが原因となった健康被害に苦しむ服地店の店員たちを診察している医師からの投書が掲載されている。『ランセット』は一八八〇年五月八日号に「女性への虐待」と題する論説を掲載して、店員が立ちっぱなしになることを防ぐための運動を始めた("Cruelty to Women," *Lancet* [8 May 1880] 729)。また、フェミニスト雑誌『イングリッシュ・ウーマンズ・レヴュー』一八八〇年七月号では、店員用の軽便椅子が提案されている。店員の労働問題は議会でも取り上げられ、一八八六年に労働時間を規制する商店法（Shop Hours Act）、一八九九年には店員三人につき椅子を一脚カウンター内に用意することを定めた法律（Seats for Shop Assistants Act）が制定されるなど、店員を保護する法律が次々と制定あるいは修正されていった。店員の労働環境をめぐる問題については Lee Holcombe, *Victorian Ladies at Work: Middle-Class Working Women in England and Wales, 1850-1914* (Newton Abbot, Devon: David and Charles, 1973) 第五章に詳しい。

(18) 店員の賃金の低さがどの程度であったかを推測するために他の職業の賃金と比較してみると、たとえばパーラーメイドは一八八八年（作中、モニカが店員をしていた年）の『タイムズ』紙の求人広告で年給十八ポンドから二十ポンドを提示されている。またパメラ・ホーンによれば、一八九〇年代のロンドンの下働き女中（平均年齢十九歳）の平均給与は年十三・七ポンド、同じくロンドンの台所女中（平均年齢二十歳）は十六・六ポンドだった。Pamela Horn, *The Rise and Fall of the Victorian Servant* (Dublin: Gill and Macmillan, 1975) 131.

(19) 洗濯の仕事は、罪を洗い流す象徴的な意味合いをもった仕事として、売春婦の矯正施設で奨励されていた。Judith R. Walkowitz, *Prostitution and Victorian Society: Women, Class and the State* (Cambridge: Cambridge UP, 1980) 221.

第十三章

身　体

――「退化」としての世紀末身体――

武田　美保子

キャサリン・ドレイク『狂人舞踏会』(1848年頃)

第一節　都市記号と身体意識

十九世紀後半に英国全土におしよせた都市化の波にもかかわらず、当時の英国小説においては依然として、都市を舞台とする小説よりもジョージ・エリオットやハーディなどによる田園小説のほうが主流であった。こうした中でギッシングは、ロンドンを描き続けたディケンズの後継者たる、僅少な例外だといえるだろう。それとも、都市を観察し、都市が差し出すしるしを記号として読み取ろうとするギッシングの態度は、パリのモダニスト詩人ボードレールのそれに連なるものだ、と言うべきだろうか。ボードレールが、パリの発信する記号を植物採集者のように採集し、その景観をまるで傍観者のように観察し記録する「男性遊歩者《フラヌール》」であったように、ギッシングもまたそれに少し遅れて出現したロンドンの男性遊歩者であった(1)。レイモンド・ウィリアムズはギッシングのこうした特徴を、次のように的確に要約している。「ギッシングは、都市の景観とその社会的経験を描き、それを超えて個別化しようと努める人間的な観察者であるし、また彼は、自らが目撃している疎外を自身の中で演じている男でもある」のだと(2)。つまり彼は、都市観察者であると同時に、自らがそれを背景に演じる者でもあったということだ。ここにギッシングの特異性がある。

さらにまた、当時の文学的状況を振り返れば、彼を取り巻く変化は次のように言い換えることもできるだろう。たとえばギッシングが『三文文士』（一八九一年）を書き始めた頃には、ディケンズやジョージ・エリオットなどのヴィクトリア朝の大御所はすでに亡く、その空席を埋めるべく、メレディス、ヘンリー・ジェイムズ、ハーディ、そしてギッシングなどがしのぎを削るという、文学界再編が進行中であった。だが、当時の作家たちを待ち受けていたのは、そうした新旧の作家の交代に留まらない、以前とははっきりと一線を画するさらなる質的変化であった。ジョン・グッドが指摘しているように、相次ぐテクノロジーの進歩と一八七〇年の「フォースター教育法」以後の英国全土にわたる教育の普及は、出版マーケットを格段に拡大させることになる。しかしながらこれによって、さらに多くの書物が出版されるようになったわけではなく、拡大した市場において、拡大化した一般読者に満遍なくアピールするような書物、いわゆる「ベストセラー小説」がこれまで以上に作家たちに期待される結果になる。またそれに伴って、誇大広告が横行する当時のジャーナリズムの世界では、時流に乗れない良心的な作家たちは行き場を失ってしまうという事態が起こるのである(3)。「ヴィクトリア朝後半の英国における文学的生活に関する資料記録」とも呼ばれる『三文文士』が提示している、こうしたジャーナリズムの興隆と文学界の変容の中で、その中軸をなした「グラブ街」は、それゆえロンドンという都市の「腐敗の記号」とも「哀愁の場」ともなるのである(4)。

ジャーナリズムの中心であったギッシングのロンドンは、この街に魅了されたヘンリー・ジェイムズが、恐ろしく「愉快な都市」とも、「恐ろしい仕事を果すべく自らを生かし続けるために人間の肉体を貪り食う人食い鬼」とも呼んだように、魅惑の中心であるとともに、人々を憔悴させる喧騒と退廃の場でもあった。(5) この都市の描写の中で、ギッシングの登場人物たちは都市が発信する記号の解読者として、その独特な感性で都市を解読しようとする。たとえば『三文文士』において、妻子に去られひとり暮しを始めた、売れない小説家エドウィン・リアドンは、同じように屋根裏部屋に住む親友の小説家ハロルド・ビッフェンを訪れた際に、「ロンドンの下宿屋とかけて、人間の身体と解く。そのこころは」と謎をかける。謎の答えは、「頭脳が一番上にある」というものだ（第三部第二十五章）。そこには、ロンドンの頭脳ともいうべき二人の作家が、下宿屋のうちで一番粗末な屋根裏部屋に住んでいる事実に対する自嘲的な皮肉が込められている。ここで特徴的なのは、彼らが単に都市の記号を解読しようとするだけでなく、それを身体との関わりから読み取ろうとしていることだ。彼らは下宿屋という住居を身体になぞらえ、彼ら自身の位置を物理的に探ろうとする。さらにまた、記号採集者たる彼らの意識は、ロンドンという身体にも敷衍され、その頭脳たる三文文士が蠢くジャーナリズムの中心「グラブ街」の中に、自らを位置づけようとするのである。つまり、彼ら作家は、屋根裏部屋の住人として下宿屋の頭脳を成すとともに、ロンドンという身体の頭脳たる「グラブ街」の住人でもあるのだ。そうであれば、小説のタイトル「グラブ街」に込められた、自嘲と誇りは明らかだろう。

ギッシングの小説の随所に見られるこうした身体への関心は、彼もまた世紀末の多くの知識人の例にもれず、当時流行の医科学、生物学などの影響を受けていることを示している。とりわけ彼は、ダーウィン主義から派生した優生学には多大な興味を抱いていたらしく、「今日における英国衰退の原因のひとつは、社会的な不適応者を生き長らえさせるという医学の成功にある」(*Commonplace Book 61*)、と考えていたようだ。それでは、彼自身、劣性なものは滅び優生な者だけが生き残るべきだとする生粋の優生論者であったのだろうか。もちろん彼の小説には、時代の流行病を患うことで、最後には衰退し表舞台から姿を消してしまう登場人物がしばしば登場しているのだが、それでもギッシングの優生学に対する態度は、極めてアンビヴァレントであるようにみえる。世紀末を「性的無秩序の時代」と呼び、性的境界侵犯の問題にも注目していた彼の小説の中では、当時のジェンダー規範からはずれ、同時代人には逸脱とも「退化」ともみなされた人々に対する共感も窺えるのである。さらにまた、ヴィクトリア朝ブルジョア家族制度がまだまだ強い拘束力を持っていた時代に、ジェンダーやセクシュアリティの境界侵犯をめぐって展開されている彼の身体を巡る先鋭的な観察は、時に今日の身体論を先取りしているかのようでもあるのだ。

それゆえ本論では、ギッシングの身体意識を、特に医科学言説とジェンダーの境界侵犯の問題との関わりの中で論じていくことにしたい。論じるに当たっては、ワイルドなどに代表される、彼と同時代の作家たちの身体観にも言及しながら、主に男性性の問題については『三文文士』、女性性の問題については『渦』（一八九七年）の分析を中心に考察していくことにしたい。

第二節　優生学的な男性的身体の構築

『余計者の女たち』（一八九三年）で職業を持つ〈新しい女《ニュー・ウーマン》〉を描いているギッシングだが、『三文文士』の「グラブ街」における三文文士たちは、主に男性作家に限られている。その意味で、ここで繰り広げられる文士たちの世界は、当時の状況とは若干異なっているのかもしれない。というのも、世紀末における文学界では、セアラ・グランドの『天上のふたご座』（一八九三年）やジョージ・エジャトンの『キーノーツ』（一八九三年）など、〈新しい女〉をヒロインとするベストセラー小説が、多数の女性作家たちによって次々と出版されていたからである（図①）。しかしながら、ギッシングの描く「グラブ街」には、ほとんど女性作家が登場することはない。たとえ登場するにしても彼女たちは、作家の父親アルフレッド・ユールの補助を務めている間は、決してその名前が活字になることのなかったメアリアンや、兄ジャスパー・ミルヴェインの勧めで子供のための軽い読み物を手がけるドーラとモードの姉妹など、その活動の領域はきわめて限られている。そのため、〈新しい女〉を連想させる女性メアリアンでさえ、エラ・ヘップワース・ディクソンの『近代的な女の物語』（一八九四年）に登場する女性作家メアリ・アールのような、消耗的な三文文士の悲哀を直接に経験することはない。苛烈なジャーナリズムの海を泳ぎ渡るという激しい競争に繰り出していくのは、もっぱら男の作家たちなのである。ギッシングやジョージ・ムアなど当時「新リアリズム小説家」と呼ばれた作家たちが、ベストセラーとなる〈新しい女〉小説に対抗しようと試みながら、結局はその勢いに併合されてしまうという同時代の状況を振り返れば[6]、この小説設定は幾分片寄っているといえなくもない。しかしながら、逆にこ

図①　「セアラ・グランドと『単なる男』」『ハーパーズ・ウィークリー』（1901年11月2日号）

の設定であるからこそ、この時代における男性性の問題が浮き彫りにされる結果ともなっている。

『三文文士』では、「当世風の男（a man of his day）」として男らしくジャーナリズムの世界をうまく渡っていけるか、それともそこから見放されて旧弊な作家として消滅していくか、という二つの対比的な方向性が提示される。そして前者のように男性性を価値として邁進するのが「当世風の男」ジャスパー・ミルヴェインであるとすれば、後者を代表するのが、エイミの夫エドウィン・リアドンである。つまり、ジャーナリズムの世界を生き抜き、作家として成功するとは、男としてジェンダー化されることを意味しており、逆にそのような「当世風」の生き方に適合できず、成功を逃してしまうのは、男性性の欠如した女々しく退行的な男とみなされることになる。というのも男性性の問題は、当時の社会を席捲したダーウィン主義や、それに伴って波及した黙示録的な優生学思想と深く関わって、ヴィクトリア朝ブルジョア家族制度が理想とするジェンダー規範からの逸脱は、「退化」の刻印を帯びると考えられたからである。それゆえ、男性の登場人物の男性性が問題化されている『三文文士』において、ジャスパーのように男らしく「進化」を目指すにしろ、また逆にリアドンのようにそこから退却するにしろ、彼らは常に「進化」もしくは「退化」の過程にある（図②）。小説の冒頭から読者の注目が寄せられるジャスパーが、男らしくなってその先にある成功を手にいれることを目標に、絶えずそれを口にしながら、男性化の方向を逆行しかねない危うさを示すのも、そのためなのだ。

「当世風の男」たらんとするジャスパーは、小説展開の早い段階で、旧弊なリアドンと彼自身とを次のように対比的に描いてみせる。

だが、リアドンのような男と、ぼくのような男との相違だけはわかってもらいたいね。彼は非実際的な旧い型の芸術家なんだ。ぼくは一八八二年の文士だ。彼は絶対に譲歩しようとしない。いやむしろ彼にはそれが出来ないんだ。彼は市場の需要に応じられないんだ。……文学は今日では一種の商売だからね。

図②　「『だらしない少年』対『強くて健康的な少年』」（ロバート・ベイデン=ポウェル『少年をスカウトする』1908年）

天才的な男たちは別としよう。そういう連中は宇宙のような広大無辺の力で成功するだろうからね。この頃の成功する作家はみんな熟練した商売人なんだよ。彼はまず最初に、なにより市場のことを考えるのだ。ある種の商品の売れ行きが不振になって来はじめると、彼はちゃんとなにか新しい魅力をそそるようなものを用意しているのだ。……リアドンにはそういった類のことが出来ないんだよ。彼は時勢に遅れているんだ。彼はまるでサム・ジョンソンの時代のグラブ街に住んでいるかのように原稿を売っているのだからね。だが今日のわれわれのグラブ街は全く違った場所なんだ。そこではどのような文学の献立が世界の各地において求められているか、ということがちゃんとわかっているんだ。そこの住人は、いかにみすぼらしいとはいえ、みんな事業家なのだ。（第一部第一章）

誰もが才能ありと認める天才的な男は、いずれ成功を収めるに決まっている。が、そうでない男たちは、リアドンのような「非実際的な」旧い芸術家と、ジャスパー自身のように「実際的な」事業家の二つに分けられ、後者は現代を生き延び、前者は旧弊なまま滅びるしかない、とジャスパーは作家の布置図をめぐる極めて明確な二分法を提示してみせるのである。そして、もともと外見の持つ記号性に敏感であるジャスパーは、現在の自身が「みすぼらしい（seedy）」ことを気にかけながら、「当世風の」作家となることを宣言してみせるのである。

小説の冒頭で出版界におけるジャスパーの野心が語られ、物語の後半でのリアドンの挫折と死の後、成功を収めていくジャスパーとリアドンの華やかな元妻エイミとの結婚で幕を閉じるこの小説において、物語は確かにジャスパーの当初の予想通りに展開する。衰退する敗北者を代表するリアドンは、次第に時代の流れから取り残され、作家としてすっかり自信をなくし、遂には過労によって次第に精神のバランスをくずしていく。そのリアドンの苦境をジャスパーは、無謀にも「きれいな娘を説きふせて、自分というものを信じさせ、自分のいちかばちかの冒険に片棒をかつがせてしまった」（第一部第一章）ためだと説明する。ジャスパーのような当世風の男に共感する妻のエイミの目に、リアドンは、女々しい男としか映らないし、またそれだからこそリアドンは余計に、妻の目に映っているはずの、「悪戦苦闘するにはあまりにも弱く、ただ退いて安全を図ろうとする男」（第二部第十七章）としての自分自身の姿と、「精力があり、有望な前途」の男性としてのジャスパーとを内心比較して、嫉妬に苦しめられることになる。確かに、作家としての職を投げ捨て、妻の前でただ「呼吸をつまらせ、涙を流す」しかないリアドンは、その不甲斐なさゆえに、妻と子供に見捨てられる他はないのである。

ジャスパーとリアドンとの実際的／非実際的という対比において、それがしばしば身体的な兆候および衣装という記号として表象されていることにも、特に注目しておきたい。というのもこのテクストでは、彼らの成功もしくは失敗は、彼らの身体上の刻印として顕れるからである。男性的にふるまえないリアドンの内的状況は、「神経衰弱気味」などの心身の病として表象され、最後は雨に打たれて喉頭炎を患って死んでしまう。またこのリアドンの精神の衰弱は、経済的な困窮とあいまって、非常にしばしば衣装という記号を通しても提示されている。わずかな給料の中から、なけなしの金を妻子に仕送りし続けるリアドンに、衣装を調える余裕などあるはずもなく、仲直りのはずの会見での、リアドンのみすぼらしい服は、エイミには「悲哀にみちた衰運」の象徴のようにも、「社会的劣等者」（第三部第二十五章）の証にも思える。

　それでは、「当世風の男」を目標にかかげるジャスパーの方はどうか。一見すると彼は、自身の設定した目標に邁進しているように見えるのだが、実は必ずしもそうではない。野望のためには打算的な結婚も辞さないと考えている彼は、尊敬できる女性として惹きつけられ始めたメアリアンに対して、「ぼくは、ただ金を得、名声を得るためには、一生のうち多くの卑劣なことをするでしょう」から、もしそういったことを漏れ聞いても驚かないように、と予防線を張る。対してメアリアンは、そう口にすることこそが、「人間としての値打ちもないような生き方をしようとする人」ではない証だと答え、彼を擁護する（第一部第八章）。メアリアンが分析したように、確かにジャスパーは、決して無自覚に「当世風の男」として行動しようとしているのではなく、あらかじめ自己言及的かつ行為遂行的《パフォーマティヴ》に発言することで、自身を「男らしさ」へと駆り立てているようでもあるのだ。それも、「自分の望み通り生きていく余裕がないから」、そうするのだと言う。そのうえ彼には、時に自らの打算を裏切りかねない危うさがついてまわっている。財産目的でミス・ルーパートに求愛していた矢先、メアリアンがジョン叔父から五千ポンドの遺産を贈ってもらえることを聞いたジャスパーは、急遽計画を変更してメアリアンに求婚する。この行為は一見打算的にみえるのだが、実際は彼にしては軽はずみな、感情に駆られた行為であったことを見逃してはならない。彼がメアリアンにプロポーズする直前の心の揺らぎは、次のように記述されている。「彼はそわそわと落ち着けなかった。彼が心に抱いていたような目的で、ここにやって来たことは、彼が自制すべきであった衝動に、完全に負けたものであるように彼には思われた」（第二部第二十四章）。というのも彼は、妹のモードが指摘するように、あまり価値のないことが判明したメアリアンの遺産は、彼が目指している「立派な社会的地位」のためには、全く足りないことを承知しており、それゆえ彼女にプロポーズすることは、彼の当初の目論見であった二、三年の内の達成計画について、十年に延長せざるをえないことを意味していることも知っていたからである。それゆえ、彼の行為は、モードには彼の「弱点をさらしている」とみえ、同じく叔父から一万ポンドの遺産を贈られていたエイミは、「彼ほど器量のある人物が、そのような軽率な手段をとることに唖然とし」、彼自身は「軽はずみなことをしたかしら」と思い悩み、語り手には「正直にいって、彼は意志弱行の徒」で「一流の進歩的な人物でないことを自ら暴露したのだ」（第三部第二十八章）と語られることになるのである。つまり、彼のプロポーズは、彼女の「ほっそりとした身体つきのしなやかさ」に惹きつけられ、メアリアンを愛していることを示しており、優柔不断な右往左往ぶりに露呈する彼の女々しい側面に、読者は好感を抱かずにはいられないのだ。しかしながら最終的にやはり彼は、「当世風の男」として進化の過程を邁進すべく、メアリアンとの婚約を解消し、彼の目的に最もかなったエイミと結婚することを選ぶ。彼のこうした意志は、当然彼の衣装にも反映され、彼女との結婚を決意する直前久しぶりにエイミと出会った際には、「礼儀正しい流儀に従って、全身寸部のすきもない装いをして」おり、エイミに彼の明るい将来を印象づけている。以上のようにこの小説においては、衣装と身体が成功と男性性の基準からの偏差を示唆する、記号の役割を果たしているのである。

ギッシングが描く、ジャスパーとリアドンの互いに紆余曲折を経ながらたどるこうした男性性／反＝男性性のプロセスは、まるでジュディス・バトラーが『問題なのは身体だ』（一九九三年）において展開している身体論を先取りしているかのようだ。バトラーはルイ・アルチュセールの「イデオロギー論」を基に展開した「呼びかけ（interpellation）」をめぐる議論の中で、性的アイデンティティという概念が生来的なものではなく、社会的に構築されるものであることを、繰り返し述べている。

医学的呼びかけを考えてみれば、これが子供を「それ」から「彼女」もしくは「彼」へと変え、名づけることにより少女は「少女化し」、ジェンダーの呼びかけによって、言語と同族的領域に運ばれる。しかしながら少女のこの「少女化」はそこで終わるわけではない。反対に、この基盤となる呼びかけは、この自然化への効果を再強化し競うために、さまざまな権威によってさまざまな時間の間隔を通じて反復される。名づけることは、境界を設定することであり、同時に規範を繰り返し教え込むことでもある。[7]

人が「女性性」や「男性性」へとジェンダー化されるのは、言語を通してであり、社会的な強制力を持った反復的な「呼びかけ」によって、未分化の「それ」は「男性」や「女性」へと性化され身体化されることになる。それによって初めて人は、心身ともにジェンダー化された自己同一性を獲得しうるということになる。それゆえその過程は、進化の過程と同様に、その強制力が弱体化したり規範力が弱い場合にはしばしば「退化」の方向へ押し戻されることになるのである。リアドンやジャスパーに代表される、男性性の「呼びかけ」に応えるべく右往左往する『三文文士』の小説家たちの生態は、ちょうど百年ほど前の性的無秩序の時代を描きながら、バトラーの議論が展開されているもう一つの性的無秩序の時代である今日のそれと、差異を孕みながら重なり合う。そうであれば、アンドルー・ダウリングがこの小説を、「文学的な生成の場面」を明らかにすると同時に、「男性的な自己同一性の社会的生成」(Dowling 98) を明らかにしようとしている、と評しているのは慧眼というべきだろう。

次にとりあげる『渦』においてギッシングは、ハーヴェイ・ロルフの成長物語とも読めるこの小説の中で、男性性の問題や彼の父親としての成熟の可能性を探っているように見える。が、ここではむしろ、女性ジェンダーと身体の問題に焦点を移していくことにしたい。

第三節　時代を映す鏡としての女性身体

世紀末のロンドンで起こった切り裂きジャック事件は、この時代における都市と女性の関係の変化に対する、一つの警鐘として捉えられるべきだろう（図③）。ジュディス・R・ウォルコウィッツが指摘するように、この事件の詳細は曖昧だが、その「道徳的」メッセージは明確である。つまり「女が家庭の枠を抜け出して、公の場所に果敢に分け入ろうとする場合、街は女には危険な場所である」ということだ[8]。世紀末の女性たちが、「家庭」という枠から、都市空間へと活動の拠点を大きく移動

図③　『ホワイトチャペル、ハンバリー・ストリートにおける恐るべき殺人現場」『ペニー・イラストレイティッド・ペーパー』(1888年9月15日号)

させたことが、女性たちだけでなく、男性たちや家庭生活にいかに多大な影響を及ぼしたかを、『余計者の女たち』[9]の中で女性の都市遊歩者モニカを通じて描いたギッシングは、『渦』においては、新しいタイプの妻たちの都市進出が、殺人によってであれ精神的な軋轢のためであれ、彼女たちの命まで奪いかねない危険を孕んでいることを、独自の問題意識を持って徹底的に描いてみせる。その意味で、世紀末を彩った残虐な事件が鳴らした警鐘は、『余計者の女たち』から『渦』へと、確実にその反響音を響かせ、ギッシングの小説と切り裂きジャック事件との同時代性を浮かび上がらせてくれる。

『渦』の中で問題化されているのは、世紀末当時にもなお時代の本流をなしていた女性に対する因襲的な社会規範と、〈新しい女〉の登場に伴う解放の気運という、二つの相反するベク

トルが衝突する場としての女性の身体だということができるだろう。このことを、ヒロインのアルマ・フロシンガムが置かれている社会状況と、彼女とその夫との関係を分析する中で明らかにしていきたい。新旧二つの価値観が交錯しあい、両者がきしみを見せる中で、アルマが発信する身体記号は、性や家族制度の問題だけでなく、当時の社会や国家のイデオロギーをも照射する鏡としても機能しているのである。

『余計者の女たち』で、旧弊な夫婦の結婚生活の亀裂を描いたギッシングは、『渦』において、それよりもはるかに先進的な夫婦の結婚生活を、小説の中心に据えている。そして、都市での華やかな生活にあこがれるヴァイオリニスト志望のアルマと、妻には自由を許しながら自らは静かな田園での孤高のくらしを望むハーヴェイ・ロルフという、対照的な二人の関係を通して、結婚という制度の有効性を探ろうとしているようにみえる。というのも、ロルフによれば、彼女との結婚は、魅力的な妻をできるだけ好きなようにさせることによって家庭生活がどうなるのかを見極めるための、一種の「実験」だったのであるから。彼が、「ぼくらの実験が失敗だった」と言うのはそのためである。

> ぼくはずっと君の好きなようにさせてきたね。いや「させてきた」という言葉は適当でない。ぼくは君を支配する権利はないし、君にもぼくを縛る権利はない。君はその自由を行使して、芸術家としての生活を選んだ、つまり家庭と家族のことはほとんど世話をしなかった。ぼくは不平をいっているんじゃない、少しも不平じゃない。要するに実験だったんだ。しかしぼくはその成り行きには関心があったし、ずっと観察してきた。どうやらうまくいかなかったようだし、君も同意見らしいね。現在はそういうところだろう、いやそういうところまできたとき、君がある不思議な理由から冷淡になったんだ。その理由はまったく不思議としかいいようがない。ぜひ説明してほしい。ぼくにいわせてもらえば、ぼくらの実験が失敗したのは明らかだし、当然だよ。
>
> （第三部第三章）

夫としてのロルフは、アルマが忠実で月並な妻にならないよう「好きなようにさせる」ことを望み、「君を支配する権利はない」と口にする、一見最高に理解のある〈新しい男《ニュー・マン》〉であるようにみえる。しかしながら、妻が芸術家としての生活を選ぶことにより、「家庭と家族のことはほとんど世話をしなかった」という言いまわしが、「不平」に聞こえることを恐れ、「不平」であることを否定しているように、彼はたえず旧弊で理解のない夫であるとみなされることを恐れ、本音を包み隠し新しさを装おうとする。そのために、彼の言葉とその本心は常に乖離しているようにみえるのである。また物語は、常にロルフの視点から提示されていて、道徳的な価値判断が「理性的な試金石」としての彼にゆだねられているために、アロマの側からの反対尋問は許されることなく、一方的に「失敗」は「当然」だったと断罪されてしまう。それゆえ読者には最初から、その実験結果が「失敗」に終わるよう想定されていた、との印象が拭い難いのである。

アルマの側の反論は、小説の行間からも推測可能だろう。彼女は「好きなようにさせてきた」と言い張る夫の、さらには「ぼくの勝手な型」にはめようなどとは思っていないと言う彼の、口に出されることのない欲望を察知し、とりわけ結婚当初は「愛らしいものわかりのよさ」で、ロンドンの虚栄に満ちた生活よりも北ウェールズでの「簡素な生活」のほうが好みに合っているというふりをするのだが、その努力は夫に評価されることはない。そこで都市に居を移した後は、夫の目に「光り輝く姿で映りたいという欲望」を抱いて、「芸術家としての生活」を選ぶ。というのも、世間の賞賛がなければ、彼は「正当に評価してくれない」（第二部第九章）のだから。また、彼が言うように、アルマが突然彼に「冷淡になった」のではなく、その原因は、彼がメアリ・アボットへの毎月の送金を秘密にしていたことにある。後に、そのことをなぜ説明してくれなかったのかと問われ、ロルフは「妻には言えない秘密を持つのが夫たるもののどもの嘆かわしい習性」だと冗談めかして答えるのだが、小説の中では、アロマのミセス・アボットへの嫉妬が引き起こしたヒステリー症は「彼女の神経症が産んだ徴候だった」とされ、その愚かしさが問題にされる一方で、彼が秘密にする理由の愚かしさが問題にされることがないのも、一方的判断であるようにみえる。

ここで留意すべきは、失敗したのは「当然だ」とするロルフの断定を支える当時の医科学言説である。ロルフは、新しい結婚形態をさぐりつつ魅力的な妻に対して理解のある新しい夫でいたいと願う一方、モートン一家や、旧弊な母性を体現するミセス・モートンに対して、不釣合いなほどの賞賛と憧れを表明する。そして「夫婦の幸福」とは、結局のところ、こうした「両極端の定義のちょうど中間」にあると考えるのだが、両者の間で揺れ動くロルフのダブルバインドを起こさせる態度こそが、アルマのヒステリー症を発症させていることを、彼自身気づくことはない。あくまでその原因は、アルマが、ミセス・モートンのような家庭人ではなく、都市の喧騒という「渦」に身をさらしたことにあるとする彼の批難を支えるのが、当時のダーウィン主義精神医学の医師たちによる「退化」の言説である。彼らは、健全な再生産を支えるブルジョア家族制度を擁護し、そこからの逸脱を排除することで、正常と異常、健康と病気、適応と不適応といった二つの範疇に分別する言説の形成に参与する。また同時に、フーコーが明示しているような、女性的な女や男性的な男をあるべき規範とすることで、「ヒステリー症の女、ホモセクシュアルな男、内向的な少年」などをそれに反する否定的な範疇として排除することも可能にする。しかも、その規範が揺らげば揺らぐほど、その否定項に対する規制は益々強化される結果になるのである。アルマに自由を与え、同時に女性規範も求めるロルフの二律背反的な要請は、一見新しくみえる彼の中に潜む、当時の「退化」言説の強い影響を、改めて認識させてくれるのだ。

さらにまた、アルマのヒステリー症による過剰な逸脱ぶりを描くギッシングの筆致は、その言説が覆い隠しているものを、一時的に露呈してみせてくれる。ロルフは、アルマのヒステリー症の発作や思いがけない行動を「不気味だ」と感じるのだが、彼のこの認識は、「家庭的なもの」こそが「不気味なもの」へと容易に反転するというフロイトの議論を思い起こさせる。[10]ロルフは、小説の冒頭近くでロンドンの街を歩きながら、「何の意味もなく同じつくりで並んでいる重厚で品格のある玄関のうしろに、予想外の衝撃的な異常さがひそんでいるのだ」と考え、彼自身が結婚した姿を思い描く際には、「妻と子供と一緒にこれらの暗いよそよそしいレンガ造りの家並に閉じ込められた姿」を思い浮かべ、「恐怖にゾッとする」（第一部第三章）。ロルフが吐露する結婚への恐れは、こうして小説の最後で見事に立証されることになるのである。こうした彼の結婚観には、破綻に終わったギッシング自身の二度の結婚という経験が反映されているに違いないが、このような「家庭的なもの」に潜む「不気味なもの」の存在は、秩序化された「象徴的なもの」の隙間から染み出てくる、秩序化されえない「現実的なもの」の存在をも想起させるのである。アルマのヒステリー症はこのように、男性的なるものの弱体化によって揺らぎ始めたヴィクトリア朝の家族制度という、一見堅固にみえた壁の隙間から染み出る「おぞましいもの」の徴ともみえてくるのである。アルマのヒステリー症の身体を通して、「家庭的なもの」が「不気味なもの」に反転し、女性の「本性」を支える医科学言説が自壊する様を露呈することで、ギッシングは、医科学言説に依拠しながら、その医科学言説を自ら脱構築してしまうのである。ここにこそ、時代を読む彼の小説の明察とその重要性がある。しかしながらそれは決して、ギッシングが当時の医科学言説に自覚的に反対であったことを意味するわけではないことは、これまで見てきた通りである。彼のこうした身体論をめぐるアンビヴァレンスについては、同時代の作家たちとも対比しながら、さらに検証していくことにしたい。

第四節　世紀末身体の魅惑と嫌悪

これまで見たように、ギッシングは、都市の病理と狂乱を「渦」というメタファーによって捉えるとともに、それを精神の病へと敷衍させている。ベネット・フロシンガムの事業の破綻と自殺が新聞雑誌で報道され、クラブでゴシップとして話されるのを聞いているうちに、ロルフは吐き気をもよおし、「底のない穴から発生したものすごい渦に、われわれすべてが飲み込まれてしまったような気がする」（第一部第五章）。さらにまた、妻のプロデビュー騒動の際にも、彼自身「渦」に足元を掬われるような気がすると同時に、アルマのヒステリー症も、このような都市の「渦」に巻き込まれてしまった結果なのだと診断を下している。ギッシングのこのようなモダニティ表象には、近代生活を「狂乱した生活のめまいと渦」と評した、一八九二年出版（英語版は一八九五年）のマックス・ノルダウによる『退化論』の強い影響を窺うことができるだろう。ここでノルダウは、マスメディアの巨大化やコマーシャリズムの膨張などの物質的なエネルギー拡大と、文明の病とを結び合わせ、世紀末の時代を精神病理学的に分析してみせている。さらにまた、同じ年に出版された病理学者クリフォード・アルバットによる、論文「神経の病と近代生活」における近代的精神病理の分析もまた、ギッシングと同時代のものである。ちなみにアルバットは、「永久に続く神経的な刺激過多」である「近代生活」を、「ヒステリー症、神経衰弱、不機嫌、憂鬱、高度の圧力のもとでの生活による不安定、鉄道の旋回、電報の連打、事業の競争、富への餓え、粗雑で刹那的な快楽を求める卑俗な心の渇望」などと同等であるとしている。(11)

そのうちとりわけノルダウの書物は、ワイルドの同性愛裁判の年に英訳出版されたこともあり、この時代の退廃を描き、ワイルド批判に科学的な根拠を与えるものとしてしばしば引用されている。だがこの書物は、スティーヴン・アラタが指摘するように、決して一般に考えられているような科学的な書物ではない。むしろ「退化についての良識的な見解と、性的逸脱、国家の性格、階級、文学スタイル、解釈、プロ精神、そしてモダニティといった、多様な話題と退化との関係についての」、「並外れて明快な表明」とみなされるべきなのだ。いずれにしろこの書物の影響下で、「国家的、生物学的、美学的」という、三つの形式にわたる「衰退」の表象が、世紀末英国社会に散種されることになるのである。そのうち、美学的衰退の代表として標的にされたワイルドについて言えば、彼の人格、衣装、態度、書き物のすべてを包含したワイルドという存在自体が、世紀末的な「退化」の記号として流通した。たとえば、第二次公判後の『レノルズ新聞』の記事によれば、裁判では具体的な同性愛行為よりもワイルドに結びつく文学全般が「病んだ時代の病んだ商品の一つ」であり、有害だとして問題視されたのだという。つまり、彼の文学における、「その病的状態、その冷酷な明晰さ、不遜なシニシズム、あらゆる理性的な抑圧への憎悪、その暗示性」といった「デカダントな文明の最悪の特徴」をこそ、ノルダウは彼の書物『退化論』の中で詳細に分析し批難しているのである。問題にされたのは、同性愛であったか否か、性病にかかっていたか否かではなく、ノルダウ自身の言葉を借りれば、ワイルドの「風変わりな衣装を記号とする人物の特性、うぬぼれた虚栄、倒錯した好み」などに反映された「個人的な奇矯」こそが、世紀末を彩る「退化」のしるしとみなされたわけなのである（図④）。しかもワイルドは、彼の身体全般、ス

図④　マックス・ビアボーム『ワイルドの諸相』(c. 1894)

タイル全般を自ら商品化しプロデュースすることにより、ワイルドという商品を流通させたという、確信犯でもあった[12]。

それでは、同時代のギッシングの、「退化」言説に対する態度はどうだったのだろうか。その点について、ジェンダー論の観点から概括しておきたい。もちろんギッシングは、ワイルドのように、また時には〈新しい女〉小説家のように、マスメディアの中で意識的に「退化」のしるしを自ら積極的に担おうとしたわけではなかったし、先に述べたように、必ずしも純然たる優生主義信奉者であったわけでもない。たとえば『三文文士』の中では、一見ジャスパーに軍配があげられているように見える。が、その一方で、リアドンに冷酷に対応するエイミが、醜く歪んだ顔で「獣性」を剥き出しにしてリアドンを罵倒する際の醜悪さは、暴露的に書き込まれており、臨終に際してのリアドンの崇高さが印象づけられ、最終的には家族の和解が描かれるなど、その筆致にはむしろリアドンへの共感が強く感じられる。それゆえ、安っぽいジャーナリズムを代表する通俗的な新聞を俗語で「食料品包装用紙（fish-wrapper）」と呼んだ時代に、雑誌の編集長の座を獲得する手段として伴侶選びに奔走するジャスパーと、孤高のまま病に倒れるリアドンやアルフレッド・ユールなどの作家のうち、どちらに軍配をあげているかを確定するのは難しい。語り手はどちらにも共感しているように見えながら、結果的には、どちらにも距離を置いているようにみえるのである。いずれにしろギッシングの小説は、進化に向かうにしろ退却するにしろ、人はみなそのプロセスにあることを明らかにしつつ、身体のジェンダー化のメカニズムを示す今日的な身体観を、幾分か先取りして見せてくれているのだ。

一方、フロイトがヒステリー症の女性たちの精神分析を通して解明しようとした、「女性性の謎」に対しても、ギッシングの小説はその謎を解明するための糸口を提示している。『渦』において、アルマのヒステリー症が発現するのは、ミセス・アボットとシビルに対する嫉妬がきっかけになっている。そのうちでもとりわけシビルは、その洗練されたファッションや女らしい身のこなしなどによって、若い頃のアルマがお手本とした憧れの対象であった。しかしながら、シビルがあまり社会的地位のないカーナビーと結婚し、オーストラリアに居住したことで次第に粗雑になったと感じ始めたあたりから、その関係は次第に疎遠になる。にもかかわらずアルマのシビルに対する嫉妬は、若い頃の熱い思いが形を変え、レッドグレイヴを介在することによって発現したように見える。つまり彼女の嫉妬は、同性であるシビルへの愛着が異性のレッドグレイヴに転移したものとみなすことができるだろう。というのも、この時アルマは決してレッドグレイヴを愛していたわけではなかったので、アルマの嫉妬は小説の語り手によって、「愛情なき嫉妬」と描写されているのであるから。興味深いことに、三角関係の中で発動するこの種の嫉妬を、ジュディス・バトラーは、フロイトの理論を基にして、「抑圧された同性愛的衝動とその衝動への防御のあらわれ」(Butler 180) だと読み解いている。つまりアルマのシビルに対する抑圧された欲望は、レッドグレイヴに転移することで、アルマは、シビルを愛しているのは彼女自身ではなく、レッドグレイヴなのだとして、彼のシビルへの愛に嫉妬するのである。語り手はさらに、女性のこのような感情を、「男には理解できない情熱であるが、普通の女性にはよくあるもので、もう少し高尚な感情から出たものよりもずっと危険なもの」だ、とも述べている（第二部第十一章）。ギッシングは『渦』の中で、異性に向けるべきだと想定されている愛情を同性に向け、精神的なコントロールを失ってしまうヒステリー症の女性たちを、『余計者の女たち』よりもさらに徹底した形で描いているが[13]、デイヴィッド・グローヴァーの指摘を待つまでもなく、こうした女性たちはギッシングの眼には、女性性の方向を逆行する優生学的な「退行」と映っていたはずなのである[14]。しかしながら、女性の抑圧された欲望をヒステリー症という身体の症状によって露呈する、女性の心身体のメカニズムを、「愛情なき嫉妬」という表現によって示唆するギッシングは、その女性のおぞましさと同時に、その不気味さに魅入られているようでもある。確かにそれがこの小説に、不思議な魅力を与え得ているに違いないのだ。ギッシングの女性の心理分析と、その心理が身体に及ぼす影響への極めて今日的な慧眼は、彼が紛れもなく、フロイトと同質の都市空間に生きていたことの証でもあるように思われる。

都市の近代的文明化の中で起こる、男性や女性の心身体の病だけでなく、都市の病理に対してもギッシングは、「退化」として忌み嫌いながら、同時にその腐敗が内包する新しい変革の時代の萌芽に、魅了されていたようにもみえる。また、その両面価値性は、人間が爬虫類のように退化してしまう恐怖を描いたブラム・ストーカーの『ドラキュラ』（一八九七年）や、人間化された動物が再び動物化するおぞましさを描いたH・G・ウェルズの『モロー博士の島』（一八九六年）を生みだし、それに魅了されながら恐怖した、世紀末的想像力との同時代性をも感じさせる。

以上のようにギッシングの小説は、時代の相矛盾した様相を伝え、「同時代のイデオロギーの進行経過に次第書的な表現を与えている」のだが、(15) ここにこそ彼の小説の、紛れもなく今日的な重要性があるのだと言えよう。

註

（1）Walter Benjamin, *Charles Baudelaire: Lyric Poet in the Era of High Capitalism*, trans. Harry Zohn (London: New Left, 1973) を参照。

（2）Raymond Williams, *The English Novel from Dickens to Lawrence* (New York: Oxford UP, 1973) 160.

（3）John Goode, introduction, *New Grub Street* by George Gissing (Oxford: Oxford UP, 1993) xiii.

（4）Andrew Dowling, *Manliness and the Male Novelist in Victorian Literature* (Aldershot: Ashgate, 2001) 97.

（5）Judith R. Walkowitz, *City of Dreadful Delight: Narratives of Sexual Danger in Late-Victorian London* (Chicago: U of Chicago P, 1992) 15-17.

（6）この点に関しては、Sally Ledger, *The New Woman: Fiction and Feminism at the fin de siècle.* (Manchester: Manchester UP, 1997) 179を参照。

（7）Judith Butler, *Bodies That Matter: On the Discursive Limits of "Sex"* (New York: Routledge , 1993) 7-8.

（8）Judith R. Walkowitz, "Jack the Ripper and the Myth of Male Violence," *Feminist Studies* 8 (Fall 1982): 544.

（9）この点に関しては、武田美保子「『余計者の女たち』――狂気の遊歩者」『ギッシングの世界』（英宝社、二〇〇三年）一六二～七六頁を参照。

（10）「不気味なもの (uncanny)」をめぐる議論については、Shoshana Felman, "Reading Femininity," *Yale French Studies* 62 (1981): 41-42 を参照。ここでフェルマンは、canny (=heimlich) という言葉が、その反意語uncanny (=unheimlich) と同じ意味を併せ持つことから、「親しいもの (heimlich)」の内に「不気味なもの (=unheimlich)」が潜んでいることを指摘している。

（11）William Greenslade, introduction, *The Whirlpool*, by George Gissing (London: Everyman, 1997) xx.

（12）Stephen Arata, *Fictions of Loss in the Victorian fin de siecle: Identity and Empire* (Cambridge: Cambridge UP, 1996) 32, 54-55.

（13）『余計者の女たち』におけるこうした点の議論については、『ギッシングの世界』の第七章第四節「ヒステリー症の身体を読む」を参照。

（14）David Glover, "Sex and the City: Gissing, Helmholtz, Freud" in *George Gissing: Voices of the Unclassed*, 90 を参照。

（15）William Greenslade, *Degeneration, Culture and the Novel 1880-1940* (Cambridge: Cambridge UP, 1994) 149.

第十四章

結　婚

――結婚という矛盾に満ちた関係――

木村　晶子

ジョン・フレデリック・ベーコン『結婚式の朝』（1892年）

「幸福な家庭はすべて互いに似かよったものであり、不幸な家庭はどこもその不幸のおもむきが異なっているものである」というトルストイの『アンナ・カレーニナ』の冒頭のとおり、ギッシングの作品には様々に不幸な家庭が描かれている。十九世紀末の英文学においては、既に結婚は幸福な結末ではなく不幸の始まりであり、家庭は「家庭の天使」である妻や母に守られた安息の場ではなく、家父長制の矛盾があらわになる場であった。オースティンの作品から百年を隔て、結婚が金銭に支配されることは変わらないものの、オースティンの人物にとって期待と希望の指標だった年収は、ギッシングにおいては欲求不満と失望の指標となる。また、結婚生活の不幸だけでなく、結婚できない者の不幸も様々であり、収入不足で家庭生活が望めない男や結婚相手を探す機会すらない「余った女」も登場する。結婚が幸福をもたらさないとしても、結婚できないこともまた、不幸の源なのである。

本稿では、ヴィクトリア朝における結婚について概観した後、とくに女性問題を主題にした一八九〇年代前半の三つの作品、『余計者の女たち』、『女王即位五十年祭の年に』、『イヴの身代金』を取り上げ、ギッシングの結婚観や家庭像を探ってみたい。

第一節　ギッシングの女性問題小説の背景

「現在の結婚という形式は、伝統的価値観に従うほど、悲惨な失敗となる」と、一八八八年の「結婚」と題された雑誌論文で、モウナ・ケアドは結婚制度の原点をルターにまで遡って論じ、激しい論議を呼んだ。[1] 自己犠牲と奉仕の精神を植えつけられて何世紀も家庭に閉じ込められた結果、活力も才能も奪われた女性が結婚生活を不幸にするというケアドの主張は、「新しい女」の問題意識の根本を明らかにした。[2] また、前年の「結婚は失敗か?」という記事でもケアドは同様の主張をし、読者から二万七千通が寄せられる反響を呼んだという。[3] ギッシングが一八九〇年代に女性問題を取り上げた背景には、結婚制度自体に異議が唱えられ、女性問題が社会論争となった十九世紀末特有の状況があったのである(図①)。

辿ってみれば、一八五〇年代にも、個々の啓示を重んじる心霊主義に端を発した自由恋愛を称揚する動きが反結婚運動として発展したものの、保守化する社会の中で、社会主義とひとくくりにされて攻撃の的となる経緯があった(Perkin 218-19)。「飢餓の四〇年代」が過ぎ、経済的繁栄を迎える五〇年代以降はむしろ性道徳が厳しくなり、正規の結婚が重要視されるようになる。[4] 結婚が女性の義務とされると同時に、結婚の法制改革を求める動きも目立ってくる。五十年代には、職業をもつ女性全体の四分の一にあたる七十五万人以上が既婚者で、彼女たちが自分の財産をもてない結婚制度が問題視され始めたのも当然のことだった。[5]

実際、十九世紀半ばまでの英国の結婚制度は、中世以来のキ

図①「結婚は失敗か？　たいていは――YES!」『イラストレイティッド・ポリス・ニュース』（1891年4月4日号）

リスト教道徳に基づいた社会基盤であると同時に、圧倒的に女性に不利なものだった。正式な結婚には、一七五三年以来、国教会の儀式と結婚予告が必要だったが、一八三六年から非国教会にまで結婚認可の権限が広げられ、戸籍登記所での民事婚も可能になった。とはいえ結婚は、配偶者の死によってしか解消できない場合が殆どで、一八五七年の離婚法成立以前の離婚に要する費用は、庶民には手の届かないほど高額で、夫は妻の不貞を理由に離婚できても、夫の不貞は妻からの離婚理由にならず、夫から虐待されても別居しか許されないことが多かった[6]。また普通法のもとでは、既婚女性は夫の付属物として扱われ、独立した経済活動はできず、財産は夫に管理され、遺言も夫の同意なしには作れなかった[7]。

　一八七〇年代以降、フェミニストの努力もあって、こうした不均衡を正す法律が次々作られる。一八七〇年、八二年の既婚女性財産法により、女性は結婚後も独立した財産権を獲得し、一八七三年、八六年の児童保護権法により、離婚後の親権保持が有利になった[8]。中でも、八二年の既婚女性財産法改正は「女性解放運動史上の画期的事件」とされ、五〇年代からのフェミニストの闘いの勝利として、現実的な女性の権利拡大だけでなく、世間に与えた心理的影響も大きかった[9]。また、既婚女性の権利向上に伴い、参政権や教育・雇用の機会拡大を求める声も一層高まる。こうして、八〇年代後半には女性の権利意識が一段と高まり、のちに「新しい女」として既成の性道徳規範を拒絶する、自立した強い女性像が脚光を浴びる舞台が整っていったのである。

　また深刻だったのが、適齢期の男性より女性が多いという女性過剰の問題だった。乳幼児期の男児の死亡率の高さが主因だが、中産階級の家庭を営むためには一定の財産が必要だったこと[10]、独身男性が植民地に赴き、軍隊に加わったことも要因だろう。男女数の不均衡は、一九一四年まで拡大の一途をたどる。

既に一八七一年の時点で、男性の数を一〇〇〇とすると、それに対する女性の数が一〇五三だったが、九一年には女性が一〇六一となる。具体的には、十五歳から四十四歳の女性が男性を上回る人数が、八一年に三十六万九千人だったのが、九一年には四十七万九千人に達し、十年間で十一万人も増加するのである。(11)

結婚しない限り、最低の生活水準すら保てない労働者階級への影響も当然あったが、女性過剰の弊害は中産階級で顕著だった。(12)ある郊外の裕福な地域での一八九二年の調査によると、三十五歳から四十五歳の独身女性の数は独身男性の三倍で、その内使用人階級は三分の一だけだったという（Lewis 4）。ヴィクトリア朝においては、結婚こそ女性の義務であり、特に中産階級では「家庭の天使」が女性の使命だったにもかかわらず、現実に結婚できる女性の割合は下がる一方だったのである。こうした中で、女性が良妻賢母とは別の生き方を模索したのも当然であり、結婚をめぐる状況はますます矛盾に満ちたものとなった。

第二節　結婚という不公平な関係

このような世紀末の社会の現実を克明に表した『余計者の女たち』（一八九三年）は、九〇年代に次々と出版された「新しい女」の小説とされ、結婚しない女や結婚できない女、また結婚生活に満足できない女の現実を描いている。主人公ローダ・ナンは、女性の職業訓練所で働く急進的フェミニストで、「大抵の男には道義心がないため、結婚によって男に縛られることは恥辱と不幸」（第十章）と考え、結婚しない決意を固めている。「止むなく受け入れる運命としてではなく、自らの選択する生き方として、独身を通そうとするヒロインの『新しさ』は、いくら強調しても強調しすぎることはない」と指摘されるように、ローダは真っ向から「家庭の天使」の理想像を拒否する革命的ヒロインなのである。(13)

しかし皮肉にも、エヴァラード・バーフットとの恋愛関係が深まると、自由恋愛による同棲生活を提案する彼に対し、正式な結婚を望んだのはローダだった。のちのD・H・ロレンスの作品を予告するかのように、男性の征服欲と女性の使命感の衝突は、恋愛を支配欲の闘いと化す。一度はローダの意志が勝って婚約が成立するものの、エヴァラードとモニカ・マドンの仲をローダが誤解することで、ふたりは仲違いしてしまう。結局ローダは、フェミニストとしての独身の人生を改めて選択するのだが、彼女が次第に自らの女性性を意識する過程には、結婚こそなおも究極の愛の形である可能性が窺える。

実際、結婚生活の経済的、精神的安定の価値は、結婚できない不幸を見れば明らかである。不倫の恋のために職業訓練所を去り、結婚できずに自殺するベラ・ロイストンや、売り子から街の女となるミス・イードは、結婚という王道をはずれた「堕ちた女」の運命を示している。また、父の死後、結婚の望みもなく極貧生活を送るモニカの姉たちは、当時注目された、親の死後困窮する中産階級の女性像の典型であろう（Vicinus 23）。若く美しいモニカは、一日十数時間労働の服地屋の店員を辞め、ローダの職業訓練所に入るものの、職業婦人として自活する意志も能力もなく、姉のような生活をするなら自殺した方がましだと感じ、年収六百ポンドに惹かれて二十歳も年上の男と結婚するのである。モニカが特別に打算的だった訳ではなく、女性向きの上品な仕事に見えながら（あるいはそれゆえに）供給過剰で労働条件が劣悪だった女性店員にとっては、結婚によって職場を去ることが夢だったという[14]（図②）。

また、結婚できない男の不幸も見逃せない。数学の個人教授トマス・ミクルスウェイトは、婚約者がいるにもかかわらず、収入不足のため十七年間も結婚できない。モニカの夫エドマンド・ウィドソンも、事業に成功した弟の遺産を得るまでは結婚できなかったわけであり、中産階級の結婚における資産の有無の重要性がわかる。

しかしまた、ウィドソンとモニカの結婚生活も惨めな失敗でしかない。「好きなように生活していいと保証してくれた」（第十一章）ウィドソンは、結婚後は専制的な夫となる。「妻が家庭内の務めとは別の権利や義務をもつ、独立した個人だとは思いもよらない」（第十五章）夫との生活に嫌気がさしたモニカは、「自由」がほしいと夫に訴える。

図②　『パンチ』（1877年6月16日号）
洋品店主「どうしてあのご婦人は何も買わずに出て行くんだ？」
売り子「お気に入りのものがなかったんです」
洋品店主「いいかい、お前さん、お前さんを雇ってるのは、この店にあるものを売るためで、お客の欲しいものを売るためじゃないんだよ！　わかったか！」

「自由？」夫はモニカをにらみつけた。「そんなことを言うと、おまえが僕と結婚しなければよかったと後悔しているのかと思うよ」

「後悔するとしたら、私を家に閉じ込めて、好きな所にも行かせないほど疑っていると思わせるからよ。たとえばある日の午後に、シティーのあたりをぶらつきたい、気楽だから、ひとりで出かけたいとあなたがお思いになったとして、それを禁じたり文句を言ったりする権利が私にある？　それなのにあなたは、私がひとりで出かけようとすると、どんな所だろうと、ひどく不機嫌になるのよ」
「いや、それは話が違うよ。僕は男だよ。おまえは、女なんだから」
「それで何がどう違うのか、わからないわ。女だって、男の人と同じように自由であるべきだわ。でなければ、おかしいわよ。家の中の仕事を終えたら、私だってあなたと全く同じように自由になれるべきだわ、全く同じにね。エドマンド、真実の愛を失いたくないなら、絶対に、自由を認めるべきなのよ」（第十六章）

モニカは、若く美しい妻をもつ夫の不安を理解せず、夫の旧式な価値観に反発して、彼女に惹かれる青年ビーヴィスとの不倫の恋に生きようとする。ところが、モニカが夫のもとを去って駆け落ちする決意をした途端、ビーヴィスは逃げ腰になる。彼が人妻との恋愛遊戯だけを求めていたことを知り、モニカは絶望するが、夫との仲は最早修復できず、別居したまま夫の子を産んでまもなく亡くなってしまう。ウィドソンは、妻の不倫関係を疑い続け、娘を我が子として受け入れられず、モニカの姉たちに養育を任せるのである。

「新しい女」ローダが、恋愛の挫折を経て再びラディカルな主張を取り戻すとすれば、平凡な結婚を夢見たモニカは、結婚後に「期せずしてローダたちのすぐれた生徒」（第十六章）として「新しい女」の主張をしながらも、旧来の性道徳の枠組みに囚われたままである。ふたりのヒロインの生き方は対照的でありながら、いずれも安定した幸福な結婚生活とは程遠く、家庭は空虚な幻滅の場と化すのである。マイケル・コリーが指摘するように、ふたりの物語はまったく違うようでいて、共に複雑なセクシュアリティの心理的影響と理性喪失が描かれ、男女いずれにも相互理解や共感が欠けている（Collie, *Alien Art* 153-54）。結局、結婚を究極の愛の形とするには、あまりにもギッシングはリアリストだったのかもしれない。

『余計者の女たち』は、絶えずそれ自体の主張を覆す矛盾に満ちたテクストである。独身主義の物語かと思うと恋愛物語、フェミニズムの称揚かと思えば、家父長的規範が強調されるという、この作品自体の自己矛盾の指摘もある。[15]　また、「家父長的イデオロギーの思想と実践に抵抗すると同時に、支配もされている」[16]という批評もある。実際、単一のイデオロギーや破綻のないプロットを成立させる楽観主義とは無縁のギッシングにとって、自由なはずの恋愛は、所有欲の修羅場や浅薄な遊戯となり、孤独と貧窮からの解放のはずの結婚生活は、男女間の絶望的な隔たりを表す牢獄となる。家庭は、苦い諦観をもたらす灰色の日常そのものとなってしまう。かといって、家庭をもてない者たちは、別の形で孤独で悲惨な人生を背負うのである。

こうした暗い結婚観を形成するギッシングの人物たちは、他者に共感も譲歩もしないながらも、強烈な自我を輝かせる生き方はできず、物質文明の中で空虚な日々を送るしかない。モニカの人生も悲劇的でありながら、真の悲劇の崇高さによって読者の心を打つことはないのである。旧来の価値観の中核をなす結婚制度と女性の役割の正当性がゆらぎながらも、それに代る理想的な形は見出せない。中産階級の妻の座に憧れて結婚するものの、恋愛小説を読みふけった挙句、不倫の恋に絶望するモニカは、マス・メディアの発達により、絶えず他者の欲望を真の欲望と錯覚させる現代文化の卑俗さを先取りしたヒロインと言えよう。夫の旧い考えに抵抗しつつも、その価値体系から抜けられず、大衆文化の幻想を求めたモニカの不幸な結婚からは、欲望そのものを陳腐な既成の欲望に変質させてゆく時代の変化が読み取れるのである。

欲望といえば、ギッシングの描く結婚においては、しばしば金銭欲が深い意味をもつ。頻出する年収や遺産の金額は、モニカの場合のように結婚の決め手となる。以下、『イヴの身代金』に視点を移して、金銭に焦点をあててギッシングの描く結婚を考えてみたい。

第三節　結婚という金銭関係

『イヴの身代金』（一八九五年）は、金銭と愛情、結婚をめぐる独特の男女関係の力学を描いた中篇である。バーミンガム近郊の機械製図工モーリス・ヒリアドは、下宿屋の女主人の娘の友人イヴ・メイドリーの写真を見て以来、淡い恋心を抱く。彼は思いがけず四百ポンドの財産を受継ぎ、仕事を辞めて「人間らしい生活」を楽しもうと決意し、ロンドンに出てイヴの居所を探しあてる。熟練労働者の週給が平均一ポンドだったことを思えば四百ポンドは大金だ（Vicinus 26）が、一時の贅沢を保証するものの豊かな結婚生活には不十分で、その金を使いきった後は再び「奴隷の生活」に戻ることをヒリアドは覚悟している。イヴとの会話からは、十分な財産なしには結婚を夢見ることすらできない状況が窺える。

「僕は結婚なんか望んでないよ。貧乏な結婚生活を、いやというほど見てきたからね」

「私もそうよ」と、イヴは、静かながらもきっぱりとした口調で言った。

「年収百五十ポンド以上稼ぐのは、一生絶対に無理だと男がわかっていたら――」

「そんな生活を共にするよう、女を口説くとしたら、犯罪だわ」と、イヴは冷たく付け加えた。（第十章）

イヴは、ヒリアドの金銭的援助によって既婚男性との面倒な関係から逃れ、パリ旅行にも同行するが、結局ヒリアドの愛情には応えずに、資産家ナラモアと結婚してしまうのである（図③）。

イヴと『余計者の女たち』のモニカには、共通点が見られる。医師を父にもつモニカに比べれば、イヴは労働者階級だが、共に若く美しく、ロンドンの華やかさに憧れて地方から出てくるものの、都会に溢れる贅沢を享受する身分にはなれない。それでも、彼女たちはロンドンの街をひとり歩きし、貸本屋の本を

図③　「必要最低限」『パンチ』（1872年5月18日号）
結婚相手は邸宅や領地などを所有していることが最低限必要だと話し合う未婚の娘たち。

読み耽って娯楽を求める。故郷では、母に先立たれ、酒に溺れた父に代わって一家を支え、控えめだったイヴが、ロンドンでは別人のように垢抜けていることにヒリアドは驚く。家族のために自己犠牲を続けたイヴが、自分の欲望を優先する女性に変化したのである。「家庭の天使」を理想像とする中産階級と違って、労働者階級の女性は夫の労働のパートナーとなり、持ち家や子供といった実際の生活の基盤を求めて結婚したという（Perkin 125-28）が、モニカやイヴにとっての結婚は、若さと美貌を資本に貧しさから脱出し、憧れの世界の一員となる手段だったに違いない。

ただ、イヴはモニカと違って「いつも不可能なことをしたがる」（第八章）好奇心と野心をもち、簿記やフランス語さえ身につけ、貸本屋から借りる本も、恋愛小説ではなく伝記や旅行記など様々な分野に及んでいた。イヴには、できあいの恋愛幻想を拒否する現実感覚と、富に裏付けられた教養をもつナラモアをも虜にする知的魅力があったのである。「堕ちた女」になりかねない状況からヒリアドに救われたにもかかわらず、彼の親友ナラモアと結婚するイヴからは、物質文化の繁栄においては、貪欲で非情な者こそが勝者となることが読みとれるかもしれない。

ヒリアドの恋の背景には、自分とイヴを重ね合わせ、貧しさゆえの「病」から救ってやりたいという思いがあった。パリ行きを提案したのも、彼同様イヴも「完全に環境を変え、過去の

重荷を捨て、休息と満足と楽しみの意味を知ること」によってしか治せない「長年の困窮と不幸による病」（第十二章）に罹っていると信じたからである。金銭的援助によって、イヴを現実の苦境から救うだけでなく、故郷の非人間的な工場地帯や都会の物質文明に毒されることから救おうとしたのである。

しかし、イヴの心の内は、貧困によって萎縮した高貴な精神とは異質なものだった。経済的ゆとりが、豊かな感性、ひいては人を愛する力を取戻すとヒリアドが期待したとすれば、イヴが求めたのは、愛の力など確かめる必要すらなくなる、さらなる経済的ゆとりそのものだったからである。イヴは、貧困の恐怖こそ自分の最大の弱点で、ヒリアドを愛せなかったのも、貧しい結婚生活は、貧しい独身生活の千倍も惨めに思えるからだと手紙で告白するが、ヒリアドには、その手紙すら計算づくに思える。モニカの悲劇が、不幸な結婚だけでなく、まやかしの不倫関係によってあらわにされた彼女の人生そのものの空疎さだったとすれば、イヴは、その空疎さを臆面もなく生きることで幸福を得る。「真実の愛」の問いかけなどとは無縁の鈍感さによってこそ、イヴは裕福な家庭生活を手に入れるのである。

それまでの多くの小説では、幸福な結婚はヒロインの成長や美徳によってもたらされた結末だったが、この作品ではヒロインの精神的成長はなく、イヴはむしろ精神性を拒絶することで幸せな結婚生活を手に入れる。男をうまく利用したヒロインといってしまえばそれまでだが、かといって『虚栄の市』（一八四七～四八年）のベッキー・シャープのようなあっぱれな悪女でもなく、単にヒリアドのお人よしにつけこんで利己的な選択をした程度のことである。ここでは、悪女が逸脱する道徳的規範そのものが最早機能せず、価値基準は金銭に換算され、ヒロインの逸脱は、単なる凡庸なスノビズムの一例に過ぎなくなる。「身代金を払ってくれた」（第二十七章）ヒリアドが、あえて彼女の愛を強要しなかったことに、イヴは深く感謝するが、「身代金」というイヴ自身のことばからは、金銭が人生を左右する手段であるどころか、彼女の存在価値自体が金銭によって置き換わることが示唆されている。彼女にとっての結婚は、最も高額で身受けされる契約でなければならないのである。

ディケンズをはじめとして、ヴィクトリア朝小説における金銭のテーマの重要性はしばしば指摘されているが、サイモン・ジェイムズは、とくにギッシングの作品において、個々の詳細な経済状態の描写が、環境と自我の関係を劇化する技法だと述べている。また、金銭あるいは金銭的欠乏が、繊細な自我を脅かす世俗的な力、個人の可能性実現の障害となる点も指摘している（S. James 30）。実際、ギッシングの世界での金銭はネガティヴな機能をもつことが多く、貧苦が夢を砕き、自我を矮小化するばかりか、ヒリアドのように財産を得る場合も幸福をもたらさない。彼は、束の間の自由人となってイヴを経済的に援助できても結婚はできず、むしろ財産の不十分さが強調される結果となる。この作品での金銭は、快適な生活の物質的基盤ではなく、消費文明における欲望を肥大させ、手に入れたはずの幸福を遠ざけ、挫折や苦悩の源として、欠乏を顕在化する装置となるのである。

ヴィクトリア朝末期の物質文明の繁栄の中で、こうした金銭の意味の変化の根底には、俗化する世間と道徳性の喪失に対する辛辣な視線が感じられる。一八九二年のギッシングの手紙は、女性を主要人物にした「卑俗さの研究」としての作品構想に言及している（*Letters* 5: 11）が、[17] 確かに、この頃の作品では新たな都市文化における女性の低俗さが強調されている。不倫の罠に陥るモニカや恋愛小説と酒に溺れるモニカの姉のように、女性たちはなんらかの形で旧来の性規範を逸脱し、都会の娯楽を享受する。ヴィクトリア朝の道徳観が女性の自己犠牲を要求し、それを理想化することでさらなる家庭への奉仕を義務化したとすれば、イヴが妻の座を勝ち取る過程は、こうした犠牲的精神とは相反するものである。その意味でイヴは、あえて結婚を選ぶことで、「新しい女」とは別の戦略で「家庭の天使」の精神性を拒否したと言えるかもしれない。

このようなイヴが、ヒリアドの犠牲に値しない女であることこそ、この作品の真意だとギッシングは語ったそうだが、その背後に彼自身の女性に対する失望を無視することはできない（Korg 198; Haydock 37-124）。ギッシングは、売春するほど貧しい娘メアリアン・ヘレン・ハリソンに恋をし、彼女を救うために大学で窃盗の罪を犯して、逮捕され放校処分となり、アメリカに渡った。一年余りで帰国し、二十一歳で彼女と結婚するものの、小説家として自立できなかった経済的困窮に加え、彼女のアル中や病気のため、結婚生活は無残な破局を迎える。ギッシング特有の、社会の底辺の女性を救いたいというヒロイズムが、イヴを援助するヒリアドの人物像に投影されているとも考えられる。

最初の妻の死から三年後、三十三歳のギッシングが再婚したイーディス・アンダーウッドもまた、労働者階級出身だった。しかし、恋愛というよりは性的欲求からの結婚であり、知的な隔たり、相容れない精神性によって、この結婚もまた悲劇的なものだった。「すぐに最悪の人間性を露呈することになった、魅力のない無教育な無産階級の娘との結婚によって、彼は、昔からの友人関係を保つことはおろか、新しい交友関係すらあきらめた」（*Letters* 5: 36）ほど、妻との生活は、彼の人生を暗くした。さきに、ギッシングの人物の共感する力の欠如を指摘したが、彼の二度の結婚生活においては、いずれの妻とも共感する接点など皆無だったかもしれない。のちに精神病院で亡くなるイーディスは、結婚直後から癇癪を起こし、召使との争いも絶えず、子供にも愛情をもたず、すでに一八九四年には、ギッシングは妻との関係に絶望していたという（Korg 199）。

『イヴの身代金』の結末では、ヒリアドは、ひとり田舎の美しい自然の中で「自由人」として「生の喜びの歌を己に歌う」（第二十七章）ことになる。最早、女性を伴侶とする欲求もなく、孤独こそが喜びとなる結末は、当時の作者自身の妻への嫌悪感によるものであり、この作品は、むしろヒリアド自身の「身代金」を描いたものだ（Halperin 208）という指摘もある。また、イーディスの人間性に対する絶望が、労働者階級そのものに対するギッシングの感情にも影響を与えたことも想像に難くない。ギッシングにとって、家庭は、安らぎと愛の空間とは程遠い、苦悩と失望の場となっており、さらに幼い息子ウォルターの存在が、問題を一層深刻にしていた。最後に、家庭における子供の存在が大きな意味をもつ作品、『女王即位五十年祭の年に』を通して結婚を考えてみたい。

第四節　結婚という理想的関係

『イヴの身代金』とほぼ同時期に執筆された『女王即位五十年目年祭の年に』は、題名どおり、ヴィクトリア女王即位五十年目の一八八七年のロンドンが舞台だが、帝国の繁栄を象徴する年にもかかわらず、作者にとっては「俗物根性、騒々しい衆愚政治、数えきれない膨大な偽物、すべてが一緒くたになった、人間の愚劣さのあらわれ」（*Letters* 5: 229）を示す年だった。彼は、大量生産と大衆教育の時代特有の低俗さを表わす下層中産階級を意図的に「選んだ」ことを強調し、既に飽きられている「女性問題小説」と見られたくないとも述べている（5: 229）が、[18]やはり結婚が重要なテーマである。また、アーサー・ピーチーやナンシー・ロードの親子の絆を通して子供を含む家族関係も描かれている。因みに、十九世紀半ば以降、上層中産階級を中心に各家庭の子供の数が減少し続け、平均六人だったのが、一九〇〇年には三、四人に減少する。[19]この作品でも、フレンチ家は三人姉妹だが、子供が登場する場合は、いずれも乳幼児ひとりという家庭である。

主人公ナンシーは、今回取り上げた作品の中で、最も家庭婦人にふさわしい女性となり、この作品から作者の理想の家庭像が想像できるのである。ナンシーは、資産家の息子タラントと恋に落ち、密かに別居結婚するが、父ロード氏はタラントの存在すら知らず、娘の軽率な結婚を恐れて、二十六歳まで彼女が独身で家に留まらないと遺産の権利を失うと遺言して亡くなる。前節で金銭のネガティヴな表現に言及したが、ここでも、豊かさを保証するはずの遺産が逆に生活を束縛し、ふたりは結婚を隠さねばならなくなる。作品冒頭のナンシーは、中途半端な教育で浅薄な知識とプライドだけを身につけた娘である。五十年祭の夜には、「ご自慢の『教養』とやらはこの熱気の中でどこかへ消えてしまった。自分の顔を見ることができたら、その下品な恍惚状態に自分でもぞっとしたはずだ」（第一部第七章）と、軽薄さが強調され、科学書を愛読するふりをして教養をひけらかし、タラントの誘いに応じて身を任せてしまう。また、彼女同様、女学校に通って「粗野で下品な台木に接木したような、似非お嬢様教育の産物である独特の話し方」（第一部第二章）

をするフレンチ三姉妹は、さらに救いようのない愚劣さを示す。一番下のファニーと結婚したいと打ち明ける息子ホレスに対し、父ロード氏は激しく女性批判を展開する。

「……近頃じゃあ、どこを見たっていかさまと屑《くず》ばかりだが、中でも最悪なのは、下品で派手な娘たちだ。そこら中で、身分が高いのも低いのも自分のことを『レディ』と言い張って、まっとうな女にふさわしい仕事なんかできないと抜かしよる。田舎でも都会でも同じことだ。教育を受けているだと、ああ、そんな娘たちは教育を受けているだろうよ。その教育とやらで一体どんな妻になれるんだ。どんな母親になれるっていうんだ。そのうち、家庭なんてなくなるよ。……」（第一部第五章）

事実、虚栄心と物欲そのもののファニーは、ホレスの人生を破滅に導き、一番上の典型的悪妻エイダは、「おとなしい牝牛の方が安心して息子を任せられる」（第四部第四章）ほど、母親としても失格である。夫のピーチーは家庭生活に絶望し、幼い息子を連れて家を出て「最高に穏やかで幸福な生活」（第六部第一章）を過ごすが、エイダの騒ぎに負けて、結局は元の鞘に収まってしまう。「彼の階層では、結婚の幸福など珍しいもので、大抵は、責任感や家庭の義務の観念も、質素な喜びを愛する気持も、宗教心もない妻が、不幸の源である」（第四部第四章）という、諦観そのもののピーチーの結婚観は、同じ境遇だったギッシング自身の想いを反映しているだろう。

次女ベアトリスもまた、良妻賢母とは程遠い女性だが、姉や妹と違って男性に依存する生活を選ばず、ファッション関係のビジネスを立ち上げる。ナンシーに想いを寄せるラックワース・クルー同様、彼女は、大きく変化する社会の中で、大衆の欲求をつかむ抜け目ない人物として描かれる。夫に棄てられたと思ったナンシーが、仕事探しの援助を求めたのはベアトリスであり、ナンシーは上品な話し方を武器にベアトリスの店の顧客担当を務める。ベアトリスは、『余計者の女たち』のローダのようなフェミニストの主張ももたず、ただ金儲けを目指しているが、ローダとは別の形で、結婚せずに経済的自立を実践する逞しい女性なのである。

ただここで注目したいのは、経済的繁栄が絶えず、見かけだけの空虚さと結びついていることである。ベアトリスの店で必要とされる、ナンシーの「レディ」の外見と話し方、大衆の目を引くファッション戦略、ロード氏の成功のもととなった中産階級のゆとりを誇示するピアノ、クルーの広告業やレジャーなど、この作品では、ものの実体よりも外見が重要な消費社会の一面が鮮やかに描かれている。さらに、主婦としては名ばかりのエイダ、怪しげな交友関係をもつファニー、叔母と称して息子に近づくダムレル夫人、そして結婚や子供の存在を隠すナンシーも含めて、ここに登場する人物たちは、家庭生活においても見かけと実体の違いを何らかの形で示している。かといって、ギッシングの世界においては、見かけの虚偽に対抗する本物や純粋さがあるかどうかは疑わしい。ホレスの恋心、ダムレル夫人の息子への執着など、愛情はあっても崇高な精神性は感じられず、利己的欲望が際立ってみえるだけである。

そのような中で、ナンシーの精神的成長は注目に値する。マリア・テレサ・キアラントは都市と女性の関係を考察し、『余計者の女たち』のモニカ、『イヴの身代金』のイヴ、そしてナンシーは同じタイプのヒロインで、自分の環境に満足できず、階級やジェンダーの境界を越え自立を目指しながらも、結局は未熟さや理想主義によって伝統的枠組に適応せざるをえなくなると述べる（Garland 55-56）。確かに彼女たちは、大都会の雑踏をひとり歩きして行動力を示す点で、英文学でも新しい系譜のヒロインである一方で、男性の視線を受ける性的対象となる危険も表し、性規範からの解放を示唆しながら、男性優位の枠組を出ることはない。しかし、ナンシーがモニカやイヴと異なる点は、出産後、母となることで明らかに前半の浅薄さとは違う精神性をもつことである（図④）。

ナンシーの主体性に関しては、フェミニスト的視点から、語りや文体の考察もなされている。モリー・ヤングキンは、この作品が女性の自立を十分描いていないとはいえ、語り手の自然主義描写がヒロインの内面の表出を妨げず、『余計者の女たち』に比べ、男性の視点だけでなく、描出話法による女性の視点が多いと指摘している。[20] モニカの場合は、内面描写にも作者の皮肉な視点が感じられ、出産を経て亡くなる最後の部分では、主体としての描写が皆無のまま、モニカの想いは読者に表現されることなく作品から姿を消してしまう。また、『イヴの身代金』では、ヒリアドに視点が固定され、イヴの内面は描かれず、謎めいたヒロインとしてヒリアドを翻弄し続ける。それに比べ、例えば次の場面では、ナンシー自身の視点から、子供への愛情

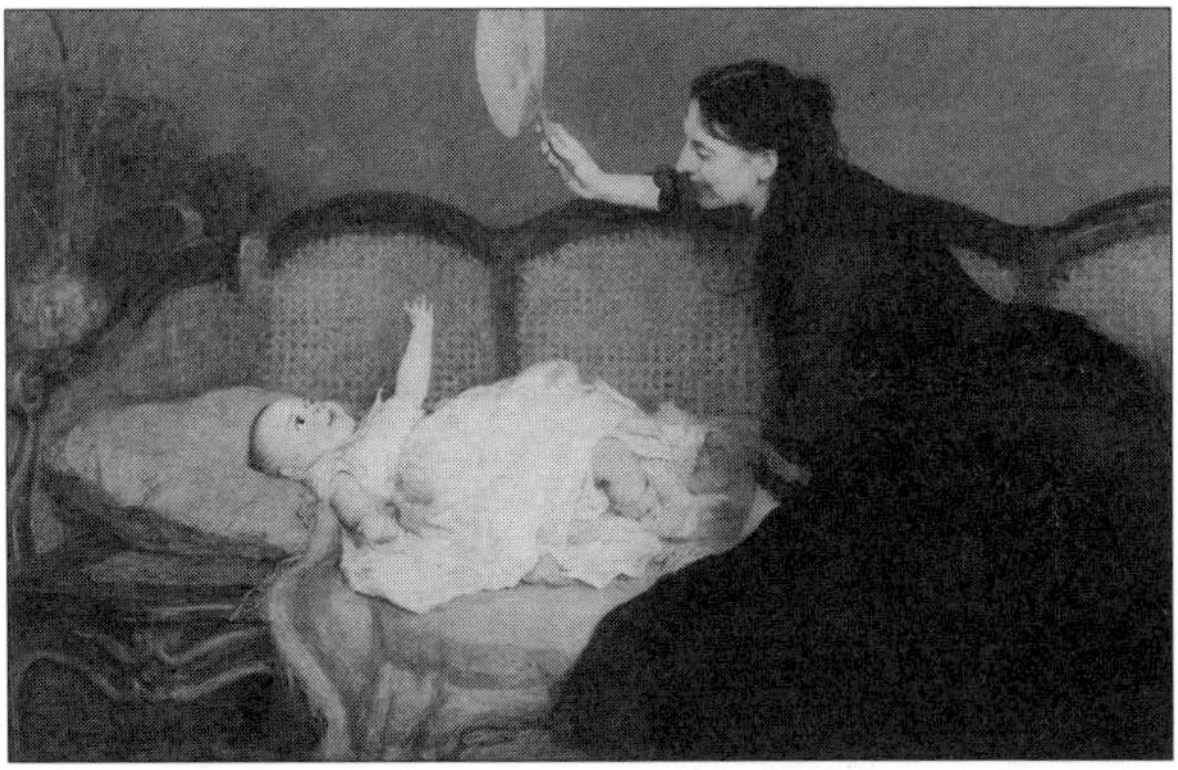

図④　サー・ウィルアム・クィラー・オーチャードソン『マスター・ベビー』（1886年）

をとおした「精神的成長」が語られている。

しかし、ナンシーは自分の精神的成長に気づかなかった。夫への関心を失ったと信じていたものの、憎しみを感じないのが不思議だった。命を与えた小さな存在にすべての感情を使い尽くしてしまったかのようだった。元気な男の子で、すでに母と乳母の違いがわかり——と、彼女には思えたのだが、彼女に抱かれると格別に嬉しそうに喉を鳴らした。妻であろうとなかろうと、あらゆる母の特権は彼女のものだった。虚弱な赤ん坊だったら、これほど大きな慰めを感じずに自分を責めもしただろう。しかし、生まれたその日から、この子はあまりにも強い生命力を示し、乳にむしゃぶりついて、蹴ったり叫んだりして抗いがたい自己主張をしたので、母としての優しさばかりか誇りすらも感じられるのだった。「ママの立派な坊や！　私の息子！」——初めてのすばらしい言葉、口にすると蜜のよう、耳には歓喜の響き。今まで人間が口にしたことのない言葉によって霊感を与えられたかのように、ナンシーはそう呟くのだった。

（第五部第一章）

このように、母としての喜びによってナンシーが精神的成長を遂げる背景には、家政婦メアリ・ウッドラフの存在が大きい。ロード氏は、有能で実直なメアリを、使用人ではなく家族の一員とすることに決め、メアリは、ロード氏の死後、結婚も出産も隠さねばならないナンシーを支え続ける。ここでは、ギッシングの世界には珍しく女性同士の永続的信頼関係が描かれ、「最もすばらしい自然現象——無教育なのに、下品でも愚かでもない」（第六部第三章）メアリの確かな現実感覚は、フレンチ姉妹らの女性教育の虚しさを浮き彫りにする。

しかし、ナンシーの「成長」は、結局、平凡な良妻賢母になることだったのではないだろうか。この作品の批評を見ても、『余計者の女たち』のローダのような自己実現を求めたナンシーが従順な妻となる「弱さ」への失望（Poole 196-97）、抑圧された女性の自由への希求が伝統的価値観で終わる不満（Sloan 134）がある。[21]事実、仕事を探すナンシーの自立心も、結果的にはタラントの情熱を呼び覚ますだけである。「別れたために、改めて口説き、改めて彼女を征服せねばならなくなったのが嬉しく思え、彼の胸は熱かった」（第五部第八章）とあるように、自立を目指す彼女の冷たい態度は、かえって彼の愛情を掻き立てる。最終的にはふたりは夫婦の絆を取戻すが、「新婚の一年が過ぎても、同じように夫に愛され続ける妻は五万人にひとりもいない」（第六部第三章）と考えるタラントは、幸福な家庭の秘訣は別居結婚だとして下宿住まいし、気が向くときに妻子の家に戻るのである。

同居を求めながらも、「どんな女性をも美しく見せる表情、つまり、感情的にならずに静かに同意する表情」（第六部第三章）を浮かべてタラントの希望に沿うナンシーに対して、タラントは歓喜に浸り、精神と肉体の強さにおいては自分が勝っていると主張する。「結婚している恋人たち」（第六部第三章）と表現される微笑ましい関係は、ナンシーが自分の意見を言いながらも、結局はタラントに譲歩することで保たれるのである。

母となった諦観が彼女の「成長」の根底にあることは、メアリとの会話でわかる。結婚した女性は、夫や子供の奴隷になって次世代の犠牲になるのが「自然の摂理」で、頭を使う仕事より育児の方が大事だと、いやでも信じるしかないと、ナンシーはメアリに語る。かといって、ナンシーは「それが不満だという調子ではなく、この上なく穏やかで哲学的な境地にいるよう」（第六部第三章）で、女性の幸福は、必然的に知的欲求を断念することなのである。大学入学を志して猛勉強するジェシカ・モーガンが、ナンシーと対照的に、精神のバランスを失うグロテスクな女性として描かれるのを見ても、女性の頭脳労働が自然に反するという当時の通念が窺える(22)。

実際、ナンシーが苦労して書き綴り、出版を希望した自伝的小説は、タラントの忠告で「一番人目につかない引き出しの奥にしまう」（第六部第五章）老後の楽しみになってしまう。育児という大切な仕事をしている以上、薄汚い争いにまみれた出版界に足を踏み入れる必要はないというのがタラントの理屈である。まさに、二十世紀フェミニズムで注目される「葬られた女性作家」の典型例だが、ギッシングはナンシーの失望を描きつつも、その小説が埋もれた傑作であるような書き方はしていない。同年に出版されたモウナ・ケアドの『ダナオスの娘たち』における、音楽的才能と主婦としての役割の葛藤や、創造力を殺して生きるヒロインの苦悩と、ナンシーの文学志望の挫折は比べものにならない。ギッシングの『渦』（一八九七年）のヒロインの場合も、音楽への情熱よりも人に評価されたい気持が勝っていたが、ギッシングの世界では、創造力をもちながら現実に打ちのめされるのは男性の特権あるいは悲劇であって、女性のものではないのである。

『余計者の女たち』では結婚生活そのものには希望がなく、田舎で独身生活の孤独を楽しむことだったが、『イヴの身代金』の結末も、『女王即位五十年祭の年に』の結末は、ギッシングの作品の中では、最も幸福な家庭を描いている。タラントの文筆業も順調で、家事に関しては信頼できるメアリの存在があり、さらにナンシーが財産を受け取って、郊外に家をもつ見通しも立つ。それでいながら、タラントは別居結婚を続けるつもりで、ナンシーが愛情の絆を確認する場面で作品は終わる。つまり、経済的なゆとりと、子供を愛し、夫のわがままを許容する妻の存在こそが、結婚生活の理想なのである。

しかし、それなりの幸福な結末を提示しながらも、この作品の読後感は決して明るくはない。ナンシーの両親、弟とファニー、エイダとピーチーら、ナンシー以外の結婚生活はすべて不幸であり、ナンシーの幸福も妥協によるものである。家庭の外では、消費文化がますます栄え、旧来の価値体系が崩れながらも、相変わらず家庭内の女性たちは昔ながらの妻と母の役割を期待されている。ナンシーとタラントの家庭の砦が、社会の俗悪な力を防ぐほど強固なものかは疑問である。結婚生活の成功の秘訣が、妻がおとなしく別居生活を受け入れることでしかないとすれば、家庭の幸福とは、男女の愛の限界を理性的に受け止めるという諦観に基づくものとなる。「幸福な結末」は、俗化する社会の脅威と人間の卑俗さに対する侮蔑から生じる、作品全体をおおう苦さを拭いきれないのではないだろうか。

＊＊＊＊＊

以上、三作品を通して結婚の描写を見てきたが、結婚生活の様々な不幸や、結婚できない男女の孤独を通して、ヴィクトリア朝末期の結婚制度自体の矛盾がリアルに描かれている。社会的弱者としての女性の苦悩も見事に表現されているが、女性の自己主張は、結局は幸福な家庭を損なうものでしかない。ギッシングは結婚制度の矛盾を示しつつも、女性主導の家族関係には否定的である。大衆社会における物質主義の蔓延と道徳性の喪失に対する批判的視線が、彼自身の個人的な苦悩に裏付けられ、伝統的な役割分担を超えた男女関係の理想像を不可能にしている。しかし、ギッシングの作品は、失われた崇高な精神性へのエレジーにとどまらない。価値観の変化を背景に描かれる結婚の苦い現実は、改めて、矛盾に満ちた日常における欲望の充足と自己実現の困難さを幾重にも問いかけるのである。

註

（1）Mona Caird, "Marriage," *The Westminster Review* (August, 1888): 197. この記事以降、同年だけでも、結婚制度そのものを論じた記事が数点掲載されている。
（2）Marilyn Yalom, *A History of the Wife* (New York: Harper Collins, 2001) 268-69.
（3）Joan Perkin, *Women and Marriage in Nineteenth-Century England* (London: Routledge, 1989) 225.
（4）John R. Gillis, *For Better, For Worse: British Marriages, 1600 to the Present* (Oxford: Oxford UP, 1985) 231-59.
（5）Lee Holcombe, *Wives and Property* (Oxford: Martin Robertson, 1983) 49.
（6）一八五七年以降は、どの階級でも離婚請求が可能になり、離婚法制定後の十年間で労働者階級からの申し立てが二割から三割、妻からの申し立ても四割になったという。A. James Hammerton, *Cruelty and Companionship: Conflict in Nineteenth-Century Married Life* (London: Routledge, 1992) 103.
（7）ただし、普通法の他に衡平法があり、父親などが衡平法を適応すべく手続きをすれば、結婚後も女性に一定の財産権を与えられた (Perkin 15-19)。
（8）ただし、真に平等な親権が与えられたのは一九二五年の児童保護法以降だった（Holcombe 54）。
（9）Pat Jalland and John Hooper, *Women from Birth to Death: The Female Life Cycle in Britain 1830-1914* (Brighton: Harvester, 1986) 117.
（10）Jalland and Hooper 117. 親の代が築いた生活と同水準から新婚生

活をスタートしようとする場合が多く、男性個人の職業収入よりも親から受継ぐ資産が重要視されたとパット・ジャランドは、Pat Jalland, *Women, Marriage and Politics 1860-1914* (Oxford: Clarendon,1986) 71-72で指摘する。

（11）Jane Lewis, *Women in England 1870-1950: Sexual Divisions and Social Change* (Brighton: Wheatsheaf, 1984) 3.

（12）Martha Vicinus, *Independent Women: Work & Community for Single Women 1850-1920* (Chicago: U of Chicago P, 1985) 23.

（13）川本静子「『新しい女』の『新しさ』」『ヒロインの時代』（川本静子・北條文緒編、国書刊行会、一九八九）一〇頁。

（14）Lee Holcombe, *Victorian Ladies at Work: Middle-Class Working Women in England and Wales, 1850-1914* (Newton Abbot, Eng.: David and Charles, 1973) 117.

（15）Susan Colón, "Professionalism and Domesticity in George Gissing's *The Odd Women,*" *English Literature in Transition* 44.4 (2001): 441.

（16）Deidre David, "Ideologies of Patriarchy, Feminism, and Fiction in *The Odd Women,*" *Feminist Studies* 10.1 (Spring 1984): 119.

（17）この作品は『余計者の女たち』と思われるが、その執筆は八月以降だという。

（18）出版社の意向もあって、初めの『ミス・ロード』という題名を変えてよかったとも述べている。

（19）Leonore Davidoff, et al., *The Family Story: Blood, Contract and Intimacy 1830-1960* (London: Longman, 1999)128.

（20）Molly Youngkin, "All she knew was, that she wished to live": Late-Victorian Realism, Liberal Feminist Ideals, and George Gissing's *In the Year of Jubilee,*" *Studies in the Novel* 36.1 (Spring 2004): 61-62.

（21）Cf. Llyod Fernando, *"New Women" in The Victorian Novel* (University Park: Pennsylvania State UP, 1977) 121.

（22）例えば、Elaine Showalter, *Female Malady: Women, Madness, and English Culture, 1830-1980* (New York: Penguin, 1987) 124-25には、女性の思春期の知的訓練が生殖機能を損なう危険性について指摘されていたことが述べられている。

第十五章

女性嫌悪

――男たちの戸惑いと抗い――

田中　孝信

トマス・テオドール・ハイネ『処刑』（1892年）

第一節　流動化するジェンダーの境界

ドイツの画家にして諷刺漫画家トマス・テオドール・ハイネは、一八九二年に『処刑』という題の絵を製作した（本章の口絵参照）。それは、猛女的な女性支配者との男性の悪夢のような遭遇を描いたものであり、ブラム・ダイクストラは次のような説明を加えている。

> 男は好色の象徴である山羊に導かれて、ぐらぐらする狭い連絡通路を、女陰のような肉欲の城へと歩いて行く。男の首の回りには薔薇でできた絞首索のような手綱がついており、それを剣を肩に担いだ女が握っている。彼女は、その運命の門をくぐるや、必ずや男に襲いかかり、首を切り落とし、その去勢された残骸を、真っ赤な嘴をした肉食の黒い白鳥たちに投げ与える。一様で未分化な女性性という水面に無数に群がったこの白鳥たちは、女性の犠牲となった男たちの使い果たされた肉体を食い尽くす。[1]

そこに見られるのは、当時流行した進化論や優生学への声高な支持と賞賛のもと、男たちが抱いた、文明の進歩を担う男性を退化させる、処刑者としての役割を男性から強奪した猛女的な男勝りの女への、マゾヒスティックなまでの恐怖なのである。男の精液を渇望する女たちは、男のエネルギーが最も行き渡る、知性の象徴である頭を萎縮させるどころか、切り落としてしまう。ユディットやサロメの物語では十分とは言えないとばかりに、世紀転換期の芸術家たちは、剣を振るう女性たちを様々に表現する。その根本にあるのは、男性の支配欲に対して従順な犠牲者の役割を演じ続けるのを拒む猛女としてのフェミニストを前にして、安心して威張ることのできなくなった男たちの不安である。それは、女性嫌悪《ミソジニー》を伴った反女性的態度となって、世紀転換期のヨーロッパやアメリカに広がる。

事実、イギリス社会においても、十九世紀も末になると、それまで比較的確固としていた「強者」と「弱者」の関係に大きな揺らぎが生じる。特に、社会の実権を握る男たちにとって最も身近な脅威となったのが、ジェンダーにおける危機だった。フェミニストたちが、家父長制イデオロギーに基づいた役割分担や二重基準に異議を唱え出すと、両性間の関係は緊張する。「女性問題」は大きな社会的関心事となり、女権運動に拍車がかかる。初めて国会に提出されてから二十六年後の一八八二年には、既婚女性財産法が制定され、結婚に伴う妻の独自の財産権が保障される。一八八二年と九三年の婚姻訴訟法によって、妻には夫と対等の法的地位が与えられる。また、一八八六年の妻扶養法は、労働者階級の妻が、夫によって一方的に遺棄され赤貧状態に陥るのを防いだ。同様に重要なことに、この時期、中産階級の女性たちは避妊の方法を知るようになり、セクシュアリティや結婚の義務に対する彼女たちの態度に大きな変化が見られた。また、教育面でも女性に門戸が開放され出した。一八七九年、ロンドン大学は女性にあらゆる種類の学位を授与することを決定し、一八八六年にはオックスフォードとケンブリッジの両大学が、女性が講義に出席し学位を取得することを許可した。フェミニストたちの成果のうちで最も重要なものの一つは、伝染病法の撤廃であろう。「リスペクタブル」な顧客が性病にかかるのを防ぐために、売春婦に検査を強制するというこの法律は、国会の議論を経ずに、一八六四年、六六年、六九年に改正強化されていったが、ジョゼフィーン・バトラーを中心とする廃止論者たちは、好戦的なまでの運動を展開し、一八八六年に法律を廃止に追い込む。政治と権力という男性世界においても、女性は自らの主張を通すことができるということを証明したのである。

世紀末のこうした動きは、中産階級の間にジェンダーの再定義という問題を引き起こす。それは何も女性だけが意識したものではない。男性もまた、女性と性の優位をかけて争う一方で、「男らしさ」とは何かという疑問を抱く。家父長制社会のなかで男性に課せられてきた役割を維持するのに自信が持てなくなるのである。「力」と「理性」を誇示する仮面をつけ、強い感情を「女らしさ」につながるものとして抑圧することを社会から求められると、男性のなかには、内面に混乱を来たす者も出てくる。不動のジェンダーの枠組みなど構築できないのではないかという思いに、多くの男性が狼狽するのである。

しかし、ジェンダーの役割分担を遵守しようとする男性側の動きが、少なくとも表面上は際立っていたのも事実である。女性の進出を前に、男たちは、ホモセクシュアルな欲望と脆い境界線で隔てられたホモソーシャルな絆による結びつきを再確認する。そして、ヴィクトリア朝の「男らしさ」という脆弱な構築物にすがりつき、あからさまに反動の姿勢を示すのである。彼らは、「男女間の習慣が一致する方向に進むにつれて、文明の本質的な核である洗練さと繊細さはなくなってゆく[2]」と激しく非難するミセス・リン・リントンたち保守的な女性たちを味方につけて、フェミニスト批判の論陣を張る。家父長制中産階級の言説において、フェミニストの言動は、男性を堕落させる売春婦と結びつけられることになる。早くも六〇年代から、「不健全な成育」を遂げ「病的な渇望[3]」を抱くフェミニストは、接触伝染、腐敗、その他、崩壊や境界侵犯を示すものを連想させる、社会悪だった。それはまさに、国家と同一視される男性の健康と安全を冒す、利己的かつ攻撃的な「道徳の壊乱者」、「病気の伝達者かつ体現者[4]」としての売春婦そのものなのである。

男性は、自らをあくまで旧来のイデオロギーに則って提示する。それに従えば、男性には克己や寡黙さが備わっていることになる。これらの特徴は、ヴィクトリア朝の中産階級男性が好んで着た黒服や、絵画において、裸で傷つきやすい女性像と対

図①　ジョン・エヴァラット・ミレー『遍歴の騎士』（1870年）

比して描かれた、鎧で身を固めた騎士像に象徴的に示されていた（図①）。こうした忍耐心のある男性が、公領域で積極的に行動し、私領域にとどまる受動的な女性を保護し育まねばならないのである。もちろん、自制するということは、内に逸脱した要素を含んでいるからに他ならない。ラスキンが「王妃の庭園について」で言うところの「冒険に、戦争に、征服に向いている」[5]男性のエネルギーからは、洗練された文化よりは野蛮な自然と結びついた男性像が浮かび上がる。男性の領域とは、平安な家庭の外に位置する制御の効かないエネルギーが渦巻く空間なのである。ミセス・ブラウンは、「男性の適切な領域」という論のなかで、「男性は、自然と自分自身とを相手に戦っている」[6]と述べているが、そこからは、絶え間のない行動によって律し制御しなければならない、男性内部の爆発力の存在が窺える。男性は、外界と「戦い」、それを「服従させる」ことで、内面の混沌を支配できるのだ。そして、この自己抑制に成功することこそが、彼らが求めたものだった。言動を律することは強さの表われであり、内面の混沌が大きければ大きいほど、その克服は価値あるものとなり、男らしさは高まる。〈家庭の天使〉像を捨て去り権利を主張する女性たちは、定められた領域から出て男性の優位を脅かすのみか、男性のこうした自己陶酔症的なまでの克己心を掻き乱す魔性の存在となる。男性の優位に不安を覚えながらも、いや、それゆえにこそ、ヴィクトリア朝の男たちは、家父長制イデオロギーに頑なまでに囚われるのである。

　では、世紀末の男性の一人として、ギッシングは、女性の進出に対してどのような態度を取ったのだろうか。彼は、オーエンズ・カレッジでの事件以降、自分自身を社会のアウトサイダーだと見なしていた。それゆえ、周縁に押しやられた女性たちの苦境に共感を覚えていたのは確かだ。「スクラップブック」に記された「女性の幸福が家庭の利己的な男性の犠牲になるというごくありふれた現象」[7]という言葉からは、女性に対する家父長制社会の抑圧に関する彼の基本姿勢が読み取れる。エドゥアルト・ベルツに宛てた手紙のなかでは、「女性が男性と同じ程度の知的な訓練を受けない限り社会の平安は得られないと、私は確信している。この世の不幸の半分以上が、女性の無知と幼稚さに因るのである」（*Letters* 5: 113）と述べて、フェミニストの主張が、結局は男性のためにもなるという信念を披瀝する。

だが一方で、最初の妻ネルや二番目の妻イーディスとの結婚生活の破綻といった実生活上の扇情的なエピソードを反映して、作品中の、特にサブ・プロットには、多くの不愉快な女性が登場する。デイヴィッド・グリルズは、そこに見られるギッシングの女嫌いについて、「彼の小説に登場する女性が不道徳だというだけではない。虚栄心、貪欲さ、不合理、嫉妬心、暴力、心気症、意地悪さ、皮肉癖、因習性――挙げ出したら切りがなく、それらについて論じ合うのはほとんど不可能なほどだ」（Grylls 147）と述べる。ギッシング自身、女性の描き方ゆえに、世間は自分のことを「女嫌い（woman-hater）」（*Letters* 7: 147）と呼んでいると、ガブリエル・フルリに伝えている。

はたしてギッシングは、女性の権利拡張に賛同しているのか、それとも反対しているのか。彼の曖昧さは、「女性の解放に関心を持つ、女性崇拝的な、女嫌い」（Grylls 141）といった評価をもたらしさえする。そうした曖昧な態度の根底には、一つには、伝記的要素が挙げられる。「女性についての極端にロマンティックな理想」と、貧しさゆえのコンプレックスから来る「強烈な自己破壊的衝動[8]」、この両者の葛藤が原因となって、彼は常に情緒的に不安定な状態に置かれていたのである。だが同時に、彼の態度に、世紀末の男性の、「性のアナーキー」（*Letters* 5: 113）と呼ばれる新しい事態に直面した狼狽が映し出されているのは間違いない。

では、それは彼の小説のなかではどのように表現されているのだろうか。本章では、男性側の反応を、女性問題を共感の眼差しでもって描いたとされる『余計者の女たち』（一八九三年）の主人公エヴァラード・バーフットと、それとは対照的に「ギッシングの小説中、彼の女嫌いが最もよく表わされている」（Halperin 240）とされる『渦』（一八九七年）の主人公ハーヴェイ・ロルフを中心に具体的に探ってゆく。そうすることで、両極に位置すると考えられている二作品の共通項を抉り出し、九〇年代における性の力学のなかで、ギッシングの置かれた立場を明らかにしたい。

第二節　夢追い人エヴァラード

主人公のエヴァラードは、メアリ・バーフットやローダ・ナンといった知的で経済的に独立した女性「革命家」たちの世界を冒険する（図②）。友人たちが愚かな妻ゆえに悲惨な結婚生活を送るのを目の当たりにしてきた彼が、理想の女性像に求めるのは、無垢な少女っぽさや美しさではなく、成熟と知性である。「精神の伴わない美など滅びるがいい。……気紛れの恋ならば、女奴隷《オダリスク》に相手をさせればいい。しかし結婚生活とは、男

図②　アルフレッド・モロー『新しい女』（1894年）、劇場用ポスター。1894年9月に開演したシドニー・グランディーの劇は、知的女性の「女らしくない」側面を皮肉った。

と女の関係を持続させることであり、それには知性こそが第一の要件である」（第十七章）と彼は思う。

　エヴァラードのローダに対する求愛は、最初、観察者としての立場を取る。彼は、興味深いが、世間的には理想とは言えないタイプの彼女を、ふざけた恩着せがましい態度で精査する。初めて会ったとき彼女の姿を観察した彼は、後には、性の鑑定家と言った様相を呈するほどに、彼女の顔の造作を分析する。彼は彼女への関心を「純粋に知的なもの」（第十章）であると自分自身に言い聞かせる。知的な距離こそが、彼が理想の女性像を自由に思い巡らすのには必要だったのである。

　しかし、エヴァラードの感情面での独立は、彼のローダへの態度が、本当の愛へと変化するにつれて侵されることになる。理性に感性を従属させるのを旨としてきた彼は、海辺の町シースケイルでの彼女との「完璧な一日」に、ロマンティックな傾向を強く示す。ただ、ここで注意しておかねばならないのは、二人が互いに情熱を露わにしながらも、あくまで相手と妥協することなく、主張を押し通そうとすることだ。ゲームとして始まったものは、今や権力闘争となる。結婚を束縛として軽蔑していた〈新しい女〉は、男の誠実さを確保するために結婚を求める。ローダに「自由結婚」を提案し、彼女が彼のために社会に背いてまでもそれを受け入れてからなら、正式の結婚をしてもよいと考えていた〈新しい男〉の方は、最終的に彼女の要求におとなしく同意し、敗北ゆえの屈辱と憤りを覚える。彼女もまた、自らの信念を曲げたゆえに、勝利感を味わうことはない。

　こうした権力闘争が生じる根底には、男女の平等を唱える、エヴァラードのような〈新しい男〉の限界がある。彼の言葉には、以前から、男性の権威を当然視し、ローダを力で抑え込むのに喜びを見出す姿勢が窺えた。彼は彼女に語る。

> 恋は野蛮人を生き返らせる。そうでなければ、恋など面白くもない。この一点だけに限っても、男というものはどんなに文明化されようと、愛する女性に自分と等しい人になってくれとは望まないと思う。掠奪結婚は決してなくならない。……僕には君より力がある、より激しい情熱がある、だから僕はそれを利用するんです——君の魅力の一つである、その女らしい抵抗を

征服するために。（第十七章）

そうした力への信仰がある以上、「理想がかなえられた……完璧な瞬間」（第二十五章）が真の誠実さを欠いたものであることは否定できない。シースケイルからロンドンへの帰路エヴァラードは、彼女が苦しみ、最終的に彼の前にひれ伏す場面をサディスティックに思い描く。「彼女は彼の前で涙を流し、嫉妬と恐怖で心はちぢに乱れ打ちのめされたと言明するに違いない。……その時の来るのを思って、彼はほくそ笑んだ」（第二十六章）。女性の知性を希求する彼の進歩性は、結局は、堅固で慣習的な家父長制イデオロギーの範疇を超えるものではない。

だがエヴァラードは自らを、〈新しい男〉として正当化する。男の権威に服従しないがゆえにローダに失望したにもかかわらず、彼は、彼女を偽りの〈新しい女〉だと見なす。そして、「俺の理想は発見できなかった——しかし、昨今、それは必ず実在していると思い」、求め続けようとする。皮肉なことに、結果として、女権運動に改めて身を投じる覚悟をするローダの方が、エヴァラードより社会的反抗者であることが判明する。なぜなら彼は、裕福な家庭の娘で、作品中、一度も姿を見せない名前だけの空虚な存在でしかないアグネス・ブリセンデンと結婚することで、「社会の許可」（第二十六章）を得るからである。

エヴァラードのアグネスとの結婚には、ギッシングの、ラスキン的な〈家庭の天使〉像への曖昧な態度が反映されている。確かにエヴァラードは平安を得るが、それは彼のロマンティシズムの放棄であり、そうして得られた空間は、沈滞の雰囲気を醸し出す。作品中、唯一幸せな結婚生活を送るミクルスウェイト夫妻の描写はその沈滞を如実に表わしている。二人の結婚が十七年間の婚約期間を経てようやく実現したものであり、それを描く作者の筆は、二人の愛情を賛美するというよりはむしろ、哀切感を交えつつ皮肉っているように思える。そして何よりも男性にとって恐ろしい、去勢への潜在的危険すら読み取れる。マーサ・ヒンバーはミクルスウェイトの結婚生活を幸せなものと見なす批評家の判断に、「夫を完全に支配し、彼を椅子に背筋を伸ばして座り静かに笑う居間の住人に作り変え、彼がもう本を書く気持ちさえなくしてしまうほどに、彼の活力を実に効果的に押さえ込む女性は、理想の結婚における心優しい連れ合いというよりは、愚かな結婚生活の暴君のように思える」[9]と異議を唱える。

エヴァラードとローダとの関係を破綻させた、信頼の欠如、嫉妬心、男性の優位願望は、そのままエドマンド・ウィドソンとモニカ夫妻の悲劇の原因でもある。特に対人恐怖症とも言えるほどに、二十歳以上も年の離れた若い妻との二人だけの生活に執着し、そこに旧弊な家父長制イデオロギーを適用しようとするエドマンドの、妻の反抗に直面したときの態度は、家父長の権威の失墜を歴然と物語る（図③）。エヴァラードが自己欺

図③　ウィリアム・オーチャードソン『最初の陰り』（1887年）
リュートに生じたるは、まことにわずかの亀裂なれどやがて楽の音を止ましむ。

瞞とアグネスとの結婚によって何とか保持した権威の虚構性が、エドマンドを通して暴かれるのである。ウィドソン夫妻の関係が描かれた部分を、『サタデー・レヴュー』誌（一八九三年四月二十九日）に掲載された初期の書評は高く評価しているが、我々は、モニカが結婚前、売り子という、十九世紀中頃に都市化と工業化によって起こった小売革命の結果として生じた職に就いていた点に注意を払うべきだ。「貴婦人でも売春婦でもない、第三次産業に従事する[10]」、階級的色分けの困難な売り子は、家庭に閉じ込められることなく、都市の公的空間に繰り出す。中産階級の定めた伝統的なジェンダーの役割区分が侵されるのである。そして彼女たちは、街を彷徨する。そのことは彼女たちを売春婦と結びつける。実際、作品中には街娼まがいの売り子や、ミス・イードのような売り子から娼婦に転落した女性が描かれる。売り子たちは、性的にも社会的にも破壊力を持っており、明確な脅威として存在するのである。

　モニカもまた、田舎に閉じ込められるのを嫌い、都市の自由と興奮を求めて上京する。「ロンドンを彷徨する自由」（第四章）を持つ彼女は、女性遊歩者《フラヌーズ》と言える。結婚前からエドマンドは彼女の身体上の自由を偏執狂的なまでに制限しようと試みる。彼のそうした態度の一部には、公衆の面前に姿を晒す女性は売春婦と見なされるかもしれないという恐怖心がある。だが、結婚前はもちろん、結婚後も彼は彼女を閉じ込めておくことはできない。モニカは、ローダやメアリの感化によって、男性による束縛をますます意識するようになる。夫は妻を監視するが、彼女はそれをかわし都市を彷徨する。エドマンドはついに私立探偵を雇わざるを得なくなる。年下の青年ビーヴィスとの危険な情事が彼の知るところとなったとき、彼は暴力によって威嚇するが、それによっても、彼女を家庭空間に幽閉することはできない。彼女に比べれば、〈新しい女〉であるローダやメアリの方が、作品上では、男性の定めた結婚制度や男性の活躍する公領域に挑戦することが少ない。確かにモニカは最後には、伝統的な解決法に則って、不倫未遂の罪を死によって報いることになるが、彼女のような都市の新しい現象にギッシングが当惑しつつ、魅せられているのは間違いない。

一瞬、エドマンドは男女の平等という考えに心動かされる。「夫と妻は平等なのだという素晴らしい考え、遠い未来には世界を再創造するであろう福音が、一瞬彼の想像力を強く打ち、彼本来のレベル以上に彼を高めたのである」（第十六章）。だが、家父長の権威に執着する以上、彼にはモニカは理解できない。ラスキン的な家庭像を理想とする彼は、彼女にとっては息の詰まる悪夢のような空間しか作り出せない。彼女がそれを逃れ、生き生きと都市空間を飛び回るのに対して、彼は一人家に閉じこもり彼女の帰りを待たねばならない。男女の担う領域が逆転してしまうのである。エドマンドには、この状況をどのようにして打開したらいいのか分からない。こうしたエドマンド像にはギッシングの曖昧な態度が窺える。エドマンドのあらゆる言動が残酷で旧弊なものとして非難される一方で、彼は我々の同情を喚起する犠牲者でもあるのだ。彼の孤独、女性経験のなさ、初めて恋に落ちたときの幸福感と期待、そして、あらゆるものを失ったときの無力さ、嫉妬心、絶望感ゆえに、我々は彼の言動を非難しつつも、彼という人間を憐れに思うのである。女性のみならず、男性もまたエートスの犠牲者なのである。エドマンドに見られた男の弱さは、モニカに駆け落ちを迫られたとき、そものビーヴィスの帯びる女々しさとなって表現されたとき、そもそも男性性と女性性を区分する境界自体が果たして存在するのかという疑問を提示しさえする。事の重大性に「ぶるぶる震え、幼い少女のように顔を赤らめる」彼には、「腰の据わった悪党根性はなかったし、まして、こんなときにこそ男を支えるはずのもう一つの素質、すなわち道徳をも敵に回すほどのヒロイズムもな」（第二十二章）かった。

第三節　心を閉ざす人ハーヴェイ

ハーヴェイとアルマ夫妻について大方の批評家は、アルマを厳しく評価するのに対して、ハーヴェイに対しては同情的である。例えば、パトリシア・スタッブズは彼を「無能なじゃじゃ馬に長きにわたって苦しめられた夫」[11]として憐れんでいる。しかし、二人の関係を詳細に検討すると、そうした一方的な判断に疑念を生じさせる曖昧さが浮き彫りにされる。

ハーヴェイとアルマの結婚を失敗に導いた原因の一つは、彼のアルマの行動に対する無関心である。彼は求婚に際して、彼女が「拘束」ではなく「自由」を分かち合うことを約束し、彼女が職業として音楽活動をすることを認める。だが、この一見新たな夫婦関係の模索と思えた行動の背後には、自分の世界を女性から守るための無関心さが読み取れるのである。ハーヴェイは、アルマをプロのヴァイオリン奏者へと駆り立てた動機が、父の詐欺行為によって被った汚名を晴らし社会に再度認めてもらい

図④　ジェイムズ・ティーソー『静粛に——コンサート』(1875年頃)
プロの名演奏家たちは、個人のパーティーや公のコンサートで引っ張りだこだった。しかし、若い淑女たちが、習得した音楽的技量を使って、ひとたびお金を稼ごうとした場合には、その技量は再評価の目に晒された。

たいという気持ちだということが分からない（図④）。女性を「非審美的種族」[12]と呼ぶショーペンハウアーの影響を受けたギッシングが、アルマ像を通して、専門的に芸術に従事する女性を批判していると考えることはできるが、彼女のヒステリー症の原因がハーヴェイにもあることは否めない。激情を押さえ、「理性的な男」（第一部第三章）としての姿勢を意識的に示すのに汲々とする彼には、彼女の苦悩は理解できないし、理解する気もない。

　ハーヴェイは、シビル・カーナビイ、ミセス・マスケル、ミセス・ストレンジウェイズといった蛇のようにしたたかで強い女性たちから成る外界にひたすら背を向けるばかりだ。若いアルマが、たとえ最終的には大望が社会的制約ゆえに打ち砕かれるにしても、人生の苦難に立ち向かってゆこうとする熱情を備えているのに対して、中年男のハーヴェイはひたすらそれを抑制し、怠惰で、優柔不断、そして「人生の盛りは終わったという気持ち」（第三部第二章）に自ら進んで陥っている。「渦」に引き込まれた彼が、ロンドンで唯一安心感を覚える空間は、女性と切り離された男だけのクラブであり、まるでそこで彼は男性としての性の優越を回復できるかのようである（図⑤）。「落ち着かないし、身の置き所もないので、その当然の結果として、彼は心ならずも昔の気楽な習慣に憩いを求めるようになった。彼は再びクラブやレストランで、昔の楽しい仲間——善良で、無頓着で、陽気で、時には金のない連中と会った」（第二部第十章）。

　しかし、ハーヴェイの見せかけの〈新しい男〉像は、アルマの反対にもかかわらず、ガナーズベリーへの引越しを強行しようとしたときを機に崩壊する。クリスティーナ・シャーホルムは、この段階に至るまでのハーヴェイの言動の不一致を取り上げ、彼を「羊の皮を被った狼」（Sjöholm 129）だと弾劾する。だが我々は、独立心旺盛な妻を前にした彼の困惑に目を向ける

図⑤　「クラブと結婚」『パンチ』（1898年10月8日号）
「クラブで一人ぼっちで食事をしていると、結婚をしたくなる男が多いだろうね」
「かもしれません。でも、結婚してからクラブへ来て、一人で食事をしたくなる殿方の方がずっと多いのでございますよ」

べきである。『因襲にとらわれない人々』（一八九〇年）の公然たる暴君であるルーベン・エルガーや『女王即位五十年祭の年に』（一八九四年）のライオネル・タラントより悩みは深い。それを証明するかのように、ハーヴェイは以前から、プロのヴァイオリン奏者になろうと果敢に人生に挑戦するアルマに、表面上は無関心さを示しながらも、無意識のうちに嫉妬していた。演奏会が失敗することを願っていたといっても過言ではない。そうすれば、自分が頼りにされ、夫としての権威を妻に認識させることができると期待していたのである。その潜在的な欲求が表面化するのである。確かに彼もエドマンド・ウィドソンのように、夫婦関係の悪化の原因が自分にあると自責の念に駆られはする。「自分こそが結婚の極意をつかんでいると見なして、結局、いつもどおり、まったく思慮分別を欠いて振舞っていた」（第三部第一章）と反省する。しかし、ハーヴェイは次第に旧来の家父長的権威を振りかざすようになる。彼女が音楽を職業とすることに初めて面と向かって反対する。アルマに求められるのは、立派な家庭を築くことだけなのである。かつて彼は友人のヒュー・カーナビイに「妻が出たり入ったりするのを夫が当然のごとく監視する時代はもう終わったんだ。そんなことでもしようものなら、物笑いになるだけだよ。新世界なのさ、君。僕たちはそのなかで生きているんだから、せいぜいうまくやらなくてはならない」（第二部第七章）と語っていた。この一見、ハーヴェイの進歩性や楽天主義を示す発言の背後には、女性の進出に対する不安感や時代の変化への不信感が隠されていたことが暴露されるのである。

　ハーヴェイが「善良で思考力のある男の多くの例に漏れず、同性の間ではわけなく意識できる対等な関係を、女性である妻には求めようとしな」（第三部第四章）い限り、夫婦の距離は縮まらない。問題が生じてもそれを率直に話し合う労苦を取ろうとはしない。母と娘の強いつながりを反映するかのように[13]、息子ヒューイには決して見せたことのない愛情を注いだ赤ん坊が死んだとき、妻のひどい悲しみ様に、彼は、これでよかったのだと一人納得して、「冷淡だと思われるのを恐れるあまり」（第三部第六章）、彼女を慰めることができない。サイラス・レッドグレイヴのバンガローに二人きりでいたことが明るみに出たとき、彼女は自らの貞節を必死に訴えるが、ハーヴェイは「重大なことが起きたわけではない、とつとめて考えようとする」（第三部第十二章）。ただ、アネット・フェデリコのように、この場面から「そうした良識的な反応から、ロルフが女性の主体性を完全に否定していることは明らかである」（Federico 127）と結論づけるのは、あまりに女性からの一方的な見方であろう。ギッシングは、妻を信じたくとも心のどこかに疑念を持ち続けざるを得ない男の苦悶に対して、『余計者の女たち』のエドマンドに対してと同様、同情の念を抱いているのは間違いない。いずれにせよ、アルマの服従を分別ある行動と解釈する（Grylls 158）のは誤りであり、むしろ、それは、浄罪の気持ちを込めて自己を押し殺そうとする決意の表われなのである。夫が大都会の喧騒から逃れたいという思いを募らせるにつれて、逆に彼女は、「渦巻きのなかでめまいを覚えながら我を忘れて生きる喜びを激しく求める」ようになる。『余計者の女たち』の場合と同じく、都市の公的空間は今や女性のためにあるかのようだ。それにもかかわらず、アルマは夫の意思以外を捨てようとする。不眠症に悩まされ睡眠薬を頻繁に服用するのも、一つには、彼女の性向と合わない行動を自らに課した結果だと理解できる。我々は、夫に聞こえないようにアルマがつく「ため息」（第三部第九章）を聞き逃してはならない。そうした妻の内面の葛藤に目を向けようとせず、「自分こそが結婚の極意をつかんでいる」と思い込もうとするハーヴェイには、「アルマと長く暮らせば暮らすほど、彼女の気持ちが読めなくなり、彼女の動機が理解できなくなる」という不安に満ちた反応しか示すことはできない。それでいて、「彼女と再び議論を始める気はなかった。自分の主義をあくまで貫く他はない。さもないと自尊心までなくしてしまいそうだ」（第三部第六章）としか考えられない。そうした態度は、自らの葛藤からも目を逸らすことを意味する。

最終的にアルマは死に、ギッシングはハーヴェイに、男性の願望を充足したような、家父長によって統御された牧歌的風景をもたらす。故郷の旧友バジル・モートンと、キプリングの『兵舎のバラッド』（一八九二年）について哲学的会話を交わしたハーヴェイは、七歳のヒューイと手をつなぎ、平安に、かつ男らしく、夕日のなか家路につくのである。[14] しかし、これを単純に、H・G・ウェルズのように、男性優越主義の表われと取ってはいけない。『兵舎のバラッド』を巡るハーヴェイのジンゴイズムは、世の中に対して彼が覚えている絶望感から身を守る盾なのであり、皮肉はそのための武器なのである。ギッシング自身「彼の言葉はどこを取っても、人生の現実は嫌悪感で彼の胸を一杯にするだけであるという、彼の絶望的なまでの認識を述べているだけなのです」（*Letters* 6: 320）とウェルズに注意を促している。したがって、息子を通してのハーヴェイの子供時代という保護された世界への回帰は、彼の周囲からの孤立を鮮明にするだけと言えよう。それを反映して、「迷ったり疑ったりしていること」（第三部第十三章）に直面するのを避け続けてきた男に未来を託される少年は、外界に立ち向かうには心身ともにあまりにひ弱だ。

こうしたハーヴェイをギッシングは決して否定しているわけではない。曖昧な描写のなかにも、ギッシングが主人公に対して暗黙のうちに同情心を抱いているのは明らかだ。なぜなら、「思考対象のどれをとっても取るべき態度が決まらない男」（第三部第十三章）ハーヴェイには、性的関係が複雑化するなか、ほとんど全ての男性が意識する困惑と疲労感が体現されているからである。父権制度を批判しつつ、フェミニズムの動きには不安の眼差しを向け、女性の劣等性、従属性、性的無垢といった神話を捨て切れないでいる、世紀末の進歩的な男たちが孕む矛盾、この矛盾の根底には、新しい状況に置かれた彼らの、存在への不安が横たわっているのである。『ヘンリー・ライクロフトの私記』（一九〇三年）のなかでライクロフトは次のように述べる。

さて、しかし、琴線の触れ合うような理解をどんな場合にも期待できる人間が、はたして一人でもこの世にいるだろうか。いや、およそのところでいい、鑑賞の点で私とほぼ意見の一致する人がいるだろうか。理解力のこのような一致は実に稀有なことだと思う。全生涯を通じて我々はそれに憧れている。悪霊に取りつかれるように、その欲求に取りつかれて、我々は人生の荒野にさ迷い出る。だが結局は、泥沼に落ちることが多いのだ。そして最後には、それまで見てきたものが錯覚だったことを悟るのだ。全ての人は定められている――「汝、一人で生きてゆくべし」と。

（『春』第二十章）

この感情は一つには、追放者としてのギッシング自身の思いであろう。同時に男性にとって不快なまでに女性が進出する外界に対して、男性自身が背を向けようとする衝動の表われでもあるのだ。

第四節　ギッシングの脆き虚勢

ギッシングの描く男性主人公の女性主人公に対する態度は、複雑さを帯びる。ヴィクトリア朝中期の小説に登場する男性主人公、例えばディケンズの『ドンビー父子』（一八四六～四八年）のドンビーが、内面の葛藤や弱さを抱えながらも、最終的に家父長の権威を何とか維持していたのに比べると、遥かにその拠って立つ基盤は不安定化する。エヴァラードが結婚相手の女性に知性を求めるとき、そこからは彼の都会性や進歩性が窺えるが、その裏には、女性の自立に対する根源的な恐怖から来る保守性が隠されている。ハーヴェイもまた、〈新しい男〉としての振舞いの背後には、女性への恐怖心ゆえの逃避願望が隠されている。彼らは、いかに進歩的男性を気取ろうとも、家父長制のイデオロギーに則って自分たちの権威や道徳的・知的優越意識から抜け出せない。彼らが他人に対して隠しているものは、同様に自分自身からも隠されているのである。

十九世紀末の変容するジェンダー観の渦のなか、男女のアイデンティティは従来見られなかったほどに大きく揺さぶられる。モニカのような、結婚によって経済的安定を確保しようとする旧来型の女性が、夫の束縛からの解放を、イプセンの『人形の家』（一八七九年）のノラのように志向する一方で、ローダのような〈新しい女〉が、結婚についていまだ因襲的側面を捨て切れていない。このような二面性は男性にも共通するものである。流動化する世界にあってエヴァラードやハーヴェイは、現実の変化に気づき、それに追いつこうとしながらも、安心できる指針を求めて、単純で制御可能な役割を身につけようとする。それは彼らから個性を消し去り、画一化してしまう。いくら自らの男性性を守る方便であるにせよ、結果として、真の自己、すなわち、女性の一挙一動に動揺することなく、しかも男性としての気取りからも解放された、自由な自己の実現に彼らが向かうことはない。自己中心的でありつつ脆弱で傷つきやすい彼らは、憤怒の念に打ち震えながら自己主張するか、それとは逆に、敗北主義的な自己憐憫の情に駆られるだけだ。たとえ、最後まで表面上は無傷のままであろうとも、自己の本質的な部分が腐敗する危険性は常につきまとうのである。

エヴァラードやハーヴェイに、世紀末の男性としてのギッシングの葛藤が反映されているのは間違いない。全般的に見て、ギッシングは、民衆教育、労働者の貧困、物質主義といった多くの公的問題に関して、奇妙に相反する態度を示していた。小説には、後期ヴィクトリア朝の様々な問題が取り上げられているにもかかわらず、彼が時代の動きに熱を込めて深く係わることはない。それは、作品を覆うある種の無気力さや、多くの男性主人公を特徴づける物憂さや空しさとして繰り返し描かれる。時代に対する彼独自の深遠な考えといったものも見当たらない。問題の解決を求めて声高に叫ぶというよりは、疲労困憊した様子を垣間見させると言った方が適切だろう。モーリー・ロバーツは、ギッシングに関してウェルズがヘンリー・ヒックに述べた「そうだなあ、あの男は道徳的に臆病だ。ある程度までは主張するんだが、そのすぐ後で逃げ出してしまうんだ」[15]という意見を引用している。ギッシングの生きた著しい変化の時代を特徴づける不安と懐疑を考慮すれば、この発言は不当に厳しいものに思える。ギッシングもまた時代の申し子であり、確固たる信念を持つこともできず、自信のない手探り状態で人生を歩んで行かねばならなかったのである。彼には現実から逃避し、過去に救いを求める願望すら見出される。一八九四年六月二十四日にベルツに宛てた手紙のなかでギッシングは、「私が時代の動きにほとんど真剣な興味を抱いていないというのは、驚くべきことです。確かに、ある程度はそれについて学びはします。しかし私が本当の喜びを得るのは、古代の事柄からなのです」(*Letters 5*: 212) と語っている。この思いは、晩年の彼が抱いたギリシャやイタリアの古典古代世界への憧憬につながるものである。

　ギッシングのそうした現実からの逃避願望が、ジェンダー間の争いのなかでも、例えば、ハーヴェイの作品結末での態度に反映されるわけである。ただ、女性問題に関するギッシングの態度には、他の問題の場合と違って、単に諦観の念ですまされない激しさがある。彼が、自分と同じ弱者の立場に置かれた女性に共感を覚えているのは確かだ。対等な夫婦関係を築くのに失敗するアルマや『女王即位五十年祭の年に』の女性主人公ナンシーを描き出したからといって、何もギッシングが女嫌いだということに直結するわけではない。むしろ、当時の社会で女性の置かれた状況を忠実に再現していると言った方が適切であろう。だが、彼の保守的態度が作品中に映し出されているのも事実である。彼は、自分が女性への共感者だと見られるのに驚きを隠さず、「女性たちからの同情と助言を求める手紙をこれほど多く受け取るとは、奇妙なことである。私の作品のなかに、女性の心を惹きつける何があるのか、まったく理解できない」(*Letters 5*: 351) と語る。実際、彼は女性を感情的な生き物と見なしているかのごとくに、ショーペンハウアーの影響の下、執拗なまでに、男性を巡る女性の女性に対する嫉妬心を描き出しさえする。『余計者の女たち』ではエヴァラードを巡るローダのモニカへの、また、同じくエヴァラードを巡るメアリのローダへの嫉妬心が、『渦』ではレッドグレイヴを巡るアルマのシビルへの、また、ハーヴェイを巡るアルマのメアリ・アボットへの嫉妬心が克明に綴られたり、示唆される。ギッシングがガブリエルに宛てた初期の手紙からも、たとえ愛情がこもったものにせよ、「あらゆる点で同等」であるはずの女性に対する保護者然とした態度が読み取れる。二十九歳の彼女に向かって、「かわいい、かわいい、お嬢ちゃん」、「無垢で、明るい小さな顔の、わたしのかわいい人」、「愛しい小さな女の子」といったように、慣習的な愛称で呼びかける。だが、それは裏を返せば、自らの置かれた立場の不安定さを必死で覆い隠そうとする姿勢だとも解釈できよう。実際、後に彼女に宛てた手紙では、彼の病について触れられており、強く我々の憐れを誘う。病ゆえに男性としての主導権を握ることができない己自身を、男性として不適切者と見なす感情が表面化するのである。

　過去二年間を振り返ってみると、かなり弱った私自身の姿が浮かんでくる。反抗して「だめだ、これは男の人生じゃない!」と言う勇気もなく、不満げに従っていたに過ぎない。これからは、妻の目から見て、もっと尊敬に値する男になるつもりだから。結局のところ、旧来どおり男が支配するのが、まったくもって健全であり、正しいことなんだ。ただ、そのためには、男は男らしく、支配者として相応しくなければならない。最も軽

> 蔑すべき男というのは、たとえ最愛の女性であっても、女性におとなしく従うような輩だ。
> (*Letters* 8: 189)

ガブリエルがミセス・ウェルズに「かわいそうな、気の弱いジョージ」(*Letters* 8: 225) について憐れみ交じりの不平を言っていることは、ギッシングが男性としての役割を果たすのに失敗したことの証左となる。そして、これらの手紙からは、ギッシング自身が、ヴィクトリア朝の男性神話の犠牲者だったことが分かるのである。

その神話に本質的に忠実たらんとするギッシングの姿勢が、女性との関係において、結局は浅薄な態度しか示せない男性主人公たちを生み出しているのである。『女王即位五十年祭の年に』のライオネルにしてもそうだ。彼は、進歩的な精神の持ち主を装いつつ、性の二重基準を自分自身に適用する。『因襲にとらわれない人々』で触れられ『女王即位五十年祭の年に』で展開される「ゴドウィン的結婚」は、ライオネルには理想とも言える独身生活をもたらすのに対して、妻ナンシーには、独立どころか、夫への愛と息子への母性に縛られた単調な監獄生活を強いることになる。ライオネルは自己の啓発につながるような正確な自己分析をせず、卑劣で臆病な人生を送り続ける、単に誇り高い神経質な気取り屋に過ぎない。結果として彼は、家父長としての責務を放棄し、その権威を貶める。そうしたライオネル像を通して、我々はナンシーに対するギッシングの憐憫の情を読み取る。だが同時に、ライオネルの自己正当化からは、ギッシングの、自己主張する女性を服従せんとする強い欲求と、それとは正反対の解放願望を見て取ることができるのだ。そこに、アーサー・ピーチーの不幸な結婚生活の場合と同様、ギッシングのイーディスに対する憎しみを重ね合わせることは容易であろう (Halperin 198-207)。要するにギッシングは、理性ではライオネルを批判しつつも、彼の生き方に心底では強い共感と羨望を寄せるのである。ギュスターヴ・ルボンが「過去の思考は、揺るがされてはいるけれども依然として強力であり、それらに取って代わるべき新しい思考は、いまだ形成途上である。現代は過渡期であり、無秩序が支配する時代なのだ[16]」と表現する世紀末にあって、ギッシングの女性観は、変化を意識する男性が多かれ少なかれ内に秘める、戸惑いとそれを打ち消さんがための時の流れへの抗いを、浮き彫りにするのである。

註

(1) Bram Dijkstra, *Idols of Perversity: Fantasies of Feminine Evil in Fin-de-Siècle Culture* (New York: Oxford UP, 1986) 399.

(2) Quoted in Ronald Pearsall, *The Worm in the Bud: The World of Victorian Sexuality* (1969; Harmondsworth: Penguin, 1972) 106.

(3) George Whyte-Melville, "Strong-Minded Women," *Fraser's Magazine* 68 (November 1863): 675.

(4) Susan Kingsley Kent, *Sex and Suffrage in Britain, 1860-1914* (Princeton, NJ: Princeton UP, 1987) 66.

（5）John Ruskin, *Sesame and Lilies* (1865; London: George and Allen, 1905) 121.

（6）Mrs. A. A. Brown, "The Proper Sphere of Men," *Putnam's Monthly Magazine* 4 (1854): 307.

（7）Gissing's "Scrapbook," the Pforzheimer Collection, New York Public Library, qtd. in David Grylls, "A Neglected Resource in Gissing Scholarship: The Pforzheimer MS 'Scrapbook,'" *Gissing Journal* 27.1 (1991): 10.

（8）Elaine Showalter, *Sexual Anarchy: Gender and Culture at the Fin de Siècle* (1991; London: Virago, 1992) 30.

（9）Martha M. Johnson Himber, "George Gissing's Females: Fictional Women, Factual Wives," diss. U of Missouri, Columbia, 1991, 184.

（10）Judith R. Walkowitz, *City of Dreadful Delight: Narratives of Sexual Danger in Late-Victorian London* (London: Virago, 1992) 24.

（11）Patricia Stubbs, *Women and Fiction: Feminism and the Novel 1880-1920* (Brighton: Harvester, 1979) 144.

（12）アルトゥル・ショーペンハウアー『ショーペンハウアー全集十四』（秋山英夫訳、白水社、一九七三）二五八頁。

（13）男性中心社会においては、母親の娘への愛情には、将来娘が被るであろう苦難ゆえの憐れみの情が混じっている。ナンシー・チョドロウは、母親が自らの「拡張もしくはダブルとして娘」を体験し、通常娘を自分自身と同一視すると述べている。Nancy Chodorow, *The Reproduction of Mothering: Psychoanalysis and the Sociology of Gender* (Berkeley: U of California P, 1978) 109.

（14）ハーヴェイとヒューイの父子関係も、アルマと赤ん坊との母娘関係との対比のなかで、きわめて重要である。ジョン・グッドは、父子関係のおかげで「ロルフは、結婚やその緊張関係がもたらすものに直面するのを避けることができる」（Goode 188）と述べている。

（15）Morley Roberts, *The Private Life of Henry Maitland: A Portrait of George Gissing* (1912; Whitefish, MT: Kessinger, 2004) 109.

（16）Quoted in Christophe Prochasson, *Les années electriques, 1880-1910* (Paris: La Découverte, 1991) 7.

第四部　【作家】

第十六章

自　己

——書く「自己」／読む「自己」——

新野　緑

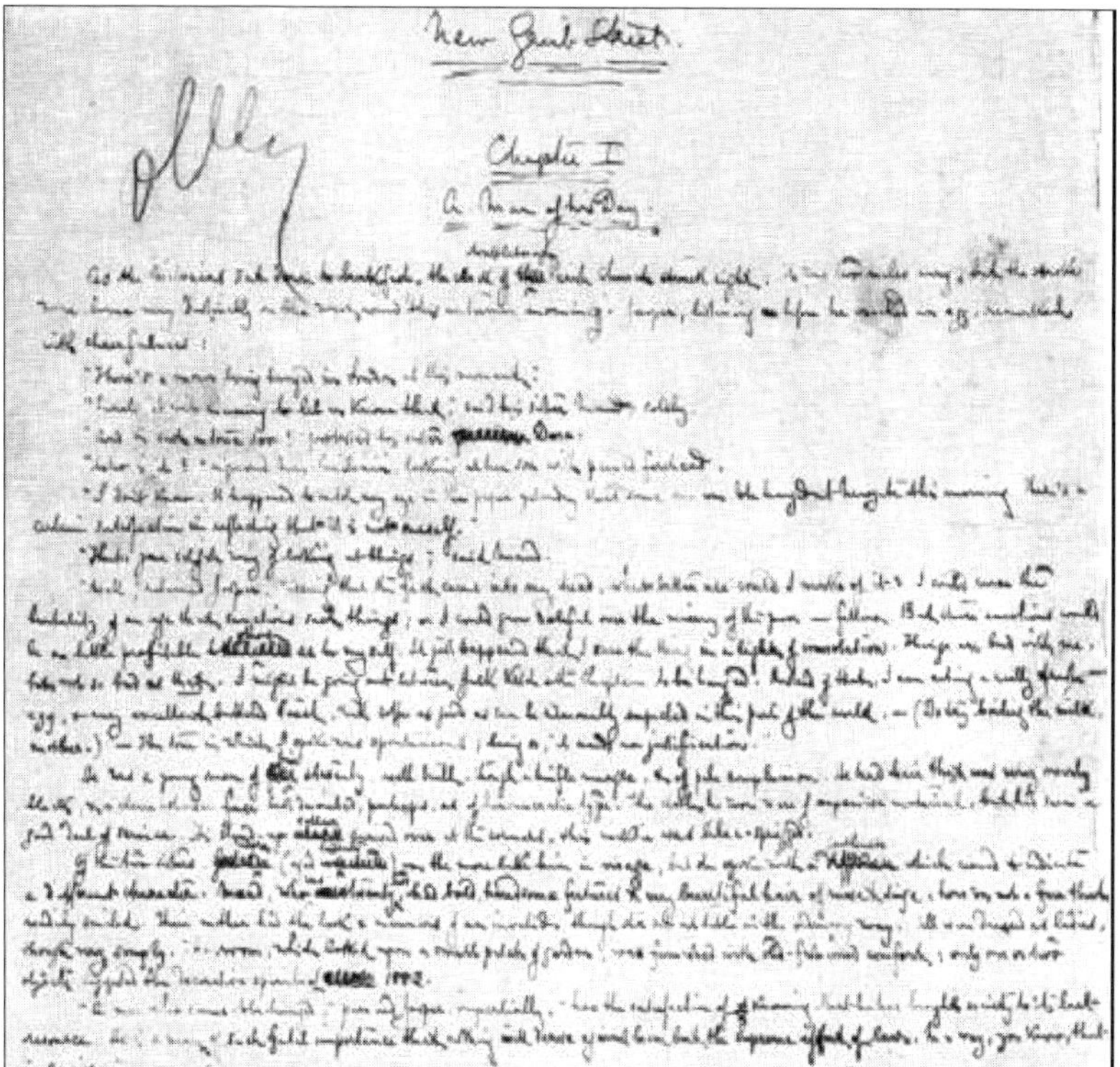

『三文文士』の手稿

第一節　自伝の諸相

「ジョージ・ギッシングほど、たっぷりと自分の人生を小説に書き込んだ英国作家はない。詳しい伝記を知らずに彼の本を読むのは、目隠しをして読むようなものだ」（Michaux 58）とジョン・ハルペリンが言うように、ギッシングの作品を特徴づける一つの要素は、その自伝性にある。[1] 下層中流階級の出身ながらオーエンズ・カレッジで優秀な成績をおさめ、学者となる将来を嘱望された矢先、娼婦ネル・ハリソンへの恋に溺れて窃盗の罪を犯し、放校となった失意の人生。この屈辱的な経験をはじめとして、一ヶ月の服役の後、恥多い故国を逃れてアメリカで経験した冒険の数々や、帰国後作家となった彼が目の当たりにしたロンドンのスラムでの貧困生活、酒びたりの妻との辛苦に満ちた結婚生活や上流の女性への憧れ、そして念願かなって訪れたイタリアや、二度目の妻と滞在したイギリスの地方都市エクセターの風景など、ギッシングの作品には、たしかに彼が実人生で体験した出来事や情景が、ほとんど事実そのままに数多く取り込まれている。

しかし、従来の批評では、これらの自伝的要素が、金銭や階層意識、女性観といった社会的意義から論じられて、[2] 初期小説『無階級の人々』（一八八三年）の主人公ウェイマークをはじめ、作家を登場人物や主人公とする作品が多数あるにもかかわらず、作家としてのアイデンティティや、創作の行為そのものに注目する議論は少ないように思われる。[3] 一八八〇年代の文壇の状況を正面から取り上げた『三文文士』（一八九一年）でさえ、読者層の急激な拡大とジャーナリズムの興隆によって、「作家の地位が引き下げられ」（『ヘンリー・ライクロフトの私記』「秋」第二十二章）、文学が単なる「商品」となった社会状況の解読に、批評の中心は置かれているようだ。

こうしたギッシング批評の現状は、もちろん、彼の描く作家像に大きく影響されたものではある。たとえば『三文文士』には、ある種の文学的才能を持ちながら、時代に立ち後れて破滅する主人公の作家エドウィン・リアドンと、鋭い現代感覚を武器にジャーナリズムの世界で名を成すジャスパー・ミルヴェインとが登場する。信奉する文学観も彼らが辿る運命も、あらゆる点で対照的と思われる二人の書き手たちは、しかしながら、ともに自分を二流と認め、「書くこと」が孕む違和感や無意味さを頻繁に口にするのである。このように、ギッシングの描く作家たちは、そのほとんどが創作の行為そのものに一種の不信感を持つ不安な書き手たちで、同じく作家を主人公とするディケンズの自伝的小説『デイヴィッド・コパフィールド』（一八四九～五〇年）において、語り手で主人公でもあるデイヴィッドが「私は生まれつき作家になるように定められ、運にも恵まれていると信じる根拠もこの時には得ていた。だから、自信を持って天職を全うしようとした」（第四十八章）と語って、「書くこと」をアイデンティティの源、あるいは自己実現の確かな手段として肯定したのとは大きく異なっている。

しかし、「書くこと」は、ギッシングにおいて、本当に無意味なだけの行為なのだろうか。創作の虚しさが頻繁に示される一方で、たとえば愛書家のエゴイズムと悲哀とをユーモラスに描いた短篇「クリストファーソン」（一九〇二年）が典型的に示すように、彼の作品には読書や蔵書にまつわるエピソードが頻繁に織り込まれて読者に強い印象を与える。『三文文士』のリアドンにとって、大英博物館の図書室（図①）は「真のわが家」（第五章）で蔵書は「大切な旧友」（第十章）であり、その図書室を「牢獄」と嫌悪するメアリアン・ユールでさえ、人が一生かかっても読み切れない「良書」がこの世にあることを認めずにはいられない（第八章）。そして、『ヘンリー・ライクロフトの私記』（一九〇一年。以下、『私記』と略記）において、ライクロフトの遺稿を読んだ語り手は、そこに「かつて私たちが実際に会って話した時より、はるかに深く詳しい彼の実像が明かされている」（「序章」）として、書き手の自己表出に手記の存在価値を見出している。

『私記』の語り手が言うように、もしも書かれた作品が作家の究極の自己の形を表すものなら、自己投影を創作の核とするギッシングにおいて、「自己」の本質は、何よりもまず「書くこと」、あるいは書かれた作品を「読むこと」にこそ見いだされるのではないか。「書くこと」と「読むこと」にもっとも深く関わっていると考えられる『三文文士』と『私記』を中心に、ギッシングの「自己」の本質について考えたい。

図①　当時の大英博物館の図書室

第二節　「書くこと」と自己抑圧

『三文文士』において、ミルヴェインは、「実務の才がない旧式の芸術家」リアドンと「一八八二年の文筆家」（第一章）である自分とを対比して、次のように語る。

「今どき文学は商売だ。宇宙の力だけで世に立つ天才は別にして、今の文壇で名を成す連中は腕利きの商売人なのだ。真っ先に頭に置くべきは市場《マーケット》。ある商品の売れ行きが落ちたら、すぐさま目新しい食欲をそそる何かを売り出す。……現代の三文文士街は、電信が飛び交う場だ。世界のどこで、どんな文学の食べ物が求められているか、すべてお見通しという訳さ」

（第一章）

霊感《インスピレーション》という宇宙の力に感じて書かれたはずの文学が、「芸術」としての特権的地位を失い、商業といういかにも現世的なシステムに呑み込まれていく一八八〇年代という時代。天才と凡人という階層的対比によってミルヴェインが言い表しているのは、じつは「文学」という概念の歴史的変遷の過程でもある。市場原理がすべてを支配するその世界の基盤をなすのは、当然のことながら金銭である。しかし、そのうえ、「金を持てば、友達ができる」と語り、その「知り合い」が貴重な「情報源」ともなれば、成功の「機会」をもたらす宣伝網でもある（第三章）と言う彼は、ともに社会を循環し、交換によって価値を得る金銭と情報との密接な関わりと、それらが社会に持つ強大な影響力を鋭く認識しているのだ。電信という通信網がはりめぐらされた世界で求められるのは、「世界のどこで、どんな文学の食べ物が求められているか」（図②）を瞬時に把握できる情報ネットワークの空間的な広がりと、自分自身を「一八八二年

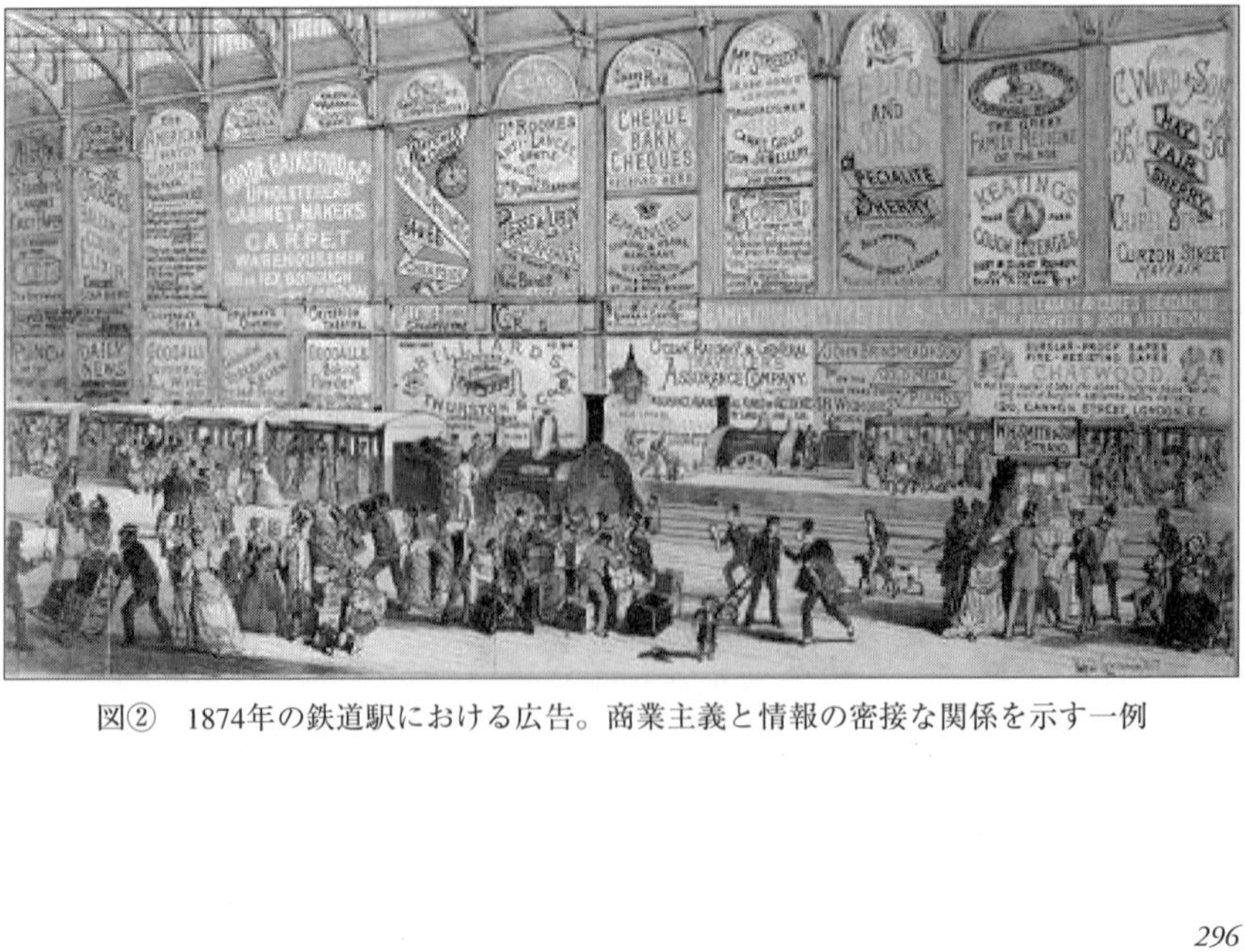

図②　1874年の鉄道駅における広告。商業主義と情報の密接な関係を示す一例

の文筆家」と規定する鋭敏な時間感覚だろう。「今どき」「真っ先に」「すぐさま」「目新しい」と言葉を重ねるミルヴェインにとって、時間は過去から未来へと続く連続した流れではなく、目の前にある一瞬、断片化された「今、この時」こそが重要なのだ。作品を読者の「食欲をそそる食べ物」とする比喩も、文学を知性や感情といった、持続的な精神活動から切り離し、読者のつかの間の欲望に訴えて、つぎつぎと消費される極めて断片的かつ表層的なものとして印象づけることになる。

レイチェル・ボウルビーは、『三文文士』を、「その直前に起こった、あるいは当時起こりつつあった、商業による芸術の蚕食」(Bowlby 102)と、「文化は、新商業やそれが迎合する大衆社会とは両立し得ないのだという前提から生じた、価値と階級の厳酷なさまざまの二項対立」が生み出す「袋小路」を描いた作品だと言う(117)。たしかに、ミルヴェインが自らの文学観を披露する上の引用は、「商業による芸術の蚕食」を見事に象徴しているし、物語の主要な登場人物たちは、リアドンとミルヴェインを中心に、そのほとんどが際立った対照をなしている。リアドンが執筆について語る、

「それと知りつつ、いい加減な作品を書くことに尻込みする気持ちがあるからね。今どきの作家はそんなこと気にもとめないだろう。『市場に出すにはこれで十分』。彼らはそれで満足なのだ。……もちろん絶対的な価値基準などありはしない。たしかに、ひどい自己矛盾だね。一流になれないと知っていながら、作品をできる限り良くしようと骨身を削っているのだから」(第四章)

という言葉は、市場原理に支配されてあらゆる価値が相対化された文壇の有りようを、彼もまた正しく認識していることを示している。しかし、ミルヴェインと同じく自身の凡夫たることを認めながらも、リアドンは「いい加減な作品を書くことに尻込み」をして、「自己矛盾」と知りつつ、「作品をできる限り良くしようと骨身を削」らずにはいられない。そこには、「確かな文学的価値のあるものを書こうなんて、これっぽっちも思わない」(第六章)と平然と言い放つミルヴェインとは対照的に、作品や人間の内在的価値に対する信頼、あるいはこだわりが見られるだろう。じっさい、リアドンの書く「堅実な性格描写」に支えられた「純粋に心理学的」(第五章)な作品は、彼が人間の、ひいては「自己」の実体を「性格」や「心理」といった内面世界に置いていることを明らかにする。

リアドンが示す内実へのこだわりは、じつはこの物語に登場する失敗者たちに共通するものだ。リアドンの友人で究極の写実小説を書こうとするハロルド・ビッフェンは、「作品が真面目で有意義」(第三十一章)であることを執筆の主眼とし、アルフレッド・ユールが、「一冊の文学事典」にも匹敵する「衒学的個性」(第三章)の持ち主とされながら、文壇で名を成さな

かったのは、裕福な妻を持つ同業者ファッジとの競争に敗れたからだけではない。

> ユールが文学的名誉などというものをしっかり無視して、小説か演劇を製造することに甘んじていたら、商業的成功を勝ち取ったかもしれない。が、可哀相に彼は融通のきくタイプではなかった。大まじめに努力し、自分は芸術作品を生み出していると考え、猛烈な良心を持って野心を追求したのだ。（第七章）

自分が「芸術作品を生み出している」と信じ込んでいるユールは、自身の二流たることを常に意識しているリアドンより、さらに一時代前の書き手といえる。しかし、市場原理が支配する文壇にあって、「文学的名誉を無視」できず、「大まじめに」「猛烈な良心を持って」執筆に励むユールがリアドンと同じ「内実」へのこだわりを持つことは明らかだ。

　書くことは、「世の人々に差し迫ったメッセージを持つ人だけの喜び」でもあれば「特権」（第八章）でもある、と考えるユールの娘メアリアンもまた、「書くこと」の意義は「メッセージ」、すなわち、伝達されるべき意味内容にこそあるという。しかし彼女は、すでに伝えるべき主張を失った父親のために、来る日も来る日も大英博物館の図書室で資料を収集し、それを編集する自分を、「ただの読み書きの機械」と感じ、自分の代わりに「古い本を何冊か投げ込んで、約《つづ》め、混ぜ合わせ、現代風にアレンジして、今日の消費に適した一冊を生み出す」「文学機械」（第八章）が現れることを夢想する。同様の感覚は、創作に行きづまったリアドンが、「意志のぜんまいが壊れてしまい」（第六章）、自分が「自動機械」になって、「ねじを巻き、レバーを押さなければ次の言葉が出てこない」（第十一章）と考えることからも読み取れよう。主体性の核ともいうべき「意志」を、ぜんまい仕掛けの壊れた機械としか感じられないリアドンは、言葉を自在に操って作品を紡ぎ出すどころか、空虚な行為と思えて日常の会話さえ、ままならなくなる。ライクロフトは「機械的な訓練を意味もなく繰り返す」だけの教練の記憶を、「個性の喪失」（「春」第十九章）と呼ぶ。独自の内面を備えた充実した「自己」の理想と、すべてが金銭によって空洞化される「現実」とのギャップ。それこそが、登場人物に、「環境」という「得体の知れない影響力」（『三文文士』第六章）に操られる無意味な「機械」としての自分自身を、認識させるのである。

　リアドンをはじめとする失敗者たちが、この現実と理想とのズレに翻弄されて破滅するなら、たとえば、「誇張も飾りもない真実なんかに耳を傾ける奴はいないさ。大衆の耳を引きつけるには、大声で怒鳴るしかない」と語って、執筆における「誇張」や「嘘」（第三十三章）をむしろ成功の秘訣として積極的に肯定するミルヴェインには、そうした「内実」へのこだわりはないように思われる。妻エイミの愛情を空しく求め続けたリアドンや、その彼女に報われない愛を抱いて自殺するビッフェンとは違って、「ロマンティックな愛」など「自己欺瞞」に過ぎず、「結婚とは、かすかな好みが環境に後押しされ、ゆっくりと高まって強い性的な感情を生んだ結果」（第二十二章）だと言うミルヴェインにとって、人間とは環境に支配され、持続する自己を持たない空虚な存在でしかない。彼が、作品を書くコツを「下品な思想や感情を、下品な考えと感情の持ち主を喜ばすやり方で表現することだ」（第二十八章）として、内容ではなく表現にこそ「書くこと」の意義を見いだすのは、そうした彼の人間観を反映する。同様の姿勢は、『チット・チャット』という大衆向け雑誌の発案で成功を収めるウェルプデイルの、「屑同然の書き物だって、扱いようによっては、すばらしい読み物にできる」（第三十三章）という言葉にも明らかだ。

本来、人間の思考や感情と深い関わりを持つはずの文学という世界において、自己や作品の「内実」にこだわる者たちはことごとく破滅し、内的価値の一切を否定して表層に遊ぶ者たちが繁栄への道をひた走る不条理。嗤うべきは、商業主義に支配されてすべての価値が空洞化した文壇や社会の浮薄な有りようなのか。あるいは、そうした環境に適応できない時代遅れの人間なのか。登場人物が形づくる露骨なまでの二項対立と、彼らに与えられる皮肉な運命とは、レイチェル・ボウルビーも指摘するように、まさに出口のない「袋小路」として、これらの問いを読者に突きつけているかのようだ。(4) しかし、当時の社会が陥ったこのジレンマを、社会改革を求める一種のプロパガンダとするのではなく、逃れることのできない現実として淡々と写実するはずのこの小説において、(5) 鋭い現実認識を武器に成功への階を駆け上るミルヴェインが、商業主義に則った自身の執筆に関する信条を吹聴するたびに、「天才というなら話は別だが」（第二十四章）、あるいは「神のごとき霊感など、別世界のことだ」（第一章）と言い添えて、リアドンと同じく自分が二流であることを常に強調するのはどうしたことだろう。もちろんそれは、すでに述べたように、自己と社会の現実についての彼の冷徹な認識を示すものではある。しかし、同時にその言葉は、たとえ実際には手の届かぬものであっても、あらゆる商業主義から自由な執筆の理想郷のあることを、すなわち描き出された「袋小路」の外側の世界のある可能性を、読者に意識させることにもなるはずだ。

じっさい、書くことを、文体の妙を競うだけの「頭の体操」（第十四章）と呼ぶミルヴェインが、リアドンの著作を再版することを条件に書いた追悼文は、

> すばらしい文章で……そこかしこに真情が溢れていた。……ほめ言葉は誇張されてはいないが、リアドンの作品の最良の部分がすべて見事に提示されている。ジャスパーを知る者なら、これを読むまでは、自分よりずっと立派なあの男を、彼がこれほどきちんと評価できるとは思わなかっただろう。（第三十三章）

と評されて、彼が公言する、大衆を引きつけるためには「誇張や嘘」も辞さない、という執筆の原理を裏切るものとなっている。こうしたミルヴェインの変節、あるいは矛盾を彼の善良さの証と見る批評もある[6]。しかし、そもそもこの追悼文が、彼が「好きだったし、尊敬もしていた」（第十二章）リアドンの著作を復刻する広告文であることを忘れるべきではない。すなわち、商業主義と個人的嗜好とが複雑に交錯する中で示される、リアドンに対するミルヴェインのこの異例ともいうべき真摯なオマージュは、商業主義の旗手である彼自身もまたリアドンと同じく、人間や文学の内在的価値への信仰を密かに持ち続けていることを明らかにするのである[7]。

鋭い現実認識と見事な適応力によって、栄達の道を駆け上るミルヴェインが内包するこの矛盾は、一見明確に切り分けられた『三文文士』の二項対立的な世界を大きく揺さぶるだろう。リアドンをはじめとする失敗者たちの内実へのこだわりを、ミルヴェインもまた共有しているなら、いかに時代の趨勢に乗って楽々と執筆をこなし、世俗的な成功を得ようとも、結局のところ、彼にとって「書くこと」は、決して自己実現の手段などではなく、むしろリアドンの場合と同じく、大きな鬱屈、自己抑圧をもたらす作業になるからだ。成功者も失敗者も、内実にこだわる者も表層に遊ぶ者も、「書くこと」に関わる者すべてが真の意味で自己を解放する手段を奪われた虚ろな世界。そこで前景化されるのは、「書くこと」がもたらす「自己」の空洞化の現実と、そうした世界にあって、もはや決して実現されることのない、そしてそのためにかえって誰もが手放すことのできない空虚な夢としてのロマンティックな文学的理想ということになる。

第三節　「読むこと」と自己充足

「書くこと」の孕む問題性を追求するギッシングの作品は、上に見た『三文文士』にとどまらない。たとえば、『私記』において、作家であったライクロフトは、「自由と威厳」に満ちているはずの執筆生活が、作家の「自立」を保証するどころか、編集者や出版者、そして読者といった「多くの人の奴隷」（「春」第九章）となる現実を嘆いている[8]。このように、ギッシングにおける「書くこと」が、常に書き手に自己抑圧を強いるのは、それが読み手との関係性なしに成り立たない行為であるからかもしれない。ライクロフトは、さらに、「自己と世界」が「敵対関係」（「春」第八章）にあると感じ、「世間が時代の性質を左右する場合には、不信や恐怖を感じるし、目に見える大衆の形を取ると、そこから尻込みして遠ざかり、しばしば憎悪を抱かずにはいられない」（「春」第十六章）と言う。その彼が、長い間「世間とはロンドンの群衆を意味していた」（「春」第十六章）と言うのは、「書くこと」がいわゆる「群衆の中の孤独」を、都市における自己疎外の状況を象徴することを示唆するのである。

「書くこと」が自己疎外へとつながるなら、ギッシングにおいて「自己」のアイデンティティを唯一実感させるのが、「読む」という行為である。すでに、『三文文士』のリアドンにとって、蔵書が「大切な旧友」で、大英博物館の図書室が「真のわが家」であることは見たが、その図書室の居心地のよさが、

部屋の暖かさが彼を優しく包み、あたりを満たす空気が孕む独特の香り……は彼にとって次第に愛おしく喜ばしいものとなった。（第五章）

と紹介されるのは注意する必要がある。ここに示される暖かさや匂いなどの感覚的な描写は、ギッシングが語る読書体験に共通するイメージであるからだ。

たとえば、読書の至福に関してもっとも多くの記述がある『私記』を見てみよう。その中で、ライクロフトは、「蔵書のひとつひとつを匂いで識別できるし、鼻をページに近づけただけで、あらゆることを思い出す」（「春」第十二章）と言う。すなわち、ミルマン版のギボンの匂いは、「それが賞品として与えられた瞬間の勝ち誇ったような幸福感を丸ごと呼び起こ」（「春」第十二章）す。そして、リデルとスコットの希英辞書については、次のように語る。

それを開いて、ページの匂いが嗅げるほど顔を近づけると、真新しいその本をはじめて使った少年時代のあの日（その日付が見返しに、はるか昔に死んだ者の手で記してある）に再び戻っている。夏の日で、いかにも子供っぽく、不安と喜びにぶるぶる震えながら眺めたその見慣れぬページには、柔らかな日の光が降り注ぎ、それが永遠に私の心にとどまることになった。（「夏」第九章）

いずれの場合も「読むこと」は書かれた内容を理解することよりも、蔵書の「匂い」、あるいはミルマン版やオックスフォード版といった本の形や活字、そして余白や手触りをきっかけに、(9) 過去の「幸福感」や「不安と喜び」に満ちた「身震い」、さらにはページに降り注いでいた日光の明るさや暖かさといった感情や微妙な身体感覚を、まるで「あの日に再び戻っ」たかのように「丸ごと」呼び起こすことなのだ。ページに降り注ぐ日光が「永遠に私の心にとどまる」という記述が示すように、呼び起こされた過去は、さらに永遠の未来へと結ばれて、読者はその瞬間、欠けることのない十全な「自己」の感覚に満たされることになる。

三百ポンドの遺産を得てエクセターに隠遁するまで、ロンドンで作家として「決まりきった仕事を控えめにこつこつとこなす生活を自らに強いてきた」（「序章」）ライクロフトにとって、「書くこと」はまさにリアドンやメアリアンと同じく主体性を

持たない無機的な機械に自分自身を変えることであった。ロンドンに、断片化された現在に（「僕が書く相手は今、まがうかたなき今だ。僕の書く物は、今と関わらなければ価値がない」（『三文文士』第二十八章）というミルヴェインの言葉を見よ）、そして自己疎外に、「書くこと」がつながるとすれば、「読むこと」は、田園に、過去の記憶に、そして自己充足につながっていく。

ロンドンでの文筆生活に別れを告げ、田舎に移り住んだライクロフトが手に入れたのは、たった一人で自然に囲まれながら読書する生活で、

> 読書を妨げるものは何もない。ムネアカヒワの歌、ミツバチのハミング。これが私の聖所を取り巻く音だ。ページを繰ってもそよとも言わない。（「夏」第五章）

という描写が示すように、「読むこと」はまさに自然と一体化する行為でもある。ここで「読むこと」は、同じ身体感覚とはいっても、先に見た嗅覚や触覚ではなく、鳥や蜂が発する自然の音に結びつけられる。同様のことは、テニスンの『イン・メモリアム』（一八五〇年）を手に取ると、「遙か昔の声」、「詩を理解する術を教えてくれた声」がその詩行を再び読み聞かせてくれるのが聞こえる（「冬」第十九章）という記述にも示されている。そして、この「読むこと」と聴覚との関わりはまた、田舎道でふと耳にした農夫の歌声が、かつて旅したパエストゥムの廃墟（図③）へとたちまち彼を運び、「蜂蜜色の石灰華の巨大なドーリア式の柱」や「柱の間の細長い海」、そして「アペニン山脈の紫色の峡谷」などを目の当たりにする（「秋」第十九章）エピソードへとつながっていく。こうして、「読むこと」は、田園に、過去の記憶に、さらに究極の憧れの地であるイタリアやギリシャへ、ひいてはその憧れの源泉ともなったホメロスやダンテなどの天才の世界、つまり、ミルヴェインが「異次元の世界」（『三文文士』第一章）と呼んだ文学の理想郷へと結びつけられることになる。すなわち、ここでもまた、農夫の歌声を聞くという聴覚的な出来事が、色や形などの視覚的な風景へとつながって、ライクロフトにおけるイタリア体験、そして

図③　パエストゥムの廃墟、ケレスの神殿

読書という行為が、人間のさまざまな身体感覚を刺激し、生き生きと活動させる自己充足、あるいは自己実現の場と捉えられているのだ。『三文文士』において、ミルヴェインとリアドンという一見対照的な書き手たちが夢見続けた文学の理想郷、真の自己実現としての文学世界は、こうして「読むこと」を通して読者に提示されることになる。

しかし、「書くこと」に伴う苦悩や疎外感をギッシングがあれほど切実に描いた背後には、「読者」への根強い不信が横たわっていたはずだ。とすれば、「読むこと」をこれほどやすやすと、しかも読者自身の自己実現をもたらすものとすることに、われわれは微妙な違和感を覚えないだろうか。もちろんここで読書の対象とされるのは、そのほとんどがいわゆる天才の作品で、それを「読む」人間もまた愚かな一般大衆ではない。したがって、よく言われるギッシング自身の才能への不安と、真の文学的価値を理解しえない無知な読者大衆に対する軽蔑が、逆説的な形でそこに表されているかもしれない。しかし、たとえば、ライクロフトの手記を読んだ語り手が、「自分自身の満足のためだけに書かれた」その本に著者の「思考や思い出や少しばかりの夢や心の状態」、すなわち作者の「自己」の姿が、心の赴くままに書きとめられてある（「序章」）のを見出すように、本来読書とは、作品に込められた作者のメッセージや「自己」の有りようを追体験する行為であるはずだ。

たしかに、ライクロフトが、「本を読み、読み続けて、不毛な自己を絶え間なく忘れ去り、他者の精神の活動に身を任せる方がよい」（「夏」第九章）と語る時、そこには他者の精神の追体験としての読書の可能性が示されてはいる。しかし、ギッシングが描き出す読書の喜びは、そのほとんどが、書かれた本の内容を辿ることよりも、匂いや活字などの感覚的な刺激によって読者が失われた自分自身の過去の記憶を呼び起こし、十全な自己の感覚を取り戻す、読者の側の極めて一方的な自己実現の行為とされるのである。ライクロフトが、単なる「書き物」ではない真の「文学」と賞賛するアイザック・ウォールトンの作品を読む楽しみを、「そのすばらしさを理解するだけではなく、その風味を味わうこと」（「夏」第三章）と説明することに、注意しておこう。「風味を味わう（savour）」という言葉が示すとおり、ギッシングにおける「読むこと」は、まず何よりも、嗅覚や味覚などの五感を存分に働かせて自己を活性化する身体的行為としてある。なぜこのようなことが起こるのか。その矛盾にこそ、ギッシングの考える「自己」の本質が隠されているのではないか。

第四節　「自己」の本質

ロンドンでの不安な執筆生活から解放されて、一人田舎で読書するライクロフトは、「この世の中で私ほど固有性にこだわる者はいない。身体の隅々まで強烈な個人主義者はいない」

（「夏」第十二章）と語って、確かな輪郭を持った自己のあることを主張する。そこに示される確固たる「自己」の感覚は、先に見た読書の至福が生み出す十全たる「自己」のイメージにつながるものだろう。「自己中心的」であることを「美徳」とし、「骨の髄までの利己主義者」（「春」第九章）を自認する彼が、個人としての人間に「善を行う気質」を認める一方で、それが集団になると、「独自の考え」を持たず、「周囲に促されて悪に走る」「愚かで卑しい」生き物（「春」第十六章）になると言う時、彼にとって「自己」の本質とは、道徳的な性向や思考といった内面世界、いわゆる人間の精神活動を意味するのは明らかだ。じっさい彼は、「この身体は『精神（mind）の衣服、あるいは住まい』としてあるだけのこと。この身をいかに痛めつけようと、私は、真の私は、別のところにあって、自分自身を統治し続ける」（「秋」第十四章）と高らかに宣言して、自己の本質を肉体から切り離された純粋な精神活動に見出し、さらに、その人間の「英知」を「頭（brain）」と「心（heart）」に分割して、後者の重要性を説いている（「春」第十六章）。そしてこの「心」の英知に支えられた純粋に精神的な固有の自己を、周囲を取り巻く不条理な「環境」、「独自の考えを持たない」無定形の暴力的な「大衆」に対置するのである。

確かな「自己」の拠り所を精神に、そして感情の動きに置くライクロフトは、『三文文士』のリアドンと同じく人間の内在的価値の信奉者といえる。しかし、「穏和で想像力に溢れる豊かな美徳の持ち主」であるリアドンが、「粗野で荒廃したこの世の労働市場」（第三十一章）にあって、激しい自己疎外にさいなまれたように、ライクロフトが示すこの極めてロマン主義的な人間観が、同時に彼が自ら打ち立てたはずの「自己」の輪郭を揺るがせ、アイデンティティの不安をもたらすことも否定できない[10]。たとえば、「意志は、環境に対しては無力だが、魂（soul）の性向を形作るのは思いのままだ」として、「自己鍛錬」の重要さを説いた途端に、ライクロフトは、「ありったけの激情を思うさま爆発させる」方がはるかに「自然の命ずるところ」にかなった生き方だと感じ、「得体の知れない不正な力に反抗し、糾弾の叫び声を上げよと命じる何かが魂の中にある」のを知る（「秋」第十三章）。抗いがたい運命の受容を勧める「意志」が「頭」に、理性の働きに関わるなら、それに反発する「情念」は「心」、つまり感情の動きを表すだろう。「頭」と「心」とが激しく葛藤するこの場面で、「運命を甘受することが、知恵であり道徳的義務であると、どうすれば確信できるのか」と「答えのない問いを果てしなく問い」（「秋」第十三章）続けるライクロフトは、自己の輪郭を形づくるはずの「心」が、時に「英知」とは相容れない不条理な「情念」を孕み、自己確立ならぬ自己分裂をもたらす可能性を意識せずにはいない。

同様のことは、自己の本質を肉体とは異なる精神に見出し、その精神の肉体に対する優位を宣言した彼が、すぐ続いて、ところが、記憶も理性も私の知的な能力のすべてが、混沌たる忘却に呑み込まれようとしている。魂（soul）と精神（mind）は別のものか？　それなら、私には魂の存在が全く意識できない。私にとって、魂と精神は一つのものだ。そして、今まさに思い知らされているとおり、私の存在を保証するあの要素は、「ここ」に、頭がずきずきと脈打って激しく痛むところにある。苦痛がもう少し増せば、私はもはや私ではなくなる。……明らかなのは、私という存在は肉体的な諸要素が形作るある均衡、つまり私たちが健康と呼ぶものでなりたっているということだ。

（「秋」第十四章）

ということからも読み取れるだろう。自己の「存在を保証する要素」が「頭がずきずきと脈打って激しく痛むところ」にあるというライクロフトは、先の発言とは対照的に、自己の存在の核が精神ではなくむしろ肉体にこそあることをここで実感させられる。あるいは、彼にとって「魂」と「精神」（ここでは「心」と「頭」と言い換えることもできるだろう）とが不可分なものであるように、一度は峻別したはずの「肉体」と「精神」の境もまた明確な輪郭を失って一体化しているというべきだろうか。いずれにしても、あれほど高らかにその固有性を謳われた「自己」は、その実体を定義しようとした途端に、与えられた定義の枠組をつぎつぎとすり抜けて、ついに彼は、

結局、私には「永遠の存在」と同じくらい自分というものが分からないし、自分が単なる自動機械で、思考も行動もそのすべてがひとつの力に支配され、それが私を騙して利用しているのではないかという疑惑に取り憑かれてしまう。

（「秋」第十四章）

と告白するのである。自分が何者か理解できず、自身を、「ひとつの力に支配され」た「自動機械」と呼ぶライクロフトは、まさにリアドンやメアリアンと同じ自己疎外、あるいは自己崩壊の状態にある。しかし、この他者に支配された自分自身を、「この衝動が力を失うと、それまで一瞬たりとも感じていなかった別の衝動に支配され」る、「つまらぬ出来事の奴隷」（「秋」第十四章）と呼ぶライクロフトにとって、自己崩壊の契機が、彼の言う「偶発的な出来事」、すなわち「環境」という外的要因にあるのではなく、じつは自己の内部に、内在する「衝動」にあるのは明らかだ。

自然主義の影響を受けたギッシングにとって、「環境」の力に翻弄される人間という概念は、創作の重要なひとつの軸となっていたはずだ。[11]じっさい、『三文文士』で、創作に行き詰まったリアドンがジャーナリストとして売り出したミルヴェインを避け始めた理由を「こうした環境の下で重力が自然に働いた」（第十二章）結果だと解説する言葉をはじめ、ギッシングの作品において、「環境の力」は登場人物の運命や人間関係を左右

する得体の知れない影響力として頻繁に言及されている。『三文文士』の商業化された文壇、あるいはその文壇のあり方を生み出す大衆消費社会は、まさに不条理な「環境」の象徴といえる。しかし、そうした表向きの主張にもかかわらず、ギッシングにとって「自己」の空洞化の真の源泉は、じつは外的要因ではなく、「情念」や「衝動」といった内在する矛盾に満ちた不可知の力にこそあるのだ。

われわれはすでに環境への不適合者であるリアドンばかりか、その同じ環境に見事な適応力を示してジャーナリズムの世界で成功するミルヴェインさえもが、執筆への違和感を抱いていることを述べたが、ギッシングの作品の多くを貫く「書くこと」の不毛は、まさにこの分裂する「自己」の意識によって生み出されているとは言えまいか。ギッシングにとっての「自己」が、外的環境に操られるのみならず、内在する衝動に引き裂かれて確かな輪郭を失った分裂したものであれば、作品の真価を理解できない読者大衆の不条理な影響力を云々する以前に、作家の自己表出としての作品それ自体が、決して実際に生み出される可能性のない空虚な夢となるからだ。そしてそれは同時に、すでに見た読者の身体感覚を刺激して、読者自身の自己の十全さを取り戻させる、読者の自己実現としての読書のあり方をも説明するように思われる。

ロンドンでの辛苦に満ちた執筆生活から解放されて田舎に居を構えたライクロフトは、その至福の生活が与えてくれる喜びに、「われを忘れ、過去を振り返ることも未来を予測することもなく、今現在を楽しんだ」（「春」第九章）と言う。この忘我の状態は、ミルヴェインに求婚されたメアリアンが、彼の胸に抱き寄せられた時の恍惚感にも通じるだろう。

> メアリアンは目を閉じて甘美な夢に身を任せた。こうして生まれて初めて、彼女は、型にはまった知の世界を逃れて、生の実感を味わった。……一度か二度、奇妙な自意識が身震いとなって身体を貫き、これは罪だ、みだらな行為だと彼女に感じさせたが、そうした感覚に続いて激しい喜びの波が押し寄せ、過去の記憶も未来の予測も吹き飛んでしまった。（第二十四章）

田舎での穏やかな読書生活の楽しみと、恋人にはじめて抱擁された性的快感とが重ねられるこれらの描写は、人間の隠れた衝動に対するギッシングの理解を示して興味深い。しかし、注目すべきは、いずれの場合も、ギッシングにおける至福の時、自己充足の時が、じつは「自己」の意識が失われる自己喪失の経験とされることだろう。すでに見たように、ギッシングにとっての「自己」がさまざまな衝動に引き裂かれた不可知の存在であるなら、そうした不安な「自己」をたとえひと時でも忘れ去ることによってのみ、確かな「自己」の感覚は得ることができる。本来の自分自身を見失う自己喪失がそのまま自己充足につながっていく。ある意味で矛盾したこの状況こそが、ギッシングにとって自己のアイデンティティが確立される唯一の可能性で、他者の思考に、あるいは過去の記憶に「自己」を占有される読書行為が、自己実現の手段となるのはこうした理由による。

もちろん、「過去の記憶も未来の予測も」消え去ったその至福の経験は、「今」という瞬間にのみ成立しうるはかないものだ。ライクロフトが、「本を読み、読み続けて、不毛な自己を絶え間なく忘れ去る」ことを求め、たとえ断片しか覚えていなくとも、「過ぎ去っていく一瞬の幸福」を得るために読書をし続ける（「春」第十七章）のは、そのことを明確に示している。ライクロフトは読書に没頭した過去の自分を思い出しながら、「私、だって？　本当に私自身なのだろうか？　いや、違う。彼は三十年前に死んでしまったのだ」（「春」第十七章）と、過去と現在における自己の断絶を語り、さらに、場所にまつわる記憶の曖昧さに触れながら、「その時目にした光景が……効力を発揮するのは、精神や心や血の動き、つまりその時自分を自分たらしめている人間の本質が力を貸すからだ」（「夏」第十章）と言う。本を読むことによって、あるいはある光景を見ることによって蘇る自己の記憶。それは現在生きている「自己」とは異なる「死んだ」自分自身にすぎない。本来不在のはずの「自己」に自分自身を占有され、現在の「自己」を見失う瞬間にかろうじて感じ取る充足感。それがギッシングにおける「自己」の意識であって、それは、『三文文士』のミルヴェインが商業主義的な文章を書き続けることによって得ようとした一瞬の快楽にも通じるだろう。ここにおいて、一見対照的と見えた「書くこと」と「読むこと」とは重なりあうといえるかもしれない。

さらにここで、「その時自分を自分たらしめている人間の本質」が、「精神と心と血の動き」と定義されていることにも注意する必要がある。「精神（mind）」や「心（heart）」と並んで自己の本質とされる「血（blood）」は、一方で人間の英知を揺るがす激情、先にライクロフトが自己を危うくする内在的要素として挙げた「情念」や「衝動」に結びつく。しかし、それは同時に、いわゆる肉体の一部としての血液につながって、ギッシングの「自己」における身体性の重要さをも強調するのだ。理性と感情、肉体と精神、衝動と英知。互いに相反する要素が未分化の形で共存するこの状態が、ギッシングに特有の「自己」の形で、それこそが、ギッシングにおける自己充足の瞬間が、嗅覚や聴覚といった身体感覚の活性化を、必ずその契機として含むことになる理由でもある。さらに、どれほど成功を勝ち取ろうと、結局ミルヴェインにとっての執筆が自己抑圧の行為であったように、いかに至福の時と見えようとも、「読むこと」がもたらす自己充足もまた空虚な幻に過ぎぬことを、この分裂した自己の感覚は示唆していよう。「書くこと」も「読むこと」も、作家ギッシングにとって、アイデンティティの核ともいうべき重要な二つの行為は、そのいずれもが作家に自己実現をもたらすどころか、「自己」の空白をむしろ暴き出すことになる。

＊　＊　＊　＊　＊

ライクロフトが書き残した手記は、完成すれば「おそらく彼の手になる最高のものとなっただろう」(「序章」)。しかし、一人称で書くのはあまりに「尊大」に思えて、「配列の工夫」もされずに「断片」のまま放置されていた(「序章」)草稿とされる。おそらくは「自分自身を満足させるためだけに」書き始められたその手記は、「自己」に対するこだわりと不安、そして結局は確かな輪郭を欠いた断片性によって、上に見たギッシングの分裂した「自己」のあり方を典型的に示している。ところが、手記を読んだ語り手は、そこに「ささやかだが欲するところがあり、それが満たされたと感じただけではなく、大いに幸福を味わった」ひとりの男の姿を見出し、その彼が「自己について、人間が語れる最高の真実を語っている」ことに「人間的な興味」を感じるのである(序章)。そして「構成のない単なる寄せ集めの文章」となることを避けながら、草稿の「自然さを何よりも尊重」(「序章」)する形として、選び出した文章を春夏秋冬という四つの章に配列して出版するのだ。

ここには、先に見た読者の自己実現としての読書ではない、いまひとつの読書の形、すなわち、著者の自己充足としての読書の形(図④)が示されている。ある意味で理想的なこの読者を得ることによって、欲望に突き動かされて、本来不安定なはずの著者は「満たされ」、「幸福」な人間となり、「構成のない単なる寄せ集めの文章」に過ぎなかった「断片」としての「自己」は、本来の「自然」な形をとどめながらも「配列」と「構成」を与えられ、確かな輪郭を持つに至る。「個人主義」を標榜しつつ「自己」の不安に常に脅かされ続けたギッシングにとって、こうした理想的な読者の存在は、自己確立の最後の拠り所であり、夢でもあったに違いない。彼が常に自伝の断片を自らの作品に織り込み続けたのも、ひょっとすると、崩壊しつつある自己の空白を埋めてくれる理想的な読者のあることを密かに期待し続けていたからではないだろうか。

図④　読書するギッシング(メンデルスゾーン撮影、1895年11月5日)

註

(1) ハルペリンは、現象学や構造主義的アプローチへの反発から伝記的要素を強調しすぎる傾向もないではないが、伝記的要素がギッシングの作品に占める意義は多くの批評家の認めるところである。

(2) ハルペリンは、「ギッシングはどうしても自分自身を、性と金と階級の問題から切り離して思い描くことができなかった。そのため、彼の思考に、そしてその結果彼の小説に、それらの問題がひとまとまりになって常に姿を見せるのだ」(Michaux 64) と言う。

(3) たとえば、マイケル・コリーは、「エドウィン・リアドンの悲惨な運命は他の夢想家たちにも通じるものだから、偶然にも彼が作家だという事実はそれほど重要ではない」(Collie, *Alien Art* 112) と言う。

(4) ボウルビーは、文学の商業化がもたらす人間の機械化と内在的価値の問題について詳細に論じているが、その議論はミルヴェインとリアドンを中心とする登場人物の二項対立が中心で、ミルヴェイン自身が孕む矛盾については論じていない (Bowlby 98-117)。

(5) コリーは、ギッシングの都市生活に対する知識が「都市の労働者の生活を彼らと共に味わうのではなく、一種の社会現象として眺めた」結果得られたものだとして、その視点を「よそ者」の眼差しとしている (Collie, *Alien Art* 69)。

(6) 一九六七年六月二十九日付けの『タイムズ文芸サプリメント』の書評は、このミルヴェインの追悼文を、ギッシングの意図はともあれ、「読者はちょっとした美徳の印と受け取っただろう」と言う (Michaux 128)。

(7) 同様の矛盾は、ウェルプデイルにおいて一層明らかだろう。彼は常にロマンティックな恋愛を夢見ては失望を味わい、『チャット・チャット』の構想を、思いを寄せるミルヴェインの妹ドーラに批判されると、愚かな大衆に「読書の習慣をつける一助になる」(第三十三章) と、教育的効果を主張して、折衷的な姿勢を見せる。

(8) 「蜘蛛の巣の家」(一九〇〇年) のゴールドソープのように、芸術的情熱に燃える書き手もいるが、彼もまた投稿した作品が拒絶されて病に倒れ、失意の時を経験する点で、「書くこと」の不毛を表しているといえよう。

(9) 読書の至福についての記述は、この他にもシェイクスピア (『私記』「春」第十二章) や『アナバシス』(「夏」第九章) に関するものなど、枚挙にいとまがないが、そのいずれもが、作品の版本の手触りやページの匂いといった感覚的な記述を伴っている。

(10) ギッシングの描く人物が、作家の分身として互いに共通する要素を備えていることは事実だが、メアリ・ハモンドも言うように、ライクロフトは特にリアドンの流れを汲む人物と言えよう。Mary Hammond, "'Amid the Dear Old Horrors': Memory, London, and Literary Labour in *The Private Papers of Henry Ryecroft*" in *Gissing and the City: Cultural Crisis and the Making of Books in Late Victorian England*, ed. John Spiers (Basingstoke: Palgrave Macmillan, 2006) 175.

(11) コリーは、「自然主義の実験」という章において、ゾラからの直接的な影も否定しながらも、ギッシングの初期小説に自然主義的要素のあることを認め (Collie, *Alien Art* 78)、ルーシー・クリスピンも、「ギッシングの登場人物は徐々に環境よりも自分自身の矛盾した欲求や信念と戦わねばならなくなる」と、ギッシングの作風の変遷を辿りながら、そこに自然主義的な要素を読み取っている（Postmus, *Garland* 47）。また、ボウルビーがその著書『ちょっと見るだけ――ドライザー、ギッシング、ゾラにおける消費文化』でゾラ、ドライザー、ギッシングに注目したのも、自然主義に対する意識が働いていたからだろう。

第十七章

流　謫

――失われたホームを求めて――

小宮　彩加

ウィリアム・スプレット『エクセター大聖堂』（1846年頃）

第一節　生まれながらのエグザイル

「ぼくは生まれながらのエグザイルなんだ（I was born in exile—born in exile.)」（第一部第五章）とは、『流謫の地に生まれて』（一八九二年）の主人公ゴドウィン・ピークの言葉である。ピークはこう自分に言い聞かせることで自らを奮い立たせ、家族や故郷とのつながりを断ち、自分に相応しい環境を求めて旅立つ。ギッシングの作品には、時代や置かれている環境に違和感を抱いたエグザイルが多い。ゴドウィン・ピークの他にも、『無階級の人々』（一八八四年）のオズモンド・ウェイマーク、『三文文士』（一八九一年）のエドウィン・リアドン、『渦』（一八九七年）のハーヴェイ・ロルフのように、印象的な主要登場人物にはエグザイルが多い。ギッシングはエグザイルを描くときに、その力量が最大に発揮された作家だったといえよう。

「エグザイル」とは日本語にするのがなかなか難しい単語である。「流謫、追放、亡命、流刑、長期の異郷生活」などという意味がある。ユダヤ民族や政治的に国を追われるようになった人のように、生まれ育った故郷から切り離された者を指すことが多い。しかし、ギッシングの作品に描かれるエグザイルたちは、れっきとしたイングランド国民である。それでも彼らは、自分は根なし草だという意識を強く持っているのだ。彼らは「ホーム」——家、家庭、故郷などすべてを含む、心の拠りどころ——を失ってしまったエグザイルなのである。

ギッシングの小説の登場人物にエグザイルが多いのは、彼が生きた後期ヴィクトリア朝社会の特徴を反映してのことである。歴史家ホブスボームが「革命の時代」[1]と呼んだ十九世紀初めを経て、ヴィクトリア朝のイギリス社会は目まぐるしい変化を遂げた。そのような中で、変化についていけなくなったり、選ぶ道を誤ったりして、自分の居場所を失ってしまった若者がたくさんいたのである。

実はギッシング自身も、そうしたエグザイルの一人だった。そして、ギッシングのエグザイル性が最も強く投影されているのが、さきほどの『流謫の地に生まれて』のゴドウィン・ピークなのである。一八九二年五月二十日にドイツ人の友人ベルッに宛てた手紙の中で、ギッシングは「ピークは私自身である」(*Letters* 5: 36) と述べているが、実際、これは自伝的要素が非常に強い作品である。ギッシングもピークも、ロウアー・ミドル・クラスの出身であり、父親を早くに失っている。大黒柱を失って家庭は貧しくなるが、どちらも頭脳明晰だったために、奨学金を得て大学進学を果たす。しかし、それぞれある事情から中途で大学をやめざるを得なくなるのだ。そして、この作品を書いた時点ではギッシングには知る由もないことだが、ピークとギッシングは皮肉なことに、「死ぬときもエグザイル」だった点でも一致する。

『流謫の地に生まれて』についてギッシングは、「書かなくてはならない作品だった」(*Letters* 5: 36)と述べている。過去と訣別し、新たなスタートを切るためには、徹底的に自己と向き合い、トラウマとなっている過去の出来事を乗り越えなくてはならなかったのである。冒頭で引用した、「ぼくは生まれながらのエグザイルなんだ」というピークの言葉も、痛々しいまでの自己分析によって生じたギッシング自身の言葉として受け止めることができるのだ。

ギッシングとピークが「生まれながらのエグザイル」という意識を持っていたのは、彼らがそもそも生まれ故郷と呼べる場所を持っていなかったことにも起因する。ギッシングは、今からちょうど百五十年前の一八五七年十一月にイギリス北部、ヨークシャーのウェイクフィールドに生まれた。エリザベス・ギャスケルの作品に『北と南』(一八五四〜五五年)というのがあるが、イングランドの北部は、産業的にも精神的にも、南部とはまったく異なる風土であり、またヨークシャーを中心とした北部の英語の訛りは独特なものである。そこに生まれ育てば誰でも、ヨークシャーの若者としての強いアイデンティティを持つようになりそうなものであるが、実はギッシング一家は、イースト・アングリアから来たばかりの新参者だった。薬屋を営んでいたギッシングの父親は、長男ジョージの誕生の前年の一八五六年に、イングランド東部の田舎から、炭鉱と繊維業を中心とした産業で栄えていたヨークシャーの町ウェイクフィールドへやってきたのだった。「最初のエグザイルはギッシングの父だった」(Tindall 29)とティンダルは述べているが、ヨークシャー文化に馴染んでいない家庭に育ったことは、ギッシングの精神に少なからず影響を与えていたことだろう。

さらに、もともと違和感を抱いていた故郷を一層遠ざけることとなったのが、ギッシングが起こしたオーエンズ・カレッジでの窃盗事件である。売春婦と恋愛関係になり、彼女を更生させるために学内で盗みを繰り返し、現行犯で逮捕され、奨学金で通っていた学校を退学になるとは、家族にとっても大変な不名誉だった。この一件を家族はひた隠しに隠したので、地元では何があったのか具体的には知られていなかったかもしれない。しかし、過去の犯罪の秘密を抱えるようになったギッシングは、その後は大手を振って故郷に戻るということはできなくなってしまっただろう。

ゴドウィン・ピークも、故郷として愛着を感じられる場所を持たない点で、ギッシングと同じである。ピークはウェストミンスターに生まれ、グリニッジで幼少期を過ごし、その後トワイブリッジに住むようになったとされている。何ヶ所も転々としたために、ピークは「どの地区にも結びつきが感じられなかった」(第二部第四章)。ロンドンについても、「もう十年は住んでいるけれど、ロンドンを自分の場所(home)だとは全然思えないんだよ」(第二部第四章)と述べている。

しかし、ギッシングとピークの疎外感やエグザイルとしての意識は、故郷と呼べる場所を持っていないことだけが原因ではない。そこでここからは、『流謫の地に生まれて』のゴドウィン・ピークを手がかりにしながら、ギッシングのエグザイル意識の根源を探りたいと思う。

第二節　無階級の人々

ぼくはまったくどの階級にも属していないのだが、もし君がぼくの階級のことを考えたことがあったとしたら、君はぼくをどの位置に置くのだろうかと考えずにはいられないんだ。

（第五部第二章）

ゴドウィン・ピークは、ホワイトロー・カレッジの学生時代、唯一親しくしてくれたアッパー・ミドル・クラスの友人バックランド・ウォリコムの妹シドウェルに愛を打ち明けるときに、このような不安を口にする。自分では自らを「自然が生み出した貴族」（第一部第二章）だと考え、教養のレベルが同程度のアッパー・ミドル・クラスの人たちと対等に付き合う権利があると自負してはいたものの、実際には彼らから自分はどう見られているのか、自信が持てなかったのだ。

一八八三年出版のギッシングの二作目の長篇小説は『無階級の人々』というタイトルだが、「階級のない（unclassed）」ことは、ギッシングの描くエグザイルたちの重要な特徴である。これはギッシング自身が、どの階級にも属していないという意識を持つ、階級社会でのエグザイルだったためだろう。薬屋を営んでいた父は階級意識が強く、ギッシングは同じロウアー・ミドル・クラスであっても、子供の頃、近所の商店の子とは遊ばせてもらえなかったのだ。

私の子供時代は幾分孤独なものだった——学校の友達以外で、私たちがよく会っていたのはヒック家くらいしかいなかった。……私たちは他の商店の人の家族とはまったく接触がなかった。それで私たちは社会の二つの階級の間で宙ぶらりんになっていた——それからの人生でもずっとそうだったように。

(*Commonplace Book* 23-24)[2]

父親譲りの階級意識は、ギッシングを生涯、階級のエグザイルにしてしまう。オーエンズ・カレッジ（図①）時代、奨学金で入学したギッシングはほかの裕福な家庭の学生に対して劣等感を抱き、孤立していたという。一方で、経済的には近いレベルの労働者階級の人々に関しては、彼らの無教育で、品のないところを嫌悪していた。ギッシングはどの階級にも属することができず、まさに宙ぶらりんな存在だったのだ。

さらにギッシングの場合は、労働者階級の女性と結婚したため、自らリスペクタブルな社会から距離を置くことになってしまった。最初の妻ネルは、アルコール依存症の売春婦で、明らかにレディではないことが見て取れたという。同じ轍は踏むなと周囲から忠告されたにもかかわらず、寂しさに耐えられなくなって結婚してしまった二度目の妻イーディスも下層階級の出身だった。教養のなさや下品な話し方のために、ギッシングは彼女たちを人前には出せないと考えた。これらの結婚によっても、ギッシングは階級的コンプレックスを強めてしまったのである。

　ヴィクトリア朝においては、十八世紀頃までは厳然とあった階級の壁は、越えることが可能なものになっていた。そのような社会で立身出世を目指す若者にとって、何よりも大切なのは教育だった[3]。一八五九年に出版され、一年間で二万冊売れるほどのベストセラーになったサミュエル・スマイルズの『自助論』は、自助の精神《セルフ・ヘルプ》と勤勉で貧しさから抜け出し、富と名声を獲得した数多くの実例を挙げているが、その中でスマイルズは教育を身につけることがいかに大切かを説いている。ジェフリー・ベストが指摘しているように、ヴィクトリア朝のイギリスでは、教育は階級を上がるための競争における「切り札となった[4]」のである。だからこそ、ギッシングは我武者羅に勉学に勤しんだのだ。そしてピークも、「十分な熱意を持って目的を目指せば」、「自然が生み出した貴族」(第一部第二章)は本物の貴族になれると信じて励んだのだった。

図①　オーエンズ・カレッジ（1874年頃）

　しかし、お金を持たないのに高度な教育を身につけてしまった貧しいロウアー・ミドル・クラスの若者を待ち受けていたのは、どの階級にも属せない、孤独な人生だった。彼らは自分の生まれた階級の仲間の教養のなさを軽蔑するようになり、戻るべきところを失ってしまう。ホワイトロー・カレッジで三年間過ごし、トワイブリッジの実家に帰ったピークも、そのような寂しさを味わうのだ。

　ゴドウィンにはっきりとしていたのは、以前の自分がはるかに遠い存在になったということだ。彼はもはやトワイブリッジには合わなくなっていたし、彼の仲間とも仲間ではなくなってい

た。（第一部第二章）

種商人となった弟のオリヴァーや、宗教にのめり込むようになった妹のシャーロットを見て、彼らと自分の間に大きな溝ができてしまったとゴドウィンは感じるようになる。これは恐らくギッシング自身が、オーエンズ・カレッジから故郷に戻ったときに抱いた感情なのであろう。

属している社会的階級を失ったピークとギッシングの「無階級さ」を如実に表しているのは、古典教育に対する彼らの情熱である。ギッシングは、オーエンズ・カレッジ時代は古典科目が得意で、将来は古典学者になるものと思われていた。学校を離れてからも古典の勉強は継続し、ロンドンで日々の糧にも窮するような生活を送っているときでさえも、古典文学を読み、ギリシャ語やラテン語の学習を続けていたことが日記や手紙に記録されている。

また、彼が好んだ旅行先も古典文学と関係のある土地ばかりだった。一八八八年十月、作品が売れて初めてまとまったお金を手にしたギッシングは、夢にまで見たローマと、ナポリ、フィレンツェ、ヴェネツィアを訪れた。その翌年十一月には、アテネに行き、至福の一ヶ月を過ごした後、ナポリを再訪し、そこに二月二十日まで滞在した。『イオニア海のほとり』（一九〇一年）は、一八九七年十一月、三回目の旅行でカラブリア地方を訪れたときの旅行記である。

ギッシングと同様ピークも古典学習を生涯続けた。ホワイトロー・カレッジでは彼はギリシャ語、ラテン語などの古典科目を中心とした人文系を専攻していた。そして、叔父から大学の目の前に「ピーク食堂」を開店する計画を聞いて、その屈辱に耐えられずに学校をやめてしまってからも、古典の勉強は続けていた。バックランドの父親から「古典の勉強を続ける時間はあるのかい？」と聞かれたピークは、「ときどき、思い出したようにしています。ときには一ヶ月か二ヶ月、古典に戻ることもあります」（第二部第四章）と答えている。

古典教育は、功利主義を信条とするヴィクトリア朝の人々から鋭い批判の目を向けられた学問分野だった。イギリスの学校教育の中で最も伝統的で、かつては唯一の学問でもあった古典だが、実利を優先する風潮は、古典中心の学校教育にも改革を求めたのである。ディケンズの『ハード・タイムズ』（一八五四年）の中で実業家トマス・グラッドグラインドが経営する学校では、「事実のみ」を詰め込み、それ以外の何の役にも立たない無駄な知識は一切教えてはならない、という原則に基づいた教育が施されていた。ディケンズの描写はやや誇張されてはいるものの、教育の現場に実利優先の精神が浸透していたのは事実である。そのような流れの中で、まったく役に立たない古典科目は批判の矢面に立たされたのであった。

最も長い伝統をもつオックスフォードやケンブリッジでも、古典教育の改革は実行された。ギリシャ語、ラテン語の古典言語と古典文学に偏りすぎているという批判を受けて、一八三〇年にオックスフォードで、それから一八五一年にはケンブリッジでも、古代史がシラバスに加えられた。[5] また、カリキュラムも改正され、オックスフォードの学生は従来の人文学課程（Greats）を選ばなくても、古典教育の比重の緩和された公式第一次試験（Moderations）のみで卒業することも可能になった。

しかし、一方でこのような古典教育批判は、当初改革を求めた者たちも想像しなかった結果をもたらしたのである。古典の教養は、仕事や生活の役に立たないからこそ存在意義があるのだと考えられるようになった。リチャード・ジェンキンズが「政治家や批評家が古典からの引用を多用したことの大きな理由のひとつは社会的なものだった」と述べているように、古典の知識は「紳士」であることの証になったのである。[6] そうなると、古典教育に批判的だった新興の実業家たちも古典教育を無視することができなくなってしまった。彼らも自分の子供には伝統的な古典教育を身につけさせることを選んだので、結果的に後期ヴィクトリア朝までに、古典教育は廃れるどころか、逆に「紳士の学問」として確固たる地位を確立することとなった。

このような古典教育のもつ階級性については、ギッシングも認識していたのだろう。『流謫の地に生まれて』の中でも、「ギリシャ語やラテン語などの古典教育は、少数の者たちの特権であり続ける限り、貴族的性格を持つのは当然のことだ」（第四部第一章）と述べている。その古典教育に、貧しいロウアー・ミドル・クラスのギッシングやピークは、執着してしまったのである。のちにピークは、「ぼくが人文系に行ってしまったのは間違いだったんだ——ギリシャ語とかラテン語とかさ。ぼくは科学だけにしておくべきだったんだよ」（第一部第四章）と振り返っているが、奨学生が古典教育を選択するというのは分不相応なことだったのである。

ヴィクトリア朝のイギリス社会がいくら階級的に流動化したといっても、実際には階級の壁が完全になくなったわけではなかった。ギッシングもピークについて、「ここイングランドでは、身分が低く、財産を持たない彼はウォリコム家のような人たちとは永久に仲良くなどなれないのだ」（第二部第三章）と述べている。ピークは、バックランドの父ウォリコム氏との会話の中で古典からの引用をしたことによって、彼と打ち解けることができた。しかし、バックランドには、家族が階級の低いピークと親しくなることが耐えられなかった。聖職に就きたいというピークの意志についても、バックランドは悪意に満ちた偽善だと警戒し、それを証明してみせようとするのだ。いくら努力して古典教育を身につけたとしても、「精神の紳士」は本物の紳士とは認められないというのが現実だったのだ。

ギッシング自身も、ローマ旅行から戻ったときにこの幻滅を強く味わっていたのだった。初めて訪れたローマから、妹のエレンに宛てて書いた手紙は、喜びに満ち溢れたものだった。それまで、貧民街に暮らしながらも、熱心に古典の勉強を続けてきたギッシングは、ローマを実際に眼にしたことにより、古典の教養をさらに深めることができたと嬉しく思ったのである。そして、それによって、「誰とでも対等に話すことができる」ようになったと考えたのだった（*Letters* 3: 331-32）。しかし、意気揚々とイギリスに帰国したものの、旅行前と生活は何ひとつ変わらず、まわりにいるのは無教育な貧民だけだった。古典への造詣の深さでは上流階級の知識人と同じ、あるいはそれ以上だと考えて自信をつけていただけに、彼はますます耐えがたい疎外感と孤独感に苛まれたのであった。(7)

『流謫の地に生まれて』では、古典教育を取り巻く閉鎖的な階級性がプロットの中で非常に巧みに使われている。特に第一章の、ホワイトロー・カレッジにおける学年末試験の成績優秀者の表彰式を描いた部分は秀逸である。ギッシングの通ったオーエンズ・カレッジをモデルにしたと思われるホワイトロー・カレッジは、九年前に設立された、科学などの新しい学問分野の教育で評判の高い大学である。通っている学生は、主に産業の繁栄したミッドランド地方の新興の富裕層の子供たちだった。ここでピークは卒業後の職業に役立つ理系の学問を専攻すべきところだが、ピークは人文系を専攻し、その上で単位にならない理系の科目を履修していた。表彰式でピークが優等賞を獲得したのは、論理学、道徳学、化学と地学だった。一方で、咽喉から手が出るほど欲しかったであろう特別古典科目賞と、ギリシャ語やラテン語などの専門科目の一等賞はことごとく逃してしまい、二等賞に終わった。それらの科目の一等賞はブルーノ・チルヴァーズという、オックスフォードに進学が決まっていたアッパー・ミドル・クラス出身の学生に渡ってしまう。ピークが古典科目で優等賞を得られなかったことは、将来の更なる挫折を予見させる。この日味わった敗北感と屈辱を、十年後、同じチルヴァーズを相手にピークは再び味わうことになる。

ギッシングと親しかったH・G・ウェルズは、ギッシングと同じように貧しい家庭に育ち、奨学金で学校に行った。しかし、ウェルズの場合はギッシングとは違って、人文系には進まずに、科学師範学校でT・H・ハクスリーのもとで生物学を学んだ。ウェルズは人生を変えてくれた科学分野の教育に誇りを持っていたので、古典教育コンプレックスなどは微塵も感じていなかった。第二次世界大戦中の一九四一年四月二十二日のジョージ・バーナード・ショーに宛てた手紙の中で、「ローマなんて大嫌い」で、古代ローマの遺産が爆弾で「粉砕されたとしても何とも思わない」と書いているほどだ。(8) 一八九八年に一ヶ月ほど、ローマでウェルズを案内したギッシングが、もしこれを聞いたら大変なショックを受けただろう。

さらに、古典教育はギッシングが作家として成功する上でマイナスに作用したとウェルズは考えていた。ギッシングは「誤った教育を受け」、親譲りの上流気取りと古典教育が「足かせになった」ために、どのようなものが時代に求められているのか、またどのような作品が人の気に障るのかも分かっておらず、作

家として成功することができなかったのだと後に評している。(9)

確かにギッシングはウェルズの『タイム・マシン』(一八九五年)のようなベストセラー小説を書くことはできなかった。しかし、古典教育はギッシングにとってマイナスばかりではなかったと考えられる。古典文学の世界はギッシングに純粋な喜びを与え、彼の人生を豊かにした。その一方で、古典教育のもつ閉鎖性がギッシングに優越感を感じさせ、同時に疎外感をも感じさせたのだろう。複雑な古典教育コンプレックスを抱くギッシングだったからこそ、後期ヴィクトリア朝に特有な無階級のエグザイルを描くことができたのだと思われる。ギッシングは、一八九五年二月十日に友人ロバーツに宛てた手紙の中で、次のように語っている。

強く言っておきたいのはこういうことだ。私の作品のうち、最も特徴的で、最も重要なのは、我々の時代に特有な若者の階級を扱った部分だ。つまり、高い教育を受け、そこそこの育ちではあるのに、お金を持っていない若者たちだ。　(*Letters* 5: 296)

ここでギッシングがいう高い教育とは、すなわち古典教育のことだろう。身分不相応の古典教育に対する偏愛こそ、ギッシング文学の真髄を作ったといえるのではないだろうか。

第三節　ホーム、スウィート・ホーム

ギッシングの作品では、登場人物がどのようなところに住んでいるのかが詳しく描写されていることが多く、住まいはそこに住む人をあらわすキャラクター・インデックスとなっている。エグザイルの登場人物の場合、彼らが住んでいるのはフラットやロッジングというのが相場である。フラットやロッジングなどは「ホーム」にはなりえないと、ギッシングは考えていたようだ。ゴドウィン・ピークと同様にロンドンで孤独な生活を送っているエグザイルなのだが、彼は「ホーム」に対する憧れを口にするときに次のように言っている。

ぼくは、快適なホームの雰囲気が好きなんだ。もし自分のホームを持っていたなら、きっとうまく行くと思うんだ——色々なことがね。ぼくは、ほら、ロッジングに住んでいるだろう?自由な気分を味わうことはできるけれど、でもそうはいってもね。　(第一部第四章)

フラットやロッジングに住んでいることが、彼らの抱く疎外感を強めているようである。

ギッシングの描くエグザイルたちが、ロンドンのフラットや

ロッジングに住んでいることは、当時の実情と合致する。ヴィクトリア朝時代は、農村から都市へ人口が流入し、それに伴い、都市での住居の需要が急増した。その一方で、アッパー・ミドル・クラスを中心に、人々がロンドンから郊外へ出て行ったので、住み手のいなくなった住居があった。そこで以前は一世帯で住んでいた建物を分けて、労働者階級の複数の世帯が住む形式の間貸しのロッジング・ハウスが増えたのである。十九世紀半ばには、ロンドンの四分の三がロッジング・ハウスになっており、労働者のほとんどがロッジング住まいという状況だった。[10]

ギッシング自身も、ロンドンではロッジング・ハウスに住んでいた。ヴィクトリア朝では引越しは「日常茶飯のことであった[11]」ようだが、それにしてもギッシングの引越しの多さは目を引く。一八七七年十月にロンドンにやってきたときから、一八八四年十一月にコーンウォール・レジデンスに入居するまでの六年間に、彼は十四回も引越しをしているのである。[12] このことにも、彼が安住の地を探し求めるエグザイルだったことが表れていると言えよう。

ギッシングが最初に住んだのは、キングズ・クロス駅に程近いスウィントン・ストリート六十二番地だ。キングズ・クロス駅は、彼の出身地ヨークシャーとロンドンをつなぐ鉄道の発着駅であるために親しみを感じたのだろうか。スウィントン・ストリート以降もキングズ・クロス駅の近辺で何度も引越しを重ねているのだ。一八七八年一月からはコルヴィル・プレイス二十二番地に住んでいた。同年十一月からは、ネルと共にガワー・プレイス三十一番地に居を構えるが、翌年にはハントリー・ストリート三十五番地に移る。ここはその後、番地が七十に変わったが、建物自体は現在でもギッシングが住んでいた当時のままの状態で残っている（図②）。一八七九年四月に三百ポンドの遺産を受け取ったのを機に、エドワード・ストリート三十八番地（現在はヴァーンデル・ストリートに名前が変更されている）にロッジングを見つけ、十月二十七日にネルと正式に結

図②　現在のハントリー・ストリート70番地

婚し、そこで『暁の労働者たち』（一八八〇年）を執筆している。小説を出版する前のギッシングは、主に家庭教師で収入を得ていた。ロッジングから生徒たちの住むチェルシーまでは、交通費の節約のために朝五時に起きて二時間かけて歩いて通っていた。一八七九年十一月から翌年七月まではイズリントンのハノーヴァー・ストリート五番地に引越した。その後はウォーニントン・ロード五十五番地、ガワー・プレイス十五番地、ドーチエスター・プレイス二十九番地、オークリー・クレセント十七番地、ミルトン・ストリート六十二番地、ラトランド・ストリート十八番地などを転々とした後、一八八四年十一月二十四日からコーンウォール・レジデンス七Kに住むようになった。イギリスでは、著名人の住んだところにブルー・プラークが貼られているが、ギッシングの場合はチェルシーのオークリー・クレセントに貼られている（図③）。

ギッシングの短篇作品のひとつに「立派な下宿人」（一八九六年）というのがある。ひとつのロッジングに十二ヶ月と続けて住んだことがないジョーダン氏が、大家として申し分のない女性と出会い、彼女と結婚する話である。[13] ジョーダン氏はどんなに気に入ったロッジングを見つけても、住んでいるうちに大家の態度で嫌なところが目に付くようになって引っ越してしまう。いくつもロッジングを渡り歩いたギッシングだからこそ思いついたプロットの作品である。

ピークの場合も、ロンドンに暮らすようになって最初の六年間は、満足のいくロッジングを見つけられずに、何度も引っ越したと書かれている。どこに行っても、不正や悪辣さ、嘘や悪口、口論、酔っ払い、などという、「大都会の下宿屋の貸主の特徴となっているあらゆる不快な行為」（第二部第二章）のために引越しを余儀なくされたのだった。

図③　チェルシーのオークリー・クレセントにあるギッシングの青の記念銘板

ピークがロンドンで現在住んでいるロッジングは、何度も引越しを繰り返した末に四年前に偶然見つけたものだ。植物学者の家の二階の、空いている二部屋を間借りしているのだが、フランス人の奥さんの作るおいしい食事や全体的な趣味の良さが気に入っていた。ピークの部屋には「絵はないものの、様々なものがあちこちに飾ってあって、なるべくロッジングに見せないように多大な努力を払っているのがわかった」（第二部第二章）

と書かれている。しかし、ロッジングとしては申し分ないところであっても、所詮ロッジングはホームにはなり得ないのである。ピークはロッジング住まいの不安定さを感じていた。

ハルペリンも指摘しているように、ロッジングはピークにとって「自身の社会的変則性を象徴するもの」(Halperin 164) だったようだ。自分のものではない家に間借りしている下宿人《ロッジャー》という身分は、社会にも間借りしているかのような、存在の不安定さを強く感じさせたようだ。実際、ピークが次のように考える場面がある。

> 彼はよそ者——下宿人《ロッジャー》だった。今までだって、少年期以来、そうでなかったことがあっただろうか。キングズミルでも下宿人だったし、ロンドンでも下宿人で、エクセターでも下宿人だった。いや、子供のときでさえも、彼は「ホームに住んでいる」気がしたことがなかった。物心ついたときから、彼は馴染みのものや人に囲まれていても、自分が場違いな気がしてならなかった。(第四部第三節)

ロッジング住まいのピークと対照的に描かれているのが、ホワイトロー・カレッジ時代に親しかったバックランド・ウォリコムである。バックランドの家族はホワイトロー・カレッジのあったソーンホーから、もともと住んでいたデヴォン州に戻ってきていて、旅行でエクセターにきていたピークは、偶然、旧友バックランドと再会し、彼の家に招かれる。その道すがら、自分の家について、バックランドは「今から君を連れて行く家は、三世代前からうちが所有しているものなんだよ」(第二部第三章) と事もなげに言う。週単位か月単位の短い契約期間で間借りするロッジングとは異なり、バックランドの家は、はるか昔からウォリコム家のものなのだ。ピークはウォリコム家に滞在し、「このイングリッシュ・ホームというものは、物質的な進歩にのめりこむ時代において、確かに文明の最高の結実ではないだろうか」(第二部第四章) としみじみ思い、ホームに対する憧れを強くする。そして自分も上流階級の女性と結婚し、ホームを持つようになりたいと考えるようになる。そのために無神論者であるのに、勉強して牧師になるつもりだなどと突然宣言してしまうのだ。つまり、バックランドの家が、ピークの偽善のきっかけとなったと言えるのである。

ロッジングだけでなくフラットも、ギッシングの後期の作品ではエグザイルの住居として使われている。フラットは、労働者階級よりは富裕な中産階級のための大きな集合住宅で、後期ヴィクトリア朝に次々と建設された。ギッシングが一八八四年十一月から六年間住んだコーンウォール・レジデンスも、一八七二年に建てられたフラットだった。[14] ギッシングの住んでいた部分はなくなってしまったが、建物の他の部分は現在でも住居として使われている。

ギッシングの作品も『ネザー・ワールド』(一八八九年) 以降、

題材がワーキング・クラスからミドル・クラスに変化したのに合わせて、作品中にフラットが描かれることが多くなっていった。例えば、『渦』（一八九七年）の中で、カーナビー夫妻が住むオックスフォード・アンド・ケンブリッジ・マンションというのは、一八七九年から八二年にかけて建設された、実在した高級フラットである。ほかにも『三文文士』（一八九一年）のリアドンがエイミとの新婚の住居として選ぶのはリージェント・パーク近くのフラットで、『女王即位五十年祭の年に』（一八九五年）でビアトリス・フレンチが住むのはブリクストンのフラットとされている。

　作品の中でギッシングは、フラットやロッジングに対して、常に嫌悪感を露にしている。『ヘンリー・ライクロフトの私記』（以下、『私記』と略記）では、「大都市のすべての住民、特にロッジング、下宿（boarding house）、フラット、そのほか必要または愚かさのために考案された、さもしいホームの代替物に住めるすべての者」（「春」第一章）に対する憐れみを表している。太田氏も述べているように、ギッシングの登場人物が住むロッジングやフラットは、「住まいの変化が人間関係に微妙な影を落とし、その先に人間疎外が待っている時代を暗示している」[15]のかもしれない。『私記』の中で、ギッシングは次のようにも述べている。

> 永久性という観念なくしてホームはありえないし、ホームなくして文明というものはありえない。このことは、国民の大部分がいわばフラット住まいの遊牧民と化したときになって、はじめてわが国も悟ることであろう。
> （「冬」第十五章）

確かに、フラットやロッジングといった近代的な住居には自由な気楽さがある。しかし、それらはホームではないのだ。フラットやロッジングが都会に増加すればするほど、ホームを持たないエグザイルは増えてしまう。そしてそれは結果的に国家や文明に対する脅威になっていくと、ギッシングは警鐘を鳴らしているのだ。

　ところで、ギッシングが「フラット住まいの遊牧民」やエグザイルの増加がもたらす文明の危機について書いていたのは、今から百年以上も前のことである。しかし、彼の言っていることはすべてそのまま現代の日本に対しても当てはまることだ。国土の狭い日本では、都市部の地価高騰を背景に、巨大なマンションや団地が数多く建てられてきた。それによって、壁一枚隔てて赤の他人同士が住み、お互い干渉することなく、地域社会にも貢献することもなく、ただ寝泊りしている状況が増えてきている。昔の日本と比べて、人間関係が希薄になったと感じる人が多いのも当然のことかもしれない。「永久性という観念なくしてホームはありえないし、ホームなくして文明というものはありえない」というギッシングの言葉は、現代の日本にも通じる言葉として、我々も胸に刻んでおくべきだろう。

第四節　「これが私の望みだった」

最後に、『流謫の地に生まれて』から約十一年後の一九〇三年に出版された『私記』を取り上げたい。ライクロフトはギッシングと同じように文筆業——ただし、小説に限らず「文学上の様々な形式を試みた」——で生計を立てていたが、五十歳になったときに、「期待してもいなかったほどの厚い友情を彼に抱いていたある知人が亡くなって、年間三百ポンドの終身年金が彼に遺贈されることになった」（「序章」）ため、デヴォン州エクセター近くの田園地帯に小さな田舎家（本書第五章・図⑤）を得て、隠居生活を送ることができるようになった。つまりライクロフトは晩年になってやっとホームを持つようになったのである。[16]

貧しく、ホームを持たないエグザイルとして長いこと暮らしてきたライクロフトは、「ホームを持つということの何ともいいようのない祝福感」を覚え、ホームに対する賛美を何度も口にする。例えば「春」の第二章には次のような箇所がある。

人生の大半、私はホームを持たない人間だった。色々なところを転々と移り住んできた。中には私が心底から嫌ったところもあったし、あるいは心地よく感じたところもあった。しかし今日に至るまで、我が家にして初めて感じることのできる、あの安定感を味わいつつ住んだことは一度もなかった。運の悪いでき事や、よんどころない事情のために、いつなんどき追い出されるかも分からなかったのだ。

ライクロフトのホーム礼賛の言葉に表れているのは、「いつまでも我が家に住めるという安心感」（「夏」第十二章）を持てる喜びである。デヴォン州の田舎家はライクロフトが所有する家ではない。しかし二十年間という長期の契約がライクロフトの心に平安をもたらせてくれるのである。

『私記』も『流謫の地に生まれて』と同様、自伝的要素が強いことが注目される作品である。ライクロフトはギッシングの分身と解釈され、ライクロフトの経験はギッシングのものと理解できることが多い。例えば、若い頃、トテナム・コート・ロードの西側の横丁の地下のロッジングに住んでいたことなどは事実に沿っている。そこでは、「夜、ベッドで寝ていると、横丁を通って監視交代に向かう警官隊のザックザックという足音をよく聞いたものだ。ときには私の窓の上の鉄格子を重い足で踏むのが聞こえることもあった」（「春」第十章）と書かれている。これは、一八七八年に住んでいたコルヴィル・プレイス二十二番地（図④）のことである。ギッシングが住んでいた棟は、第二次世界大戦で爆撃を受け破壊されてしまい、建物のあったところは現在では小さな公園になっている。しかし、向かい側の同じ形態の建物は、当時のまま残されている。ここを訪れる

図④　現在のコルヴィル・プレイス

と、この横丁の突き当たりには今でも警察の支署があり、この地下のロッジングに住んでいたギッシングが、鉄格子越しに警官隊の足音を聞いていた様子がよく分かるのである。

しかし、『私記』を書いたライクロフトはギッシングが創った架空の人物であり、彼の遺した私記は、あくまでもギッシングの創作であることを忘れてはいけない。すべてがギッシングの経験に基づいているわけではないのだ。特にライクロフトのホームを得た喜びは、ギッシングには決して味わえなかったものなのである。

『私記』を執筆していた当時のギッシングは、三人目の妻となったフランス人女性、ガブリエル・フルリとともにフランスで生活していた。イギリスでもなく、ギリシャやローマからも遠い異国での暮らしは、エグザイルの孤独を一層強く感じさせることとなったようである。フランスから、イギリスの友人エドワード・クロッドに宛てて書いた手紙には、相変わらずホームに対する強い憧れが表れている。

> 私が人のことで羨ましいと思うのは、ホームを持っていることだ。私は子供の頃からホームを持っていなかった。そして、今となっては、もう決して持つことはないだろうと思う。
>
> （*Letters* 9: 146-47）

『私記』の巻頭には、この節のタイトルに用いた「これが私の望みだった」という意味の、ホラティウスの『諷刺詩』からのラテン語の引用（*Hoc erat in votes.*）が載せられている。また、一九〇三年二月十一日にフレデリック・ハリソンに宛てた手紙の中でギッシングは『私記』について、この作品は「回想録《メモリー》というよりは願望《アスピレーション》を書いたものだ」（*Letters* 9: 58）と述べている。憧れのホームを持ち、お金の心配もなく、好きな古典を読んだり、イギリスの自然の中を散策したりして、のんびりとした日々を過ごすというのがギッシングの理想だったのだろう。ライクロフトと同じように、ギッシングも「もしかしたら、いつかはホームを持つことができるかもしれない」（「春」第二章）という期待を、長い間抱いていたに違いない。しかし、五十歳を目前にし、そのような幸運が訪れることはもう自分自身には、今後もないだろうという諦めの気持ちが強くなっていたのではないだろうか。それで自分と同様の過去を持つライクロフトという分身を創造し、彼に自身の願望《アスピレーション》を託したのだろう。つまり、ここでも、ギッシングのエグザイル性は彼の小説家としての創造力を助け、優れた作品を生む原動力となったと言えよう。

　ただし、ホームを持つことへの期待は、最後まで完全に捨てたわけではなかったようだ。ライクロフトの口を借りてギッシングは次のように述べている。

> 私はコスモポリタンではない。イギリスを離れた遠い異郷で死ぬ、などと考えただけでも、ぞっとしてしまう。
>
> （「春」第二章）

これを書いた時点で彼はフランスで暮らしていたが、いつかはまたイギリスに戻って、イギリスでホームを手に入れたいと願っていたのだろう。しかし、その願いも空しく、『私記』が出版された一九〇三年の暮れに、ギッシングは風邪をこじらせて肺炎になり、そのままイギリスに帰ることなく亡くなってしまった。大陸旅行に出たまま、マラリア熱に感染してウィーンで客死したゴドウィン・ピークと同様、ギッシングは「死ぬときもエグザイルだった」（第七部第三章）のだ。イングランドを愛し、ホームを求め続けたギッシングにとっては、あまりにも皮肉な最期であった。

註

（1）Eric Hobsbawm, *The Age of Revolution, 1789-1848* (New York: Vintage, 1996) 1. 本書が取り上げている六十年間は、フランス革命と産業革命という二つの革命以外にも、世界を激変させた様々な「革命」が起こった時代だったのである。

（2）子供時代のことは以下も参照のこと。Pierre Coustillas, ed., "Gissing's Reminiscences of His Father: An Unpublished Manu-script," *English Literature in Transition, 1880-1920*, 32.4 (1989): 427.

（3）小池滋『英国流立身出世と教育』（岩波新書、一九九二年）では、ヴィクトリア朝の立身出世のための教育熱が生んだ歪みの諸相を文学作品から論じている。

（4）Geoffrey Best, *Mid-Victorian Britain, 1851-75* (London: Fontana, 1985) 170.

（5）Richard Jenkyns, *The Victorians and Ancient Greece* (Cambridge, MA: Harvard UP, 1980) 61. 英国の学校教育における古典については、M. L. Clarke, *Classical Education in Britain* (Cambridge: Cambridge UP, 1959) が詳しい。

（6）Jenkyns 63.

（7）ハーディもギッシングと同様の古典教育コンプレックスを抱いていた作家である。『日陰者ジュード』（一八九五年）第二部第七章には、ハーディ自身を投影した主人公ジュードが、貧乏だが大学で勉強したいと考え、大学の街クライストミンスターに行くが、門前払いされ、酒場で自暴自棄になり、酔っ払ってクライストミンスターの大学生相手にラテン語の暗唱をしてみせる場面がある。

（8）J. Percy Smith, ed., *Bernard Shaw and H. G. Wells* (Toronto: U of

Toronto P, 1995) 198.

(9) H. G. Wells, “George Gissing: An Impression” in *George Gissing and H. G. Wells: Their Friendship and Correspondence*, ed. Royal A. Gettman (Urbana: U of Illinois P, 1961) 264.

(10) Richard Dennis, “Buildings, Residences, and Mansions: George Gissing’s ‘prejudice against flats’” in *Gissing and the City*, 42.

(11) 富山太佳夫「漱石、夜逃げ、ヴィクトリア朝の引越し」『ポパイの影に——漱石／フォークナー／文化史』（みすず書房、一九九六年）一〇七〜四四頁。

(12) Richard Dennis, “George Gissing (1857-1903): London’s Restless Analyst,” *Gissing Journal* 40.3 (2004): 1-15 を参照。二〇〇三年七月に没後百年を記念してロンドン大学で開催された学会では、最終日にキングズ・クロス駅周辺からリージェント・パークを抜けてベイカー・ストリート駅周辺にかけてのギッシングが住んだ数々の場所をまわるウォーキング・ツアーが開催された。この章に載せた写真は、主にそのときに筆者が撮ったものである。

(13) ジョーダン氏の場合はロッジングに住むという行為は、女性に対する支配とつながっていたようである。賃料を期日前に多めに払っておくことによって、自らの優位を確保しておきたかったのだ。実際、ロッジングの大家だったエルダーフィールド夫人と結婚してからは、逆に妻が家庭の中心になって切り盛りするようになったことに耐えられなくなって、家出をしてしまう。

(14) 大きな集合住宅を「マンション」と呼ぶのは和製英語だと思われているが、実はこれは後期ヴィクトリア朝に始まったことである。フラットに「大邸宅」という意味の「マンション」と名づけることによって高級感を出し、より洗練された住人をひきつけようとしたのだ。ギッシングの住んだコーンウォール・レジデンスも、あるときからコーンウォール・マンションズへと名称が変更になったとギッシングは手紙に書いている（*Letters* 3: 228）。

(15) 太田良子「『渦』——ギッシングと姦通小説」『ギッシングの世界』（英宝社、二〇〇三年）二〇九頁。

(16) 『流謫の地に生まれて』の中で、ウォリコム氏の邸宅があるのもデヴォン州のエクセター近郊である。ギッシングにとってデヴォンは古き良きイングランドの理想的な土地だったのだろう。ギッシング自身、デヴォン州には一八九一年一月から九三年六月と、九七年二月から九八年七月まで住んでいた。

第十八章

紀　行

——エグザイルの帰郷——

バウア・ポストマス

南イタリア地図

第一節　光かがやく古典文学の世界

ギッシングが死んだ一九〇三年、イギリス系アイルランド人の小説家ジョージ・ムア[1]は「帰郷」という短篇小説を書いた。その作品は同じ年に『耕されぬ畑』に収められて再版されたが[2]、登場人物の一人はギッシングが聞いたなら間違いなく喜んで同意したと思われる心情を述べている。

イタリアには、他のすべての国にある美しいものを全部あわせたよりも、さらに多くの美しいものがある。イタリア以上に美しいところはどこにもない。

古典の国と古典の言語に対するギッシングの愛は、生まれ故郷のウェイクフィールドにあったバック・レーン校[3]で、ギリシャ語とラテン語の基礎を学んでいた幼年時代にまでさかのぼる。彼はジョゼフ・ハリソン師の学校に一八六五年から父親が死ぬ一八七〇年まで在籍したが、一八六九年には十歳の少年ながらすでにラテン語に精通しており、ウェルギリウス[4]（図①）の『牧歌』（紀元前四二～三九年）の第一部を英詩に翻訳することまで試みていた[5]。その翻訳は現存するギッシングの文学習作の中でも最も初期のものである。しかも、その詩における流謫《るたく》（exile）の恐怖というテーマは、興味深いことに、小説家ギッシングに生涯を通してつきまとった追放、亡命、異郷生活というモチーフを予見するものであった。

図①　古代ローマ最大の詩人ウェルギリウス

エグザイルは、強制されたものであれ、自らに課したものであれ、ギッシングの人格形成にもっとも重要な影響を及ぼした体験として見なすことができる。やがてギッシングは作品中でエグザイルを人間の状況を表す、自然な、洞察に満ちた隠喩《メタファー》に転化することになる。父親の突然の死は若きギッシングにとって、家庭があるという感覚と、彼が心から愛して生涯忘れることのなかった父親によって与えられてきた安全と励ましとを決定的に打ち砕くものであった。一八七六年に友人から金を盗んだためにオーエンズ・カレッジを退学させられ、そのあと渡ったアメリカでの生活は、追放者としての彼の体験を強めたに違いない。ギッシングが父親の死後に送った生活は、（それまで彼を奮い立たせてくれた父親の存在と密接に結びついていた）自分自身に対する自信と目的意識を再び取り戻すための不断の試みだったと言える。そして、二度と取り戻すことのできない父の愛を失ったという傷を癒すために、彼はさまざまな方法を試みたが、その中では、偉大な古典作家の作品を読むことによって、薄暗く悲しいウェイクフィールドから太陽の輝くイタリアやギリシャの世界へ逃避することが、最も効果的かつ興奮を伴うものであった。この点に関して、ギッシングは『ヘンリー・ライクロフトの私記』（一九〇三年）の中で同じことを指摘し、明らかに自分の代弁者と思われるライクロフトに次のように語らせている。

> 私は記憶を操作することによって、少年時代における古典の勉強をいつでも暖かい光かがやく日々の印象に結びつけることができた。もちろん曇りや雨の日の方がはるかに多かったに違いない。しかし、そういう暗い日々は思い出さずにすんだのである。
>
> （「夏」第九章）

第二節　憧れの故郷、イタリア

古い世界がもっている主な魅力が二つあるとすれば、それは古い世界が忘れられず持続すること、そして人を魅了して癒すことである。逆説的に聞こえるかもしれないが、古い世界はとっくの昔に過ぎ去って死に絶えているために、かえって時間と運命の攻撃を寄せつけない。古い世界は、このようにはっきりと時間の破壊力に対して勝利宣言しているために、断絶と孤独の感覚に対する完璧な解毒剤になりうるのである。人生を豊かにしてくれる、過去の世界の場所と出来事がもつ言葉の響きと面影に、ギッシング以上に影響を受けた作家はいないであろう。

言葉によるものであれ、造形美術であれ、建築であれ、古典の世界から生き延びてきたものがもつ永続的な生命力は、死に完全に打ち勝っているように思われる。しかし、死に対するギッシングの態度には、もう一つ別の側面がある。ギッシングによる死の捉えかたには、常に彼ならではの曖昧さがあるのだ。もし死が人間の希望を打ち砕くがゆえに恐れられ、対決すべき破壊者として見なされるならば、死は同時に古典の世界に理想的な形で存在する平穏と不変性を約束してくれるために、人を引き込まずにはおかない魅力をもつであろう。

死に対するギッシングの曖昧な態度は、少年時代に彼が夢見た国、つまりイタリアの古い歴史と文化に対する彼自身の同じ両面的な態度にも反映されている。おそらくまだオーエンズ・カレッジに在籍していた一八七六年に書かれたと思われる詩の中で、ギッシングはイタリアへの愛を高らかに謳っている。(6) その愛を語る言葉は、ギッシング特有の独創的な言葉であり、その後の彼の人生においても本質的な変化は見られない。

イタリア

夕暮れの最後の光がゆっくりと
私の書斎の壁から消えたとき、
夜の風が侘びしい音をたてながら、
周囲の庭木の葉の間でそよいだとき、
私の思いがとりとめのない夢の中でかきたてられ、
目に見えているものの真の姿を忘れるとき、
ああ、約束の地、イタリアよ、
私の魂は汝に憧れる。

汝の深い青空のためではなく、
汝の国の乙女たちの目に輝く愛の光のためではなく、
あるいは汝が示してくれる
ラファエロとミケランジェロ[7]の栄光のためでさえない。
もっと悲しげで、もっと高貴な人が、
私のためにイタリアの名前を神聖なものとし、
そのローマ人の書物の中に存続する
過ぎ去った時代を追い求めよと私に命じる。

少年時代に猛勉強した嫌な思いも、
公開大広場《フォーラム》の群集の頭上で響き渡る
堂々と韻を踏む
言葉の調和を乱すことはできない。
記憶の中では、苦労して進んだ道が
祭日の光の中で輝いている。
故郷を憧れる追放者の心のように、
私の心もローマの名前を聞いて高鳴る。

七丘の都市[8]の物語を前にして、妖精物語が
なんと早く色あせてしまったことか。
アルバの敗走[9]とカンナエ[10]での不安を聞いて、
若き血潮がどんなに煮えたぎったことか。
邪まな闘いに対する最初の償いとして
護民官[11]が殺されたときの恐怖たるや！
聖なる道の長い勝利者の列に加わることは、
どんなに誇らしいことか。

さらに私が成長し、
二人の詩人[12]と善良なマエケナス[13]との対話を知り、
ユリアヌス[14]の宮殿を神聖化した詩を読むことは、
どんなに嬉しいことだったことか。
さらに素晴らしい体験は、ホラティウス[15]の詩に没頭し、
混み合った街路の喧騒と暑さから逃げ出し、
サビニの農園[16]の夕べの美しさを堪能したことだった。

ここで重要なのは、ギッシングがイタリアの「約束された地」に憧れたのは、ルネッサンス芸術の栄光のためではなく、またイタリアの風景や空の甘美さのためでもなく、彼が獲得しようと必死に努めたウェルギリウスやホラティウス（図②）の「堂々と韻を踏む」言葉によって伝えられる——そうした古代ローマの歴史と文明がもつ魅力のためだったということである。ギッシングは長い間の「憧れの」故郷《ホーム》、イタリアにとうとう帰還したとき、すなわち一八八八年に初めてイタリアを訪れるより十二年ほど前に、すでにイギリスでの生活は追放者としての生活であると定義していた。しかし、詩の中で想像されたイタリアの甘美な生活は、魔法をかけられた隠遁生活というイメージに結実しているように見え、そのイメージには安らかで穏やかな死に身を任せる（「暑さから逃げ出す」）という強い暗示がある。

図②　ラテン文学黄金期の詩人ホラティウス

さらに若いときの詩（もしかするとすでに一八六九年に書かれていたかもしれない）「亡命者」で、自分が愛したカラブリア[17]を舞台にしたメロドラマとして、ギッシングはエグザイルのテーマを活かそうと試みている。「法に背いて追放されることになった」男が、「人の住まない侘びしい島を住処《すみか》にする。その島は深い、波打つ海の中にあり、その海はイタリア南部の海岸に押し寄せる」[18]。恩赦の知らせを待って六年間ほど侘びしい生活を続けた後、とうとうその恩赦の知らせをもった男がやって来て、人が住む世界に戻ってもよいことになる。追放者はその朗報を記した手紙に目を落とすと、とうとう来たと叫び、よろめき、倒れて死ぬ。この「亡命者」という詩は、どう見ても初心者の域を出る作品ではないが、物語から悪い予感を伴って現れてくるのは、追放者の行き着く唯一の場所は死だという絶望的な確信である。

しかし、ギッシングは最初のイタリア旅行直前の一八八八年秋の手紙で、目前に近づいたイタリア旅行を実現しつつある夢として何度も語っている[19]。例えば、ドイツ人の友人であるエドゥアルト・ベルツ宛ての手紙で、彼は次のように書いている。

> しかし、イタリア、イタリアなのだ。とうとうイタリアへ本当に行こうとしている、このことを考えてみてくれ。夢にも思わなかったことだ。今月の終わりには、僕らはマルセイユへ行くだろう。そして、そこから船に乗ってナポリへ。この旅行に対する僕の期待を言葉で表すなんて不可能だ。　(*Letters* 3: 258)

同じ頃、弟アルジェノンには次のような手紙を出している。

しかし、そんなことは僕の目の前に広がっているものに比べたら、取るに足らないことだ。イタリアが僕を若くしてくれるだろう。イタリアでは、僕がいつも取り逃がしてきたものを見つけることが、つまり人生の喜びを直に味わうことができると思う。ちょっと想像してみてくれ。[一八八八年] 十月二十九日の夜明け、船のデッキから外を眺めてみる。するとその前にヴェズヴィオ火山[20]の頂が。信じられない、そんな時が本当にやってきたなんて、今でも信じられない。 (*Letters* 3: 268)

これらの文章からはっきりとわかるのは、イタリアへの帰郷が今まさに行われることを、この追放者が期待しているということである。しかし、彼は同伴者のプリット[21]がしばしば自分をいらだたせ、長年待ち望んだ夢の実現に水をさすだろうとは予想できなかった。ギッシングは、自分のような追放者が新たな社会に本当に迎え入れられるためには、過去の責任と関わりを引きずったままではいけない、ということをイタリアに来てようやく理解した。ゆえに、九年後に再びイタリアに戻ってくるときは、単独で旅行しようと決めたのであった。

『イオニア海のほとり』(一九〇一年) に描かれている、一八九七年から九八年にかけての二度目の長期的な「イタリアという約束の地」への旅は、『ヴェラニルダ』(一九〇四年) というイタリアを舞台にした歴史小説の題材を集めるという目的があったにせよ、ギッシングの作家としての職業的な関心というよりは彼の個人的な動機、彼の存在に関わる動機に促されてなされたものだった。つまり、それはギッシングに生涯つきまとった追放者の運命を克服する最後の試みだったのだ。一八八八年二月、最初の妻ネルが死んだとき、その死がギッシングを解放し、新たな人生の扉を開くことを可能にした。だが、今回の場合、結婚生活に伴う不満や失望ときっぱり縁を切ることができたのは、二番目の妻イーディスのもとには決して戻るまいという彼自身の強い決意があったからだ。おそらく、イタリア旅行は二回とも、彼の気分を滅入らせるような、自分ではどうしようもない状況から逃げ出すためであった。そんな状況のため、今度こそは単身で、太陽が輝く夢の国イタリアへ逃げ出したいという衝動に抵抗できなかったのである。

第三節　イタリアにおけるギッシング

シエナ[22]で注目すべきディケンズ研究を完成させると、ギッシングは南へ向かい、途中ローマを通ってナポリへ行った。そして一八九七年十一月十六日にナポリからカラブリアに向かって旅行を開始した。ギッシングが『イオニア海のほとり』で書いたのは、十二月十二日までのほぼ四週間にわたる期間の出来事だった。この作品は独創的な旅行記であり、他のどの作品よりも、理想とする世界に身を置くギッシング自身の姿を伝えてくれる。八年前の一八八九年十一月、ギッシングはギリシャに行く途中の船から、長い間カラブリアの荒涼とした丘を眺めていた。そして彼は日の出の太陽が、この荒涼とした地域に、そして人が住まない山々と深い谷の上に、素晴らしい魔法をかけるのを見た。自分を卑劣に扱ってきた近代社会に背を向けることで、自分自身と折り合いを付けるときがとうとうやってきたのだ。カラブリアの旅行がギッシングにもたらした大きな影響を理解するためには、『イオニア海のほとり』の最後の段落における彼自身の告白を見ればよい。彼は自分自身について、常に陰鬱な危機的状況に脅されて「思いどおりの人生を過すことのできない人間」[23]（第十七章）と捉えている。この旅行でギッシングは魅力的な風景に、古代ローマの印象的な遺跡に、そしてその土地の人々の歓迎と親切に無条件に自分自身を委ねた。彼は自分の人生を自分の思うようにできないと晩年まで思い続けてきたが、この旅行の間だけは少年時代から彼を虜にしたカラブリアの世界の甘美な魅力によって自分を癒すことができたのである。

一人称で書かれている『イオニア海のほとり』はギッシングの紀行文である。ナポリから出航し、パオラ[24]に上陸し、カラブリアの丘陵を越えて、コゼンツァ[25]に向かう。そこから鉄道でタラント[26]へ。南へ旅を続け、メタポント[27]を通ってコトローネ[28]へ。コトローネで深刻な病に襲われて一週間ほど寝たきりになり、リカルド・スクルコ医師[29]の治療を受ける。病気から回復すると、生まれ変わったかのように「疾風の山地」と呼ばれるカタンツァーロ[30]に行き、そこでコリオラーノ・パパラッツォが経営するホテル・セントラーレに滞在する。馬車でレッジョ[31]に行く途中、スクィラーチェ[32]に立ち寄り、そこまでの道中は雨にたたられた。それから列車に乗り、メッシーナ海峡[33]に行くまでの最後の七時間の旅をした。

ギッシングはイタリア旅行をするのに必要な知識を最も多く備えていた旅人と言える。彼はきわめて語学に堪能で、英語の他に独学で学んだフランス語、ドイツ語、イタリア語を話し、それに加えて二つの古典語、すなわちギリシャ語とラテン語を完全にマスターしていた。最初は方言を理解するのに苦労することがあったにせよ、旅行する先々の人々とのコミュニケーションにまったく苦労しなかったようだ。彼は熟練した旅行者であったため、どんな状況になっても、また同伴する人々が何を要求しても、容易に対応できた。貧しい人々や虐げられた人々への共感は『イオニア海のほとり』の多くの文章に現れている。そのような文章の中で、彼は長い年月の間、彼らが苦しんできたことについて、次のように思いを馳せている。

幾世紀にもわたる征服と隷属とがイタリア人に与えられた運命だった。どこの土地でも血で浸されたことがあるのだ。……無

念と疲弊に満ちた国なのである。……ここにやって来たのは、この土地と人々を愛したからではなかったか。　（第十章）

『イオニア海のほとり』は、古い世界の記憶と、その世界の文学に関する連想と、現在の社会に対する鋭い観察とを独特の形で織り交ぜて提供してくれる。土地に対するギッシングの興味は、その土地が古典の世界と結びつけられなければ、失われた。このことは、ギッシングがカタンツァーロの数少ない古い建築物――例えばロベール・ギスカール[34]によって十一世紀に建てられた城――の情景を思い起こそうとしている文章にはっきりと示されている。これはローマ時代の遺跡と比べれば新しい建造物であるが、ギッシングがカタンツァーロを訪れる少し前に解体されていた。ギッシングはカタンツァーロの章でそれについて言及しないではいられなかった。それは、ギッシングの想像力が「対象の実際の姿ではなくて、対象の想像されうる姿[35]」によってかき立てられることを示す好例である。

　コゼンツァにおいても、もはや存在しないアラリック[36]の墓を訪れたことが契機となり、古典や同時代の文学からの影響を色濃く示す長い記述が生まれている。その記述は、エドワード・ギボンが『ローマ帝国衰亡史』（一七七六～八八年）[37]で描いたアラリックに魅了された若い頃のギッシングの姿を示すだけでなく、彼を失望させる今の現実と彼の詩的想像力が作り出した過去の情景とを対比していて、そういう成熟した彼自身の姿を示すものにもなっている。同様に、ラキニア岬にあるヘラ[38]の神殿の中で唯一残っている柱（図③）を訪れることについて、病気のために「残念ながら見合わせなければならなかったこと」（第九章）は、かえって彼の想像力が描き出した柱の力強さと真迫性を強めることになった。本質的にギッシングの想像力は存在しないものを求める想像力である。つまり、彼の精神が断片と不完全をあまりにも恐れるために、想像力がその精神の要求に応える形で、想像上の完全な姿を作りあげるのである。

　『イオニア海のほとり』には、こうしたギッシングの想像力とその機能をよく示していると思われる二つの有名な文章がある。その一つは第一章の最後にあり、叙情的である点では、彼の作品の中でも並ぶものはない。

船尾の近くに坐っている私からは、人の姿が全く見えない。こ

図③　ラキニア岬にあるヘラの神殿の廃墟

の魔法の海の沈黙の中をたった一人で渡っているかのようだ。沈黙はすべてを包み込み、汽船のエンジンの音さえ私の耳には届かず、水しぶきの音と混じり合って眠気を誘う。死の世界の静寂が生きるものすべてを金縛りにかけている。現在は現実でなくなり、はかない無となる。現実にあるものはといえば、私の周囲のすべてに意味を与え、夜に無限の哀愁の色を帯びさせている、埋もれた遠い過去のみ。なによりも嬉しいことに、自分の存在さえ意識に感じられなくなった。精神が知覚するのは造り出した幻想の形のみで、それを見つめている間は安らかでいられるのだ。（第一章）

もう一つは最終章の終わりにある。

あたりは静まりかえり、私一人で波の打ち寄せる音を聞いていた。雲の冠をかぶったエトナ火山(39)に夕闇が落ちかかり、ちかちか光る明かりがスキュラとカリブディス(40)あたりから見えて来る。最後にイオニア海の方を眺めやるとき、現在と現在の騒音をすべて忘れ、古代世界の静寂の中をいつまでもさまよい歩く運命に生まれればよかったのに、と願わずにはいられなかった。（第十八章）

両方の文章で孤独な存在としての人間とイメージを作り出す想像力とに強調が置かれているのは重要である。その想像力とは、死んだものを生きた姿として甦らせ、くだらない場違いな近代世界を打ち消し、その代わりとして、想像力が作った静かで平穏な世界と置き換える能力である。あるいは、本稿の中心的メタファーである「エグザイル」に関連させて言い換えれば、この文章は、追放の運命が克服されるとき、新しい帰属意識が育まれるとき、そして帰郷が達成されるときを描いている。しかし、一読して受ける印象よりは、この達成は曖昧なものに思われる。というのも、次の疑問に答えを出すのは難しいからだ。これらの帰属のイメージや新たに見出された目的は、生に関わるものなのか、それとも死に関わるものなのか、という疑問である。

次は三番目の文章であるが、効果的にこの旅行記の中心、第九章の真ん中に置かれている。それは、ギッシングがコトローネでマラリアに苦しんでいたとき(41)、彼の精神が作り出した幻想的なイメージに関するものである。ギッシングがこのときほど死に近づいたことはなかったが、高熱による陰鬱な発作は、恍惚を伴う幸福感をもたらした。それは短い時間であったが、彼の精神が健全なときには体験したことがないものだった。彼が見た幻想は、素晴らしい、堂々とした、美しい古代の生活が極めて詳細に描き出された光景である。純白の光がそれぞれの場面を照らし出している。ギッシングはこの体験について、「たった一時間ほどであったが、私の想像力にとって非常に大切な源だった古代生活を垣間見ることが許されたのだ」（第九章）と要約している。短い時間、死に絶えた世界が再生したのである。ここから読み取れるのは、ギッシングが幻想の世界で完成者としての死と出会うことにより、破壊者としての死のもとに自分を追いやる悪魔たちに、短い時間だったとはいえ勝利したということである。

第四節　想像の世界と現実の世界

いずれにせよ、それらの前兆はよいものではなかった。ギッシングはシエナで宿屋の女主人の夫の死に立ち会っていたし、ひどい咳に苦しめられ、「ハンカチに明らかに結核とわかる喀血をし」(*Diary* 448)、ますます寄る年波を感じていた。ローマからアメリカの友人マーサ・バーンズ[42]に宛てた手紙には、「とても年をとったように感じる」(*Letters* 6: 377) と書いている。また、二人の息子から離れてしまい、悲しいが父親失格であると感じていたはずである。自分は死ぬためにイタリアに来たのだという意識が彼にはあったと言ってもよい。こうした思いが、コトローネで熱にうなされて寝たきりになっていたときに、少なからず彼の頭をよぎったに違いない。しかしながら、この追放者は死と契約を結んでしまったわけではなかった。最初の現世的な意味でのイタリアへの帰郷の後に、より深い所で行われた、精神的な意味でのイタリアへの帰郷が、熱病による夢の中で達成されたのだった。そして、その達成によってギッシングは想像力の価値を再認識し、自分の創造の源泉がどこにあるかを確信することになったのだ。その創造の源泉とはローマ文明の歴史と言語であった。カラブリアで過ごした四週間の中で、はかなくて短いものであったとはいえ、ギッシングが追放者としての自分の運命を終わらせ、帰郷を最も深く体験できたのは、ホテル・コンコルディアにおける病気の一週間だったと言えるかもしれない。

　コトローネでの危機の後、ギッシングにとって、日常生活における人々との出会いは、土着的なイタリア人の召使との接触でさえ、より大きな楽しみとなり、彼の観察力も増したようだった。ギッシングのカタンツァーロへの到着は——それが日暮時だったのは意味深いが——彼の帰郷のもう一つの祝福すべき瞬間であり、その情景はヘスペリデス[43]の異国風の庭園のようであった。ギッシングは食欲を取り戻し、かの有名なカタンツァーロの人々の手厚い歓迎[44]は、いっそう彼の心をなごませた。ギッシングはカタンツァーロの人々の会話能力を賞賛して次のように述べている。

> 彼らの会話能力はイギリスの地方に住む人々のそれよりも、遙かに程度が高い。……この民族は生まれながらにして、理知的なものに敬意を抱いている。（第十三章）

ギッシング自身の理知的なものに対する尊敬は、さまざまな古今の作家たちの説明におそらく最もはっきりと示されているだろう。その作家たちの作品は、ギッシングの紀行文の構造と内容にはっきりと影響を与えている。ホラティウスやウェルギリウスの詩、カッシオドールスの[45]『諸文書集成』（五三七年）、ギボンの『ローマ帝国衰亡史』、ルノルマンの[46]『大ギリシャ』（一八八一年）。こうした作品は長い間ギッシングが崇拝し、愛してきたものだ。示唆的な表現に富み、後世に残る作品をギッシングが書くことができたのは、これらの作品を横断的に巧妙に織り交ぜることができたからである。とりわけ印象的なのは、まだ彼が少年であったときに知った歴史上の人物に対する不変の評価と賞賛である。その良い例は第十六章において彼の最も古くからのヒーロー、テオドリクス[47]（図④）を駆け足で説明した部分ではなかろうか。その部分は、ギッシングがまだマンチェスターの学生だった一八七三年に書き、賞をとった「ラヴェンナ」という詩において、東ゴート族について書いている箇所とほとんど変わっていない[48]。しかしながら、そのような例から次のことがはっきりとわかる。ギッシングが安らぎを得られると思い、また実際に安らぎを得ることができる書物の世界を創造できたのは、子供の頃からの古典の世界への憧れを意識的に永続させてきたからである。

　ギッシングはイタリアの現実の世界においても安らぎを感じることができた。南イタリアにいかに床屋が多いかを示す無数の洗面器、メタポントの空を旋回して鳴くタゲリ、耕作に従事

図④　東ゴート族の王（454-526）、テオドリクス

する白い牛、違うテーブルに座っていながら互いに怒鳴りあう白髪交じりの役人たち、死者について知人と別れて旅に出る人のように記したコトローネの墓地にある貴族の墓銘碑、コトローネの洗濯女たちの「全部むきだしの足」（第八章）。そうした些細なものを見つけて、どれほどギッシングは喜んだことか。ハーディの言葉を借りるなら、「彼はそんな取るに足らないものによく注目する人だった[49]」のである。ギッシングは、そのように非常に詳細な描写を全体の記述の中に巧妙に配置することで、過去の歴史への言及や書物からの情報と、近代社会についての鋭く説得力のある観察とを魅力的な形で結びつけている。

　移動するときのギッシングは情報収集の機会を決して逃さなかったようである[50]。彼にとって場所を変えることや国を移動することは、多くの場合、想像の泉を湧きあがらせることにつながった。カラブリアの旅行を終えた直後に、ローマからクレア

ラ・コレット[51]に宛てた手紙で、「ちょっとした、きわめて短い作品のために十分な材料を集めてみました。そのうちにわかりますよ」（*Letters* 7: 15）と語ったギッシングは、実際に最初のイタリア訪問を終えてイギリスに帰国するとすぐ、その体験を『因襲にとらわれない人々』（一八九〇年）という作品に活用している。ギッシングはその作品の執筆を一八八九年六月末まで開始しなかったが、同年八月九日にはイタリア北部のトレント[52]で完成させた。このようにギッシングが作家の仕事に集中したことからは、追放者のつらい生活といえども天命の仕事には影響させないぞ、という彼の強い意識がはっきりと感じ取れる。

この「ちょっとした、きわめて短い作品」の作者、イタリアで自由に羽を伸ばした謙虚なギッシングは、過去百年に現れた紀行文の中で最も優れた一つを書いた作家として褒め称えることができるだろう。

訳註

（1）ジョイスや芥川龍之介などに影響を与えたアイルランドの小説家。青年時代をパリの芸術家たちの間で過し、特にゾラの影響を受け、イギリスにおける自然主義を代表した。イェイツと交わり、一時期アイルランド文芸復興運動に参加した。イギリス自然主義の代表作『エスター・ウォーターズ』（一八九四年）と自伝的小説の『一青年の告白』（一八八八年）が有名。

（2）George Moore, "The Way Back," *The Untilled Field*, introd. Richard Allen Cave (Gerrards Cross, Buckinghamshire: Colin Smythe, 2000) 212-25.『耕されぬ畑』はムアがツルゲーネフの『猟人日記』（一八五二年）をモデルにして書いた短篇集で、一九〇二年に六篇を収録したアイルランド語版、翌年に「帰郷」を含む十三篇の英語版が出た。「帰郷」はイタリア文化に憧れる彫刻家ジョン・ロドニーと彼の友人ハーディングの対話が中心となっている物語。引用されている「イタリアほど美しいところはない」という言葉はロドニーの言葉である。一方、ハーディングはパリに行く計画をやめて、生まれ故郷のアイルランドに帰り、「ケルト文芸復興」を始めると言う。同じアイルランド生まれだが、イタリア文化を賛美するロドニーにとって、アイルランドは文化不毛の地であり、ハーディングの計画は愚かなものとしか思えなかった。しかし、理由は判然としないが、ハーディングはアイルランドに強く引かれていると主張する。小説の題名「帰郷」はハーディングが生まれ故郷のアイルランドに帰ることを意味している。

（3）ウェストゲイト通りの北側に平行して走るバック・レーンにあった学校。

（4）ローマのアウグストゥス時代の詩人。『牧歌』、『農耕詩』、『アエネイス』という三つの叙事詩を残した。『牧歌』はウェルギリウスの第一作で、十篇の詩からなり、すべて百行前後、六音歩詩《ヘクサメター》で書かれた羊飼いの歌である。シュラクサイ［シラクサ］の詩人テオクリトスの『牧歌』の影響を受けている。その影響のため、背景はシチリアになっているが、実際には年中変わることのない、明朗なイタリアにおける昼下がりの理想化された風景が描かれている。当時の政治家マエケナスと知り合い、その推挙を受けてアウグストゥスにも接近する機会を得た。無名であったホラティウスをマエケナスに紹介した。

（5）George Gissing, "Translation of the First of Virgil's Pastorals" in *The Poetry of George Gissing*, ed. Bouwe Postmus (Lewiston: Edwin Mellen, 1995) 4-8.

（6）George Gissing, "Italia," *The Poetry of George Gissing*, 131-32.

（7）ラファエロはイタリアの画家・建築家で、ルネサンスの巨匠の一人。一五〇八年以後ローマで活躍し、バチカン宮殿の壁画装飾、サン・ピエトロ大聖堂の設計にあたった。ミケランジェロはルネサンスの総合的天才の典型で、彫刻では「ダビデ」を、絵画ではシスティナ礼拝堂の天井画や「最後の審判」などの大作を残した。

（8）ローマの市街中心部からテヴェレ川の東に位置する古代ローマの七つの丘のこと。古代ローマはこの七つの丘およびその周辺に建設されていた。

（9）アルバ・ロンガは、ローマ建国神話では、アエネイスの息子アスカニウス（ユルス）がイタリアに建設した都市。ローマの三代目の王トゥッルス・ホスティリウスがアルバ・ロンガに戦争を仕掛け、アルバの王ガイウス・クルウィリウスが死んだ後、メッティウス・フフェティウスがアルバ軍を指揮した。その後、有名なホラティウス三兄弟とクリアティウス三兄弟による決闘が行なわれ、ローマ側が勝利して、アルバはローマに従った。メッティウスはやがて裏切りを画策した末処刑され、ホスティリウスによってアルバは破壊され、住民はすべてローマのカエリウス丘（ローマの七丘のひとつ）に移された。

（10）イタリア半島南東部のアプリア地方（現ブッリャ州）、アウフィドゥス川（現オファント川）沿いにあった村、およびその周辺のこと。第二次ポエニ戦争中の紀元前二一六年八月二日、ハンニバル率いるカルタゴ軍とローマ軍がここで戦った。

（11）ティベリウス・センプローニウス・グラックスのこと。同じく護民官である弟ガイウス・センプローニウス・グラックスとともに、ローマの富裕層だけが土地を所有し、農民が土地を所有できない問題を解決しようとした。改革に反対する富裕層は護民官マルクス・オクタウィウスを抱きこんで抵抗したので、ティベリウスは民衆投票によってオクタウィウスを罷免した。これは本来神聖不可侵である護民官を民衆投票で罷免させるという強引な手法であった。後にティベリウスは土地改革反対派に殺された（紀元前一三三年）。

（12）ホラティウスとウェルギリウスのこと。

（13）ローマ・アウグストゥス時代の政治家。文学・芸術の保護者としてホラティウスやウェルギリウスを後援した。彼はアウグストゥスの新政体を賛美するために文学者たちの協力を得ようと腐心していた。

（14）古代ローマ帝国の皇帝（在位三六一～六三年）。ギリシャ哲学に関心をもち、当時主流になりつつあったキリスト教に抗して、伝統的多神教（異教）を保護した。キリスト教徒からは背教者《アポステイト》と呼ばれた。

（15）ローマ・アウグストゥス時代のラテン文学黄金期の詩人で、ウェルギリウスとならんで評価される。『諷刺詩』、『詩集』、『エポーデス』などの著作がある。書簡詩「詩について」はアリストテレスの『詩学』とならんで、古典主義詩論で重要視された。マエケナス、アウグストゥスの寵愛を受けたが、マエケナスに彼を紹介したのはウェルギリウスである。
(16) 田舎の住まいのこと。ティヴォリ（ローマの東方にある町でローマ時代の別荘の遺跡が残る町）の近くのホラティウスの別荘にちなんで、このように言われる。
(17) ナポリの南、イタリア半島の「長靴の」土踏まずから先端にあたる州。行政上カタンツァーロ、コゼンツァ、レッジョ・カラブリアの三つの県を含む。州都はカタンツァーロ。
(18) "The Refugee," *The Poetry of George Gissing*, 88-90.
(19) ポツダム生まれの活動的な社会主義者で、鉄血宰相ビスマルクのドイツを逃れてロンドンに亡命していた時に、知的な話し相手を求める一八七九年一月十七日の新聞広告を通してギッシングと知り合った。ギッシングがベルツに書き送った膨大な数の手紙は、彼の活動と思想を記録した貴重な資料である。
(20) イタリア・カンパニア州にある火山。ナポリ湾沿岸、ナポリの南東に位置する。標高一二八一メートル。七九年の大噴火でポンペイを埋没させたことで有名。
(21) ギッシングに同伴したドイツ人。感受性や思いやりがなく、芸術や教養に関心がなく、イタリア旅行中、ギッシングをしばしばいらだたせた。
(22) イタリア中部トスカナ地方の丘陵地に位置する都市。十二世紀から十四世紀にかけての聖堂やシエナ派の絵画など、歴史的建造物や文化財に富む。
(23) 『イオニア海のほとり』からの引用の日本語訳は、『埋火・イオニア海のほとり』（小池滋訳、ギッシング選集第四巻、秀文インターナショナル、一九八八年）を用いた。
(24) カラブリア州コゼンツァ県の町。イタリア半島の西側、ティレニア海に面する。
(25) コゼンツァ県の県都、カラブリア州の町。イタリア南部カラブリア州北部を流れるクラティ川とブセント川の合流点。後出のアラリックはシチリア島占領に向かう途中、同地で死去。
(26) プーリア州の町、タラント県の県都。イオニア海のタラント湾北部に位置する港町。前面に大きな湾域を有し、これをマーレ・グランデと呼び、その入口には要塞化されたいくつかの島がある。
(27) イオニア海に臨む「イタリアの長靴」の土踏まずの位置にある町。かつてはメタポントゥムと呼ばれていた。ギリシャ人によって建設されたのが起源らしく、ギリシャ風の遺跡が多い。ピュタゴラスが紀元前六世紀にこの町にやって来て、紀元前五三二年に学校を建設した。ギッシングもメタポントの神殿を訪れ、また、メタポントのピュタゴラスについて「年老いたピュタゴラスの姿を空想しようと努めた。彼はここで紀元前四九七年に死んだ（といわれる）――人類を温和で理性的にしようとする努力に挫折して、失意のうちに」（第六章）と回想している。
(28) コロンナ岬の東側に位置するイオニア海に面した町。かつてはクロトンと呼ばれていた。メタポント同様、ピュタゴラスが学校を建設したことで知られており、同時代のレスリング選手ミロの出生地としても知られる。また住人が健康であることが有名。ギッシングも、「『クロトンよりも健康』という格言があるが、この町は健康によい点では天下無類だったのだ」（第六章）と述べている。
(29) ギッシングがコトローネで熱病にかかったとき診断した医師。『イオニア海のほとり』の第九章では、「お医者さまとの交友」という題がつけられている。

(30) カラブリア州の州都で、同州の中部に位置する。絹織物とビロードで有名な歴史の古い町。市の歴史的中心部は三つの丘の上にあり、イオニア海の眺めがよい。

(31) カラブリア州レッジョディカラブリア県の町。「イタリアの長靴」の爪先に位置し、シチリア島との間のメッシーナ海峡東岸に臨む港町。気候温暖。オレンジ、レモン、オリーブ、ブドウなどの栽培が盛ん。

(32) カタンツァーロの南東に位置し、スクィラーチェ湾に臨む町。カッシオドールスの生誕地。

(33) イタリア本土とシチリア島の間にある海峡。海峡の西はティレニア海、東はイオニア海である。前述のレッジョはメッシーナ海峡を挟んで、シチリア島のメッシーナ（シチリア州メッシーナ県の町で、メッシーナ県の県都）と向き合っている。同海峡は海流が強く、航行上の難所として古くから知られている。

(34) ノルマン人の征服者。兄弟ともに南イタリアに赴き、カラブリア地方を支配した。一〇五三年、教皇レオ九世の軍を破り、教皇に南イタリアのノルマン領を承認させた。さらに一〇七一年シチリアを占領し、ノルマン王国を建設した。

(35) Gissing, "Italia," 131-32.

(36) 西ゴート族の王（在位三九五～四一〇年）。四〇一年に初めてイタリアに侵攻して以来、四〇三年と四〇九年にイタリアに侵攻した。四一〇年八月十四日にローマ征服。その後、シチリアからアフリカに向かおうとしてレギウム（現、レッジョディカラブリア）に到着したが、艦隊が難破。再び北に進路をとり、四一〇年コンセンティア（現、コゼンツァ）近くで死に、ブケントゥス（現、ブセント川）に埋葬された。ギッシングはアラリックの墓について、「さて言い伝えによると、アラリックはブゼント川とクラティ川の合流点のすぐ傍らに埋葬されたという」（第三章）と記述している。

(37) トラヤヌス帝治下から東ローマ帝国滅亡までの千三百余年を論述した歴史家ギボンの古典的名著。全六巻。

(38) ギリシャ神話の女神で、ゼウスの妻。結婚、母性、貞節を司る。ローマ神話ではジュピターの妻ジュノー。ここで「ヘラの神殿」と呼ばれているのは、コトローネのラキニア岬にある神殿。ギッシングは、クロトン（コトローネの昔の名）の丘の上を「ピュタゴラスが散策し、当時は建てられたばかりのラキニア岬の神殿を遠くに眺めたかもしれない」（第七章）、「ラキニア岬のヘラの神殿を絵で飾るために、セウクシスもこの町にやって来た」（第六章）と記している。

(39) シチリア島の東部にある活火山。標高三三五〇メートル。ギリシャ神話では、巨人ティフォンが再生したゼウスに敗れて、この山中に埋められた。またシチリア島に投げつけられたエグクラドスが寝返りを打つのが、この島の地震、噴火の原因とされている。

(40) メッシーナ海峡のイタリア本土側から突き出た岩礁。ギリシャ神話によれば、ここに住む海の怪物が、通る船人を捕らえて喰ったという。カリブディスはその対岸（シチリア島）近くにある大渦巻きで、ここも航行の難所。危険な水路なので灯台が設けられた。

(41) ギッシングがイタリアに滞在していた当時は、マラリアは空気の中の菌によって伝染すると考えられていた。彼自身、イタリアで流行していた熱病がマラリアであり、空気によって感染すると考えていた（第三章）。

（42）ギッシングがオーエンズ・カレッジを退学になり、アメリカに渡ったときに知り合った女性。ギッシングは、マサチューセッツ州ウォルサムで臨時の高校教師となり、英語、フランス語、ドイツ語を教えていた。バーンズはギッシングの生徒で、彼より一歳年下だった。ギッシングが一八七七年三月に突然その学校をやめたのは、彼がネル・ハリソンに忠実であろうと決意していたものの、バーンズに次第に魅了されてしまったため、良心の呵責を感じたからである。

（43）リビア北東部、地中海のシドラ湾に臨む港湾都市、ベンガジ（Benghazi）の古代名。ギリシャ神話では、遠い西の果ての国に住む四人（七人とも言われている）の姉妹、ヘスペリスたちのこと。彼女たちは、ゼウスとヘラの結婚の際に祝いとして贈られた黄金のリンゴの番をし、大蛇の助けを借りてそのリンゴを庭で守り、他人を寄せつけなかった。

（44）ギッシングがカタンツァーロ在住のドン・パスクワーレの案内で「ある店」を訪れたとき、店員が「これをお持ちになりますか」と小さな包みを作ってくれた。ギッシングは代金を払おうとしたが、店員は受け取らなかった（第十二章）。

（45）ローマの政治家、著述家、修道士。五一一年（二十歳頃）には、すでに東ゴート人の王テオドリクスの宮廷で財務官の地位についており、五二三年には執政官に就任し、五三三年から三七年までは近衛長官を務めた。カッシオドールスはローマ人がゴート人の支配のもとで平和に暮らすイタリアを思い描いていたが、ビザンティン（東ローマ）のユスティニアヌス帝がイタリア侵略に成功したとき、公職から退いた。以後、修道院生活に入り、宗教とギリシァ古典などの文学の研究に没頭した。『諸文書集成』はカッシオドールスの著作のうち最も重要なもので、この宗教的および世俗的学問の百科全書的集成は二部に分かれ、第一部は聖書の解釈とキリスト教の優れた教父たちの生涯と作品に関するものであり、第二部は伝統的自由七学科の学習の手引きである。この著書は多くの中世の読者にとって古典自由学科への数少ない手引書の一つであった。

（46）フランスの古代史学者・考古学者。彼は一八七九年と八二年に南イタリアを旅行し、その成果を『大ギリシャ』として発表した。第一巻と第二巻が一八八一年に出たが、未完のまま著者が死んだために、遺稿が第三巻として一八八三年に刊行された。

（47）東ゴート族の王。四六一年、ローマ人が蛮族と同盟する際の慣例として、彼は人質として東ローマ帝国のコンスタンティノープルに遣わされたが、皇帝に目をかけられ、四七一年に東ゴート族のもとに帰るまで、ローマ風の教育を受けた。四七四年に東ゴート族の王となり、イタリアを攻めて四九三年にオドアケルを破り、首都ラヴェンナを占領、イタリア全土を支配した。彼はローマ帝国で受けた教育を役立て、ゴート人とローマ人との間の溝を埋めようとした。ローマ人の社会制度を評価し、哲学者ボエティウスやカッシオドールスを登用した。

（48）"Ravenna," *The Poetry of George Gissing*, 16-26.

（49）Thomas Hardy, "Afterwards" in *The Complete Poems*, ed. James Gibson (London: Macmillan, 1976) 553.

（50）例えば『イオニア海のほとり』第五章において、ギッシングはタラントを訪れたとき、ホラティウスの代表作『頌歌』に出てくる

「ガラエスス川」を探し当てるために、原語の発音に近い「ガレゾ川」を知る土地の人を尋ねて歩いている。

(51) ロンドン大学で経済学の学位を取った最初の女性。一八九二年三月に「ジョージ・ギッシングの小説」と題した講演をロンドンで行った。『余計者の女たち』（一八九三年）に関心を持った彼女は、翌九三年七月にギッシングと会っている。知的に優れて自立した「新しい女」としてギッシングに気に入られ、アルジェノンと共に遺言執行者に指定された。

(52) イタリア北部トリエンティノ＝アルト・アディジェ（Trentino-Alto Adige）州の州都。アディジェ川の左岸にあり、背後を森林におおわれた山岳地帯の斜面の町。夏冬とも多くの登山家、スキー客が訪れる観光地の中心。一七〇六〜九七年までフランスに統合され、ナポレオンはバイエルンにここを譲渡した。一八一四年以後はオーストリア領となり、第一次大戦後にイタリア領に戻った。

（光沢隆訳）

第十九章

小説技法

——語りの方法と人物造型——

廣野　由美子

執筆中のギッシング（1901年5月）

ギッシングの作品は、これまでに、芸術的観点からじゅうぶん評価されてきたとは言えない。第一に、ギッシングの研究においては、作品自体よりも人物としての作家のほうに関心が注がれる傾向が、いまだにあるからだ。第二に、ヴィクトリア朝末期に作家活動を行ったギッシングの小説には、旧来のイギリス小説の伝統的要素と新しい実験的要素とが入り交じっているが、彼独自の小説技法がじゅうぶんに理解される前に、モダニズム作家たちの小説が現れ、その華々しい勢いの陰に隠れてしまったためだと推測される。

マイケル・コリーは、ギッシングの作家としての発展段階にそって、彼の作品群を三つに分類している。第一期は、『暁の労働者たち』（一八八〇年）、『無階級の人々』（一八八四年）、『民衆』（一八八六年）、『サーザ』（一八八七年）、『ネザー・ワールド』（一八八九年）など、ヨーロッパ大陸の自然主義小説と親近性を持つ作品群。第二期は、それまでの労働者階級を中心とした題材から一転し、本来の社会的位置からずれた人物たちの心理的関係に重点を置いた小説群で、『因襲にとらわれない人々』（一八九〇年）、『三文文士』（一八九一年）、『流謫の地に生まれて』（一八九二年）、『デンジル・クウォリア』（一八九二年）、『余計者の女たち』（一八九三年）などがこれに属する。第三期は、『女王即位五十年祭の年に』（一八九四年）、『渦』（一八九七年）、『命の冠』（一八九九年）など、都市の資本主義特有の疎外の問題に焦点を当てた作品群である（Collie, *Alien Art* 10-11）。

このように題材やテーマ、手法などの観点から、ギッシングの小説は三つに大別できるが、つねに一貫しているのは、彼が「挫折する人間」の不幸な姿を飽くことなく描き続けた作家だということである。そこで以下、挫折する人間像の描写に焦点を当てて、語りの性質や人物造型の仕方がいかに変遷していっているかを、三段階に分けて辿ってみたい。具体的な作品としては、第一期から『ネザー・ワールド』、第二期から『余計者の女たち』、第三期から『渦』を取り上げる。それらの作品を、従来のヴィクトリア朝小説の特色と比較しながら検討し、ギッシングの小説技法における伝統的要素と革新的要素とを確認することによって、彼の芸術家としての側面に光を当てたい。

第一節　自然主義的点描

ギッシングは一八九八年に『チャールズ・ディケンズ論』のなかで、それまでのイギリス小説を概観して、「労働者階級については小説のなかで多くのことが書かれてきたが、その生活形態を主として扱ったもので第一級の作品は、まだ出ていない」（第十章）と述べている。これは、ギッシングの初期作品群がすでに出版されたあとの発言であるため、彼は自分自身の小説をも、第一級のプロレタリア小説から除外していることになる。しかし、貧しい労働者階級の人々の生活の悲惨さや不潔さといった実態のみならず、そうした環境のなかで堕落してゆく人々の生態を、ギッシングほどリアリスティックに描いたイギリスの小説家が、彼以前にいなかったことは確かである。ことに、どん底の人々の群れを迫力ある筆致で描いた『ネザー・ワールド』は、彼の初期作品のなかでも圧巻であり、イギリスにおける本格的なプロレタリア小説の筆頭として位置づけられるだろう。

　もちろん作品の成り立ちが、作家自身の人生と切り離せないことは言うまでもない。大半のヴィクトリア朝小説の書き手は中産階級の出身であったため、関心の中心は自ずと中産階級に集中しがちであったし、下層階級の生活を実体験として知らなかったゆえに、彼らにはその実相が描けなかったのである。それに対してギッシングは、中産階級の出身ではあったものの、窃盗を犯して放校処分になって以来自滅の一途を辿り、娼婦でアルコール中毒者のネル、狂暴でやがては精神異常者となるイーディスとの結婚を通して、下層階級出身者の性質を知り尽くし、自らも貧困のどん底生活を体験した。したがって、下層階級を熟知していた彼は、いわばその世界を内側から描いたのだと言える。

　しかし、ギッシングを他のヴィクトリア朝作家たちから隔てているのは、作家の人生体験や題材だけではない。下層階級の世界を描く彼の方法自体のなかに、それまでの小説には見られなかった「新しさ」が含まれているように思われる。人間の醜悪さを赤裸々に描くためには、「上品な」ヴィクトリア朝時代の思潮やタブーを打ち破る必要があり、その結果ギッシングは、人間が遺伝や環境などの生物学的・物理的要因によって規定されているさまを科学的なアプローチによって描写する手法、つまり脱イギリス的な「自然主義」の方法に近づくことになったのである。そのためギッシングは、「〈イギリス自然主義〉と漠然と呼ばれるものの父」たる存在とされ、しばしばドストエフスキーやゾラ（図①）、バルザック、ドーデといった大陸の小説家たちに連なる作家とされる（Coustillas, *Collected Articles* 14）。

図①　フランスの自然主義文学を代表する小説家ゾラ

　『ネザー・ワールド』では、どん底の生活のなかで貧窮にあえぐ人々の群れが描かれる。したがって、群像を描くことを主眼としたこの作品では、下層階級の世界全体を展望する語りの視点が用いられ、「全知の語り手（omniscient narrator）」による三人称形式がとられている。ここで注意すべきことは、この作品の全知の語り手が、伝統的なイギリス小説にしばしば見られるタイプの「介入する語り手（intrusive narrator）」であることだ。語り手は、「チャールズ・ヘンリー・スコーソンが、ご存じの、あるいはご推測のような人間になるに至った事情について、一、二言述べておこう」（第二十二章）、「人を馬鹿にしたような手紙を読んだとたん、クレムがかっとして口にした生粋のスラム言葉をお聞かせしたい」（第三十八章）というように、読者に向かって語りかける。また、「ああ、無常な世の中よ！」（第二十一章）、「哀れな反逆者の心よ！」（第三十二章）というように、作中人物や状況に対する思いをストレートに表明することもある。語り手が一般論を述べる箇所は数多いが、一例を挙げると、「羽振りがよくなってきたために、卑劣に立ち回る衝動に駆られることが減ってきた人間が、偉そうに教訓を垂れる資格が自分にあるように思うという現象が、よく見受けられる」（第三十五章）といった調子で、人間性全般に関するコメントが随所に織り込まれている。

このような旧来の語り手の口調を見るかぎり、この小説は「イギリス的」である。しかしよく見ると、ヴィクトリア朝小説における「介入する語り手」が、一般に作中人物に対する共感を読者から引き出す仲介者のような役割を果たすのに比して、『ネザー・ワールド』の語り手は、はるかにシンパシーが希薄であることに気づく。たとえば、ヒューイット家がますます貧乏になったことに触れた箇所で、語り手は「ひとつだけよかったことは、一番下の子が死んだことだった」（第十六章）と言ったり、未亡人となったペニロウフの状況を説明するさい、「運命の女神の慈悲のおかげで、ボブとの間にできた子供は一人しか生き残っていなかった」（第三十八章）と述べたりする。スラム言葉の凄まじさは、作中人物の会話を通しても直接読み取れるが、次のような語り手のコメントによってさらに強調される。

ガーデンズでは子供はみな、親から始終ぶっ殺すと脅されている。いつもながらのことなので、もう効力がない。上の世界で乳母や母親が「怒りますよ！」と言うところを、下の世界では「ど頭かち割るぞ！」と言う。あちらで「本当に困った子ね」と言うのに対して、こちらでは「ぶっ殺すぞ！」と言う。これは習わしであって、たいしたことではない。（第二十八章）

ヒューマニズムの精神とは程遠いこのような語りを目にするとき、読者はそこに含まれたアイロニーをいかに解釈するべきか、躊躇を覚える。R・C・マッケイのように、『ネザー・ワールド』の語りのアイロニーには、「かすかなユーモア」と「ペーソス」が含まれているとする向きもあるが（Coustillas, *Collected Articles* 28-29）、そのような特徴は語りの表層に留まるものにすぎず、その根底には人間に対するシンパシーが見出せない。シーリグが言うように、そこにはむしろ、「低級で卑俗な文化に対してギッシングがもともと持っている軽蔑の念」(Selig 35)がうかがわれるのである。

キャンディ夫人が夫の暴力によって半殺しの目に会いながらも酒を断つことができないさまを語った箇所では、アルコール中毒者の習性が突き放した目で描かれている(第八章)。ボブが偽金作りを企み始める箇所では、犯罪者の形成要因についての社会学的な分析がなされる(第二十四章)。また、下層階級の住環境の不潔さ、乱雑さについてのルポルタージュ風の描写は、至る所に見られる。このような語りに、同情や哀感は含まれていない。語り手の視点からシンパシーを排除することによって、ギッシングは、伝統的なイギリス小説の手法から離れ、科学的な自然主義の方法へと接近したと言えるのではないだろうか。

では、人物造型という観点から、作品の特徴を見てみよう。作中の人物群はそれぞれ、下劣さ、弱さ、歪《いびつ》さなど負の特性を持った人物として類型的に描かれている。ことにクレムは、言葉遣い、行動、ものの考え方などすべての面において、卑劣で下品な特徴が顕著に表れた人物である。彼女は下働きのジェインを虐めて楽しみ、ジョウゼフと欲得づくの結婚をし、ボブと共謀して自分の夫を、ついでボブの妻ペニロウフを殺害する計画を立てる。最後に彼女は、母親の毒殺未遂で逮捕される。クレムの母親ペコヴァ夫人も、下劣さにおいて娘に劣らぬ人物である。ボブも自惚れの強い軽薄な人間で、最後は偽金作りに手を出し、逃亡中に怪我をして惨めな死に方をする。ジョウゼフは、かつて捨てた娘ジェインのもとに戻り、父スノードンの遺産をジェインから奪おうと画策し、目的を果たすと姿をふたたび消すという身勝手な人間である。スノードン老人は、自分の財産を貧民救済のために役立てようとする慈善家だが、だんだん理想主義がエスカレートして、孫娘ジェインの幸福を犠牲にすることもいとわなくなり、歪んだ狂信性を露わにしてゆく。

善良な人物たちもみな弱い人間である。ヒューイットは、かつては革新主義の活動家であったが、大家族をかかえて貧窮にあえぎ、ぶざまに老いてゆく。いつも病弱なヒューイット夫人は、赤貧のなかで消えるように死んでゆく。ペニロウフは心根の優しい女性だが、愚かな夫ボブを崇拝して怯える愚鈍な人物である。

ギッシングの他の初期作品群のなかに見られる理想主義の痕跡をわずかに留めた人物は、ジェインとシドニー・カークウッドのみである。しかし彼らも、挫折する弱い人間として描かれている。ジェインは終始善良な人間だが、幼少期に体験したトラウマのために、ヒステリーの発作を起こしやすいという身体的な虚弱さと知力の弱さを引きずっていて、祖父から押しつけられた貧民救済の理想を実行するに足る力量を備えていない。シドニーは、労働者のなかでは教養と品位のある人物として描かれているが、彼も結局、クレアラへの情にほだされて結婚し、彼女の家族を養うことだけにあくせくする。結末では、散らかった家の中でだらしのない服装をした彼は生活に疲れ果てた男に堕ちていて、画家になりたいというかつての夢ももはや消えている。「もう二度と絵を描く気にはならないだろう。描きたいという気持ちは、幸せなとき、希望があるときに湧いてくるものだ」（第三十九章）と、語り手は彼の挫折を強調する。シーリグも指摘するように、結局シドニーやジェインは、「容赦ないまでに貧しい環境のなかでは、高貴な向上心を抱くことが不適切であることを学ぶ」にすぎず、この作品では、理想主義はたんなる障害として否定的に捉えられている（Selig 19-35）。

この作品のなかでもっとも異質な人物は、クレアラであろう。彼女は、自らが生まれ落ちた階級を忌み嫌い、なんとかしてそこから脱出しようと試みる。父ヒューイットに遺産が入ったさい、彼女は一時、教会経営の学校へ行ったりピアノを習ったりして、自分の属する階級よりも上品な環境のなかで育った経験があったため、下層階級の暮らしを嫌悪するようになる。彼女は、自らの美貌と才覚を生かして、女優として世に出るという野心を抱く。このようにクレアラは、類型化を脱した立体的な人物として扱われている。しかし彼女は、いわゆるヴィクトリア朝小説の女主人公とは、いくつかの点で決定的に異なる。第一に、クレアラは目的のためには手段を選ばず、平気で身を落とす。表立っては書かれていないが、彼女が劇団とのコネクションを得るために、スコーソンと肉体関係を持ったことが暗示されている。第二は、彼女の挫折の仕方。ようやく主演の代役に抜擢されるというチャンスがめぐってきたとき、クレアラはライバルの女優から硫酸をかけられ、顔面が焼けただれて、女優の生命を断たれる。いやしくも作者がシンパシーを抱く女主人公であるならば、その挫折への過程を描くにあたって、このように一気に叩きのめすようなやり方ではなく、もっと繊細な方法が選ばれるであろう。劇薬をかけられた瞬間のクレアラが、熱さと痛みで走り回る姿を、語り手は突き放したように描く。クレアラに残された唯一の生き延びる手段は、かつて求婚を断った相手、シドニーと結婚することである。シドニーを思惑通りに自分に引き寄せようと画策するクレアラの様子は、「檻の中の獣のように、狭い部屋の中を動きまわった」（第三十二章）と描かれる。作中でもっとも上品な女性として造型した人物をも獣に譬える作者は、根底において、人間の獣性を描こうとしているのだということが明らかになる。こうして作者は、下層階級からの脱出が絶望的であることを示す。「機会があり次第、世の中は彼らを抹殺する。危険な因子、社会の枠組みを乱す者たちを」（第三十二章）と語り手は強調する。その意味では、社会の枠組みを乱すべく、命がけの戦いを試みた人物として、クレアラは複雑な要素を含んだ立体的人物であり、ギッシングの後期の人物像へとつながってゆく新しいタイプの登場人物であるとも言えよう。

このように作品では、志を持った品位ある人間像もわずかに交じっているが、彼らも例外なく挫折への道を免れない。「個」としての彼らの姿はそれほどクローズアップされることがないまま、どん底の世界に埋没してゆく。そうした人々の「群れ」を描くことこそ、この作品の主眼であり、個人の描写はあくまでも「点描」に留まるのである。

最後に、この作品の結末部の語りを見てみたい。

シドニーの若いときの野望は潰えた。芸術家にも、正義のための戦いの指導者にもなれなかった。ジェインも、模範的な人間として社会の救済者になることもなく、人々を助けるために託された富を所有する奉仕活動家にもならなかった。しかし、それぞれ仕事は与えられた。人目にはつかないが、正直さと情けを愛する気持ちだけに支えられて、彼らは自分よりも不幸な人々の味方になり、自分よりも弱い心の人々を慰めるのだ。彼らがいる場所は、まったくの暗闇ではない。悲しみが彼らを待ち受けていることは確かであるし、彼らが目指すささやかな目標さえも、おそらくは達成されないだろう。しかし少なくとも彼らの人生は、どん底の奈落の果てまで敗残者の群れで溢れた社会の、非情な力に対する抗議のあかしとなり続けるだろう。

（第四十章）

この結びの語りは、ジョージ・エリオットの『ミドルマーチ』（一八七一～七二年）の結末部を思い出させる。後世のテレサたるべく英雄的な生き方を夢見た女主人公ドロシアの苦闘の結果は、社会では誤謬と妄想の入り混じったものと見なされがちであったとしたうえで、語り手は次のように述べる。

ドロシアの繊細な精神は、広く人目にはつかなかったが、小さな実を結んだ。彼女の豊かな人柄は、キューロス大王によって流れをさえぎられた川のように、地上にほとんど名を留めることのないいくつかの水路となって終わった。しかし彼女の存在が周囲に与えた影響は、数えきれないほど行き渡っている。なぜなら、世の中の善が増大するのは、一部は歴史の記録に残らない行為によるからである。そして世の中が、お互いにとって、思ったほど悪くないのは、半ばは、人知れず誠実な一生を送り、だれも訪れることのない墓に眠る人々が少なくないからである。

（終曲）

スティーヴン・ギルは、この二つの結末部を比較すると、『ネザー・ワールド』の結びの語りがいかに物悲しく抑制されたものであるかがわかると言う。(1) しかし問題となるのは、むしろ二つの結末部の語りの精神が同質であることではないだろうか。どちらも、偉大な目的を達成することに挫折した人物を弁明し、無名の人々の善意を称え、そこに未来の社会を救う希望を託そうとする作者の熱い口調が見られる。それを支えているのは、世の中は「まったくの暗闇ではなく」、「思ったほど悪くない」所であるという楽観であり、人間に対する基本的な信頼感である。しかし、エリオットの語り手が、読者を納得させることになんとか成功しているとすれば、それは、作者が『ミドルマーチ』を、人間に対する信頼の余地が残された世界として描いているからであり、シンパシーが語りの基調をなしているからにほかならない。それに対して『ネザー・ワールド』は、救いようのない獣のような人間の姿が、突き放したような語りの口調によって描かれている。その作品世界は、まさに「どん底の奈落の果てまで敗残者の群れで溢れた社会」の有様を描き出し、全編を通して、その「非情な力に対する抗議」がいかに空しいものであるかを、繰り返し強調してきたのである。したがって、この結びにこめられたヒューマニズムには、取って付けたような不自然さがあり、説得力に欠けると言わざるをえない。新しい自然主義的な方法によって下層階級の世界を描くことに成功したギッシングは、作品の最後に至って、伝統的なヴィクトリア朝小説の結末の形へと逆戻りしているかに見える。それは、ギッシングが大陸の自然主義小説へと接近しつつも、伝統的なイギリス小説の方法を完全に脱皮することに対して、ためらいを覚えたしるしと言えるかもしれない。

第二節　心理の流れ

中期の作品『余計者の女たち』では、『ネザー・ワールド』のように多くの人々の群れが展望されるのではなく、焦点が置かれる人物の数はずっと絞られる。語りの方法はやはり三人称形式ではあるが、語り手の視点の対象となるのは、「余計者の女」として生きる道から逃れるために愛のない結婚を選んだモニカと、その夫ウィドソン、女の自立のための先導者として生きるローダと、その恋人エヴァラードなど、少数の人物たちに限られる。それとともに語り手の位置は、『ネザー・ワールド』の場合よりも一気に各登場人物に接近し、しばしばその内面の心理が映し出される。つまり、文学用語を用いて言い換えると、初期作品では、語りの「焦点人物（focalizer）[2]」が物語世界の外側にいる「外的焦点化（external focalization）」の方法が取られていたのに対して、中期作品では、焦点人物が物語世界の内側の登場人物に置かれる「内的焦点化（internal focalization）」の方法へと移行していると言える。また、『余計者の女たち』では、焦点人物が特定化される「固定内的焦点化（fixed internal focalization）」の方法ではなく、焦点人物がモニカ、ウィドソン、ローダ、エヴァラードなどの間で交互に入れ替わる「不定内的焦点化（variable internal focalization）」の方法が取られている。

つまり、全知の語り手が「語る」という三人称形式を保持しつつも、「見る」主体は、物語世界の外側から距離を隔てて眺める全知の語り手ではなく、作中人物自身へと移行しているのである。このような方法によって登場人物の心理が描かれるとき、それは全知の語り手による解説や分析という形ではなく、あるがままの心理を「映写」するやり方に近づく。『余計者の女たち』では、それぞれの登場人物の心理に重点を置いた人物造型がなされているが、その心理は、一般化されうるような明確なものではなく、分析に耐えるような実体さえもない。それは、いわば捕らえどころのない移りゆく「流れ」のような性質を帯びている。ギッシングが「前フロイト的な心理作家」（Collie, *Alien Art* 19）と呼ばれるのは、彼がこのような人間の心理の無秩序な様相に逸早く着目したからでもあろう。彼が小説に取り入れた方法は、ジョイスやウルフなどのモダニズム作家たちによる「意識の流れ」や「内的独白」の方法に行き着く一歩手前の、いわば「心理の流れ」とも呼ぶべき方法として位置づけることができるのではないだろうか。

この小説は、「新しい女」としての生き方を模索する女性の改革運動が扱われているゆえに、フェミニズム批評の注目を集めている。しかし、作品の大半を占めているのは結婚問題であり、モニカとウィドソンの結婚生活の破綻を描いた部分こそ、作中でもっとも見事な小説技法が達成されている箇所であると言えよう。モニカは、安定した家庭における妻の座を確保するために、公園で出会った行きずりの中年男ウィドソンと結婚するが、彼に対してははじめから冷めた嫌悪感しか抱いていない。他方ウィドソンは、若い妻に対して異常な執着心を持つ。語り手は両者の心理の流れを交互に追いつつ、夫婦の気持ちのすれ違いを浮かび上がらせる。妻が自分の思い通りにならないことに気づきはじめたときのウィドソンの心理は、たとえば次のように描かれている。

ウィドソンは、モニカが時折不満を抱いていることに初めて気づいたとき、驚きあわてた。彼女がもっと自由に行動したがっているとわかったとたん、彼は心配になり、疑い深くなって、いらいらした。二人の間では、まだ喧嘩らしいことをしたことはなかったが、これまでは必要とは思いもしなかったような形で、権威を振りかざさなければならないことに、ウィドソンは気づきはじめた。……ちょっとした訓練として、まずは、家事にもっと気を配ったらどうかと、彼は言ってみた。一日に一時間、縫い物か手芸をして過ごしたらいいのではないか。モニカは今のところは、言うことを聞いて簡単な針仕事を持ち出してはいたが、ウィドソンは鋭い目で観察して、彼女の針仕事はほんの見せかけだけだと、すぐに気づいた。彼は夜ごと横になっても眠れぬまま、陰気な思いにふけっていた。（第十五章）

他方、夫がたえず干渉してくることに対して苛立つモニカの心理は、次のような調子で描かれる。

ウィドソンが結婚前にしょっちゅう露わにしていた嫉妬心が、いまだに彼の心のなかに潜んでいることを、モニカはすでに悟っていた。彼がどうしてこういう質問をするのかがわかると、まったく平然とした様子をしてはいられなかった。そして夫が自分のほうをじっと見ていると思うと、わずらわしくなった。

夫婦の間の溝は次第に深まってゆく。夫に対する嫌悪感が募り、外の世界に気慰めを求めようとして「自由」を主張するモニカと、なんとしても妻を独占しようとして束縛するウィドソンとの確執は、夫婦問題を扱った従来の小説よりも一段と激烈なものであり、両者の心理をあぶり出す方法によってそれを徹底的に描くことに、ギッシングは成功している。他方ギッシングは、しばしば焦点人物の目をとおして、写実的な外観描写も行っている。たとえば、モニカが夫の寝顔を見る場面には、「正視するのも耐え難かったが、彼女の目は何度もそちらに向いた。夫の顔はぞっとするようだった。深い皺、赤い眼の縁、斑点のついた肌を見ると、彼女は嫌気がさした」（第二十二章）という描写がある。ここでは、即物的描写に徹した自然主義的な方法によって、リアリスティックな効果が生じると同時に、その光景を目にしたモニカの心理的反応がふたたび映し出されるのである。

ウィドソンは、雇い人にモニカを尾行させ、彼女がエヴァラードの住むアパートを訪ね、彼の玄関のベルを鳴らしていたという報告を受けて、もはや妻の不貞の確証をつかんだものと思いこむ。そのとき彼は、モニカの襟元をつかんで投げ飛ばし、彼女を突き倒して背中を踏みつける。妻に対するこのような暴力行為は、『ネザー・ワールド』の下層階級の家庭では日常茶飯

（第十五章）

化していて、読者はこの種の描写を見ても驚くには当たらない。しかし、いやしくも中産階級の結婚生活を扱った作品としては、この描写はヴィクトリア朝小説の枠組みを超えている。人間の心理とは、下層階級であろうが中産階級であろうが、いつ何時殺人をも犯しかねない衝動へと傾くものであるかということを、この作品は提示するのである。

モニカは青年ビーヴィスに、自分の頭の中で作り上げた理想の恋人像を重ね合わせるようになる。次の一節は、モニカがビーヴィスに誘われて、初めて彼のアパートを訪ねたときの心理描写である。

モニカの頬は熱くなった。いまや際どい状況にいることは明らかだったが、いったんそこから抜け出しそびれたあとは、前よりもくつろいだ態度で座っていた。楽しめるときに自由を楽しんでおこうと心に決めたようだった。ビーヴィスがこうして二人きりで会う手はずを整えたのかしらと、ふと思った。彼の説明は嘘ではないかと疑った。そして実を言えば自分も、ここにいる間、彼の妹たちが戻って来なければいいのにと願った。彼女たちと顔を合わせたら、とてもきまり悪いだろう。おしゃべりをしたり聞いたりしながら、彼女は心の中で、よくないことをしているという非難に対して自己弁護していた。自分のしていることのどこが悪いというのか。二人きりでいるのが、どうだというのだ。

（第二十章）

このあとモニカが次第に大胆になってゆくことを、この心理の流れは暗示している。二度目の密会のときには、恋人同士の気持ちの間にずれが生じる。夫から逃げ出す決意をし、ビーヴィスが自分の身も心も委ねられる相手であることを期待していたモニカは、「彼の女々しい話し方に、ひどく幻滅する」。他方ビーヴィスは、「自分本位でさもしい男性本能が湧き上がり、その虜となりつつ」、内心は「自分が本当に困った立場になったと思い」、びくびくしている。そうしたさなか、玄関のドアを叩く音がしたとき、二人は青ざめ身をこわばらせたままじっと顔を見合わせる。ビーヴィスがそっとドアを開けて、足音が遠ざかっていくのを確認したあと、「微笑むというよりにたりとして、彼女のほうを振り返ったその目つきを見て、モニカは、なにか自分まで恥ずかしくなるような胸の痛みを感じた」（第二十二章）とある。これらの密会の場面は、ヴィクトリア朝小説における性描写のタブーの一線を危うく踏み越えかけている。その危うさは、彼らが抱擁したり接吻したりする場面自体よりも、むしろそのような状況に置かれているときの人物の「心理の流れ」の描写から生じてくると言えるだろう。

惨めな末路へと至るモニカの心理状態は、次のように描かれている。

生きる目的もなく、純粋な意欲もない。振り返ってみると、後悔の影が色濃く、未来の生活は恐ろしく、望みの失せた墓場への道を転がり落ちていくようだ。こういう苦い杯を、モニカはいやというほど味わった。彼女は、死ぬのが怖いという思いに取り憑かれた。（第二十九章）

モニカは、生まれてくる子供がウィドソンの子であることを証明するために、つまり、エヴァラードの子ではないかという夫の嫌疑を晴らすために、ビーヴィスと自分との関係を明かす手紙を遺して、産後に死んでゆく。しかしウィドソンは、モニカが死んだあともなお、彼女を信じることも赦すこともできず、結婚生活の思い出をいとわしく思う。これを、同様に客観的・没個性的方法で作中人物の心理を写実的に描いたフランス小説『ボヴァリー夫人』（一八五六年、図②）と比較してみただけでも、モニカがいかに作者から見放された女主人公であるかがわかる。エンマが夫との結婚生活に飽き足らず、ロマンチックな幻影を追い求めて二人の男と次々情事を重ねたあげく破滅し、服毒自殺をしたとき、遺された夫シャルルは、妻への愛着のあまり後を追うように病死したのだった。結末を比較すると、写実主義者フローベールが女主人公に対して抱いた一片のシンパシーすら、ギッシングがモニカに対して向けていないことがわかる。ルーク夫人が従兄弟ウィドソンに向かって言った「さもしい理由で結婚する人もいる」（第三十一章）という言葉は、さしずめモニカに当てはまるようだ。あたかも作者は、さもしい理由で結婚した彼女を、あくまでも見放しているように思える。

この小説は、「余計者の女たち」が苦しい生き方を迫られた状況を映し出した「社会小説」「状況小説」のような様相をも呈している。そうであるならば、そのような社会状況の犠牲者とも言える当事者の女性たちに対して、作者のシンパシーが向けられるのが自然であろう。しかしギッシングは、この作品では最後まで、生半可なシンパシーを退ける。結末部は、モニカの産み落とした女の赤ん坊を見て、ローダが「可哀想な子ね」と呟いて終わる。これは、赤ん坊の将来が前途多難であることを暗示しているのであって、この子の未来に新しい女性としての生き方の希望を託した明るい終わり方というようには読めない。ギッシングはこの中期作品において、自然主義作家としての態度をさらに徹底させつつ、新しい「心理の流れ」と呼ぶべき手法を開拓し、芸術家としてさらに成熟度を増したと言えるだろう。

図②　ヴィンセント・ミネリ監督映画『ボヴァリー夫人』(1849年)

第三節　疎外の構造

後期小説『渦』では、作中人物の挫折の要因がさらに複雑化してくる。それは『ネザー・ワールド』のように「金がなければどうにもならない」というような単純な経済的要因ではなく、『余計者の女たち』のように、「余計者の女」として生きるか、それともそれから逃れるために結婚するかという二者択一の問題に還元されるわけでもない。『渦』は、その比喩的・象徴的タイトルが示唆するように、より複雑な世界観を含んだ作品である。中流・上流階級の社交界を舞台として展開する複雑な人間関係の心理ドラマは、ヘンリー・ジェイムズ(図③)の小説世界にも似ている。[3] この作品でギッシングは、人間がいかに内外の複雑な要因によって挫折し、孤立と疎外を深めてゆくかという新しいテーマに取り組んでいる。

女主人公アルマは、冒頭では恵まれた資産家令嬢で、アマチュアコンサートを開いてヴァイオリンの才を披露する社交界の花形として登場する。しかし、父が事業で失敗し自殺したために、彼女の境遇は暗転する。とは言っても、彼女はあくまでも下層階級に転落するような憂き目を見ることはない。とりあえず彼女が選んだ身の振り方は、ドイツに留学して音楽の勉強をするというものだった。彼女は、音楽家ダイムズと資産家レッ

図③　複雑な心理ドラマを描いたヘンリー・ジェイムズ

ドグレイヴから愛人となる誘いを受けるという屈辱感を味わいつつも、ハーヴェイ・ロルフから求婚されて結婚し、「余計者の女」となる危機を免れる。それは愛のない結婚ではなかったし、ロルフはウィドソンとは対照的に、妻に対して理解のある寛大な夫であった。アルマは、妻・母の座を得て社会的・経済的安定を獲得し、かつ、音楽の才能によって世の中に認められたいという野心を抱き、その目的を果たすために、レッドグレイヴとダイムズを自分の魅力によって利用しようとする。彼女は何が何でもコンサートでのデビューを実現しようと突っ走る。このように作品では、社会的に恵まれた女性が、あれもこれも求め、留まるところのない自己実現の欲求を追求してゆくうちに、だんだん抜き差しならない「渦」の中に巻き込まれ、ついには破滅してゆく姿が描かれている。その「渦」は、ジョージ・エリオットが描くような、個人をがんじがらめにする社会の組織的な「網目」のようなものとは、性質を異にする。それは、社会・経済事情・人間関係・運命・人間の欲望など多様な要素が渾然一体となって文字通り渦をなし、その中心部に近づくと、取り返しのつかない深みへと人間を飲み込んでゆく恐ろしい何かである。

このような複雑な挫折の要因を描くために、ギッシングはどのような技法を用いたか。各登場人物の「心理の流れ」を交互に映し出す方法は、この作品でも引き続き用いられている。他方、複雑な人間関係や社会機構を描くために、ギッシングは広やかな視野を展望する全知的視点をふたたび織り交ぜている。つまり、彼は外的焦点化の方法と内的焦点化の方法を、微妙なバランスを保ちつつ融合していると言い換えられるだろう。しかし、いったん影を潜めた「介入する語り手」が作品の前面に現れることはない。グリーンスレイドも指摘するように、この作品では「社会学的解剖、家庭内のリアリズム、密通とミステリーのメロドラマ」、「仄めかしによる暗号化された会話の文体」、ジェイムズ流の「会話の劇的リアリズム」(Greenslade xix-xx) など、多様な手法が統合されつつ用いられているのである。

語り手は、ヴァイオリニストとして才能を発揮し賞賛されたいというアルマの心理を映し出す一方で、次のように、彼女と音楽との関係を客観的に分析する。

アルマには芸術に対する深い愛はなかった。ウェールズに住んでいたころには、彼女の演奏を聴く人がたくさんいないことを寂しく思っただけで、音楽をすっかり捨ててしまったことは、なんともなかった。彼女にとって音楽は、それ自体目的ではなかった。他の無数の娘たちと同様、彼女にはまず、ある程度の技術的な素質があったから、最初の段階を通り抜けてくることができたが、虚栄心が出てくると、相当の成功を示して見せることが目的になった。（第二部第九章）

野心に駆られたアルマは、ロルフ、シビル、カーナビー、レッドグレイヴ、メアリ・アボット、ミセス・ストレンジウェイズたちとの人間関係に、次第に絡められてゆく。コンサートを目前に控え、彼女がレッドグレイヴ殺人事件に巻き込まれたあとの描写を見てみよう。

世界は悪夢のように非現実的なものになっていた。いろいろな人が思い出されたが、もっとも身近な人さえも、彼女にはかすかにしか判別できないような気がした。彼らはみな、昨日までとは別人になってしまった。互いにどういう関係だったか、自分との関係はどうだったかも、曖昧になり混乱していた。だれのことを考えても、彼女は心配と当惑を覚えた。（第二部第十四章）

これは、もはやアルマが渦に飲み込まれ、疎外が一段と深まった状態を描いている。アルマは、殺人現場に居合わせたことが暴露されるのではないかという恐怖、プロのヴァイオリニストとして成功することへの自信喪失、メアリ・アボットと夫の関係に対する邪推、女としてのシビルに対するライバル意識と憎悪など、さまざまな悩みに押し潰されて自滅してゆく。結末に近づくにしたがって、描かれるアルマの状況は、神経衰弱、ヒステリー、目眩、頭痛、不眠症など、病理学的な色彩が濃くなってゆく。最後に彼女は、誤って睡眠薬を多用したために、はからずも死んでしまう。このような結末からも、作者がいかに科学者のような客観的な態度で女主人公を眺めているかがうかがわれる。『テス』（一八九一年）の女主人公は最後に処刑されるが、作者ハーディは深い同情と鎮魂の思いをこめて、彼女の死を見送っている。鉄道自殺をした『アンナ・カレーニナ』（一八七五～七七年）の女主人公も、服毒自殺をしたボヴァリー夫人も、ある意味では自分の挫折に対して自ら終止符を打つ自由意志が与えられている。それに比して、薬の誤用で死んでゆくアルマは、いっそう作者から冷たく見放されているように見える。その意味で、ギッシングの小説は、厭世的な宿命論者ハーディよりも、大陸の写実主義・自然主義の作家フローベールやトルストイ等よりも、さらに冷徹なリアリストであったと言えよう。

第四節　伝統と実験

以上見てきたとおり、ギッシングは一八八〇年代から九〇年代にかけての創作期に、集中的に多様な小説実験を試みている。第一期から第二期、第三期を経て、次第に文学の題材が変わってゆき、中心テーマとなる人間の挫折の要因が変質してゆくにつれて、それを描くために相応しい技法も変化していった。人物造型の方法は、遺伝と環境によって支配された人間を類型的に描く方法から、性格によって規定することのできない人間の心理の動きに密着した方法へと次第に移行した。それに伴って語りの方法も変化し、外的焦点化の方法から内的焦点化の方法へと推移し、さらにはそれらを融合することによって、「個人の意識と、それを形成する世界全体とを、技法的効果によって区別し選び取りながら、それらの両方に焦点を当てることが可能な」(Postmus, *Garland for Gissing* 20) ヴィジョンを形成するに至ったのである。

ギッシングは、「哀愁」に満ちた作家だとか、「人生に対して泣き言を言う作家」[4]、「センチメンタルな同情を読者に無理強いする」[5]作家などと言われる。しかし、それは多分に彼自身の人生から引き出された印象にすぎないのではないだろうか。たしかにギッシングの辿った人生経路を見ると、彼が高潔な理想や強力な意志力を持ち合わせた清廉潔白な人物であったとは、お世辞にも言えない。彼の人生は零落と敗北、逃避など負の要素に満ち溢れている。そのような自滅的な作家が書く作品は、泣き言だらけでじめじめと湿っぽいものにちがいないという先入観が生じがちだ。しかし、すでに見てきたとおり、芸術家としてのギッシングは、冷徹なリアリスト、シンパシーを欠いたニヒリストであった。H・G・ウェルズが『マンスリー・レヴュー』で述べている表現を借りるならば、「現実に立ち向かおうとしなかったゆえに生涯不幸であった者が、イギリスのリアリズムの巨匠であり先導者とされる」(Coustillas, *Collected Articles* 16) というパラドックスを、私たちは認めざるをえない。それによって初めて、私たちは芸術家としてのギッシングを正当に評価することができるのである。

ギッシングが一八九五年、「小説におけるリアリズムの位置」と題するエッセイで述べている小説技法に関する持論を、最後に見てみよう。

> リアリズムとは、同時代の生活を描くさいの芸術家としての誠実さ以上のものを意味しない。それは、小説とは「人々を喜ばせるために」書かれるものだとか、不快な事実はいつも隠しておかなければならないとか、作品には「プロット」がなければならないとか、物語は楽しい雰囲気で終わるべきだ、等々というような習慣的な考え方に対して、ただ対照をなすものなので

ある。……わずか十～十二年前の小説家の束縛に比べて、今日のイギリスにおける小説家が自由であることを、私は喜ばしく思う。むろん、自由の美酒の誘惑はあまりにも大きい。それに、今日の小説は必ずしも小説自体のために書かれているわけではなく、社会改革の代弁者として声高に叫んでいる。重要なことは、一般の意見はもはや、小説家が自らを欺くことを無理強いしてはいないということだ。世界は小説家の前に開かれている。作家が旧来の規則の命じるままに書くか、あるいは彼が見るままの人生のイメージを示して見せるかは、まさに作家個人が決める問題なのである。(6)

ギッシングは、小説が読者の要求に応じて、あるいは社会改革の手段として書かれた「旧来の規則」の縛りのあった時代に生きながら、小説家が自由に「小説自体のために」小説を書く新しい時代が目の前に開かれ始めていることを、逸早く察し、彼独自のリアリズム――彼自身の言葉を借りるならば「芸術家としての誠実さ」――を貫く方法を模索した作家であった。彼は「人々を喜ばせる」ことを念頭から排し、陰鬱な小説を書き続けることによって、同時代の読者を遠ざけたが、彼の芸術家としての意識は、時代を一歩先んじていたのである。(7)他方、ヴィクトリア朝人としてのギッシングは、「自由の美酒の誘惑があまりにも大きい」ことに対して一抹のとまどいを覚え、伝統的なイギリス小説の方法と完全に訣別することもできず、ぎりぎりのところで伝統に踏み止まっているように見える。それゆえギッシングの小説は、伝統と実験、イギリス的なものと非イギリス的なものとが、ない交ぜになったような様相を呈している。ギッシングよりあとに生まれ、二十世紀に入って作家活動を始めたジョイスやウルフ（図④）は、彼よりもう少し大胆に「小説家の自由」を駆使し、彼とは別の方向へ進んでいったと言えるだろう。

ヴィクトリア朝末期作家ギッシングは、以上のように、小説技法史上において位置づけ直してみたとき、再評価されるべき重要な作家であることが、いっそう明確になるのである。

図④　「意識の流れ」の作家
ヴァージニア・ウルフ

註

（1）Stephen Gill, introduction, *The Nether World*, by George Gissing (Oxford: Oxford UP, 1999) xviii.

（2）以下、「焦点化」に関連する用語の定義については、Gérard Genette, *Narrative Discourse: An Essay in Method*, trans. Jane E. Levin (Ithaca, NY: Cornell UP, 1980); Mieke Bal, *Narratology: Introduction to the Theory of Narrative*, trans. Christine Van Boheemen, 2nd ed. (Toronto: U of Tronto P, 1997); Shlomith Rimmon-Kenan, *Narrative Fiction: Contemporary Poetics* (1983; London: Routledge, 1989); 廣野由美子『批評理論入門』（中公新書、二〇〇五年）三四～四七頁等を参照。

（3）グリーンスレイドは、ヘンリー・ジェイムズの小説と『渦』との類似点を指摘している（William Greenslade, introduction, *The Whirlpool*, by George Gissing, Everyman Lib. ed.〔London: Dent, 1997〕xvii-xx）。

（4）フランク・スウィナトンは、「ギッシングは、人生に対して泣き言を言う作家であるゆえに、読者から非難された」と述べ、それがギッシングの人気のなさの理由であるとしている（Q. D. Leavis, "Gissing and the English Novel"〔Michaux 180〕）。

（5）アンガス・ウィルソンは、「ギッシングが私たちから無理やり引き出そうとする共感は、センチメンタルで実際的ではない」と述べている（Angus Wilson, "Lower Depths of Literature"〔Michoux 125〕）。

（6）Alfred C. Gissing, ed., *Selections Autobiographical and Imaginative from the Works of George Gissing* (London: Jonathan Cape, 1929) 220-21.

（7）ギッシングは読者層のなかでは人気のない小説家だったが、陰気な作家という世評にもかかわらず、当時の鋭い批評家のなかには、ギッシングの最良の作品を、同時代のもっともすばらしい作品として位置づける向きもあったと、シーリグは述べている（Selig 115）。

第二十章

自伝的要素

——分裂する書く自分と書かれる自分——

宮丸　裕二

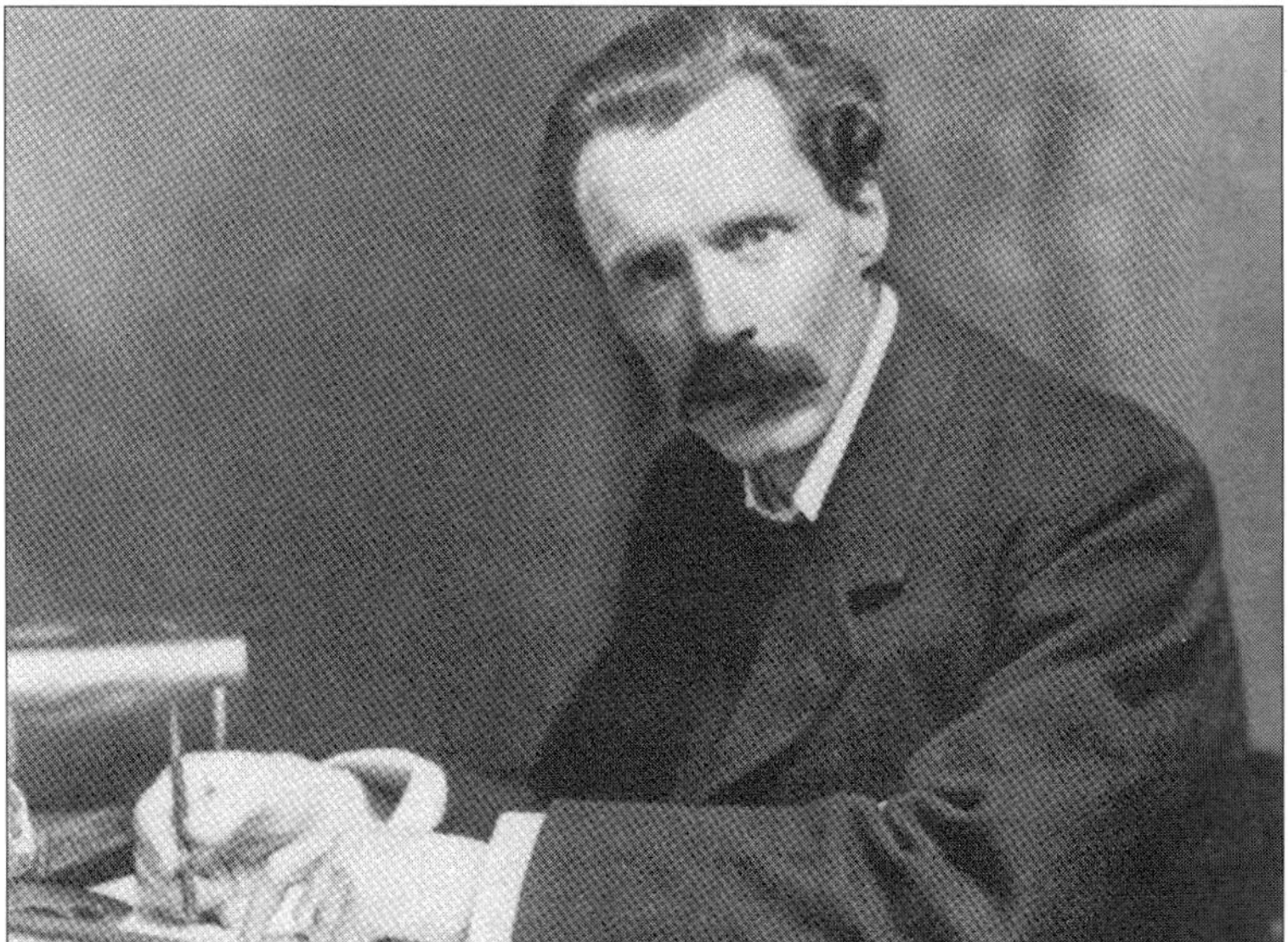

ジョージ・ギッシング（エリオット＆フライ撮影、1901年5月）

ギッシングの作品の中でも特に自伝的要素が強いといわれるのが『三文文士』（一八九一年）や『ヘンリー・ライクロフトの私記』（一九〇三年、以下『私記』と略記）といった作品であるが、ギッシングのいずれの著作を考える際も、多かれ少なかれ自伝的要素を含んでいるし、自伝的な読み方をされてきた。その原因は、ギッシングが創作を行った時代と、ギッシング本人の執筆の特性との両方に求めることができよう。ただし、右記の二作品を比較してみても、むしろ正反対の人生が描かれているのに両者共に自伝的であるというのは、よく考えると不思議であるし、それだけこの時代に自伝的著作が至っていた状況は複雑である。そこで本章では、ギッシングが創作を行った後期ヴィクトリア朝という時代に自伝と自伝的執筆がどういう状況にあったのかというところから説き起こして、ギッシング本人の自伝的執筆について、この二作品を中心に概観してゆきたい。そのことからギッシングに特有な自伝的執筆のあり方、また逆に自伝的要素がギッシングの文学に与えている特性を明らかにしたい。

第一節　自伝の世紀末

自伝とは、著者と語り手と主人公が同じ一人である物語のことである。すなわちジャンルとしてはノンフィクションであり、事実が正直に書いてあるかどうかは不明であっても、少なくともそのことを意図し、あるいは装ってはいるのである。このように「自伝」を定義することは比較的容易であるが、「自伝的作品」となるとそうはいかない。自伝的というからには、厳密には自伝でないもののことであるし、何らかの意味で自伝の要素を必ず備えていることは明らかであるが、その方法が様々だからである。著作がいかなる意味で自伝的であるのかという点は常に時代状況や作品によって変わるのが実態で、ギッシングもまた後期ヴィクトリア朝時代が許容する自伝的作品を残したのであるし、ジャンルによりその自伝的作品の著し方は一様ではない。それが具体的にどのようなものであったのかという詳細は後述するが、ここでは自伝的作品は何らかの意味で自伝を変形したものということだけをおさえて論を進めたい。

このように内実が移り変わり、実に掴みがたい「自伝的」ではあるが、その歴史的側面から辿る時、「自伝的」執筆は、むしろ「自伝」よりもはっきりと浮かび上がってきてくれる。というのも、自伝の歴史を辿ると太古に遡ってしまうが、一方、自伝的作品の多くは十八世紀という比較的新しい時代に発生した小説ジャンルの影響を受け、小説の形式で表現されるからである。自伝作品は世間の注目と本人に識字があれば誰でも書けるので作家の専売特許ではないけれど、自伝的作品はそうでないということも、この事情と関わりがある。つまり、自伝的作品には、書く技能についての研鑽を積んだ職人である作家が、その技術を反映させるのである。

　十八世紀以来のピカレスク小説の影響による小説文学と自伝文学そのものの発展や大陸文学の輸入を受けて、十九世紀半ばの英国には自伝的小説が主流の一つとなり、いわゆる「教養小説」という形式の新たな伝統を生み出すことになる。カーライルによる『衣裳哲学』（一八三三〜三四年）、シャーロット・ブロンテ（図①）による『シャーリー』（一八四九年）、メレディスの『リチャード・フェヴァレルの試練』（一八五九年）、ジョージ・エリオットの『フロス河の水車小屋』（一八六〇年）といった作品が今日では代表的なものとして挙げられる。

　教養小説の発展の詳細やその後のことはジェロウム・バックリーの『若き季節』の説明に譲るとして、[1]教養小説が自伝的小説の形式として成熟を迎える上で一つの転機となったのは、一人称の語りの導入である。シャーロット・ブロンテが『ジェイン・エア』（一八四七年）において主人公による一人称の語りを用い、続いて『ヴィレット』（一八五三年）、『教授』（一八五七年）などの作品においてその試みを続ける。また、ディケンズが『デイヴィッド・コパフィールド』（一八四九〜五〇年）で一人称の語りを用いたことも、『ジェイン・エア』に影響された結果であると考えられるだろう。一人称の語りとは、架空の人物を作り出して、その人物が主人公の役を演ずるだけでなく、その人物が語りをも担う形式であり、つまり、「実在しない人物による自伝」という形式をとるのである。これにより自伝的小説は一段と自伝の形式に近づいたことになるし、当然、その語り手に投影される人格は限りなくその作者のそれに近づくことになるだろう。しかし、それでいてなお作者自身の物語を語るのに自伝というかたちを取らず、わざわざ虚構化して語ることには、更なる意味が付与されるのである。

図①　ジョージ・リッチモンド『シャーロット・ブロンテ』（銅版画、1857年）

　以上に見る十九世紀半ばの自伝的小説の発展は、ギッシングが生まれる前、あるいはようやく生まれた頃までに一段落しているので、その発展に同時代人として立ち会うことは叶わなかったのだが、ギッシングにとって、これらの作品に対する後世ならではの読み方が可能にもなったことも事実である。先に挙げた作品群を二十一世紀の我々はおおかた自伝的な作品と見て疑わないが、これらが書かれた十九世紀にも一様にそう読まれたかというと、そうもいい切れない。というのも、どの作品も作者の人生であると作家本人の保証つきで出版されているわけではないからである。その語りに見られる作者の共感の強さや、一人称という形式から類推される程度には作者本人の人生を描いた物語であるとの見方は出ていても、やはり自伝的小説であると断定するにはまだ至らない。ギッシングは今日の我々と等しくこれらの作品を自伝的小説と見ていたと考えられるが、その大きなきっかけは一八五五年のシャーロット・ブロンテの死と、一八七〇年のディケンズの死である。ブロンテの死を受けて一八五七年にギャスケルが著したブロンテの伝記は、ブロンテの作品内の出来事とブロンテ自身の人生に起きたエピソードとを、一つひとつ対応関係で示してゆくものであった。シャーロットの妹エミリの死を挙げて、「こうしたことは全て、『シャーリー』の中に登場するうまくできた作り話とみなされてしまっているけれど、シャーロットが泣きながら現に起こったことを書き留めたものだったのです。本当にエミリに正真正銘起こったことの説明なのです」（第一巻第四章）とギャスケルは書き、作品のほとんどが自伝的小説であることを示そうとした。[2] 自分の正体を長らく隠して執筆を行ったブロンテ姉妹についての記述であるだけに、この伝記が与えた、小説は作家自身の人生の反映であるという読み方は、大変な影響力を持った。また『デイヴィッド・コパフィールド』の主人公の少年期の苦難が作家自身の経験であったこと（図②）は今日では基礎的な事実であるが、これはディケンズの死に際して、友人ジョン・フォースターが著した伝記によって初めて明かされた情報である。[3] 前述の通り、自伝的小説が限りなく自伝に近いかたちを取りつつもわざわざ作家以外の架空の人物を立ててフィクション化して語ることには、このように作家の秘密の告白をする場として機能することと深い関連がある。

図②　フレッド・バーナード『靴墨工場のディケンズ』（1892年）

シャーロット・ブロンテやディケンズの作品と、その注釈としての作家の実人生に関する情報が出揃ったことを受けて、一連の小説が作家の実人生の反映でありうるという読み方は、ギッシングの世代から可能になる。とりわけ一人称をはじめとする登場人物の道程や成長を追うある種のスタイルを持つ小説には、実は作家自身のことが書いてあり、時に作家の秘密を告白する場となっているといった共通認識が読書環境の中で固定化すると、その種のスタイルを持つ作品はそう読むべきものになり、またそうした内容を書くときはそういうスタイルで書くべきものとなる。従って、今度はギッシングが自伝的内容を持つ作品を書く際の書き方にも当然影響するのである。

また十九世紀末の時代状況として無視できないもう一つに、自然主義という文学の新思潮がある。「願わくばあって欲しいこと」を一切排して「実際にあること」、「あり得ること」だけを執筆の対象とし、これを物語化して世に示すことを作家の重要な使命と心得ているという点で、ギッシングは典型的な自然主義者と認めることができる。自身が再三にわたって言及している通り、ゾラの影響を強く受けた結果である。実際の世界を作品化する際に、比喩化しなければ物語にはならないが、しかし、比喩とする原形が現実の世界に見当たらないような空想や願望、荒唐無稽な世界を描くことはギッシングの関心外なのである。ひとりギッシングに限らず、自然主義を標榜すれば、その世界は酷なものに映り、その描く作品の世界も酷なものとなることは大筋で避けられない。世界の酷な現実を直視しなければならないという責務を負って創作活動に励むという点でも、自伝的作品は特別な重要性を担わされることになる。詰まるところ、自分自身の実態を直視して描くことこそが、他のどんな題材を描くよりも酷であり、それ故に自然主義者の重要な課題となるからである。その必然的な結果として、この時代の自伝的作品といわれるものは、その思想の相違を超えて、概ね悲観的である。皮肉に属する種類の笑いとは無縁ではないものの、基本的には人生は悲劇なのである。先述のゾラが著す『クロードの告白』（一八六五年）の悲劇に始まり、ハーディの『日陰者ジュード』（一八九五年）、サミュエル・バトラーの『万人の道』（一九〇三年）、エドマンド・ゴスの『父と子』（一九〇七年）と、いずれも何らかの諦念が支配しており、思想上は自然主義と真っ向から対立するワイルドでさえ『獄中記』（一八九七年）を見る限り、例外ではない。常に時代の潮流に乗り損ねるギッシングであるが、この点では時代の王道を歩んでいたといえよう。

第二節　小説と自伝、混交する手法

このように、自伝的小説のスタイル上の約束事が確立され、そこへ自然主義の思潮が支配するというのが、ギッシングが筆を執った当時の時代状況であった。では、先に言及した自伝的要素を持ち込む際に、いかなる意味で自伝的であるのかという方法を今一度確認し、ギッシングがどういう方法を用いたのかを、具体的な作品の中で見てゆきたい。

自伝ならばノンフィクションの体裁をとっているので、その書籍のタイトルに、あるいは登場する固有名詞の実在性に、作家本人の話を書いたものであることが示されることになるが、自伝的作品となるとそれが容易でないことは先述の通りである。いかなるフィクションであっても、作家も一人の人間であれば所詮は自分の見聞きしたことしか記し得ないという意味では、全ての小説は自伝的であるともいえる。だがそうなると、特定の作品が自伝的であるという時の指標を失うことになる。何をもって自伝的作品と判断するのか。小説と本人の来歴との類似性や、実在するモデルの信憑性、作家本人であるかのような架空人物への共感度など、これはどこまで行っても類推の域を出ることはないし、あとは確実度の問題になってくる。自伝的作品は通常、作家の人生の反映であることを作品自身が説明してくれないので、この点で自伝が自伝と特定できるのとは本質的に異なっている。しかし、その限られた範囲内のことではあるが、やはり時代に確立している約束事の中での作家と読者の共通認識に助けられ、自伝的執筆であるか否かについての、ある程度の判断が可能である。これまで『三文文士』や『私記』をはじめとする特定の作品が他の作品と比較して特に自伝的なものとして読まれていることも、こうした時代の共通認識に照らしてのことである。

　自伝的作品であると判断する要因となり得るそうした要素を順に見てゆくと、最初に考えられるのは、作品が自伝的作品であることを、その作品内あるいは作品外で、作家自身が明言してくれている場合である。例えば『流謫の地に生まれて』（一八九二年）に関して、一八九一年五月二十日付の友人に宛てた書簡で「［ゴドウィン・］ピークは私自身、つまり、私自身の一側面です」（*Letters* 5: 36）とはっきりと書いて、主人公と自分との同一性を認めている。ということは、これは、作者自身の人生を反映させた物語であるということになるし、本人が嘘を言っていない前提であれば、自伝の場合とほぼ同じ確実度で自伝的であると判断することが可能な場合といえる。ただし、それでも全面的に自伝的なのではないということに留意する必要がある。作者と主人公の間に類似点が多いと同時に、両者の相違点もまた少なくないのである。同じ書簡の中でギッシングは、自分と主人公とが、その人となりにおいて、ものの考え方において、客観的視点の有無において違っていることを強調し、「この主人公の人物造形が明らかに、そしてかなりの程度まで、作者自身に似通っていることから生じる誤解」の方に警鐘をならそうとしており、その弁明の方がむしろこの書簡の主眼となっている。そして何より、このように自身との類似性を明言した作品以上に、他の作品に作家本人の反映がより色濃く出ていることもあり得ないわけではない。事実、この作品よりも、自伝的傾向を持つ代表的作品と判断されてきたのは『三文文士』の方である。

　自伝的要素が読みとられる時これに次いで二つめに挙げられるのは、著者が自身との類似性を指摘していなくとも、その生涯の史実に照らして明らかである場合である。ギャスケルが伝記を書く際に用いた見方として先に紹介した、小説は、作家の人生における実話をフィクション化したものであるという捉え方で説明のつく場合である。これは『三文文士』の場合でいえば、登場人物たちが作家であること、それも売れない作家が主であること、リアドンが古典に通じていながらそうした教育的素養を発揮できずにいること、金銭的に困窮した末に病院で事務職をした経験、ミルヴェインの結婚が金銭に左右されていること、ジョン・ユール夫妻が階級違いであるための家庭内摩擦など、実体験をもとにしていることは数限りなくあり、これらの類似点や共通点は、ギッシングの存命中に始まって、ギッシングの本がより広く読まれ、ギッシングへの関心が強まり、その人生の詳細が紹介されるに至って、いよいよはっきりとしてくるのである。これは、設定や固有名詞のみを架空のものに置き換えて、ほとんど自分の歴史を書こうとする試みであるといえるだろう。

しかし、このように作家の人生の詳細が知られていなくても、やはり同時代の読者に自伝と判断されうることはある。これが今ひとつの自伝的執筆のあり方であり、この時代には約束事として確立していた自伝的スタイルの伝統に乗るものである。すなわち、先述のギャスケルやフォースター（図③）の伝記により、ブロンテやディケンズが実は自伝的作品を書いていたと死後に確認されたことを受けて、作家の人生に起きた史実と逐一照合されるこうした作品の持つスタイルが、自伝的なものを描く際のスタイルであるとして読者の間に定着する。その後では、逆にそれらと同じスタイルを持つ作品が仮に人生の史実を反映していなくても自伝的執筆と理解されるようになったのである。たとえば、ディケンズの『大いなる遺産』（一八六〇～六一年）は、多分に自伝的内容を持つと今日では理解されるが、史実とはだいぶ違った設定の下に書かれている。こうした種類の小説はそれまでに既に現れてはいても、それがこの時代までに自伝的執筆のスタイルの一つとして定着したことに意義がある。

図③　トマス・ウォリントン、ダニエル・マクリース共作『ジョン・フォースター』（1830年）

このように、形式から見て自伝的執筆と判断される要素の筆頭に挙げられるのは、一人称で描かれることである。他人が遺した手記のかたちを取りながらも、ギッシング自身の自伝的執筆と理解される『私記』のような作品は、とりわけ、一人称の形式が読者に対して自伝としての読み方を規定しているところが大きいと考えられる。また、語りの人称にかかわらず、主たる登場人物が自己への過剰な執着を見せることもまた、自伝的内容を持つ作品であると判断させる大きな要因であるといえよう。ギッシングに関して考えると、どこからという境界を明確に引くことは容易でないものの、『暁の労働者たち』（一八八〇年）や『無階級の人々』（一八八四年）といった初期の作品と比較して、『三文文士』のような作品では、他人のことよりも自分自身のことについての関心が登場人物の頭の大半を占め、従って、自分自身のことが語りの大半を占めていることは明らかだ。このように、登場人物の主たる関心の置き所が自身であることをもって自伝的な色彩を強めており、自伝的作品として読まれる原因を作品の内部に備えていると考えられる。以上のように、一人称が用いられるという形式面から、そして、登場人物が自分のことばかりを問題にしているという内容面から、読者がその作品を読む際に「どうやら作家本人の写し絵であるらしい」という印象をもって読むという約束が成立しており、それが、ギッシングが執筆活動を行った世紀末の自伝的執筆が迎えていた状況であったということができるだろう。また、このことがギッシングの執筆に大きな特徴を与えることになる。ギッシングの場合に常に問題になるのは、本人が期待するほどの広い読者を持てなかったことであり、それだけギッシング本人への世間の関心そのものが薄く、仮に自伝的であってもそのように広く認識されることはないという点である。ところが本人が自伝を意図し、自伝として読まれることを意図して書いているると分かることが、ここでは重要なのである。自伝というジャンルの判断基準として、「こう書いてあれば自伝なのだろう」、「こう書けば自伝として読まれるであろう」という、読者と作者の合意ができた時代なのである。

第三節　書く自分と書かれる自分

実在の固有名詞が架空のものに置き換えられ、具体的な史実が作品の設定として忠実に写されていない場合でも、自伝的記述を行うことが可能になり、自伝的なものとして読まれることが可能になると、自伝的執筆はその意味を大きく変えることになる。つまり、自伝的でありながら、本人をめぐる史実や記録を事実として伝える意味での自伝ではなくなり、むしろ、そうした具体的な現実や置かれている歴史的状況とは無関係に存在する自己について伝える媒体となるのである。フロイトが伝記よりも自伝においてこそ自己が顕著に表れると言っているのはこの意味においてであるし、[4] 二十世紀において自伝の批評が隆盛になるやいよいよ注目されるのも、事実記録よりこうした内面的真実の重要性の方である。[5] ところが、こうした自伝的記述の形式が可能になることで、一つの本質的な問題が生ずることになる。すなわち、史実と一致していない自伝的執筆であるだけに、自らの描き方に希望や期待の余地が入り込み、書いている人物と書かれている人物像とが別物になってゆく可能性を孕むことになる。描かれる登場人物が、書き手の実像からは乖離した結果、作家本人を反映するものではなくなることがあり得るし、逆に作家本人が自分の分身であることを意図しない登場人物に、作家の実像が反映されるという事態も生じ得る。また、そうなると、書く自分と書かれる自分との乖離や、そこにある偽りに、作家本人が気づかないこともある。前述のように自然主義文学を代表するようなギッシングの作品群であるだけに、その理想主義には目をつぶって読まれる傾向があるが、ギッシングの文学は実は理想主義と自然主義とのはざまに存在し、こうした乖離はそれに由来するのだ。

たとえば、設定そのものがギッシング自身の実像から離れている例として『私記』を考えることができるだろう。本作品はその出版当初より自伝的執筆が意図され、読者にもそう理解されているし、実際にギッシングとライクロフトの共通点を挙げればきりがない。しかし、当然のようにそう認知されるスタイルを持つだけに、両者の乖離も起こるのである。その「序文」によると、ライクロフトは文学を志して経済的に疲弊するロンドンでの生活の中で、妻に先立たれた後、身に余る財産を遺贈されて、エクセター近郊に隠遁する有閑の身分である。しかし、これはこの作品を執筆、発表した時期である一九〇一～〇二年当時の実際のギッシングとは違っている。この時期のギッシングはといえば、精神を病む妻と制度上離婚できずにいるし、自らの身体を蝕む病魔と闘っている最中であるし、文学への志は不変であり、それ故に生活苦は相変わらず改善されていない。ライクロフトの有閑生活は、当時のギッシングが夢にも求めようもなかったものである。しかしながら、社会の実情に目をつぶらず、文学者として書くべきことを書いていたらライクロフトのような生活はいよいよ遠ざかることを、ギッシングは自らの自然主義的小説で、また自らの人生そのものを実験台に、示してきたのではなかったか。社会に向けて言うべきことを、それを言うに相応しい立場から言う。これを実現する者としてライクロフトをそうした有閑の身分に置いたならば、それはすなわちギッシング自身の理想である。自伝的執筆の中で、実際の自分を変更して描き出している例といえよう。こうした変更は単なる設定の違いにとどまるという考え方については、ライクロフト自身が文中で否定している。

私はついに自分の家を手に入れた。……自分の生活の身の丈に合わない美徳を、あたかも自分が備えているふりをしたところでなんの意味があるだろう。私にとってはどこに住んで、どういう家に暮らすのかということこそが最も大事なのだ。……この家こそわが家なのだ。

（「春」第二章）

また、自分よりも下層の階級に対する関心を強く示してきたギッシングであるが、その中での自らの立場の置き所についても、この作品で明言している。

当時、無名の大衆がかろうじて生きてゆくためにどんな悪戦苦闘をしなければならないかを、私は刻一刻、嫌というほど味わわされていた。私ほど、「命をながらえるには僅少のものにて足る」という言葉の意味を知っている者はいないだろう。街頭で飢えたこともある。うす汚い宿で雨露をしのいだこともある。「特権階級」に対する怒りと嫉みに腹が煮え返る気持ちだってすぐに思い出せる。だが実は、そんな時もいつだって私自身は「特権を有するもの」の一員であったのだ。そして今、微塵も自責の念にかられることなく、私は自分が紛う方なき特権階級の一員であることを自認することができる。……抑えられぬ気持ちから社会の不正を攻撃したい者は、好きに容赦なく攻撃すればいい。使命を感じた者は、身を渦中に投じて闘争するのにためらう必要はない。だが私の場合、そうすることは自然の導きから逸脱することになるのだ。私は静寂と瞑想の生活を送るように生まれついているのだ。このように生活しなければ、私は天賦の資質を発揮することはできないのである。

（「春」第四章）

私だって、富裕層の特権に反抗したことはある。……けれど、自分が一時的に仲間入りをした生来の貧民たちと、自分が同じ存在だと感じたことは、とうとうなかった。……私は貧民というものを知っていた。彼等の目的とするところが、自分の目的とは異なっていることも分かっていた。

（「秋」第十五章）

実際に社会の下層に属する大衆に深くコミットしながらもそうした大衆と自ら同化することはないアウトサイダーであるというのは、ギッシングが自身の来歴を正当に評価したところであるといえるし、それ故のエグザイルであったろう。ただし、そうした自身のあり方に対して特権階級という具体的なかたちを与えて描き出すことが、この文筆において、書く自分と書かれる自分が離れてゆくことを示している。実際のギッシングはこれを執筆した時期に世を達観して静寂の中で瞑想する余裕などないし、特権的階級に属する人のいうことだからと耳を傾けてもらう立場は確立していないのである。ギッシングがギッシング自身の語りとしてこの文章を書いたとしたら、やはり説得力を持てないのだ。

また逆に、自分のこととして書いたなら辛辣に過ぎて書くのを憚るであろう冷徹な目を自己に投げかけることも、このスタイルによって可能になる。それはライクロフトが若い自分の生活について語る部分に現れる。若い頃の赤貧洗うがごとき生活を「二度と繰り返したくない」と語り、物質主義へと堕落しなかったことだけは誇るものの、「精力と、熱意と、青春の浪費であった」（「春」第十一章）と回想する。さらに、若い頃の自分について、「私はあのやせた青白い顔の少年のことを思うと微笑ましくなる。つまり、私のこと、私自身のことを思うと、諸君は問われるであろうか。否、あの青年はもう三十年も前に亡くなって、もはやこの世の者ではないのだ」（「春」第十七章）と、現在執筆時のライクロフトから切り離した言い方をしている。書く自分と書かれる自分が既に別の存在であることが、ライクロフトの語りの中でも援用されている。これは、ギッシングが書く自分と書かれる自分との乖離を、ある程度念頭に置いて書いていることを自ずから示している。

そして、先に言及した通り、逆に「書く自分」が拡散し、作家本人が自分の分身であることを意図しない登場人物に、作家の実像が反映されるという点も、こうした架空の自伝的執筆というスタイルのもたらす重要な結果に数えることができる。『三文文士』はギッシングの自伝的執筆の代表的な一つと考えられる。では、どの登場人物がギッシングの自画像であるのかという根本的な問題がある。通常の考え方をすれば、あるいは今まで論じられてきたところに従えば、文学的理念を追い続けその結果としての生活苦に悩むエドウィン・リアドンこそは、ギッシング本人の反映であるという読み方になろう。ジェイコブ・コールグ、ジョン・グッド、バーナード・バーゴンジーら歴代のギッシング批評も一致しているところである[6]。実際、リアドンは、文学的理想や生活の困窮だけでなく、食いつなぐために医療事務の職に就くことや、夫婦間のすれ違いなど、具体的なところでギッシングと共通点を持ち、ギッシングのそこまでの半生を繰り返しているような面を多く持つ。その点、否定できないところである。しかしながら、リアドンとむしろ対極に置かれる人物であるジャスパー・ミルヴェインはどうであろうか。リアドンを主人公とし、ギッシング本人の写しであると考えるとき、むしろ読者にとっては敵視の対象として読むべき人物かも知れないが、ギッシングの中に、ミルヴェインのような実利主義もないとはいえない。マイケル・コリーが論じている通り、『イザベル・クラレンドン』（一八八六年）以降のギッシングは、社会に迎え入れられるよう、それなりの配慮を念頭に執筆するようになったのである（Collie, *Biography* 8）。ミルヴェインの実利主義は出版事情だけに留まらず、躊躇せずに他の人をも利用してのし上がろうとする自己中心性はその結婚の選択において顕著である。ミルヴェインは、当初は自分を嫌っているはずのアルフレッド・ユールに文壇における野心から近づくが、ユールの娘メアリアンは経済的に裕福でないため興味を抱かない。メアリアンに叔父の遺産が入ると、結婚を考え、ひとたびその遺産が大した額でないと知ると今度は結婚を引き延ばして、富豪のミス・ルーパートに結婚を申し込む。この二枚舌を非難する妹ドーラに対して、ミルヴェインは弁明をする。

> でももう一つだけ言わせてくれよ。メアリアンと結婚するにしても、ミス・ルーパートと結婚することになっても、それは僕自身の感情を引換にしてのことなんだよ。メアリアンと結婚する場合なら義理のために自分を犠牲にするのだし、ミス・ルーパートと結婚する場合には世間的な出世のために自分を犠牲にしなきゃならないことになるんだ。（第三十四章）

リアドンのような人間に対して同情的な姿勢で小説を読む場合、ミルヴェインのこの身勝手さは非難の対象にしか映らないかも知れない。しかし、これと同じく、自らの世間的出世と経済的事情とを重視して二度目の結婚をしたのが、一八九一年当時のギッシングである。様々な選択肢の中から、分相応なところで手を打った様子が、一八九一年四月二十一日、フレデリック・ハリソンの妻への書簡から伝わってくる。

妻を娶らない限り私が仕事を続けられなくなることが自分で分かったのです。……どうせ私の収入は職人を超えることはありませんから、職人の娘より他に選ぶ余地はありませんでした。……。今後はもう教育のある方々とはおつき合いするつもりはありません。落ち着いた静かな暮らしを望んでおりますので。(*Letters* 4: 285-86)

ギッシングのこの選択には自分よりも社会的に下層にいる女性を選ぶ独特の癖と、世間に対する自己卑下、本来自分が属する階級への決別など、複雑な事情が関わっているが、しかし、自分の理想を押し殺しても目先の現実的な事情を優先させて結婚をするという選択には、ミルヴェインの実利主義との共通点を見ることができるのである。

ギッシングが自分を照らし出す対象は、リアドンとミルヴェインだけではない。リアドンとエイミの階級差ゆえの夫婦のすれ違いはギッシング自身の夫婦関係を想起させるが、出身階級の格差がそれ以上に顕著に夫婦生活を阻害するのは、アルフレッド・ユール夫妻においてである。アルフレッド・ユールが貧乏ながら出世欲を燃やして励む中、「自分にとっては気だてがよさそうに見えた」(第七章) 雑貨商の娘と結婚して、背景となる階級や知性、振る舞いが超えがたい壁であると知り、間もなく後悔するという件は、そのままギッシングの結婚経験談になっている。さらに、ユール夫妻の場合、夫は諦念をもって妻という人間を考え、教育上の悪影響を恐れて妻を娘から遠ざけさえする。妻はなす術を知らず、家庭の中で蔑視の対象たるにただ甘んずることになる。

また、文学をめぐる友人ハロルド・ビッフェンは、ギッシングの自然主義的創作態度をそのセリフの中にまとめている(第十章)。ただし、それ以上に注目するべきはビッフェンの備えている現実主義者としての姿勢である。

いったい君も僕も何様だっていうんだ。……自分の頑固な理想主義のために自分や他人をみじめにしていいほど偉いんだろうか。置かれた状況で最善を尽くすのが僕らの義務なんだ。パンを切るための立派なナイフを持っていながら、カミソリでパンを切ろうとするなんて馬鹿げている話だよ。(第三十一章)

かつて、ギッシングは、同じく創作に努める弟アルジェノンに宛てて「自分が『真実』だと信じていることを語るのはその人の義務なのです。たとえ偏見を変える可能性がほとんどないかに思われていても」(*Letters* 1: 215) と書いて、少数派であることを気にせず執筆に向かうよう激励し、同じ作家の道を勧めている。それも自身が一二五ポンドの私費を投じて『暁の労働者たち』を出版し、二ポンドしか売上げがなかったその直後、一八八〇年十一月十五日のことであるから、随分と無責任な勧誘をする兄である。[7]この理想はギッシング自身その後も持ち続け、その結果としての『三文文士』なのであろうが、さすがに一八八〇年のまま考え方に全く変化がない訳ではなく、ビッフェンのような考え方にもギッシングが共鳴する部分を持ち始めたことは、『私記』を自伝的執筆と考える限りは認めなければならない。

> 筆を執る人間が、たとえ不朽の作品を書いたとしても、世間が認めてくれないことに怒る筋合いがあるだろうか。そもそも、作品を公けにしてくれと彼に頼んだ人が一人でもいるんだろうか。（「春」第一章）

> パンを得るために物を書いている男女は今やおびただしい数にのぼるが、そのほとんど全てがこの仕事で一生食ってゆける見込みは絶対といってよいくらい皆無なのである。……この男女たちは、このあさましい職業にしがみついて、物乞いや借金でなんとか足りないお金を埋め合わせてゆくだろうが、今さら他の仕事などできないという時が、いずれはやってくるだろう。かつて全生涯をそのような恐ろしい体験に費やした私は、若い男女をけしかけて「文学」で身をたてさせようとする人こそ、まさに罪を犯しているのだと言いたい。（「春」第十八章）

「結果として売れることはなかった作家」として自嘲的に書いているこの文章の、どこまでがギッシングの本音であるのかは即断できないものの、無闇に自分の理想を押しつける傾向がこの頃には一段落していることは認めることができるだろう。すると、その声を最初に発したビッフェンは、ギッシング自身の投影としての側面を持つのである。併せて、自分の血と涙の結晶である『乾物屋ベイリー氏』の原稿を火事の危機から救い出すも、出版した結果、箸にも棒にも掛からないという皮肉な成り行きは、自然主義的現実の直視というよりも、ギッシングが「そうあり得た自分」のバリエーションを一つ付け加え、自己戯画化して描いたものとも読めるのではないだろうか。

他方で、自己戯画化といえば、最も作家自身の反映であると考えられているエドウィン・リアドンが、どこまで本当に作家自身をそのまま反映させた人物像であるのかという点についての疑問が生ずる。努力しても浮かばれない「可哀想で不幸な私」という、自己憐憫に彩られた自然主義だけでは、リアドンという人物を説明しきれない面が残るのである。『三文文士』にまつわる最大の問題は、妻エイミがいかに励ましてみても、リアドンが自分には文筆の才能がないという認識を持っていることである。その人物のモデルである作家がそのように本気で考えているなら、そもそもこの小説を執筆し、発表しないのではないだろうか。確かにこの時期のギッシングが自分の能力に懐疑的になっていた可能性も否定できないが、それだけではあるまい。「僕は自分の書くものは第一流のものではあり得ないということを承知していながら、できる限りそれを良いものにしようと努力する時は、不思議なほど妥協ができなくなるんだよ。僕はこんなことを皮肉で言っているんじゃないんだよ、エイミ」（第四章）と、自信がないほどに完璧主義に陥って身動きができなくなる自分をリアドンは説明する。リアドンは皮肉で言っているのではないことを信ずるとしても、少なくともギッシングは皮肉をもってこう言わせているのだろう。

『三文文士』においてリアリズム的手法が強い印象を残すのは、リアドンが執筆活動に専念しようとする際の姿である。人一倍、文学の理想を説きながら、目の前の原稿が埋められない。書くべきことを書ける場を求めるというより、執筆の現場では、書くべきことを探して見つからず、いよいよ意味のない埋め草で原稿を満たし、何とか三巻本の体裁を整えようとするのである。リアドンが経験するこの苦労は、たしかに当時の出版事情に翻弄されてギッシングが経験したものなのであり（図④）、まさに今『三文文士』を執筆する瞬間にも経験していることなのである。だからこそ、『三文文士』という三巻本の小説は、間延びした文学論で満たされ、メリハリのない夫婦のずれた会話が延々と続くのである。小説の中で執筆中のリアドンの姿と『三文文士』を執筆中のギッシングの姿とが重なるという、メタ小説としての要素がこの作品にはあり、一見退屈な描写と会話で埋め尽くされるこの作品の膨らみと面白さは、その点にこそあるといってよいし、そもそもこの要素があってこそ初めて人が読むに耐えるものになっている。そこにあるのは書かれる

図④　初版の三巻本。左から『暁の労働者たち』（1880年）、『無階級の人々』（1884年）、『民衆』（1886年）。

自分としてのリアドンと、それを捉えて自己戯画化して書く自分としてのギッシングである。自分を皮肉に捉え、自己戯画化しているならば、その分だけは自己が客体化されているということであり、本来の自分を加工した上で出しているということである。リアドンこそはギッシング本人というよりも、むしろギッシングの理想主義的側面を代表する一人物に過ぎないということになる。

このように、書く自分は一人でも、その反映は一人の登場人物に集約されたかたちで映し出されるのではなくて、書かれる自分はそこここに散りばめられることになる。この分裂が解消されるのは、『私記』のようにほとんど他の人間が登場する余地のない随筆のかたちにおいてである。『三文文士』で複数の人物に振り分けられて分裂した自己は、『私記』に至って一人格の中に統合され、一人の人物の内部での揺らぎ、分裂、矛盾、葛藤となるのである。(8)

第四節　自分のための文学の登場

そうしてみると、ギッシングにおける自伝的執筆は、自分の実際を映し出した自画像というよりも、自分がそうであったかも知れない可能性、そうであるかも知れない可能性を列挙したものとしての意味合いが強い。従って、内部に矛盾があって当然なのであるし、ギッシング自身が標榜するゾラ仕込みの自然主義だけでは語れない内容を持つ。ライクロフトの「青年時代や壮年時代の初期を通じ、自然そのものよりも芸術によって表された自然に心を引かれた」（「夏」第二章）という性質は、ギッシングにも当てはめて考えることができそうだ。

すると、自伝的執筆を行う意図はそもそもどこにあるのかに触れておく必要がある。ここまで見てきた自伝的執筆が、歴史的、伝記的事実を伝える記録文書としての意義からではないことは、もはや論をまたない。しかし、自伝が自伝的な虚構になった段階でそうなってゆくことは運命づけられており、もはや珍しいことではない。そもそも、自伝的小説が読者にとって意味があるとしたら、それは虚構に置き換えられた自分の物語としてであり、読者がそれを読者自身の比喩として楽しめるかどうかに掛かっている。それだけに『デイヴィッド・コパフィールド』は、ディケンズの伝記的事実としての意味が隠蔽されたままでも、主人公の冒険物語、成功物語としての意味を持つ。読者が問題を共有し、自身を重ね合わせる一つの理想として機能するからである。ところが、ギッシングの自伝的執筆の問題は、そこで扱われている関心のことごとくが、一般化に失敗していることである。そもそも、作家という特殊な職業を志す人物群が、その特殊な事情から理想と経済的苦境との間の板挟みを経験するなどという、特殊性に満ちた物語から抽出できる問題意識は、「文学」対「物質的潤い」という世間一般から見るとあまりに特殊な対立構図のみであり、これを我がこととして読むことは、比喩というフィルターを通しても一般読者には無理なのである。お茶の水で石を投げれば作家志望の苦学生に当たると言われた私小説全盛の戦後日本とは、大いに事情が違うのである。しかし思えば、広く社会に関心を喚起しそうに思われる社会小説というジャンルにおいてさえ、アウトサイダーが労働者階級を眺めるというかたちを持つギッシングの作品は、共感を集めやすい読み物ではなく、その点で既に自伝的であったといえる。

ところが、そうした非常に一般化しにくく、そもそも個人的なところに発する問題意識は、出版事情に向かないことは当然であるが、どうやら売れなければ無意味であるとも思っていない節がある。『私記』が示すところによると、自らの生涯の関心の中心について、「自分の生涯の片時でも、自分が他人の愛情に値するような人間であり得たことがあったかというと、非常に疑わしいのである。やはり私は、そういう人間ではなかったと思う。私はいつだって自らの問題に没頭しすぎていた」（「秋」第五章）と言い、社会問題に際しても「世界のために新しい経済機構を計画しようと試みるよりも、自分自身の考えを整頓するだけでも実は精一杯なのだ」（「秋」第十五章）と告白している。また、「すべての苦闘と苦難を通じ、私は常に現在よりも過去に生きてきた人間なのだ」（「春」第十七章）という文章は、自分の意識が同時代を生きていないことを伝えている。こうした諸々の記述が伝えるところによれば、ギッシングの根本的関心が「一般化できない自分」にこそあり、その自分の考察にあるのだということである。ギッシングは編者としての語りの最初でこう述べている。

> この記録が一般に公にするつもりで書かれたものでないことは明瞭であった。にもかかわらず、私には文学的な意図がいたるところにあるように思われた。（「序文」）

一般に公開しないのに文学的意図があるとは、文学が本来的に人から人への伝達媒体と考える限り、説明のつかないことである。こうした論理が可能になるのは、執筆の主目的が「読者に読ませるための執筆」から「自分が書くための執筆」へと、もはや移り変わっているからに他ならない。そうであれば、執筆の売れ行きは、気になっても、所詮は二次的なものになる。それよりも、自分という特殊な現象を記録することに意義を見ているのである。このような書く側のための文学という余剰を許したのは、他ならぬギッシングの敵である文学をめぐる商業主義や、その背景となっている出版産業の発達という、皮肉な基盤があってのことだ。

こうして世紀末は自伝的執筆の内容と形式の変質に発して、人に物語を与え、知恵を授け、教える文学から、自己考察、自己教育としての文学の登場を見ることになる。以降、文学が個々の特殊性にこそ意義を見出し、二十世紀にいよいよ執筆する側の関心からの文学へのまなざしが一般化し、重要な主題となる、その黎明にギッシングがいるのである。その祖であれば、ギッシング自身が自ら文壇で相応の注目を集めなかったことには必然的な理由があったといえよう。

註

（1）Jerome Hamilton Buckley, *Season of Youth: The Bildungsroman from Dickens to Golding* (Cambridge, MA: Harvard UP, 1974).

（2）この他、ブロンテは実話体験を小説化したのだとギャスケルが主張する例は枚挙にいとまがないが、『ジェイン・エア』や『教授』、『ヴィレット』よりも、『シャーリー』を特にその代表的な例と扱っている。

（3）ディケンズという作家に対してギッシングが示す関心の強さは言うまでもないが、ここでさらに重要なのは、ギッシングがフォースターの伝記を通じてディケンズの人生に関心を強く持ったことが重要である。そうした関心は、『フォースターの「ディケンズ伝」』（一九〇三年）をギッシングが著していることからも明らかであるが、それに加えて『不滅のディケンズ』（一九二五年）では、ギッシングが小説を執筆中に時折拾い読みをする座右の書としてフォースターの『チャールズ・ディケンズの生涯』（一八七一～七六年）を挙げ、この書が創作中の想像力と意思とを支えてくれたと言っていることは興味深い（第一章）。つまり、ギッシングの中で、実人生の出来事を照らし出す小説というスタイルを倣う上で、この書の存在が大きかったことを物語っている。フォースターの語りを通じたディケンズの人生のあり方が、ギッシング自身の人生がどう描かれるべきかという関心を作り出したといえるだろう。

（4）Sigmund Freud, *An Autobiographical Study*, trans. James Strachey (1925; London: Hogarth, 1936) 36.

（5）例えばジョン・ガラティは、その批評の中で、伝記や自伝に記述される内容が、歴史的事実と別質な人物についての真実を含んでいると説明し、その点をむしろ重視している。John Garraty, *The Nature of Biography* (London: Cape, 1958) 8.

（6）Korg 158, Goode 135, and Bernard Bergonzi, introduction, *New Grub Street*, by George Gissing (Harmondsworth: Penguin, 1976) 10.

（7）Jacob Korg and Cynthia Korg, “Note to a Letter, Gissing” in *George Gissing on Fiction* 20.

（8）ライクロフトという一人物の中にある分裂は、例えば、先に引用した若者に文学とその苦行をけしかけるという「犯罪」を、「夏」第二十一章では自ら犯している辺りなど、無数の内部矛盾に明らかであろう。

第五部　【思想】

第二十一章

リアリズム

——自然主義であることの不自然さ——

梶山　秀雄

ギュスターヴ・ドレ『ブルーゲイト・フィールズ』（1872年）

リアリズムという言葉は、数ある批評用語の中でも、最も自由で柔軟性に富んだ概念である。例えば、レイモンド・ウィリアムズは、リアリズムを以下のようなカテゴリーに分類している。

①　歴史的に見て、唯名論者の学説に対して、実在論者の学説を言い表す用語として、

②　自然界は心や精神から独立しているとする新しい学説を表す用語として（この意味ではナチュラリズムやマテリアリズムと言い換えが可能な場合もある）、

③　事物の、われわれが想像したり、そうあってほしいと考えている姿ではなく、真に（really）あるがままの姿に直面することを表す表現として、

④　芸術や文学における手法や姿勢を表す用語として（最初は表象が通常みられないほど正確であることを指し、のちには現実の（real）出来事を描写したり、事物をありのままの姿で示そうとする立場をとっていることを指した[1]）

文学用語として直截関係のあるのは④だが、これもなにをもって「ありのまま」とするかということを考え始めると、まさしく百家争鳴の様相を呈してくる。戯れに挙げてみれば、批判的リアリズム（以下リアリズムを省略）、持続的、活動的、外面的、空想的、形式的、観念主義、下層部、皮肉、戦闘的、素朴、国家主義、自然主義、客観的、楽天的、悲観的、柔軟、詩的、心理的、日常的、ロマン主義、風刺、社会主義、主観、超主観、幻想的——といった具合に、ありとあらゆる冠がリアリズムに付けられ、むしろリアリズムに該当しない芸術や文学を探す方が困難なような気にさえなってくる。はたしてリアリズムとは何なのか。

「英国のゾラ」という異名もあるように、ギッシングの初期作品に見られるロンドンに暮らす人々の貧困の描写は、リアリズム作家の名を与えるにふさわしいといえるだろう。自らもまた「境遇の犠牲者」としてスラム街で生活せざるを得なかったギッシングが、義憤に駆られて当時の産業社会の不公正を知らしめようと考えたのは、自然な成り行きであろう。しかしながら、そうした生活環境、および思想的背景を別にしても、「物事をありのままに表現する」というリアリズムは、なによりもまず文学的手法として、当時の作家にとって避けて通ることのできない、ある種のオブセッションとなっていた。例えば、処女作『暁の労働者たち』（一八八〇年）でのオーランド・ウィフル氏の描写は以下のようなものである。

この紳士こそがこの教区の補助司祭で、彼の外見と性格については何行か使って描写するに値するだろう。身長はせいぜい五フィート、小柄な割には頭がひどく大きいという印象を受ける。その印象を更に強めているのが特徴のある髪の毛で、太くごわ

ごわと赤い毛が房になって頭の天辺でそそり立っている。帽子の圧力もその髪の頑固な弾力の前には、まるで効果がないようだ。これもやはり赤毛の非常に硬いほおひげを生やしているが、あごひげはなし。そして、いつもたまらなく滑稽な表情をしている――目はとても大きく、おどけたようにいつも動いている。鼻はというと、神聖な雰囲気がなくもないが、口とあごの配置が奇妙で、どこかしらアイルランド人風である。しかしながら、実際は生粋の英国人である。最大限に背を高く見せようとでもいうように、いつも背筋を伸ばしており、両手の人差し指をいつもチョッキのポケットに入れている、なにか話す時にはいつもつま先立ちになるのだが、そうでない時は内股の姿勢を崩さない。というのが、オーランド・ウィフル氏の外見である。

（第二章）

全体的な印象から始まり、頭部から目、鼻、口、そして手足へと、蛇足とさえ思われる緻密な説明を積み重ねて、ウィフル氏のイメージを送り届けようとするギッシングの文体は、より正確に対象を描写しようとする「透明なリアリズム」の産物であり、そうした資質を最初からこの作家が持っていたことを示している。やがてギッシングは小説の舞台を中流階級にシフトしていくが、下層階級というリアリズムの対象を離れてもなお、リアリズムは方法論として常にギッシングの中で意識されることになる。本章ではギッシングの作品におけるリアリズム・自然主義の問題を検討し、フランスに端を発するこの概念が、いかにギッシングの中で実践され、咀嚼されたかを詳述する。

第一節　リアリズムという病

通常、写実主義と訳される文芸的手法としてのリアリズムは、それまで支配的であったロマン主義に反発し、産業革命以降の社会で深刻化する社会問題や労働問題に目を向け、悲惨な現実や人間をありのままに描こうとする運動と説明される。狭義の写実主義リアリズムは十九世紀半ばにフランスで生まれ、スタンダール『赤と黒』（一八三〇年）、バルザック『人間喜劇』（一八四二～四六年）、フローベール『ボヴァリー夫人』（一八五七年）により発展し、やがてゴンクール兄弟の記録文学にヒントを得たゾラによって自然主義として完成する。

ギッシングが実質的に創作活動をスタートさせた一八八〇年代には、フランスから輸入された写実主義運動は広く知れ渡っており、その発展形である自然主義とほぼイコールなものとして認識されていた。イギリスにおける写実主義リアリズムが、サッカレー『虚栄の市』（一八四八年）やギッシングが愛したディケンズの作品群にいわば遡及的に見出されたのも、こうしたリアリズム・自然主義の流行以後のことである。同時代の作家が与えた影響については本書の第二部第九章に譲るが、労働者階級の描写についてギッシングは、ギャスケル夫人、そしてシャーロット・ブロンテの『シャーリー』（一八四九年）を高く評価している（『チャールズ・ディケンズ論』第十章）。当時の文壇におけるリアリズムには、弱者救済の社会主義、あるいは理想主義の発露としてのリアリズムと、実験的な方法論としてのリアリズムが混在していたということができる。いずれにしても、リアリズムとは当時の作家にとって、社会や階級といった現実を前にして、どのようなスタンスを取るのかという踏み絵であったのである。

こうした潮流の中で、変幻自在な鵺《ぬえ》のごとき「リアリズム」を当時の作家たちは多少なりとも意識せざるを得なかったわけだが、ギッシングにとっては、リアリズムは単なる文学的実験ではなく、それによって活写される貧困の情景は、現実そのものであった。[2]処女作品『暁の労働者たち』（一八八〇年）の貧困の描写は、まさしくリアリズムが取り扱う主題の真っ直中でいる者でなくては書けない異様な迫力に満ちている。

ギッシングの分身である主人公アーサー・ゴールディングは、画家として芸術に身を捧げることを目指しながらも、アルコール中毒の妻キャリー・ミッチェル、そして貧困層の労働者の救済といった「現実」に足を引っ張られる。アーサーは物語の最後で自殺を遂げることになるが、それは芸術の敗北、ひいてはこの作品がリアリズム「小説」として失敗していることを意味している。オーギュスト・コントの実証主義哲学に触発され、実証哲学協会のフレデリック・ハリソンの論文にも親しんでいたギッシングは、いわば実証哲学の実践として『暁の労働者たち』を書いたが、その一方で「一般法則は観察と論理によってのみ正当化される」と主張し、独断は徹底的に排除されるべきだと訴える実証主義は、現実を小説という虚構へ昇華する枷となっていたと言えるだろう。[3]

『暁の労働者たち』以後も、基本的には労働者階級やスラム、貧困といった社会問題を主題としていたギッシングが、その立ち位置を変化させたのは、『民衆』（一八八六年）においてである。社会主義者、あるいはスラム生活者として、義憤に駆られて人々の目を「現実」に向けさせようとする試みは、労働者階級の実態を知れば知るほど、挫折を余儀なくされ、やがて絶望に変容する。労働者階級出身のミューティマーに対する妻アデラの失望――「彼女と同等の人間になるためには、この男は別の両親を持ち、別の環境で、もう一度生まれてこなければならないのだ」（第二十七章）――は、ギッシングの絶望の深さとともに、社会主義リアリズムから自然主義リアリズムの立場への変化を物語っている。

広義のリアリズムが対象をありのままに描こうとする（それ故に曖昧な概念である）のに対して、ゾラによって提唱された自然主義リアリズムは、環境や遺伝といった「科学的」要素が主体の行動を決定するという立場を取る。ダーウィンの進化論やクロード・ベルナールの『実験医学序説』（一八六五年）の影響を受けた自然主義では、科学者が自然現象の中に法則を見出すように、遺伝と社会環境の因果律から逃れることのできない人間を社会の中に発見する。しかしながら、当時盛んに翻訳されたゾラの小説群は、そうした実験小説としての側面よりも、スキャンダラスに暴き立てられる犯罪やセックスといった最下層の人々の実態に興味が集中し（あるいはそれ故に強い反発をもたらし）、実証主義哲学を背景とする科学的精神は軽視される傾向にあった[4]。

ギッシングは『因襲にとらわれない人々』（一八九〇年）で、小説の舞台を中流階級に移行し、労働者階級を描くことを遂に放棄する。一八八八年二月、自身の転落のきっかけとなった妻ネルが極貧生活の中で生涯を終え、同年秋の五ヶ月のヨーロッパ大陸旅行から帰ったギッシングは、イギリスの階級社会を見通すパースペクティブを獲得し、貧困を生み出す社会への攻撃は保持しつつ、一向に変わる気配のない労働者階級への苛立ちも表明するようになっていた。ネルとの交流関係、そしてスラム街で生活した数年間で味わった幻滅が、冷静で客観的な観察者になることを要請し、これ以後、労働者階級という対象から離れることで、ギッシングのリアリズムは方法論として更に純化され徹底されることになる。

このように、ギッシングの初期作品は、リアリズムという運動を支点として、独自の作風を確立するまでの試行錯誤として読み解くことができる。図らずもリアリズムが対象とする貧困の中で生活したギッシングは、わずか十年間のキャリアの中で、リアリズムから自然主義への変遷を独自になぞってみせた。単に文学的手法として流行していたに過ぎないリアリズムの熱にうかされた当時の作家たちを『三文文士』（一八九一年）でギッシングは自嘲をこめて描き出している。教師の仕事をするかたわら、いつか文学で身を立てようと夢見る作家、ハロルド・ビッフェンが、執筆中の小説の手法について熱っぽく語る場面がそれである。彼の「新しい表現法」とは、卑しい身分でいながら、品格のある生活を送っている人々の世界を「完璧なリアリズム」で描くことであった。

三十分ほど前に、リージェント・パークのそばを通って来ると、目の前を若いカップルが愛をささやきながら寄りそって歩いていた。僕はゆっくり追い越しながら、二人の会話をずいぶん聞いたよ。知らない奴が近くにいても、二人が気にしなかったのは場所柄ってこともあっただろう。さて、こういうラブシーンは、今までに絶対に書かれていないということだ。それはとても品がよかったが、全く庶民的なものだった。ディケンズならそれを滑稽なものにしてしまったことだろうね――全く不当なやり方だ。下層階級の生活を対象にしている他の連中なら、たぶんそれを理想化することの方を取っただろうね――ばかばかしいことだ。僕だったら、その言葉を一語一語再現するつもりだ。ありのままに記録するほかは、一言も見当違いな解釈などはしないでね。

（第十章）

完璧なリアリズムとは、リアリズム本来の目的に立ち戻り、ごくごく平凡な日常生活を送っている市井の人々をそのまま写し取ることであり、メロドラマに転化したり、ユーモアで茶化したりしてしまったディケンズ、環境の犠牲者として彼らを英雄的に仕立てあげてしまったゾラの轍は踏まない、と宣言するビッフェンだが、結局のところ、このリアリズム小説『乾物屋ベイリー氏』は、商業的には（そしておそらく作品的にも）無惨な失敗に終わる。なぜなら、こうした究極のリアリズムは、本人も認めている通り、「言いようのない退屈なもの」にならざるをえないからだ（図①）。加えて、リアリズムの理念に忠実であればあるほど、読者と作品をつなぐ作家の存在は希薄なものとなるというパラドックスに絡め取られ、リアリズムが自称芸術家の自己弁護に堕している様子を皮肉ってみせるギッシング——「それが卑しい身分でありながら品格のある生活を送っているものの特徴なんだよ。もしそれが退屈でなかったら、それは嘘なんだ」——は、労働者階級のセンセーショナルな実情を暴き立てようとするリアリズムが、既に賞味期限を過ぎたことを悟っていた。庶民の生活をそのまま写し取ればよしとする昔の、あるいは、現在進行形の自分を描くギッシングは、リアリズムが対象と観察者の関係さえ転倒しかねない両刃の剣であることに気がついてしまった。『三文文士』でリアリズムの作家としての自分を総括したギッシングは、その前提となる無色透明な観察者であることを放棄し、まるで合わせ鏡のように「観察する自己」について内省を深めていくことになる。

図①　「リアリスト」『パンチ』（1884年2月9日号）
女性作家（『メイフェア・マガジン』に掲載するセンセーション・ノヴェルにリアリティを持たせるため、老水夫にインタビューしている）「恐ろしい難破でしたね。大波にさらわれたとき、どんな感じがしましたか」
水夫「ぐしょ濡れという感じでした」

第二節　リアリストとは誰か

『三文文士』の舞台とされているのは、一八八〇年代初めであるが、実際にギッシングが執筆した一八九〇年の読者大衆の増大を背景とした文学の商業化が色濃く反映されている。小学校レベルの教育を充実させることを目的とした一八七〇年の初等教育法の成立により、識字率は一八四一年には六七％（男）、五一％（女）だったものが、一八九一年には九三・六％（男）、九二・七％（女）にまで達した。加えて、所得の増加、特に百五十ポンドから四百ポンドの収入を持つ中流家庭が増加、それを当て込んだ再版本、および新刊本のディスカウントにより、それまでの貸本屋を利用する読者層を上回って、本を（借りるのではなく）買う読者大衆が前面に押し出されて来たのである。(5)

このように、読者大衆がマーケットとして巨大化するのを受けて、一八八〇年には著作権代理人が出現、一八八四年には著作権の整備などを目的として作家協会が設立され、小説家の労働条件も次第に改善されていくことになる。創作活動は聖域である、というロマン派からの前提が崩れ、芸術が特異性を失って商品経済に取り込まれていく複製技術の時代に突入するという意味でも、この一八九〇年は象徴的な年であった。

こうした状況の劇的な変化に対して、三文文士たちは身の振り方を選ぶことを余儀なくされる。読者大衆に迎合し成功を掴むか、それとも芸術に殉じて名もなく朽ち果てていくか。「商売人」と「芸術家」が対峙し、適者生存を賭けて戦う世界において、前者を選んだジャスパー・ミルヴェインは、自分の典型的な一日を以下のように妹のモードに説明する。

「七時半起床だ。朝食を取りながら、書評をしなければならない本を一冊読み上げたんだ。十時三十分までにその書評を書き上げた……そう、十時三十分から十一時まで葉巻を一本吸い、今日は幸先いいぞと思いながら、瞑想にふけっていた。十一時には『ウィラ・ザ・ウィスプ』に載せるぼくの土曜執筆を書く準備が出来た。それに一時までかっきりかかった。ちょっと時間がかかりすぎたんだ。ぼくはそんな仕事には一時間半以上はかけていられないんだからね。一時に、ハムステッド通りの汚い小さな飯屋に駆けこんだ。二時十五分前までにまた帰って来た。その間に『ウェスト・エンド』に送る雑文を書いてしまったんだ。パイプをくわえて、ぼくは座ってゆったりとした芸術的な仕事にとりかかった。五時までにその論文を半分だけ書き終えたんだ。あとの半分は明日に残しておいたよ。五時から五時半まで、ぼくは四種類の新聞と雑誌を二冊読んだね。五時半から六時十五分前まで、読んでいる間に思い浮かんだ考えを、ちょっと書きとめておいた。六時にまた例の汚い飯屋に行ってぺこぺこの空腹を満たして来た。六時四十五分に再び帰宅。そして二時間かかって、前々から考えつづけていた『ザ・カレント』に載せる長い論文を、わき目もふらず書いていたんだ。それから、途中ずっと考えにふけりながら、ここにやって来たんだ。お前たちこれをどう思うかね？　これで一晩ぐっすり眠れるかな？」

「それだけみんなやって、いったいどれだけの価値があるの？」モードはたずねた。

「十ギニーから十二ギニーというところかな、ソロバンをはじいてみればね」
「わたしの言ってるのは、その文学的な価値はどうなの、ということなのよ」彼の妹は笑いながら言った。（第十四章）

実利主義者を自認するミルヴェインにとっては、作品の文学的価値が「黴びたクルミの中身」しかないとしても（むしろ交換経済の法則からすれば、価値はない方がよいとまで言うかもしれない）、それが金銭的に換算されることの方が遙かに重要なことであり、この勤勉な男のスケジュールは、効率性のみが優先される商品経済を的確に表現しているといっていいだろう。エドウィン・リアドンが依然として年一作のペースで、ハロルド・ビッフェンに至っては畢生の大作を執筆しようと苦闘するのをあざ笑うごとく、ミルヴェインは書評や新聞、雑誌の埋め草記事で才能を切り売りして換金を繰り返す。せめて、売れる短篇小説を書くように、とリアドンの妻エイミが懇願することからも分かるように、それまで支配的であった三巻本小説が次第に力を失う一方で、再版本を中心とした廉価な一冊本が流行し、さらには『ティット・ビッツ』（一八八一年）に代表される軽い読み物の雑誌の相次ぐ発刊により、文学の商業化の波は、文学作品の質だけでなくフォーマットにまで影響を与えていた。必要とされているのは、売れるものを売れるように書き、思い浮かんだ考えを効率的にアウトプットする、芸術ではなく技術、なのである。

単行本のトレンドが薄利多売へシフトチェンジするにつれて、別の収入源を確保する必要に迫られた作家、特に伝統と格式を重んじる雑誌には掲載してもらえない作家たちに発表の場を与えたのが、日刊、週刊の新聞、雑誌といった「ニュー・ジャーナリズム」である。[6] それまでにも、ディケンズやサッカレーなど、ジャーナリズムを出身の小説家は数多く存在した。インタビュー、ゴシップ、論評、書評を特徴とするこれらの媒体は、作家志望者にとって手っ取り早く金になる絶好の場であり、ジャーナリズムに身を投じて、やがてはパトロンを得て雑誌を立ち上げ、編集者として成功することが、ミルヴェインのような文筆業者の究極の目標となっていた（図②）。こうした文学とジャーナリズムの接近は、物事をあるがままに描写するというリアリズムの理念を実現してしまった感がある。従来のジャーナリズムが新人作家の登竜門、あるいは糊口の手段であったのに対して、「ニュー・ジャーナリズム」の特徴は、文学作品をジャーナリズムに引き寄せたことにあると言える。リアリズムは必ずしも小説で実現される必要はなく、むしろ断片的なスケッチで日常を活写するジャーナリズムの方が、退屈な我々の生活を正しく写し取っているとは言えないか。こうして、ジャーナリズムと文学が融合した文学ジャーナリズムでは、もはや文学の固有性を主張することは原則的に不可能になり、かつての文学は大衆に迎合する大衆文学と、それに背を向ける知性派

図②　「ジャーナリストの変遷」『パンチ』（1897年6月19日号）
右図の1837年にはフリート監獄で仕事をしていたジャーナリストが、左図の1897年にはフリート・ストリートの新聞社事務室で仕事をするまでに地位が向上している。

文学に二分化することとなるのだ。

　このような文学の作品価値のデフレ、あるいは商品価値のインフレに対して、文学作品を商品として積極的にやり取りするミルヴェインが、リアリスト（＝現実主義者）と形容されるのは当然至極である。しかしながら、その一方で文学運動としてのリアリズムに夢を託すビッフェンもまたリアリスト（＝リアリズム主義者）と呼ばれている（第二十五章）ように、リアリストという言葉が正反対の意味で混在していることに注目したい。そもそも、実在論者（リアリスト）として知られる哲学の学派は、一般概念の絶対的で客観的な存在を主張するもので、そうしたプラトン的なイデアは、知覚する対象とは独立して存在しているか、そうした対象を構成する属性としてそれらの内部に存在しているかのどちらかだとされていた。換言するならば、実在論者とは、対象の内であれ外であれ、目には見えないが、リアルなもの、本当のことが存在するという、観念論者の別名なのである。リアリズムがやがて写実的な描写を離れて、その背後にある遺伝や環境といった要因を組み込んだ自然主義に発展するように、観念的なものを排除したリアリズムはあり得ない、という逆説。事実、ミルヴェインがせっせと売っているのは、実質的な「物」ではなく、文学という「観念」（第六章）ではなかったか。そしてまた文学の商業化という適者生存の社会を支持し、創作活動という虚業の実態を暴露してみせるミルヴェインもまた、まごうかたもないリアリスト（＝リアリズム主義者）の一人なのである。

こうしてみると、リアドンに与えられた「心理的リアリスト」（第十章）という呼称は、ミルヴェインとビッフェンの中間に位置するどっちつかずな態度を端的に表しているように思われる。ビッフェンが指摘するように、リアドンは自分を苦しめている境遇から目を背け、現実世界を括弧に入れたままリアリズムを達成しようと試みる。「文学を唯一の生計とすることは狂気の沙汰である」と考えながらも、副業を持つでもなく「文学を商売とするのは許し難い罪だ」（第四章）と吐き捨てるだけのリアドンは、ロンドンをあてもなくぶらぶらと歩きながら、文学がそれだけで芸術として成立していた古代ギリシャに思いを馳せる。文学でメシが食えるという夢のような現実に適応できず、さりとてビッフェンのように確固たる信念を持たないこの傲慢な観察者は、やがて妻と別居、そして失意の内にこの世を去る。皮肉なことに、リアドンと同じく商品として交換される文学の世界に浸かりながら、同時にそれを拒絶したギッシングが、初めて商業的な成功を収めたのが、リアリズム作家をリアリズムで描いたメタ・リアリズム小説『三文文士』であった。(7)

第三節　そして「私」だけが残った

『ヘンリー・ライクロフトの私記』（一九〇三年、以下『私記』と略記）は、批評家からギッシングの作品としては好意的に受け入れられた作品で、チャールズ・ラム『エリア随筆集』（一八二三年）、ソロー『森の生活』（一八五四年）といった随筆文学の伝統に連なる作品として知的な読者層にも支持されてきた。我が国でも旧制高等学校のテクストとして用いられるなど、明治・大正年間の「自然主義」流行とも相俟って、自然主義作家としてのギッシングの代表作とされている感がある。日本の写実主義から自然主義への移行においては、本来なら理論的支柱となるべき科学精神が抜け落ちていることが問題とされるが、それゆえに科学嫌いで知られたギッシングによってあく抜きされた、感情的側面を押し出した自然主義の方が理解されやすかったのかもしれない。博物学に端を発する自然科学的精神を社会に応用したフランスの自然主義に対して、科学的精神を捨象しナイーブな感覚主義になった我が国の「自然主義」が、まさしく『私記』の中に書き込まれているように見えたのである。

クロード・ベルナールの『実験医学序説』に触発されて自然主義を提唱したゾラは、『実験小説論』（一八八〇年）の中で、小説家には「観察者」と「実験者」の側面が必要だと述べている。「観察は自然現象そのままの探求であり、実験は、探求者によって手心を加えられた現象の探求である」（第二章）観察者によって描き出されるのが単なる情景のスケッチの集積であるのに対して、小説ではそこになんらかの実験が加えられなくてはならない。『私記』のギッシングは、もはやストーリーを構築する実験者であることをやめ、エクセターの美しい四季によって触発された随想をエッセイにまとめる、俗流の「自然主義者」へと退行したかのように思われるが、はたしてそうだろうか。

この作品におけるギッシングの創作上の工夫は、登場人物やストーリーにではなく、より大局的な、疑似自伝的小説という物語の構造にある。この物語の冒頭には、作者G・Gが、ライクロフトの遺稿を上梓しようと決意するに至る顛末を説明するくだりがある。知人が遺した年金によって、ロンドンからエクセターに隠居するライクロフトが、実際にはそうした生活を望むべくもない、ギッシングの理想的なセルフ・イメージであることは言うまでもないだろう。(8)こうした編者による前書きは、リアリズムの源流と見なされる『ロビンソン・クルーソー』（一七一九年）のように、物語の真実性を保証するために付されるのが常であるが、ギッシングの生涯に多少なりとも知識のある読者にとっては、『私記』の前書きは、逆にこれから語られる本編の虚構性を強調しているかのように思われてくる。ギッシングの行った実験とは、ライクロフトを金銭の苦労から解き放ち、創作活動に従事させるためのいわば箱庭作りであり、この疑似自伝的小説という枠組みによって、自己を「科学的な」対象として描くことが可能になったと言える。

このように、神ならぬ作者によって保護されたヘンリー・ライクロフトの回想録は、辛く厳しい都市での生活から空間的にも時間的にも隔絶された語りである。しかしながら、過去は折りにふれてライクロフトの胸を去来する。逆説めいて聞こえるかもしれないが、「自然に帰れ」と訴えた先達ルソーがそうであったように、ライクロフトは実際のところ、ほとんど外の光景を眺めていない。重要なのは、自然によって触発され、自分の心の中に浮かぶ思念なのである。例えば、ライクロフトがそぞろ歩きの中で「私の家の上を飛んでいくあの雲すらも、よその雲よりも、いっそう面白く美しいもののように思える」と述べた後で、唐突にこのような感慨がよぎるのをどう考えたらいいだろう。

> かつて私が自ら社会主義者だとか、共産主義者だとか、そのほかなんでもよいが、とにかく革命主義者と自称したことを考えると隔世の感がある。もちろんそれは長くはなかった。私の唇がそういう大それた言葉を発したとき、それを冷嘲するなにものかが私の心にいつもあったのではないかと思う。つまり、私ほど、所有権に対する深刻な意識をもっている人はいないであろう。私ほど心の隅から隅まで徹底した個人主義者もかつてなかったであろう。
>
> （「夏」第十二章）

枯淡の境地に達したにしてはあまりに生々しいこの告白は、そのまま社会主義による変革を訴えたギッシングの挫折の告白として読むことが出来るだろう。透明なリアリズムによって社会を観察しようとした作家は、最後まで観察者である「冷嘲するなにものか」を消すことが出来なかった。むしろ、主体と客体を分節するリアリズムは、対象を客体化する一方で、観察する主体をも客体化し、あらためて「見ている私」を浮き彫りにすることになると言うべきか。実際に、ライクロフトの個人主義者ぶりは徹底しており、地元の人間とはほとんど交渉を持たず、地方の新聞を熟読するが、土地の人々には全く関心を持たない。むしろ「彼らを見なければ見ないほど、それだけ私は気持ちがよいのだ」とまで言い切るライクロフトは、まさしくリアドンの正統な後継者、傲慢な観察者であると言えるだろう。

そして、かつて情熱を傾けた民衆に対しても、ライクトフトは嫌悪感たっぷりにこのように語る。

> 私は民衆の味方ではない。時代の動向を左右する一つの力としてみた場合、民衆は私に不信と恐怖の念を与える。目に見える一つの群衆としてみた場合、彼らは私をひるませ、ときとして嫌悪の情をいだかせる。今までの生涯の大半を通じ、私にとっては民衆といえばロンドンの雑踏する群衆を意味した。そういう面での民衆に対する私の感じは、普通の穏当な言葉では容易に言い表せないのである。田舎の人々としての民衆なんてことはほとんど私には縁がない。従来私が田舎の人たちにちょっと接した経験では、これ以上親しくなる気にはなれない。私という人間はあらゆる点において本能的に非民主的なのである。もし民衆が否応なしに支配する日がくるとすればわがイギリスはどうなるか、それを考えただけでも慄然とするのである。
>
> （「春」第十六章）

このように、ロンドンの民衆＝群衆とはギッシングにとって魅惑と反発の両義的な反応を引き出す存在である。ロンドンの民衆が「不信と恐怖の念を与える」にもかかわらず、対極的な田舎の民衆には全く興味を引かれないというアンビバレンス。ベンヤミンは、チェスタトンによるディケンズ評を引用しながら、この作家が都市をあてもなくふらつく遊歩者であることをあぶり出したが、[9]「私の作品の人物たちは、群衆に囲まれていないと無気力に襲われるようだ」というディケンズの感慨はまた、ギッシング（ライクロフト）にも適応されるだろう。かつての作品のように、前面に描かれることはないものの、群衆は依然として強い磁力を保っている。「万人が群衆になる」ロンドンから撤退し、個を回復したかに思われるライクロフトもまた、かつて群衆であった都市生活について考えずにはいられない。若き日のギッシングがリアリズムによって描き出そうとした民衆は、資本主義経済の発展とともに、個別性を抹消された群衆へと変貌した。『私記』が照射するのは、都市生活者が田園生活を夢想する時でさえも、逃れることのできない群衆経験なのである。

一八三七年にダゲールによって考案された写真技術は、それまでのセルフ・イメージの概念を決定的に変化させた。王侯貴族の特権であった肖像画は、より廉価な写真技術に取って代わられ、中産階級の間ではポートレート写真を部屋に飾ることが流行した（図③）。写真技術は自らを他者の視点から眺め、複製し、所有することを可能にしたのである。しかしながら、否定しようがない客観性に裏打ちされた写真は、はじめてテープレコーダーに録音された自分の声を聞いた時のように、当事者にある種の違和感をもたらした。そうした写真や伝記が大衆向けの新聞に取り上げられ、作品の売れ行きを左右するような状況にあってはなおさらである。一八九二年十一月三日のベルツ宛の手紙の中で、「今日のような作家の氾濫のなかでは、頻繁に大衆の前に名前を出しておくのが、なにより重要である」(*Letters 5*: 63) と嫌々ながら承知していたギッシングが、ライクロフトという隠遁者然としたセルフ・イメージに託したのは、そうした複製技術によって自分とは関わりないところで取引される固有名を回復させることだった。ライクロフトが繰返し絵画について言及するのは偶然ではない。現実とイコールで結ばれる写真技術に対して、その両方を否定するために絵画は、そして芸術は存在する、とライクロフトは考えている。「自然そのものよりも芸術によって表された自然に心ひかれる」（「夏」第二章）ように、「自然主義」という仮面を用いて、現実と芸術の転倒を試みたギッシングによって生み出されたのが、ヘンリー・ライクロフトという複製時代の芸術家の肖像画だったのである。

図③　「アマチュア写真公害」『パンチ』(1890年10月4日号)
写真狂時代の一コマ。

第四章　メランコリー、そして終わりのない悲しみ

死後出版された実証主義に関する『随筆と小説』所収のエッセイ「ペシミズムの希望」（一八八二年）で、ギッシングは科学精神の必然的帰結としての運命について論じている。「決定論の立場から科学が提示するのは、情け容赦のない運命というものである。それはただ人々を苦しめ破壊するために生まれたのである」(*Essays and Fiction* 92)。そして、次第に死にゆく人類の最後に際して、出来るだけ痛みを和らげるためには、芸術だ

けが唯一の対抗手段となる、と説くギッシングは、ここで悲観的な予言者エレミヤ族のごとく、滅びつつある芸術に身を捧げ、その終焉を見届ける決意を固めたように思われる。自然主義リアリズムから科学精神を引いた後に残るのは、運命という見えざる力に対する諦念である。ナチュラリズムが「文学に適応された近代科学の公式」（『実験小説』第五章）に過ぎないとすれば、文学は単に遺伝、環境、時代状況といった「科学」の正しさを裏書きするものに堕してしまう。しかしながら、文学を単なる気晴らしとして消費する読者大衆に対して、もはや芸術の自律性を訴えても無益であり、リアリズムはかつて期待されていたような社会変革の手段と成り得ないことをギッシングは経験的に学んでいた。晩年のギッシングの短篇に漂うペシミズムは、そうした諦念を如実に物語っていると言えるだろう。

　ギッシングが短篇小説に本格的に手を染めたのは一八九〇年以降であり、その背景には創作力の衰えと金銭的な理由が挙げられる。一八九一年にイーディス・アンダーウッドと二度目の結婚をしたギッシングは、生まれた子供のために手っ取り早く生活費を稼ぐことができる短篇小説を量産する必要があった。『イラストレイティッド・ロンドン・ニュース』の編集者クレメント・ショーターの提示した一千語につき二ギニーという報酬は魅力的であり、以後ギッシングの短篇のほとんどはショーターが一手に引き受けることになる。ヴィジュアル先行の絵入り新聞や雑誌といった媒体に作品を発表することは、小説の地位が相対的に低かった十九世紀初頭に逆戻りしたかのようで、ギッシングにとっても苦汁の決断であったに違いない。この時期に発表された短篇小説が、陰鬱な諦念のトーンに覆われているのも無理からぬことである。「静まりかえった日」（一八九三年）、「ロー・マテリアル」（一八九五年）といった労働者階級の実態、あるいは「境遇の犠牲者」（一八九一年）、「詩人の旅行かばん」（一八九五年）に見られる芸術と現実の狭間で苦悩する芸術家、というギッシングが追い続けたモチーフは依然として顔を出すものの、彼らは等しく現実の前に敗れ去り、作者はかつてのようになんらそれに理由付けを行うことをしないのである。

　「境遇の犠牲者」に登場する画家カスルダインは、献身的な妻ヒルダと二人の子供に支えられ、いつかは画家として名をなそうと努力を続けているが、実際に才能に恵まれていたのはアマチュアであるはずのヒルダであったという皮肉。才能の有無は、遺伝や環境には還元されず、世の中とはそういうものなのだ、と言わんばかりの語り手に対して、逆にカスルダインの方が、「芸術家の生涯というのは、説明がとても難しいのですが、最初から私にとっては不利な境遇でした」と言って、自己欺瞞のために「環境」を持ち出す、自然主義のパロディになっている。

　「詩人の旅行かばん」では、主人公の詩人が十ヶ月かけて書いた自信作「丘辺の隠者、その他の短篇集」が盗まれるが、これがきっかけとなって、詩人は自分の才能に見切りをつけ、ロマンティックな大衆小説に方向転換して成功を収める。読書人口の拡大は作家が職業として成り立つことを可能にさせたが、それはまた無数のアマチュア芸術家を生み出すことを意味していた。一八八一年の国勢調査では、約三千四百人だった「作家、編集者、ジャーナリスト」が、一八九一年には約六千人、一九〇一年には約一万一千人に達している。[10] パーシー・ラッセルの『文学便覧』（一八九一年）は、作家の卵用の出版やジャーナリズム業界の解説書として人気を博し、またウォルター・ベザントの『小説の技巧』（一八八四年）が大衆小説を書くための指南書として流通する風潮からすれば、芸術のための芸術は過去の遺物でしかない[11]（図④）。「小説において、個人的経験と観察の結果でないもの、ただ作り出されたものはいっさいが無価値である」（第三章）というベザントの主張を鵜呑みにし、小説を学ぼうとする（真似ようとする）「お坊ちゃん作家」に対してギッシングが嫌悪感を抱いていたことは間違いない。例えば、ライクロフトは、このような小説家予備軍に対して呪詛を投げかけていた。

上層中流階級に伍するにたる教育を受けた若者であれば、もし文筆の業に身を投じようと志しても、全然生活の資に困るというようなことは、今日ちょっとありえないことかもしれない。しかし、ここに問題の根本があると思う。つまり今日では文学が聖職や法律とほとんど同じくらい月並みな職業とみなされるようになっているのだ。若者は今では両親の全面的な賛同を得、親類の心からなる支持を得て、文学の道に入ることができる。ついこの間もある著名な弁護士が、小説技法、しかり、小説技法を息子に教えるために、——それもあまりぱっとしない技法の先生にだ——年に二百ポンドも払っていたという話を聞いた。実際、これは思いなかばにすぎる驚くべき事実、非常に意味深長な事実といわなければならない。いうまでもなく、飢餓が必ずしも優れた文学を生むとはかぎらない。しかし、こういうお坊ちゃん作家にはわれわれは不安を感じるのだ。多少の良心とヴィジョンをもっている二、三の作家に対して私が願うことは、彼らがなにか災難にあって街頭に放り出されることであ

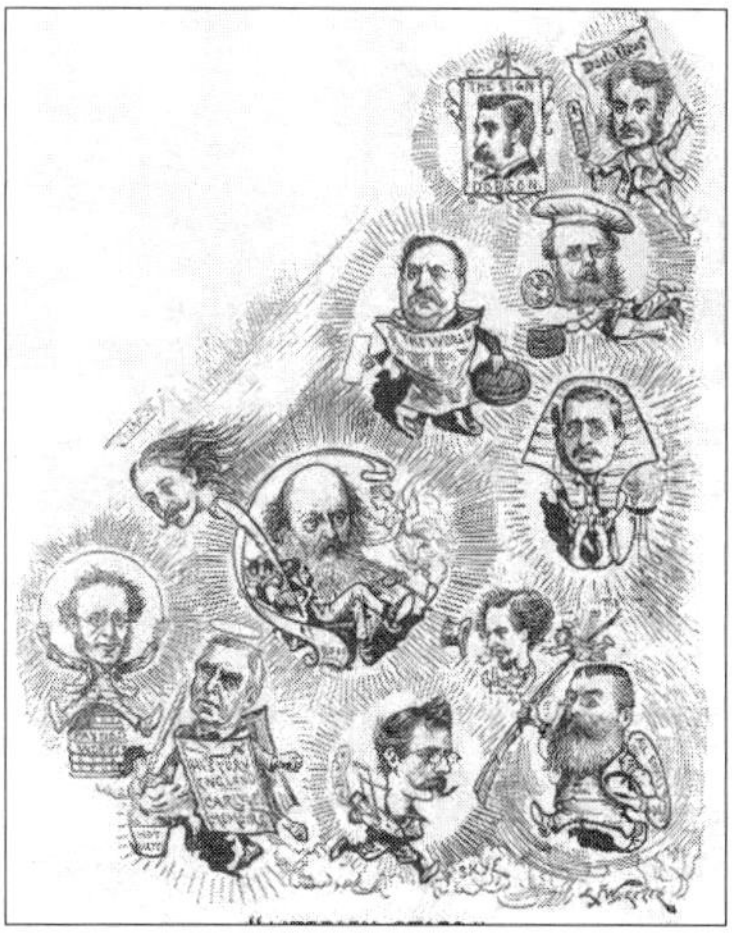

図④　「文壇スター」『パンチ』（1891年1月3日号）
ディケンズやカーライルといった文豪を押しのけて、ドブソン、ラング、トッパム、ブキャナンといった流行小説家や詩人が我が世の春を謳歌している。

る。それがなによりも良い薬になると思うからである。彼らがそのため餓死することもありうる。しかし、その餓死の恐れを放っておけば必ず直面する運命——つまり魂の脂肪変質とを比べてみた場合、その方がよほどましではないだろうか。

（「秋」第二十一章）

一方、もはやそうしたお坊ちゃん作家と同じ舞台に立ってしまったギッシングは、そうした分不相応な夢を見る若者に、あからさまな嘲笑を浴びせたりはしない。ただ、結果的に彼らの挫折を描き、詩人のかばんを盗んだ女に、「人生、理想通りにはいかないものですよ」と言わせ、運命なるものの不可思議さについて思いをはせるだけである。

芸術は自然の模倣であるか、というリアリズムの元祖とも言える議論は、古代ギリシャまで遡ることができるが、イデアの模倣としての現実をさらに模倣するものとして芸術に価値を見出さなかったプラトンに対して、アリストテレスは、芸術とは単に自然を模倣するものではなく、人間の境涯を最も劇的な形で模倣するミメーシスの試みであると考えた。「再現をする者は行為する人間を再現するのであるから、これらの行為する人間はすぐれた人間であるか、それとも劣った人間でなければならない」（『詩学』第二章）という創作理論では、前者を描いた時には悲劇に、後者を描いた時には喜劇になる。少年時代から古典文学を通して古代ギリシャに憧れてきたギッシングが、リアリズムという自然の模倣の果てにたどりついたのが、このミメーシスであると言えるだろう。ここで言う模倣とは、単なる自然の模倣ではなく、自然を模倣するギリシャ人（＝芸術家）を模倣する能動的な創造的ミメーシスである。有象無象の作家予備軍が文壇で名を挙げようと「他者のなしたこと（ポイエーマタ）」を模倣するのに対して、創造的ミメーシスにおいては「なす行為（ポイエーシス）」を模倣することが要求される。リアリズムという手法を模倣するのではなく、現実を模倣する行為の模倣こそがギッシングの行ったことなのである。「ギリシャ人と同じように、自己／自身から誕生し、みずからを自己産出し、そしてみずからを自己構成する。要するにみずからを作品化する」[12]不断の努力を続けてきたギッシングは、「すぐれた人間」である芸術家の小説を描き続けることで、後期ヴィクトリア朝社会の芸術家の「悲劇」を提示した。リアリズムに幻滅したギッシングは、晩年になってミメーシスという形で、再びリアリズムに回帰したと言えるかもしれない。二度目の妻イーディスの元を去り、一八九七年から九八年にかけてイタリアを訪問したギッシングにとって、少年時代から慣れ親しんだ古典文学は創作活動の最後のよすがであった[13]。自然主義リアリズムが科学精神を見失って骨抜きにされたように、実証主義に突き動かされた希望のリアリズムは、晩年に諦念のリアリズムとなって戻ってきた。その時、観察者の顔にはかつての憂鬱な相貌は見られず、ただ運命に跪くしかない倦怠（本人はそれを希望と呼んだが）だけが漂っていたに違いない。

＊＊＊＊＊

ギッシング作品におけるリアリズムとは、究極的には人生をどのように芸術へと昇華するかという問題であったと言える。初期作品に見られる素朴な、あるいは実証主義に裏打ちされた社会的リアリズムは、労働者階級への失望から、より包括的な中流階級へとその対象をシフトせざるをえなかった。しかしながら、そこで発見された群衆とは、小説の創作過程自体を変質させてしまうような大きなうねりとなって、リアリズムの観察者をも飲み込んでしまう。かくして「群衆の人」となった小説家は、そのリアリズムの視線を自分へも向けざるを得なくなる。ライクロフトがギッシングの理想的自我であったように、小説家は観察者と生活者に分裂せざるを得ない。『三文文士』、『私記』といった小説を書くことについての小説は、芸術と人生が渾然一体となり、内へ内へと深化していく過程を表していると言えるだろう。

リアルな現実の描写から始まったギッシングの小説は、やがてリアリズムとはなにか、さらには、リアリズムとはなにかと問うことはどういうことか、というアポリアを発し続けている。やがて出現するモダニズム文学は、現実と芸術を対応させる努力をきっぱり放棄し、ギッシングが直面した芸術家の苦悩は、後にジョイスに代表されるモダニストによって変奏され、現実とは隔絶した言語表現の迷路の中にはまりこんでいくことになる。「芸術が人生を模倣するのではなく、むしろ人生が芸術を模倣する」唯美主義前夜の、芸術と人生のシーソーがかろうじてバランスをとっていた時代の、あまりにも誠実な小説家の姿がそこには浮かび上がってくるのである。

註

（1）Raymond Williams, "Realism" in *Keywords: A Vocabulary of Culture and Society* (New York: Oxford UP, 1983) 258-59.

（2）ギッシングは『チャールズ・ディケンズ論』（一八九七年）の中で、リアリズムという言葉の定義が曖昧なまま、「庶民の生活の最も醜い部分の暴露に専念するような文学活動」として大流行したことが、結果的に庶民への信頼の欠如に繋がったと――おそらくは自らのキャリアをも総括して――指摘している（第十一章）。

（3）実証主義者フレデリック・ハリソンは、『本の選択』（一八八六年）の序文で「無目的の、乱雑な締まりのない読書、というにとどまらず、たかが文学的がらくたと、悪人の最低の考えという有害物の吸収で脳を廃物化させる行為」として、軽い読み物を求める大衆の傾向に苦言を呈している。ハリソンは彼の子供たちの家庭教師を務めたこともあるギッシングのパトロンのような役割を果たしていたが、芸術家が姿の見えない大衆を相手にして創作を行わなくてはならない時代の到来を予見していたと言える。

（4）ゾラ、および自然主義のイギリスにおける受容については、William Frierson, "The English Controversy over Realism in Fiction, 1885-1895," *PMLA* 43 (1928): 533-50を参照。

（5）読者大衆の出現については、代表的なものとして、リチャード・D・オールティック『ヴィクトリア朝の人と思想』（要田圭治・大嶋浩・田中孝信訳、鶴見書店、一九九八年）六九～八四頁を参照。

（6）『ペルメル・ガゼット』、『評論の評論』の編集者W・T・ステッドは、新聞は「奉仕、教育、民衆の教導に向けて」社会改革の機関であるとして、急増する読者大衆に開かれた「ニュー・ジャーナリズム」を提唱した。「ジャーナリズムの未来」『コンテンポラリー・レビュー』（一八八六年十一月号）

（7）『三文文士』のメタフィクション性については、松岡光治「『三文文士』――貧乏作家はうだつが上がらない」『ギッシングの世界』（英宝社、二〇〇三年）一一七～三二頁を参照。

（8）ライクロフトのモデルとしては、ギッシングよりもさらに食うや食わずの生活を余儀なくされた、もう一人の自己、実弟アルジェノンの存在も軽視できない。アルジェノンは処女作『喜びは朝来たる』（一八八八年）から愚直なまでに田園リアリズムの作風にこだわった小説を発表し続けた。

（9）Walter Benjamin, *The Arcades Project* (Cambridge: Harvard UP, 1999) 437-38.

（10）John Gross, *The Rise and Fall of the Man of Letters: Aspects of English Literary Life since 1800* (London: Weidenfeld and Nicolson, 1969) 304.

（11）同様の公募ガイドとして、ジョージ・ベイトン編著の『作家になる方法』（一八九〇年）がある。よい作品を書く技術について、ギッシングを含む百八十七名の現役作家の意見が寄せられている。

（12）フィリップ・ラクー＝ラバルト『近代人の模倣』（大西雅一訳、みすず書房、二〇〇三年）一五一頁。

（13）ギリシャやラテンの古名を思い出すと、「私はもう一度若くなり、ギリシャ語やラテン語のページを繰るごとに、新しい美を発見できた時代の旺盛な印象が戻って来る」（『イオニア海のほとり』第一章）。

第二十二章

ヒューマニズム

——時代からの亡命——

ジェイコブ・コールグ

ジョン・リーチ「資本家と労働者」『パンチ』（1843年7月29日号）
資本家は暖衣飽食の生活を送り、労働者は恐ろしい環境で労苦を強いられている。

第一節　荒廃した時代を証言する

　ギッシングが一八八〇年から一九〇三年の間に執筆した長篇および短篇小説は、後期ヴィクトリア朝の英国における社会生活の詳細なパノラマを提示しているが、彼はこの雑多な領域に永久に関わっていく何の足掛かりも見出していなかった。不満、無知、不正《インジャスティス》だけしか目に映らなかったために、彼の小説は都市の貧困、金銭欲、俗悪な志向の拡大、中産階級の抑圧的な生活、社会制度の欠陥――例えば政治、経済、宗教、結婚における制度上の欠陥――という主題で占められた。このような状況を改善しようと改革者たちが努力してもギッシングは奮起しなかった。実際的《プラクティカル》な人間は貪欲で利己的で、理想主義者は無力だと彼には思えたからだ。ギッシングは若い頃に自分を改革者と思い込んだこともあったが、実際に改革者だったことはない。彼は文筆生活の早い時期に、自分が観察している文明における混乱は、その本質に深く根づいているため改善不可能だと思うようになっていた。この失望感から逃れるべく、彼はギリシャ・ローマの文学に救いを求めた。近代社会にはないヒューマニズムや静謐な感覚を古典の中に見出したからである。それでも、ギッシングは小説を通して十九世紀の生活の中に顕在していた世界《コスモス》の不正に立ち向かうと同時に、不正を緩和するために案出された科学的・宗教的な通念の受容を拒んでいる。彼の目的は改革を求めることではなく――改革は無駄だと感じていた――他人が認めたがらないと彼には思える真実を証言することであった。

　ギッシングは自分を荒廃した時代における余所者と見なす一方で、時代特有の信条に自身との共通点を見出した。真実について唯物論的な考え方をしていたことや社会に対して責任感を抱いていたことから、彼は十九世紀的な精神の持ち主だと考えられる。社会主義者で実証主義者だった頃もある彼は、ラスキンやモリスの審美的な理想主義に共感し、同時代の小説に特徴的なリアリズムを小説形態として採用した。彼はフェミニズム支持を、そしてボーア戦争が勃発すると戦争反対を表明し、宗教問題については急進的だった。その一方で、十九世紀的な時代精神の構成要素のあるものには違和感を覚えた。彼は科学や科学的手法に疑念を抱き、それらによって人間的な資質が損なわれ、戦争が推進されるのではないかと懸念した。進化論にほとんど留意せず、民主主義が拡大する時代の中で、政治権力を一般大衆に委ねることに断固として反対した。また、多くの同時代人が祖国の発展を喜ぶときに、ギッシングは文化の衰退と来るべき廃退の脅威以外には何も見出さなかった。

　ギッシングの小説がヴィクトリア朝の思潮形成に貢献したという意見は奇抜すぎて、真面目に受け取られることは稀である。彼は、一般的な認識――例えば人間の本質的な善や最大多数の最大幸福の原理――を退け、当時からすれば啓発的でなければ首尾一貫しているようにも見えない法則に従って、社会を分析した。初期のギッシング批評家であるフランク・スウィナトンは、彼のことを「自分をじかに取り囲む環境《サークル》の向こうにあって、ぼんやりとしか感知できない世界よりも、むしろ自分自身の思考を好む人物」(Swinnerton 14)と描写している。ギッシングの見方は無慈悲な反応と大差ないこともあるが、それは彼の潔癖な嗜好、人生の不運から学んだ教訓、古代への愛情をもとに作り上げられた独自の反応なのである。しかし、彼の考えは寛大で慈悲深いと見なすこともできる。貧困の邪悪さを強調しているのに貧民(図①)に自活する力を与えたがらないのは矛盾しているかもしれないが、彼は貴族的な価値観の持ち主で、貧困と民主主義の両立を認めなかった。彼が貧民層を犯罪性のある階級であると同時に無力な犠牲者として描いたのは、貧苦が生活状況に加えて道徳心にも影響するため、貧民が犯罪者と犠牲者の二つの役割を担う可能性があると思ったからだ。

　資本主義の拡大と社会主義にありがちな産業の管理は相反する政策だと一般に考えられているが、ギッシングはその両方を自己中心主義と物質主義の有害な表出と見なし、人間的な価値観にとって同程度に有害だと考えた。彼はキリスト教を後進的な迷信として嫌悪したが、無神論の好戦性にも反発した[1]。宗教が人の性質を和らげ、その可能性を練磨するのに役立つと認識していたためである。それとほぼ同じ理由から、彼は同時代における資本主義の精神であるピューリタニズムには、抑圧的ながらも啓発的な感化力があると認識していた。当時の一般の人々は庶民の間で読み書き能力《リテラシー》が広がって美術や音楽への関心が拡大することをよい徴候だと見なしたが、ギッシングはこの種の関心が利己主義や非人道的行為と結びつくことを指摘している。彼が最も嫌ったのは、貪欲さと物質的な不安定さへの危惧に支えられた商業主義的な社会システムだったが、金銭が彼の愛する個人《プライバシー》の自由と心の平静の確保に欠かせないことも認識していた。商業主義の否定と金銭の必要性の認識とが互いに調

図①　ルーク・ファイルズ『救貧院臨時宿泊所の入所希望者たち』(1874年)

和することはあり得ない。それでも、この二つの見方は彼の信念――優雅に人間らしく生きる術を持たずに単に生存することは、たとえ気楽であっても奮闘に値する目標ではないという信念――の中心にあるように思える。

社会小説家の果たすべき使命についてのギッシングの考えは独特だった。『チャールズ・ディケンズ論――批評的研究』（一八九八年）の中で、彼は「芸術家にとっての真実とは自分に与えられた印象である。……この印象を完全に忠実に伝えることが、芸術家の唯一の存在意義である」（第四章）と断言した。小説の中でギッシングは単なる客観性ではなく――客観性を文学という範疇における科学にあたるものとして信用しなかった――客観性の個人的かつ自己表明的な変異体で、誠実《オネスティ》と呼ばれるものを創造しようとした。最初の主題である貧困は、貧困そのものよりも彼独自の主題――十九世紀末期の冷淡で欲得ずくの文明と、その時代の不運に見舞われた感受性の強い理想主義者との不調和――を解明する鍵でもあった。リアリズムは主観的な要素の排除を要求するものだが、通常ギッシングの小説には自身の内面的な不満を表現する人物が少なくとも一人は登場し、その人物がたいてい主人公である。実際に、このような人物の取り上げ方を、ギッシングは小説に対する自分の最も重要な貢献だと見なすようになった。貧困問題を扱った小説をやめて他の主題に向かうようになって数年後の一八九五年二月十日、彼は友人のモーリー・ロバーツに「私の小説は様々な社会階層の人々を扱っています。堕落した労働者階級、向上心と能力のある労働者階級、堕落した下層中産階級、向上心と能力のある下層中産階級、そして上層中産階級の代表者が少しだけ登場します」（*Letters 5*: 296）と書き送っている。ギッシングは社会の特定の層に価値を付さずに、社会の各層に多様な道徳的価値があることを示唆している。

貧民があふれる都会の小説でさえ、産業文明の陰鬱な活力の中で優れた感覚を保持している、そんな疎外された男女が中心に据えられている。このような自分の片割れたちの中に、ギッシングは共感を呼ぶ主題と社会的な洞察力とを求める好機を見出した。スラム街を舞台とする小説の最も重要な人物たち――『暁の労働者たち』（一八八〇年）のアーサー・ゴールディング、『無階級の人々』（一八八四年）のオズモンド・ウェイマーク、ジュリアン・カスティ、アイダ・スター、そして『ネザー・ワールド』（一八八九年）のシドニー・カークウッド――は、不自由なく生きている人々と通常なら結びつけられる感性と寛容な精神を持っている。彼らの存在が示唆するのは、貧困が卓越した人間的資質を育成するということではなく、近代の異常な社会配置が人々を本来は属していない環境に置き、異常な結果を生み出し得るということである。

ギッシングは人生の大半を貧困の中で過ごし、貧困について考え、貧困を恐れた。金銭がなくなることによって心の平静は失われ、家庭教師をして無為な時間を過ごさねばならなくなるという皮肉な事実について思案して然るべきなのに、このような状況を解消するための経済的な世知を獲得しようとしなかった。[2]『三文文士』（一八九一年）に登場する売れない作家エドウィン・リアドンと同様に、ギッシングは救貧院で死ぬことについて病的な恐怖感を抱いていた。「彼は貧困の意味するものを知っていた。頭と心臓が冷えきり、両手の力が失せ、恐怖と屈辱と無力な怒りが徐々に蓄積する、どうしようもなく恐ろしいと感じ、世人の利己主義と無関心。貧困！　貧困！」（第五章）という思いに囚われて、ギッシング自身が相当な時間を過ごしたようである。その結果、彼はバルザックの小説で表現される金銭の恐ろしい力と、マルクスが金銭の特徴と見なした呪物崇拝的な特質をある程度理解するようになった。ギッシングはマルクスと同様に、理に合わない経済システムが人間によって神格化されるという不可知論的な認識を持ち続けた。

ギッシングは貧民に対して矛盾した感情を抱いていたために、多くの矛盾が内包される複雑な現象として貧困を提示した。彼は小説の中で飢餓と狂気が存在する社会の最底辺部を描くことがあるが、それと同時に、平凡な人々の奇行の中にディケンズ的なユーモアを、そして尊敬に値する貧民の無邪気な満足感の中に家庭的な魅力を見出すこともできる。さらには、経済的な危機に直面した労働者の無力さや欠乏が家族生活に及ぼす影響を力強く描写している。彼は貧民に対して感傷的ではないが、餓死寸前にある人々の哀愁を帯びた喜びや愛情の鬱々とした描写に、物悲しく詩的な雰囲気を漂わせる。しかし、最終的にギッシングは貧民に対して敵意を抱くようになった。彼はロンドンに来てスラム街で生活を始めたとき、隣人の間に素朴な美徳を見出すだろうと期待していたが、窮乏の重圧と限られた経験が彼らの人間性を変質させ、彼らから自制心と想像力を奪い、冷淡さと獣性に対して無感覚にしたのだと結論せざるを得なくなった。すべての貧民は機会さえ与えられれば芸術家や学者になりたがり、規律正しい生活や洗練された楽しみを求めるだろうと、ギッシングは愚考していたのだが、貧困に培われた彼らの精神には、彼が価値を置いたものを受け容れる余地のないことが判明した。『民衆』（一八八六年）のヒロインは、貧民を理想化する友人の計画を耳にして、「それは違う！　貧民はあなたが言うような感情を持っていない。あの人たちは苦しみに耐えているとあなたは言うけど、その苦しみは運命と闘っている詩的な魂だけが感知できるものなのよ」（第二十一章）と叫ぶ。読者は、休日を無為に過ごす群集、家庭の混乱、通りで起きた喧嘩といった悪意に満ちた描写を読んで、ギッシングが自分を幻滅させた貧民を決して許さなかったことを察するであろう。

しかし、同時にギッシングは、貧民がその嗜好や感受性について完全に責を負うべきでないことと、彼らが制御不可能なシステムによって搾取されていることを認識していた。貧民が社会的な不正の犠牲者であるという認識は、彼が飲酒や窮乏によって狂気に追い込まれた人物、泥棒、娼婦に正面から接するときに最も力強く描出される。『暁の労働者たち』にゴールディングの妻キャリーとして登場するギッシングの最初の妻ネルの苦境が、社会の病状と不正とを彼の心の中でしっかり結びつけた。この結びつきは数年後にさらに明確になる。ネルが娼婦の生活に戻ってしまったために、ギッシングは彼女と別居せざるを得なくなっていた。一八八八年に彼女は赤貧の中で死に絶え、その死体を拝みに行ったギッシングは、むさ苦しい部屋の中に彼女の苦難の明白な証拠を見た。彼は次の小説『ネザー・ワールド』において、このような惨状を黙許する社会を糾弾したが、この小説はその意図に完全に沿うものではなかった。この小説は、貧困が引き起こした苦難を、彼のどの小説よりも効果的に表現すると同時に、その苦難を軽減するすべての試みや彼自身の異議申し立てでさえ、不条理な体系《ユニバース》では無益であることを示しているのである。

『ネザー・ワールド』執筆後、ギッシングは他の主題に目を向けた。とはいえ、彼が貧困そのものや貧困に対する恐怖心を忘れたわけではなく、貧困は中産階級の生活についての小説の中で副次的だが確かな重要性を保持することになった。古代ローマに関する未完の歴史小説『ヴェラニルダ』（一九〇四年）でさえ、たとえ社会問題を扱っていなくても、貧民に一瞥を投じている。登場人物の一人、デキウスはローマの通りで貧民の一団と遭遇し、彼らが食糧不足に不平を言うのを聞き、晩年にギッシングがしたのと同じような反応をする。

苦難を目にするのは痛々しく、卑俗な叫びは耳障りだった。ローマ帝国は幾多の時代に渡って民を潤してきたのに、これらの人々に食料が与えられないなんて腹立たしかった。だが、何よりも彼が恐れたのは、騒動、混乱、暴力だった。（第十三章）

社会の不正を憎む気持ちは確かにあるが、これは心の平静を保ちたいという欲求を主とする反応において副次的な要素にすぎない。ゆえに、潔癖なデキウスは都市の喧騒から完全に追いやられ、彼の「先を急ぐ足取りは無数の遺跡の中に再び紛れ込むまで緩められなかった。遺跡の中で生命を持つのは、若芽を食らうヤギと素早く走るトカゲだけである」と記されている。この逃走は、ギッシングが社会問題から書斎、すなわち愛する古典文学へ退却したのと軌を一にしている。

第二節　教育はあるが金のない若者

教育はあるが金のない若者の描写はギッシングだけがなし得た英国小説への貢献だが、それは社会批判の理想的な媒体であり、ヘンリー・ジェイムズが『カサマシマ公爵夫人』（一八八六年）の序文で主張した、状況を反映する意識の条件を満たしている。[3] ギッシングの主要人物は孤立しているので苦難や屈辱にさらされるが、因襲的な考えに煩わされない知識人なので自分の経験を適切に評価することができる。スラム街（図②）を扱うギッシングの初期小説の中で、この種の若い男女の人生の物語は、貧困、無知、飲酒、道徳的堕落という社会的な混乱を映し出すのに使用されている。しかし、このような人物が知覚の器として各々の問題にぶつかるのは、一八八九年以降に書かれた小説においてである。そこで彼らは中産階級における捉えにくい社会的混乱、すなわち貪欲、偽善、抑圧、結婚問題、女性蔑視、階級の壁、ジャーナリズムの品位の低下、政治、芸術、文学の卑俗化に遭遇することになる。

図②　ロンドンのスラム街、ケンジントンのマーケット・コート（1860年代後半）。

ギッシングの初期小説は経済競争がスラム街の生活に及ぼす明白な影響を表現し、原因と結果を情け容赦なく関連づけている。例えば『無階級の人々』において、登場人物は彼らの所有物を徹底的に搾取しようとする地代取立人に虐げられ、工場で働くお針子は薄給のために夜になると娼婦として働かざるを得ない。しかし、経済競争は貧民のみならず金持ちの間にも蔓延する悪であって、ギッシングはどちらの階級においても、それが赤ん坊の死という最も耐えがたい不正の原因になり得ることを示唆している。『ネザー・ワールド』の中で、貧しい母親が病院に連れて行く病気の赤ん坊は、医者の診察を待たずに死亡する――ギッシングが詳述しているように、経済的な諸要素が重なって作用した結果である。父親は熟練工としての教育を受けていたが、安価な大量生産品が彼の技術に対する需要を減少させているため、稼ぎがほとんどない。彼はスラム街で育つうちに身につけた感情的な性向に従い、扶養しきれない家族が増えていくのに苛立ち、居酒屋に入り浸り、犯罪に手を染める。若い母親は、飲んだくれの母親によって貧困の中で育てられたために、家事や子育てについて何も知らない。『渦』（一八九七年）における赤ん坊の両親は裕福であり、赤ん坊の死は窮乏によって引き起こされたわけではないが、その死が金銭問題に端を発する一連の出来事の山場になっている。豊かな資本家が不倫を黙認させるために、愛人の夫である商人に対して融資を申し出る。その資本家殺害の原因になるのが、女主人公のアルマ・ロルフである。嫉妬した商人が資本家の家にいたアルマを妻と見間違え、資本家を殺してしまう。アルマはこの事件や他のトラブルに悩まされながら女の子を産むが、病弱な子供はすぐに死亡する。子供の父親が最初に考えたのは、死んだ娘は人生の苦痛を免れて幸福だということであった。

舞台が中産階級に設定されている場合、経済的な動機はより巧妙に作用する場合が多く、生命そのものよりは、むしろ精神が攻撃されることになる。『人生の夜明け』（一八八八年）において、ギッシングはリチャード・ダグワージーという人物に特に関心を寄せている。中年のダグワージーは独立独行の工場主だが、無慈悲で貪欲な性質に加え、美や洗練に対してある程度の感性を備えている。彼は従業員の教養あふれる娘に恋をして拒絶され、結婚しないなら父親を破滅させるぞと脅す以外に、求婚し続ける術を持たない。彼は愛を得るために商業的な交換条件を持ち出すことによって、破滅的な結果を招く。

最後の完成作『ウィル・ウォーバートン』（一九〇五年）において、ギッシングは寛大な事業家が財政的な不運に見舞われて失業し、否応なしに雑貨屋の店員になる様子を描いている。この人物が学ぶのは、極貧の客であっても売り物の全額を請求せねばならないこと、家族が困窮している競争相手であっても失業させるために尽力せねばならないことだ。ロンドンの喧騒は飢餓との闘いで発せられる轟音、そして迫害する者の叫びと迫害される者の呻きが混在する轟音として彼の耳に届く。彼が考えるのは、自分は生き残れるのか、自分が生き残れなかったら扶養している母や妹はどうなるのだろうか、「どうすれば——彼は心の中で叫んだ——どうすれば人は正気と慈悲心の名にかけて、このような世界に甘んじて生きられるのか？」（第二十四章）ということである。

ギッシングが描く思慮深い若者で、遠くの理想を見つめる志の高い人物は、彼らが監禁されているスラム街から同じ叫びをあげているのかもしれない。貧困は様々なやり方で彼らに降りかかる。彼らは困窮した扶養家族を背負わされるか、不満足な仕事をするために才能の放棄を強要されるか、困窮ゆえに堕落してしまった人々から搾取されるか、周囲の苦難に対する自らの責任を感じて道徳的な抑圧感に苛まれている。ギッシングは小説中のスラム街の生活に信憑性を付与するために、社会学的な努力をした。彼はホワイトチャペル、ランベス、クラーケンウェルといった場所を訪れ、銀行休日に労働者団体と一緒に水晶宮《クリスタル・パレス》に行った。小説中の彼の描写は、読者の多くが未だ気づいていなかった現状に注意を喚起し、スラム街の生活がいかにして人を犯罪、飲酒、売春に駆り立てるのかを明らかにするのに役立った。多くの読者にとって、ギッシングが描くスラム街の人々の習慣や思考は、アフリカのブッシュマンのそれと同程度に異質なものに見えた。この点で彼の小説はヘンリー・メイヒュー、チャールズ・ブース、ベアトリス・ウェッブといった社会研究者の業績と共通している。しかし、貧困の現実を描いたギッシングの小説は、彼のように想像力のある観察者だけが獲得できる洞察力にも富んでいる。それらは貧困生活において、他の環境におけるのと同様に、日々の経験が心理的な発達を左右するという不気味な事実——商業的な文明において営利本位の動機が生活のあらゆる側面に浸透し、寛容さや善意を無力にするという事実——道徳的にも実利的にも社会階級が互いに孤立することはあり得ないという事実——を立証している。ギッシングの小説には、人間によって築かれたはずの社会で、人間の必要や欲望とは無関係の経済が支配的な役割を果たしているという絶望的な確信が見出せるのである。

ギッシングは、ロンドンやその住人の生活についての数多くの描写を通して、人間が巨大で冷酷な力に服従する様子を視覚化している。彼はディケンズ、ボードレール、ジェイムズ・トムソン、T・S・エリオットのように近代都市における偉大な預言者の一人であり、都市生活の描写を堕落の図像として用いている。彼は、進歩の概念や大量生産の必要性に曇らされていない透明な視野を通して、都市がいかにして人々から活力を搾り取り、その活力を産業や街路の喧騒という強大で悪魔的な示威運動へ注ぎ込み、人々を見分けのつかない原子に変えていくかを観察した。ギッシングは貧しい界隈の通り、家々、歩行者を見渡し、そこの顕著な特徴に正確な注釈をつけながら、醜悪と屈従という二つのメッセージを読み取っている。ダーウィンが、アメリカ原住民の遺跡を覆い隠した群葉の中に、自然界における生存競争の証拠を見出したように、ギッシングはスラム街のむさ苦しい店、労苦、悪臭の中に、自然界と類似した生存競争の証拠を見出した。彼は『ネザー・ワールド』におけるスラム街の描写の中で次のように述べている。

> 粗造りの建物は、実際には産業主義の軍隊の宿舎である。仲間同士で闘い、等級が等級に対抗し、人が人に対抗する。生存者だけが食料にありつく。夜中にそこを通ったら想像力を働かせて思い描いてみよ。不気味な壁の中で、人間の疲労感、獣性、甲斐のない嘆き、望みのない望み、粉砕された幸福が一体となって、のたうちまわる様子を。（第三十章）

ディケンズが看破したように、ギッシングの感覚では、都会に広がる威圧的な力は疫病に似ている。それは経済活動の道筋に沿って拡大し、人々の生活を荒廃させている。彼はその力が拡大する様子をパノラマ的な描写を通して表現し、個人的な生活空間まで人物を追っていく。その際に彼が大写し《クローズ・アップ》にする退屈、不満、苛立ちは、ボードレールのパリについての詩のイメジャリーを連想させる。『ネザー・ワールド』で人々の着る服は湿気で膨らみ、彼らが住む家と同じように腐朽しつつあるように見える。クレアラ・ヒューイットはスラム街の一室に住まざるを得ず、街路や隣室の悲惨な物音に悩まされながら、牢獄のような石壁に閉じ込められている。『サーザ』（一八八七年）のギルバート・グレイルは、工場労働者として見込みのない自分の人生について、そして朝五時に起きて夜七時まで働けば疲労で好きな本も読めないことについて考える。ギッシングの小説における都市はハーディの自然に相当する。ギッシングの都市もハーディの自然も、人間的な価値観に対して冷淡か、あるいは敵対している力を具現したものであるからだ。

第三節　ジョージ・エリオットの影響

ギッシングが社会問題に専心したからと言って、彼と十九世紀的な意識との最も重要な接点が小説技法の中にあるという事実を曖昧にすべきではない。小説という形式を用いることによって、ギッシングはヴィクトリア朝の精神と意義深い対話をしたと言ってよい。彼はディケンズに関する卓越した批評書——その見解のいくらかをエドマンド・ウィルソンが「ディケンズ——二人のスクルージ」という評論（一九四一年）で使用した——を著しているので、ディケンズ的な小説家と見なされることがある。また、その小説観がディケンズのそれとかなり共通していることは否めない。『暁の労働者たち』をはじめとする初期の数作は『ドンビー父子』（一八四六～四八年）や『荒涼館』（一八五二～五三年）と同様に、パノラマの広い情景を提示して複雑な時代の人間性を描出している。これらの小説は、卑賤な人間に力点を置きながら、何か決定的な描写のようなものを成し遂げるために、多種多様なプロットを対比的に用いたり、異なる社会レベルを比較したりすることで、層をなす社会の断面図を見せてくれる。ディケンズの場合、そしてディズレーリ、ギャスケル、シャーロット・ブロンテの数作の場合のように、社会意識が小説技法、すなわち題材の選び方や構成を左右している。ギッシングは初期に数回試みて失敗したのち、ディケンズのユーモア、シンボリズム、メロドラマを模倣しなくなった。読者を楽しませ、道徳的な見解を普及させるために、事実への忠実さを犠牲にするディケンズの傾向をギッシングは容認したが、自分の作品には別の動機——自身の現実認識に忠誠《フィデリティ》を誓うこと——を選択したのである。

それゆえ、駆出しの小説家ギッシングが師として仰いだのはディケンズではなく、ジョージ・エリオット（図③）であった。彼は、無作為のリアリズムや人物と出来事の網羅的な処理の仕方という、彼女が確立させて十九世紀後半に優勢となった小説の手法を採用した。彼はそれに関連した態度も模倣したが、その態度の中には、極めて重要な真実は観察によって理解され、経験に基づく手段と唯物的な基準によって立証されるという信念が含まれている。その態度にはまた、出来事は原因と結果——社会習慣や心理状態の十分な分析によって発見される原因と結果——の連結を通して決定されることが含意されている。ジョージ・エリオットのリアリズムは、ギッシングが彼女と共有した不可知論を反映して、絶対的な真実ではなく実際の経験のみからなる知識を求めている。それは、自伝的な要素、直接的な注釈、素材を選択する際の無意識的な性癖による作家の個性の表出を妨げるものではない。このリアリズムは物理的な現実なしに成り立ち得ないが、最も強調されているのは現実そのものというよりも、人物の現実に対する反応を表現することである。

特に初期小説の中でギッシングがジョージ・エリオットを模倣しようとしたのは、小説の素材を徹底活用すること、描写、対話、人物分析、伝記的背景、全般的な状況を積極的かつ広範に発展させる――そのために現代の読者は彼女の小説を厄介に感じる――ことであった。この方法は規範や生活習慣が確立して安定した社会の情景を叙述するのに適していた。葛藤は道徳と品行に関する一般的な考えが脅かされるときに生じ、想定される社会状況が堅固であればあるほど影響力を増すものだ。この技法を彼が用いているのは『イザベル・クラレンドン』（一八八六年）である。この小説では出来事の大半が落ち着いた状況の中で起きる。読者はプロットの最初のエピソードを視界に入れる前にキングコートに同行して、踊るクマ、盗まれた財布、魔法の泉、泉にまつわる伝説、愛想のよい牧師との出会いを経験させられる。これらの事物は、小説中の他の二義的な構成要素と同様に、主要な人物と出来事からなる中心部の周辺に置かれ、それらがバラバラであれば持ち得なかったはずの重要な意味を形成している。しかし、キングコートがロンドンの貧しい下宿に引っ越さざるを得なくなるとき、社会生活が整然としているという印象は消失し、正確に描写する作者の技巧が、批判的リアリズムという目的に使用される。次の例のように、事物は詳細に描写されることによって、自らが置かれた状況について雄弁に語るのである。

図③　ポール・アドルフ・レイジョン『ジョージ・エリオット』（1865年）

> 彼は蝋燭の火を点したまま階段の下に置き、そのすぐ左手にあるドアが開け放たれた部屋に入った。暖炉の火に勢いはなく、外にある蝋燭の光を頼りに窓の前にあるソファーを認めると、そこに沈み込んだ。ジューッという音が階段の下から聞こえると、下宿屋全体が魚を揚げる臭いで満たされた。……部屋はとても小さく、ソファーと丸テーブル、上部に装飾を施された戸棚、四脚の椅子が置かれているために、歩き回る余地がほとんどなかった。テーブルの上にはかなり染みのついた緑色の布が掛けてある。ソファー・カバーはあちらこちらが擦り切れ、内

部から詰め物が少し現れていた。（第二部第四章）

ジョージ・エリオットはよく観察された詳細を辛抱強く集積して、日常生活の本質的な首尾一貫性と連続性を証明したが、ギッシングは具体的かつ控え目に描写することで、耐え難い状況に対する声にならない叫びを効果的に表現したのである。

ジョージ・エリオットの影響は、ギッシングの精巧なプロットにも見られる。彼は作品構造にかなり配慮した。このことはエピソードの注意深い配置、中心的な筋の運びと付加的なプロットの連鎖、初期の数作を除く全部の小説に見られる出来事の着実な進展において明らかである。彼は話の展開を前もって入念に準備し、その経緯を偶然性にほとんど依存させていない。出来のよい小説には決め手となるような事件が比較的ないのだ。この手際のよさによって写実的な雰囲気が高まり、登場人物と筋の運びの依存関係が維持され、日常生活の緩慢で着実なリズムが物語に加わる。ジョージ・エリオットの作品において、これらの特質は、万物《ユニバース》の確かな因果関係、社会構造の分かり易さ、出来事は概してそれらに先立つ状況によって説明がつくという確信を反映している。これらが一つになって文脈が形成され、登場人物による行動の選択が道徳的であるかどうか、その文脈の中で判断されることになる。

しかし、そうした確実性がギッシングのプロットには見出せない。それは運命論という（ジョージ・エリオットの場合とは異なった）含みが彼の決定論にはあるからだ。運命論的なプロットの中で、人物の弱さと外的要因の持つ邪悪な力が結びついて破滅をもたらす。『デンジル・クウォリア』（一八九二年）は、根は道徳的な男女の物語である。二人は夫婦として生活しているが、女性のかつての婚姻関係が頓挫しているため法的に結ばれることがない。クウォリアが国会議員に立候補を望んでいるので、彼らはフランスで結婚したふりをする。クウォリアの不実な友――結婚生活と立候補に関してクウォリアを妬んでいる友――がクウォリア夫人の法的な夫と偶然に出会い、その夫をロンドンに送り込んで彼女の重婚罪を暴露させ、クウォリアを敗北させようとする。法的な夫は登場が遅く、投票結果に影響を及ぼすには至らないものの、夫人は自殺に追い込まれる。世論を欺くというクウォリアの意図、その妻の弱点、友人のクウォリアに対する悪意、法的な夫に邪魔をさせることになった偶然、結婚制度の厳格さ、以上のすべてが平行して最終的な破滅に通じている。すべてが終わった後にクウォリアは、社会的な法規の必要性がやっと分ったと述べるが、この言葉は所定の状況下で起きたことが必然だったことを皮肉にも示唆している。

ギッシングの特徴は社会的文脈に見られる特定の決定因の中に彼の運命論が包含されていることである。例えば『三文文士』において、夫の稼ぎが低下していることと妻が夫に高い期待を寄せていることによってプロットの題材が供給されるが、二人を口論、別離、貧困、病、死へと誘導するのは過酷で厳しい生存競争である。『余計者の女たち』（一八九三年）において、ほとんどの登場人物に失敗を強いる原因は、女性の社会的劣等性として明確化されている。女店員は仕事の辛さから逃げるために年輩の男性と愛のない結婚をし、伝統的な家庭観の持ち主の夫によって従順であることを強要され、虐待される。社会的な背景が性格的な弱さと結びついて、若妻は愛人を作り、それが知れると家から追い出されて産褥で亡くなる。この終局は当初の状況とその状況を作り出した女性差別に内在していたと考えるべきである。

ギッシングは一八八〇年代にヨーロッパ大陸から英国に渡ってきたリアリズムの流れに抵抗した。彼がその流れによって具現される信念を共有しなかったからである。ゾラとは違って彼は科学的手法を信頼しなかったし、その手法を小説に転用できるというゾラの理論を受け容れなかった。ギッシングは芸術に関して公平な態度を持とうとしたが、宗教に似た禁欲的態度――フローベールの無慈悲で公平無私の人生観の基礎にある態度――を自分の芸術に対して取り続けなかった。知的な貴族を自称するギッシングは、表面的な観察に終始して解釈を禁じる、すなわち自己表出を禁じる平等主義的なリアリズムに賛同しなかった。自然主義の手法には、個性的な表現は違法であって、作者はカメラや録音機の代わりにすぎないという含みがある。リアリズムの原則と想像力の恩恵がこのように矛盾したとき、ギッシングは自分の取るべき立場が分かっていた。彼は小説における客観性の価値あるいは可能性について幻想を抱いていなかったし、作品が自分自身の特徴を記したものだと思っていた。彼のリアリズムは作者の感情を消し去るのではなく、それを解き放つこと、すなわち因襲的な縛りをほどいて想像力を解放することであって、無二の感性と特殊な知覚を持つ者が社会生活の様々な事実に出くわして啓示を受けた結果なのだ。この意味で彼は、ゾラやジョージ・ムア（図④）といった同時代の自然主義者よりも、バルザックやフローベールといった一世代前のフランスのリアリストとの共通点が多かった。ギッシングの初期小説における貧困の場面のいくつかは、ゾラの場合と表面的に似ているかもしれない。しかし、精読すると、それらの場面が喚起する反感や憤りは、ギッシングがゾラを模倣した結果というよりも、むしろ彼がジョージ・エリオットの実直で詳細な風俗描写の手法をスラム街の生活から取った題材に適用したこ

図④　エドゥアール・マネ
『ジョージ・ムア』（1878年）

とに起因していることが解かる。

第四節　ペシミズムの希望

初期の小説を読めば分かるように、ギッシングは心理分析の才能を持って生まれたわけではなかったが、卓越した能力——真摯な人間の心の惑いと、意見の根本的な変更や精神的な再生とにつながり、運命を決するような思考の繊細な動きとの、両方を描写する力——をすぐに獲得した。ギッシングがこの能力を発揮した最初の成功例は『民衆』である。この小説で、善意に満ちた育ちのよい女性が下層階級出身の社会主義の指導者と結婚し、夫の見解を受け容れる。だが、彼女が最後に気づかされるのは、自分の信念を取り違えていたこと、そして自分の気質では夫の信条を共有できないことである。『民衆』の場合のように、ほとんどのギッシング小説の前景は、道義、社会的行動、感情に関する問題に対処する人物によって占められる。それらの主要な関心は、知識と経験を会得するという重圧の下で、これらの問題の調整をすることにある場合が多い。もちろんギッシングはヴィクトリア朝の小説の主要な様式の一つを共有しており、ヘンリー・ジェイムズの見解の影響を受けていたのかもしれない。ジェイムズは「小説の技法」（一八八四年）で人物分析を擁護し、「人が考え感じることは、その人の行為の歴史であり、性格の表れである」と述べ、「事件を決定することのない性格など存在するだろうか？　性格の具体的説明をしない事件などあるだろうか？」と尋ねることによって、事件を扱う小説と性格を扱う小説という区別がなされることを拒んでいる。

とはいえ、ギッシングの手本はやはりジョージ・エリオットである。彼女の場合と同様に、彼の主要人物は日常的な問題に単に反応するだけではない。彼らは首尾一貫した人生論を導き出すこと、そしてそれに従って行動することの必要性を感じている。この類似点は、ギッシングとエリオットが共に熱心な実証主義者で不可知論者であったこと、そして知的な見解に関わることこそ道徳的な責任感を表現する最大の方法だと考えていたことに帰因するのかもしれない。エリオットの小説では登場人物の思想にあまり権威が与えられていないが、それは彼女が思想の正当性よりも人物の生活に及ぼす思想の影響に関心を抱いているからだ。彼女が強調しているのは一般的な人生観に属する考えで、その考えは小説全体に現れている。一方、ギッシングは人々が主義に従って生活しようとする可能性をエリオットよりも真剣に受け止め、人物とその人物が関わる主義との両方について小説を通じて実験をしている。彼が描く人物は、重要な同時代の信条——『暁の労働者たち』は実証哲学、そして芸術か政治かという問題、『民衆』は社会主義、『サーザ』は教育、『余計者の女たち』は好戦的なフェミニズム——と取り組んでいる。これらの信条はすべて人物の単なる断面としてではなく本質として扱われ、小説の結末では信条に関わった人物だけではなく、その信条についても審判が下される。

　ギッシングは致命的な病にしばらく苦しんだ後、死の床に横たわって「我慢、我慢（Patience, patience）」[4]と呟いた。彼は不可知論者であったが、牧師に話しかけた。この聞き手は英国人だったが、死に場所となったピレネー山脈の丘陵地域にある辺鄙な村イスプールの言語であるフランス語で話していた。友人のH・G・ウェルズが訪ねてきたとき、ギッシングは英国に連れて帰ってくれと懇願したが、彼は今いる場所で死ぬ運命にあった。このような最後の数時間における不調和な感じは、自分のいる場所《ユニバース》についてギッシングが抱いた印象を適切に反映したものであろう。彼は、主題として社会の不正を取り上げた小説においてでさえ、恋愛における不満、自己欺瞞、孤独、すなわち人間性の欠陥に端を発する葛藤に注意を払っていた。ギッシングはこのような個人的な領域――この領域での邪悪さは明確な解決策を持たない――に力点を置くことによって、十九世紀後半のユートピア的な憶測、すなわち、合理的な社会秩序が確立されれば、あらゆる問題が解決するという憶測を攻撃していたのである。

　ギッシングは文筆活動の初期に、ある決定的な真義を発見していた。

> へつらいの聖油を魂に塗ったとしても、世界と言えば邪悪であるという不変の真理から我々は逃れられない……。人は、悪に惑わされたと言うことが事実に反していることに気づくようになる。悪が自分の存在の本質だからである……。我々の存在はあるべきでない何ものかである。それが存続することを熱望するのは罪なのだ。

ギッシングがこれを公表することはなかった。この言説は「ペシミズムの希望」という一八八二年に書かれたエッセイに含まれているが、その中で彼は実証哲学とそれを用いる社会改革のあらゆる可能性を否定した。[5]このエッセイの中でギッシングは、彼が万物《ユニバース》の枠組の中で感じた敵意と人間の醜い自惚れとを表現し、人間性が自ら永続するのを拒み、地球上からその存在を一掃することによって得られる最終的な勝利を待ち望んでいる。人間意識の消滅こそが、テニスンの「一つの遥かなる尊い帰結／すべての被創造物が目指すもの[6]」を反転させたギッシング自身の翻案なのである。

　このような悲観主義がギッシングの小説の核にある。だが、彼の社会批判がそれを最大限に表現しているわけではない。ギッシングは、社会悪が矯正されるかもしれないと考えていた文筆活動の初期に、社会悪に対抗するために異議申し立てを行った。しかし、彼が社会悪は人間の置かれた状況に内在する悪の当世風な形態にすぎないと感じるようになったとき、初期の小説に描いた憤怒、同情心、絶望感さえもが不適当なものになった。この心情の変化に伴って、ギッシングの特徴である静かで控えめな語りのスタイルが現れるが、このスタイルは彼がペシミズムから引き出した皮肉な希望を示している。例として、『ネザー・ワールド』におけるスラム街の一室とそこに住まう女性の描写を最後に見てみよう。

……部屋は散らかっていないし不潔なわけでもないが、背筋を凍らせるような貧困の不快感にあふれている。目につく家具と言えば、大きなベッド、洗面台、食事用のテーブルと二、三脚の椅子だけで、椅子の籐製の背は緩んで破れていた。二、三枚の価値のない絵がそこここに掛けられ、前方にいくらか傾斜した炉棚の上には陳腐な装飾があり、前に糸を張って落ちないようにしてあった……。ヒューイット夫人はベッドに腰かけ、具合が悪そうに背中を丸めている。二十七歳だが、それよりも老けて見えた。十九歳で彼女は結婚した。夫のジョン・ヒューイットには先妻との間に二人の子供がいた。彼女は魅力的だとは決して言えなかったが、親切で、微笑むと感じがよかった。意志薄弱で頭もよくないが、気立てはよい。しかし、どちらかと言えば取り越し苦労が多すぎて、不幸なときに味方にすると敵よりも始末に終えない。そんな類の女だと人は考えるだろう。服を着ているというよりも巻きつけていて、薄くなった淡い色の髪を無造作に巻き上げている。スリッパを履いているが、その上部は奇跡的に靴底にくっついているかのようだ。彼女の身体とそれを満たす生命の間にも、それと同じ関係があるようであった。というのも、その頬に血の気はなく、目に輝きがないからである。胸に抱いた赤ん坊は乳を吸う仕草をして呻いている。この貧しい女が自分以外の人間をいかにして養うのか、誰にも分からない。（第二章）

ギッシングは、作為も情け容赦もない突き放した調子で、遺憾な感じも皮肉な感じもほとんどなしに、卑劣、不公平、陰険、もしくはそのうちのどれでもないものを観察されるままに表現し、最終的な判断を読者に任せている。斜めになった炉棚から落ちないように装飾を留めている一本の糸は、数頁におよぶ憤怒に満ちた異議申し立てよりも、はるかに多くのことを語っている。スリッパの靴底にたとえられたヒューイット夫人の生命と身体についての戯言は、苦悩が残酷さを生むことを示唆している。この戯言が映し出すのは、その殊更に不幸な人物の苦しみではなく、作者自身のもっと深い痛みなのだ。作者は彼女が具現化する普遍的《ユニバーサル》な状況に気づいているが、リアリズムの小説家であるために嘆き悲しむことができないのである。

ギッシングが、このような調子——早くも『無階級の人々』に散発的に現れ、『因襲にとらわれない人々』（一八九〇年）で支配的になる調子——で執筆するとき、やはり小説という形式は彼に合っているという印象が形成される。それは、彼がありふれたことの詳細な注釈や平凡な問題に対処する平凡な人々に興味を持っているからではなく、小説を書くことが究極的な絶望感に対する防衛策であり、希望という狂気に固執する人々を観察する手段であるからだ。それは、フランス語の「我慢、我慢」のように借用の言語で発せられた借用の感情であって、公の表現には適していない耐え難い真実を示唆するのにふさわしい。

訳注

（1）ギッシングの平和主義にキリスト教の影響があると断言することはできない。彼が死ぬ前にキリスト教を信奉するようになったという報告もあったが、生涯ギッシングは神学上の教義に敵対したと、ロバーツは一九〇四年一月に『チャーチ・タイムズ』へ送った短信の中で述べている。

（2）英国実証哲学協会会長フレデリック・ハリソンを通して知り合った人々が、ギッシングにジャーナリズム関連の仕事を提供してくれることもあったが、彼はそのほとんどを受けずに家庭教師として急場を凌ぎながら小説を書き続けた。

（3）ジェイムズは、『カサマシマ公爵夫人』を収録する全集第五巻の序文（一九〇八年）の中で、人物が与えられた状況をどのように意識しているかということに従って、読者は状況に関心を持つと指摘している。

（4）この表現はギッシングの二つの作品で使われている。一つは『ネザー・ワールド』の第二十八章で、貧民救済事業の能力がないジェイン・スノードンが我慢すれば報われるという場面。もう一つは『ヴェラニルダ』の第六章で、ゴート人の王女ヴェラニルダを慕うバジルに対して友人のマーシャンが忠告する場面。

（5）一八八二年十月六日にギッシングが弟アルジェノンに宛てた手紙（*Letters* 2: 102）によれば、彼はフレデリック・ハリソンに読まれるのを恐れて、この実証主義批判のエッセイを発表しなかったことが分かる。

（6）アルフレッド・テニスン『イン・メモリアム』（一八五〇年）の最終スタンザからの引用。

（矢次綾 訳）

第二十三章

審美主義

――美を通じた理想の追求――

吉田　朱美

ダンテ・ゲイブリエル・ロセッティ『ベアタ・ベアトリクス』（1864-70年）

最初に世に出たギッシングの長篇小説『暁の労働者たち』（一八八〇年）の中で、司祭職にありながらもキリスト教への信仰を喪失してしまったノーマン牧師は、八歳の娘ヘレンに「神さまって何なの？」とたずねられ、戸惑った末、次のように答える。

よい行いと悪い行い、美しいものと醜いものとを区別するための能力を与え、そして悪いことや醜いものではなく、よいことや美しいものを選ぶように命じる何かが、あなたの心の中にあるのを知っているね。その何かが、神さまなんだ。

（第一部第三章）

ここで「善悪」や「美醜」という、普通に考えれば別々であるはずの二対の価値基準が、あたかも同じ一つの物差しの二つの側面であるかのように何気なく融合されていることに注目したい。まず、「よい行いと悪い行い」とを見分ける能力が「美しいものと醜いもの」とを見分ける能力と同一のものとされている。そして牧師の発言の後半部、「悪いことや醜いもの」でなく「よいことや美しいもの」を人に選び取らせることこそが神の機能だという定義によって、「よい＝美しい」および「悪い＝醜い」という組み合わせが成立しているかのように見えるのである。しかし、「美しい」ものが道徳的にも「よい」のだと言ってしまってよいのだろうか。

ギッシングの生きた十九世紀後半の英国において、「美しいものを認識する能力」と「善悪を判断する能力」とを同一視する考え方は、実は珍しいものではなかった。画家ターナーを擁護し、またラファエル前派の理論的な支えとなったことで有名な評論家ジョン・ラスキンは、単調な分業労働にたずさわる労働者階級の人々の精神に美しいもの＝よいものを見分けるための教育を施すことによって、堕落しがちな彼らの生活状態を向上させることが可能だと考えた。その考えに基づいてラスキン自身も労働者のための学校で美術教育を行ったし、また彼の影響を受けた中産階級の多くの者が、労働者階級に「美」の感覚を授けるための慈善事業に参加したことは、ダイアナ・モルツの『英国の審美主義と都市の労働者階級、一八七〇～一九〇〇年』に詳しい。モルツは、ラスキンによる倫理学と美学の融合を示す例として、彼の用いた「高貴な美しさ（noble beauty）」という表現を引用している。[1] この表現には「美しさ」が「高貴さ」という道徳的な精神性をも示すものであるという考え方が反映されている。

ヒラリー・フレイザー著『美と信仰』[2]では、キリスト教への懐疑が深まりつつあったヴィクトリア朝後期、「文化・教養」がキリスト教の権威に代わって社会の秩序を保つ機能を担うものと考えられるようになるにつれ、美的な概念と道徳的・宗教的な諸概念とが融合していった経緯が分析されている。そうした一連の動きの中で大きな影響力をもっていたのが、ラスキンや、

『教養と無秩序』（一八六九年）の著者マシュー・アーノルドであった。そしてギッシングも『暁の労働者たち』のノーマン牧師と同じく、キリスト教への信仰を失った不可知論者であった。また、一八八〇年代当時のギッシングはラスキンの熱心な読者であり、彼の強い影響を受けていた（*Letters* 2: 134-35, 196, 274; Maltz 175）。彼の小説作品のうちの多くには芸術家や芸術作品が登場し、作中で大きな役割を果たしている。とくに初期の作品においては、キリスト教の教義がもはや絶対的な権威をもちえなくなった後期ヴィクトリア朝という時代に、それに代わる道徳的な機能を果たすものとして、ギッシングは芸術家および芸術作品の社会における存在意義を肯定しようとしていたように思われる。また、登場人物の中でも『人生の夜明け』（一八八八年）のエミリ・フッドや『サーザ』（一八八七年）のウォルター・エグレモント氏といったとりわけ知的に優れた者たちは、キリスト教に対する信仰を持っておらず、代わりに、美的感覚の洗練を通じて人格の完成を目指すことを旨とする美の宗教に帰依することになる。

この章は「審美主義（aestheticism）」と題されているが「審美主義」の定義は人によって異なり、「芸術至上主義運動（Aesthetic Movement）」や「唯美的（aesthetic）」という語に対して否定的であったラスキンを含めない捉え方もある。しかし、モルツが指摘しているように、労働者に美をもたらそうという審美改革運動、すなわち「伝道の審美主義（missionary aestheticism）」の理論的根拠となっていたのは、通常「唯美主義者」の定義には含まれないラスキンやマシュー・アーノルドの思想であった（Maltz 2-7）。また、英国における芸術至上主義者の代表格的存在であるオスカー・ワイルドも、若い頃ラスキンの講義に感化され、その指導下で福祉事業に携わったこともあった。その後ワイルドはラスキン流の、道徳性と結びついた役に立つ美という思想から離れて、芸術家や芸術作品は一般人を縛る道徳性から解放されていると主張するに至る。またギッシングも、『暁の労働者たち』のような初期作品においてラスキンの芸術観への共感を示しているが、後にはワイルド同様の、倫理規範から逸脱した存在という芸術家観をも作中で語るようになる。以上を踏まえて、ここではラスキンも含めた同時代の美的思想と、ギッシングの特に初期小説とのかかわりに注目したい。最初にギッシング小説における視覚の機能について考え、次に「美の宗教」という考え方に注目しながら、芸術の受容と人格の陶冶との関係について考察し、第三節と第四節ではそれぞれ絵画と画家、音楽と音楽家の問題をとりあげる。

第一節　見ればわかる？

美的感覚の養成が道徳性の向上につながるという考え方とは、具体的にはどういうことだろうか。この節では人の容貌の美を認識する能力を例にとって考えてみたい。ギッシングの小説を読むと目につくのが丁寧な人物描写である。『サーザ』でウォルター・エグレモント氏が初めて登場する場面を見てみよう。

　このエグレモント氏は、社交界での人生に楽しみを見出せる人のようには見えなかった。きれいにひげをそった彼の顔はやや骨ばっており、その輪郭は自立心の強い性格を表していた。額は広く、両眼は素早く探るように見るか、あるいはぼんやりと見開かれて、想像力にとんだ気質を示した。……それは理想主義者の顔であった。（第一章）

このように、語り手はただエグレモント氏の顔立ちの特徴を述べるだけにとどまらず、そこから読み取られる彼の性格をも客観的事実であるかのように叙述する。だが、なぜ顔の輪郭を見ただけで「自立心の強い性格」だとわかるのか。なぜ顔の特徴や目の動きだけから「理想主義者」であるといいきれるのか。人物の容貌が単に偶然表面に現れた模様などではなく、内面を忠実に映し出す記号として機能しているという信念があるからこそ、詳細なリアリズム的描写を行うわけであるが、その信念は何に基づいたものなのであろうか。

　十九世紀において、人格が容貌を形作るという考えは、科学的事実として一般に受け入れられていた。一七七二年にまずドイツで出版され、八九年に英語版が出されたスイスの神学者ヨハネス・カスパール・ラヴァターの『人相学断章』（図①）は、十九世紀を通じて人相学の権威としての地位を保っていたが、その中には「人間の特性を完全に知るには、その外観、身体、表面に頼るほかはない。……人の精神生活は、とりわけ顔の輪郭や造作、表情の動きに現れる」[3]とある。

　ラヴァターは「額は理解力」、「鼻や頬は感情生活」を表し、「目」こそがすべてを集約する中心である、と続ける。しかし、性格がふだんは表面から隠れていたり、絵や言葉によっても捉えがたい微妙な特徴に現れるだけということもある。したがって人相学者の要件は、「高度な理解力」および「想像力」を備えていることである（Taylor and Shuttleworth 10）。

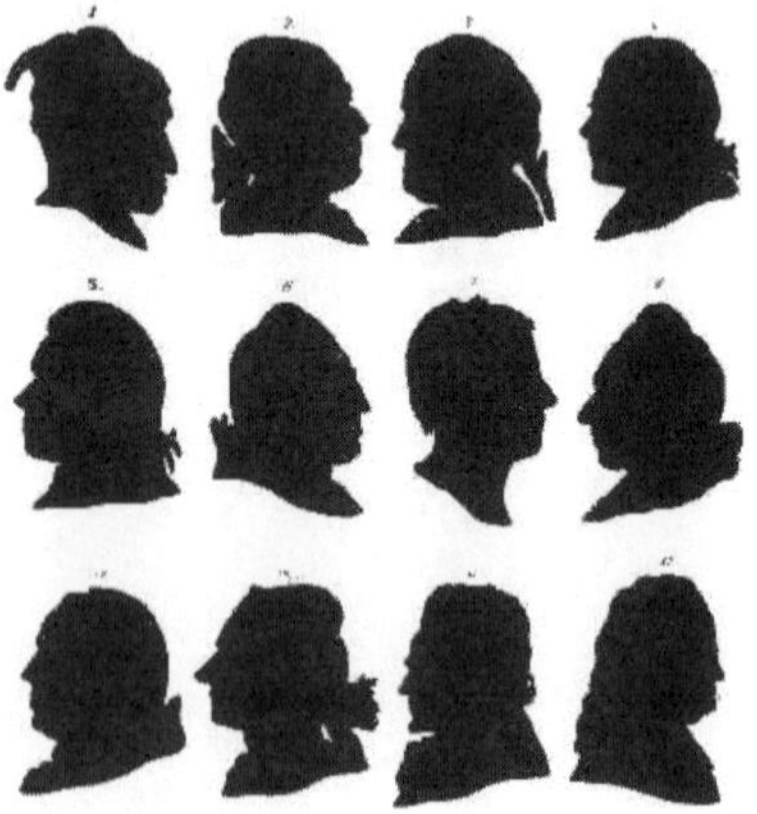

図①　ヨハネス・カスパール・ラヴァター『人相学断章』（1772年）

ラスキンも、その主著『近代画家論』（一八四三～六〇年）中の「人間美」に関する章で、「精神が身体的形状に及ぼす影響」を考察している。

第一は「知力が容貌に及ぼす影響」であり、その結果は容貌の美しい刻み目、輪郭線に表われる。容貌から肉欲や怠惰の兆候を除去し、眼に鋭さを与え、眉毛に洗練された形象と発達を与える。第二は知力に及ぼすモラル感情の作用の様式と、知力とモラル感情の結合の様式であり、それらが結合して身体形態に作用する影響である。……第三は、魂が肉体的構造に属する典型美の特性の幾つかに干渉し始める、魂を鍛える時期があるということである。知性を撹乱すると、肉体が疲労しモラル的熱情は肉体からの解脱によって天国を目指して燃焼し尽くす。(4)

ラスキンの言う「典型美」とは、「統合性」や「左右対称性」を構成要素とする均整の取れた美である。ここで引用した「精神が身体的形状に及ぼす」影響のうち「第三」は、知性や道徳的精神の働きにより、その典型美が損なわれる場合で、例として「ダニエルの美しい血色のよい顔よりもパウロの弱々しい存在のほうを高潔に構想する」ことがあげられる。つまり、人の容貌が「理想的な身体美」から逸脱したとしても、その逸脱が高度な精神性を原因とする場合、そこにはより高次の美が認められるというのだ。このように、ラスキンは「人間美」を単に視覚的に快の感覚を与えるものとは捉えず、「善良な魂」の表れこそが美であると定義している（ラスキン　一八五頁）。

このような美を正しく認識するには見る側の「想像力」だけでは十分ではなく、さらに「魂」によって美の理想を追求する過程が重要となる。「善良で完全な容貌の理想」を獲得するためには、見る側の者がまず自分の魂の中にある善良な部分を認識し、その認識に基づいて今度は他人の魂の中の同様な善良さを共感によって見出すことが必要だとされる。

ギッシングの『人生の夜明け』の女主人公エミリ・フッドの容貌の美は、ここでラスキンによって定義されたような、向上心のある魂によってしか見分けられない類の美である。「凡人の心には訴えないが、とりわけ熱烈な性質の者には不思議な力で訴えた」（第八章）彼女の美を認識できるかどうかが、見る者の精神性をはかる物差しとなる。理想主義者エミリの顔は、彼女と「共感」しあえるウィルフリッドにとっては「精神的な美の完全な型」（第三章）である。エミリに求婚し拒絶されたのち復讐の鬼と化し、卑劣な方法で彼女の父を罠にかけるダグワージー氏も、内に秘めた「洗練」への憧れや向上心があるからこそエミリの魅力を見抜くことができ、「他のすべての女性よりあなたを優れたものとしているものが何であるか、私にはわかります」（第八章）と言うのである。そして父の死後、自分のせいで彼を死に追いやったのではとの自責の念にかられ、病みやつれたエミリは、その顔に「彼女自身の魂に共感できる魂にしか感じられない美」（第十六章）をたたえる。「それ以外の人々には、彼女は恐ろしい苦悶の化身のように見えたであろう」という記述は、まさにラスキンのいう「精神が身体的形状に及ぼす影響」第三のケースにあてはまる。彼女を理解しない人にとっては美しく見えないにせよ、崇高な精神性をそなえたエミリの容貌は、定義上「美」とされなくてはならないのだ。

以上見てきたように、ラスキンの『近代画家論』やギッシングの『人生の夜明け』においては、美を認識することは道徳的な行為であり、誰にでも自然にできるわけではない。ラスキンは「はっきり見るということの中には、詩、予言、宗教、すべてが含まれている」と言っている。真の知覚をつかさどるのは精神の働きであり、

> 目の前にあるものだからといって、それが自分に見えているはずだと思い込むのは大きな間違いだ。……形の正しさを認識し、またそれによって喜びを感じることにおいて、鈍い人から鋭敏な人まで、その知覚能力の程度はまことにさまざまである。(5)

しかも、その生まれつきの差はますます広がっていく傾向にある。ラスキンは、もともと感受性の乏しい人であっても、その審美能力は訓練によって発達するはずのものであると考えた。ただし、現実にはなかなかうまくいかないという。訓練のため必要とされる努力の度合いに比して得られる快の感覚があまりに少ないため、その努力は中途で放棄されてしまうからである。

> 生まれつき感覚が鋭敏な人々にとっては、外界の自然からの呼びかけは非常に強く訴えてくるので、それに従うしかないのであるが、……一方、もともと鈍い感性の持ち主の場合、そういった呼びかけはすぐに他の思考にかき消されてしまい、もともと弱いものだった感受性はまったく死に絶えてしまう。

美に対する知覚能力に恵まれた者とそうでない者とのこの隔たりは、ギッシングの小説世界の中で、例えば『暁の労働者たち』のアーサー・ゴールディングとその妻キャリー・ミッチェルの場合のように、人と人との間の相互理解を不可能にするほどの決定的な精神的隔たりとして、また、道徳的・知的向上心の有無を決定付ける差異として、常に意識されている。

第二節　「美の宗教」

「美の宗教」というフレーズは、ヘーゲルの『宗教哲学講義』（一八二七年）でギリシャの宗教を定義する際に用いられたものであるが、ラスキンの説く道徳的な美や、世紀末の芸術至上主義者たちの思想をも指して用いられる。(6)ギッシングの小説では、女主人公のエミリが「美の追求を宗教にした」（第三章）『人生の夜明け』中に用いられている。前節で見たように、正しく見

る・美を見抜く能力は、精神的な修養なしには獲得できないが、そういった能力の完成を人生の目的とするのがエミリである。

婚約者ウィルフリッドに宛てて思いをこめた手紙を書き送るほかに、エミリはいわゆる芸術的創造行為にたずさわっているわけではない。しかしながら、語り手はエミリを「人生の芸術家」（第三章）と呼び、彼女の自意識が人生そのものを芸術に作り上げているのだという。人生自体を芸術にするという考えは、ヴィクトリア朝イギリスを代表する唯美主義者のひとりであるウォルター・ペイターの手による小説『享楽主義者マリウス』（一八八五年）にもみられる。ギッシングはこの本が出た年に書評を書き、また妹マーガレットへの手紙の中でペイターの教養概念に対し賛同を示している（*Letters* 2: 352）し、『人生の夜明け』とも共通する要素が多いことから、『人生の夜明け』にペイターの『享楽主義者マリウス』の影響を読み取ることも可能かと思われる。どちらの小説も、美の感覚を研ぎ澄ますことによって人格の完成をめざす人物を主人公としている。しかし、それぞれの小説世界全体の与える印象にはかなりの違いがある。

『人生の夜明け』のエミリは厳格な理想主義者という性格を与えられているが、彼女がその感受性と理想主義を開花させることができたのには、両親から受け継いだ生来の素質に加え、彼女が女家庭教師《ガヴァネス》として住み込むことになった先のロレンス家の環境によるところが大きい。この家の主人は書物と絵画を愛しており、その質の高い絵画のコレクションに日々接しながらエミリが過ごした三年間は「大学教育にも匹敵するものであった」（第五章）と語り手は言い、美的感受性を発達させることが高等教育の本質だとする考えを表明する。

エミリの「理想美（intellectual beauty）に対する本能的な渇望」は思索によって深められ、ひとつの主義としての形を整えていく。「彼女は『内なる魂の美』を求めて祈る」が、その「魂の美」の多くの部分は「外面の美に対する知覚力」（第五章）に存するとされる。つまり、洗練された美的感受性が高潔な精神の基礎をなすということになる。この考え方の根拠はラスキンが感覚を洗練することの重要性を説いた以下のような文章に求めることができるかもしれない。

> 色彩や形に対する身体的な感覚は、われわれがすべての高貴な精神の主要な特性のひとつとして、また真の詩の主要な源泉として崇めているあの高次の感受性と緊密に結びついている。
> （Ruskin 142-43）

ギッシングの小説において、芸術や自然の繊細な美を十分に認識し嘆賞することができるのは感受性に恵まれた一部の者だけであり、物質主義に支配された大半の人々は表面的な理解にとどまる。しかし、その特権的な少数の美の理解者といえども、十分な精神的・身体的条件が整っていなければ、平静な心で美的対象に向かうことは難しい。研ぎ澄まされた感受性は他者への深い共感能力をも意味する。これらの人々は平均的な感性しか持たない凡人よりもはるかに周囲からの精神的影響を受けやすいので、なおさら難しくなる。「醜悪な環境に取り巻かれたとしても、彼女の魂は美の理想を持ち続けることができるであろうか?」(第五章)——この自由間接話法で書かれた疑問文は、エミリの自問として読むべきであろうが、同時に、彼女がさまざまな困難を経験していく小説の展開全体に対して投げかけられた問いでもあると考えられる。エミリは自分の共感能力の大きさに気づいており、他者への憐れみによって全面的に支配されてしまうことを恐れる。そして、人生の荒波からできるだけ遠ざかって生きていこうと心に決める。

このエミリの姿勢を小説の語り手は「この時代の知的な利己主義《エゴイズム》」(第五章)と呼ぶ。そして、「美を崇拝する本能の働きを十分に生かすためには、強固な人格が必要だが、そのような人格を獲得するためには感受性を犠牲にするほかない」(第五章)という矛盾した状況を指摘する。つまり、社会や他者の人生の悲惨さに心を乱されすぎることなく自らの魂を純粋な状態に保つことに専念するためには、周囲の状況に容易には動かされないだけの丈夫な神経が必要となるが、そのような図太い神経はもちろん、美に対する感受性とは相容れないものなのである。エミリに限らず、次節でとりあげる『暁の労働者たち』のアーサーなど、ギッシング小説に登場する芸術家や芸術的感性に恵まれた人物の多くは、美的経験と衝突するような状況と直面する中で、この矛盾にどう対処していくかに悩まされる。

ペイターの『享楽主義者マリウス』はストア派・エピクロス派などのギリシャ哲学や、生まれたばかりのキリスト教信仰などが複雑に入り乱れる古代ローマを舞台にしている。そこで独自の価値体系・行動規範を作り上げていこうと模索する主人公マリウスは、混迷する思想状況の中で彷徨するヴィクトリア朝知識人の姿と重なる。プラトン派哲学のような肉体の否定も、キリスト教が説く死後の生活についての信仰も、抽象的な形而上学も無条件に受け入れることのできないマリウスが唯一確実に信頼できるのは、自分の身体に根ざした直接的な感覚だけである。マリウスはたえず「知覚し、身体への微妙な印象を受け取り、想像力をもって共感する」(第十六章)能力の完成に努める。その過程においてとくに中心となるのは視覚(図②)である。そこでは事物の「外観」、「美的性質」は単に快い感覚を与えてくれるだけのものとは考えられておらず、「美的・想像的」な面を通じてこそ、マリウスは自分自身、そして周囲の事物に関する真の理解に至ることができるのだとされる。

彼は少年の頃から「行動よりは内省」、そして「想像力の領域」に生き、「瞑想の力によって自らの内部から世界を構築する理想主義者」であり、それは生涯変わらなかったとされる(第二章)。しかし、このようにマリウスが一生を通じて感受性や共感能力を洗練することに専心し、理想を全うできるのは、彼がその思索的・内省的な性格を十分に発揮できる環境に恵まれたからでもある。そういった「浮世離れした」静謐な内省の人生を生きることが可能であるためには、一定の条件が必要とされるのではなかろうか。

堕落した人間の姿を思わせる蛇の姿に、「見て嫌悪感をもよおさせるものがどれほど彼の内面の平和を乱すかを実感」(第一章)したマリウスは、自分がどれだけ美しいものに囲まれているかに感謝する。『人生の夜明け』でエミリの発した「醜悪な環境に取り巻かれたとしても、自分の魂は美の理想を持ち続けることができるであろうか?」という難問と直面することなく、マリウスはエミリが理想とするような精神的境地に達することができるのだ。富士川義之氏は『ある唯美主義者の肖像』の中で

図②　アニー・ルイーザ・スウィナトン『視覚』(1895年)

『享楽主義者マリウス』について「求心的な内面追求を歴史的背景の中で行う」この小説が、「社会の現実や他者との葛藤や緊張関係から生じる、いかにも波乱万丈な、ドラマティックな行動」を欠いている点で「十九世紀リアリズム小説の主流から大幅に逸脱して」いることは明らかだと語る。(7) マリウスの周囲で起こる出来事は彼の精神世界と正面から衝突することはなく、すべては彼の内面へと吸収され、その完成に向けての各段階を構成する要素となっていくようである。

見てきたように、『人生の夜明け』におけるエミリの「美の宗教」は、ラスキンのようにそれを通じて社会改革を目指そうとするものではなく、美的感性の鍛錬により、真実を見抜く力や自己の人格を完成することを目的としている点において、ペイターの唯美主義にきわめて近い。また、『人生の夜明け』においても『享楽主義者マリウス』におけると同様、感性の開発へ向かう主人公の志向が決して退廃の兆候などではなく、高次の道徳性と矛盾しないものであることが再三、強調されている。これは、『ルネサンス』(一八七三年)などに表されたペイターの唯美主義的芸術観を批判する声が当時あったことに対応したものであろうし、また、フランスのゴーティエやユイスマンスなど、美や感覚的刺激の追求を退廃的なものとして描く芸術至上主義の一派と一線を画する態度を示すものでもある。

だが、ペイターのように精神的・美学的な理想を提示するだけではなく、現実社会とその中に生きる人間との葛藤をも中心

的な主題として描こうとしたギッシングの小説において、登場人物たちの理想に生きようという努力は、社会的・経済的・物理的な制約によって阻まれることになる。エミリも自らの理想と過酷な現実との間の摩擦に苦しむが、次節で見る『暁の労働者たち』のアーサーもまたそうである。

第三節　画家の使命

十九世紀の初頭、理性的に構築された技巧的な作品ではなく、霊感や感受性によって創造された芸術作品にこそ価値を見出すロマン主義的な芸術観が浸透していくにつれ、天才的芸術家を崇拝する傾向が強まった。天才とは単に技巧が優れているばかりでなく、特別な精神性や人格をも備えていなければならなかった。自然との交感を可能とするような特別な感受性を持ち、また、霊感を受けてものを創造する力があることから、神にも近い存在であると考えられたのである。(8)

審美批評のアンソロジー『不思議さと美』の編者によると、ラスキンは自然美を神の作品として賛美し、天からの霊感によって芸術を創造する人間の力をも賛美する審美的態度をロマン派から受け継いだ。しかし、ロマン派詩人たちにとってそうした文脈における至高の芸術とは文学であったのに対して、ラスキンは視覚芸術にまでその範囲を広げ、絵画を文学と並ぶ芸術としての地位へと高め、美術批評というジャンルを英国で確立した。(9)

ギッシングの『暁の労働者たち』は、絵画の才に恵まれ、労働者階級に属する青年アーサーを主人公としているが、彼はラスキンの考える芸術家像のように、天からの霊感を受けたロマン派的な天才である。アーサー（Arthur）という名前は「芸術（art）」という語をその中に含んでいることからも、ギッシングが彼を芸術家の一つの典型として描こうとしたことがうかがわれる。この小説では、理想美の追求と功利主義的価値観との対立という問題に焦点が当てられているが、それは同時代の芸術至上主義者オスカー・ワイルドも強く意識し、『幸福な王子』（一八八八年）などの作品中でしばしば扱った問題である。

アーサーは生来の才能を備えているが、画家として大成するためにはそれだけでは十分でなく、さらに他のすべてを犠牲にして絵画の修行に打ち込むことが必要とされる。それはラスキンの芸術家観においても同様である。ラスキンは『近代画家論』の中で「芸術は娯楽ではない。……芸術を理解し、芸術に取り組む際には真剣にやるべきであり、そうでなければやらないほうがよい」（第二巻第三部）と述べている。そして、芸術へ専心することに関して、「その努力は、人々の人生を無為に捧げさせるようなことにはならず、人類にとって重要な利害にかかわる有用な機能をもっていることにより正当化される」と主張する。その機能、すなわち芸術の効用とは、人々の美への理解力・想像力を高め、「神の栄光を目の当たりにして、その栄光をさらに推し進める」能力を開発することである。ラスキン自身、自分の述べているような「芸術の有用性」が、社会で一般に通用している功利主義的な有用性の概念とは大きくかけ離れていることを認識しつつも、「それ自体が目的であるような芸術や科学など、通常の意味で『有用』とされないもの」こそが、人生におけるより高次の有用性、聖なる機能を帯びているのだと強調する。彼は当時の社会に広まっていた功利主義が「あたかも家や土地、食料や衣服だけが重要であり、視覚や思考や感嘆することはどれも無益」であるように見なしていると批判している。

アーサーは、常人とは別格の美的感性を生まれつき備えた人物として造形されているが、その絶対的な才能は「彼の粗野な外面の下に隠れていた天上の炎のきらめき」（第一部第四章）といった表現で、物質世界とは異次元に属する神聖なものとして描写される。描くことに対するアーサーの情熱は本人にも制御不能な衝動となり、彼の行動や人生を支配していく。しかし、『人生の夜明け』のエミリの「美の宗教」が「知的なエゴイズム」と呼ばれていたように、ひたすら美の追求にささげる人生とは利己的な生き方なのではないかという問題意識が、『暁の労働者たち』のアーサーにもつきまとう。アーサーは自分の中の二つの面のせめぎ合いに苦しむようになる。すなわち、「芸術家としての本能、希望、野心」（第一部第十一章）に従って生きるか、それとも、貧窮していた子ども時代に芽生え、育ての父トラディ氏によってさらに薫陶を受けた博愛精神によって他者のために尽くす人生を送るかという選択を迫られる。これらはお互い相反する傾向のように見えるけれども、アーサーの才能の構成要素である感受性や深い共感能力こそが周囲の社会の悲惨な現実に対しても彼を敏感にさせているわけであるから、彼の天才に必然的に付随する矛盾ともいえるだろう。

トラディ氏は、この二つの性向を両立させる手段として「ホガースの後継者」となってはとアーサーに提案する（第二部第六章）。ホガースは十八世紀のイギリスで、当時の社会や風俗における醜い現実を諷刺的に描き出した画家である。福祉問題に関心をもち、社会の「無名の人々」に対して共感を示したことでも知られる[10]（図③）。「ホガースの後継者」とは、目の前の群

図③　ウィリアム・ホガース『ジン横町』（1751年）

集の様子をありのままに描き出し、それを公衆の眼前にさらし、「道徳的な教訓」を与えることによって彼らに現実に対する目を開かせ、芸術家としての使命を果たすと同時に社会の改善にも役立つ道ということを意味している。しかし、少年時代から美を心の中の神殿の女神と崇めてきたアーサーにとって、醜悪なものを描くために筆を執ることは不可能である。画家としての彼の使命は、それまで誰にも目に見える形で表されていない美のイデアを描き出すことだからだ。

労働者によって組織された社会改革団体に加入し、一時は芸術のための人生は自己中心的であり、罪であるかのように感じ、「芸術は無益だ。他者を幸福にすることに人生を捧げよう」（第二部第七章）と考えるアーサーだが、完全に芸術への愛を押し殺すことはできない。そんな折に再会した幼なじみのヘレンに悩みを打ち明けたところ、ヘレンは「芸術家の本能を押し殺すことこそが罪です」と言う。さらに次のように「芸術のための人生」を正当化し、アーサーを説得する。

今後、芸術のみに人生を捧げるように命じます、あなたは芸術家として生まれたのですから。……新聞でよく、もっと良識があってしかるべき人々が「有用性」について論じているのを目にしますが……「美」よりも有用なものなどこの世にはないのです。人類のための究極の利益のために、美よりも有効なものはありません。……天才には天才のための掟がこれまで常にありましたし、これからもずっとあるのですが、それは人類の大部分に当てはまるものではありません。（第三部第七章）

このせりふの前半はラスキンの思想を反映したものであろう。また、後半の、天才や芸術家は常人を支配しているような掟にしばられるべきではないとの考えは、次節で見るようにギッシングの一八八四年の小説『無階級の人々』の中でも語り手によって繰り返されていることから、ギッシング自身の考え方を反映していると考えてよいだろう。

ジョン・スローンは、「アーサーとギッシングの芸術観を同一視しないように」（Sloan 18）と読者に警告する。スローンによれば、ギッシングはアーサーの観念的・理想主義的な風景画から距離を置き、自分はホガース的な現実描写に徹しているのだという。たしかにギッシングはこの小説の書き出しからロンドンのスラム風景をホガース的に描写し、労働者階級に光を当て、また『当世風の結婚』（一七四三〜四五年）というホガースの連作版画のタイトルを章のタイトルとして借用するなど、小説の世界における「ホガースの後継者」を自任していることは明らかである。しかし、アーサーの才能や、「聖母マリア」のようだとされるヘレンの人物像が、「美のイデア」といっていいほど理想化して描き出されているのもやはり事実である。アーサーの内面の対立する傾向は、当時のギッシングによってもまた経験されていたものと考えられるのではなかろうか。ヘレンの容貌に関する描写を見てみよう。

ヘレンの顔には優しい真剣さが備わっており、それは高度に洗練されていると同時に、繊細な感情に支配されやすく……彼女の額には年齢不相応の優れた思考力の紛れもないしるしがあった。両眼は、いかなる形の障害物をもつらぬいて真実を見通すかのように思われる、澄んだまっすぐな表情をたたえている。(第一部第十二章)

アーサーにとってヘレンの美は「絶対的な美、完全な型」(第二部第五章)である。そして、彼女の肖像を描き、「今後はヘレンこそが彼のミューズ、彼を教え導く女神となるであろう」(第二部第五章)とそれをお守り代わりにする。そのときアーサーは「天才だけが到達する高揚状態」を経験する。このエピソードは、ラファエル前派の画家・詩人であるダンテ・ゲイブリエル・ロセッティによる、イタリアを舞台とする短篇「手と魂」(一八五十年)を連想させる。「手と魂」の主人公である画家キアロは、自分の思考に見える形を与えたいという願望に駆られているが、彼自身の「内部の魂のイメージ」であると名乗る女性が彼のもとに現れ、「キアロ、神の僕よ、芸術をあなたのものとしなさい。私を知るため、見える通りに私を描きなさい。……そうすれば魂はいつもあなたの眼の前にいられるので、もうあなたも迷うことはないでしょう[11]」と言う。そしてもちろんキアロは彼女の姿を描く。

ロセッティにとって「女性美の鑑賞」は「祈りの一種」であったとケイト・モラーは指摘する。[12]「ロセッティがなぜ救い主としての美女に惹かれたのか」という問題に関して、ソンストロームは「キリスト教の与えてくれる慰めを拒絶した際、その喪失を埋めるべく……ベアトリーチェや乙女マリアが、幻想の中で代償となる救いを与えてくれたのではないか[13]」と分析する。一八八三年、ギッシングが弟のアルジェノンに宛てた手紙には「王立美術院でロセッティのコレクションを見て、言葉にできないほどの喜びを感じた」(*Letters* 2: 113)とつづられている。『暁の労働者たち』を執筆した一八八〇年当時のギッシングがロセッティからの直接的な影響を受けていたかはわからないが、主題における「手と魂」との類似は明らかである。『暁の労働者たち』では、ホガース的な諷刺に富んだ現実批判、およびラスキン的・ロセッティ的な理想美の追求が、ときに矛盾し合いながらも、どちらも否定されることなく道徳的な価値を与えられながら同居しているといえるのではないだろうか。

『因襲にとらわれない人々』(一八九〇年)に登場する画家ロス・マラードは、作品の前半では、芸術はそれ自体のみを目的とするという考えを述べ、ピューリタン的な女性であるミリアム・バスクの「人類を救済する手段」、「有用性」という価値基準と対立する(第五章)。しかし、結末近く、マラードは彼とシシリーとの関係に対して嫉妬するミリアムに、二通りの肖像画を見せる。一方は、その好ましくない傾向を助長していった場合のミリアムの将来の姿で、唇は「残忍になる一歩前」である。もう一方は、欠点を改善して成長した場合の彼女の像を描いており、そのまなざしは高貴である（第十六章）。それを見てミリアムは自分の内に芽生えた醜い性質を悟る。「芸術のための芸術」を主張していたはずのマラードはこうして、自分の絵画作品に有用性を与えてしまうのであるけれども、このエピソードには、同年に出版されたオスカー・ワイルドの『ドリアン・グレイの肖像』（一八九〇年）とも共通する要素があり興味深い。どちらの作品も、第一節で見た、容貌と精神性との間の相関性についての当時の考えをふまえている。『ドリアン・グレイの肖像』では、主人公ドリアンの精神状態や道徳性が、彼を描いた肖像画の上に目に見える形で反映され、刻み込まれていく。

第四節　歌声と道徳性

『人生の夜明け』には、天才的な歌唱力と歌声に恵まれた女性、ビアトリスが登場する。小説の前半部において社交界、キリスト教への狂信、音楽という異なる三つの方向に関心が分散し、どれも中途半端に終わっている彼女に対し、従兄ウィルフリッドは、どれか一つに対象を絞ってそれを極めるように忠告する。音楽の道に進むのであれば、「真の芸術家になれ。……全人類を音楽の力で教化せよ」（第二章）と。

「彼女の声の音色にこめられた情熱的な詩は、訓練によって開発できるようなものではなかった」（第三章）とあるように、ビアトリスの才能は、訓練では獲得できない天与のものとされる。物語のはじめでは他の登場人物にも読者にも一見軽薄な印象を与えていたビアトリスだが、語り手は「このようなハーモニーをほとばしらせるようにできるのは、浅薄な性格などであるはずがない」と言って、彼女の高い音楽性を内部に豊かな人間性の存在する証だと主張する。ビアトリスにとって、音楽は自己表現の媒体であり、自己発見の手段である。彼女が自分でも認識していなかった意識下の複雑な内面は、「天与の衝動（divine impulse）」（第三章）によって形を与えられるのだ。[14] この「神々しい、天からの（divine）」という単語は、小説の終わり近く、ビアトリスの自己犠牲的な行為に対してウィルフリッドが心の中で発したらしい、「何という神々しい性格（divine nature）が、この女性の中には隠れていたのか！」（第二十四章）という感嘆文において繰り返される。ビアトリスの非凡な音楽性は、彼女の中に隠れた高い道徳性と結びついており、その道徳的な自己は彼女が音楽の道で研鑽を積むことによって表面に現れてくる。ビアトリスの天才は、ラスキンが考えたような、美を通じて自己および他人を高める能力である。

一方、やはり音楽的才能に恵まれた『サーザ』の女主人公サーザ・トレントは、批評家の評価が分かれる人物である。デイヴィッド・グリルズは、「サーザはどんな振る舞いをしても、好意的な描写がなされている。自分を崇拝している婚約者から逃げだし、愛情豊かな祖父をなおざりにし、優しい姉と縁を切るにもかかわらず、彼女の優しさや感受性には、一貫して光が当てられる」(Grylls 45) と述べる。このように一般的な社会の掟をどんどん破ってしまうサーザが、語り手の無条件の共感を得ているのはなぜであろうか。フレドリック・ジェイムソンは『政治的無意識』の中で「サーザの愛らしさや純真さは、明確にそして構成的に彼女の貧困、無知、階級と結びついている」[15]と言っているが、サーザの個性を単にこれらの社会的要因にのみ帰してしまっては、本質的な部分を見落とす読みになってしまうであろう。彼女の音楽的才能こそが、サーザという人物の主要な構成要件なのである。

サーザは人々を「恍惚とさせる」声と、前の日の晩にコンサートで聴いた歌をすべて忠実に再現する能力とを持っており、登場人物のオーモンド夫人も彼女の内に「天才的能力が潜在」(第三十三章) しているらしいと感じ取る。彼女の容貌は「その顔のすべての描線は繊細で、調和が取れ、甘美であった。……微妙に病的なところのある顔立ちであった」(第四章) と記述されている。ギッシングの小説では身体が精神の状態を忠実に映し出すことが常である。サーザの神経は繊細で、天候によってたちまち健康状態に影響を受けるほどである。天才的な歌い手サーザの身体は、一つの繊細な楽器なのだ。

グリルズによって問題とされているのは以下のような彼女の行動である。文学を愛する労働者ギルバート・グレイルとの結婚をいったんは自分で納得して決めたはずのサーザではあったが、紳士エグレモントと出会い彼を愛するようになってからは、もはやグレイルとの婚約を履行するのは不可能だと悟り、欲望の命じるままにエグレモントのもとに向かう。もちろんそれは周囲の人々の認めるところではない。グレイルに対する裏切りもさることながら、エグレモントは中産階級の紳士であることから、身分違いの恋をやめさせようと、サーザの姉であるリディアやエグレモントのおばであるオーモンド夫人は、サーザとエグレモントの二人を引き離しにかかる。だがそんな中でも、語り手の視線は常に共感的にサーザに寄り添っている。

フィリス・ウィリバーによると、十九世紀を通じて、音楽に携わる女性は、「天使」か「悪魔」か、という極端な二項対立的な捉え方で描かれる傾向があった。すなわち、家庭内にとどまり、中産階級の女性の理想とされた「家庭の天使」像の枠内において、聴く者を音楽の美によって道徳的な高みへと引き上げる女性は「天使」として賞賛されたが、一方、音楽の魔性の魅力で男性を誘惑する女性や、音楽的才能を発揮することで家庭の外の社会へと進出することを企てる女性は、「悪魔」のイメージを付与されたのだという (Weliver 6)。『人生の夜明け』のビアトリスは歌を職業とすることを選択するが、独身であることから、ウィリバーの区分における「天使」のカテゴリー内に収まっている。それではサーザはどうだろうか。多くの点でサーザは当時の女性を縛る道徳の枠から逸脱している。欲望にまかせて衝動的にエグレモントのもとに走ることからして、そうである。またサーザは、「芸術家の魂を持つ彼女は、もしエグレモントの妻となったら、彼は彼女が人前で歌うことを好まないのではないかなどとは考えなかった」（第三十三章）とあるように、エグレモントとの結婚後も大ホールの聴衆の前で歌うことを夢見る。このように行動だけ見ると、ウィリバーの定義する「悪魔」の要素をも備えているサーザであるが、その性格付けは「悪魔」的なイメージからは程遠い。彼女の魂の純真さは、小説の語り手や他の登場人物が彼女を呼ぶ際に用いる「あの子（the child）」という呼称によっても強調されている。

サーザが持っているとされた「芸術家の魂」であるが、この言葉は『無階級の人々』の中でも用いられている。『無階級の人々』の語り手は、女性登場人物モードがピューリタン主義の影響のもとにその芸術的才能を抑圧しようとしているのを惜しみ、「彼女の魂は実際には芸術家の魂であった。そして、芸術家は道徳上の偏見からは自由であるべきなのに、モードの美的感受性は常に彼女の道徳的な信念と衝突しあっていたのだ」（第十八章）と言う。ワイルドが『ドリアン・グレイの肖像』の序文で主張しているような、芸術家を一般的な倫理観念から解放された存在とする考えが、ここには表明されている。「芸術家の魂」をもつサーザもまた、「天使」対「悪魔」という二項対立を超え、道徳性から解放された存在なのではあるまいか。

アリソン・バイアリーは『十九世紀文学におけるリアリズム、表象と諸芸術』の中で、文学の中に現れる音楽のイメージを分析している。ロマン派的な世界観の中では、音楽は自然の発する声である。また、「音楽における形式と内容の融合のため、ロマン派の人々は音楽を表現内容そのものであり、人工性とは無縁の表現であるとみなした」[16]。この「音楽における形式と内容の同一性」という考えは、ペイターの『ルネサンス』中の有名な一節「すべての芸術は絶えず音楽の状態に憧れる。というのも、他のすべての芸術では内容と形式とを区別することが可能であり、悟性はつねにこれを区別しうるのであるが、それをなくしてしまうことが芸術の絶えざる努力目標となっているのだから」[17]にも現れているが、芸術至上主義者たちは、このような音楽の性質を、芸術が道徳性から自由であることを正当化するものと考えたという。音楽が表している「もの」の道徳性を判断することは不可能であるからだ（Byerly 189）。

サーザの自然との交感能力の高さは、イーストボーン（図④）で初めて海を見たときに彼女が受ける「無限の感覚」に現れている。小説の語り手は、「あなたも私も、初めて無限の感覚が私たちに訪れたときのことを覚えてはいませんよね。……でも、サーザはどんなに長く生きたとしても、この果てしない海のヴィジョンを忘れることはないのです」（第十六章）と言っている。「永遠の海の音楽」が彼女に霊感をあたえる。サーザの音楽は、自然の息吹を直接、音の形にするエオリアン・ハープのようで

図④　イーストボーン海岸の防砂堤（1868年頃）

あり、ヴィクトリア朝の人為的な道徳性とは別の次元に属しているのである。

＊　＊　＊　＊　＊

『人生の夜明け』の中でウィルフリッドは「今の世では、人類普遍の宗教などはもはや不可能だ。……われわれ一人ひとりが自分自身の宗教を見つけていかなければならないのだ」（第二章）と言っている。また、『サーザ』のエグレモント氏が、労働者階級の人々を相手とした詩の講義を通じて、「道徳的・理想的な美への愛」（第八章）を彼らに与えようとする「伝道の審美主義」の試みが失敗に終わることからもわかるように、ギッシングは「美の宗教」の普遍性を信じていたわけではない。とはいえ、本章でとりあげた初期・中期の作品ではいずれの天才も天才としてのオーラを発しており、彼らの存在によって絶対的な美や真実といった価値の存在が保証されているようである。しかし、自らの芸術的良心・理想に固執する作家は間違いなく不遇な運命をたどり、市場の需要にうまく迎合・適応していく作家が世間的な成功を勝ちとる『三文文士』（一八九一年）のような一八九〇年代以降のギッシングの作品においては、その保証すら見出すことは難しくなる。

註

（1）Diana Maltz, *British Aestheticism and the Urban Working Classes, 1870-1900: Beauty for the People* (Basingstoke, Eng.: Palgrave, 2005) 3-5.
（2）Hilary Fraser, *Beauty and Belief: Aesthetics and Religion in Victorian Literature* (Cambridge University Press, 1986) 1, 5, 6, 107-08.
（3）Jenny Bourne Taylor and Sally Shuttleworth, eds., *Embodied Selves: An Anthology of Psychological Texts, 1830-1890* (Oxford: Clarendon, 1998) 8.
（4）ジョン・ラスキン『構想力の芸術思想（近代画家論・原理編Ⅱ）』（内藤史朗訳、法藏館、二〇〇三年）一八六～八七頁。
（5）John Ruskin, *Modern Painters* in *The Works of John Ruskin* (London: George Allen, 1903) 4: 141.
（6）E.g. Robert de la Sizeranne, *Ruskin and the Religion of Beauty*, trans. Countess of Galway (Kila, MT: Kessinger, 2005) 108.
（7）富士川義之『ある唯美主義者の肖像』（青土社、一九九二年）二九一頁。

（8）Frederick Burwick, *Poetic Madness and the Romantic Imagination* (University Park, PA: Pennsylvania State UP, 1996) 24-31.

（9）Eric Warner and Graham Hough, eds., *Strangeness and Beauty: An Anthology of Aesthetic Criticism, 1840-1910*, vol. 1 (Cambridge: Cambridge UP, 1983) 11.

（10）Matthew Craske, *William Hogarth* (London: Tate, 2000) 58.

（11）Dante Gabriel Rossetti, "Hand and Soul," *Poems and Translations, 1850-1870* (Humphrey: Oxford UP, 1919) 166.

（12）Kate Moller, "Rossetti, Religion, and Women: Spirituality Through Feminine Beauty" (2004) <http://www.victorianweb.org/authors/dgr/moller12.html>.

（13）David Sonstroem, *Rossetti and the Fair Lady* (Middletown, CT: Wesleyan UP, 1970) qtd. in Moller.

（14）十九世紀の心理学や文学にみられる音楽と無意識との関係性については、Phyllis Weliver, *Women Musicians in Victorian Fiction, 1860-1900: Representations of Music, Science and Gender in the Leisured Home* (Hants: Ashgate, 2000) に詳しい。

（15）Fredric Jameson, *The Political Unconscious* (London: Methuen, 1981) 188.

（16）Alison Byerly, *Realism, Representation and the Arts in Nineteenth-Century Literature* (Cambridge: Cambridge UP, 1997) 189.

（17）ウォルター・ペイター『ルネサンス――美術と詩の研究』（富士川義之訳、白水社、一九九六年）一四一頁。

第二十四章

古典主義

——ある古典主義者の肖像——

並木　幸充

ローマのマルクス・アウレリウス像

第一節　古典主義者ギッシング

中世イギリスの中等教育の中心であったグラマー・スクールでは、もっぱら聖職者の養成を目的にしていたため、ギリシャ語、ラテン語などの古典教育や、道徳的、知的能力養成のための教養教育が当然のように行われていた。ルネサンスの人文主義の時代からヴィクトリア朝時代に至っても、名門パブリック・スクールをはじめとする各種中等教育では、依然としてその実情に変わりはなかった。しかし、教育を受ける者の数が次第に増加し、下層中産階級以下の子弟などが教育を受けるようになってくると、古典教育中心のカリキュラムは実用的価値があまりなく、生徒の実際の目的にもそぐわなくなってきた。一八三〇年代から、オックスブリッジの教養教育をイングランド北部のダラムやマンチェスターのカレッジに移植する試みもなされたが、その結果は惨憺たる有様だったらしい。比較的低い社会階級出身の学生にとっては、従来の古典教育などはまったく不必要なものだった。ヴィクトリア朝も中期以降になると、ジェレミー・ベンサムの功利思想を発展的に継承したジョン・スチュアート・ミルや、ハーバート・スペンサーなどの影響もあって、次第に商業的実利や科学的知識の習得に比重が置かれ始め、とりわけ高等教育においては実用か教養かの論争が活発化していった。

ギッシングが学んだオーエンズ・カレッジ（図①）は、伝統的な一般教養教育もさることながら、実用的な学問や自然科学などの教育に力点が置かれる、当時新興産業都市に作られていった新しい大学の一つであった。[1] 一八五一年設立のオーエンズ・カレッジは、古典教育に片寄らない幅広い教育課程を目指し、一八七〇年代以降にはとりわけ科学方面に優れた教授陣を誇っていたという（Roberts 22）。そうした流れの中で、下層中

図①　マンチェスターのオックスフォード・ストリートにあったオーエンズ・カレッジ

産階級出身のギッシングは、まるで時代の潮流に逆行するかのように、古典、教養教育をこの上なく愛し、それに何よりも打ち込んでいった。

ギッシングが十四、五才の時に通った、リンドウ・グロウヴ・スクールは、当時の校長の方針からか、数学と古典語の教育に熱心であったというので（Coustillas, *Alderley Edge* 9-10）、その時期に、本格的な古典学習に没頭するようになったようだ。学生時代ギッシングが、「科学への関心をほとんど示さず、あらゆる種類の理論的思想を毛嫌いした」（Roberts 22）というのは必ずしも正しくないが、彼が従来型の古典、教養教育で目覚しい成果を挙げていたのは事実であった。作家ギッシングの特異性は、生来の資質の面で古典、教養という従来型価値観に強く引かれていた一方で、「彼が最も尊敬した古代の作家たちに精神的に相反する、社会的リアリズムといったタイプの文章を書くこと」（Collie, *Biography* 16）に生涯打ち込んでいかなければならなかった点にある。従って、社会の現実を直視する際にも、古典主義者的な視点が導入され、古典を通じて養成されたものの見方や発想がギッシングの作品の随所に見られたりする。そしてその古典主義は、二つの顕著なタイプに分類できる。一つは「スラムの生活」と「古典・古代」の二つの大きな関心を持った「活発な社会的良心を持つ愛書家」（Coustillas, *Collected Articles* 170）として、作中人物の中に作者の古典嗜好が注入され、その結果として、『無階級の人々』（一八八四年）、『ネザー・ワールド』（一八八九年）から『三文文士』（一八九一年）、『埋火』（一八九五年）、『渦』（一八九七年）に見られるように、「ギッシングの小説の最高のものは教養ある学徒に現代世界が与える衝撃の研究」（Gapp 162）となるタイプである。もう一つは、とりわけ晩年に実現された、古典・古代そのものを題材にした具体的作品の創造という型である。

最初のタイプの顕著な特徴は何と言っても、当時の高等教育の潮流を反映したかのような、古典主義的発想と功利的、実利的発想の対比、対立にあると言える。更に言えば、作者自身にとっても、そしてその作中人物たちにとっても、古典は基本的には、いまわしく、わずらわしい「現実生活から逃避するまさに本当のよりどころ」（Gapp 186）として捉えられていたようである。しかし晩年になると、古典主義的傾向を作品内に反映させていく際、描かれる作中人物は、それまでに提示されていた、現実逃避的古典愛好家像とは微妙に異なってくる。そしてとりわけ興味深いのは、晩年の作品に提示された古典主義者の肖像と、古典そのものを題材にしたエッセイや小説の中で具体化された作者の問題意識とが、共通の認識を示していることである。つまり、ギッシングは、実に控えめにではあるが、古典や教養というものを当時の実利社会、功利的社会から逃れる避難所としてばかりではなく、むしろそうした非人間的社会にこそ必要な精神的支柱のようなものとして作品内に投影しようとしたように思われる。

もちろんギッシングは、一八八三年時点でも生産の目的を金儲けではなく人間に役立つように考える、ジョン・ラスキンのポリティカル・エコノミーに共感していたのは事実である（*Letters* 2: 134-35）。だが弱者を救済する施策に積極的に賛同したわけではないし（Korg 56）、その後少なくとも一八九七年頃までは、「貴族的視点、読書に時間を注ぎ、日常的世間から遊離する上流の理想」（Gapp 172）を目指す貴族主義的な傾向を示し続けたことは否定できない。ジェイコブ・コールグの指摘するように、ギッシングの態度に変化が見られるようになるのは、カラブリア旅行中に粗暴でみすぼらしい外見の庶民が、本質的に「親切で友好的」であることに気づくようになってからである（Coustillas, *Collected Articles* 177）。それ以後の諸作品には、古典や教養の捉え方に歴然とした変化が見られるようになる。

『我らが大風呂敷の友』（一九〇一年）の主人公ダイス・ラシュマーや、短篇「クリストファーソン」（一九〇二年）などでは、今まで肯定的に描かれてきた古典的教養の持ち主が、客観的に見ると、反民主主義的で利己的に映るさまが示されている。[2] 知性も教養もあるラシュマーは、ロンドンの貧しい人間には我慢がならない反面、彼自身も確固たる経済的基盤を持てないでいる。そこでラシュマーは、生物器官や組織の形成と同様、社会においても個々人のつながりは、それを指導する組織体である政府と呼ばれるものによって、ゆっくりと形成されていく（第二章）、という進化論的「生物社会学」の理論を剽窃し、政界に打って出ようとするが、その偽りや偽善が暴露され、結局アイリスという未亡人との地味な生活に入っていく。この小説の「マゾヒズム的自己批判」（Korg 237）としての側面は、短篇「クリストファーソン」にも見られる。ちょうどチェーホフの「殻に入った男」の独断的古典志向の教師と同様に、自己中心的なラシュマーやクリストファーソンの姿が浮き彫りにされている。

古典の世界に沈潜していく古典主義を現実逃避的、現実否定的に捉えるのではなく、現実の世界に欠けている、必要とされるべき精神の現われとして捉えようとの試みもある。『イオニア海のほとり』（一九〇一年）の語り手や『我らが大風呂敷の友』のディムチャーチ、『ヘンリー・ライクロフトの私記』（一九〇三年）に見られるように、俗世間を離れ、古典に浸る一見従来型の古典主義者のポーズをとる人物像が、その典型的例である。[3] ディムチャーチには明らかに遁世志向があるが、彼は何か果たすべき責務があると考え、人との交わりを絶たないでいる。「人は自分が属する社会から切り離されては無に等しい。共通の善というものが我々の行動基準の第一に来るべき」（第四章）だと主張したマルクス・アウレリウスを信奉する。そして小説の後半で、ディムチャーチは荒れ果てた庭を自ら手入れをして汗を流したあと、そうした仕事は「万人の務め」（第二十八章）であると感じ、何か爽快な気分になる。形而上学や社会学の本に浸るより、「最も身近にあるもの、自分のものと呼べる土地の片隅から、人のために食べ物を生み出すべく最大限努力すること」(第二十八章)が自分の第一の責務と考えるようになる。そこには孤立した古典主義者の肖像はない。

続いて執筆された『ヘンリー・ライクロフトの私記』の主人公にも同じことが言える。その本の序文の中で、ロンドンを去り、デヴォン州に隠棲するライクロフトは「文筆業に対して決別の意を表し」、二度と文章を公にはしないと「編者」に語ったという。もしそれが事実なら、「過ぎ去った日々に我々が交わしたやりとりよりも生身の姿をさらけだす」(序)文章を、何故執筆したのだろうか。また「春」の冒頭で、一週間以上ペンを握らなかっただけで、どうしてペン軸が彼に対して恨めしそうにしていると感じるのか。ペン軸は生活のためにやむを得ず手に取った、いわば「仇敵」に等しいのだから、好きな読書に打ち込み、まわりの自然を愛する生活に専心して、書くという行為などは忘れられてもいいのではないか。「自分が書いてきたものは一ページでも今後残るに値するものはない」(「春」第一章)と感じ、ペンで生計を立てるといった不安定な仕事を若い人間に促すのは犯罪に等しい(「春」第十八章)とまで断じているのに、どうして今さら自分自身について書き残したり、ペン軸のことを意識しなければならないのか。「編者」自身が述べているように、この文章に「人間的興味」(序)があるとすれば、それはライクロフトが、遁世的志向を示しつつも、他人に対してより寛大に接し、人間らしい自己の形成を願っていたからだろうし、[4]貧しい人々に対して「同情的なばかりでなく、更に重要なのは、彼らに敬意を表し愛情を感じている」(Coustillas, *Collected Articles* 177)からであろう。ある意味で、ライクロフトは、自分の経験知見を告白することで、それを読む未知の人間との交わりを密かに求めていたのではないだろうか。

第二節　古典・古代の追究

では以上の点が、古典主義者ギッシングが最も重きを置いた側面、システマティックな研究に基づく、古典・古代の再現を試みる創作活動とどのように結びつくのか考えていこう。ギッシングが最初に系統的に歴史に打ち込んだのは一八七九年一月頃と思われる。「『事実』という健全なる土台に基づいて考えたり行動したりしなければならない。成し遂げられてきたことの歴史、そしてその根底をなした思想の歴史など、われわれの歴史を知らなければならない」(*Letters* 1: 144)とし、イギリスやヨーロッパ、そして古代の歴史を本格的に読み始めていく。弟や妹に、英国史なら先ずマコーリーなどで歴史の一般概念を把握することを勧めた(1: 84, 103, 284)ように、段階的に何を読むべきかをあらかじめ決めていたことがわかる。特にギッシングの関心はギリシャ・ローマ史、英国史、そして教会史などに向けられていた。一八八一年十月には、ギリシャ・ローマの歴史を読むこと以外の知的労働はないと述べ(*Letters* 2: 62)、一八八五年八月には、ミルマンの『ラテン・キリスト教史』（一八五四～五五年）を手にして、自分の決定的とも言える教会史への関心の根底にはローマ帝国の衰退の問題があることをはっきりと告白している（2: 334）。

歴史の研究は創作への構想につながっている。一八八一年一月十七日の書簡では実際にペロポネソス戦争末期のギリシャ史を題材にした歴史小説を書くことを願望している。ギッシングが最もギリシャ語に打ち込んだのは一八八七年から九一年頃だが、イタリア、ギリシャ旅行が終わってまもなくの九一年十月の日記に見られる「いずれ書くことになるギリシャの話について考えた」（*Letters* 2: 259）という記述もその意欲の現れかもしれない。しかし具体的に実を結ぶことになる歴史研究の時期は、一八九五年の夏以降である。六月二十日には、ギボンでアリウス主義の問題、おそらく『ローマ帝国衰亡史』（一七七六～八八年）の第二十一章で扱われている異端の問題に触れ（*Diary* 377）、二十三日にはモンタランベールの『西洋の修道士』（一八六一～七九年）で四世紀の教会史（*Letters* 5: 352）、二十六日にはメリヴェイルの『帝国時代のローマ人』の一、二章（第四十一章のローマでの生活の記述などか?）を読んでいる。そして二十八日以降には、ホジキンの『イタリアとその侵略者』の第一巻から第三巻に入り、四世紀の西ゴート族のイタリア侵攻から、四一〇年のアラリックによるローマ略奪、オドアケルによる西ローマ帝国の滅亡（図②）、そして東ゴート族のテオドリクスのイタリア統治、更に彼の死後、孫のアタラリックを補佐するテオドリクス王の娘、アマラスンタによる摂政時代と五三五年の彼女の殺害までの流れを、詳細に頭の中にインプットしたと見られる。この時点の四～六世紀のローマ史研究には、より創作への具体化が感じられてくる。『ヘンリー・ライクロフトの私記』の中で、歴史に魅かれる理由として、「悪夢のような恐怖」、「苦痛のうめき声の連続」とも言える歴史、「人間を苦しめてきたあらゆる事柄は同じ人間にとって実に興味深い」（「冬」第十

図②　古代ローマ公共広場（フォルム・ロマーヌム）の跡

七章）点が挙げられているが、ギッシングにとって歴史は、成立、形成、発展の物語というより、衰退、混乱、滅亡の過程として関心をそそられる領域だったようだ。[5] 五世紀、六世紀前半のローマ史はローマ帝国やゴート王国の衰亡という歴史上の大きな転換の時期であり、小説としてはまさしく格好の題材だったように思われる。では、このような詳細な古典・古代研究とギッシングの古典主義の精神はどのような形で結びついたのであろうか。それを確認するためには、『ヴェラニルダ』（一九〇四年）という歴史小説によって、ギッシングは何を表現しようとしたのか、そしてそれはヴィクトリア朝の歴史小説の中でどう位置づけられるのかを考える必要があるだろう。

第三節　歴史小説というジャンル

十九世紀という時代は、マコーリーの『英国史』（一八四九〜五五年）がベストセラーになり、J・R・グリーンが幅広い読者層のために『イギリス国民の歴史』（一八七七〜八〇年）を執筆し、「歴史に関する著作が途方もない人気を得た時期」とされ、とりわけ当時における中世に対する関心の高さは現代の歴史学においては議論の余地のない事実とみなされている。[6] この時代を代表するブラウニング、ペイター、ラスキンらもルネサンス時代への関心を皆一様に示していた（Korg 130）。小説ではスコットが人気を博し、イギリスのみならずヨーロッパの歴史文学に多大な影響を与えた。十九世紀に歴史小説が勃興していった要因として、社会的には「ナショナリズム、産業化、革命」などにより、「自分たちの歴史的連続性やアイデンティティを意識するようになり、それを勢いよく主張していった時代」(Fleishman 17) だったことが挙げられる。マコーリーは一八二八年五月に『エディンバラ・レヴュー』誌に発表した「歴史」というエッセイの中で、「完全なる歴史家は自分の記述する話を感動的で絵画的に語るだけの十分強力な想像力を持っていなければならない」(Macaulay 236) とし、ヘロドトスをその意味で最高の歴史家として挙げ、「歴史を書くのに必要な才能は偉大な劇作家の才能とかなり類似するものだ」(263) と主張している。[7]

では、ギッシング以前の十九世紀歴史小説の特徴は具体的にどうだったのだろうか。そのジャンルの確立者とも言えるスコットに関して、「環境が人間の意識を形成するという認識」がスコットの独創的な革新とされ、「人間や社会の性質についてのスコットの理解が及ぼした衝撃は、ヴィクトリア朝の小説を社会的リアリズムに向け、思想家たちに社会的責任をより大きく認識させることになった」という意見や、「経済的、社会的転換を人間の運命や登場人物の心理の変化に即して描きあげるスコットのすぐれてリアリスティックな歴史描写に感嘆させられる」というルカーチの意見、また、「動きより場面に、アクションより風俗やセッティングに多くの関心を払っている」という指摘など、総じて時代風俗を映し出す鏡のような側面に比重が置かれている[8]。しかし一八三〇、四〇年代には、歴史小説は一種の現実逃避的作品がもてはやされた[9]。エインズワースはその典型的例で、「現代の現実から逃避を希求するロマン主義的傾向の産物」(Sanders 32-33) とされる。一方スコットの直接的継承者と考えられるブルワー＝リットンは、一八四八年出版の『ハロルド』への序文で、歴史の力を借りて「信頼できるが顧みられなかった記録から、また、訪れるものもほとんどいない遺物の倉庫から、無味乾燥な事実の羅列（一般の歴史家ならそこだけに終始してしまうだろうが）を活性化させる出来事や細部を取り上げる」[10]試みについて語っている。スコットとは異なり、ブルワー＝リットンは風俗習慣には関心を示さず、「歴史小説を書くというより壮大な歴史劇を書いた」(Santangela 189) と言われる。

ニコラス・ランスによると、一八四八年は歴史小説の展開の上でも重要な年で、この年を境に「たいていの主人公は偉大な人物というより、自分たち自身の私的な経歴を持った一個人となっていく」(Rance 13) という。ウィルキー・コリンズの『アントニナ』（一八五〇年）はこの時期の典型的例の一つかもしれない。コリンズはその処女作への序文で、アラリックによるローマ攻略というローマ帝国史上最もショッキングな事件を題材にしているのに、主要人物が歴史上の人物である必然性はなく、もっぱら想像力で話の必要に自在にあわせて人物を作ることができるとしている[11]。事実、同時代の『アセニーアム』誌の書評でも、学究的にも古物研究の正確さの面でもブルワー＝リットンらに劣るとされているが[12]、作品を一読してみると、確かに異教徒アルピアスなどのエピソードの方に歴史的事件以上の迫真性があるように思われる。ヴィクトリア朝中期以降では、サッカレーやディケンズが、大きな歴史的事件と「個々の人物がどのように反応するかというドラマの結合」をメインに据え、「個人個人の内面的生活が自立性をもち歴史的状況を背景や枠組みに変えてしまう」(Fleishman 149) ようになっていったという。またこれ以降の主要な歴史小説、『僧院と炉辺』（一八六一年）、『ロモラ』（一八六三年）、『ジョン・イングルサント』（一八八一年）、『快楽主義者マリウス』（一八八五年）などには主人公の内面的問題が扱われ、そのことはヴィクトリア朝後期の「宗教的懐疑」、精神的発見の探求、そして「イタリア文化への熱狂」などと無関係ではないとされる (Fleishman 149-50)。一八四八年のブルワー＝リットンの『ハロルド』以降、「歴史小説は一八五〇年代には宗教的プロパガンダを伝えるものになり、次の六〇年代には政治や社会についての一般的見解を伝えるものになった」(Rance 105) という意見はいくぶん極端な見方かもしれないが、核心をついていることは間違いないだろう。

以上の大まかな流れを踏まえて、次に、ギッシング自身は十九世紀の歴史小説をどう見ていたのか考えていこう。先ずスコットに関しては、作家としては「むしろ危険なモデル」

(*Letters* 1: 179) と考えていたらしい。作中に長々しい議論を展開したり、「現代ではとても必要な人物の心理分析をどちらかと言えばあまり知らない」(1: 180) との批判から見て、少なくともスコット流の歴史小説を目指していなかったことは確実である。他に記録として確認できる主要なものは、キングズリーの『西へ！』(一八五五年) と『ハイペイシア』(一八五三年)、ブルワー=リットンの『ポンペイ最後の日』(一八三四年)、ペイターの『快楽主義者マリウス』、そしてジョージ・エリオットの『ロモラ』である。キングズリーの『西へ！』の方は一八八七年三月に読んでいるが、この作品の戦闘や冒険に満ちたストーリーの展開を「少年向けの本」(*Letters* 3: 96) とし、その作家の「意識的攻撃精神」(3: 101) を敬遠し、「私は最大限、人物はもっぱら人間として判断し、事物はもっぱら事実として判断しようと努めている。純粋に芸術的という以外の特定の見方をとらない」(3: 101) と、はっきり作家としての立場の違いに言及している。『ハイペイシア』については、初め「非常に見事な歴史絵巻と部分的には強力なドラマ性」(3: 101) を評価していたが、一八八九年十一月に再読した時、「この本に対する関心は完全になくなった。単に未熟だったから初読の際面白いと感じたのだ」と日記に記し、「技術面での弱点は際立つ。ハイペイシアの描写は貧弱で、生き生きした古代生活の描写は皆無」(*Diary* 181) を理由としてあげている。ギッシングがこの小説に初め興味を覚えた理由は明白である。題材がキリスト教徒と異教徒の対立で、舞台がローマ帝国支配下のアレキサンドリアなので、彼自身のローマ史やキリスト教史への関心とかなり密接に重なるからだ。しかし作品自体は退屈だし、登場人物はみな平板で、結局作者の政治的メッセージが透けて見えて感心しなかったのであろう。ブルワー=リットンとペイターの作品はそれぞれ一八九八年一月三十日の日記と、一八八五年十月七日の書簡で確認できるが、作品を批評したコメントは残されていない[13]。重要なのは最後の『ロモラ』である。ギッシングは歴史小説としての『ロモラ』にはかなりの敬意を払っていた。先ず一八八二年七月の手紙で、「すばらしい本だ。想像力と確固たる教養の結びつきが見られる」(*Letters* 2: 93) と述べ、一八八五年十月には、「それはとても注意して読むべきだ。ルネサンス時代のイタリアの姿をどの歴史にも劣らず見事に与えてくれる」(2: 359) と述べている (図③)。

以上のギッシング自身の言及から、彼の目指した歴史小説が、スコットやエインズワース、キングズリーなどの歴史小説ではなく、人物を人間として捉え、事実を事実として踏まえながら、取り上げる時代を想像力豊かに忠実に再現する方向にあったことが読み取れる。そしてこれは、実際にジョージ・エリオットが「歴史の想像力」というノートブックに残したエッセイの趣旨とほぼ一致している。その中でエリオットは、歴史的記述において従来から行われてきた「学理上の観点からの厳粛な歴史学的な抽象的取り扱いとは違う、通常の歴史小説の絵のような

図③『コーンヒル・マガジン』に連載時の『ロモラ』のイラスト

配色とも違うもの[14]」、つまり、「あらゆる範囲の証拠を使い、注意深い類推的創造によって欠落を補いながら、政治的、社会的な変化に至っていくさまざまな段階を詳細に考え出す」（Pinny 446）という「真実を語る想像力」で構築された歴史小説を書きたいと論じている。キングズリーの『西へ！』を論じた一八五五年七月の『ウェストミンスター・レヴュー』誌でも、図らずもギッシングと同じ趣旨の評言が見られる。公正な見地からジョージ・エリオットはこの作品の長所と短所を述べているが、情景描写の美しさを何よりも評価する一方で、キングズリーがしばしば陥る説教を振りかざす人物の描写を抑えないと、「真に人間らしい人物は創造できないし、本当の歴史小説を書くこともできない」（129）としている。この指摘は、攻撃的な精神と人間創造の欠如を指摘したギッシングのキングズリー批判と同種のものと言えよう。

　但し両者の歴史小説には大きな違いがある。エリオットは歴史家と同じように細部を念入りに描くことで、「個々人の行動を社会の枠組みで見よう」（Fleishman 158）と試み、当時の「フィレンツェ社会の実質を具現化する」（158）ため実に退屈な床屋の社会も描いている。ギッシングも詳細な描写を試みたことは論を俟たない。しかし、エリオットの欠点は、背景は具体的で表現力に富み、人物は個性的で興味深い反面、人物同士の関係はまだしも、人物と「背景」の関係には必然性がないのだ（159）。「プロットの展開においても、別の時代の別の場所でのことにはなり得ないというものがなく」（160）、作品やヒロインからはコントの実証哲学や、フォイエルバッハの精神の軌跡が見られるなど、アナクロニズムの要素が否定できない（Sanders 177）。十六世紀のフィレンツェに舞台を設定したのも、「自分の目的にかなう歴史的状況の中で具体的に自分の理想を実現に移せると考えた」（Santangelo 179）からかもしれない。ヒロインのロモラは、「その時代の精神を注入されているのではない。彼女の選択は十九世紀の道徳性に導かれ、彼女が問題を解決するさまは、実証的であるからだ」（202）、という見方は否定しがたいであろう。ある意味でこれは、過去の素材を使って現在の政治社会問題を論じるブルワー＝リットン（Dahl 61-62）や、キングズリー、ワイズマン、ニューマンらが歴史小説をオックスフォード運動やカトリック信仰を論じる手段にしたのと同系列と言っていいだろう（Rance 40）。だが、ギッシングの場合はその逆であったように思う。むしろその歴史小説の特徴は、ギッシング自身が手紙の中で「まずまずいいものにできると思う。その時代の精神に浸りきっているからだ」（*Letters* 9: 95-96）と述べているように、作品の前景においては、一見現代小説のようなテーマと人物造型の意匠をこらしながらも、その後景では作品の真の主人公に具現化されるように、扱う時代の時代精神およびその時代の典型的人物を忠実に再現することにあったように思われる。

第四節　『ヴェラニルダ』の生成

ギッシングが『ヴェラニルダ』執筆の準備に入ったのは一八九七年春で、途中のイタリア旅行を含め約一年間念入りな研究を行い、実際の執筆は一九〇〇年十二月から翌年四月頃までと、その後中断をはさんで一九〇三年七月から十一月頃まで続けられた。この二つの執筆の時期の相違は作品の構想自体にも変化をもたらした。当初の構想と実際の『ヴェラニルダ』との違いの中に、作品創造上の重要な問題があるように思われる。構想のきっかけは一八九七年四月頃、グレゴロヴィウスの『中世ローマ市の歴史』（一八五九～七二年）の第一巻を読んで「歴史小説のよい着想を得て」、「カッシオドールスの作品を手に入れて、使える材料を書きとめながら、十二巻を非常に丁寧に読んだ」（*Diary* 435）時である。グレゴロヴィウスがカッシオドールスにつながる理由は明白で、それは『中世ローマ市の歴史』という本の顕著な特徴、同じ歴史書でもホジキンとははっきり異なる史観から容易に推察できる。第一巻は五世紀初め頃から五五二年ゴート戦争が終わる頃までのローマ市の歴史を記している。単なる政治史ではなく、異教とキリスト教が結びついたローマ市の二重の性質に触れ、[15] 更にローマ帝国の滅亡はラテン民族に新しい血と精神をもたらしたチュートン主義の確立と捉え、「人類がそれまで受け取った中で最も大きな恩恵の一つ」（Gregorovius 253）と述べるところに、いかにもドイツ人歴史家の史観が出ているように思う。更に、その「新しい血と精神」が東ゴート族の王テオドリクスによってもたらされ、それが彼に仕えたローマ人で、古代文明を代表するカッシオドールスとの間に最初の麗しい和合を見たと説いている（294）。そしてその和合を余すことなく伝えているのがカッシオドールスの『諸文書集成』（五三八年頃）十二巻である。

この本はカッシオドールスが公職についていた時から晩年に至るまで歴代の王や自分自身の公文書や書簡をラテン語で記した文書だが、この中の前半で特に目を引くのは、テオドリクス王の名で出された書簡の中にしばしば見られる、寛大さ、高潔さ、抑制の精神、法や正義、忠実さや誠実の美徳、争い事を嫌い和を重んじる精神などである。[16] この十二巻を「ペンを片手に極めて注意深く読み通した」後、「小説についてのすばらしい構想がある」(*Letters* 6: 301) と述べているのは示唆的である。ギッシングはこの本と平行して、五月にはマンゾの『イタリアにおける東ゴート王国の歴史』(一八二四年) を読み、六月十三日からはテオドリクス王の統治期間を記したホジキンの『イタリアとその侵略者』(一八七九〜九九年) の第三巻を再読している。四月六日時点での構想では、「聖ベネディクトゥスとカッシオドールスが共に効果的に登場する」(6: 262) とし、六月十五日には自分が取り扱いたいのは「キリスト教の理想と古代ローマ人の精神の葛藤」(6: 302) だと述べている。「その時代にとても有益だ」(6: 327) とするレッキーの『ヨーロッパ道徳史』(一八六九年) には、禁欲的修道士の「真の自己犠牲と自己放棄の精神」が評価され、ローマ帝国崩壊の際には「犯すべからざる聖域と平和な労働の中心地が何よりも重要なもの」として聖ベネディクトゥスの修道院が挙げられているが[17]、これもギッシングのテーマの発展に貢献したに違いない。

しかし、一九〇〇年十二月に執筆を開始した時点では、必ずしも十分なテーマの展開が構想されてはいなかったようだ。ギッシングは「一ヶ月を費やしてストーリー全体の入念なプランを練った」(*Letters* 8: 120) と言うが[18]、一年半ほどの中断のあと、一九〇三年七月十日の書簡ではっきり「本来の計画を大いに改善した」(*Letters* 9: 100) と述べているからだ。人物設定や扱う時代の期間、それにストーリー自体などもかなり変えられたが、最も根本的な改変と言えるのは、前景と後景の導入にあったように思われる。最初のプランでは、そのストーリーの性格上、歴史上の人物と、架空の人物が最初から最後まで交わりあい、ギッシング自身が「叙事詩的調子」で「ロマンスを目指してあちこち進んで史実を変えた記述」(*Letters* 6: 327) に驚いた、ダーンの『ローマをめぐる戦い』(一八五九〜七六年) と、本質的には同じ記述にならざるを得なくなる[19]。そうすると作品は結局、宗教やローマ人の精神の問題などより、五四〇年から五四六年までを背景にした年代記的歴史恋愛小説になっていたであろう。その場合、現行版に比べて、史実と虚構が適切に交われば、「バジルは根本的に興味を引かない人物なので、人間研究としてはあまり目を見張るものではない」(Korg 257) と批判される主人公の魅力のなさは回避できたかもしれない。しかし、プランの変更によって、ギッシングは作品の展開により一貫性を持たせていったように思われる。

この点は変更に伴う叙述方法の変化と人間関係の見直しの中に読み取ることができよう。第一に、『ヴェラニルダ』に顕著な叙述法は、第一章、第十六章、第十八章、そして第六〜七章、第十三章に典型的に出ているが、歴史上の人物に言及する時は、歴史家が歴史を記述するように叙述するか、登場人物の間でうわさとして流すかのどちらかで、作品の前景には出てこない。ゴート族の王トティラが人物として登場するのは第二十七章になって初めてで、それまでは完全に作品の後景に置かれている。ギッシングという作家は、『余計者の女たち』(一八九三年) や

『我らが大風呂敷の友』などに歴然と見られるように、時として叙述以上に人物同士の会話や議論を中心に組み立てて、彼らの葛藤を描くことを得意としたが、当初の構想では、ヒロインの恋愛の対象だったトティラを、完全に作品の後景に押しとどめるように変えてしまったわけだ。その意図は、第二十七章以前のトティラの記述（例えば第七、第十六、第十七章等）がほぼすべて彼の寛大さ、気高さ、公正さを述べている点、また第二十七章のバジルとの会見で彼が示す卑怯や偽りを憎む点、そして第二十九章で、ティブールの住民が皆殺しにあう（ヒロインがトティラへの思いをなくすきっかけとなった）重大な事件も、「まわりの者たちの疲労を感じ、また明らかにそうした状況の圧迫を受け、戦争のあらゆる重みを自ら担っていて、ティブール市への野蛮な復讐を命じ、あるいは承認していたのだ」（第二十九章）と弁護的書き方をしている点から見て、「来るべきヨーロッパ七〇〇年の文明人の日常生活の規則」（Hodgkin 440）を定めたベネディクトゥス（図④）より、むしろトティラをこの小説で文字通り、「偉大なテオドリクスの後継に足る人物」（第二十九章）として、六世紀イタリアのゴート王国時代の精神を典型的に示す人物として、捉えるところにあったようだ[20]。小説の前景はこの精神を浮き彫りにする対照的世界として捉えられていたようである。

従って、第二の点として、小説の前景に立つ人物たちには、まるで意図したかのように、宗教的偏見、陰謀、裏切り、不信、嫉妬、殺害を軸にプロットが構築されている。最初のプランでも裏切りや嫉妬は構想されていたが、マーシャン像に示されるように、現行版では更にそれがすべて主人公バジルをめぐって有機的に機能している。ベネディクトゥスの口を借りて、ローマ衰退の原因は「自国の有益さのために自分の欲求を抑える術」（第二十五章）を失ったことに帰せられているが、マーシャンが友を裏切るのも、またバジルが殺害を犯すのも、共に昔のローマ人の美徳を失ったからとも言える。だからこそ二人は、立場

図④　ベノゾ・ゴッツォリ『聖ベネディクトゥスに対面するトティラ』（15世紀）

の相違を超えて、その美徳をローマ人以上に有するトティラに希望を見出すのであろう。ここに至って『ヴェラニルダ』は、『ローマをめぐる戦い』のようなドラマティックな歴史小説や、また作家自身が意識する同時代の政治、社会、思想を反映させる歴史小説とも異なる、現代小説風のストーリー展開の背後に六世紀中葉の典型的時代精神を映し出す、独特の歴史小説になったと言える。そしてこの時代の理想的精神の中に、古典主義者ギッシングの晩年の思想の典型的例の一端が垣間見えるであろうし、またその部分に、十九世紀イギリス社会に対する作者の強烈な批評性が認められる。

ギッシングは、一八八〇年代にヴィクトリア朝社会の現実を小説の中で取り扱っていた時、社会問題そのものを訴えかけるより、芸術的にそれを表現することを優先させ、「人間の生活は芸術的表現の材料として以外は、あまり私の関心を引かない」(*Letters* 2: 223) と述べ、個人的な主観は交えない、ナチュラリズム的作風を重視してきた感があった。しかし、その晩年の作品のあちらこちらで、そうした客観性の殻を突き破って、作者の生の声をそこはかとなく鳴り響かせ、ヴィクトリア朝社会が失いつつある精神の必要性を暗示しているようにも思われる。

註

（1）以上は主に次の本の解説による。Richard D. Altick, *The English Common Reader: A Social History of the Mass Reading Public 1800-1900* (Chicago: U of Chicago P, 1957) 173-87. M・サンダーソン『イギリスの大学改革、一八〇九～一九一四』(安原義仁訳、玉川大学出版部、二〇〇三年) 五三～一四二頁。ヴィヴィアン・グリーン『イギリスの大学――その歴史と生態』(安原義仁・成定薫訳、法政大学出版局、一九九四年) 三八～二六八頁。

（2）この点に関しては、小池滋訳『ギッシング短篇集』(岩波文庫、一九九七年) の解説で、訳者がすでに明確に指摘している。また Gapp 185 も参照。

（3）『イオニア海のほとり』に関しては、拙稿「『イオニア海のほとり』――ギッシングの「詩と真実」」『ギッシングの世界』(英宝社、二〇〇三年) の二二三頁を参照。

（4）例えば、それまでの孤独な生活を少しも後悔していないにしても、他人に対して不寛容だった過去の自分に思いをめぐらしたり (「秋」第五章)、またマルクス・アウレリウスを読む際、その哲学よりその人となりに触れるためである (「秋」第十三章) としているのもその現れのように思われる。

（5）一八七二年オーエンズ・カレッジで「英詩賞」を受賞した、五世紀頃のラヴェンナ市の栄光と衰亡を歌った「ラヴェンナ」という詩にも、その傾向ははっきり認められる (Postmus, *Poetry of George Gissing* 16-26)。

（6）ステファニー・バーチェフスキー『大英帝国の伝説』(野崎嘉信・山本洋訳、法政大学出版局、二〇〇五年) 五五頁。また「建築においてゴシック様式の復興、芸術におけるラファエル前派運動、政治におけるディズレーリによる若い英国運動、そして宗教におけるオックスフォード運動」などがヴィクトリア朝を中世主義の時代として彩ったという。Avrom Fleishman, *The English Historical Novel*（Baltimore: Johns Hopkins UP, 1971）29. また同種の意見は Arnold Hauser, *The Social History of Art*, vol. 4（1951; London: Routledge, 1999）103 にもある。

（7）Thomas Babington Macaulay, "History," *The Complete Works of Thomas Babington Macaulay*, vol. 3（New York: Sully and Kleinteich, 1900）89.

（8）Andrew Sanders, *Victorian Historical Fiction*（London: Faber, 1981）8. ジェルジ・ルカーチ『歴史小説論』（伊藤成彦・菊森英夫訳、白水社、一九六九年）八九頁。Gennar Santangelo, "The Background of George Eliot's 'Romola,'" diss., U of North Carolina, 1962, 185などを参照。また人物の内面的複雑さを描いていないとのスコット批判に対して、「偉大な歴史小説では、人物と物語の連続は歴史のプロセスを説明するもの」で、個人の心理を示すためにプロットなどが構築されれば、「歴史的焦点がぼやけてしまう」との観点でスコットを理解する意見もある。Harry E. Shaw, *The Forms of Historical Fiction*（London: Faber, 1983）35-49.

（9）Nicholas Rance, *The Historical Novel and Popular Politics*（London: Vision, 1975）38.

（10）Edward Bulwer-Lytton, preface, *Harold. The Complete Works of Edward Bulwer-Lytton*（New York: Thomas Y. Crowell, n.d.）3. 同様の点は、Curtis Dahl, "History on the Hustings: Novels of Politics" in *From Jane Austen to Joseph Conrad*, ed. Robert C. Rathburn（Minneapolis: U of Minnesota P, 1958）60-61 も参照。

（11）例えば、ローマ包囲の場面で、作者は当時のローマを描写することに関して、「好古趣味的地形描写や昔の建築などは、もっと筆の立つ方にゆだねたり、読者の好きに任せよう」と述べている。Wilkie Collins, *Antonina. The Works of Wilkie Collins*, vol. 17（New York: Collier, 1901）68.

（12）Norman Page, ed., *Wilkie Collins: The Critical Heritage*（London: Routledge, 1974）41.

（13）弟のウィリアムは一八七八年四月の時点で『ポンペイ最後の日』の詩的散文ぶりをギッシングに伝えているが、ギッシング自身のその作品の初読は一八九八年一月である。その事実からみて彼のその小説への関心の程度は高くなかったようだ。

（14）Thomas Pinney, ed., *Essays of George Eliot*（London: Routledge, 1963）447.

（15）Ferdinand Gregorovius, *History of the City of Rome in the Middle Ages*, trans. Gustavus W. Hamilton, vol. 1（London: George Bell, 1900）114-15.

（16）Magnus Aurelius Cassiodorus Senator, *The Variae*, trans. S. J. B. Barnish（Liverpool: Liverpool UP, 1992）. Cf. 6, 8, 12, 16, 19, 28, 32, 46, 48, 51, 54, 58.

（17）William E. H. Lecky, *History of European Morals*（1869; New York: George Braziller, 1955）155, 183.

（18）詳細は George Gissing, *Veranilda*, ed. Pierre Coustillas（Brighton: Harvester, 1987）lxvii-lxxxiii. および Thomas Hodgkin, *Italy and Her Invaders*, vol. 4（1879-99; Oxford: Clarendon, 1928）326-500 を参照。

（19）Felix Dahn, *A Struggle for Rome*, trans. Herb Parker（1859; Twickenham: Athena, 2005）おそらくウィティゲスと女王マタスエ

ンタの悲恋のドラマはその最たる例であろう。同時代の歴史家プロコピウスの記述には二人の間にドラマティックな展開は何も見られない。Procopius of Caesarea, *History of the Wars*, bk. 4, *The Gothic War*, trans. H. B. Dewing（1924; Cambridge: Harvard UP, 2000）121-51.

(20) こうしたトティラ像には、ホジキンによる、次のようなトティラ評価がかなり参考になっていただろう。「おそらくテオドリクス以上に、東ゴート王国において最も気高いあらゆるものの典型、具現化と考えるに値する人物であった。もし彼がアタラリックやウィトゲスの立場におかれていたら、きっとヨーロッパ史に名を残す著名な人物になっていただろう。ゴート王国が存続していれば、英国人がアルフレッド大王に、フランス人がシャルルマーニュ大帝に、ドイツ人が強大なバルバロッサに認めているのと同じ高い地位をその年代記の中で占めることになっていただろう」(Hodgkin 4: 642)。

第二十五章

平和主義

――その気質の歴史的考察――

ピエール・クスティヤス

この写真は1895年1月16日にラッセル商会で撮影され、2月4日に創刊された定期刊行物『アルバム』の2月25日号別冊に掲載された（*Letters* 5: 278）。

第一節　私的・歴史的枠組

もしある批評家または文芸記者がギッシングの存命中に本章のようなタイトルの文章を発表していたら、彼はどう反応しただろうか。ギッシングが自作についての公の論評を歓迎したことは知られている。ただし、それはその作品の出来が良かったときのことで、そんなことはめったになかった。作家として駆け出しのころ、彼の作品について非常に理解のある批評記事を書いたドイツ人の友人エドゥアルト・ベルツにギッシングは感謝しているが、その記事は今日まで模範であり続けている（*Critical Heritage* 149-56）。また、一八九七年十月にはギッシングの意図と功績についてフレデリック・ドルマンが『ナショナル・レヴュー』に書いた賛辞（307-15）を読んで、『イヴの身代金』（一八九五年）以降の作品が取り上げられていないことを残念に思いながらも満足したことが分かっている。さらに二年後、アーノルド・ベネットが『アカデミー』の読者のために書いたギッシングの初期作品の概観（361-65）にも彼は満足し、その批評がふだん新聞や雑誌などに出るものより知的なものだと述べている。しかしながら彼は、自分が文学界を永遠に去ってしまうまでは、自分の著作についてすっかり満足のゆく論文が現れるとは思っていなかった。

さて、例えばボーア戦争（一八九九～一九〇二年）が勃発し、ギッシングの勇気あるイデオロギー小説『命の冠』（一八九九年）が出版された直後の一八九九年後半あたりに、彼の平和主義がきちんとした批評の対象となっていたとしたら、彼の反応は綿密に分析する価値があったろう。愛国主義《ジンゴイズム》の時代に、その批評家の意見が彼の意見と一致するかどうか、ギッシング自身が判断できたはずだから。自身の平和主義のイメージはおそらくギッシングにとって非常に魅力的なものとなりえただろう。作家としてこの時期にそのようなイメージが加わるのは願ったり叶ったりだった。彼自身、自分は平和を好む穏やかな気質の持ち主だと考えていただけになおさらである。彼の人格の基本であるこの点に関する証言には事欠かないが、なかでも最も正確で読む者の胸を打つ証言は彼の妹による「ジョージ・ギッシング——人物寸描」（一九二七年）と控えめに題された追想記事の中に見出せる。「彼の性質のなかにはある信条が深く埋め込まれていました。その信条のために彼は他人を苦しませるくらいなら自分自身が苦しむほうを選んだのです[1]」。

ギッシングの平和主義についてのいかなる議論も必然的に歴史の枠組のなかに置かれなければならない。一八五七年生まれの彼はクリミア戦争（一八五三～五六年）の直接の記憶がない世代のイギリス人だった。クリミア戦争はナポレオン時代から一八九九年のボーア戦争勃発までの間にイギリスが唯一巻き込まれた大規模な国際紛争だった。イギリス、フランス、オスマン帝国、ピエモンテがロシアと戦ったその戦争について、彼が意見を書き残したということはないようだ。しかし筋金入りの自由党員で平和主義者の父トマス・ウォラー・ギッシングが、東方問題とその問題に暫定的な終結をもたらした戦いについて、長男の前で自分の見解を表明しなかったとしたら驚くべきことだろう。ギッシングの生きた四十六年間は概して彼の祖国が世界のほとんどの地域とうまくやっていた時期だった。しかし、当時ヨーロッパのあちこちで絶えざる脅威となっていた領土拡張論は、歴史学者が「植民地の小競り合い」と婉曲的に呼ぶ事態になっていた。もっとも、しばしばその争いはどんな基準に照らしても小競り合い以上のものだったのだが。この時代の国あるいは部族間の摩擦をかなり詳細に伝えている歴史書は、何度も危機があったことを明らかにしている。それらの危機は最善の場合には外交的に解決されたが、最悪の場合少なくとも一方は大虐殺で終わった。ロンドンの日刊紙でギッシングが見たのは、例えば一八七三〜七四年のアシャンティ戦争、一八七七年のトランスバール併合、一八七九年のズールー戦争の記事であり、そして――徴兵制度に起因すると思われる種々の問題に無関心な国で、こういった出来事を平然と受け止める大衆により知られていたのは――マフディーの反乱と、一八八五年のゴードン将軍の壮絶な死（図①）を引き起こしたハルツーム強襲だった。当時「海外情報」といっていた事柄に関する新聞記事を読んで、ギッシングの恐れや憤りがかき立てられることは稀であった。人間は常に人間と争っているのだから、日々凶報がもたらされる定めであることは彼には分かっていた。もちろん自分の生まれた時代が進歩の時代だということを彼は否定しなかった。しかし、十九世紀の間にどうしたものか時代に「本質的に備わった」ものと見られるようになった進化（の概念）から来ている物質的な進歩と、人間性全体の精神的、倫理的向上との間には、いつもはっきり一線を画していた。

　もしギッシングが生涯の終わりに人類の現状について聞かれたら、一八〇〇年よりも一九〇〇年の方が概して悪事（特に社

図①　帝国主義の英雄、ゴードン将軍の死。
1885年のハルツーム陥落はイギリス国内に大衆の抗議を引き起こした。

会悪）が減ったということに同意しただろう。例えば奴隷制は廃止され、人が他の人を搾取する事例はわずかながら減少してきており、貧困の苦しみもそれほど多くは見られなくなった。たとえ生活のあらゆる領域で未だ不正と不公平がさまざまな形で見られるにしても。同様に、偏狭と無知という不幸が過去の時代よりもいくらか目立たなくなったと認めたかもしれない。こういったことすべてにギッシングは気づいていたが、その時代の出来事にまったく、あるいはほとんど影響されない、より深い現実をどうしても無視することができなかった。そして、決して反駁されないほどの説得力をもって、『ヘンリー・ライクロフトの私記』（一九〇三年、以下『私記』と略記）の中でその現実について書いたのである。現在は忘れられているが非常に重要なこの本、すなわち人間の振舞いについての簡潔にして要を得た格言がちりばめられたこの本では、彼が序文で争いの普遍性と呼んだものが論じられている。「人間は仲間との平和な交際に向くようには作られていない。人間は生来自己主張が強く、一般に攻撃的で、自分に馴染みのない特質に対しては常に多少なりとも敵意を持って批判する。深く愛することもできるという事実は、人間の生まれながらの争い好きを時おり緩和し、その表出を抑えるにすぎない。最も広い純粋な意味での愛でさえ、危険ないらだちやもって生まれた神経過敏の予防手段とはならない」（『夏』第六章）。ギッシングは明らかにこの話題を穏やかに、そして客観的に扱おうとしているが、実際には彼の分身であるライクロフトを通じて――この場合、彼と分身とは一致している――「平和を好む人」という表現そのものが矛盾をはらんでいる、と示唆しているのである。「高い教養は自制に役立つかもしれない」と認めはするが、「それはまたいらいらさせられるような接触の機会を増やすことにもなる。大邸宅でも、あばらやでも、生活の緊張は常に感じられる――夫婦の間で、親子の間で、さまざまな程度の身内の間で、雇い主と雇われ人の間で。彼らは議論し、口論し、声高に言い争い、激昂する――すると神経が楽になり、再び次の喧嘩ができるようになる。家の外に出ると口論はそれほど目立たなくなるが、誰のまわりでもいたるところで起こっていることなのである」

第二節　子ども時代から世紀転換期へ

晩年に説得力をもって描いた現実について、ギッシングがすでに子どものころからおぼろげに意識していたかどうかは定かでない。また、彼にとって誇張は知的ゲームのようなものだったため、彼自身も時おり誇張したがることがあり、あまり頼りにならない子ども時代の記憶には偏りがあったかもしれない。しかし、一つだけ疑いの余地のないことがある。彼の導きの星は父親だったということだ。彼の父は平和を愛し、平和を人類の貴重な財産と考えていた。彼の母も平和を愛したが、それは家庭の静けさ以外の、あるいはそれ以上の理想はないとする規律家としてであった。もし子ども時代にギッシングが騒々しい喧嘩を見ることがあったとすれば、それは家ではなく学校においてであった。伝記作家にとっては幸運なことに、普仏戦争勃発当時（一八七〇年）彼は日記をつけており、その不揃いの筆跡で書かれた日記の内容はプロシャによるパリ進軍への彼の関心を示している。(2) それから何年もたって大人になった彼は、普仏戦争が始まったと父が告げたときの恐怖をこう記している。「父は大声で言った。『ほら、またやっている、殺し合いだ』」。また、一八六五年のアビシニアへの英国軍派遣を父が激しく非難したことは注目に値すると思った、と一八九六年に記している。この意見を彼はある日学校で子どもらしく自信たっぷりに繰り返したのだが、先生に叱られただけだった。ジョゼフ・ハリソン師というその教師は戦争の遂行を賞賛し、「歴史上最もうまく遂行されたと言った」のだった。ギッシング少年が「そのような意見を耳にして困惑し、驚きの声を上げた」その勇気は賞賛に値する。ギッシングの一八九七年の小説『渦』に現れた、歴史とは悲惨な出来事の無限の連続という見解――その後『私記』でも繰り返された見解――は、悲観的進歩論者だった彼の父の意見に起源があったのかもしれない。『渦』のハーヴェイ・ロルフの苦悩に満ちた黙想を思い出してみよう。「毎時間のように悲劇が起きている世界に暮らし続けている人間の無関心に彼は驚いた。……そして彼が愛読するあの歴史というもの――それは声にならない嘆きの恐ろしい記録でなくて何だというのか。幾世紀も繰り返される苦しみを見つめ続けることに、どうしたら彼は喜びを見いだせたのか――戦争、伝染病、圧政、火刑柱、地下牢、とどまるところを知らぬ拷問、想像もつかないほどの残酷行為を」（第三部第一章）。

生涯を通じてギッシングはイングランドとヨーロッパ諸国との間の戦争の脅威に特に注意していた。彼の手紙や日記にはその脅威が恐怖とともに書き留められている。イングランドを巻き込む危険性がジャーナリストたちにとって魅力的な話題となると、いつも決まって出版業や著作業への国際紛争の影響が論じられる。彼はそのようなジャーナリストたちを新聞社主や有力な政治家の操り人形とみなしていた。一八九六年春『デイリー・メール』が創刊された。この半ペニーの新聞は売上げを伸ばすために、はじめから予測できた南アフリカでの結果を書き立てて故意に愛国主義をあおったが、それは明らかに平和を脅かすものだった。また来たる女王即位五十年祭の虚飾に満ちた祝賀を、ギッシングは二十五年祭のときと同様に歓迎しなかった。一八九四年の小説『女王即位五十年祭の年に』のなかで、彼はこの祝賀を思い起こしてもの笑いの種にしている。大英帝国の賛美は彼にとってとくに嫌悪すべきもの――そして危険なものだった。一八九五年一月と六月に編集者の要請で「地の塩」と「トゥーティングでの災難」という短篇を寄稿していた英国国教会の月刊誌『ミンスター』が、大英帝国の近未来について意見や抱負を語り合う討論会に参加してほしいとギッシングに依頼してきた。そのとき彼は依頼を即座に断った。「純粋で単純な作家が国益に奉仕できる最良の方法は作品の執筆に全力を尽くすこと――これがあなたの質問に対して私ができる唯一の答えです[3]」。

軍の派遣に対するギッシングの非難は変わることがなく、彼の根本にある人間主義《ヒューマニズム》と矛盾することもなかった。一八七八年二月十二日、コルヴィル・プレイス二十二番地の地下室から、彼は憤慨して弟のアルジェノンに次のように書き送った――もし自分が今書いている小説がちっとも進まないとしたら、その主な理由は「むかむかするような政治ニュース」（図②）にある、と。「ロシア人がコンスタンティノープルを占領し、地中海に小艦隊が派遣された、と今夜新聞各紙が伝えている。私はこれまでロシアを強く支持してきたが、実際今回の件ではロシアも英国と同様秘密裏に行動していたようで、すっかり嫌気がさしている。こういった……〈英国の国益〉についてのたわごとを聞くのはたくさんだ。まるで、何千人ものイギリス人を殺し、人口の半分を破滅と乞食生活に陥れる方が、結局は避けられないスラブ民族の進歩を一、二世代の間止めることよりも、われわれの利益にかなっているとでもいうように！」(*Letters* 1: 73-74)。その二、三ヶ月後、ヴィクトル・ユーゴーの理想主義的な予言を読んだ彼は疑念を隠せなかった。その予言とは――結局は悲しいことにまるで見当違いだったのだが――二十世紀には戦争はなくなるというものだったのである。

図②　ヴィクトリア女王と一緒に帝国主義の危険な水域に乗り出すディズレーリ首相

先に引用した争いの普遍性についての文章の萌芽は、生と死の問題について思いめぐらした彼の最後の本『私記』が形を取り始める前の、二十年に渡る家族との打ち解けた手紙のやりとりの中にすでに見ることができよう。個人的であれ国家規模であれ、反乱の出発点となりうるような、いかなる自由の侵害にも彼は我慢がならなかったが、それが時おり顔を出している。その一例は中期の小説『デンジル・クウォリア』（一八九二年）

にある。その中でタイトルと同名の主人公が漏らす次のことばは――主人公の気質も置かれている状況も自伝的ではないのだが――ギッシングのある種の気分とも通じる。「今日の午後ここへ来る途中、ストランドでどこかの新聞社の前を通った。そこではロシアの購読者から送り返された新聞を見せていた。記事が二本、検閲官の黒インクですっかり消されていた――その新聞はそんな状態で読者のもとに届いたのである。……ただそのためだけでもロシアとの戦争に万歳を唱えられただろう。ツァーリの大ばか者め、蟻塚の玉座に座って、時に止まれと命じているのだ」（第三章）。常識を無視したり個人の自由をひどく侵害したりするような何らかの私的あるいは公的行動によって、ほとんど正気を失いそうになったときのギッシングの気分は、クウォリアのそれと似通っていただろう。英国政府からの外交的、軍事的圧力に屈することを拒否したときの諸外国に対して彼が抱いた敬意は当時稀なものだった。アルゼンチン生まれの友人W・H・ハドソンに宛てた一九〇〇年七月八日付けの手紙に書かれた逸話は、イデオロギーに関する彼の信条の一面をうまく反映しているので、ここで引用しておこう。「世界の野蛮化が着々と進行していることは君もわかっているね。大虐殺［この悪い知らせはまもなく根拠のないものであることが判明した］を別にすれば、私は大いに中国人に同情する。彼らは英国人に来てほしくなどなかった。われわれを追い出すために常に最善を尽くしてきた。それに彼らの国にむりやり入り込むとは、われわれにいったいどんな権利があったというのだ。ああ、しかし彼らは大きな機会を失ってしまった。もし彼らがもう少し文明人として洗練されていて、国中のすべての外国人を集めて、誰も傷つけずに船で母国に送り返しただけだったら！もし敵軍が国内に入ったら誰でも殺されるだろうと知らしめただけだったら。そうだったら歴史のなかで語り継がれることになっただろうに」（*Letters* 8: 68-69）。

第三節　反帝国主義と反軍国主義

この逸話が示唆するように、ギッシングは文明や伝統がはっきりと異なった国同士の友好関係に対して決して反対ではなかった。知的好奇心があって文化的には寛容な個人として、そのような関係はきっと互いにとって大きな利益になるに違いない[4]と考えていた。しかし、まったく私利私欲の絡まない理想的な国と国との関係という概念は決して実現しないと、彼は経験から学んでもいた（実際には古代ギリシャ・ラテンの歴史の幅広い勉強がその根底にあった）。そして場合によっては、たとえばキプリングやライダー・ハガードのような場合には、文学的評価は政治的判断とは切り離せないということもわかっていた。少なくともキプリングに関しては、政治と芸術を互いに安全な距離に引き離しておくことにギッシングは一時的に成功した。キプリングの初期の作品に対するギッシングの判断が変化していくさまは非常に興味深い。それが彼の平和主義の指標となるからである。ギッシングが最初にキプリングに言及したのは一八九二年二月十三日で、まだこの若き同業者の作品を何も読んでいなかった彼は、アルジェノンの妻に宛てて「今最も関心が持たれる男」はキプリングだと書いている。「彼はすばらしいことをしたし、これからももっとすばらしいことをするだろう」(*Letters* 5: 8-9)。その後五月二十日には『兵舎のバラッド』(一八九二年)を読むようにと友人のベルツに薦めた。彼はこの詩の抜粋を読んで「非常に注目に値する作品」(5: 36-38) と述べている。兵士の俗語で表現されたバラッドにはギッシングとしても文句のつけようがなかった。そのことばは非常にうまく兵士のことばを模倣しており、しかも詩的だったからである。一八九四年十月二日の時点でも——そのころまでには間違いなくキプリングの作品をもっと読んでいたはずなのだが、ただしおそらく『ジャングル・ブック』(一八九四年)とその続篇を除いて——彼は依然として熱心にキプリングを支持していた。彼はベルツに「キプリングに対する私の賞賛と好感はいやが上にも増した。君が話していた短篇集『多くの計略』(一八九三年)は見事な作品だ。とくに良いのは「交通の妨害者」——力強い想像力のたまものだ。「女の愛」ではリアリズムと詩が結びついている。彼はすばらしい」(5: 241) とはっきり言っている。ギッシングのペンが再び賞賛のことばを浴びせたのは——今度はヘンリー・ヒック宛ての一八九六年十一月十八日付けの手紙において——『七つの海』(一八九六年)であった。この詩集は「間違いなく天才の独創的な作品」(*Letters* 6: 194) であり、従前のイギリス文学には匹敵するものはないと言っている。しかし、愛国主義《ジンゴイズム》の波が国内でいよいよ高まるにつれて、ギッシングは少々遅まきながらキプリングの政治的立場(図③)に気づいた。キプリングは、イングランドのあらゆる作家のなかで、実際に彼が会ったことのない唯一の作家であり、結局その後も会うことはなかった。

ガブリエル・フルリに霊感を受けて書かれた『命の冠』は、ある意味でキプリングと彼の暴力礼賛に向けられた小説である。次に挙げるきわめて重要な一節は一八九八年十一月二十七日付けでフルリに宛てた手紙のなかに現れる。「私の人生観は、

図③　マックス・ビアボーム「キプリング氏、恋人ブリタニアと楽しいデート中」(1904年)

これまでのどの本よりもこの本のなかで広がっていると感じます。ある程度はイングランドの『帝国主義』の最悪の側面を見せるつもりです――あの憎むべきイングランドの精神は、その貪欲と傲慢によって世界の平和をひどく乱す恐れがあるのです。この精神こそラドヤード・キプリングの文学に描かれているものです（彼は多大な害を与えていると思います）」(*Letters* 7: 236)。野蛮な目的の伝道師としてのキプリングに対するギッシングの反感は、彼がベルツのためにイングランドの文学的状況を概観したときに再び表明される。「キプリングは少年向けの本に手を出し始めた。どなりちらしているような本だ。あの男はひどい害悪をまき散らしている」（一八九九年一月十七日付けの手紙、7: 270)。おそらく彼は、この前年のファショダ事件で頂点に達した植民地での深刻な摩擦を、キプリングの帝国主義者気取りに照らして見たのだろう。そして、彼は「フーリガンの声」[5]といううまい題をつけたキプリング攻撃文を書いたが、そこに現れたギッシング自身の反帝国主義的姿勢を、小説家ロバート・ブキャナンが賞賛した、と聞いて喜んだ。自称「大英帝国の闘士」の好戦的な精神ほどギッシングにとって憎むべきものはなかった。男子生徒のあいだで見られる野蛮な残酷さを公然と弁護する『ストーキーとその仲間』（一八九九年）は彼を憤慨させた。「こんな本は死刑執行人が燃やしてしまえばいい！　現代における最も悪趣味で野蛮な作品だ」（一八九九年十二月十一日付けのベルツへの手紙、7: 412)。

一八九九年十一月四日の『レヴュー・オヴ・ザ・ウィーク』に掲載されたギッシングの記事「テュルタイオス」は、スウィンバーンやその他の近視眼的な主戦論者（ウィリアム・ワトソンやラドヤード・キプリング）によって、そのころ発表された好戦的な作品をはっきりと非難している。現代の読者ならまず気に入るような記事である。そのなかでギッシングは女王陛下の平均的臣民さえも容赦しなかった。「軍楽は民衆の耳に不滅の魅力を持っている。高級仕立ての服を着ていようと安物の服を着ていようと、市民はラッパの響きが通り過ぎるときに足でリズムを取る。人を撃ちに（あるいは撃たれに）行こうとしている背筋をピンと伸ばした連中に、なかば羨望を覚えながら。羨望を覚えない耳にも軍楽は魅力的に響く。軍楽は原初的な本能に触れ、民族の記憶を目覚めさせる。そして、戦争と考えただけで意識の底まで徹底的に嫌だと思っている人間も、自分がドンドン足を踏みならし、金管楽器と打楽器に合わせて首を動かしていることに気づいて、驚くのである。同じことが好戦的な詩についても言える」。それから、ギッシングはスウィンバーンの好戦的な調子の新しい詩「テュルタイオス」が民衆や議会の承認すら必要なしとしていることに触れ、テュルタイオスという発想は「時代錯誤よりももっとひどい」と切り捨てた。というのも、実際「テュルタイオス風の詩を奏でるその現代の詩人は、文明という至高の理想に自分自身を意識的に敵対させているのだ。……キプリング氏自身、人並み以上の頭を持っているのだから、このことはおわかりのはずだ。キプリング氏も穏やかな気分のときには、人が互いの喉を切り裂かず、互いの頭を吹き飛ばさなくなる日が来るのを望む人々に、共感しないとは考えられない。もしそのように主張したことで不当に扱われるのでなければ、帝国の桂冠詩人であっても、高らかにラッパを吹き鳴らす前によく考えるべきではないか。そして、彼の月桂冠は血に浸されたほうが長持ちするのかどうか自問すべきではないか。詩才は特別な責任を課されているのだ。詩はその他のどんな形態のことばよりも直接的に心から心へ話しかけるのだから」。

ギッシングはあらゆる通俗的形態のナショナリズムと大抵それに伴う軍国主義とを怒りを込めて非難した。汎ゲルマン主義は、ヨーロッパの平和にとって脅威であったナショナリズムの高まりの中心にあったが、彼はその最初の影響を普仏戦争の時代に見ていた。ドイツによるナショナリズムの誇示に対するギッシングの感情は死ぬまでどこか曖昧なままだったが、それはベルツとの友情のためだった——彼は若いころベルツと社会主義的な意見を共有していた。しかし、ライン河の向こうのことを考えるときはいつも、悪いことが起こるのではと彼が心配し続けていたのは明らかである。ビスマルクに対する彼の感情は、一八七〇～七一年のプロシャによる侵攻がフランス市民のなかに引き起こした断固たる憎しみに通ずるものだった。一九〇三年二月十一日にかつての支援者フレデリック・ハリソンに宛てた手紙のなかの逸話は、ギッシングの感情を明白に示している。「ここ［サン・ジャン・ド・リューズ］には、かつて普仏戦争の前にビアリッツの海岸で高潮に流されそうになっていたビスマルクを救ったと自慢する男がいる。彼が大西洋の邪魔をせずにいてくれたらと思わずにはいられない。ドイツはかつて楽しい国だったし、教養の何たるかを教えてくれた——しかしそのころまだプロシャは砂のなかから姿を現してはいなかった」(*Letters* 9: 58-59)。ギッシングは一度しかドイツを訪れたことがない。一八九八年、カラブリアからロンドンへ戻る途中のことである。いたるところですさまじい軍国主義の兆しを目にしてすっかり嫌気がさした彼は、予定よりも早くその国を出なければならないと感じた。かつてあるフランス人が人生最後の年のギッシングについて「明晰な眼力を持つ陰鬱な人」と言った。この適切な呼び名を、人類の将来についてギッシングがどう考えていたかに当てはめれば、ギッシングは本当に有能な予言者だったと言える。彼は世界大戦が近づいていると感じていたのである。

しかしながら、人間が人間に対して狼のごとく残忍で、暴力のみが自己防衛の手段であった——私たちはこんな想像をしがちである——遠い時代の恐怖にギッシングが過度に影響されたわけではない。人類の歴史のほとんどは——客観的に考えてみれば——戦争と虐殺の歴史であって、歴史家にとって平和とは結局何も起こらなかった時期のことである。この点を説明する別の逸話がある。ギッシングはルーヴル美術館で、ダ・ヴィンチの馬上の闘いの絵のルーベンスによる模写を見たことがあった。そのとき彼はふと立ち止まり、芸術における暴力の表現に対する自分の反応が一定でないことについて、常に感じていた疑問に答えようとした。「なぜこの場面は、例えばド・ヌーヴィルの戦争場面（図④）のようには、恐ろしくないのだろうか。衣装が古風だからではないか。戦争が、現在と結びついて不快感を起こさせるのではなく、文明初期に固有のものとして受け入れられるからではないか」（一八八八年十月十四日、*Diary* 51-52）。同様に、一八九七年クロトーネで病による熱にうかされて見た夢のなかの暴力の場面に対する彼の反応は、時の経過によって麻痺させられたかのように、恐ろしくはなかったのだった（夢のなかで見た場面が想像上のものであったことはいうまでもないが）。

逆に、ギッシングにとって祖国の次に重要な国イタリアの将来像は、国家規模での暴力の発展の恐れによって曇らされていた。彼の旅行記『イオニア海のほとり』（一九〇一年）の最終章に、イタリアの若き愛国の士エミーリオ・クッツォクレアの死について、魂を揺さぶる文章がある。クッツォクレアは一八六〇年、レッジョ・カラブリアの解放のための戦いに倒れた。このときギッシングは、彼が文化的に強い愛着を感じている地に対するブルボンの圧政に対して、憎悪を表明している。「この若き命が取るに足りないものであるという、まさにそのことがこの事実をいっそう痛ましいものにしている。この地で長年に渡って人類の野獣のごとき本能の犠牲となってきた、そうした数えきれないほどの命に思いをはせることになるから」。しかし、平和主義者ギッシングは、圧政者たちへの国をあげての憎悪を宣言した記念碑を見て、ただちに警戒の声を上げた。「この国の勢力がますます国際的な恐怖と憎しみへと向かっているとわか

図④　アルフォンス・ド・ヌーヴィル『ロンボワヨー門の防衛』(1870)

っていて、どうしてイタリアの統合と繁栄を大いに願うことができよう。イタリア再生のために死んだ人々が夢見たのは、古《いにしえ》の残忍さが新しい武器で鳴り響くことではなかった。この時代、イタリアの愛国者には一種類しかいない。土壌を耕し、種を蒔き、収穫し、自分の畑の彼方のことは知らないか、関心がない者」。ナチズムについてはいうまでもなく、未だファシズムの罪に取り憑かれているわれわれは、歴史家ジョン・ペンブルのギッシング賞賛に加わらずにはいられない。『地中海への情熱』のなかでペンブルは、「リソルジメントの愛国的理想は裏切られ、イタリア自身が血まみれの暴君となるだろうと予言した」[6]ギッシングの先見の明に、心から敬意を表している。

　反帝国主義が平和主義と手を携えるのは、ギッシングにとってはまったく論理的に思われた。E・M・フォースターと同様、彼は偉大さをもてはやす傾向をひどく嫌っていた。このために彼の作品とその世界観は、二十世紀の文学史家たちによってあるカテゴリーに分類される。それは、この時代以降キプリングやライダー・ハガードのようなイデオロギー的傾向をもった作家たちによって代表される冒険小説作家たちとは正反対とされるカテゴリーである。初期のものであれ後期のものであれ、彼の作品中に人種差別的といえるようなくだりを探し出すのは難しいだろう。なぜなら、基本的にそのようなものは彼の目には品位を落とすものと映っただろうから。実際、思い浮かぶ唯一の例は『ネザー・ワールド』（一八八九年）の「祭りだ、ばんざい！」の章（第二部第十二章）にあるが、それでさえ諷刺的な文脈のなかに現れるのだ。それは祝日の水晶宮《クリスタル・パレス》での場面である。労働者階級の低俗な娯楽についての注意深く分析的な描写のなかで、ギッシングは自分のように超然とした来遊者なら見るであろうものについて、「理性的な人なら、これらのゲームがいかに巧妙に群衆の愛国主義に訴えるようにできているか、興味深く眺めるであろう。ココナッツ競争で棒切れを投げたとする。すると、その的は木でできた裏切り者のアフガン人か卑劣なアフリカ人なのだ。木槌を取り上げてバネを叩き、どのくらい高くボールを打ち上げられるか試してみる。すると、その一撃はまた別の敵国人の頭を襲っているのである。筋力を測る計器をこぶしで叩けば、ロシア人とおぼしき男の腹を力一杯なぐっている」と想像する。どこを見ても「知性のみに訴えるような、あるいは美を愛する気持ちを育んで人を軟弱にするような」競技に参加する者はいなかった、と語り手は残念がる。そして、若者に関する限り、ギッシングはそのような行為に内在する危険を常に感じていたので、いかなる形であろうと若者の乱暴を非難した。

　ギッシングは機会をとらえては、あるタイプの学齢の少年たちを容赦なく描いた。初期の小説『イザベル・クラレンドン』（一八八六年）のなかのストラットン家の少年たちが、全作品中で最もよい例だろう。彼らの父は陸軍大佐で、目下連隊とともにアフリカにいる。母は、四人の子どものうち三人が軍隊に入る準備をしているときに、この小説のヒロインのもとを訪れる。語り手はストラットン家の子どもたちを、その粗暴で残忍な態度に対する敵意をこめて描いている。「この四人の少年は、どんな英国のご婦人がたも恥じることがないような子どもたちだ。体の成長も完璧で、肩から一直線に腕を突き出し、頭は石斧の一撃にも耐え、頬は赤く、ハンマーのような拳を握りしめている。幼いころは子供部屋で互いに鼻を叩き合ってけんかをした。学校ではそれぞれが全学年のボクシング大会で戦い抜いた。ほんの小さな子どものころから鳥撃ち銃を使い、親譲りの冷静さでもって鳥を殺した。彼らは横一列になって太鼓の音に合わせて早い足取りで歩く。視線はまっすぐ、銃身の先を見ているよう。耳をそばだて、侮辱のことばの百万回目の木霊でさえ聞き逃さない」（第一巻第二部第十一章）。そんな若き「悪漢たち」に対する母親の賞賛はかぎりない。ギッシングは上の二人の息子について「ストラットン夫人は、シェイクスピアとミケランジェロが双子で生まれてくるよりも、この子どもたちの母親である方がよいと思っただろう」（第二巻第一部第二章）と皮肉をこめて書いている。

ギッシングのリンドウ・グロウヴでの辛い学校生活の詳細を知っている読者なら、この文章の着想の源が容易にわかるだろう。それは父の死後、彼が生徒として従わなければならなかった教練である。かつての校長のジェイムズ・ウッドに、あるいは彼の妻に「母校」[7]の思い出を書くよう求められたとき、彼が如才なく触れずにおいた教練である。ギッシングは己の平和主義ががさつで耳障りな教練教官に侵害されたことを死ぬまで覚えていた。ヘンリー・ライクロフトに扮して彼はこう書いている。「彼が私に言った一言一句が侮辱に感じられた。……もし私に危害を、肉体的、精神的な危害を加えた男がいたとしたら、それは彼だろう。……よくあることだったが、整列中に私が何かうまくできなくて教練教官に叱られたとき、彼が私のことを『七番！』と呼んだとき、私は恥辱と怒りでかっとなった。私はもはや人間ではなかったのだ」（「春」第十九章）。子どものころも大人になってからもギッシングにとって、軍隊活動は戦時でも平時でも起こりうる集団殺戮の流血への準備であり、それはどんな形であれ人間への侮辱の現れだった。彼の私的な文書や小説のなかで最も忘れ難いことばの多くは、この人間への侮辱の現れに結びつけることができる。

第四節　人間主義と人道主義

後世において『備忘録』と呼ばれることになるもののなかにギッシングが記した死刑（「私はそれに対して本能的に不快感を覚える」）についての覚書きは、文明国なら検討せざるを得ない問題について彼が下した判断を示している。メイブリック夫人という女性の死刑に対して彼は一八八九年八月十四日に自分の意見を詳細に書き留めた（*Commonplace Book* 24-25）が、その後このような非難が無数に現れるようになる。その一つ、ピアシー夫人の死刑は一八九〇年十二月二十三日付けで『備忘録』に記入されており、この問題を作品中で取り上げるという自分自身への約束が付記されている(44)。この時の事情は『私記』(「冬」第四章)に陰鬱に再現されている。「恐ろしい叫び声で私は目覚めた。暗闇で起きていると、通りを行く男たちの声が聞こえた。絞首刑がたった今執行されたと怒鳴っている。『××夫人の死刑執行』『絞首台での情景!』九時を少し過ぎたところだった。商魂たくましい新聞が早くも絞首刑を知らせる号外を出したのだった」。「死刑制度」によって合法化された「殺人」とそこから必死に金を稼ごうとする「新聞」。その三つの要素の結合がギッシングの思想の最も暗い部分を示している。彼のように来世の存在の可能性を否定していた不可知論者にとって、死刑のような罰は不合理であるか、途方もなく独断的で、理性に対して正当化できないことだった(8)。

ギッシングの作品を読めば読むほど、彼の平和主義は人間主義と切り離せないということが明らかになる。彼の人間主義は、苦しみにみちた人生の最晩年には、ちょっとした知り合いさえもが気づき共感するものだった。戦争と平和に関する彼の深い信念を誤解されることほど彼の心をかき乱すことはなかった。彼にとって最も不快だったのは、『渦』の中でハーヴェイ・ロルフが穏健な友人バジル・モートンに言ったことばについて、H・G・ウェルズが誤読したことだった。ある記事のなかでウェルズはギッシングを帝国主義という政治信条への新たな転向者と紹介したのだ。キプリングが『兵舎のバラッド』で示した人生観をあてこすり批判したロルフのことばをひどく歪曲して捉えている(9)。「これは強い男がはっきり意見を述べているのだ。……それは反動の声だ。何百万もの男たちが、自然のままの男たちが、穏やかで優しい文明に反旗を翻している。世界中の男たちが、何を望み何を望んでいないのか自分でもほとんどわからずに。そしてそこに彼らに代わって話す者が現れた——激しい調子で話す者が。……ホワイトチャペルの下町言葉がイングランド軍の銃に倣って生の欲望を大声でがなりたてている!——彼にはそれがわかっているのだ。この男は偉大な芸術家だ。自分の天才の声に微笑んでいる」(『渦』第三部第十三章)。少なくとも彼の小説二作を誤読したウェルズの長い批評記事を読むのは、ギッシングにとっては辛い経験だった。それが作家仲間によるものだけになおさら辛かった。ウェルズは彼の友人でもあり、彼の最新作をそこまでひどく読み誤るとは思ってもみなかったのである。ギッシングはウェルズの読みの浅さに驚いたが、その後一八九九年十二月に再び驚くことになる。ドイツ人の批評家フリードリッヒ・ヴィルヘルム・フェルスターが『エティシェ・クルトゥーア』十二月九日号でウェルズの不愉快な誤りを繰り返した、とエドゥアルト・ベルツから聞かされたのである。その後、イズリエル・ザンクウィルによって再び誤読されるが、その記事が現れたのはギッシングの死後で、『トゥデイ』一九〇四年九月三日号と、アメリカでは翌年五月の『リーダーズ・マガジン』に掲載された。

憐れみはギッシングの人間性を伝える主要な手段の一つであるが、後半生においてますます頻繁に彼の文章に現れるようになった。きわめて多様な話題についての意見を思いつくままに『備忘録』に記録し始めた直後、われわれはこの典型的な記載に出くわす。「非常にしばしば私の不幸のもととなるのは、人間が経験するあらゆる恐ろしい肉体的苦痛について思いめぐらすことである。火刑柱の殉教者、拷問部屋、闘技場等々。夜これらが私に取りついて離れない[10]」(*Commonplace Book* 22)。同じ『備忘録』の少し後に、クセノポンの『アナバシス』(紀元前四世紀頃)第四巻から書き写した恐ろしい話が出てくる。この話を彼は『私記』(「夏」第九章)で劇的な話に変えた。そこではある男が情報提供を拒んだために殺される。その情報を漏らせば、近隣に嫁いだその男の娘が見つけられる可能性があったのだ。不可知論者として必然的に彼は宗教によるあらゆる救いの可能性を拒否し、「主よ、われわれを憐れんでください！」という儀礼的な祈祷に対する軽蔑のことばを皮肉たっぷりに浴びせる。「これだけでも教会の儀式に嫌悪を覚えるのに十分だ。全知の存在とされるすべての造り主であり監督者から憐れみを請うなんて！[11]」(48)

すでに述べたが、すべて悲観主義者がそうであるようにギッシングも良き予言者だった。そして今後二、三十年間の息子の身の安全を心配していた。彼が初めてこの問題について意見を表明したのは、反愛国主義《アンチ・ジンゴイズム》小説『渦』においてであった。この小説は彼の長男ウォルターがまだ五歳のときに出版されたが、国民の誇りをかき立てるかもしれない軍事的な出来事が起こるたびに示される見苦しい歓喜に対して、彼は最善を尽くして息子に警告しようとした。「いま起こっている戦争について、君もときどき聞いているでしょう。理解しなければいけませんよ。(おばさんたちもきっと言うでしょうが)戦争というのは恐ろしいもので、野蛮人だけがするものです――恥じるべきものであって威張ることではありません。ある国の人たちが別の国へ行って、そこの国の人たちを殺すなんて悪いことだし、恐ろしいことです。戦争で勝つことが自慢できることだなどと決して思ってはいけません。そんなことについてたくさん話すことは恥ずかしいことなのです。そんなことをしていたと知って、いつの日か人々が驚く時が来るでしょう。私たちが自慢すべきは平和と優しさです――戦いと憎しみではありません」(一八九九年十二月二十九日付けの手紙、*Letters* 7: 419)。この手紙が小さな少年に送られたこと、その少年が一九一六年七月一日にドイツ軍の銃弾に倒れる運命だったことを考えると、その平和主義的内容がいっそう力強く感じられる[12]。

優れた友人クレアラ・コレットへ宛てた手紙も、この胸を打つ警告と助言の入り混じった手紙と同じ趣旨である。それは一九〇〇年五月のマフェケング救出後に、彼女が発した愛国的な熱情の声に対する返事であった。ギッシングは彼女のことばを次のように訂正した。「私のけんか相手はイングランドではなく、イングランドの文明を変えよう、あるいはおそらく破壊しようと努めている人々です。イングランドの文明は全体としては世界がこれまで見てきたなかで最も有望なものです。……英国人がボーア人と戦うことの利点を調べてみたとは言いませんが、正当で重要な大義がそれを批判した人々に対する見境のない暴力に現れたことはまずない、ということだけは確信しています。……私は常にキプリングとその仲間たちを恐れてきましたが、彼らの蒔いた種がこんなにも早く実を結ぶとは思っていませんでした」（一九〇〇年五月二十三日付けの手紙、*Letters* 8: 50-51）。イングランドの多くの反戦リベラルたちにとってと同様、彼にとってイングランドが自らの名を汚したことは明白だった。彼が嘘をついたと後世の人間に責められることには結局ならなかった。

平和主義はギッシングの主要なテーマの一つにすぎないが、それは心引かれるテーマである。平和の使徒[13]ギッシングは思想の作家だった。「寛大で知的な思想の」と、今後付け加えられるかもしれないが、そう考えることで彼を適切な見方で——浅薄な楽観主義者たちとは違い、人生の不快な側面にも目を向けた人間として——もしかすると熱狂が人を間違った方向に導いていたかもしれない時に熟慮を呼びかけた人間として——ハーバート・スペンサーとともに「鉛の本能から金の行為を得られるような政治的錬金術はない」（*Commonplace Book* 26）とわれわれに警告した人間として——戦争で死をもたらす目的に用いられない発明などないということを、悲しくもわれわれに思い出させた人間として——見ることができよう。若き日にはオーエンズ・カレッジであれほど軽率な行動をとったギッシングが、経験という体罰によって理性と知恵のことばを、人間本位で、人道にかなった、人間味あふれることばを話すようになった。これまでほとんど認められてこなかったことだが、すべてを十分に考慮すれば、ギッシングはある特典を与えられていたといえる。自然は彼に厳格な良心を与えていたのである。

註

（1）Ellen Gissing, "George Gissing, A Characater Sketch," *National Review* (September 1927): 417-24.

（2）この日記は、*Letters of George Gissing to Members of His Family*, ed. Algernon and Ellen Gissing (London: Constable, 1927) 4-7 に所収。

（3）*Minster*, January 1896, 67.

（4）個々の国同士の友好的で有益な関係とはどうあるべきか、ということに関するギッシングの意見については、一八九七年十月三日にE・L・オールヒューゼンに宛てた彼の手紙がヒントになるだろう。「植民地に出向く教養あるイングランド人は、大変重要な使命を帯びて行くのである。おそらくアングロ・サクソン人を待ち構えている苦闘のことを考えると、オーストラリアでもどこでも、まじめな気質の男たちが、いかに慎ましく目立たなくとも、母国と植民地との間に良い感情が保たれるように働いていることを大いに望んではならないのだろうか」(*Letters* 6: 354)

（5）*Contemporary Review*, December 1899, 774-89.

（6）John Pemble, *The Mediterranean Passion* (London: Oxford UP, 1988) 239.

（7）「母校」は初め『ディングルウッド・マガジン』の一八九七年十二月号に発表された。その後、筆者によって *George Gissing at Alderley Edge*（1969）に再録された。

（8）すでに子どものころにギッシングは、平和主義者だった父が若いころに死刑についてのワーズワスのソネットを読んで、普段は好きだったこの詩人を強く非難するソネットを書いていたことを知っていたに違いない。

（9）H. G. Wells, "The Novels of Mr. George Gissing," *Contemporary Review* (August 1897): 192-201.

（10）憐れみについては子どもに関するものもある。「貧しい家庭の子どもたちの悲惨さ。実際、彼らは貧困がもたらすものを感じている。愚かな母親から受ける苦しみ、ひっきりなしに平手打ちされ、叱られ、泣いている。裕福な子どもたちの運命との対照」(*Commonplace Book* 53)。ギッシングが一八九七年十月三日に作家ウェルズの妻キャサリンに書いた手紙は、この憐れみの問題をイタリアという国全体の問題として論じている。「イタリアはお好きですか?」と相手の質問を繰り返してから、彼はこう述べる。「実は、私はいつもあの国をひどい国だと感じているのです。言葉に表せないあの国の美しさは、どこへ行こうと血と涙の痕が見える、という最も暗い考えと切り離すことができないのです。なるほど、これは世界中どこにでも当てはまるでしょう。しかしここイタリアでは、他のどの国よりも多く思い出されます。来る年も来る年も繰り返される争いと暴政、大災害、宮殿と掘建て小屋における想像もつかない苦しみ。これらすべてを静かに見下ろしている青空に、どこか無慈悲なものを感じることでしょう。そして、国民については——何世紀にもわたる圧政をその顔に見ることができ、その声に聞くことができます。おっしゃる通り、イタリアは好きですが、それはとても特別な意味において、です」(*Letters* 6: 357)

（11）結局、ギッシングの態度は一種の諦念だった。「無益な希望をきっぱりと諦める人は、その埋め合わせに日ごとに増す平静を得る」(『私記』「春」第二十章)

（12）驚くべき先見の明で、ギッシングは『渦』の中でバジル・モートンに対してハーヴェイ・ロルフにこう言わせている。「われわれは息子たちが今はまだ名前もない爆弾によってばらばらに吹き飛ばされるのを見ることになるんだね」（第三部第十三章）。モーリー・ロバーツに対してギッシングは一九〇〇年二月十日に次のように書いている。「彼［ウォルター］が連隊を組んで行進し、虐殺したりされたりするのを予見するくらいなら、二度と彼を見ない方がよっぽどましだ」(*Letters* 8: 11)

（13）『命の冠』で、作中の平和主義者といえるかもしれないピアズ・オトウェイは未来の妻アイリーン・ダーウェントに、「これが世界の唯一の希望だと僕には思える——平和が宗教になるということが」（第三部第三十三章）と言う。

（田村真奈美訳）

あとがき

　編者はギッシングの没後百年（二〇〇三年）に記念事業として『ギッシングの世界――全体像の解明をめざして』（英宝社）という論文集を出版したが、その時と同じように二〇〇七年の生誕百五十年記念となる本書でも、多くのギッシング研究者に協力していただいた。特別寄稿を依頼したのは、『ギッシング・ジャーナル』編集長でギッシング研究の泰斗ピエール・クスティヤス氏、編集委員会メンバーのジェイコブ・コールグ氏とバウア・ポストマス氏、『ギッシング選集』（全五巻、秀文インターナショナル）の責任編集者で日本のギッシング研究を先導された小池滋氏、文学理論や現代思想のみならず歴史研究にも造詣が深い富山太佳夫氏、そしてヴィクトリア朝の出版事情に詳しいグレアム・ロー氏の六名であった。

　特にクスティヤス氏には今回もまた一方ならずお世話になった。後期ヴィクトリア朝だけでなく現代においても喫緊事である平和主義の章に加え、序章の「ギッシング小伝」まで書き下ろしていただいた。質問魔と化した編者のメールに対して、いつも即座に返事をくださり、索引にリストアップした雑誌や出版社の存続期間など、編者の手に余る問題を幾つも解決してくださった。本書が曲がりなりにも生誕百五十年の記念すべき年に間に合ったのは、クスティヤス氏の支援と激励があったからである。一昨年、クスティヤス氏は分厚い注釈付きギッシング文献目録の決定版を上梓されたが、これまでに氏が出版されたギッシング関連図書の数は枚挙にいとまがなく、その多くは研究者必携の文献となっている。今回の論文集によって、長年にわたるクスティヤス氏の学術的貢献と氏から受けた恩義に報いることができればと、心から願わずにはおれない。

　実は、クスティヤス氏は生誕百五十年のためにギッシングの伝記を準備しておられたが、残念ながら目の病気ために中断を余儀なくされた。しかし、その病も癒えて、現在は一八九七年の項目を執筆中だとうかがっている。ギッシングの百十五の短篇小説を収録した全集も準備が着々と進んでおり、ここ数年の間に伝記とともに出版されることであろう。また、二〇〇八年の三月二十三日と二十四日には、クスティヤス氏が長年にわたって奉職されたフランスのリール大学で、かつての同僚クリスティーヌ・ユゲ氏の主宰による第三回国際ジョージ・ギッシング大会が開催される。テーマは「他者を書く――ジョージ・ギッシングの想像力の経路」である。これは四年に一度の国際大会であるが、とある理由で第三回は一年遅れてしまった。従って、実際にギッシング生誕百五十年の二〇〇七年における記念事業は本書だけである。戦前戦後の日本におけるギッシングの受容と人気を考えると少し寂しい気もするが、この記念論文集によって再度この作家の漂泊の魂をよみがえらせることができれば、編者としては望外の幸せである。

本書のプロジェクトが発足したのは二〇〇五年の夏であった。編者はヴィクトリア朝の文学研究で目覚ましい成果を挙げておられる十八名に参加を呼びかけ、適材適所を考えてテーマの割り振りをした。『階級にとりつかれた人びと』（中公新書）の著者、新井潤美氏には「階級」の章といった具合に、メンバーの大半には各自が専門とされるテーマの章を担当していただいた。幾つかの残ったテーマの章は若手研究者に引き受けてもらったが、有能で馬力のある方ばかりを選んだだけあって、どの章も力作となった。有能で馬力のある若手は、どんなテーマであれ、十分な結果を残すことができるということを今回あらためて実感した。そして、専用に立ち上げたメーリング・リストを通して、十八名の執筆者には統一事項などの確認をしてもらった。各章の原稿は完成したものから順次、全員が読めるように専用のウェブ・サイトに置いたので、参加者は内容的な重複を避けることができたはずである。それから、「社会」、「時代」、「ジェンダー」、「作家」、「思想」のそれぞれの部に所属する者同士で形式面・内容面の相互チェックをしていただいた。最後に、科研の出版助成に申請した後の半年間、編者が表記の統一などを施したので、結果として読みにくい箇所が生じておれば、それはすべて編者の責任である。

さて、ギッシングの生誕百五十年に執筆者の一人、村山敏勝氏の急逝について触れなければならないのは、編者として断腸の思いである。出版助成申請の一ヶ月ほど前のことだったが、二〇〇六年十月十一日（水）、彼は三十八歳の若さで逝ってしまった。十月七日（土）に東大駒場キャンパスで開催されたジョアン・コプチェクの講演会でラウンド・テーブルの司会をする予定であったが、当日の朝早く倒れて意識が戻らなかった。村山氏の急逝の原因は異邦の地で不帰の客となったギッシングと奇しくも同じ肺の病である。生者必滅、会者定離と言うが、四十六歳で世を去ったギッシングの年齢を考えても、八面六臂の活躍をされていた村山氏の夭逝には、ただ暗涙にむせぶばかりである。クィア理論をはじめ多方面で業績を残しておられた村山氏であるが、研究のパノラマが実に広く、編者が今回の企画で最後に残った難物のテーマ「科学」の担当を依頼した時も、彼は「いいですよ、ギッシングは好きだから」と言って快諾してくれた。ギッシングの科学への不信を通して当時の生物学の展開を考察した第六章は、彼の該博な知識に裏打ちされた説得力のある論考であり、本書の中でも特に異彩を放っている。本書に寄稿した日本人研究者のほとんどは、村山氏の恩師、ディケンズ・フェロウシップ日本支部の仲間、ヴィクトリア朝研究会の同志であるが、彼の急逝によって暗夜に灯を失った思いに打ちひしがれている。本書で扱った様々なテーマのほとんどに通暁していた村山氏は、深い学識による心の豊かさという点で最もギッシングに近い教養人であった。編者は、この機会を利用して次回もまた同じ研究仲間と一緒に、今度は別の作家を取り上げて前期ヴィクトリア朝の社会と文化を多面的に考察したいと考えている。それが村山氏への追善供養になると信じているからである。今はただ安らかに村山氏の霊が瞑せられんことを祈りたい。

末尾になって恐縮だが、ギッシング生誕百五十年の記念事業として、文学研究の立場から後期ヴィクトリア朝の時代精神と社会風潮を複合的に捉え直し、この時代の新たな全体像を構築しようとする本書に価値を見出し、出版の機会を与えてくださっただけでなく、懇切な配慮と助言までいただいた溪水社の木村逸司社長に、そしてレイアウト指示や図版処理で迷惑をかけてしまった同社の木村斉子氏に、心より御礼を申し上げたい。

なお、本書は独立行政法人日本学術振興会平成十九年度科学研究費補助金（研究成果公開促進費）の交付を受けた。ここに記して深謝の意を表する。

二〇〇七年六月二十八日

編　者

索　引

（作品と人物）

ギッシングの作品の略号

ALM	*A Life's Morning*
AVC	*A Victim of Circumstances*
BE	*Born in Exile*
BIS	*By the Ionian Sea*
CD	*Charles Dickens: A Critical Study*
CL	*The Crown of Life*
D	*Demos*
DQ	*Denzil Quarrier*
E	*The Emancipated*
ER	*Eve's Ransom*
HC	*The House of Cobwebs*
HOE	*Human Odds and Ends*
IC	*Isabel Clarendon*
IYJ	*In the Year of Jubilee*
NGS	*New Grub Street*
NW	*The Nether World*
OFC	*Our Friend the Charlatan*
OW	*The Odd Women*
PG	*The Paying Guest*
PPHR	*The Private Papers of Henry Ryecroft*
SF	*Sleeping Fires*
T	*Thyrza*
TT	*The Town Traveller*
U	*The Unclassed*
V	*Veranilda*
W	*The Whirlpool*
WD	*Workers in the Dawn*
WW	*Will Warburton*

（あ）

アーサー王（King Arthur, a.k.a. Arthur Pendragon）194, 201
『アーネスト・マルトラヴァーズ』（*Ernest Maltravers*, 1837）30
アーノルド、トマス（Arnold, Thomas, 1795-1842）164
アーノルド、マシュー（Arnold, Matthew, 1822-88）iv, 176, 423, 480, 483
アール、メアリ（Erle, Mary）⇒『近代的な女の物語』
『アイギナ島のミネルヴァ神殿』（*The Temple of Minerva in Aegina*, 1839）189
『アイドラー』（*The Idler*, 1892-98）156, 168
アウグストゥス（Augustus [Gaius Julius Caesar Octavianus], 63 B.C.-A.D. 14）340-41
アウレリウス、マルクス（Aurelius, Marcus, 121-80）439, 442, 452
『アエネイス』（*Aeneid*, c. 29-19 B.C.）340
『暁の労働者たち』（*Workers in the Dawn: A Novel*, 1880）5, 13, 28, 63, 65, 87, 90-91, 97-99, 104, 118, 135-37, 139-41, 162, 178, 232, 321, 348, 372, 377-78, 386, 388, 406, 408, 412, 416, 422-23, 426, 428, 430-31, 433, 482, 493
『アカデミー』（*The Academy*, 1869-1915）65, 456
『赤と黒』（*Le rouge et le noir*, 1830）387
芥川龍之介（1892-1927）340
アクトン、ウィリアム（Acton, William, 1813-75）226-27, 232-35, 484
『アセニーアム』（*The Athenaeum*, 1828-1921）65-66, 75-76, 446
『新しい女』（*The New Women*, 1894）278
アデラ ⇒ ミューティマー、アデラ
『アナバシス』（*Anabasis*, c. 4th century B.C.）309, 469
アボット、メアリ（Abbott, Mary, *W*）249, 252, 287, 360
『あらゆる種類と身分の人たち』（*All Sorts and Conditions of Men*, 1882）64
アラリック（Alaric, c. 370-410）190, 336, 342-43, 444, 446
アリストテレス（Aristotle, 384-322 B.C.）341, 400
アリマタヤのヨセフ（Joseph of Arimathea）194
アルジャー、ホレイシオ（Alger, Horatio, 1832-99）62, 67
アルチュセール、ルイ（Althusser, Louis, 1918-90）246
アルバート公（Prince Albert, 1819-61）168-69
アルバット、クリフォード（Allbutt, Clifford, 1836-1925）251
『アルバム』（*The Album*, 1895-96）455
アルフレッド大王（Alfred the Great, 849-99）454
アルマ ⇒ ロルフ、アルマ・フロシンガム
『アロースミス・クリスマス年報』（*Arrowsmith's Christmas Annual*, 1881-1901）160
アンダーウッド、イーディス ⇒ ギッシング、イーディス
アンダーシャフト、アンドリュー（Undershaft, Andrew）⇒『バーバラ少佐』

『アントニナ』(*Antonina*, 1850) 446
『アンナ・カレーニナ』(*Anna Karenina*, 1873-77) 256, 360

(い)
イーストマン、ジョージ (Eastman, George, 1854-1932) 149
イード、ミス (Miss Eade, *OW*) 233, 235, 258, 280
『イヴの身代金』(*Eve's Ransom*, 1895) 7, 16, 150, 156, 162-63, 256, 261, 264-65, 267, 269, 456, 479, 493
『イエス伝』(*Das Leben Jesu*, 1835-36) 29
『イオニア海のほとり——南イタリア周遊記』(*By the Ionian Sea: Notes of a Ramble in Southern Italy*, 1901) 3, 8, 156, 190-92, 197, 200, 316, 334-36, 342, 344, 402, 442, 452, 465, 477, 492, 505
『イギリス国民の歴史』(*History of the English People*, 1877-80) 445
『イギリスの社会小説』(*Le roman social en Angleterre, 1830-1850*, 1903) 34
『イザベル・クラレンドン』(*Isabel Clarendon*, 1886) 375, 413, 466, 480-81, 493
『衣裳哲学』(*Sartor Resartus*, 1833-34) 177, 367
イズレ、ジャン (Izoulet, Jean, 1854-1929) 128-30
「イタリア」("Italia," c. 1876) 332
『イタリアとその侵略者』(*Italy and Her Invaders*, 1879-99) 444, 450
『イタリアにおける東ゴート王国の歴史』(*Geschichte des ostgothischen Reiches in Italien*, 1824) 450
『一青年の告白』(*Confessions of a Young Man*, 1888) 340
『いと長き旅路』(*The Longest Journey*, 1907) 201
『命の冠』(*The Crown of Life*, 1899) 9, 15, 116, 149, 348, 456, 462, 471, 477, 493
『イプスウィッチ日報』(*Ipswich Journal*, 1720-1902) 179
イプセン (Ibsen, Henrik, 1828-1906) 286
『異邦人』(*L'étranger*, 1942) 6, 14
『イラストレイティッド・ポリス・ニュース』(*The Illustrated Police News*, 1864-1938) 257
『イラストレイティッド・ロンドン・ニュース』(*The Illustrated London News*, 1842-) 14, 131, 138, 141, 143, 150, 153, 156-57, 161-62, 201, 398
『イン・メモリアム』(*In Memoriam*, 1850) 302, 419
『イングリッシュ・イラストレイティッド・マガジン』(*The English Illustrated Magazine*, 1883-1913) 156, 162, 164
『イングリッシュウーマンズ・レヴュー』(*The Englishwoman's Review of Social and Industrial Questions*, 1866-1910) 238
『因襲にとらわれない人々』(*The Emancipated: A Novel*, 1890) 6-7, 21, 30, 82-83, 283, 288, 340, 348, 389, 418, 433, 480, 493

(う)
ヴィクトリア女王 (Queen Victoria, 1819-1901, r. 1837-1901) 24, 83, 85, 104, 146, 168, 189, 265, 460, 477-78, 480, 482
ウィドソン、エドマンド (Widdowson, Edmund, *OW*) 45, 50, 217, 259-60, 279-80, 283, 354-57, 359
ウィドソン、モニカ (Widdowson, Monica, *OW*) 45-46, 50-51, 208, 210, 217, 230-33, 237-38, 247, 258-64, 267, 279-81, 286-87, 354-58
ウィフル、オーランド (Whiffle, Orlando, *WD*) 386-87
ウィリアムズ、レイモンド (Williams, Raymond, 1921-88) 102, 240, 386
『ウィル・ウォーバートン』(*Will Warburton: A Romance of Real Life*, 1905) 10, 410, 476, 493
ウィルソン、アンガス (Wilson, Angus, 1913-91) 363
ウィルソン、エドマンド (Wilson, Edmund, 1895–1972) 412
ウィルバーフォース、H・W (Wilberforce, Henry William, 1807-73) 83
ウィルフリッド、アセル (Wilfrid, Athel, *ALM*) 425, 427, 434, 437
『ヴィルヘルム・マイスターの修業時代』(*Wilhelm Meisters Lehrjahre*, 1795-96) 30, 35
『ヴィルヘルム・マイスターの遍歴時代』(*Wilhelm Meisters Wanderjahre*, 1829) 35
『ヴィレット』(*Villette*, 1853) 367, 381, 506
ウィンター、ヘンリエッタ (Winter, Henrietta, *W*) 228
ウェイマーク、オズモンド (Waymark, Osmond, *U*) 44, 46, 57, 137, 140, 234-36, 294, 312, 406, 480
『ヴェースニク・イブローピィ (ヨーロッパ通報)』(*Vestnik Evropy*, 1866-1918) 5, 481
『ウェストミンスター・レヴュー』(*The Westminster Review*, 1823-1914) 134, 448
ウェッブ、シドニー (Webb, Sidney, 1859-1947) 79, 92, 479
ウェッブ、ベアトリス (Webb, Beatrice, 1858-1943) 410
『ヴェラニルダ』(*Veranilda: A Romance*, 1904) 9-10, 334, 408, 419, 445, 449-52, 476, 493
ウェルギリウス (Vergil [Publius Vergilius Maro], 70-19 B.C.) iii, 330, 333, 339-42
ウェルシュ、ジェイン (Welsh, Jane, 1801-66) 178
ウェルズ、H・G (Wells, Herbert George, 1866-1946) 9-10, 15-16, 61, 64-65, 73-75, 106, 116, 202, 253, 284, 286, 318-19, 361, 417, 468, 471, 476-79, 507
ウェルプデイル (Whelpdale, *NGS*) 31, 33, 299, 309
ウォード、A・W (Ward, Adolphus William, 1837-1924) 12

ウォールトン、アイザック（Walton, Izaak, 1593-1683）303
ウォリコム、シドウェル（Warricombe, Sidwell, *BE*）60, 212
ウォリコム、バックランド（Warricombe, Buckland, *BE*）67, 71, 121-22, 212-13, 314, 316-17, 322
ウォリコム、マーティン（Warricombe, Martin, *BE*）121
『渦』（*The Whirlpool*, 1897）7-9, 127, 141-46, 163, 210, 215, 221, 228-32, 242, 247-48, 252-53, 269, 277, 287, 312, 323, 327, 348, 358, 363, 409, 441, 459, 468-69, 471, 478, 493, 509
『埋火』（*Sleeping Fires*, 1895）iv, 7, 162, 441, 478, 493, 507
『宇宙戦争』（*The War of the Worlds*, 1898）64, 74
「打つ手もなく」（"Without Visible Means"）⇒『貧しい街の物語』
ウッド、ジェイムズ（Wood, James, 1834-1908）467
ウッドストック、エイブラハム（Woodstock, Abraham, *U*）140, 235
ウッドラフ、メアリ（Woodruff, Mary, *IYJ*）268
ウルストンクラフト、メアリ（Wollstonecraft, Mary, 1759-97）206, 208-10, 220-21
ウルフ、ヴァージニア（Woolf, Virginia, 1882-1941）355, 362
『運命の車輪』（*The Wheels of Chance: A Bicycling Idyll*, 1896）64

（え）
『英国史』（*History of England*, 1849-55）445
『英雄および英雄崇拝論』（*On Heroes, Hero-Worship, and the Heroic in History*, 1841）129, 178
エインズワース、ウィリアム（Ainsworth, William Harrison, 1805-82）446-47
『エクセター大聖堂』（*Exeter Cathedral: The West Front and North Tower*, 1845）311
エグレモント、ウォルター（Egremont, Walter, *T*）423-24, 435-37
『エゴイスト』（*The Egoist*, 1879）180, 482
エジャトン、ジョージ（Egerton, George, 1859-1945）242, 479
『エディンバラ・レヴュー』（*The Edinburgh Review*, 1802-1929）445
『エドウィン・ドルードの謎』（*The Mystery of Edwin Drood*, 1870）136, 483
エマソン、ラルフ（Emerson, Ralph, 1803-82）129, 178, 503
『エミール』（*Émile*, 1762）206
『エリア随筆集』（*The Essays of Elia*, 1823）394
エリオット、T・S（Eliot, Thomas Stearns, 1888-1965）411
エリオット、ジョージ（Eliot, George, 1819-80）iii, 90, 117-18, 164, 240, 353, 359, 365, 367, 412-16, 447-48, 482-84, 507
エリカ、ジョン（Earwaker, John, *BE*）72, 212
エリザベス女王（Queen Elizabeth II, 1926-, r. 1952-）71
エリス、ハヴロック（Ellis, Havelock, 1859-1939）227, 230
エルガー、ルーベン（Elgar, Reuben, *E*）283
「エルサレム」（"Jerusalem," 1820）194
エルドン、ヒューバート（Eldon, Hubert, *D*）93, 100
エンダビー、モード（Enderby, Maud, *U*）235

（お）
「王妃の庭園について」（"Of Queen's Gardens," 1865）276
『大いなる遺産』（*Great Expectations*, 1860-61）92-93, 152, 174, 371, 484, 509
オーウェル、ジョージ（Orwell, George, 1903-50）96, 192, 194-95, 199-200
『多くの計略』（*Many Inventions*, 1893）462
オースティン、カサンドラ（Austen, Cassandra Elizabeth, 1773-1845）207
オースティン、ジェイン（Austen, Jane, 1775-1817）vi, 42, 49, 52, 207-08, 210, 221, 256, 510
オーチャードソン、ウィリアム（Orchardson, William, 1835-1910）267, 280
オーム、イライザ（Orme, Eliza, 1848-1937）8, 15, 225, 237, 479
オーモンド夫人（Mrs. Ormonde, *T*）435
『オール・ザ・イヤー・ラウンド』（*All the Year Round*, 1859-95）152, 171
『オールトン・ロック』（*Alton Locke*, 1894）64
オールバンズ公爵、セント（Albans, 9th Duke of St., 1801-49）82
『オーロラ・リー』（*Aurora Leigh*, 1856）52, 484
オコーナー、ジョン（O'Connor, John, 1830-89）95-96
『怖ろしき夜の街』（*The City of Dreadful Night*, 1874）54
『オックスフォード英語辞典』（*The Oxford English Dictionary*, 1884-1928）160, 481
オドアケル（Odoacer, a.k.a. Odovacar, 435-93）344, 444
『驚くべき結婚』（*The Amazing Marriage*, 1895）180
『オリヴァー・トゥイスト』（*Oliver Twist*, 1837-39）81, 151, 174
「女の愛」（"Love o' Women"）⇒『多くの計略』

（か）
カークウッド、シドニー（Kirkwood, Sidney, *NW*）46, 54, 101, 351-52, 406
カーナビー、シビル（Carnaby, Sibyl, *W*）142-43, 145, 147, 252-53, 282, 287, 360
カーナビー、ヒュー（Carnaby, Hugh, *W*）142-45,

147, 252, 283, 323, 360
カーナビー、マイルズ（Carnaby, Miles, *W*）143-44
カーライル、ジェイムズ（Carlyle, James, 1757-1832）177
カーライル、トマス（Carlyle, Thomas, 1795-1881）96, 129, 176-79, 181, 367, 399, 481
『ガールズ・オウン・ペイパー』（*The Girl's Own Paper*, 1880-1956）224
「改宗」（"A Conversion"）⇒『貧しい街の物語』
カイユボット、ギュスターヴ（Caillebotte, Gustave, 1848-94）217
『快楽主義者マリウス』（*Marius the Epicurean*, 1885）446-47
『カサマシマ公爵夫人』（*The Princess Casamassima*, 1885-86）408, 419
カザミアン、ルイ（Cazamian, Louis, 1877-1965）34, 168
カスティ、ジュリアン（Casti, Julian, *U*）6, 406
カスルダイン（Castledine, "A Victim of Circumstances"）195, 398
カッシオドールス（Cassiodorus, Flavius Magnus Aurelius, c. 490-c. 585）8, 14, 190, 339, 343-44, 449-50
『カブ掘り、スラウ近郊にて（ウィンザー城遠景）』（*Ploughing Up Turnips, near Slough* ["Windsor"], 1809）196
カミュ（Camus, Albert, 1913-60）6, 14
「殻に入った男」（"A Hard Case," 1898）442
『閑居幽棲の作家』（*An Author at Grass*, 1903）10, 109
『乾物屋ベイリー氏』（*Mr. Bailey, Grocer, NGS*）170, 377, 390

（き）
キアロ（Chiaro dell' Erma, "Hand and Soul"）433
『キーノーツ』（*Keynotes*, 1893）242
キーブル、ジョン（Keble, John, 1792-1866）57
キーン、チャールズ（Keene, Charles, 1823-91）46
「帰郷」（"The Way Back," *The Untilled Field*, 1903）330, 340
『喜劇論』（*On the Idea of Comedy and of the Uses of the Comic Spirit*, 1877）15, 180, 482
『危険な関係』（*Les liaison dangereuses*, 1792）209-10
「議事堂でのクリスマス」（"Christmas on the Capitol," 1889）154
ギスカール、ロベール（Guiscard, Robert, c. 1015-85）336
『北と南』（*North and South*, 1854-55）313, 506, 509
ギッシング、アルジェノン（Gissing, Algernon [brother], 1860-1937）12, 64, 92, 108, 155, 158-59, 334, 345, 376, 402, 419, 433, 460, 462, 480, 484
ギッシング、アルフレッド（Gissing, Alfred Charles [son], 1860-1937）7-8, 15, 477-78
ギッシング、イーディス（Gissing, Edith, *née* Underwood [second wife], 1867-1917）iii-iv, 7-8, 106, 225, 264, 398, 479
ギッシング、ウィリアム（Gissing, William [brother], 1859-80）12, 453, 482, 484
ギッシング、ウォルター（Gissing, Walter Leonard [son], 1891-1916）7, 15, 265, 469, 471, 478-79
ギッシング、エレン（Gissing, Ellen Sophia [sister], 1867-1938）12, 20-21, 153, 155, 159, 228, 317, 483
ギッシング、トマス・ウォラー（Gissing, Thomas Waller [father], 1829-1870）iii, 2, 457, 483-84
『ギッシング・ジャーナル』（*The Gissing Journal*, 1991-）289, 327, 472, 507
『ギッシング・ニューズレター』（*The Gissing Newsletter*, 1965-90）13, 492
ギッシング、マーガレット（Gissing, Margaret Emily [sister], 1863-1930）12, 103, 427, 484
ギッシング、マーガレット（Gissing, Margaret, *neé* Bedford [mother], 1832-1913）4, 12, 484
ギッシング、メアリアン・ヘレン［ネル］（Marianne Helen Gissing, a.k.a. Nell, *née* Harrison [first wife], 1858-88）iii, 3-4, 6, 12-13, 63, 139, 264, 277, 294, 314, 320, 334, 344, 349, 389, 408, 480-83, 483
『ギッシングの世界??全体像の解明をめざして』28, 130, 147, 200, 221, 254, 327, 402, 452, 505, 507, 509
『キップス』（*Kipps*, 1905）64
キプリング、ジョセフ・ラドヤード（Kipling, Joseph Rudyard, 1865-1936）145, 161, 188-89, 191, 194-95, 284, 461-64, 466, 468, 470, 477-80
ギボン、エドワード（Gibbon, Edward, 1737-94）3, 301, 336, 339, 343, 444
ギャスケル（Gaskell, Elizabeth Cleghorn, 1810-1865）97-98, 170, 313, 368, 370-71, 381, 412, 483-84, 503
キャンディ、ペニロウフ（Candy, Pennyloaf, *NW*）136
キャンディ夫人（Mrs. Candy, *NW*）351
『救貧院臨時宿泊所の入所希望者たち』（*Applicants for Admission to a Casual Ward*, 1874）405
『教育における性』（*Sex in Education*, 1873）236
「境遇の犠牲者」（"A Victim of Circumstances," *AVC*, 1893）154, 194, 197, 201, 386, 398
『境遇の犠牲者――短篇集』（*A Victim of Circumstances and Other Stories*, 1927）492
『教授』（*The Professor*, 1857）367, 381
『狂人舞踏会』（*A Lunatics' Ball at the Somerset County Asylum*, c. 1848）239
『教養と無秩序』（*Culture and Anarchy*, 1869）iv, 423, 483
『虚栄の市』（*Vanity Fair*, 1847-48）263, 387, 504
キングコート、バーナード（Kingcote, Bernard, *IC*）413
キングストン、W・H・G（Kingston, William

Henry Giles, 1814-80）51
キングズリー、チャールズ（Kingsley, Charles, 1819-75）64, 143, 447-48, 484
キングズリー、メアリ（Kingsley, Mary, 1862-1900）206
『近代画家論』（*Modern Painters*, 1843-60）425-26, 430
『近代的な女の物語』（*The Story of a Modern Woman*, 1894）242
『近代都市』（*La cité moderne*, 1894）128
『近代の恋』（*Modern Love, and Poems of the English Roadside*, 1862）180

（く）
クーツ女史 ⇒ バーデット＝クーツ、アンジェラ
クーツ、トマス（Coutts, Thomas, 1735-1822）82
クーツ、ハリオット（Coutts, Harriot, *née* Mellon, 1777-1837）82
クーパー、セオドア（Cooper, Theodore, c. 1850-?）11, 483
「くすり指」（"The Ring Finger," *George Gissing: Stories and Sketches*, 1898）198-200, 202
クセノポン（Xenophon, c. 431-355 B.C.）469
クック、トマス（Cook, Thomas, 1808-92）103
『靴墨工場のディケンズ』（*Dickens in the Blacking Warehouse*, 1892）368
クッツォクレア、エミーリオ（Cuzzocrea, Emilio, 1840-60）465
グッドリッチ、サミュエル（Goodrich, Samuel Griswold, 1793-1860）123
「蜘蛛の巣の家」（"The House of Cobwebs," *HC*, 1900）44, 309
『蜘蛛の巣の家――短篇集』（*The House of Cobwebs and Other Stories*, 1906）181, 492
クラーク、アーサー（Clarke, Arthur C., 1917-）126
クラーク、エドワード（Clarke, Edward, 1820-77）236
グラックス、ティベリウス（Gracchus, Tiberius, c. 163-133 B.C.）341
グラッドグラインド、トマス（Gradgrind, Thomas, *Hard Times*）316
『グラフィック』（*The Graphic*, 1869-1932）153, 161, 225
グランディー、シドニー（Grundy, Sydney, 1848-1914）278
『グランディー夫人の敵たち』（*Mrs. Grundy's Enemies*, 1882）16, 159, 481
グランド、セアラ（Grand, Sarah, 1854-1943）242, 479
『クランフォード』（*Cranford*, 1851-53）170
グリーン、ジョン（Green, John Richard, 1837-83）445
グリーンスレイド、ウィリアム（Greenslade, William, *W*）359, 363
『クリスチャンの一年』（*The Christian Year*, 1827）57
「クリストファーソン」（"Christopherson," *HC*, 1902）295, 442
クルー、ラックワース（Crewe, Luckworth, *IYJ*）105, 266
クルーソー、ロビンソン（Crusoe, Robinson, *Robinson Crusoe*, 1719）62, 395
グレイル、ギルバート（Grail, Gilbert, *T*）411-12, 435
グレゴロヴィウス、フェルディナント（Gregorovius, Ferdinand, 1821-91）449
グレシャム、モード（Gresham, Maud, *WD*）141
『クレストマシア』（*Chrestomathia*, 1816-17）24
「クレメント・ドリコット」（"Clement Dorricott," 1887）154
グレルー、ロベール（Greslou, Robert）⇒『弟子』
クロウヴァー氏（Mr. Clover, *né* Quodling, *TT*）66
グロウスミス兄弟（Grossmith, John, 1847-1912; Weedon, 1852-1919）59
『クロードの告白』（*La confession de Claude*, 1865）369
クロッド、エドワード（Clodd, Edward, 1840-1930）9, 15, 325, 477, 479-80

（け）
ケアド、モウナ（Caird, Mona, c. 1854-1932）161, 256, 269, 479
ケイ＝シャトルワース、ジェイムズ（Kay-Shuttleworth, James, 1844-1939）24-25
「芸術家の子供」（"The Artist's Child," 1878）154, 482
ゲーテ（Goethe, Johann Wolfgang von, 1749-1832）30, 35, 181
『下宿人』（*The Paying Guest*, 1895）7, 16, 69, 71, 110, 162-63, 478, 493
「結婚」（"Marriage," 1888）256
『結婚式の朝』（*The Wedding Morning*, 1892）255
ケリン嬢（Miss Kerin）⇒「くすり指」
『倹約論』（*Thrift*, 1875）27
「原料」（"Raw Material," *HOE*, 1895）157

（こ）
『公教育の四つの時期』（*Four Periods of Public Education*, 1862）24
『高原平話集』（*Plain Tales from the Hills*, 1888）161
「交通の妨害者」（"The Disturber of Traffic," 1893）⇒『多くの計略』
『高慢と偏見』（*Pride and Prejudice*, 1813）208-09
『荒涼館』（*Bleak House*, 1852-53）82, 102, 140, 412, 506
ゴーティエ、テオフィル（Gautier, Théophile, 1811-

72）429
コートリー、エドマンド（Cautley, Edmund, 1866-1944）230
ゴードン将軍（Major-General Gordon, Charles George, 1833-85）457, 480
コーラム大佐、トマス（Captain Coram, Thomas, c. 1668-1751）81
ゴールディング、アーサー（Golding, Arthur, *WD*）28, 87, 98, 136, 388, 406, 408, 426
ゴールドソープ（Goldthorpe, "The House of Cobwebs"）309
コールリッジ、S・T（Coleridge, Samuel Taylor, 1772-1834）25, 211
コールリッジ、ダーウェント（Coleridge, Derwent, 1800–83）25
『コーンヒル・マガジン』（*The Cornhill Magazine*, 1860-75）149, 448
『獄中記』（*De profundis*, 1897）369, 476
ゴス、エドマンド（Gosse, Edmund William, 1849-1928）369
コックス、デイヴィッド（Cox, David, 1783-1859）195
ゴッツォリ、ベノゾ（Gozzoli, Benozzo, c. 1420-97）451
『骨董屋』（*The Old Curiosity Shop*, 1840-41）12
ゴドウィン、ウィリアム（Godwin, William, 1756-1836）29-30
「小人たちの私生活」（"Nobodies at Home," 1895）162
コプチェク、ジョアン（Copjec, Joan, 1946-）473
『コモンウェルス』（*The Commonwealth*, 1862-86）12
コリス、ウィリアム（Colles, William Morris, 1855-1926）8, 14, 155-56
コリンズ、ウィルキー（Collins, Wilkie, 1824-89）160, 162, 446, 484, 505
コレット、クレアラ（Collet, Clara Elizabeth, 1860-1948）iii, 8, 15, 90-91, 225, 237, 339-40, 469
コングリーヴ、リチャード（Congreve, Richard, 1818-99）118
コンスタブル、ジョン（Constable, John, 1776-1837）185, 191, 195, 197
『コンテンポラリー・レヴュー』（*The Contemporary Review*, 1866-1955）402
コント、オーギュスト（Comte, Auguste, 1798-1857）87, 98, 117-20, 129, 388, 448
『コントと実証哲学』（*Auguste Comte and Positivism*, 1865）119
『コントの科学哲学』（*Comte's Philosophy of the Sciences*, 1853）117

（さ）
『サーザ』（*Thyrza: A Tale*, 1887）5, 154, 348, 411, 416, 423-24, 434-37, 480, 493
サージェント、ジョン（Sargent, John Singer, 1856-1925）85
『最暗黒のアフリカにて』（*In Darkest Africa*, 1870）79
『最暗黒のイギリスとその出口』（*In Darkest England and the Way Out*, 1890）80
『西国立志篇』（1870）27
『最初の陰り』（*The First Cloud*, 1887）280
『サタデー・レヴュー』（*The Saturday Review*, 1856-1938）280
『作家になる方法』（*The Art of Authorship*, 1890）402
サッカレー（Thackeray, William Makepeace, 1811-63）164, 179, 387, 392, 446, 484
『雑談』（*Chit-Chat, NGS*）31, 170
ザングウィル、イズリエル（Zangwill, Israel, 1864-1926）468
サンド、ジョルジュ（Sand, George, 1804-76）iii
『三文文士』（*New Grub Street: A Novel*, 1891）6, 9, 16, 31-34, 108, 111, 139, 147, 155, 162, 170, 172, 234, 240-43, 246, 252, 293-95, 297-98, 300-07, 312, 323, 348, 366, 370, 372, 375, 377-79, 389-90, 394, 401-02, 407, 414, 437, 441, 479, 493
「三ラウンド」（"Three Rounds"）⇒『貧しい街の物語』

（し）
シェイクスピア（Shakespeare, William, 1564-1616）309, 467, 491
『ジェイゴーの少年』（*A Child of the Jago*, 1896）40-42, 57
ジェイムズ、ヘンリー（James, Henry, 1843-1916）158-59, 164, 210, 240-41, 358-59, 363, 408, 416, 419, 476, 480
『ジェイン・エア』（*Jane Eyre*, 1847）23, 367, 381, 506
シェリー、メアリ（Shelley, Mary Wollstonecraft, 1797-1851）33, 209
ジェリビー、ミセス（Mrs. Jellyby, *Bleak House*）82
ジェローム、ジェローム・K（Jerome, Jerome K., 1859-1927）156, 162, 164, 480
ジェンキンズ、ミス（Miss Jenkins, *Cranford*）170
『視覚』（*The Sense of Sight*, 1895）429
『詩学』（*Peri Poietikes*, c. 350 B.C.）341, 400
『シカゴ・デイリー・ニュース』（*The Chicago Daily News*, 1876-1978）154
『シカゴ・トリビューン』（*The Chicago Tribune*, 1847-）4, 13, 137
『ジキル博士とハイド氏』（*Dr. Jekyll and Mr. Hyde*, 1886）132
『詩集』（*Poems*, 1851）341, 483
『自助論』（*Self-Help*, 1859）27-28, 102, 315, 484
「詩人の旅行かばん」（"The Poet's Portmanteau," *HOE*, 1895）398

「静まりかえった日」（"The Day of Silence," *HOE*, 1893）398
『自然神学』（*Natural Theology*, 1802）122
『自然神学の見地による地質学と鉱物学』（*Geology and Mineralogy Considered with Reference to Natural Theology*, 1813-18）122
『実験医学序説』（*Introduction a l'etude de la medecine experimentale*, 1865）120, 388, 394
『実験小説論』（*Le roman experimental*, 1880）394
『実証哲学講義』（*Cours de philosophie positive*, 1830-42）98, 119
『自伝の試み』（*Experiment in Autobiography*, 1934）16
『シビル、あるいは二つの国民』（*Sybil, or The Two Nations*, 1845）22
「資本家と労働者」（"Capital and Labour," 1843）403, 495
シャープ、ベッキー（Sharp, Becky, *Vanity Fair*）263
『シャーリー』（*Shirley*, 1849）367-68, 381, 388, 506
「シャーロック・ホームズ」（"Sherlock Holmes," 1887-1930）62, 161
『シャーロット・ブロンテ』（*Charlotte Brontë*, 1850）367, 495
シャヴァス・パイ（Chavasse, Pye Henry, 1810-79）237
『社会学原理』（*The Principles of Sociology*, 1876-96）129, 483
シャフツベリー卿（7th Earl of Shaftesbury, Anthony Ashley Cooper, 1801-85）82
シャルルマーニュ（Charlemagne, c. 742-814, r. 768-814）454
『ジャングル・ブック』（*The Jungle Book*, 1894）462, 479
『宗教と科学の闘争史』（*History of the Conflict between Religion and Science*, 1874）121
『宗教哲学講義』（*Philosophie der Religion*, 1827）426
『週に一度』（*Once a Week*, 1859-74）180
『ジュディ』（*Judy, or the London Serio-Comic Journal*, 1867-1907）223
シュトラウス、フリードリッヒ（StrauÅH, David Friedrich, 1807-74）29
『種の起源』（*The Origin of Species*, 1859）28, 117, 121, 207, 484
『種の誕生』（*Genesis of Species*, 1871）123
ジョイス、ジェイムズ（Joyce, James, 1882-1941）340, 355, 362, 401
『女王即位五十年祭の年に』（*In the Year of Jubilee*, 1894）7, 66, 73, 103, 146, 256, 265, 269, 283, 287-88, 323, 348, 459
ショウォールター、エレイン（Showalter, Elaine, 1941-）224
「小世界の巨人たち」（"Great Man in Little Worlds," 1896）162
『小説の技巧』（*The Art of Fiction: A Lecture Delivered at the Royal Institution on Friday Evening, April 25, 1884*, 1884）399
「小説の技法」（"The Art of Fiction," 1884）159, 416
『少年をスカウトする』（*Scouting for Boys*, 1908）243
ショー、バーナード（Shaw, George Bernard, 1856-1950）80, 85, 92, 318, 476, 478
『ジョージ・エリオット』（*George Eliot*, 1865）413
『ジョージ・ムア』（*George Moore*, 1878）415
ショーター、クレメント（Shorter, Clement K., 1857-1926）7, 14, 157, 162, 164-65, 398
ショーペンハウアー（Schopenhauer, Arthur, 1788-1860）181, 282, 287, 289
『処刑』（*The Execution*, 1892）273-74
『女性の権利の擁護』（*A Vindication of the Right of Woman*, 1792）206, 208, 221
『女性の隷従』（*The Subjection of Women*, 1869）207, 483
『諸文書集成』（*Variae*, c. 538）339, 344, 449
『ジョン・イングルサント』（*John Inglesant*, 1880）446
『ジョン・フォースター』（*John Forster*, 1830）371
ジョンソン、サミュエル（Johnson, Samuel, 1709-84）168, 244
『ジル』（*Jill*, 1946）63
『人格論』（*Character*, 1871）27
『人生の夜明け』（*A Life's Morning*, 1888）5, 150, 153-54, 410, 423, 425-27, 429, 431, 434-35, 437, 480, 493
『身体と精神』（*Body and Mind: An Inquiry into their Connection and Mutual Influence*, 1870）127
『ジン横町』（*Gin Lane*, 1751）431
『心理学的遺伝』（*L'hérédité. Étude psychologique*, 1873）127

（す）
スウィナトン、アニー（Swynnerton, Annie Louisa, 1844-1933）429
スウィナトン、フランク（Swinnerton, Frank Arthur, 1884-1982）363, 405
スウィンバーン、アルジェノン（Swinburne, Algernon Charles, 1837-1909）463, 476, 482
『枢密院委員会——1846～1852年議事録の公教育に対する影響』（*Public Education: As Affected by the Minutes of the Committee of Privy Council from 1846-1852*, 1853）24
スクルコ、リカルド（Sculco, Riccardo, *BIS*）335
『スケッチ』（*The Sketch*, 1893-1959）66, 156, 161-63
スコーソン、チャールズ（Scawthorne, Charkes Henry, *NW*）350, 352
スコット、ウォルター（Scott, Walter, 1771-1832）

445-47, 453
スコット、ロバート（Scott, Robert, 1811-87）301
スター、アイダ（Starr, Ida, *U*）44, 88, 91, 137, 234-36, 406
スター、ロティ（Starr, Lotty, *U*）137
スタンダール（Stendhal, 1783-1842）387
スタンレー、モートン（Stanley, Morton, 1841-1904）79
スティーヴン、レスリー（Stephen, Leslie, 1832-1904）118, 176, 483
スティーヴンソン、R・L（Stevenson, Robert Louis, 1850-94）39, 132, 158, 479-81
ステープルドン、オラフ（Stapledon, William Olaf, 1886-1950）126
ステッド、W・T（Stead, W. T., 1849-1912）402
ストーカー、ブラム（Stoker, Bram, 1847-1912）253, 478, 507
『ストーキーとその仲間』（*Stalky and Co.*, 1899）161, 463
『ストーンヘンジ』（*Stonehenge*, 1835）191
『ストランド・マガジン』（*The Strand Magazine*, 1891-1950）32, 62, 153, 161
ストレンジウェイズ、ミセス（Mrs. Strangeways, Herbert, *W*）282, 360
スノードン、ジェイン（Snowdon, Jane, *NW*）48, 52, 84, 88, 136, 351, 419
スノードン、ジョウゼフ（Snowdon, Joseph, *NW*）351
スノードン、マイケル（Snowdon, Michael, *NW*）56, 90
スパークス、ポリー（Sparkes, Polly, *TT*）67
スプレット、ウィリアム（Spreat, William, 1816-93）311
スペンサー、ハーバート（Spencer, Herbert, 1820-1903）119, 125-29, 224, 440, 470, 483-84
スマイルズ、サミュエル（Smiles, Samuel, 1812-1904）26-29, 35, 102, 315, 480, 484
スミス、トマス（Smith, Thomas Southwood, 1788-1861）86
スメイルズ、ハリエット（Smales, Harriet, *U*）234-35
スライミー（Slimy, *U*）137, 140

（せ）
『静粛に——コンサート』（*Hush—the Concert*, c. 1875）282
『聖書と自然』（*Bibel und Natur*, 1862）123
『精神——心理学と哲学の季刊誌』（*Mind: A Quarterly Review of Psychology and Philosophy*, 1892-）134
『精神病における責任』（*Responsibility in Mental Disease*, 1874）134
『聖ベネディクトゥスに対面するトティラ』（*Totila before Saint Benedict*, 15th century）450-51
『西洋の修道士』（*The Monks of the West*, 1860-77）444

（そ）
『僧院と炉辺』（*The Cloister and the Hearth*, 1861）446
『総合哲学体系』（*System of Synthetic Philosophy*, 1860-96）125
『創造の自然史の痕跡』（*Vestiges of the Natural History of Creation*, 1844）121
ソーントン、ジョン（Thornton, John, 1720-90）83
ソーントン、ヘンリー（Thornton, Henry, 1760-1815）83
ゾラ（Zola, Émile, 1840-1902）118, 120, 126, 188, 309-10, 340, 349, 369, 379, 386-90, 394, 401, 415, 477, 482-83
『空飛ぶモンティ・パイソン』（*Monty Python's Flying Circus*, 1969-74）187
ソロー（Thoreau, Henry David, 1817-62）394

（た）
ダーウィン（Darwin, Charles Robert, 1809-82）iv, 28, 117, 121-26, 191, 207, 241, 243, 249, 388, 411, 483-84
ターナー（Turner, Joseph Mallord William, 1775-1851）196, 422
ダーン、フェリックス（Dahn, Felix, 1834-1912）450
『退化論』（*Degeneration*, 1892）111, 251
『大ギリシャ』（*La grande Grèce*, 1881-84）339, 344
『大洪水以前の世界』（*La terre avant le déluge*, 1862）122
『代表的人間』（*Representative Men*, 1850）129
『タイム・マシン』（*The Time Machine*, 1895）116, 319, 507
『タイムズ』（*The Times*, 1788-）34, 84, 220, 237-38, 505
ダイムズ、フェリックス（Dymes, Felix, *W*）358-59
『互いの友』（*Our Mutual Friend*, 1864-65）iii, 483
「高すぎた代価」（"Too Dearly Bought," 1877）137
『耕されぬ畑』（*The Untilled Field*, 1903）330, 340
『宝島』（*Treasure Island*, 1883）39-40, 58, 481
ダグワージー、リチャード（Dagworthy, Richard, *ALM*）410, 425
ダゲール、ルイ（Daguerre, Louis Jacque Mande, 1787-1851）396
『黄昏——ウェストミンスター救貧院の一場面』（*Eventide: A Scene in the Westminster Union*, 1878）77
タティコーラム（Tattycoram, *Little Dorrit*）81
『ダナオスの娘たち』（*The Daughters of Danaus*, 1894）269

『谷間の恋』（*Love in the Valley*, 1851）179
ダムレル、ミセス（Mrs. Damerel, *IYJ*）266-67
タラント、ナンシー（Tarrant, Nancy, *IYJ*）287-88
タラント、ライオネル（Tarrant, Lionel, *IYJ*）73, 265, 268-70, 283
ダンテ（Dante Alighieri, 1265-1321）302

（ち）
チェーホフ（Chekhov, Anton, 1860-1904）442
チェスタトン、G・K（Chesterton, Gilbert Keith, 1874-1936）396, 509
チェンバーズ、ロバート（Chambers, Robert, 1802-71）121
『乳搾りの娘』（*The Milkmaid*, 1860）196
『父と子』（*Fathers and Sons*, Turgenev, 1862）13-14, 117, 211, 484
『父と子』（*Father and Son*, Gosse, 1907）369
「地の塩」（"The Salt of the Earth," *HC*, 1895）150, 459
『チャーチ・タイムズ』（*The Church Times*, 1863-）16, 419
『チャールズ・ディケンズの作品研究』（*Critical Studies of the Works of Charles Dickens*, 1924）16, 491
『チャールズ・ディケンズの生涯』（*The Life of Charles Dickens*, 1872-74）171, 381
『チャールズ・ディケンズ論――批評的研究』（*Charles Dickens: A Critical Study*, 1898）8, 75, 97, 99, 136, 168, 171, 173-74, 348, 388, 401, 406, 478, 492, 509
チャドウィック、エドウィン（Chadwick, Edwin, 1800-90）86
『中世ローマ市の歴史』（*Geschichte der Stadt Rom im Mittelalter*, 1859-72）449
『著者』（*The Author*, 1890-1919）150
チルヴァーズ、ブルーノ（Chilvers, Bruno, *BE*）68, 318

（つ）
『追放者』（*The Outcast*, 1851）235
『罪と罰』（*Crime and Punishment*, 1866）14, 211, 483
ツルゲーネフ（Turgenev, Ivan Segeevich, 1818-83）5, 13-14, 117, 211, 340, 481, 484

（て）
ティーソー、ジェイムズ（Tissot, James, 1836-1902）282
『デイヴィッド・コパフィールド』（*David Copperfield*, 1849-50）30, 174, 183, 294, 367-68, 379, 491, 510
ディクソン、エラ（Dixson, Ella, 1857-1932）242
ディケンズ（Dickens, Charles, 1812-70）iii, 8, 10, 12, 23, 26, 30, 34-35, 42, 49, 52, 75, 78, 81-82, 91-92, 96-99, 102, 108, 110, 136, 140, 151-52, 164, 167-75, 178-79, 182, 240, 263, 285, 294, 316, 334, 367-68, 371, 379, 381, 387, 389-90, 392, 396, 399, 401, 407, 411-12, 446, 473, 478, 483-84, 503-09
『帝国時代のローマ人』（*History of the Romans under the Empire*, 1850-64）444
『デイジー・ミラー』（*Daisy Miller*, 1878）210
ディズレーリ，ベンジャミン（Disraeli, Benjamin, 1804-81）22, 412, 460, 482-83
『ティット・ビッツ』（*Tit-Bits*, 1881-1984）32, 153, 170, 392
ディムチャーチ（Lord Dymchurch, *OFC*）442
『デイリー・クロニクル』（*The Daily Chronicle*, 1872-）14, 65
『デイリー・メール』（*The Daily Mail*, 1896-）106, 164, 459, 478
ディルク、チャールズ（Dilke, Charles Wentworth, 1843-1911）187-88, 190
『ティンズリーズ・マガジン』（*Tinsley's Magazine*, 1867-92）154, 482
テオクリトス（Theocritus, c. 310-250 B.C.）340
テオドリクス（Theodoric the Great, c. 454-526, r. 493-526）339, 344, 444, 449-51, 454
『弟子』（*Le disciple*, 1889）14
『テス』（*Tess of the D'Urbervilles*, 1891）360
「手と魂」（"Hand and Soul," *The Germ*, 1850）433
テニスン（Tennyson, Alfred, 1809-92）2, 179-80, 302, 417, 419, 479, 484
デフォー（Defoe, Daniel, 1660-1731）62
デュルケーム、エミール（Durkheim, ？mile, 1858-1917）128
「テュルタイオス」（"Tyrtaeus," *Review of the Week*, 1899）463
デリック、ルイーズ（Derrick, Louise E., *PG*）70
『天使も踏むを恐れるところ』（*Where Angels Fear to Tread*, 1905）6, 31
『天上のふたご座』（*The Heavenly Twins*, 1893）242
『デンジル・クウォリア』（*Denzil Quarrier: A Novel*, 1892）348, 414, 460, 479, 493
『テンプル・バー』（*The Temple Bar*, 1860-1906）152, 154

（と）
ドイル、コナン（Doyle, Arthur Conan, 1859-1930）32-33, 62, 65, 132, 161, 206, 479-80
トインビー、アーノルド（Toynbee, Arnold, 1852-83）50, 92, 481
「トゥーティングでの災難」（"A Calamity at Tooting," *George Gissing: Stories and Sketches*, 1895）459
ドゥーリトル、イライザ（Doolittle, Eliza, *Pygmalion*）85
『当世風の結婚』（*Marriage à-la-mode*, 1843-45）432

『トゥデイ』（*To-day*, 1893-97）156, 161-62, 164, 468-69
ドゥバ=ポンサン、エドゥアール（Debat-Ponsan, Edouard, 1847-1913）231
『動物哲学』（*Philosophie zoologique*, 1809）121
『透明人間』（*The Invisible Man*, 1897）116, 478
ドーデ、アルフォンス（Daudet, Alphonse, 1840-97）349
『トーノ・バンゲイ』（*Tono Bungay*, 1909）16, 61, 64
『都会のセールスマン』（*The Town Traveller*, 1898）66, 477, 493
ドストエフスキー（Dostoevski, Feodor Mikhailovich, 1821-81）14, 211, 349, 482-83
トッパム、フランシス（Topham, Francis William, 1808-1977）399
トティラ（Totila, ?-552, r. 541-52, *V*）450-52, 454
ド・ヌーヴィル、アルフォンス=マリー（De Neuville, Alphonse-Marie, 1836-85）465
ドブソン、ヘンリー（Dobson, Henry Austin, 1840-1921）399
トムスン、ジェイムズ（Thomson, James, 1834-82）54
『ドラキュラ』（*Dracula*, 1897）253, 478, 507
トラディ、サミュエル（Tollady, Samuel, *WD*）90, 136-37, 431
トラヤヌス帝（Traianus, Marcus Ulpius Nerva, 53-117）12, 343
ドラン、シシリー（Doran, Cecily, *E*）433
『ドリアン・グレイの肖像』（*The Picture of Dorian Gray*, 1890）434, 436, 479
トルストイ（Tolstoy, Lev Nikolaevich, 1828-1910）15, 256, 360, 483
ドレ、ギュスターヴ（Doré, Gustave, 1832-88）101, 385
ドレイパー、ジョン（Draper, John William, 1811-82）121
トレント、サーザ（Trent, Thyrza, *T*）434-36
トレント、リディア（Trent, Lydia, *T*）435
トロロプ、アンソニー（Trollope, Anthony, 1815-82）164
『ドンビー父子』（*Dombey and Son*, 1846-48）183, 285, 412

（な）
中村正直（1832-91）27
『眺めのよい部屋』（*A Room with a View*, 1908）6, 31, 202
『ナクソス島』（*The Island of Naxos*, 1839）197
『ナショナル・レヴュー』（*The National Review*, 1883-）456
夏目漱石（1867-1916）111, 327, 477
『七つの海』（*The Seven Seas*, 1896）462, 478
ナラモア、ロバート（Narramore, Robert, *ER*）262
ナン、ローダ（Nunn, Rhoda, *OW*）51-52, 132, 210, 215-20, 237, 258-60, 266, 268, 277-80, 286-87, 354, 358

（に）
『ニールス・リーネ』（*Niels Lyhne*, 1880）6, 14
『ニコラス・ニクルビー』（*Nicholas Nickleby*, 1838-39）23
ニコルズ、メアリ（Nicolls, Mary Ellen, 1821-61）179
『西へ！』（*Westward Ho!*, 1855）447-48
『二都物語』（*A Tale of Two Cities*, 1859）175, 484
『二年前』（*Two Years Ago*, 1857）143
『ニュー・レヴュー』（*The New Review*, 1889-97）158-59
『乳児哺育』（*The Natural and Artificial Methods of Feeding Infants and Young Children*, 1897）230
ニューマン、Ｊ・Ｈ（Newman, John Henry, 1801-90）448
ニューンズ、ジョージ（Newnes, George, 1851-1901）32, 153, 156-57, 161
『人形の家』（*A Doll's House*, 1879）286
『人間がらくた文庫』（*Human Odds and Ends*, 1898）157, 162, 478, 492
『人間喜劇』（*La comédie humaine*, 1842-46）387
『人間対国家』（*The Man Versus the State*, 1884）129
『人相学断章』（*Von der Physiognomik*, 1772）424

（ね）
『ネザー・ワールド』（*The Nether World: A Novel*, 1889）iv, 5, 13, 42, 46-47, 52, 56, 63, 84, 88, 91, 100, 102-03, 120, 135-38, 322, 348-50, 353-54, 356, 358, 406, 408-09, 411, 418-19, 441, 466, 480, 493
ネル ⇒ ギッシング、メアリアン・ヘレン

（の）
『ノーボディの日記』（*The Diary of a Nobody*, 1892）59
ノーマン、ヘレン（Norman, Helen, *WD*）28-29, 87-88, 98-99, 104, 422, 432-33
ノーマン牧師（Rev. Norman, *WD*）422-23
ノルダウ、マクス（Nordau, Max, 1849-1923）111, 251

（は）
ハーコマー、ヒューバート（Herkomer, Hubert von, 1849-1914）77
ハーディ（Hardy, Thomas, 1840-1928）5, 7, 13, 75, 158-59, 240, 326, 339, 360, 369, 412, 476, 479-80, 482-83, 505
バーデット＝クーツ、アンジェラ（Burdett-Coutts, Angela, 1814-1906）82
ハート、ブレッド（Harte, Bret, 1836-1902）161

『ハード・タイムズ』（*Hard Times*, 1854）26, 316, 506
バーナード、T・J（Barnardo, Thomas John, 1845-1905）41
バーナード、フレッド（Barnard, Fred, 1846-96）368
『バーナビー・ラッジ』（*Barnaby Rudge*, 1841）175
バーネット、サミュエル（Barnett, Samuel, 1844-1913）92
『ハーパーズ・ウィークリー』（*Harper's Weekly*, 1857-1916）242
『バーバラ少佐』（*Major Barbara*, 1907）80
バーフット、エヴァラード（Barfoot, Everard, *OW*）50-51, 132, 218-20, 258, 277-79, 285-87, 354, 356-57
バーフット、メアリ（Barfoot, Mary, *OW*）50, 217-18, 220, 226-27
ハームズワス、アルフレッド（Harmsworth, Alfred, 1865-1922）32, 153
『ハームズワス・マガジン』（*The Harmsworth Magazine*, 1898-1933）156
バームビー、サミュエル（Barmby, Samuel, *IYJ*）105
バーンズ、マーサ（Barnes, Martha, 1858-1946）13, 338, 344
パイソン、モンティ ⇒『空飛ぶモンティ・パイソン』
ハイネ（Heine, Thomas Theodor, 1867-1948）273-74
『ハイペイシア』（*Hypatia*, 1853）447
ハウエルズ、W・D（Howells, W. D., 1837-1920）160
『ハウスホールド・ワーズ』（*Household Words*, 1850-59）171
ハガード、ライダー（Haggard, Henry Rider, 1856-1925）158, 188, 201, 461, 466
バザーロフ（Bazarov, Yevgeny, *Fathers and Sons*）6, 14, 117
バジョット、ウォルター（Bagehot, Walter, 1826-77）176
バジル（Basil, *V*）145, 230, 284, 419, 450-51, 468, 471
『バスカヴィルの犬』（*The Hound of the Baskervilles*, 1902）206
バスク、ミリアム（Baske, Miriam, *E*）21, 30, 82-83, 201, 433
ハックスリー、トマス（Huxley, Thomas Henry, 1825-95）121, 123, 129
バックランド、ウィリアム（Buckland, William, 1784-1856）123, 130
ハドソン、W・H（Hudson, W. H., 1846-1922）461, 480
バトラー、サミュエル（Butler, Samuel, 1835-1902）369, 476-77, 482
バトラー、ジョゼフィーン（Butler, Josephine, 1828-1906）275
ハリソン師、ジョゼフ（Rev. Harrison, Joseph, 1840-90）330, 459, 484
ハリソン、フレデリック（Harrison, Frederic, 1831-1923）5, 13, 116, 118-20, 130, 325, 388, 401, 419, 464, 481-82
ハリソン、メアリアン・ヘレン ⇒ ギッシング、メアリアン・ヘレン
ハリソン夫人、フレデリック（Mrs. Harrison, Ethel Bertha, 1851-1916）236, 376
パリッシュ、クリストファー（Parish, Christopher, *TT*）67
バルザック（Balzac, Honoré de, 1799-1850）349, 387, 407, 415
『ハロルド』（*Harold: The Last of the Saxon Kings*, 1848）446
『ハワーズ・エンド』（*Howards End*, 1910）110, 194
ハワード、エベニーザ（Howard, Ebenezer, 1850-1928）96
『犯罪人論』（*L'uomo delinquente*, 1876）133-34
「犯罪調査官マーティン・ヒューイット」（"Martin Hewitt, Investigator," 1894-1903）161
「判事と悪党」（"The Justice and the Vagabond," *HOE*, 1896）157
『パンチ』（*Punch*, 1841-1992, 1996-2002）19, 22, 26-27, 32-34, 46, 61, 70, 72, 89, 115, 126, 206, 233, 259, 262, 283, 390, 393, 397, 399, 403
ハント、リー（Hunt, James Henry Leigh, 1784-1859）176
ハンニバル（Hannibal, 247 B.C.-c. 183 B.C.）341
『万人の道』（*The Way of All Flesh*, 1903）369
「ハンプルビー」（"Humplebee," *HC*, 1900）181

（ひ）

ピアソン、アーサー（Pearson, Cyril Arthur, 1866-1921）153
『ピアソンズ・ウィークリー』（*Pearson's Weekly*, 1890-1939）32
ビアボーム、マックス（Beerbohm, Henry Maximilian, 1872-1956）252, 462
ビーヴィス（Bevis, *OW*）231, 260, 281, 356-57
ピーク、アンドリュー（Peak, Andrew, *BE*）70
ピーク、ゴドウィン（Peak, Godwin, *BE*）3, 6, 13, 29, 60-61, 63-64, 67-68, 70, 82, 117-18, 121, 175, 177, 211, 219, 312-19, 321-22, 326, 370
ピーコック、トマス（Peacock, Thomas Love, 1785-1866）179
ピーチー、アーサー（Peachey, Arthur, *IYJ*）265-66, 269, 288
ピーチー、エイダ（Peachey, Ada, *IYJ*）266, 269
『ビーチャムの生涯』（*Beauchamp's Career*, 1876）180
『ビートン・クリスマス年報』（*Beeton's Christmas Annual*, 1866-98）161
ピーバディ、ジョージ（Peabody, George, 1795-1869）

82
『緋色の研究』（*A Study in Scarlet*, 1887）161, 480
『日陰者ジュード』（*Jude the Obscure*, 1895）326, 369, 479
『ピクウィック・クラブ』（*The Pickwick Papers*, 1836-37）99, 151, 169-70
『ピグマリオン』（*Pygmalion*, 1913）85
ビスマルク、オットー（Bismarck, Otto, 1815-98）342, 464
ヒック、ヘンリー（Hick, Henry, 1853-1932）9, 15, 286, 462
ビッフェン、ハロルド（Biffen, Harold, *NGS*）34, 170, 172, 178, 180, 182, 234, 241, 297-98, 376-77, 389-90, 392-94
ヒューイット、クレアラ（Hewett, Clara, *NW*）136, 351-52, 411
ヒューイット、ジョン（Hewett, John, *NW*）46-48, 52, 84, 136, 351-52, 418
ヒューイット、ボブ（Hewett, Bob, *NW*）102, 136, 350-51
ヒューイット、マーガレット（Hewett, Margaret, *NW*）136, 138
ピュタゴラス（Pythagoras, c. 580-c. 500 B.C.）342-43
『評論の評論』（*The Reviews of Reviews*, 1890-1936）402
ヒリアド、モーリス（Hilliard, Maurice, *ER*）261-65, 267
ヒル、オクテイヴィア（Hill, Octavia, 1838-1912）46, 85-87, 93, 96
ヒルダ（Hilda, "A Victim of Circumstances"）194, 398
『ビルダー』（*The Builder*, 1842-83）50
ピンカー、ジェイムズ（Pinker, James Brand, 1863-1922）155-56
『貧困—地方都市の研究』（*Poverty: A Study of Town Life*, 1901）78, 477

（ふ）
ファーマー、エミリ（Farmer, Emily, 1826-1905）205
ファイルズ、ルーク（Fildes, Samuel Luke, 1843-1927）405
ファッジ、クレメント（Fadge, Clement, *NGS*）298
「フィービー」（"Phoebe," *George Gissing: Stories and Sketches*, 1884）154
フィールディング、コプリー（Fielding, Copley, 1787-1855）189, 195, 197
フィギエ、ルイ（Figuier, Louis, 1819-94）122
『プークが丘の妖精パック』（*Puck of Pook's Hill*, 1906）194
フーコー（Foucault, Michel, 1926-84）132, 249
『諷刺詩』（*Satire*, 35 B.C.）325, 341
ブース、ウィリアム（Booth, William, 1829-1912）78-80, 84, 93, 482
ブース、チャールズ（Booth, Charles, 1840-1916）46, 78-80, 83, 90, 98, 102, 110, 134, 410, 480
ブールジェ、ポール（Pourget, Paul, 1852-1935）14
フォイエルバッハ、ルートヴィヒ（Feuerbach, Ludwig Andreas, 1804-72）448
フォースター、E・M（Forster, Edward Morgan, 1879-1970）6, 31, 83, 110, 188, 194, 199, 201-02, 466
フォースター、ジョン（Forster, John, 1812-76）3, 10, 171, 180, 368, 371, 381, 477
『フォートナイトリー・レヴュー』（*The Fortnightly Review*, 1865-1934）10, 118, 156
『フォーラム』（*The Forum*, 1886-1930）133
フォスター、バーケット（Foster, Myles Birket, 1825-99）195-96
ブキャナン、ロバート（Buchanan, Robert Williams, 1841-1901）399, 463
「二人のスクルージ」（"Dickens: The Two Scrooges," *The Wound and the Bow*, 1941）412
フッド、エミリ（Hood, Emily, *ALM*）423, 425
『舞踏会の前に』（*Before the Ball*, 1886）231
『不滅のディケンズ』（*The Immortal Dickens*, 1925）16, 381, 491
ブラウニング、エリザベス（Browning, Elizabeth Barrett, 1806-61）52, 484
ブラウニング、ロバート（Browning, Robert, 1812-89）179, 445, 480, 483
ブラザリック、ビル（Blatherwick, Bill, *WD*）87
『ブラックウッズ・マガジン』（*Blackwood's Magazine*, 1817-1980）154
プラトン（Plato, 428/27-348/47 B.C.）393, 400, 428
『フランケンシュタイン』（*Frankenstein: or, The Modern Prometheus*, 1818）209
『フランス革命』（*The French Revolution*, 1837）178
ブリセンデン、アグネス（Brissenden, Agnes, *OW*）279
ブリッジウォーター伯爵（8th Earl of Bridgewater, Francis Henry Egerton, 1756-1829）122
プリット、エルンスト（Plitt, Ernst Konrad, 1854-1928）334
『ブルーゲイト・フィールズ』（*Bluegate Fields*, 1872）385
ブルーム、ヘンリー（Brougham, Henry Peter, 1778-1868）24, 35
ブルック、ドロシア（Brooke, Dorothea, *Middlemarch*）90
フルリ、ガブリエル（Fleury, Gabrielle, 1868-1954）iv, 9-10, 15, 106, 109, 228, 277, 287-88, 325, 462, 477-78
フルリ、マダム（Fleury, Madame, 1839-1910）193
ブルワー=リットン、エドワード（Bulwer-Lytton,

Edward, 1803-73）30, 446-48
ブレイク（Blake, William, 1757-1827）192, 194
『フレイザーズ・マガジン』（*Frazer's Magazine*, 1830-82）178
フレンチ、ビアトリス（French, Beatrice, *IYJ*）73, 323
フレンチ、ファニー（French, Fanny, *IYJ*）73, 266, 269
フロイト（Freud, Sigmund, 1856-1939）250, 252-53, 355, 372
フローベール（Flaubert, Gustave, 1821-80）357, 360, 387, 415
プロコピウス（Procopius of Caesarea, c. 500-c. 565）454
フロシンガム、アルマ（Frothingham, Alma, *W*）142, 248
フロシンガム、ベネット（Frothingham, Bennet, *W*）142, 147, 250
フロシンガム、ミセス（Mrs. Frothingham, *W*）229
『フロス河の水車小屋』（*The Mill on the Floss*, 1860）117, 367, 484
ブロンテ、エミリ（Brontë, Emily Jane, 1818-48）368
ブロンテ、シャーロット（Brontë, Charlotte, 1816-55）23, 179, 367-68, 371, 381, 387-88, 412, 484
『文学便覧』（*The Literary Manual*, 1886）399

（へ）

『ベアタ・ベアトリクス』（*Beata Beatrix*, 1864-70）421
『兵舎のバラッド』（*Barrack-Room Ballads*, 1892）145, 284, 462, 468, 479
ペイター、ウォルター（Pater, Walter, 1839-94）176, 427-29, 436, 438, 445, 447, 479-80, 483
ベイデン=ポウエル、ロバート（Baden-Powell, Robert, 1857-1941）243
ペイリー、ウィリアム（Paley, William, 1743-1805）122, 124
ペイン、ジェイムズ（Payn, James, 1830-98）151-55, 157-58
ヘーゲル（Hegel, Georg Wilhelm Friedrich, 1770-1831）426
ベーコン、ジョン（Bacon, John Henry Frederick, 1868-1914）255
ペコヴァ、クレム（Peckover, Clem, *NW*）102
ペコヴァ夫人（Mrs. Peckover, *NW*）351
ペザー、ジョン（Pether, John, *WD*）137, 140
ヘザレイ、エドガー（Heatherley, Edgar Walton, *WD*）87-88
ベザント、ウォルター（Besant, Walter, 1836-1901）64, 150, 153, 155, 158-59, 164, 399
「ペシミズムの希望」（"The Hope of Pessimism," 1882）120, 397, 417
ヘッケル、エルンスト（Haeckel, Ernst, 1834-1919）123-24
『ペニー・イラストレイティッド・ペーパー』（*The Penny Illustrated Paper*, 1861-1913）247
ベネット、アーノルド（Bennett, Arnold, 1867-1931）32, 61-62, 67, 456
ベネディクトゥス（St. Benedict of Nursia, c. 480-547）8, 15, 450-51
ベルツ、エデュアルト（Bertz, Eduard, 1853-1931）9, 15, 176-78, 193, 220, 225, 276, 286, 312, 333, 342, 397, 456, 462-64, 468, 478, 481-82
ベルナール、クロード（Bernard, Claude, 1813-78）120, 388, 394,
『ペルメル・ガゼット』（*The Pall Mall Gazette*, 1865-1923）158-59, 402, 481
ベロック、ヒレア（Belloc, Hilaire, 1870-1953）186, 200
ヘロドトス（Herodotus of Halicarnassus, 484-c. 420 B.C.）445
ベンサム（Bentham, Jeremy, 1748-1832）24-25, 29, 34, 176, 440
ヘンティ、G・A（Henty, George Alfred, 1832-1902）38, 49, 51
『ベントリーズ・ミセラニー』（*Bentley's Miscellany*, 1836-68）151
ペンバートン、マックス（Pemberton, Max, 1863-1950）162
ヘンプ、ポリー（Hemp, Polly, *WD*）232-33
ベンヤミン、ヴァルター（Benjamin, Walter, 1892-1940）145, 396
『ヘンリー・メイトランドの私生活』（*The Private Life of Henry Maitland*, 1912）16
『ヘンリー・ライクロフトの私記』（*The Private Papers of Henry Ryecroft*, 1903）ii, vii, 2, 4, 10, 12, 44, 74-76, 106, 116, 156, 180, 186, 200, 216, 285, 294-95, 323, 331, 366, 394, 442-44, 458, 476, 491
『遍歴の騎士』（*The Knight Errant*, 1870）276

（ほ）

『ボヴァリー夫人』（*Madame Bovary*, 1857）357-58, 387
「亡命者」（"The Refugee," c. 1869）333
ボードレール（Baudelaire, Charles, 1821-67）97, 240, 411
ホームズ、シャーロック（Holmes, Sherlock）33, 62, 97, 107, 132, 161, 212
ホガース、ウィリアム（Hogarth, William, 1697-1764）28, 82, 431-33
『北部出身の男』（*A Man from the North*, 1898）61-62
「母校」（"The Old School," 1897）467, 471
ホジキン、トマス（Hodgkin, Thomas, 1831-1913）444, 449-50, 454
『ボズのスケッチ集』（*Sketches by Boz*, 1833-36）170,

509
ボスワース大佐（Colonel Bosworth, *W*）143
『牧歌』（*Eclogue*, 42-39 B.C.）330, 340
ポッター、ベアトリス（Potter, Beatrice, 1858-1943）79
ホメロス（Homer, 8th or 7th century B.C.）302
ホラティウス（Horace [Quintus Horatius Flaccus], 65-68 B.C.）325, 332-33, 339-42, 344
『ぼろ着のディック』（*Ragged Dick, or Street Life in New York*, 1867）62
ホワイトロー、ジョブ（Whitelaw, Job, *BE*）82
ポンデレヴォ、ジョージ（Ponderevo, George, *Tono Bungay*）61
『本の選択』（*The Choice of Books*, 1886）401
『ポンペイ最後の日』（*The Last Days of Pompeii*, 1834）447, 453

（ま）
マーシャン（Marcian, *V*）419, 451
マーティノー、ハリエット（Martineau, Harriet, 1802-76）117, 119
『マイ・フェア・レディ』（*My Fair Lady*, 1956）85
マイヴァート、ジョージ（Mivart, George Jackson, 1827-1900）123, 483
マエケナス（Maecenas, Gaius, c. 70-8 B.C.）332, 340-41
マチョーカムチャイルド先生（Mr. M'Choakumchild, *Hard Times*）34
マクリース、ダニエル（Maclise, Daniel, 1806-70）371
マコーリー、トマス（Macaulay, Thomas Babington, 1800-59）443, 445
マスケル、ミセス（Mrs. Maskell, *W*）282
『貧しい街の物語』（*Tales of Mean Streets*, 1894）42-43
『マスター・ベイビー』（*Master Baby*, 1886）267
マドン、モニカ（Madden, Monica, *OW*）217, 258
マネ、エドゥアール（Manet, Edouard, 1832-83）415
マムフォード氏（Mr. Mumford, *PG*）70, 110
マムフォード夫妻（the Mumfords, *PG*）69-71
『迷いつつも』（*In Doubt*, 1905）205
マラード、ロス（Mallard, Ross, *E*）31, 433-34
マルクス（Marx, Karl, 1818-83）164, 407, 483
マルサス（Malthus, Thomas Robert, 1766-1834）56, 83
『マンスフィールド・パーク』（*Mansfield Park*, 1814）207, 209-10
『マンスリー・マガジン』（*The Monthly Magazine*, 1796-1843）169
マンゾ、ヨハン（Manso, Johann, 1760-1826）450
『マンチェスター・ウィークリー・タイムズ』（*The Manchester Weekly Times*, 1861-1922）154

（み）
ミクルスウェイト、トマス（Micklethwaite, Thomas, *OW*）259, 279
ミケランジェロ（Michelangelo di Lodovico Buonarroti Simoni, 1475-1564）332, 341, 467
ミッチェル、キャリー（Mitchell, Carrie, *WD*）99, 388, 426
『ミドルマーチ』（*Middlemarch*, 1871-72）90, 353-54, 483
『南イタリア・ガイド』（*Guide to Southern Italy*, 1888）103
ミニー（Minnie, "Raw Material," *HOE*）233, 235
ミューディー、C・E（Mudie, Charles Edward, 1818-90）13, 16, 157, 159
ミューティマー、アデラ（Mutimer, Adela, *D*）73-74, 92-93, 138, 388
ミューティマー、アリス（Mutimer, Alice Maud, *D*）74
ミューティマー、リチャード（Mutimer, Richard, *D*）73-74, 92, 100, 126, 138, 140-41, 388
ミル（Mill, John Stuart, 1806-73）118-19, 176-77, 207, 224, 440, 483-84
ミルヴェイン、ジャスパー（Milvain, Jasper, *NGS*）33, 108, 139, 242-46, 252, 294-300, 302-03, 305-07, 309, 371, 375-76, 391-94
ミルヴェイン、ドーラ（Milvain, Dora, *NGS*）242, 309, 375
ミルヴェイン、モード（Milvain, Maud, *NGS*）242, 245, 391
ミルマン、ヘンリー（Milman, Henry Hart, 1791-1868）301, 444
ミレー（Millais, John Everett, 1829-96）195, 276
ミロ（Milo of Croton, 6th century B.C.）342
『民衆』（*Demos: A Story of English Socialism*, 1886）5, 63-64, 73, 92-93, 100, 110, 116, 126, 128, 135, 138, 140-41, 146, 154, 348, 378, 388, 407, 416, 480, 493
『ミンスター』（*The Minster*, 1895-96）150, 459

（む）
ムア、ジョージ（Moore, George, 1852-1933）158-59, 242, 330, 340, 415, 478-81
『無階級の人々』（*The Unclassed: A Novel*, 1884）5-6, 44, 46, 57, 63, 65, 88, 91, 137, 140, 179, 234, 294, 312, 314, 348, 372, 378, 406, 409, 418, 432, 436, 441, 481, 493
『麦畑』（*The Cornfield*, 1826）185, 195
ムルソー（Meursault）⇒『異邦人』

（め）
メイドリー、イヴ（Madeley, Eve, *ER*）261
メイヒュー、ヘンリー（Mayhew, Henry, 1812-87）97, 110, 133, 233, 410
『メイフェア・マガジン』（*The Mayfair Magazine*,

1877-80）390
メリヴェイル、チャールズ（Merivale, Charles, 1808-93）444
メレディス、ジョージ（Meredith, George, 1828-1909）5, 7, 10, 13, 15, 176, 179-80, 240, 367, 478-80, 482, 484
「面目にかけて」（“In Honour Bound,” *HOE*, 1895）157

（も）
モーガン、ジェシカ（Morgan, Jessica, *IYJ*）73, 269
モーズリー、ヘンリー（Maudsley, Henry, 1835-1918）127, 134, 224
モーティマー、ジェフリー（Mortimer, Geoffrey, pseud. of Walter Matthew Gallichan, 1861-1946）66
モートン、バジル（Morton, Basil, *W*）145, 230, 284, 468, 471
モートン、ミセス（Mrs. Morton, *W*）232, 249
『モーニング・ポスト』（*The Morning Post*, 1772-1937）179
モーフュウ、セシル（Morphew, Cecil, *W*）228
モーリス、F・D（Maurice, Frederick Denison, 1805-72）86
モクシー、クリスチャン（Moxey, Christian, *BE*）319
『モダンな恋人』（*A Modern Lover*, 1883）159
『モニスト』（*The Monist*, 1890-）133
モリエール（Molière, a.k.a. Jean-Baptiste Poquelin, 1622-73）15-16
モリス、ウィリアム（Morris, William, 1834-96）92, 96, 110, 404, 478, 480, 483-84
モリスン、アーサー（Morrison, Arthur, 1863-1945）38, 40, 42-43, 55, 58, 161
モリスン、アレキサンダー（Morrison, Alexander, 1779-1866）133
モリスン、W・D（Morrison, William Douglas, 1852-1943）134-35
『森の生活』（*Walden: or, the Life in the Wood*, 1854）394
『モロー博士の島』（*The Island of Dr. Moreau*, 1896）253
モンタランベール、シャルル（Montalembert, Charles, 1810-70）444

（や）
ヤコブセン、J・P（Jacobsen, Jens Peter, 1847-85）14

（ゆ）
ユイスマンス、ジョリス=カルル（Huysmans, Joris-Karl, 1848-1907）429
ユーゴー（Hugo, Victor, 1802-85）460
『ユートピア便り』（*News from Nowhere*, 1891）110, 480
ユール、アルフレッド（Yule, Alfred, *NGS*）242, 252, 297-98, 375-76
ユール、ジョン（Yule, John, *NGS*）371
ユール、メアリアン（Yule, Marian, *NGS*）295, 298, 375
ユスティニアヌス（Justinian the Great, 482/83-565）344
ユリアヌス（Julian [Flavius Claudius Julianus], c. 331-63）332

（よ）
『ヨーロッパ鉄道時刻表』（*The Continental Time Table*, 1873）103
『ヨーロッパ道徳史』（*History of European Morals*, 1869）450
『ヨーロッパ橋』（*Le pont de l'Europe*, 1876）217
『余計者の女たち』（*The Odd Women*, 1893）iv, 6, 16, 45-46, 49, 52, 57, 132, 135, 208, 210, 216-17, 226, 230-31, 233, 242, 247-48, 253-54, 256, 258, 260, 262, 266-69, 271, 277, 284, 287, 345, 348, 354, 358, 415-16, 450, 479, 493
『呼び戻されて』（*Called Back*, 1883）160
『喜びは朝来たる』（*Joy Cometh in the Morning*, 1888）402

（ら）
ラーキン、フィリップ（Larkin, Philip, 1922-85）63
ラーチ、リチャード（Larch, Richard）⇒『北部出身の男』
ライクロフト、ヘンリー（Ryecroft, Henry, *PPHR*）2, 64, 74-75, 107-09, 116, 187, 189, 198, 216, 285, 295, 298, 300-09, 324-26, 331, 373-75, 379, 381, 395-97, 399, 401-02, 443, 458, 467
ライトン（Wrighton, “The Ring Finger”）45, 198-99
ラヴァター、ヨハン（Lavater, Johann Caspar, 1741-1801）424
「ラヴェンナ」（“Ravenna,” *The Poetry of George Gissing*, 1872）339, 344, 452
ラウス（Routh, Charles Henry Felix, 1822-1909）237
ラウントリー、シーボーム（Rowntree, Benjamim Seebohm, 1871-1954）78
ラクロ、ピエール（Laclos, Pierre Choderlos de, 1741-1803）209, 221
ラシュマー、ダイス（Lashmer, Dyce, *OFC*）128, 442
ラスキン（Ruskin, John, 1819-1900）86, 96, 176, 276, 279, 281, 404, 422-23, 425-27, 429-34, 437, 442, 445, 477, 480, 484
ラスコールニコフ（Raskolnikov, Rodion Romanovich）6, 14
ラッセル、パーシー（Russell, Percy Joseph, 1861-1946）399

『ラテン・キリスト教史』（*History of Latin Christianity*, 1883）444
ラファエロ（Raffaello Santi, 1483-1520）332, 341
ラフィット、ピエール（Lafitte, Pierre, 1823-1903）119
ラマルク、ジャン=バティスト（Lamarck, Jean-Baptiste, 1744-1829）121, 126-27
ラム、チャールズ（Lamb, Charles, 1775-1834）394
ラング、アンドリュー（Lang, Andrew, 1844-1912）158
ラングリー、エドマンド（Langley, Edmund, *SF*）iv
『ランセット』（*The Lancet*, 1823-）237
ラント、ミス（Miss Lant, *NW*）54, 89-90
ランドー、ウォルター（Landor, Walter Savage, 1775-1864）139

（り）

リアドン、エイミ（Reardon, Amy, *NGS*）243-46, 252, 298, 323, 376, 378, 392
リアドン、エドウィン（Reardon, Edwin, *NGS*）34, 108, 111, 234, 241, 243-46, 252, 294-95, 297-301, 303-06, 309, 312, 323, 370, 375-79, 392, 394, 396, 407
リーチ、ジョン（Leech, John, 1817-64）403
リーネ、ニールス⇒『ニールス・リーネ』
リカルド（Ricardo, David, 1772-1823）83, 335
「リザラント」（"Lizerant"）⇒『貧しい街の物語』
『リスペクタビリティという名の病』（*The Blight of Respectability: An Anatomy of the Disease and a Theory of Curative Treatment*, 1897）66
『リチャード・フェヴェレルの試練』（*The Ordeal of Richard Feverel*, 1859）180
リッチモンド、ジョージ（Richmond, George, 1909-96）367
「立派な下宿人」（"The Prize Lodger," *HOE*, 1896）321
『リテラチャー・アット・ナース』（*Literature at Nurse*, 1885）158
リデル、ヘンリー（Liddell, Henry George, 1811-98）301
『リトル・ドリット』（*Little Dorrit*, 1855-57）81, 99
リボー、テオデュール（Ribot, Théodule-Armand, 1839-1916）127-28
『猟人日記』（*Zapiski Okhotnika*, 1852）340
リントン、イライザ（Linton, Eliza Lynn, 1822-98）275

（る）

ルイシャム、ミスター⇒『恋愛とミスター・ルイシャム』
ルイス、ジョージ（Lewes, George Henry, 1817-78）117-18, 176
ルーク夫人（Mrs. Luke, *OW*）357
ルーパート、ミス（Miss Rupert, *NGS*）245, 375
ルーベンス（Rubens, Peter Paul, 1577-1640）465
ルカーチ、ジェルジ（Lukács, György, 1885-1971）445, 453
ルソー（Rousseau, Jean-Jacques, 1712-78）206, 212, 395
ルター（Luther, Martin, 1483-1546）256
『流謫の地に生まれて』（*Born in Exile: A Novel*, 1892）3, 6, 13, 29, 60-61, 63-64, 67, 70, 82, 89, 91, 117, 121, 124-25, 155, 175, 177, 208, 210, 213, 312, 314, 317-18, 324, 327, 348, 370, 479, 493, 509
『ルネサンス』（*The Renaissance,* 1873）429, 436
ルノルマン、フランソワ（Lenormant, Francois, 1837-83）339
ルボン、ギュスターヴ（Le Bon, Gustave, 1841-1931）288

（れ）

レイジョン、ポール（Rajon, Paul Adolphe, 1843-88）413
『レヴュー・オヴ・ザ・ウィーク』（*Review of the Week*, 1899-1900）463
『歴史小説論』（*The Historical Novel*, 1937）453
レッキー、ウィリアム（Lecky, William, 1838-1903）450
レッドグレイヴ、サイラス（Redgrave, Cyrus, *W*）142, 253, 283-84, 287, 358-60
レッドグレイヴ、リチャード（Redgrave, Richard, 1804-88）235
「レティー・コー」（"Letty Coe," *George Gissing: Stories and Sketches*, 1891）154
『レノルズ新聞』（*Reynolds's Newspaper*, 1851-1900）251
『恋愛とミスター・ルイシャム』（*Love and Mr. Lewisham: The Story of a Very Young Couple*, 1900）61-62, 64
レンショー、ミス（Miss Renshaw, *BE*）89

（ろ）

ロイシュ、フランツ（Reusch, Franz Heinrich, 1823-1900）123
ロイストン、ベラ（Royston, Bella, *OW*）258
「ロー・マテリアル」（"Raw Material," *HOE*, 1895）233, 398
ローズ、J・H（Rose, John Holland, 1855-1942）14
ロード、スティーヴン（Lord, Stephen, *IYJ*）265-66, 268
ロード、ナンシー（Lord, Nancy, *IYJ*）73, 265-70, 287-88
ロード、ホレス（Lord, Horace, *IYJ*）73, 266-67
『ローマ帝国衰亡史』（*The History of the Decline and Fall of the Roman Empire*, 1776-88）12, 336, 339, 444

『ローマへの道』（*The Path to Rome*, 1902） 186
『ローマをめぐる戦い』（*Ein Kampf um Rom*, 1859-76） 450, 452
「六ペンスの歌」（"A Song of Sixpence," *HOE*, 1895） 157
ロセッティ、ダンテ・ゲイブリエル（Rossetti, Dante Gabriel, 1828-82） 179, 421, 433, 483
ロバーツ、モーリー（Roberts, Morley, 1857-1942） 10-11, 16, 151, 155, 286, 319, 406, 419, 471, 480
『ロバーツとともにプレトリアへ』（*With Roberts to Pretoria: A Tale of the South African War*, 1902） 38
『ロバート・エルズミア』（*Robert Elsmere*, 1888） 58
『ロビンソン・クルーソー』（*The Life and Strange Surprising Adventures of Robinson Crusoe*, 1719） 395
『ロモラ』（*Romola*, 1863） 446-48
ロルフ、アルマ・フロシンガム（Rolfe, Alma Frothingham, *W*） 142, 210, 229-32, 248-53, 281-84, 287, 289, 358-60, 409-10
ロルフ、ハーヴェイ（Rolfe, Harvey, *W*） 142, 144-45, 228-31, 247-48, 277, 281-87, 289, 312, 359, 459, 468, 471
ロルフ、ヒューイ（Rolfe, Hughie, *W*） 283-84, 289
ロレンス、D・H（Lawrence, David Herbert, 1885-1930） 188, 258
『ロングマンズ・マガジン』（*Longman's Magazine*, 1882-1905） 158
『ロンドンの人々の生活と労働』（*Life and Labour of the People of London*, 1891-1903） 78, 98, 134, 480
『ロンドンの労働とロンドンの貧困』（*London Labour and the London Poor*, 1862） 97, 233
『ロンドンの上空を――列車で』（*Over London by Rail*, 1870） 101
ロンブローゾ、チェーザレ（Lombroso, Cesare, 1836-1909） 133-35, 137, 140
『ロンボワヨー門の防衛』（*Defence of Longboyau's Gate, ChÅHteau of Buzenval*, 1870） 465

（わ）

ワーズワス（Wordsworth, William, 1770-1950） 2, 471
ワイズマン、ニコラス（Wiseman, Nicholas, 1802-65） 448
ワイルド（Wilde, Oscar, 1854-1900） 242, 251-52, 369, 423, 430, 434, 436, 476-79
『ワイルドの諸相』（*Aspects of Wilde*, c. 1894） 252
若山牧水（1885-1928） 182
ワグホーン、ジョン（Waghorn, John, *WD*） 141
ワット、A・P（Watt, Alexander Pollock, 1834-1914） 153, 155
ワトソン、ウィリアム（Watson, William, 1858-1935） 463
『我らが大風呂敷の友』（*Our Friend the Charlatan: A Novel*, 1901） 10, 117, 128-29, 442, 451, 477, 493

（地名・その他）

（あ）
愛国主義 ⇒ ジンゴイズム
アイデンティティ（identity）27, 96, 173, 196-97, 246, 286, 294-95, 301, 304, 307, 313, 445
曖昧性（ambiguity）54, 56, 195
アイルランド（Ireland）198-200, 330, 340, 387, 476, 479, 480-83
アイルランド大飢饉（Irish Famine, 1845-49）169
悪魔（demon）55, 338, 411, 435-36
アシャンティ戦争（Ashanti War, 1873-74）457
新しい男（New Man）218, 248, 278-79, 282, 286
新しい女（New Woman）iii-iv, vi, 15, 161, 205-08, 210, 215-21, 224, 242, 247, 252, 256-58, 260, 264, 271, 278-80, 286, 345, 355, 358, 507, 509
アッパー・クラス ⇒ 上流階級
アッパー・ミドル・クラス ⇒ 上層中産階級
アテネ（Athens, Greece）13, 109, 316, 478
アナキスト（anarchist）135
アナクロニズム（anachronism）63, 448
アビシニア（Abyssinia [Ethiopia], Africa）459
アペニン山脈（Apennines, Italy）302
アマチュア（amateur）231, 358, 397-99
余った女（たち）（odd women）iv, 217, 256
アメリカ（America）i, iii, vii, 4, 13, 28, 54, 62-63, 71, 78, 100, 133-34, 143, 150, 152, 154, 160, 169, 178, 206-08, 264, 274, 294, 330, 338, 344, 411, 469, 481-82, 484, 492
アリウス主義（Arianism）444
アルカション（Arcachon, France）9, 15, 477
アルバ［アルバ・ロンガ］（Alba [Alba Longa], Italy）332, 341
アレキサンドリア（Alexandria, Egypt）447
憐れみ（pity）288-89, 323, 428, 469, 471
アンウィン社（T. Fisher Unwin, London, 1882）162, 478
アングロ・サクソン（Anglo-Saxon）188-89, 191-95, 199
アンビヴァレンス［二面性、両価感情］（ambivalence）iv, vi, 96, 108, 160-64, 197, 250, 286, 396

（い）
イースト・アングリア（East Anglia, mod. Norfolk and Suffolk）313
イースト・アングリア療養所（East Anglian Sanatorium, Suffolk）9, 477
イースト・エンド向上運動ならびに全知協会（East End Improvement Association）41
イースト・エンディング（East-ending）89
イースト・エンド（East End, London）38, 40-41, 50, 79-80, 86-87, 89, 99
イーストボーン（Eastbourne, East Sussex）436-37, 480
イートン校（Eton College, Berkshire）50-51, 199, 218
イオニア海（Ionian Sea）337, 342-43
イギリス文芸家協会（Incorporated Society of Authors, Playwrights and Composers, 1884）150
イコン（icon）181
遺産相続（inheritance）vi, 49-54, 92-93
意識の流れ（stream of consciousness）355, 362
イスプール（Ispoure, France）9-11, 417
イタリア（Italy）iv, 6, 8, 15, 20, 30-31, 103, 133, 160, 189, 191-92, 196-97, 201, 216, 287, 294, 302, 329-45, 400, 433, 444, 446-47, 449, 451, 465-66, 471, 478, 480
逸脱（deviance）119, 132-35, 137, 139-42, 145, 236, 241, 243, 249-51, 263-64, 276, 374, 423, 425, 429, 436
イデア（idea）393, 400, 432
遺伝（heredity）102, 126-28, 133-35, 137-39, 143, 349, 361, 388-89, 393, 398
遺伝学（genetics）126-30
田舎（country）2, 40, 44, 49, 52-53, 96, 100-02, 106-09, 137, 159, 192, 264, 266, 269, 280, 302-03, 306, 313, 324, 342, 396
院外救済（outdoor relief）84
イングランド（England）9, 24-25, 53, 100, 152, 186-89, 191-94, 197-199, 200-02, 312-13, 317, 326-27, 440, 459, 462-63, 468, 470
イングランド国教会［イギリス国教会、英国国教会、アングリカン・チャーチ、聖公会］（Church of England）11, 13, 25-26, 82, 86-87, 121-22, 188, 211, 214, 257, 459, 483
イングリッシュネス（Englishness）vi, 185-202
因襲（convention）vi, 117, 201, 213, 215-16, 247, 286, 408, 415
インペリアル・カレッジ（Imperial College, London）121

（う）
ヴァイオリニスト（violinist）231, 248, 359-60
ヴァティカン宮殿（Palace of the Vatican, or Apostolic Palace）31, 341
ウィーン（Wien, Austria）30, 72, 326

ヴィクトリアニズム（Victorianism）211
ウィズビチ（Wisbech, Cambridgeshire）85
ヴィラーズ・ストリート（Villiers Street, London）233
ウィルトゥス［徳］（virtus）190
ウェイクフィールド（Wakefield, East Yorkshire）iii, 1-2, 6, 12, 15, 62, 73, 313, 330-31, 478, 484
ウェールズ（Wales）179, 201, 249, 360
ヴェズヴィオ火山（Vesuvius, Italy）334
ウェストゲイト（Westgate, Wakefield）iii, 1, 12, 340
ウェストミンスター（Westminster, London）313
ヴェニス（Venice, Italy）13
ウォーニントン・ロード（Wornington Road, London）321
ヴォランティア訪問員（voluntary visitor）87
ウォルサム（Waltham, Massachusetts）4, 12, 344, 482
ウォンリー（Wanley, *D*）92, 100, 110
生まれ（nature）13, 106, 126, 128, 139, 175, 187, 211, 214, 217, 294, 312-14, 338, 458
運命論（fatalism）126, 414

（え）
英国性 ⇒ イングリッシュネス
英国文芸協会（Society of Authors, 1884）180
英国教会 ⇒ イングランド国教会
エオリアン・ハープ（Aeolian harp）436
疫病（epidemic）78, 140, 145, 411
エグザイル［流謫、流罪人、追放者、故郷喪失者、流浪者、流浪の民］（exile）vi, 30, 72, 84, 96, 235, 285, 311-27, 329-45, 374
エクセター（Exeter, Devon）72, 103, 107-08, 194, 213, 216, 294, 301, 322, 324, 327, 373, 394-95, 479
エディンバラ大学（University of Edinburgh）177
エトナ火山（Etna, Italy）337
エドワード・ストリート（Edward Street, London）320
エドワード朝（Edwardian Period, 1901-10）10, 97, 186, 188
エニグマ［謎］（enigma）190
エプソム（Epsom, Surrey）8, 106, 479
エルム・コート（Elm Court, *U*）140
エレウォン（Erewhon）109
エレミヤ族（Jeremy）398

（お）
王立科学協会（Royal Society of London for the Improvement of Natural Knowledge, 1660）118, 122
オーエンズ・カレッジ（Owens College, Manchester）iii, 3-4, 12, 14, 16, 63, 68, 139, 169, 173, 276, 294, 313-16, 318, 330-31, 344, 440, 452, 470, 483
オークリー・クレセント（Oakley Crescent, London）321, 481
オーストラリア（Australia）52, 80, 145, 252, 470, 477, 482
オートノミ・ライブラリー（Autonym Library, T. Fisher Unwin）162
オープン・スペース運動（open-space movement）86, 93
オールダリー・エッジ（Alderley Edge, Cheshire）12, 483
お金 ⇒ 金銭
堕ちた女（fallen woman）28, 258-59, 262
オックスフォード（大学）（Oxford [University]）3, 23, 50, 92, 118, 122, 139, 186, 218, 275, 316-18, 476
オックスフォード・アンド・ケンブリッジ・マンションズ（Oxford and Cambridge Mansions, London）323
オックスフォード・ストリート（Oxford Street, London and Manchester）14, 440
オックスフォード・ミュージック・ホール（Oxford Music Hall, London）227
オックスフォード運動（Oxford Movement, 1833-45）448, 452
男らしさ（manliness）190, 245, 275-76
オブセッション［強迫観念］（obsession）20-21, 28, 30-31, 45, 56, 63, 74, 108, 386
オマル・ハイヤーム・クラブ（Omar Khayyám Club, London）7, 15, 479
女家庭教師 ⇒ ガヴァネス
女嫌い ⇒ 女性嫌悪
女の病（female malady）209
女らしさ（womanliness）275

（か）
階級（class）ii, iv, 23, 26, 29, 34, 44, 50, 53, 59-76, 79, 83-84, 92-93, 96-100, 106, 111, 121, 126, 128, 132, 139-41, 173-75, 177, 182, 215-16, 225-26, 228, 251, 267, 270, 280, 297, 309, 314-19, 352, 371, 373, 376, 388-89, 405, 409, 411, 435, 440, 473, 510
階級［階層］意識（class consciousness）vi, 60, 67, 175, 211, 215, 294, 314
外的焦点化（external focalization）354, 359, 361
介入する語り手（intrusive narrator）350, 359
解放（emancipation）7, 14, 21, 31, 51-52, 63, 90, 158, 202, 206-07, 210-15, 219-21, 225, 227, 236, 247, 257, 260, 267, 277, 286, 288, 300, 303, 306, 334, 415, 423, 436, 465, 484
ガヴァネス（governess）iv, 217, 427
科学（science）i-ii, iv, vi-vii, 6, 14-15, 24, 27-30, 33, 78-79, 83-84, 98, 105, 115-30, 132, 173, 211, 214, 224, 241-242, 249-51, 265, 317-18, 349, 351, 360, 388, 394-95, 397-98, 400, 404, 406, 415, 424, 431, 440-41, 473-74
科学実証主義（scientific positivism）120
科学的精神（scientific spirit）389, 394
駆け落ち（elopement）208, 231, 260, 281

貸本屋（circulating library）46, 151, 153, 157-59, 262, 391
下層中産［中流］階級（lower middle class）iii, v-vi, 59-75, 102, 111, 116-17, 121, 128, 171, 265, 294, 406, 440-41,
カタンツァーロ（Catanzaro, Calabria, Italy）192, 335-36, 338, 342-44
カッセル・ポケット・ライブラリー（Cassell's Pocket Library, Max Pemberton）162
家庭の天使（angel in the house）iv, 40, 194, 208, 256, 258, 262, 264, 276, 279, 435
カトリック（Catholicism）16, 211, 448
ガナーズベリー（Gunnersbury, London）282
家父長制（patriarchy）256, 260, 274-76, 279, 285-86
カラブリア（Calabria, Italy）15, 316, 333-35, 338-39, 342-43, 442, 464-65, 478
カリカチュア（caricature）26, 33, 73, 117, 173
カリブディス（Charybdis, Italy）337, 343
ガワー・プレイス（Gower Place, London）320-21
感覚主義（sensationalism）394
環境（environment）2, 28, 62, 78, 80, 82, 86, 88, 91, 99, 102-03, 111, 123, 128, 137-38, 191, 198, 216, 238, 262-63, 267, 298-99, 304-06, 309, 312, 348-49, 351-52, 361, 368, 386, 388-90, 393, 398, 403, 405-06, 411, 427-29, 445
完結もの（complete tales）161
観察者（observer）137, 240, 278, 389-90, 394-96, 400-01, 411
感受性（sensibility）14, 75, 138, 186, 211, 342, 406-07, 426-28, 430-31, 435-36
観相学（physiognomy）212
カンナエ（Cannae, mod. Canne della Battaglia, Italy）332
観念論（idealism）99, 393

（き）
規格化（normalization）132
飢餓の四〇年代（Hungry Forties）256
紀行（旅）（travel）vi, 3, 5-6, 8, 13, 15, 72, 79, 103, 156, 182-83, 186, 189, 201, 261-62, 302, 312, 316-18, 322, 326, 329-45, 389, 398, 442, 444, 449, 465, 480, 482, 492, 506, 509-10
既婚女性財産法（Married Woman's Property Act, 1870, 1882）257, 274, 481
北ウェールズ（North Wales）249
規範（norm）132, 227-29, 236-37, 241, 243, 246-47, 249-50, 257, 260, 263-64, 267, 413, 423, 428
基本的人権（basic human rights）208
キャッセル社（Cassell, London, 1848）152
キャムデン・タウン（Camden Town, London）99
キャンバーウェル（Camberwell, London）103-05
救世軍（Salvation Army）41, 57-58, 79-80, 84, 482
救貧院（workhouse）77, 81, 84, 87, 140, 405, 407
救貧法（Poor Law, 1601）79, 81, 84, 476
救貧法改正（Poor Law Amendment Act, 1834）80
教育（education）ii, iv-vi, 6-7, 11-12, 16, 19-35, 44, 53, 60, 62-64, 67-68, 73, 75, 79-80, 82, 88-89, 93, 96, 103, 108, 121, 127-28, 132-33, 139, 145, 170, 172-75, 177, 180-82, 206, 211, 218, 220, 224-26, 229, 236, 240, 257, 264-66, 268, 275, 286, 309, 314-19, 326, 344, 370, 376, 380, 391, 399, 402, 408-12, 416, 422, 427, 440-41, 476-77, 479, 482-84, 508
共産主義（communism）395
教養（culture）i, iii-v, 2, 4, 6, 9, 11-13, 35, 44, 52, 56, 63, 65, 73-75, 93, 100, 108, 170, 174-75, 177, 180-83, 198, 224, 236, 262, 265, 314-15, 317-18, 342, 351, 410, 422-23, 427, 440-42, 447, 458, 464, 470, 473, 483
教養小説 ⇒ ビルドゥングスロマン
去勢（castration）274, 279
切り裂きジャック事件（Jack the Ripper, 1888）131-32, 247, 480
ギリシャ（Greece）iv, 6, 20-21, 80, 103, 162, 189, 197, 287, 302, 317, 325, 331, 335, 339, 341-44, 400, 402, 404, 426, 428, 443-44, 461, 480
ギリシャ・ローマ（Greece and Rome）93, 189-90, 404, 443
ギリシャ語（Greek）iii, 3, 24, 80, 316-18, 330, 335, 402, 440, 444
キリスト教（Christianity）iv, 29-30, 80, 85-86, 119, 121-22, 124, 129, 143, 256-57, 341, 344, 405, 419, 422-23, 428, 433-34, 447, 449-50
キリスト教ダーウィニズム（Christian Darwinism）121-26
キングズ・カレッジ（King's College, London）25
キングズ・クロス駅（King's Cross Station, London）105, 110, 320, 327
キングズミル（Kingsmill, *BE*）63
金銭（money）11, 20, 38-40, 42, 50, 53, 84, 86-88, 96, 108, 136, 169, 171, 256, 261-65, 286, 294, 296, 298, 315-16, 319, 325, 371, 377, 392, 395, 398, 404-07, 409
近代（modern age）10-11, 14, 27, 35, 66, 96, 99-100, 102, 105, 107, 109, 111, 117, 121, 132, 157-58, 161, 163-64, 251, 253, 323, 335, 337, 339, 398, 404, 406, 408-12, 425, 478
近代化（modernization）158-60, 163, 192-94
筋肉質のキリスト教（Masculine Christianity）143

（く）
クイーンズランド（Queensland, Australia）144
クエーカー教徒（Quaker）iii, 3
クラーケンウェル（Clerkenwell, London）47, 56, 101-03, 410
グラストンベリ（Glastonbury, Somerset）194
クラパム（Clapham, South London）66

クラパム派［国教会福音派］（Clapham Sect）83
クラブ（club）7, 14-15, 47, 57, 92, 216, 250, 282-83, 476, 479, 484
グラブ街（Grub Street, *NGS*）240-42, 244
グラマー・スクール（grammar school）440
クリスタル・パレス（Crystal Palace, London）410, 466
グリニッジ（Greenwich, London borough）313, 479
クリミア戦争（Crimean War, 1853-56）456
グレイズ・イン・ロード（Gray's Inn Road, London）13
クロトーネ［クロトン］（Crotone [Croton], a.k.a. Cotrone, Calabria, southern Italy）192, 335, 337-39, 342-43, 465
軍国主義（militarism）3, 9, 461, 464
群集［群衆］（mob）67, 93, 96-97, 100, 111, 129, 140-41, 146, 175, 300, 332, 396, 401, 407, 431-42, 466

（け）

形而上学（metaphysics）428, 442
芸術（art）vi, 2, 5-6, 11-12, 28-30, 34-35, 70, 92, 98-100, 104, 108-11, 120, 154, 159-60, 170-72, 174, 176, 178, 180, 193-94, 201, 209, 243-44, 248-49, 274, 282, 295-98, 309, 333, 340-42, 348, 353, 358, 360-62, 379, 386, 388, 390-92, 394, 397-401, 406-07, 409, 415-16, 423, 427-34, 436-37, 447, 452, 461, 465, 468, 482
芸術至上主義（art for art's sake）170, 423, 426, 429-30, 436
系統樹（phylogenetic tree）124
啓蒙（enlightenment）15, 27, 121, 212
下宿（lodging）3-4, 13, 46, 66-67, 69-70, 97, 102, 110, 138, 241, 261, 268, 319-25, 327, 413
結婚（marriage）iii, vi, 5-7, 9, 11, 13-14, 16, 24, 28-29, 31, 39-40, 43, 45, 49-51, 54, 66-67, 73-74, 82-83, 88, 91-92, 96, 99, 136, 141, 143-44, 169, 178-80, 199, 205-08, 210, 212-13, 216-20, 224-29, 232-37, 244-46, 248-50, 252, 255-71, 274-75, 277-81, 283-86, 288-89, 294, 299, 314-15, 320-22, 327, 334, 343-44, 349, 351-52, 354-59, 371, 375-76, 398, 404, 409-10, 414-16, 418, 432, 435-36, 478-79
決定論（determinism）vi, 16, 96, 103, 120, 126-28, 397, 414
ケレスの神殿（Temple of Ceres, Paestum, Campania, Italy）302
現実的なもの（the Real）250, 360
ケント（州）（Kent, south eastern England）72, 343
ケンブリッジ（大学）（Cambridge [University], Cambridge）23, 80, 92, 275, 316-17

（こ）

コヴェントリー（Coventry, West Midlands）38
郊外［サバービア］（suburb [suburbia]）12, 25, 59, 61, 64-75, 96, 99, 102-06, 108-10, 186, 220, 258, 269, 320
交換経済（exchange economy）392
高貴な美しさ（noble beauty）422
工業化（industrialization）111, 193, 280
広教会（Broad Church）211
広告（advertising）47, 69, 105, 110, 146, 149-50, 153, 217, 238, 240, 266, 296, 300, 342
高等教育（higher education）172-75, 224-25, 427, 440-41
衡平法（equity）270
小売革命（retail revolution）280
功利主義（utilitarianism）24, 316, 430-31
合理主義（rationalism）iv, 6, 13, 57, 117-18, 129
公領域（public sphere）99, 276, 280
ゴート戦争（Gothic War, 535-53）449
ゴート族（Goths）9, 190-91, 339, 343-44, 444, 449-50
コーンウォール（州）（Cornwall, south western England）193
コーンウォール・マンション［レジデンス］（Cornwall Mansions [Residences], London）320-22, 327
国民学校（national school）25
個人主義（individualism）vi, 129, 303, 308, 395-96
個人の自由（privacy）461
コスモポリタン［世界市民］（cosmopolitan）192, 200, 326
コゼンツァ（Cosenza, Calabria, southern Italy）335-36, 342-43
古代ギリシャ（ancient Greece）189, 394, 400, 461
コダック社（Eastman Kodak Company, 1881）149
国境（national border）15, 142-46, 477
国教会⇒イングランド国教会
コックニー（cockney）68-71, 211
骨相学（phrenology）133, 212
固定内的焦点化（fixed internal focalization）354
古典（classics）iii-vi, 2, 6, 12, 24, 26, 31, 109, 163, 172-73, 180-81, 188-89, 192, 287, 316-19, 325-26, 330-31, 335-36, 339, 343-44, 370, 400, 404, 408, 439-43, 445
古典主義（classicism）vii, 341, 439-54
ゴドウィン的結婚（Godwinian marriage）288
コトローネ（Cotrone）⇒クロトーネ
コルヴィル・プレイス（Colville Place, London）320, 324-25, 460
コロシアム［コロセウム、円形劇場］（Colosseum）199
婚姻訴訟法（Matrimonial Causes Acts, 1882, 1893）274
コンスタンティノープル（Constantinople, mod. Istanbul）344, 460
婚前交渉（premarital intercourse）226, 237

（さ）
財産権（property right）219, 257, 270, 274
最大多数の最大幸福（greatest happiness principle）24, 404
再版本（reprint）391-92
債務者監獄（debtors' prison）172
サセックス（州）（Sussex, south eastern England）107, 186, 194
サットン（Sutton, London borough）69, 110
サディズム（sadism）279
サバーバン・スプロール（suburban sprawl）73
サバービア ⇒ 郊外
サビニの農園（Sabine farm, central Italy）332
サフォーク（州）（Suffolk, East Anglia）2, 9, 15, 477, 479
サマセット（州）（Somerset, south western England）194
サリー（州）（Surrey, south eastern England）15, 72, 180, 478-79
サン・ジャン・ド・リューズ（Saint-Jean-de-Luz, France）9-11, 15, 464, 477
サン・ジャン・ピェ・ド・ポール（St.-Jean-Pied-de-Port, France）9, 15, 476
三巻本（triple-decker）5, 13, 33, 151, 155, 157, 159-62, 165, 378, 392
産業革命（Industrial Revolution）i, v, 30, 34, 78, 81, 96, 100, 102, 110-11, 206, 326, 387
サンクトペテルブルク（Saint Petersburg, Russia）5
サントノレ・バン（St-Honoré-les-Bains, France）9, 477
三文小説（penny bloods）151, 216

（し）
シースケイル（Seascale, Cumbria, Italy）278-79
シエナ（Siena, Tuscany, Italy）8, 15, 168, 334, 338, 342, 478
ジェンダー（gender）iv, vi, 205, 223, 239, 241-43, 246-47, 252, 255, 267, 273-77, 280, 286-87, 473
ジェンダー規範（gender matrix）241, 243
ジェントルマン ⇒ 紳士
シカゴ（Chicago, Illinois）4, 154, 482
識字率（literacy rate）391
死刑（death penalty）463, 467-68, 471
自己（self）iii, v-vi, 2-3, 14, 26, 28, 68, 84, 142, 172, 177, 194, 210-11, 245-47, 260, 268, 270, 276-77, 284, 286, 288, 293-310, 313, 356, 371-72, 374-77, 379-80, 390, 395, 400, 402, 405-06, 415, 429, 432, 434, 442-43, 450, 458, 464
自己犠牲（self-sacrifice）256, 262, 264, 434, 450
自己欺瞞（self-deception）14, 105, 279-80, 299, 398, 417
自己実現（self-realization）268, 270, 295, 300, 303, 306-08, 359
自己充足（self-containment）300-03, 306-08
自己疎外（self-alienation）301-02, 304-05
自己投影（self-projection）295
自己抑圧（self-repression）295-300, 307
市場原理（market principle）296-98
自助の精神 ⇒ セルフ・ヘルプ
慈善（charity）41, 53, 78-85, 87-91, 235, 351, 422
自然科学（natural science）i, 15, 119-20, 129, 394, 440
自然主義（naturalism）i, vi, 14, 38, 53-54, 102, 116, 118, 120, 158, 173, 183, 188, 193, 267, 305, 309-10, 340, 348-54, 356, 358, 360, 369, 373, 376-77, 379, 385-89, 393-95, 397-98, 400-01, 415
自然神学（natural theology）122-23
慈善組織協会（COS, Charity Organisation Society, 1869）84, 483
時代物（period piece）6
シチリア（Sicily, Italy）340, 342-43
実験小説（experimental novel）120, 389
実在論（realism）386, 393
実証主義（positivism）ii, vi, 5, 13-15, 27, 98-100, 116, 118-20, 388-89, 397, 400-01, 404, 416, 419, 481
実証（主義）哲学（Comtism）13, 98, 117, 119-20, 388, 416-17, 419, 448, 482
実証哲学協会（English Positivist Committee, 1879）13, 388, 419, 482
実利主義（materialism/philistinism）v, 375-76, 392
シティー（City, London）101-02, 110, 259
自伝（autobiography）vi, 16, 62-63, 74, 107, 174, 177, 294-95, 308, 312, 324, 364-81, 395, 413, 461
視点人物（viewpoint character）214
自伝的作品（autobiographical work）366, 369-72
自伝的小説（autobiographical novel）269, 294, 340, 367-69, 379, 395
児童保護権法（Custody of Infants Act, 1873）257
シニシズム（cynicism）251
死の商人（death merchant）80
シブール（Ciboure, France）9
自分だけの部屋（room of one's own）218
資本主義（capitalism）78, 81, 96, 104, 348, 396, 405
ジャーナリズム（journalism）32, 35, 66, 132, 151, 240-43, 252, 294, 306, 392, 399, 402, 409, 419
社会悪（social evil）173, 275, 417
社会主義（socialism）5, 15, 79, 86, 91-93, 96, 100, 110, 116-17, 256, 342, 386, 388, 395, 404-05, 416, 464, 482
社会主義者同盟（Socialist League, 1885）100
社会小説（social novel）22, 34, 52, 168, 358, 380, 406
社会ダーウィニズム（Social Darwinism）125
社会の梯子（social ladder）208
社会の不正（social injustice）171, 374, 408, 417
社会民主同盟（Social Democratic Federation, 1881）92

社会問題（social problem）3, 81, 86, 89, 98, 117, 380, 387-88, 408, 412, 448, 452
社会有機体論（organic theory of society）129
写実主義 ⇒ リアリズム
写実小説（realist novel）297
写真（photograph）106, 261, 327, 396-97, 455, 479, 482
宗教（religion）ii, vi, 21, 24-25, 29, 37-58, 60, 80-85, 87, 89, 92, 118-22, 124-26, 129-30, 168, 177, 214, 266, 316, 344, 404-05, 415, 422-23, 426-31, 437, 446, 450-52, 469, 471
宗教小説（religious novel）58
自由結婚（free union）278
住宅改良（housing improvement）82, 235
自由放任主義（laissez-faire）23, 79, 129
受胎告知（Annunciation）90
出版（publication）vi, 2, 5, 13, 31, 92, 107, 118, 121, 149-65, 179, 214, 240, 244, 269, 271, 300, 375, 378, 380, 397, 399, 459, 472-74
授乳（breast-feeding）224, 229-31, 237
商業主義（commercialism）104-06, 144, 296, 299-300, 307, 380, 405
小説技法（art of fiction）347-63, 399, 412
肖像画（portrait）177, 207, 397, 433-34
上層中産［中流］階級（upper middle class）60, 62-67, 71-74, 121, 314, 318, 320, 399, 406
象徴的なもの（the Symbolic）250
焦点化（focalization）363
焦点人物（focalizer）354, 356
商店法（Shop Hours Act, 1886）238
消費文化（consumerist culture）142-47, 269
商品経済（commodity economy）391-92
掌篇（storyettes）161
上流階級（upper class）27, 60, 65-66, 71, 159, 318, 322, 358
女王即位五十年記念［祭］（Golden Jubilee, 1887）7, 66, 73, 103-05, 146, 256, 265, 269, 283, 287-88, 323, 348, 459, 478-80, 493, 509
職業訓練学校（vocational school）132, 226
職探し（job hunting）42-49, 56
植民地（colony）46, 51-52, 143-45, 152, 191, 193, 257, 457, 463, 470-71, 476, 478-80
植民地主義（colonialism）97
食料品包装用紙（fish-wrapper）252
女権運動（women's rights movement）274, 279
女子高等教育（higher education for women）224
女性解放運動（women's liberation movement）257
女性嫌悪（misogyny）vi, 273-89
女性性（femininity）242, 246, 252-53, 258, 274, 281
女性問題（woman question）6-7, 218, 256-58, 265, 274, 277, 287
女性遊歩者（*flÅHneuse*）280
職工会館（mechanics' institute）26
職工住宅法（Artisans' Dwellings Act, 1875）101, 483
初等教育法（Elementary Education Act, 1870）6, 22, 31, 96, 106, 170, 240, 391, 483
シラクサ［シュラクサイ］（Siracusa, Sicily, Italy）340
私領域（private sphere）99, 276
新アイルランド土地法（New Irish Land Act, 1885）169
進化論（evolutionary theory）iv, 117, 121, 123-28, 212, 214, 274, 388, 404, 442, 484
ジンゴイスト／ジンゴイズム（jingoist/jingoism）187-89, 284, 456, 459, 462, 466, 469, 477, 482
紳士（gentleman）23, 26, 30, 35, 60, 62, 74-75, 79, 128, 130, 141, 208, 216, 218, 317, 386, 435
人種衰退説（degeneration theory）187, 194
身体（body）vi, 87, 127-28, 133, 135-37, 143-44, 168, 175, 199, 209-10, 224, 226, 230-31, 233, 239-54, 280, 303-04, 306-07, 351, 373, 418, 424-28, 435
身体感覚（physical sensation）301-03, 306-07
新帝国主義（new imperialism）143
人道主義（humanitarianism）81, 467-70
審美主義（aestheticism）100, 158, 421-38, 479
シンボリズム（symbolism）412
新リアリズム小説家（new realism novelist）242
心理小説（psychological novel）52
心理の流れ（stream of consciousness）354-59
人類教（Religion of Humanity）29, 118-19
心霊主義（Spiritualism）256
新歴史主義（new historicism）53

（す）
水晶宮 ⇒ クリスタル・パレス
随筆（essay）10, 106, 156, 186, 189, 379, 394, 492
スウィントン・ストリート（Swinton Street, London）320
枢密院（Privy Council）24
ズールー戦争（Zulu War, 1879）457
スキュラ（Scylla, Italy）337
スクイラーチェ（Squillace, Calabria, Italy）335, 343
スコットランド（Scotland）24, 26, 35, 152, 177, 188, 480
酸っぱい葡萄（sour grapes）108, 172
捨て子養育院（Foundling Hospital, London）81
ストーンヘンジ（Stonehenge, Wiltshire）191
ストライキ（strike）43, 78, 479-80
ストランド（Strand, London）461
ストリート・ウォーカー［街の女］（street walker）3, 217, 220, 258
スノビズム［俗物根性］（snobbism）v, 163, 263, 265
スミス・エルダー社（Smith, Elder, London）13, 16, 152-55, 157, 479-80
スラム（街）（slum）iv, 80, 88, 97, 99, 101-02, 134, 136-37, 139-40, 173, 235, 294, 350, 386, 388-89, 406-

07, 409-11, 415, 418, 432, 441, 481
スリラー物（thriller）160

（せ）
生活困窮者救済委員会（The Society for the Relief of Distress, 1860）86
世紀末（*fin de siècle*）38-40, 42, 46, 49, 53-54, 56, 58, 81, 83, 91, 104, 118, 132, 135, 146, 158-59, 161, 187, 193, 209-11, 217, 221, 224, 230, 239, 241-42, 247, 250-54, 256, 258, 275-77, 285-86, 288, 366-69, 372, 380, 406, 426, 458-61
誠実（honesty）80, 92, 172, 213, 219, 221, 278-79, 353, 361-62, 401, 449
精神（的）成長（mental growth）28-31, 263, 267-68
性道徳規範（sexual morality）257
性のアナーキー（sexual anarchy）vi, 7, 220, 223-25, 229, 236, 277
性の選択（sexual selection）207
生物学（biology）vi, 117-18, 121-22, 125-28, 213, 241, 251, 318, 349, 473
生物社会学（biosociology）117, 126-30, 442
西洋古典（Western classics）172-73, 180
性欲（sexual desire）iii, 226-29, 232, 236
世界の工場（Workshop of the World）i, 99
セクシュアリティ（sexuality）vi, 219, 223-38, 241, 260, 274-75, 506
窃盗（theft）41-43, 100, 138-39, 147, 232, 264, 294, 313, 349, 483
セツルメント（運動）（settlement movement）41, 50, 57, 92, 99
セルフ・イメージ（self-image）395-97
セルフ・ヘルプ（self-help）81, 102
選挙法改正（Reform Act, 1832, 1867, 1884）96, 169, 481
センセーション・ノヴェル（sensation novel）158, 160, 390
洗濯婦（washerwoman）234
全知の語り手（omniscient narrator）349-50, 354
セント・アンドリューズ大学（University of St. Andrews, Scotland）180
セント・ジェイムズ教会（St. James, Hampstead Road, London）13, 482
セント・ジョンズ・カレッジ（St. John's College, Cambridge）25
セント・パンクラス駅（St. Pancras Station, London）95-96, 110
セント・マークス・カレッジ（St. Mark's College, Essex）25
セントラル・ロンドン（Central London）79

（そ）
創世記（Genesis）123
疎外（alienation）ii, v-vi, 99-102, 107, 109, 111, 240, 300-05, 313, 318-19, 323, 348, 358-61, 406
育ち（nurture）11, 67, 73, 126-28, 140, 175, 318-19, 416

（た）
ダーウィン主義［ダーウィニズム］（Darwinism）117, 121-26, 241, 243, 249, 480
ダーウィン風主義［ダーウィニシズム］（Darwinisism）124
大英博物館（British Museum, London）295, 298, 301
退化（degeneration）111, 126, 134-35, 137, 140, 191, 239, 241, 243, 246, 249-53, 274
大学セツルメント（university settlement）92
大衆（mass）5, 27, 31-34, 56, 97, 99, 103, 106, 108, 129, 153, 170-71, 175, 177-78, 182, 195-96, 211, 261, 265-66, 270, 297-300, 303-04, 306, 309, 373-74, 390-92, 397, 399, 401-02, 404, 457
大衆化（popularization）31-33, 182
大衆文学（popular literature）392
第二の自我（alter ego）75
大不況（Great Depression, 1873-96）i, v, 78, 96, 99, 478, 482-83
タイプライター（typewriter）ii, 46, 217-18
大ブリテン（Great Britain）188, 190, 199-200
多義性 ⇒ 曖昧性
ダブルバインド（double bind）249
多方向性（multiple structure）56
ダラム（Durham, northern England）440
タラント（Taranto, Apulia, southern Italy）335, 342, 344
男女同権（equal rights for both sexes）7, 207-08
男性性（masculinity）147, 242-43, 246-47, 281, 286
男性遊歩者 ⇒ フラヌール

（ち）
チェシャー（州）（Cheshire, North West England）3
チェルシー（Chelsea, London）25, 176, 218-19, 321, 481
地質学（geology）122-23
知性（intellect）13, 56, 80, 82, 108, 125, 172, 174-75, 177, 219-20, 224-27, 236, 274, 277-79, 285, 297, 376, 392, 425, 442, 466
地中海（Mediterranean Sea）6, 186, 193, 198, 202, 344, 460, 466
血と火（blood and fire）79
チャーティスト運動（Chartism, 1838-48）79, 100, 169
チャーンスリー・レーン（Chancery Lane, London）102
チャップマン・アンド・ホール社（Chapman & Hall, London）151, 176, 180, 477, 481
中産［中流］階級（middle class）iii-v, 5, 9, 14, 31, 44, 59-76, 80, 83, 85, 91-93, 97, 100, 102-06, 109,

132, 138-42, 144, 146, 151, 153, 156, 158, 172-73, 195, 201, 212, 214, 218, 220, 225-27, 236-37, 257-59, 261-62, 266, 274-75, 280, 322-23 349, 356, 358, 387, 389, 397, 401, 404, 408-10, 422, 435, 504, 510
チュートン主義（Teutonism）449
著作権（copyright）154-55, 391
著作権代理人（literary agent）153, 391

（つ）
妻扶養法（Maintenance of Wives Act, 1886）274

（て）
定期刊行物（periodical）151-57, 160-61, 163-64, 455
帝国主義（imperialism）iii, vii, 8, 15, 143-45, 181, 188, 190, 194, 196, 457, 460, 463, 468
ティブール（Tibur, Lazio, Italy）451
ティロットソン・アンド・サン社（Tillotson and Son, Bolton, Lancashire）154
デヴォン（州）（Devon, South West England）8, 14, 103, 106-08, 193-94, 322, 324, 327, 443, 478
適者生存（survival of the fittest）125, 212, 391, 393
徹夜の瞑想（midnight vigil）219
デテルミニスム ⇒ 決定論
田園趣味（pastoralism）99, 193
田園生活（rural life）106, 109, 216, 396
田園のイングランド（rural England）188
伝記（biography）16, 21, 63, 174, 262, 277, 294, 309, 368, 370-72, 379, 381, 397, 413, 459, 472, 489, 491
典型美（typical beauty）425
天才（genius）31, 52, 244, 296, 299, 302-03, 341, 430-35, 437, 462, 468
天使（angel）85, 88, 90, 435-36
伝染病法（Contagious Diseases Act, 1864, 1866, 1869）275, 480
伝統（tradition）83, 118, 133, 188-89, 191, 196, 202, 207, 214, 316, 361-62, 367, 371, 392, 394, 461

（と）
ドイツ（Germany）i, 9, 15, 29-30, 35, 74, 78, 87, 124, 178-79, 274, 312, 333, 335, 342, 344, 358, 424, 449, 454, 456, 464, 468-69, 478, 481, 483
ドイツ観念論哲学（German idealistic philosophy）99
トインビー・ホール（Toynbee Hall, London, 1884）41, 50
道徳（morality）6, 13-14, 21, 31, 57, 63, 67, 70, 74, 81, 85, 125, 127, 133, 138, 158-59, 164, 168, 220, 225-26, 247-48, 256-57, 260, 263-64, 270, 275, 277, 281, 286, 304, 318, 405-06, 409-14, 416, 422-23, 425-26, 429, 432-37, 440, 448
動物虐待防止協会（Royal Society for the Prevention of Cruelty to Animals, 1824）83
ドーキング（Dorking, Surrey）9, 15, 477-79
ドーチェスター・プレイス（Dorchester Place, London）321
都会性（urbanism）99, 285
読者大衆（mass readers）303, 306, 390-91, 398, 402
独身（single）39, 45, 132, 208, 216, 218-21, 257-58, 260, 263, 265, 269, 288, 435, 503
徳性（virtue）188
特別研究員（fellow）186
都市（city）ii, vi, 15, 24, 26, 54, 78-81, 95-111, 129, 134-35, 157, 174-75, 186, 193, 201, 217, 240-42, 247-51, 253, 264, 267, 280-81, 284, 294, 300, 309, 320, 323, 332, 341-42, 344, 348, 395-96, 404, 408, 411-12, 422, 440
都市化（urbanization）v, 100, 102, 104, 109, 193, 240, 280
土地の霊（genius loci）31
特権階級（privileged class）22, 93, 103, 110, 374
突然変異（mutation）211
トテナム・コート・ロード（Tottenham Court Road, London）13, 99, 324
飛び地（enclave）99, 106, 109
トム・オール・アローンズ（Tom-all-Alone's, *Bleak House*）140
トラウマ（trauma）11, 313, 351
トラファルガー広場（Trafalgar Square, London）92, 100
トラファルガー暴動事件（Trafalgar Square Demonstration and Riot, 1888）92, 141
トランスバール（Transvaal, South Africa）457, 476, 480-82
奴隷制度廃止協会（Anti-Slavery Society, 1823）83
トレント（Trento, northern Italy）340
トワイブリッジ（Twibridge, *BE*）313, 315
どん底階級（submerged tenth）80

（な）
内的焦点化（internal focalization）354, 359, 361
内的独白（interior monologue）208, 355
永すぎた春（long engagement）228
ナショナリズム（nationalism）194-95, 445, 464
ナショナル・トラスト（運動）（National Trust）85-86, 93, 191, 479
ナショナル・プレス・エイジェンシー（National Press Agency, London, 1873-98）152
ナポリ（Naples, Italy）6, 13, 15, 316, 333-35, 342
ナポレオン戦争（Napoleonic Wars, 1805-15）196, 207
南欧（South Europe）186, 188

（に）
西ゴート族（Visigoth）190, 343, 444
二重基準（double standard）274, 288
西ローマ帝国（Western Roman Empire, 395-476）444
ニヒリスト／ニヒリズム（nihilist/nihilism）14, 117-

18, 211, 361
二面性 ⇒ アンビヴァレンス
ニュー・ジャーナリズム（new journalism）392, 402
ニューカッスル（Newcastle upon Tyne, North East England）43
ニューゲート監獄（Newgate Prison, London）142
ニュートン・ホール（Newton Hall, London）118-19
人間主義 ⇒ ヒューマニズム
妊娠（pregnancy）208, 226, 229-30, 237
人相学 ⇒ 観相学

（ね）
ネイランド（Nayland, Suffolk）9, 477
熱力学（thermodynamics）117

（の）
ノアの洪水（Noah's Ark）122, 130
ノヴェラ［中篇小説］（novella）160-61
ノスタルジア（nostalgia）185, 188
ノブレス・オブリージュ（noblesse oblige）75

（は）
バース（Bath, Somerset）217
バートン・クレセント（Barton Crescent, *NW*）102
バーミンガム（Birmingham, West Midlands）24, 38, 43, 261, 483
ハイゲート（Highgate, London）99
売春（prostitution）iii, 12-13, 43-44, 78, 81, 137, 264, 275, 410
売春婦［娼婦］（prostitute）iii, 14, 63, 82, 88, 91, 134, 139, 141, 173, 209-10, 217, 226, 232-36, 238, 275, 280, 294, 313-14, 349, 407-09
ハイド・パーク（Hyde Park, London）92, 168
ハイベリー（Highbury, London）99, 104
パエストゥム（Paestum, Campania, Italy）302
パオラ（Paola, Calabria, Italy）335
博愛主義（philanthropism）46-47, 53-54, 56-57
パクス・ブリタニカ（Pax Britannica）104
博物学（natural history）122, 394, 480
バック・レーン校（Back Lane School, Wakefield）330
バドリ・ソルタトン（Budleigh Salterton, Devon）14, 106, 478
ハノーヴァー・ストリート（Hanover Street, Islington, London）321
バビロン（Babylon, Baghdad）109
パブリック・スクール（public school）23-25, 29, 199, 440, 483
ハムステッド・ロード（Hampstead Road, London）13, 482
パリ（Paris）9-10, 13, 100, 158, 186, 240, 261-62, 340, 411, 459, 477, 480, 483
パリ・コミューン（Paris Commune, 1871）135, 483
ハルツーム（Khartoum, Sudan）457
汎ゲルマン主義（Pan-Germanism）464
万国博覧会［ロンドン万博］（Great Exhibition, 1851）i, 103, 106, 168, 483
犯罪（crime）41-42, 46, 52, 54, 78, 81, 86, 131-47, 161, 261, 313, 381, 389, 405, 409-10, 443, 506
犯罪学（criminology）132-37, 146, 212
犯罪者（criminal）104, 132-40, 145, 351, 405
犯罪者階級（criminal class）132
犯罪人類学（criminal anthropology）vi, 126-27, 132-33, 135
反帝国主義（anti-imperialism）9, 461-67
ハントリー・ストリート（Huntley Street, London）320

（ひ）
ビアリッツ（Biarritz, southwest France）464
ピーターバラ（Peterborough, Cambridgeshire）85
美学（aesthetics）190, 193, 196, 251, 422, 429
東ゴート族（Ostrogoth）14-15, 339, 344, 444, 449
東ローマ帝国（Byzantine Empire, 395-1453）12, 343-44
ピカレスク小説（picaresque novel）367
悲観主義（者）（pessimism [pessimist]）120, 397-98, 416-19, 469
非審美的種族（unaesthetic sex）282
ヒステリー症（hysteria）249-54, 282
引越し（removal）13, 15, 42-49, 56, 96, 103, 282, 320-21
美の宗教（religion of beauty）423, 426, 429, 431, 437
ヒューマニズム／ヒューマニスト（humanism/humanist）vi, 11, 350, 354, 403-19, 467-70
ピューリタニズム（Puritanism）82, 405
ビルドゥングスロマン（*Bildungsroman*）v, 28- 31, 35, 52, 56, 58, 367
ピレネー山脈（Pyrenees, southwest Europe）i, 417
貧困（poverty）ii, vi, 2, 6, 28, 38, 40-42, 44, 46, 55-56, 64, 77-94, 96, 98, 100, 134, 136-41, 144, 146-47, 181, 232-33, 263, 286, 294, 349, 386, 388-89, 404-11, 414-15, 418, 435, 458, 471
貧困小説（poverty novel）38-42, 44-46, 49
貧困線（poverty threshold）79
貧民［貧者］（pauper）5, 29, 46, 48, 52, 65, 77- 81, 83-92, 97, 99, 133, 235, 317-18, 351, 374, 405-09, 419
貧民街撤去（slum clearance）101

（ふ）
ファシズム（fascism）466
ファショダ事件（Fashoda Incident, 1898）463, 478
フィレンツェ（Firenze, Italy）13, 316, 448
風景画（landscape painting）189, 194-95, 197, 432
フェビアン協会（Fabian Society, 1884）92, 100, 481
フェビアン主義（Fabianism）97, 119

フェミニスト（feminist）iv, 135, 207, 237-38, 257-58, 266-67, 274-75, 277
フェミニズム（feminism）iv, 16, 51-52, 57, 205-21, 260, 269, 285, 355, 404, 416
フェミニズム批評（feminist criticism）355
フォースター教育法（Forster Act, 1870）⇒ 初等教育法
フォルム・ロマーヌム（Forum Romanum, Rome）444
不可知論（agnosticism）11, 56, 122, 125, 177, 407, 412, 416-17, 423, 468-69
福音主義（Evangelicalism）vi, 82-83, 90
福祉国家（welfare state）91-93
複製技術（copying technology）391, 397
父権制度 ⇒ 家父長制
婦人参政権（vote for women）186, 219, 476, 478
二つの国民（Two Nations）22-23, 212
普通法（common law）9, 257, 270
物質主義（materialism）104, 270, 286, 374, 405, 427
不定内的焦点化（variable internal focalization）354
普仏戦争（Franco-Prussian War, 1870-71）459, 464, 483
ブライトン（Brighton, East Sussex）45
ブラック・マンデー（Black Monday, 1886）100
ブラック社（A. C. Black, Edinburgh, 1807; London, 1889）155, 479
フラット（flat）319, 322-23, 327
フラヌール（*flÅHneur*）97, 217, 220, 240, 247, 396
フランケンシュタイン（Frankenstein）19, 33-34
フランス（France）6, 9, 16, 29, 73, 106, 119, 128, 158, 186, 199, 207-08, 262, 321, 325-26, 335, 344-45, 349, 357, 387, 394, 414-15, 417, 419, 429, 454, 456, 464, 472, 477, 480
フランス革命（French Revolution, 1789-99）206, 326
フリート・ストリート（Fleet Street, London）118, 393
ブリクストン（Brixton, London）66, 72, 103-04, 323, 479, 481
ブリストル（Bristol, South West England）39, 217, 479
ブリタニア融資投資銀行（株）（Britannia Loan, Assurance, Investment, and Banking Company, *W*）142
ブリテン性（Britishness）198
フリント・コテージ（Flint Cottage, Box Hill, Surrey）180
ブルー・プラーク（blue plaque）321
故郷 ⇒ ホーム
ブルジョア（bourgeois）81, 87, 104, 151, 225, 241, 243, 249
浮浪児（street Arab）37, 139
プロテスト性（protest）54
プロレタリア小説（proletarian novel）348-49
文明（civilization）iv, vi-vii, 6, 15, 22, 72, 80, 83, 105, 109-10, 132, 137, 142-46, 189-90, 192-94, 212-14, 218, 251, 253, 261, 263-64, 274-75, 278, 322-23, 333, 338, 404, 406, 411, 449, 451, 461, 463, 465, 467-68, 470

（へ）

ベイカー・ストリート駅（Baker Street Station, London）327
ヘイマーケット（Hay Market, London）234
ベイリオル・カレッジ（Balliol College, Oxford）139
平和主義（pacifism）vii, 11, 419, 455-72
ヘスペリデス（Hesperides, Libya）338
ベネディクト修道会（Order of Saint Benedict, a.k.a. Benedictine Order）15
ヘラの神殿（Temple of Hera, Calabria, Italy）336, 343
ベルグレーヴィア（Belgravia, London）142
ペルメル（Pall Mall, London）92, 100
ペロポネソス戦争（Peloponnesian War, 431-404 B.C.）444
ベントリー社（Bentley, London）16, 152-54, 157, 159, 480-81

（ほ）

冒険小説（adventure novel）38-42, 49, 51-52, 58, 201, 466
亡命者 ⇒ エグザイル
ボーア戦争（Boer War, 1899-1902）i, 15, 193, 404, 456, 477
ポーツマス（Portsmouth, Hampshire）212
ポートレート ⇒ 肖像画
ホーム（home）6, 9, 30, 108, 121, 262-63, 284, 311-13, 316, 319-26, 330-34, 340
ポストコロニアル（postcolonial）187
ボストン（Boston, Massachusetts）4, 12, 482
母性（maternity）194, 230-32, 249, 288, 343
ボックス・ヒル（Box Hill, Surrey）180
ホモセクシュアル（homosexual）249, 275
ホモソーシャル（homosocial）275
ポリティカル・エコノミー（political economy）442
ボルトン（Bolton, Greater Manchester）152, 154, 161
ホルボーン（Holborn, London）102
ホワイトチャペル（Whitechapel, London）50, 79, 138, 142, 410, 468
ホワイトチャペル殺人事件 ⇒ 切り裂きジャック
ホワイトロー・カレッジ（Whitelaw College, *BE*）63, 67-68, 314-16, 318, 322

（ま）

マーケット・コート（Market Court, London）409
マグナ・グラエキア（Magna Graecia, southern Italy）189-90

マス・メディア（mass media）251-52, 261
マゾヒズム（masochism）4, 442
マフェケング（Mafeking, South Africa）469
マフディーの反乱（Revolt of the Mahdi, 1885）457
マラリア（malaria）326, 337, 343
マルキシズム（Marxism）92
マルセイユ（Marseille, France）13, 333
マンチェスター（Manchester, North West England）iii, 3-4, 11-12, 24, 32, 43, 63, 154, 339, 440, 483

（み）
ミッドランド（Midlands）38, 58, 318
ミドル・クラス ⇒ 中産［中流］階級
南アフリカ（South Africa）143-44, 459, 483
南イングランド（South England）186, 188-89, 193-94, 198
ミメーシス（mimesis）400
ミューズ（muse）433
ミューディー・セレクト・ライブラリー（Mudie's Select Library）⇒ 貸本屋
ミュンヘン（MÅHnchen, Germany）187
ミルトン・ストリート（Milton Street, London）321
民事婚（civil marriage）257
民衆教育（mass education）286
民主主義（democracy）93, 163, 177, 404-05, 442, 481,

（む）
無階級（unclassed）75, 314-19
無神論（atheism）14, 121, 214, 322, 405

（め）
メイフェア（Mayfair, London）142
メガロザウルス（Megalosaurus）123
メソジスト派（Methodist）79
メタポント（Metaponto, Basilicata, Italy）335, 339, 342
メッシーナ海峡（Strait of Messina, Sicily and Calabria, Italy）335, 343
メッセージ性（message）54, 168
メランコリー［憂鬱］（melancholy）99, 251, 397-401
メリット勲位（Order of Merit）180
メリルボン地区（Marylebone, London）87
メロドラマ（melodrama）151, 172, 333, 359, 390, 412

（も）
目的論（teleology）124-25
モダニスト詩人（modernist poet）240
モダニズム（modernism）163-64, 348, 355, 401
モダニティ（modernity）251
模倣（mimetism）65, 153, 170, 179, 400-01, 412-13, 415, 462
モラヴィア派（Moravian School）179
モンテ・カッシーノ（Monte Cassino, southern Rome, Italy）8, 15

（や）
野蛮人（savage）80, 83, 128, 133-134, 137, 140, 190, 211, 278, 469

（ゆ）
唯美主義者（aesthete）423, 427, 429
唯物論（materialism）404
唯名論（nominalism）386
友愛組合（friendly society）84
優生学（eugenics）74-75, 126, 212, 241-47, 253, 274
ユートピア（Utopia）107, 110, 193, 417
遊歩者 ⇒ フラヌール
有用性（utility）431-34
有用知識普及協会（Society for the Diffusion of Useful Knowledge, 1826）24
ユニヴァーシティ・カレッジ（University College, London）24-25, 224
揺りかごから墓場まで（from the cradle to the grave）93

（よ）
ヨークシャー（州）（Yorkshire, northern England）iii, 2, 12, 23, 62, 313, 320, 484
ヨーロッパ（Europe）5-6, 29, 92, 143, 171, 178, 188, 192, 196, 274, 348, 389, 415, 443, 445, 454, 457, 459, 464, 480
余計者（odd men/women）6, 215-21, 224, 354, 358-59
呼びかけ（interpellation）32, 246, 287, 426, 470, 473
読み書き能力 ⇒ リテラシー
夜の街（night on the street）55, 208-09

（ら）
ライン河（Rhine）464
ラキニア岬（Lacinian Promontory, Italy）336, 343
ラグビー校（Rugby School, Warwickshire）38, 164
ラテン（語）iii, 3, 21, 74-75, 195, 316-18, 325-26, 330, 333, 335, 341, 402, 440, 449, 461
ラトランド・ストリート（Rutland Street, London）321
ラファエル前派（Pre-Raphaelite Brotherhood）422, 433, 452
ランカシャー（州）（Lancashire, North West England）30
ランベス（Lambeth, London）5, 410

（り）
リアリスト（realist）158, 163, 188, 260, 360-61, 390, 393-94, 415
リアリズム（realism）i, vi, 53-54, 99, 102, 158, 160-61, 178, 357, 359-62, 378, 385-90, 392-96, 398, 400-02, 404, 406, 412-13, 415, 418, 424, 429, 436, 441,

445, 462
リージェント・パーク（Regent's Park, London）13, 323, 327, 389, 481
リヴァプール（Liverpool, Merseyside）43, 79, 482
利己主義（egoism）304, 405, 407
離婚法（Divorce and Matrimonial Causes Act, 1857）219, 257, 270
リスペクタビリティ［リスペクタブル］（respectability [respectable]）63, 66, 275, 314, 505
理想主義（idealism）119-20, 125, 160, 267, 351-52, 373, 376, 379, 388, 404, 406, 424-25, 427-28, 432, 460
リソルジメント［イタリア統一運動］（Risorgimento [Italian unification]）466
リテラシー［読み書き能力］（literacy）27, 62, 106, 405
リベラル・エデュケイション［一般教育］21, 26, 29
両価感情 ⇒ アンビヴァレンス
良妻賢母（good wife and wise mother）iv, 232, 236, 258, 266, 268
リンドウ・グロウヴ（Lindow Grove, Cheshire）12, 441, 467, 483
倫理学（ethics）68, 422

（る）

ルーヴル美術館（Louvre, Paris）465
ルサンチマン（*ressentiment*）140-41
流謫 ⇒ エグザイル
ルネサンス（Renaissance）341, 440, 445, 447

（れ）

霊の戦士（Dukhobor）15
歴史小説（historical novel）10, 334, 408, 444-49, 452-53
レッジョ・カラブリア（Reggio Calabria, Italy）342, 465
レッセ・フェール ⇒ 自由放任主義
レディ（lady）29, 212-13, 215-16, 266, 314
連載（serialization）8, 10, 33, 149-50, 153-57, 161-64, 178, 448

（ろ）

労働組合（trade union）118, 482-83
労働者［下層］階級（working class）iii, v-vi, 4-5, 16, 51, 58, 60, 62-66, 69, 71, 73, 83-84, 91-93, 97-98, 100, 102-04, 110, 120, 126, 128, 134-35, 138-42, 144, 146, 151, 172, 179, 212, 214, 218, 225-28, 237, 258, 262, 264-65, 270, 274, 314-15, 320, 322-23, 348-49, 351-52, 354, 356, 358, 380, 387-90, 398, 401, 406, 416, 422, 430, 432, 437, 466
ロウワー・ミドル・クラス ⇒ 下層中産階級
ローマ（Rome）iv, 6, 8-9, 12-15, 31, 93, 109, 186, 189-90, 198-99, 316-18, 325, 330, 332-36, 338-44, 408, 428, 439, 444-47, 449-53, 478
ローマの七丘（*Sette colli di Roma*）341
ロッジング ⇒ 下宿
ロマン主義［ロマンティシズム、ロマン派］（Romanticism）40, 103, 158, 160, 209, 304, 386-87, 430, 446
ロレンス・アンド・ブリン社（Lawrence & Bullen, London, 1891-1900）155, 162, 478-79
ロンドン実証主義協会（London Positivist Society, 1867-1974）117-18
ロンドン大学（University of London）iii, 12, 15, 24-25, 63, 121, 175, 224, 275, 327, 345, 477
ロンドン図書館（London Library）180
ロンドン貧困・犯罪防止協会（London Association for the Prevention of Pauperization and Crime, 1868）86

（わ）

ワーキング・クラス ⇒ 労働者階級

執筆者一覧

新井潤美（あらい めぐみ）　東京都出身　東京大学大学院博士課程満期退学　中央大学法学部教授　【主な著訳書論文】『不機嫌なメアリー・ポピンズ——イギリス小説と映画から読む「階級」』（平凡社新書，2005），『ジェイン・オースティンの手紙』（編訳，岩波文庫，2004），『階級にとりつかれた人びと——英国ミドル・クラスの生活と意見』（中公新書，2001），「英語の女言葉——ジェンダーと敬語」『翻訳の方法』（共著，東京大学出版会，1997），ドナルド・キーン『日本文学史　近代・現代篇』（共訳，中央公論社，1991-92）。

石田美穂子（いしだ みほこ）　東京都出身　東京大学大学院博士課程満期退学　青山学院女子短期大学准教授　【主な著訳書論文】「E. M. フォースターの Cosmopolitanism：『永遠の瞬間』のケース・スタディ」（『青山学院女子短期大学紀要』60，2006），『サロン・ドット・コム現代英語作家ガイド』（共訳，研究社，2003），「ことばの届かない領分で」『言葉と想像力』（共著，開文社，2001），「異界を巡る旅路——E. M. フォースターのイタリア観の変容」（『青山学院女子短期大学紀要』54，2000），"'The minority, that calls itself human': Comedy of the Absurd in E. M. Forster's *A Passage to India*"（『リーディング』18，1998）。

石塚裕子（いしづか ひろこ）　北海道出身　東京都立大学大学院博士課程満期退学　神戸大学国際文化学研究科教授　【主な著訳書論文】「世紀転換期のイギリス人と地中海——ノーマン·ダグラスとカプリ」（*Kobe Miscellany* 30, 2006），『ヴィクトリアンの地中海』（開文社，2004），「Gaskell と三つの戦争——*Sylvia's Lovers* の歴史的背景」（『ギャスケル論集』15, 2004），『デイヴィッド·コパフィールド』（全5巻，岩波文庫，2002-03），「Victoria 女王と Dickens」（*Kobe Miscellany* 27, 2002）。

太田良子（おおた りょうこ）　東京都出身　東京女子大学（修士）　東洋英和女学院大学国際社会学部教授・日本文芸家協会会員　【主な著訳書論文】「スウィフトの顔，ガリヴァーの声」『ガリヴァー旅行記』（共著，ミネルヴァ書房，2006），「黒い僧服と白い下着」『〈衣裳〉で読むイギリス小説』（共著，ミネルヴァ書房，2005），エリザベス・ボウエン『幸せな秋の野原

――ボウエン・ミステリー短編集2』（ミネルヴァ書房，2005），エリザベス・ボウエン『あの薔薇を見てよ――ボウエン・ミステリー短編集』（ミネルヴァ書房，2004），アンジェラ・カーター『ワイズ・チルドレン』（ハヤカワ epi 文庫，早川書房，2001）。

梶山秀雄（かじやま ひでお）　大分県出身　広島大学（博士）　島根大学外国語教育センター准教授　【主な著訳書論文】「「別名で保存」される『大いなる遺産』――ピーター・ケアリー『ジャック・マッグズ』」（『外国語教育センタージャーナル』1，2005），「食欲不振の探偵――『マーティン・チャズルウィット』」（『ディケンズ・フェロウシップ日本支部年報』27，2004），「告白という困難――『大いなる遺産』と『わたしたちが孤児だったころ』における叙述トリックをめぐって」（『英語英文學研究』47，広島大学，2002），「誰がエドウィン・ドルードを殺そうとかまうものか――探偵小説『エドウィン・ドルードの謎』試論」（『ディケンズ・フェロウシップ日本支部年報』24，2001），「*Great Expectations*：反復する自伝，終わりなき加筆修正について」（『英語英文學研究』44，広島大学，1999）。

金山亮太（かなやま りょうた）　兵庫県出身　東京都立大学大学院博士課程満期退学　新潟大学人文学部准教授　【主な著訳書論文】「『ボズのスケッチ集』」『ディケンズ鑑賞大事典』（共著，南雲堂，2007），「ユートピアとしての『ミカド』」（『英語青年』2004年6月号），「『流謫の地に生まれて』――汝再び故郷に帰れず」『ギッシングの世界』（共著，英宝社，2003），チェスタトン『チャールズ・ディケンズ』（共訳，春秋社，1992），ギッシング『チャールズ・ディケンズ論』（共訳，秀文インターナショナル，1988）。

木村晶子（きむら あきこ）　東京都出身　お茶の水女子大学大学院博士課程満期退学　早稲田大学教育・総合科学学術院教授　【主な著訳書論文】「世紀末のミソジストのヒロイン像――ジョージ・ギッシングの『女王即位50年祭の年に』と『渦』」（『早稲田大学大学院教育学研究科紀要』17，2007），「George Gissing の *The Odd Women* にみる『新しい女』の文学的空間」（『早稲田大学大学院教育学研究科紀要』16，2006），「二つの『転落した女』の物語――『ルース』とD・H・ロレンス『ロスト・ガール』」『ギャスケル小説の旅』（共著，鳳書房，2002），「『北と南』――ヒロインが語ること，語らないこと」『ギャスケル文学にみる愛の諸相』（共著，北星堂，2002），「『シャーロット・ブロンテの生涯』――女性の努めと作家の努め」『ギャ

スケルの文学』（共著，英宝社，2001）。

クスティヤス，ピエール（Pierre Coustillas） フランス・ロアレ県出身 University of Paris （State Doctorate） リール大学名誉教授 【主な著訳書論文】 *George Gissing: The Definitive Bibliography*（Rivendale, 2005），*The Collected Letters of George Gissing*, 9 vols., co-editor（Ohio UP, 1990-97），*The Diary of George Gissing, Novelist*, editor（Harvester, 1978），*Le Roman anglais au XIXe Siècle*, co-author（Presses Universitaires de France, 1978），*Gissing: The Critical Heritage*, co-editor（Routledge and Kegan Paul, 1972）。

小池 滋（こいけ しげる） 東京都出身 東京大学大学院博士課程満期退学 東京都立大学名誉教授・日本文芸家協会会員 【主な著訳書論文】『イギリス文学探訪』（日本放送出版協会，2006），『ギッシング短篇集』（編訳，岩波文庫，1997），『英国流立身出世と教育』（岩波新書，1992），『ギッシング選集（全5巻）』（責任編集，秀文インターナショナル，1988），『ディケンズとともに』（晶文社，1983）。

光沢 隆（こうざわ たかし） 愛知県出身 京都大学大学院博士課程満期退学 名古屋大学非常勤講師 【主な著訳書論文】“‘Storytellers’ in Elizabeth Gaskell’s *Sylvia’s Lovers*”（『ギャスケル論集』13, 2003），「オカルトとオリエンタリズム――『月長石』における「千里眼」」（『歴史文化社会論講座紀要』1，京都大学，2004年），「科学か，民衆の想像力か――ピクウィック氏のフォークロア」（『ディケンズ・フェロウシップ日本支部年報』27, 2004），「その他の長篇・中篇小説」『ギッシングの世界――全体像の解明をめざして』（翻訳，英宝社，2003），「プロレタリアートか，職人か――Gissing の *The Nether World*」（『中部英文学』21，2002）。

コールグ，ジェイコブ（Jacob Korg） ニューヨーク州出身 Columbia University （Ph.D.） ワシントン大学名誉教授 【主な著訳書論文】*Winter Love: Ezra Pound and H. D.*（U of Wisconsin P, 2003），*Ritual and Experiment in Modern Poetry*（Palgrave Macmillan, 1995），*Dylan Thomas*（Twayne, 1991），*Browning and Italy*（Ohio UP, 1983），*Language in Modern Literature: Innovation and Experiment*（Barnes & Noble, 1980）。

小宮彩加（こみや あやか）　埼玉県出身　University of Leicester（M.A.）　明治大学商学部准教授　【主な著訳書論文】「ヴィクトリア朝イギリスのヴェジタリアン・ムーブメントと文学：H・G・ウェルズ『タイム・マシン』(1895) における食の考察」(『明治大学人文科学研究所紀要』60，2007)，“Gissing, Tolstoi and the Victorian Vegetarian Movement”（*Gissing Journal* 41.2，2005)，「吸血鬼の食餌：ブラム・ストーカーの『ドラキュラ』に見るヴィクトリア朝の食の問題」『身体医文化論IV：食餌の技法』(共著，慶應義塾大学出版会，2005)，「“Carpe Diem!”――『埋火』の選択」『ギッシングの世界』(共著，英宝社，2003)，「ヴィクトリア朝マンチェスターにおける文学の栄枯盛衰」(『ヴィクトリア朝文化研究』１，2003)。

武井暁子（たけい あきこ）　茨城県出身　University of Aberdeen（Ph.D.）　山口大学教育学部准教授　【主な著訳書論文】“‘We Live at Home, Quiet, Confined’: Jane Austen’s “Vindication’ of Women’s Right to Be Active and Healthy,” *Studies in English Literature* 47（2006），“Jane Austen and ‘A Society of Sickness,’” *Persuasions* 27（2005），“Benevolence or Manipulation? The Treatment of Mr Dick,” *Dickensian* 101.2（2005），“‘Your Complexion Is So Improved!’: A Diagnosis of Fanny Price’s “Dis-ease,’” *Eighteenth-Century Fiction* 17.4（2005），“Miss Havisham and Victorian Psychiatry”（『ディケンズ・フェロウシップ日本支部年報』25，2002)。

武田美保子（たけだ みほこ）　広島県出身　南山大学（博士）　京都女子大学文学部教授　【主な著訳書論文】「豊穣なる亀裂――ジョージ・エリオットの『ダニエル・デロンダ』分析」『テクストの地平』(共著，英宝社，2005)，『〈新しい女〉の系譜――ジェンダーの言説と表象』(彩流社，2003)，「『余計者の女たち』――狂気の遊歩者」『ギッシングの世界』(共著，英宝社，2003)，「ポリティカル・ボディーとしての『M・バタフライ』」『ジェンダーは超えられるか――新しい批評に向けて』(共著，彩流社，2000)，「試みとしての脱オリエンタリズム――ハーン・まなざし・女性」『異文化への視線――新しい比較文学のために』(共著，名古屋大学出版会，1996)。

田中孝信（たなか たかのぶ）　大阪府出身　広島大学（博士）　大阪市立大学大学院文学研究科教授　【主な著訳書論文】『ディケンズのジェンダー観の変遷――中心と周縁との葛藤』(音羽書房鶴見書店，2006)，「胎動する

セクシュアリティ――『北と南』とディケンズ『ハード・タイムズ』」『ギャスケル小説の旅』(共著，鳳書房，2002)，「淑女の殺人――レディー・デッドロックからレディー・オードリーへ」『ヴィクトリア朝小説と犯罪』(共著，音羽書房鶴見書店，2002)，『ハード・タイムズ』(共訳，英宝社，2000)，『ヴィクトリア朝の人と思想』(共訳，音羽書房鶴見書店，1998)。

玉井史絵（たまい ふみえ）　奈良県出身　University of Leeds（Ph.D.）　同志社大学言語文化教育研究センター准教授　【主な著訳書論文】"The Representation of Savagery and Civilization in *The Old Curiosity Shop*"（『言語文化』8.4, 2006)，「『荒涼館』――自由と監視の間で」『表象と生の間で――葛藤する米英文学』(共著，南雲堂，2004)，*The Representation of Empire and Class in Dickens's Novels*（Ph.D. thesis，University of Leeds，2004)，"*Great Expectations*: The Problem of Social Inclusion"（『ディケンズ・フェロウシップ日本支部年報』25, 2002)。

田村真奈美（たむら まなみ）　神奈川県出身　早稲田大学大学院博士課程満期退学　豊橋技術科学大学語学センター准教授　【主な著訳書論文】ジュリエット・バーカー『ブロンテ家の人々』(共訳，彩流社，2006)，「*Jane Eyre* と 'female mission'」(『ヴィクトリア朝文化研究』3，2005)，「『ジェイン・エア』における語り手の身体意識」(『ブロンテ・スタディーズ』3.6，2002)，「父権制社会と個人――『シャーリー』から『ヴィレット』へ」『シャーロット・ブロンテ論』(共著，開文社，2001)，バーバラ・ホワイトヘッド『シャーロット・ブロンテと「大好きなネル」』(共訳，開文社，2000)。

富山太佳夫（とみやま たかお）　鳥取県出身　東京大学（修士）　青山学院大学文学部教授　【主な著訳書論文】『笑う大英帝国――文化としてのユーモア』(岩波新書，2006)，『文化と精読――新しい文学入門』(名古屋大学出版会，2003)，『ポパイの影に――漱石・フォークナー・文化史』(みすず書房，1996)，『ダーウィンの世紀末』(青土社，1995)，『シャーロック・ホームズの世紀末』(青土社，1993)。

中田元子（なかだ もとこ）　静岡県出身　筑波大学（修士）　筑波大学大学院人文社会科学研究科准教授　【主な著訳書論文】「三つの『エスター・ウォーターズ』――ジョージ・ムアの改作に関する一考察」(『筑波英学展望』

24, 2006), "The Borrowed Breast: A Representation of Wet Nurses in Victorian England"(『論叢現代文化・公共政策』1, 筑波大学, 2005),「『タイムズ』の求人・求職広告にみる乳母《ウェットナース》雇用の実態」(『筑波大学言語文化論集』65, 2004),「リスペクタブルな未婚の母——ヴィクトリア時代の乳母《ウェットナース》をめぐる言説」(『ヴィクトリア朝文化研究』1, 2003),「ブラックマリアはだれのために語っているのか」『英語圏文学——国家, 文化, 記憶をめぐるフォーラム』(共著, 人文書院, 2002)。

並木幸充(なみき ゆきみつ)　東京都出身　東京都立大学(修士)　東京理科大学理学部准教授　【主な著訳書論文】「『緑樹の陰』における断層性をめぐって」『トマス・ハーディの全貌』(共著, 音羽書房鶴見書店, 2007), "An Aspect of Free Indirect Discourse in Katherine Mansfield's Stories"(『英語表現研究』23, 2006), "The Unknown Period of Katherine Mansfield: A Reassessment"(『東京理科大学紀要』37, 2005), "Distorted Reality in *The Return of the Native*"(『ハーディ研究』30, 2004),「『イオニア海のほとり』——ギッシングの「詩と真実」」『ギッシングの世界』(共著, 英宝社, 2003)。

新野　緑(にいの みどり)　兵庫県出身　大阪大学(博士)　神戸市外国語大学外国語学部教授　【主な著訳書論文】『〈異界〉を創造する——英米文学におけるジャンルの変奏』(共編, 英宝社, 2006),「反復の恐怖——チャールズ・ディケンズ『信号手』を読む」(『文学』5.6, 2005),『小説の迷宮——ディケンズ後期小説を読む』(研究社, 2002), V. T. J. アークル『イギリスの社会と文化——200年の歩み』(共訳, 英宝社, 2002),「空白の語るもの——『アグネス・グレイ』におけるジェンダーと語り」(『神戸外大論叢』52.2, 2001)。

野々村咲子(ののむら さきこ)　岐阜県出身　名古屋大学大学院博士課程満期退学　岐阜工業高等専門学校専任講師　【主な著訳書論文】「ディケンズとコリンズの精神科学——*Our Mutual Friend* と *Armadale* における意識の諸相」(『ディケンズ・フェロウシップ日本支部年報』26, 2003), "Physiological Psychology and Dickens's *Bleak House*"(*IVY* 36, 2003), "Wilkie Collins and Victorian Medicine"(M.A. thesis, University of Sheffield, 2002), "The Friendly Society Movement and *Our Mutual Friend*"(*IVY* 33, 2000), "Between Realism and Idealism: The Construction of Reality in *Great*

Expectations"（*IVY* 32，1999）。

廣野由美子（ひろの ゆみこ）　大阪府出身　神戸大学（博士）　京都大学大学院人間・環境学研究科准教授　【主な著訳書論文】『批評理論入門——「フランケンシュタイン」解剖講義』（中公新書，2005），『「嵐が丘」の謎を解く』（創元社，2001），「『ミドルマーチ』——ヒロイズムから「幻滅」へ」『ジョージ・エリオットの時空——小説の再評価』（共著，北星堂，2000），「『虚栄の市』——〈家庭の天使〉像の崩壊」『ヴィクトリア朝の小説——女性と結婚』（共著，英宝社，1999），『十九世紀イギリス小説の技法』（英宝社，1996）。

ポストマス，バウア（Bouwe Postmus）　オランダ・フローニンゲン州出身　University of Amsterdam（Ph.D.）　アムステルダム大学人文学部教授　【主な著訳書論文】*George Gissing's Scrapbook*, editor（Twizle, 2007），*A Garland for Gissing*, editor（Rodopi, 2001），*An Exile's Cunning: Some Private Papers of George Gissing*（Stichting Uitgeverij Noord-Holland, 1999），*George Gissing's Memorandum Book: A Novelist's Notebook, 1895-1902*（Edwin Mellen, 1996），*The Poetry of George Gissing*（Edwin Mellen, 1995）。

松岡光治（まつおか みつはる）　福岡県出身　University of Manchester（M.Phil.）　名古屋大学大学院国際言語文化研究科教授　【主な著訳書論文】"Slips of Memory and Strategies of Silence," *Dickensian* 100.2（2004），『ギッシングの世界——全体像の解明をめざして』（編著，英宝社，2003），「ギッシング讃歌——没後百年によせて」（『英語青年』2003年12月号），『ギャスケルの文学——ヴィクトリア朝社会を多面的に照射する』（編著，英宝社，2001），『ギャスケル短篇集』（編訳，岩波文庫，2000）。

宮丸裕二（みやまる ゆうじ）　神奈川県出身　慶應義塾大学（博士）　中央大学法学部准教授　【主な著訳書論文】『ディケンズ鑑賞大事典』（共著，南雲堂，2007），"Art for Life's Sake: Victorian Biography and Literary Artists"（博士論文，慶應義塾大学，2005），「チャールズ・ディケンズに見るヴィクトリア朝中産階級の職業観」（『英語英米文学』46，中央大学，2005），"The Grotesque in Transition: Two Kinds of Laughter in *The Pickwick Papers*"（『藝文研究』82，慶應義塾大学，2002），"A Private Tragedy Generalized: John Forster's *The Life of Charles Dickens* as a Dickens's Posthumous Work"

（『コロキア』20，慶應義塾大学，1999）。

村山敏勝（むらやま としかつ）　新潟県出身　筑波大学（博士）　元成蹊大学文学部助教授　【主な著訳書論文】『（見えない）欲望へ向けて――クィア批評との対話』（人文書院，2005），「『ミドルマーチ』と細胞理論」『病と文化』（共著，風間書房，2005），『からだはどこにある？――ポップカルチャーにおける身体表象』（共編，彩流社，2004），“A Professional Contest over the Body: Quackery and Respectable Medicine in *Martin Chuzzlewit,*” *Victorian Literature and Culture*, 30.2（2002），「メアリー・エリザベス・ブラッドン『医師の妻』――センセーションとプロフェッション」『身体医文化論――感覚と欲望』（共著，慶應義塾大学出版会，2002）。

矢次　綾（やつぎ あや）　福岡県出身　福岡女子大学（修士）　宇部工業高等専門学校准教授　【主な著訳書論文】「『二都物語』におけるカーニヴァル――革命空間の集団および個人」（『中部英文学』26，2007），「ディケンズが描いた他者の歴史――『バーナビー・ラッジ』」（『九州英文学研究』23，2006），「過去の復元とアイデンティティー――A・S・バイアット『抱擁』」『ブッカー・リーダー――現代英国・英連邦小説を読む』（共著，開文社，2005），「女性の同胞意識――ギャスケルが短編小説に描いた独身の女性たち」（『ギャスケル論集』13，2003）。

吉田朱美（よしだ あけみ）　広島県出身　東京大学大学院博士課程満期退学　北里大学一般教育部専任講師　【主な著訳書論文】「エマソンはどこまで楽観主義者か――“The Over-Soul” を中心に」（『北里大学一般教育紀要』11，2006），キャスリン・L・アレン『スタディスキルズ――卒研・卒論から博士論文まで（研究生活サバイバルガイド）』（共訳，丸善，2005），“Evocative Music in George Moore’s *Evelyn Innes*”（『リーディング』24，東京大学，2003），“Musical Phenomena around Tess”（『リーディング』23，東京大学，2002），“Memory, Psychology, and Chemistry in ‘A Christmas Carol’ and ‘The Haunted Man’”（『リーディング』23，東京大学，2002）。

ロー，グレアム（Graham Law）　マンチェスター出身　University of Sussex（D.Phil.）　早稲田大学国際教養学部教授　【主な著訳書論文】*Wilkie Collins: A Literary Life*（共著，Palgrave Macmillan, 2007），“The Serial Revolution”（共著，*The Cambridge History of the Book in Britain: Vol. 6,*

1830-1914, Cambridge UP, 2007）, *The Public Face of Wilkie Collins: The Collected Letters*（共著，4 vols., Pickering & Chatto, 2005）, *Indexes to Fiction in the "Illustrated London News"（1842-1901）and "Graphic"（1869-1901）*（U of Queensland, 2001）, *Serializing Fiction in the Victorian Press*（Palgrave Macmillan, 2000）。

図版一覧

Introduction

Frontispiece: Upper Westgate (c. 1900). T. W. Gissing's shop, then occupied by J. L. Chaplin, is on the extreme left.

Figure One: George Gissing (c. 1865).

Figure Two: Marianne Helen Harrison ("Nell"), Gissing's first wife (c. 1880).

Figure Three: Edith Underwood, Gissing's second wife.

Figure Four: Gabrielle Fleury with Bijou (c. 1904).

Figure Five: Gissing's grave, St. Jean-de-Luz (early 1904).

Chapter 1

Frontispiece: "Education's Frankenstein—A Dream of the Future" (*Punch*'s 1884 Almanack).

Figure One: "Tyranny," *Punch* (April 2, 1870).

First Rough. "We're a goin' to be edgicated now, c'mpulsory, or else go to the treadmill!"

Second Rough. "Ah! No vunder so many poor people's a emigratin'!"

Figure Two: "School Divide," *Punch* (June 4, 1898).

Jane. "There's a deal of difference between a *board school* and a *boarding school*, isn't there, Miss Effie?"

Effie. "Only three letters, Jane."

Jane. "I see. You mean *ING*."

Effie. "No. I mean *L.S.D.*!"

Figure Three: "One Good Turn Deserves Another: The Working Man Enlightening the Superior Classes," *Punch* (October 30, 1858).

Figure Four: "Useful Sunday Literature for the Masses; or, Murder Made Familiar," *Punch* (September 22, 1849).

Chapter 2

Frontispiece: "Street Arab" (c. 1900).

Figure One: Ragged children waiting in the hall hoping to be admitted to a Barnardo home.

Figure Two: Charles Keene, "Selling Him a Pennyworth," *Punch* (October 7, 1876).

Philanthropist: "There's a penny for you, my lad. What will you do with it?"

Sweeper: "What, all this at once! I'll toss yer for it, double or quits."

Figure Three: Toynbee Hall, the original university settlement house of the settlement movement. Founded in 1884 in Whitechapel in the East End of London. (From the *Builder,* February 14, 1885.)

Figure Four: Service in a Salvation Army Shelter.

Chapter 3

Frontispiece: Weedon Grossmith, "The Laurels" in George and Weedon Grossmith, *The Diary of a Nobody* (1892).

Figure One: "Tempora Mutantur," *Punch* (April 11, 1885).

Farmer's Daughter. "I say, Jem, fancy! Mother said to me to-day that I was to help in the Dairy, and might help in the Milking! Because she did when she was a Girl! I said I'd go for a gov'ness first!"

Figure Two: Frank Green, *London and Suburbs Old and New: Useful Knowledge for Health and Home* (1930s?)

Live in a Lovely Park at Garrats Hall, Banstead, Surrey in a Hill and Seaby Built House.

Figure Three: "'Appy Thought!" *Punch* (June 6, 1885).

Mrs. Blokey borrows a "Happaratus" from a neighbouring Mews which not only conceals her Blushes, but enables her to enjoy the *Proper* Pictures at the R.A. "without ketchin' sight o' them shameless *nood* 'ussies with the corner of her hi!"

Figure Four: "Song of a Slow Movement" (*By a Suburban Citizen*), *Punch* (August 22, 1885).

Chapter 4

Frontispiece: Sir Hubert von Herkomer, *Eventide: A Scene in the Westminster Union* (1878).

Figure One: Scene from the Dock Strike of 1889.

Figure Two: William Hogarth, *Captain Coram* (1740).

Figure Three: John Singer Sargent, *Octavia Hill* (1898).

Figure Four: Tender Care(?), *Punch* (October 8, 1898).

Mrs. Slumley Smirk. "So, for the future, Mrs. Jinks, I shall be your district Visitor in this yard. Now, I trust that—er—if any of you have any illness about, you will at once let me know, as, in that case, I—er—should not wish to come near!"

Chapter 5

Frontispiece: John O'Connor, *Sunset—St. Pancras Hotel & Station from Pentonville Road* (1884).

Figure One: Charles Booth's 1889 Descriptive Map of London Poverty.

Figure Two: Gustave Doré, *Over London—By Rail* (1872).

Figure Three: Camberwell Grove in the 1870s.

Figure Four: Inside King's Cross Station, 1895.

Figure Five: Arthur Claude Strachan, *A Devon Cottage* (1901).

Chapter 6

Frontispiece: "Man is but a worm," Caricature of Darwin's theory (*Punch*'s 1882 Almanack).

Figure One: Frederick Harrison in 1889.

Figure Two: Reconstruction of Megalosaur by Samuel Griswold Goodrich, from *Illustrated History of the Animal Kingdom* (1859).

Figure Three: Ernst Haeckel's phylogenetic tree.

Figure Four: An Illustration of Darwinism, *Punch* (December 15, 1977).

Without use, an organ dwindles; with use, it increases. For instance, the organ of a grinder who, in the struggle for existence, relies entirely on his instrument, is invariably larger than that of the grinder who, in addition, uses a monkey. Most of our readers must have noticed this.

Chapter 7

Frontispiece: "Murder Sketches with the Police at the East End," *The Illustrated London News* (September 22, 1888).

Figure One: Illustrations from Lombroso's *L'Uomo delinquente* (1876).

Figure Two: "Outcasts Sleeping in Sheds in Whitechapel," *The Illustrated London News* (October 13, 1888).

Figure Three: "Trafalgar Square Demonstration and Riot," *The Illustrated London News* (February 13, 1886).

Figure Four: "The Gymnasium of the Polytechnic Christian Institute, Regent Street," *The Illustrated London News* (November 17, 1888).

Figure Five: Queen Victoria's Golden Jubilee procession in 1887.

Chapter 8

Frontispiece: The ending of *A Life's Morning* in the *Cornhill Magazine* (December 1888), with advertisements on the inside back cover.

Figure One: Cover of Tillotsons's backlist catalogue from c. 1884.

Figure Two: Installment of *Eve's Ransom* in the *Illustrated London News* (March 16, 1895).

Figure Three: Mudie's Library in the 1840s, at its original location in Upper King Street.

Figure Four: "The Justice and the Vagabond" ("Great Men in Little Worlds" series) in the *English Illustrated Magazine* (June 1896).

Chapter 9

Frontispiece: (Right) Charles Dickens in 1858, Age 46. (Left) George Gissing (August 22, 1888).

Figure One: James Stephenson, "Dickens Placing His First Contribution in the Editor's Box" (1833).

Figure Two: James Abbott McNeill Whistler, *Arrangement in Grey and Black, No. 2: Portrait of Thomas Carlyle* (1872-73).

Figure Three: George F. Watts, *George Meredith* (1893).

Figure Four: Bokusui Wakayama in 1912, Age 27.

Chapter 10

Frontispiece: John Constable, *The Cornfield* (1826).

Figure One: Copley Fielding, *Temple of Minerva in Aegina* (1839).

Figure Two: John Constable, *Stonehenge* (1835).

Figure Three: J. M. W. Turner, *Ploughing Up Turnips, near Slough* (1809)

Figure Four: Myles Birket Foster, *The Milkmaid* (1860).

Figure Five: Copley Fielding, *The Island of Naxos* (1839).

Chapter 11

Frontispiece: Emily Farmer, *In Doubt* (1905).

Figure One: Mary Henrietta Kingsley, 1899.

Figure Two: 1870 engraving of Jane Austen, based on a portrait drawn by her sister Cassandra.

Figure Three: Gustave Caillebotte, *Le pont de l'Europe* (1876).

Figure Four: A Typewriting Class, c. 1914.

Chapter 12

Frontispiece: "The Rights of Women: or, Take Your Choice," *Judy, or the London Serio-Comic Journal* (March 31, 1869).

Figure One: "Sweet Girl Graduates," *The Graphic* (May 23, 1891).

Figure Two: The Oxford Music Hall in the 1890s.

Figure Three: Edouard Debat-Ponsan, *Before the Ball* (1886).

Figure Four: "Taking the Law in One's Own Hands," *Punch* (July 24, 1880).

Fair but Considerate Customer. "Pray sit down. You look so tired. I've been riding all the afternoon in a carriage, and don't require a chair."

Figure Five: Richard Redgrave, *The Outcast* (1851).

Chapter 13

Frontispiece: Katharine Drake, *A Lunatics' Ball at the Somerset County Asylum* (c. 1848).

Figure One: Sarah Grand and "Mere Man," *Harper's Weekly* (November 2, 1901).

Figure Two: "'A Slopper' versus 'A Strong and Healthy Boy'" in Sir Robert Baden-Powell, *Scouting for Boys* (1908).

Figure Three: "Scene of the Terrible Murder in Hanbury-Street, Whitechapel," *Penny Illustrated Paper* (September 15, 1888).

Figure Four: Max Beerbohm, *Aspects of Wilde* (Ashmolean Museum, University of Oxford, c. 1894).

Chapter 14

Frontispiece: John Henry Frederick Bacon, *The Wedding Morning* (1892).

Figure One: "Is Marriage a Failure?" Front cover illustration of *The Illustrated Police News* (April 4, 1891).

Figure Two: "All the Difference!" *Punch* (June 16, 1877).

Haberdasher (to Assistant who has had the "swop"). "Why has that lady gone without buying?"

Assistant. "We haven't got what she wants."

Haberdasher. "I'll soon let you know, Miss, that I keep you to sell what I've got, and not what people want!"

Figure Three: "The Bare Necessities," *Punch* (May 18, 1872).

Figure Four: Sir William Quiller Orchardson, *Master Baby* (1886).

Chapter 15

Frontispiece: Thomas Theodor Heine, *The Execution* (1892).

Figure One: John Everett Millais, *The Knight Errant* (1870).

Figure Two: Alfred Morrow, *The New Woman*, Theatre poster (1894).

Figure Three: William Orchardson, *The First Cloud* (1887).

Figure Four: James Tissot, *Hush—the Concert* (c. 1875).

Figure Five: "Club and Marriage," *Punch* (October 8, 1898).

Chapter 16

Frontispiece: First page of the manuscript of *New Grub Street*.

Figure One: The British Museum Reading Room.

Figure Two: Modern advertising in a railway station (1874).

Figure Three: Temple of Ceres, Ruins in Paestum, Italy.

Figure Four: "Gissing reading a book," taken by Mendelssohn (November 5, 1895).

Chapter 17

Frontispiece: William Spreat, *Exeter Cathedral: The West Front and North Tower* (c. 1846).

Figure One: Owens College (c. 1874).

Figure Two: 70 Huntley Street in 2003.

Figure Three: Gissing's Blue Plaque at Oakley Crescent, Chelsea.

Figure Four: Colville Place in 2003.

Chapter 18

Frontispiece: Map of Southern Italy.

Figure One: Publius Vergilius Maro, ancient Roman poet, later called Virgilius, and known in English as Virgil or Vergil.

Figure Two: Quintus Horatius Flaccus, known as Horace, the leading Roman lyric poet during the time of Augustus.

Figure Three: Temple of Hera outside the Agora of Metaponto.

Figure Four: Theodoric the Great, king of the Ostrogoths, ruler of Italy, and regent of the Visigoths.

Chapter 19

Frontispiece: George Gissing, a photograph by Messrs. Elliott & Fry (1901).

Figure One: Émile Zola, the leading novelist in the French school of naturalism.
Figure Two: *Madame Bovary*, the film version directed by Vincente Minnelli in 1949.
Figure Three: Henry James, the novelist who dramatized complicated human psychologies in his works.
Figure Four: Virginia Woolf, one of the innovative novelists known by the experimental technique of the "stream of consciousness."

Chapter 20

Frontispiece: George Gissing (1901).
Figure One: George Richmond, *Charlotte Brontë* (1857).
Figure Two: Fred Barnard, *Dickens in the Blacking Warehouse* (1892).
Figure Three: Thomas Warrington and Daniel Maclise, *John Forster* (1830).
Figure Four: The first editions of *Workers in the Dawn, The Unclassed,* and *Demos.*

Chapter 21

Frontispiece: Gustae Doré, *Bluegate Fields* (1872).
Figure One: "A Realist!" *Punch* (February 9, 1884).
Miss Cribbleton (questioning Old Sailor with a view to "Copy" for her thrilling Novel in the *Mayfair Magazine*). "Dear me! What a Dreadful Shipwreck! And how did you feel when the billows were breaking over you!"
Old Salt. "Wet, marm-wery wet!"
[She gives him up?]
Figure Two: "The Journalist-Then," *Punch* (June 19, 1897).
The Fleet Prison.
"The Journalist-Now."
Fleet Street
Figure Three: "The Amateur Photographic," *Punch* (October 4, 1890).
Figure Four: "Literary Stars," *Punch* (January 1, 1891).

Chapter 22

Frontispiece: John Leech, "Capital and Labour," *Punch* (July 29, 1843).
Figure One: Luke Fildes, *Applicants for Admission to a Casual Ward* (1874).
Figure Two: A London Slum: Market Court, Kensington in the late 1860s.
Figure Three: Paul Adolphe Rajon, *George Eliot* (1865).
Figure Four: Edouard Manet, *Portrait of George Moore* (1878).

Chapter 23

Frontispiece: Dante Gabriel Rossetti, *Beata Beatrix* (1864-70).

Figure One: Johann Kaspar Lavater, *Essays on Physiognomy* (1772).

Figure Two: Annie Louisa Swynnerton, *The Sense of Sight* (1895).

Figure Three: William Hogarth, *Gin Lane* (1751).

Figure Four: A photograph of the Groynes on Eastbourne Beach taken around 1868.

Chapter 24

Frontispiece: Statue of Marcus Aurelius in Rome.

Figure One: Owens College in Oxford Street, Manchester.

Figure Two: Forum Romanum in Rome.

Figure Three: Illustration for George Eliot's *Romola, The Cornhill Magazine*.

Figure Four: Benozzo Gozzoli, "Totila before Saint Benedict" (15th century).

Chapter 25

Frontispiece: *George Gissing*, photographed by Russell & Sons, *The Album* (February 25, 1895).

Figure One: "Death of an imperial hero!" in Denis Judd, *The Victorian Empire: A Pictorial History* (1970). A deserted General Gordon surrounded by dervish vultures. The fall of Khartoum in 1885 caused a great public protest in Britain.

Figure Two: "Disraeli embarking, with Queen Victoria, on the dangerous waters of imperialism." in Denis Judd, *The Victorian Empire: A Pictorial History* (1970).

Figure Three: Max Beerbohm, *Opposite* (1904).

"Mr. Rudyard Kipling takes a bloomin' day aht on the blansted 'eath, along with Britannia, 'is girl."

Figure Four: Alphonse de Neuville, *Defence of Longboyau's Gate, Château of Buzenval* (October 21, 1870). French infantry struggle to defend a large gateway from the onslaught of the Prussian Infantry during the Franco-Prussian war.

文献一覧

【一次資料】

ここでは印刷されたギッシングの作品の初版を年代順に並べた。単独の作品の場合は，その出版形式を問わず，イタリック体で表記する。

長篇小説・中篇小説

『暁の労働者たち』*Workers in the Dawn: A Novel.* 3 vols. London: Remington, 1880.
『無階級の人々』*The Unclassed: A Novel*. 3 vols. London: Chapman and Hall, 1884.
『民衆』*Demos: A Story of English Socialism*. 3 vols. London: Smith, Elder, 1886.
『イザベル・クラレンドン』*Isabel Clarendon*. 2 vols. London: Chapman and Hall, 1886.
『サーザ』*Thyrza: A Tale*. 3 vols. London: Smith, Elder, 1887.
『人生の夜明け』*A Life's Morning*. 3 vols. London: Smith, Elder, 1888.
『ネザー・ワールド』*The Nether World: A Novel.* 3 vols. London: Smith, Elder, 1889.
『因襲にとらわれない人々』*The Emancipated: A Novel*. 3 vols. London: Bentley, 1890.
『三文文士』*New Grub Street: A Novel*. 3 vols. London: Smith, Elder, 1891.
『デンジル・クウォリア』*Denzil Quarrier: A Novel*. London: Lawrence & Bullen, 1892.
『流謫の地に生まれて』*Born in Exile: A Novel.* 3 vols. London: A. & C. Black, 1892.
『余計者の女たち』*The Odd Women*. 3 vols. London: Lawrence & Bullen, 1893.
『女王即位50年祭の年に』*In the Year of Jubilee*. 3 vols. London: Lawrence & Bullen, 1894.
『イヴの身代金』*Eve's Ransom*. London: Lawrence & Bullen, 1895.
『埋火』*Sleeping Fires*. London: T. Fisher Unwin, 1895.
『下宿人』*The Paying Guest*. London: Cassell, 1895.
『渦』*The Whirlpool*. London: Lawrence & Bullen, 1897.
『都会のセールスマン』*The Town Traveller*. London: Methuen, 1898.
『命の冠』*The Crown of Life*. London: Methuen, 1899.
『我らが大風呂敷の友』*Our Friend the Charlatan: A Novel*. London: Chapman and Hall, 1901.
『ヴェラニルダ』*Veranilda: A Romance*. London: Constable, 1904.
『ウィル・ウォーバートン』*Will Warburton: A Romance of Real Life*. London:

Constable, 1905.

短篇小説

「ヨークシャーの娘」“A Yorkshire Lass.” *Cosmopolis* 3 (August 1896): 309-26.

『人間がらくた文庫』*Human Odds and Ends*. London: Lawrence & Bullen, 1898.

「市役所職員ブログデン氏」“Mr Brogden, City Clerk.” *Harmsworth Magazine* 2 (February 1899): 39-43.

「まぬけのサイモン」“Simple Simon.” *Idler* 9 (May 1896): 509-14.

『蜘蛛の巣の家——短篇集』*The House of Cobwebs and Other Stories*. Introd. Thomas Seccombe. London: Constable, 1906.

『条件付きの女相続人』*An Heiress on Condition*. Philadelphia: Privately printed for the Pennell Club, 1923.

『父の罪——短篇集』*Sins of the Fathers and Other Tales*. Introd. Vincent Starrett. Chicago: Pascal Covici, 1924.

『境遇の犠牲者——短篇集』*A Victim of Circumstances and Other Stories*. London: Constable, 1927. Boston: Houghton Mifflin, 1927.

『ブラウニー——短篇集』*Brownie*. Introd. George E. Hastings, Vincent Starrett, and Thomas O. Mabbott. New York: Columbia UP, 1931.

『ジョージ・ギッシング——小話小品集』*George Gissing: Stories and Sketches*. Pref. Alfred C. Gissing. London: Michael Joseph, 1938.

『「我が初リハーサル」と「我が恋敵の聖職者」』“‘My First Rehearsal’ and ‘My Clerical Rival.’” Writ. 1880. Ed. Pierre Coustillas. London: Enitharmon, 1970.

「『ジョゼフ』——90年代半ばのギッシングの忘れられた短篇小説」“‘Joseph’: A Forgotten Gissing Story of the Mid-Nineties.” Ed. Pierre Coustillas. *Gissing Newsletter*. 24.1 (1988): 1-14.

『アメリカ時代の埋もれた短篇小説』*Lost Stories from America: Five Signed Stories Never Before Reprinted, a Sixth Signed Story, and Seven Recent Attributions*. Ed. Robert L. Selig. Lewiston, NY: Edwin Mellen, 1992.

文学批評，旅行記，回想記，随筆など

『チャールズ・ディケンズ論——批評的研究』*Charles Dickens: A Critical Study*. London: Blackie, 1898.

『イオニア海のほとり——南イタリア周遊記』*By the Ionian Sea: Notes of a Ramble in Southern Italy*. London: Chapman and Hall, 1901.

「ディケンズの思い出」“Dickens in Memory.” *Literature* (21 December 1901): 572-75.

『ヘンリー・ライクロフトの私記』*The Private Papers of Henry Ryecroft*. London: Constable, 1903.

『フォースターの「ディケンズ伝」』*Forster's Life of Dickens*. Abr. Rev. London: Chapman and Hall, 1903.

『チャールズ・ディケンズの作品研究』*Critical Studies of the Works of Charles Dickens*. New York: Greenberg, 1924.

『不滅のディケンズ』*The Immortal Dickens*. London: Cecil Palmer, 1925.

『自叙伝的覚書――テニソンとハックスリー』*Autobiographical Notes: With Comments on Tennyson and Huxley*. New York: Gordon, 1961.

『社会民主主義に関する覚え書き』*Notes on Social Democracy*. September 1880. Introd. Jacob Korg. London: Enitharmon, 1968.

『ギッシングのディケンズ関連著作――伝記的および文献的調査』*Gissing's Writings on Dickens: A Bio-bibliographical Survey together with two uncollected reviews by George Gissing from* The Times Literary Supplement. By Pierre Coustillas. London: Enitharmon, 1969.

『ジョージ・ギッシング――随筆と小説』*George Gissing: Essays and Fiction*. Ed. Pierre Coustillas. Baltimore: Johns Hopkins UP, 1970.

「ロチェスター版『デイヴィッド・コパフィールド』の序文」"Gissing's Introduction to the Rochester *David Copperfield*." Ed. Richard J. Dunn. *The Dickensian*. 77 (Spring 1981): 3-11.

『シェイクスピア劇の主人公に関する6つのソネット』*Six Sonnets on Shakespearean Heroines*. Ed. Pierre Coustillas. London: Eric & Joan Stevens, 1982.

『ロバート・バーンズ論』*George Gissing's Essay on Robert Burns: A Previously Unpublished Manuscript*. Ed. Jacob Korg. Lewiston, NY: Edwin Mellen, 1992.

『ジョージ・ギッシングの詩』*The Poetry of George Gissing. Studies in British Literature*, vol. 17. Ed. Bouwe Postmus. Lewiston, NY: Edwin Mellen, 1995.

手紙，日記，備忘録など

Two Letters from George Gissing to Joseph Conrad. Cambridge, Eng.: Curwen, 1926.

The Letters of George Gissing to Members of his Family. Ed. Algernon and Ellen Gissing. London: Constable, 1927.

Selections Autobiographical and Imaginative from the Works of George Gissing. Ed. Alfred C. Gissing. Introd. Virginia Woolf. London: Jonathan Cape, 1929.

The Letters of George Gissing to Eduard Bertz, 1887-1903. Ed. Arthur C. Young. New Brunswick, NJ: Rutgers UP, 1961.

George Gissing and H. G. Wells: Their Friendship and Correspondence. Ed. Royal A. Gettmann. London: Rupert Hart-Davis, 1961.

George Gissing's Commonplace Book: A Manuscript in the Berg Collection of the New York Public Library. Ed. Jacob Korg. New York: New York Public Library, 1962.

The Letters of George Gissing to Gabrielle Fleury. Ed. Pierre Coustillas. New York: New York Public Library, 1964.

Coustillas, Pierre and Patrick Bridgwater. *George Gissing at Work: A Study of His Notebook "Extracts from my Reading."* Greensboro, NC: ELT, 1988.

Henry Hick's Recollections of George Gissing, together with Gissing's Letters to Henry Hick. Ed. Pierre Coustillas. London: Enitharmon, 1973.

The Letters of George Gissing to Edward Clodd. Ed. Pierre Coustillas. App. "Across the Pyrenees" by Gabrielle Fleury. London: Enitharmon, 1973.

George Gissing on Fiction. Inc. "The Coming of the Preacher" and "The English Novel of the Eighteenth Century." Ed. Jacob Korg and Cynthia Korg. London: Enitharmon, 1978.

London and the Life of Literature in Late Victorian England: The Diary of George Gissing, Novelist. Ed. Pierre Coustillas. Lewisburg, PA: Bucknell UP, 1978. 本書において，この文献の略号は *Diary* とする。

Landscapes and Literati: Unpublished Letters of W. H. Hudson and George Gissing. Ed. Dennis Shrubsall and Pierre Coustillas. Norwich, Eng.: Michael Russell, 1985.

Brief Interlude: The Letters of George Gissing to Edith Sichel. Ed. Pierre Coustillas. Edinburgh: Tragara, 1987.

The Collected Letters of George Gissing. Ed. Paul F. Mattheisen, Arthur C. Young, and Pierre Coustillas. Athens, OH: Ohio UP, 1990-97. 9 vols. 本書において，ギッシング関連の手紙は全部この版に従い，略号を *Letters* とする。例えば (*Letters* 5: 150) は第5巻150ページを示す。

George Gissing's American Notebook: Notes, G. R .G., 1877. Ed. Bouwe Postmus. Lewiston, NY: Edwin Mellen, 1993.

George Gissing's Memorandum Book: A Novelist's Notebook, 1895-1902. Ed. Bouwe Postmus. Lewiston, NY: Edwin Mellen, 1997.

An Exile's Cunning: Some Private Papers of George Gissing. Ed. Bouwe Postmus. Wormerveer, Neth.: Stichting Uitgeverij Nourd, 1999.

George Gissing's Scrapbook. Ed. Bouwe Postmus. Amsterdam: Twizle, 2007.

【二次資料】

本書では、以下に列挙されたギッシングの二次資料に関してのみ、MLA方式の括弧内参照（parenthetical reference）を採用している。その他の引用文献については各章末の註で明示する。

著書目録

Coustillas, Pierre. "Gissing's Short Stories: A Bibliography." *English Literature in Transition*. 7.2 (1964): 59-72.

Wolff, Joseph J., comp. and ed. *George Gissing: An Annotated Bibliography of Writings about Him*. De Kalb, IL: Northern Illinois UP, 1974.

Collie, Michael. *George Gissing: A Bibliography*. 1st. ed. Toronto: U of Toronto P, 1975.

_____. *George Gissing: A Bibliographical Study*. 2nd. ed. Winchester, Eng.: St. Paul's Bibliographies, 1985.

Coustillas, Pierre. *George Gissing: The Definitive Bibliography*. High Wycombe, Eng.: Rivendale, 2005.

伝記，批評書，その他

ここではギッシングを対象にした伝記，批評書（ギッシングが書名の一部となっているものを含む），その他の重要な文献を初版の年代順に並べた。

W. T. Young. "George Gissing." Secs. 13-20. "George Meredith, Samuel Butler, George Gissing." Chap. 14. "The Victorian Age: Part I." Vol. 13. The *Cambridge History of English and American Literature: An Encyclopedia in Eighteen Volumes*. Ed. A. W. Ward and A. R. Waller. New York: Putnam, 1907-21.

Roberts, Morley. *The Private Life of Henry Maitland.* London: Nash, 1912.

Swinnerton, Frank. *George Gissing: A Critical Study*. London: Martin Secker, 1912.

Seccombe, Thomas. "George Gissing." *Dictionary of National Biography Supplement 1901-1911*. Vol. 2. London: Smith, Elder, 1912. 114-16.

Woolf, Virginia. "The Novels of George Gissing." *Times Literary Supplement* 11 (January 1912): 9-10.

Cunliffe, John W. "George Gissing." *English Literature during the Last Half Century*. New York: Macmillan, 1919. 97-118.

Yates, May. *George Gissing, An Appreciation*. Manchester: University P, 1922.

Woolf, Virginia. "George Gissing." *Nation* 15 (26 February 1927): 722-23. Rpt. *The Common Reader* (2nd. ser). New York: Harcourt Brace, 1932. 238-44.

Gissing, Ellen. "Some Personal Recollections of George Gissing." *Blackwood's Magazine*. 225 (May, 1929): 653-60.

Algernon C. Gissing. *Selections Autobiographical and Imaginative from the Works of George Gissing*. Introd. Virginia Woolf. London: Jonathan Cape, 1929.

Rotter, Anton. *Frank Swinnerton and George Gissing: Eine kritische Studie*. Brünn, CZ: Verlag Rudolf M. Roher, 1930.

Weber, Auton. *George Gissing und die Soziale Frage*. Leipzig: Tauchnitz, 1932.

McKay, Ruth C. *George Gissing and His Critic, Frank Swinnerton*. Philadelphia: U of Pennsylvania P, 1933.

Stadler, Conrad F. *Die Rolle der Antike bei George Gissing*. Quakenbruck, Ger.: Handelsdruckerel C. Trute, 1933.

Wells, H. G. "Heatherlea, Worcester Park." *Experiment in Autobiography*. London: Victor Gollancz, 1934. 2 vols. 2: 567-81.

Gapp, Samuel V. *George Gissing, Classicist.* Diss. Philadelphia: U of Pennsylvania P, 1936.

MacCarthy, Desmond, rpt. *Reviews of George Gissing*. Privately Printed. 1938.

Orwell, George. "George Gissing." Writ. 1948. Pub. *London Magazine*. 7.6 (1960): 36-43.

Donnelly, Mabel C. *George Gissing: Grave Comedian.* Cambridge, MA: Harvard UP, 1954.

Gordan, John D. *George Gissing, 1857-1903: An Exhibition from the Berg Collection.* New York: New York Public Library, 1954.

Ward, A. C. *Gissing*. Writers and their Work Series, no. 111. London: Longmans, Green, 1959.

Korg, Jacob. *George Gissing: A Critical Biography*. Rev. ed. 1963, London: Methuen, 1965.

Davis, Oswald H. *George Gissing: A Study in Literary Leanings*. Introd. Pierre Coustillas. 1966, Dorking: Kohler and Coombes, 1974.

Keating, P. J. *George Gissing: New Grub Street*. London: Edward Arnold, 1967.

Coustillas, Pierre, ed. *Collected Articles on George Gissing*. London: Frank Cass, 1968.

Coustillas, Pierre. *Gissing at Alderley Edge*. London: Enitharmon, 1969.

Koike, Shigeru, Giichi Kamo, C. C. Kohler, and Pierre Coustillas. *Gissing East and West: Four Aspects*. London: Enitharmon, 1970.

Plomer, William. *Remarks when Opening the George Gissing Exhibition at the National Book League, London, 23 July 1971*. London: Enitharmon, 1971.

Spiers, John, and Pierre Coustillas. *The Rediscovery of George Gissing: A Reader's Guide*. London: National Book League, 1971.

Coustillas, Pierre and Colin Partridge, eds. *Gissing: The Critical Heritage*. London: Routledge & Kegan Paul, 1972. 本書において，この文献の略号は *Critical Heritage* とする。

Coustillas, Pierre, ed. *Henry Hick's Recollections of George Gissing, together with Gissing's Letters to Henry Hick*. London: Enitharmon, 1973.

Annen, Ulrich. *George Gissing und die Kurzgeschicte*. Bern: Francke Verlag, 1973.

Tindall, Gillian. *The Born Exile: George Gissing*. London: Temple Smith, 1974.

Poole, Adrian. *Gissing in Context*. London: Macmillan, 1975.

Collie, Michael. *George Gissing: A Biography*. Folkestone, Eng.: William Dawson, 1977.

Goode, John. *George Gissing: Ideology and Fiction*. San Ramon: Vision, 1978.

Collie, Michael. *The Alien Art: A Critical Study of George Gissing's Novels*. Folkestone, Eng.: William Dawson, 1979.

Argyle, Gisela. *German Elements in the Fiction of George Eliot, Gissing and Meredith.* Bern, Switz.: Peter Lang, 1979.

West, W. J. *George Gissing in Exeter*. Exeter: Exeter Rare Books, 1979.

Brook, Clifford. *George Gissing and Wakefield: A Novelist's Associations with His Home*. Wakefield: Gissing Trust, 1980.

Coustillas, Pierre. *Gissing and Turgenev*. Inc. two letters from Turgenev. London: Enitharmon, 1981.

Michaux, Jean-Pierre, ed. *George Gissing: Critical Essays*. London: Vision, 1981.

Halperin, John. *Gissing: A Life in Books*. Oxford, Eng.: Oxford UP, 1982.

Bridgwater, Patrick. *Gissing and Germany*. London: Enitharmon, 1982.

Selig, Robert. *George Gissing*. Rev. ed. 1983, Boston: Twayne, 1995.

Badolato, Francesco. *George Gissing: Antologia Critica*. Rome: Herder Editrice, 1984.

Bowlby, Rachel. *Just Looking: Consumer Culture in Dreiser, Gissing, and Zola*. London: Methuen, 1985.

Grylls, David. *The Paradox of Gissing*. London: Allen & Unwin, 1986.

Alden, Patricia. *Social Mobility in the English Bildungsroman: Gissing, Hardy, Bennett, and Lawrence*. Ann Arbor: UMI Research, 1988.

Kropholler, P. F., ed. *Aphorisms and Reflections*. Edinburgh: Tragara, 1989.

Sloan, John. *George Gissing: The Cultural Challenge*. New York: St. Martin's, 1989.

Federico, Annette. *Masculine Identity in Hardy and Gissing*. Madison, NJ: Fairleigh

Dickinson UP, 1991.

Quaritch, Bernard. *George Gissing, 1857-1903: Books, Manuscripts and Letters*. A Chronological Catalogue of the Pforzheimer Collection. London: Enitharmon, 1992.

Hodson, Patricia, ed. *George Gissing at Lindow Grove School, Alderley Edge, Cheshire*. Wilmslow, Eng.: Wilmslow Historical Society, 1993.

Neale, Gwyn. *All the Days Were Glorious: George Gissing in North Wales*. Gwynedd, Wales: Gwasg Carreg Gwalch, 1994.

Sjöholm, Christina. *"The Vice of Wedlock": The Theme of Marriage in George Gissing's Novels*. Acta Universitatis Upsaliensis: Studia Anglistica Upsaliensia, no. 85. Philadelphia: Coronet, 1994.

Freeman, Arthur. *George Gissing, 1857-1903: An Exhibition of Books, Manuscripts, and Letters from the Pforzheimer Collection in the Lilly Library*. Bloomington, IN: Lilly Library, Indiana University, 1994.

Connelly, Mark. *Orwell and Gissing*. New York: Peter Lang, 1997.

Hughes, John. *Lines of Flight: Reading Deleuze with Hardy, Gissing, Conrad, Woolf*. Sheffield: Sheffield Academic, 1997.

Mattheisen, Paul F. and Arthur C. Young, and Pierre Coustillas, eds. *With Gissing in Italy: The Memoirs of Brian Ború Dunne*. Athens, OH: Ohio UP, 1999.

Postmus, Bouwe, ed. *An Exile's Cunning: Some Private Papers of George Gissing*. Wormerveer, Neth.: Stichting Uitgeverji Nourd, 1999.

Keahey, John. *A Sweet and Glorious Land, Revisiting the Ionian Sea, Retracing Victorian writer George Gissing's Journey Thru Southern Italy in 1897-8*. New York: St. Martin's, 2000.

Postmus, Bouwe, ed. *A Garland for Gissing*. Amsterdam, Neth.: Rodopi, 2001.

Haydock, James. *Portraits in Charcoal: George Gissing's Women*. Bloomington, IN: AuthorHouse, 2004.

James, Simon J. *Unsettled Accounts: Money and Narrative in the Novels of George Gissing*. London: Anthem, 2004.

Ryle, Martin H. and Jenny Bourne Taylor, *George Gissing: Voices of The Unclassed*. Aldershot, Eng.: Ashgate, 2005.

DeVine, Christine. *Class in Turn-of-the-Century Novels of Gissing, James, Hardy and Wells*. Aldershot, Eng.: Ashgate, 2005.

Rawlinson, Barbara. *A Man of Many Parts: Gissing's Short Stories, Essays and Other Works*. Amsterdam, Neth.: Rodopi, 2006.

Liggins, Emma. *George Gissing, the Working Woman, and Urban Culture.* Aldershot, Eng.: Ashgate, 2006.

Spiers, John, ed. *Gissing and the City: Cultural Crisis and the Making of Books in Late Victorian England.* Basingstoke, Eng.: Palgrave Macmillan, 2006.

年 表

西暦	ギッシング関連	政治・経済	社会・文化	文学・思想
1857	11月22日、薬剤師トマス・ウォラー・ギッシングとマーガレット・ベッドフォード・ギッシングの長男として、ヨークシャーのウェイクフィールドで誕生。	経済恐慌 セポイの反乱 シパーヒーの反乱（インド大反乱） アロー戦争（～60）	リヴィングストン、アフリカ横断 ベッセマー、製鋼法発見 アルパイン・クラブ設立	アクトン『生殖器官の機能と疾患』 ギャスケル『シャーロット・ブロンテの生涯』 バックル『イギリス文明史』 ヒューズ『トム・ブラウンの学校生活』 E・B・ブラウニング『オーロラ・リー』
1858		第2次ダービー内閣 インド法		モリス『グィニヴィア女王の弁護』
1859	9月15日、弟ウィリアム誕生。	第2次パーマストン内閣	ダーウィンの進化論	ダーウィン『種の起源』 スマイルズ『自助論』 J・S・ミル『自由論』 スペンサー『身体の教育』 G・エリオット『アダム・ビード』 テニスン『国王牧歌』 メレディス『リチャード・フェヴァレルの試練』 ディケンズ『二都物語』
1860	11月25日、弟アルジェノン誕生。	英仏通商（コブデン=シュヴァリエ）条約 北京講和条約 グラッドストンの関税・財政改革	不純食品取締法 人間の起源をめぐるオックスフォード論争 ナイティンゲール看護婦訓練学校	G・エリオット『フロス河の水車小屋』 コリンズ『白衣の女』 ディケンズ『大いなる遺産』（～61）
1861		アルバート殿下没 リンカーン大統領就任（米） アメリカ南北戦争（～65）		G・エリオット『サイラス・マーナー』 E・B・ブラウニング没 ラスキン『この後の者にも』
1862				ツルゲーネフ『父と子』
1863	10月27日、妹マーガレット・エミリ誕生。 1870年にかけてミス・ミルナーの子供学校、ジョゼフ・ハリソン師の共同教会学校に通う（ともにパーク・レーンのユニテリアン派の校舎にあった）。	奴隷解放令（米）	ロンドンで地下鉄開通 メアリ・アン・ウォークリー過労死事件	T・ハクスリー『自然における人間の地位』 ライエル『太古以来の人間』 ギャスケル『シルヴィアの恋人たち』 キングズリー『水の子』 サッカレー没

1864		ロンドンで第1次インターナショナル開催		ディケンズ『互いの友』(～65) ギャスケル『妻たちと娘たち』(～66) トルストイ『戦争と平和』(～69)
1865		第2次ラッセル内閣		ギャスケル没 M・アーノルド『批評論集』 キャロル『不思議の国のアリス』
1866	新規開校の美術学校に出席する。	第3次ダービー内閣	コレラ流行	モリス『詩とバラード』 ドストエフスキー『罪と罰』
1867	4月4日、妹エレン・ソフィア誕生。	第2次選挙法 カナダ連邦 パリ万国博覧会 工場法	工場に土曜半日制 ロイヤル・アルバート・ホール設立 南アフリカでダイヤモンド鉱発見	マルクス『資本論』(第1巻) ゾラ『テレーズ・ラカン』
1868		パブリック・スクール法 第1次グラッドストン自由党内閣	労働組合会議	R・ブラウニング『指輪と本』 モリス『地上の楽園』(～70)
1869		スエズ運河開通 アイルランド国教会廃止	慈善組織協会	M・アーノルド『教養と無秩序』 ミル『女性の隷従』
1870	12月28日、父トマス・ウォラーが肺充血で死去。	初等教育法 公務員の公開試験制度導入 第1次アイルランド土地法 普仏戦争(～71)	紅海電信開通	ディケンズ没 ディケンズ『エドウィン・ドルードの謎』 ディズレーリ『ロスエア』 D・G・ロセッティ『詩集』
1871	弟たちと一緒に、チェスターのオールダリー・エッジにあるリンドウ・グロウブ・スクールにやられる。	第1次労働組合法 陸軍規正法 銀行休業法 ドイツ帝国成立 パリ・コミューン	大学入学時の国教徒審査廃止 オックスブリッジ学制改革	G・エリオット『ミドルマーチ』(～72) ダーウィン『人間の由来』 マイヴァート『種の発生』
1872	マンチェスターのオーエンズ・カレッジに入学(オールダリー・エッジから通学する)。	秘密投票法 独墺露三帝協商		バトラー『エレホン』 キングズレー『町の地質学』 T・クーパー『自伝』
1873			大不況の到来(～96)	ペイター『ルネッサンス』
1874		第2次ディズレーリ保守党内閣		ハーディ『狂乱の群を離れて』
1875	冬、メアリアン・ヘレン・ハリソン(通称ネル)に会う。	スエズ運河株買収 公衆衛生法 職工住宅法 雇主・労働者法	チェンバレンのバーミンガム改革 ギルバート&サリヴァンのオペラが好評を博す。	ホプキンズ『ドイッチランド号の遭難』
1876	3月、ネルと同棲。 3月31日、オーエンズ・カレッジの更衣室で金を盗み、窃盗罪で逮捕される。	インドの大飢饉(～78) ディズレーリ、ビーコンズフィー	ベル、磁石式電話を発明(米)	スティーヴン『十八世紀イギリス思想史』 スペンサー『社会学原理』(～96)

1876	6月7日、退学処分。 9月、リヴァプール港から米国ボストンへ出立。 12月、マサチューセッツ州のウォルサム・ハイスクールで臨時教員の職に就く。	ルド伯爵に叙せられる。 第2次労働組合法		サンドフォード『若い女性のための人生読本』
1877	3月1日、シカゴへ逃亡。 3～7月、シカゴの新聞社に短篇小説を売り込む。 7～8月、ニューヨーク州トロイへ移動（写真屋の手伝いとしてマサチューセッツ州とメイン州を旅する。 9月、アメリカを離れる。 10～11月、ロンドンで生活を始め、ネルと同棲再開。	ヴィクトリア女王、「インド女帝」宣言（インド帝国成立） 全国自由党連盟 露土戦争（～78） トランスヴァール共和国併合	エディソン、蓄音機を発明（米） 古建築物保護協会	スウィンバーン『恋の逆流』 メレディス『喜劇論』 ゾラ『居酒屋』
1878	1月、最初の小説を手がけるが、未発表に終わる。 『ティンズリーズ・マガジン』1878年1月号に「芸術家の子供」を発表（改訂版、最初に掲載されたのはシカゴの『アライアンス』1877年6月30日号）。 11月8日、成年に達する21歳の誕生日に遺産を受け取ることになると、弟ウィリアムから聞かされる。	ベルリン会議 ベルリン条約	ジンゴイズムの高揚 ブース、救世軍を創始	バトラー『生命と習性』 ハーディ『帰郷』 喜歌劇『軍艦ピナフォー』
1879	1月17日、亡命中の社会主義者エドゥアルト・ベルツと知り合う。 4月、300ポンドの遺産。 10月27日、ネルとロンドンのハムステッド・ロードにあるセント・ジェイムズ教会で結婚。 11月12日、『暁の労働者たち』完成。	アイルランド土地同盟結成 英・仏がエジプトの財政管理 保護関税法（独）	過剰生産恐慌 農業の大不況 ロンバード街で電話交換を開設 エディソン、白熱電灯を発明（米）	H・ジョージ『進歩と貧困』 メレディス『エゴイスト』 ドストエフスキー『カラマーゾフの兄弟』
1880	1月、『暁の労働者たち』が幾つかの出版社に拒否される。 2月26日、レミントン社と『暁の労働者たち』の出版契約にサイン（遺産から出版費を払う）。 4月16日、弟ウィリアムが肺血管の破裂で死去。 7月、実証哲学教会のフレデリック・ハリソンに『暁の労働者たち』を献	雇主責任法 第2次グラッドストン自由党内閣 トランスヴァールで反乱 狩猟法改正 1880年教育法（義務教育化）	オーストラリアから冷凍船輸送開始	ディズレーリ『エンディミオン』 ゾラ『ナナ』 G・エリオット没

1880	本。 9月4日、『ペルメル・ガゼット』での「社会民主主義に関する覚書」の出版が決定。 11月27日、ツルゲーネフから『ヴェースニク・イブロープィ（ヨーロッパ通報）』に年4回の記事を書くように頼まれる。 12月5日、ハリソンの息子たちの家庭教師を始める。			
1881	1月、実証主義者のカレンダーを使い始める。 7月27日、ベルツがテネシー州ラグビーに出立。	第2次アイルランド土地法 トランスヴァール独立	ロンドン自然史博物館完成	カーライル没
1882	1月19日、ネルがバタシーの廃疾病院に送られる。 5月、廃疾病院を出ていたネルがケンジントンに移り、その後またソーホー・スクウェアに戻る。 10月6日までにネルはギッシングのいるチェルシーのオークリー・クレセント17番地に戻っていた。 12月26日、ベントリー社が『グランディー夫人の敵たち』に50ギニーを申し出るが、結局は未刊。 12月27日、ネルは家具の半分を持ってバタシー南岸のブリクストンへ移る。	イギリス軍、エジプト単独占領 継承産設定地法 既婚女性財産法	82年恐慌	トインビー『産業革命』
1883	6月8日、ベルツがアメリカから帰英。	第2次農業借地法 腐敗・不法行為防止法 社会民主連盟	ダイムラー、自動車を発明（独） コッホ、結核菌を発見（独）	シーリー『イギリス帝国膨張史』 ハインドマン『イギリスにおける社会主義』 スティーヴンソン『宝島』 シュライナー『アフリカ農場物語』 ムア『現代の恋人』
1884	3月16日、新しい小説と「無鉄砲者」（未刊）という題の劇に着手。 3月、ベルツがドイツに帰国。 6月、『無階級の人々』をチャップマン・アンド・ホール社から出版。 11月、『イザベル・クラレンドン』を執筆。 11月24日、リージェント・	フェビアン協会 第3次選挙法改正 アフリカ分割をめぐってベルリン会議（～85）	社会民主連盟 児童虐待防止協会 『オックスフォード英語辞典』（～1933） 議会調査委員会によるスラム問題の調査	トインビー『イギリス産業革命講義』

1884	パーク南側のコーンヒル・レジデンス7Kを3年契約で借りる。			
1885	11月5日、『人生の夜明け』をオズモンド・ウェイマークの筆名でスミス・エルダー社に送る。 12月11日、弟アルジェノンがロンドンに来て、ギッシングと数ヶ月を過ごす。	ゴードン将軍死亡 議席再分配法 第1次ソールズベリ保守党内閣	『国民人名辞典』刊行開始（～1901、全66巻） レセップス、パナマ運河を起工（仏、94年失敗） 失業問題の深刻化	メレディス『クロスウェイズ屋敷のダイアナ』 ムア『旅役者の妻』 ラスキン『プラエテリタ』（～89） ペイター『享楽主義者マリウス』
1886	3月、『民衆』をスミス・エルダー社から出版。 3月20日、フランス旅行（初のヨーロッパ旅行）。 6月、『イザベル・クラレンドン』をスミス・エルダー社から出版。 6月30日、ハーディに会う。	第3次グラッドストン自由党内閣 チェンバレンの自由統一党成立 アイルランド自治法案否決 第2次ソールズベリ保守党内閣 ビルマ併合	C・ブースのロンドン調査開始 トランスヴァールで金鉱発見 伝染病法廃止 ロンドンで失業者の暴動	スティーヴンソン『ジギル博士とハイド氏』 スティーヴンソン『少年誘拐』 ハーディ『カスターブリッジの市長』 H・ジェイムズ『ボストンの人々』
1887	1月15日、『サーザ』完成。その後、休息のためイギリス海峡に臨む保養地イーストボーンに行く。 4月、『サーザ』をスミス・エルダー社から出版。 6月23日、ハーディの昔からの友人、エドワード・クロッドに会う。	ヴィクトリア女王即位50年祭 第1回植民地会議（のちのイギリス帝国会議） 第3次アイルランド土地法 独立労働党結成	法定8時間労働日運動	スマイルズ『人生と労働』 ドイル『緋色の研究』
1888	2月29日、イーストボーンにてネルの訃報を聞く。 3月19日、『ネザー・ワールド』に着手。 9月26日、パリ経由のイタリア旅行を開始。 11月、『人生の夜明け』をスミス・エルダー社から出版。	地方自治体法	ロンドンで切り裂きジャック事件 ロンドンでマッチ女工のストライキ	モリス『ジョン・ボールの夢』 キプリング『高原平話』 M・アーノルド没
1889	3月1日、イタリアから帰国。 3月24日、モーリー・ロバーツの紹介で博物学者のハドソンに会う。 4月、『ネザー・ワールド』をスミス・エルダー社から出版。 11月11日、ギリシャに出発。	スコットランド労働党結成 第2次インターナショナル結成（第1次世界大戦中に崩壊） 海軍防衛法	ロンドンでガス労働者のストライキ ロンドンでドック人夫のストライキ パリ万国博でエッフェル塔建設 『フェビアン社会主義論集』刊行	ブース『ロンドンの人々の生活と労働』（～93） ウォレス『ダーウィニズム』 ペイター『鑑賞論集』 イェイツ『アシーンの放浪』 R・ブラウニング没 ジェローム『ボートの三人男』
1890	2月28日、イタリアに少し滞在した後、ギリシャからロンドンに戻る。 3月、『因襲にとらわれない人々』をベントリー社から出版。	セシル・ローズ、ケープ植民地首相就任	ロンドンでチューブ型地下鉄開通 第1回メーデー	モリス『ユートピア便り』 ジェイコブズ『イングランド民話集』

1890	9月23〜24日、二番目の妻となるイーディス・アンダーウッドに会う。			
1891	1月14日、エクセター州プロスペクト・パーク24番地に転居。 2月25日、セント・パンクラス登記所でイーディス・アンダーウッドと結婚。 4月、『三文文士』をスミス・エルダー社から出版。 8月25日、エクセター州セント・レナーズ・テラス1番地に転居。 12月10日、長男ウォルター・レナード誕生。		公立初等教育の授業料廃止 『ストランド』創刊 ロンドンに独立劇場開設（〜97）	ハーディ『ダーバヴィル家のテス』 ワイルド『ドリアン・グレイの肖像』
1892	2月、『デンジル・クウォリア』をロレンス・アンド・ブリン社から出版。 5月、『流謫の地に生まれて』をエディンバラのブラック社から出版。	第4次グラッドストン自由党内閣	92年恐慌 S・ウェッブ『ロンドン綱領』 アイルランド文芸協会	ドイル『シャーロック・ホームズの冒険』 テニスン没 ワイルド『ウィンダミア婦人の扇』 キプリング『兵営俗謡集』
1893	4月、『余計者の女たち』をロレンス・アンド・ブリン社から出版。 6月26日、ブリクストンのバートン・ロード76番地に転居。	ケア・ハーディ、独立労働党結成 炭鉱ストライキ	エディソン、活動写真を発明(米) ディーゼル、ディーゼルエンジンを発明（独）	ワイルド『サロメ』 ハクスリー『進化と論理』 エジャトン『キーノート』 グランド『妙なる双子』 イェイツ『ケルトの薄明』
1894	6月1日、ブリクストンの家を手放し、夏の間はブリストルの西にある海岸保養地クリーヴドン、次はサリー州ドーキングに、それから同州エプソムに移る。 9月15日、エプソムのエヴァズリーに転居。 11月7日、裕福な不動産譲渡取扱人で、のちにギッシングの晩年の親友となるイライザ・オームに会う。 12月、『女王即位50年祭の年に』をロレンス・アンド・ブリン社から出版。	地方自治体法 ローズベリ自由党内閣 8時間労働法	クリッチュ、アラビア印刷術を発明 グリニッジ天文台爆破事件 ブライス委員会（中等教育の改善） 『イエロー・ブック』（審美主義運動の機関紙）創刊	キプリング『ジャングル・ブック』 ムア『エスター・ウォーターズ』 エジャトン『ディスコード』 メレディス『オーモント卿と彼のアミンタ』 ケアド『ダナウスの娘たち』 ムア『エスター・ウォーターズ』 スティーヴンソン、ペイター、ロセッティ没
1895	4月、『イヴの身代金』をロレンス・アンド・ブリン社から出版。 4月21日、サフォーク州オールドバラのエドワード・クロッドの家で聖霊降誕祭の週末を過ごす。 7月13日、オマール・ハイ	第3次ソールズベリ統一党内閣 J・チェンバレン、植民地相就任 工場法	教育の出来高払い補助金廃止 マルコーニ、無線電信を発明(伊) ナショナル・トラスト創設 ロンドン・スクール・オヴ・エコ	ハーディ『日陰者ジュード』 アレン『やってのけた女』 ウェルズ『タイム・マシーン』 コンラッド『オールメイアの愚挙』 ワイルド『まじめが肝心』 マクドナルド『リリス』

1895	ヤーム・クラブでメレディスと出会い、9月に彼を訪問する。 12月、『埋火』をアンウィン社から出版。		ノミクス開校 ワイルド裁判・投獄	
1896	1月、『下宿人』をカッセル社から出版。 1月20日、次男アルフレッド・チャールズ誕生。 4月22日、ウェイクフィールドの妹たちにウォルターを預けることに決める。 11月20日、H・G・ウェルズに会う。	労働調停法 第2次インターナショナル・ロンドン大会	大不況からの脱却 『デイリー・メール』創刊 第1回近代オリンピック大会、アテネで開催 『サヴォイ』創刊	キプリング『七つの海』 ハウスマン『シュロップシャーの若者』 モリス没
1897	2月10日、イーディスを残し、5月末までデヴォン州の海岸町バドリ・ソルタトンで一人暮らしをする。 4月、『渦』をロレンス・アンド・ブリン社から出版。 9月17日、イーディスと別れ、ほぼ7年に及ぶ結婚生活を終える。 9月22日、ディケンズに関する本を書くために、イタリア中部シエナに行く。 11月、『人間がらくた文庫』をロレンス・アンド・ブリン社から出版。 12月15日、カラブリアで5週間を過ごした後、ローマに到着。	労働者災害補償法 ヴィクトリア女王即位60年祭 第2回植民地会議 英独通商条約の破棄	新世紀劇場開設（～99） 婦人参政権協会全国同盟	ウェッブ夫妻『産業民主制論』 ケア『抒情詩とロマンス』 ウェルズ『透明人間』 ストーカー『ドラキュラ』
1898	2月、『チャールズ・ディケンズ論』をグラスゴーのブラッキー社から出版。 3月9日、ウェルズ夫妻がローマ滞在中のギッシングを訪問。 4月12日、ドイツのポツダムに住むベルツを訪ねるためにローマを離れる。 5月6日、ドーキングのクリフトン・テラス7番地に家を借りる。 6月23日、ガブリエル・フルリから最初の手紙。 7月6日、サリー州のウェルズの家でガブリエルに会う。	スーダン再征服 ファショダ事件（～99）		ショー『完璧なワーグナー主義者』 ムア『イーヴリン・イニス』

1898	7月26日、ガブリエルがドーキングでギッシングと1日を過ごす。 8月、『都会のセールスマン』をメシュエン社から出版。 9月7日、イーディスおよび次男アルフレッドと最後の面会。 10月8日、ガブリエルがイギリスに来て、ドーキングで1週間を過ごす。			
1899	5月7日、フランスでガブリエルと極秘に重婚（彼女の母親が唯一の立会人）。 6月2日。パリのシャム通りに居を構える。 10月、『命の冠』をメシュエン社から出版。	ボーア人の対英宣戦（～1902） 第2次ボーア戦争勃発	舞台協会創設 ラウントリがヨークで社会調査	コンラッド『闇の奥』 イェイツ『葦間の風』 ウェブレン『有閑階級の論理』 ロバートソン『愛国主義と帝国』
1900	4月2日、イギリスへ戻り、家族、クロッド、ウェルズを訪問。 5月25日、フランスのニエーヴル県サントノレ・バンに移る。 11月19日、パリに戻る。	労働代表委員会 労働党結成 経済恐慌	ジンゴイズムの高揚 ロンドン大学改組 夏目漱石、イギリス留学（～02）	ラスキン、ワイルド没 コンラッド『ロード・ジム』
1901	5月、『我らが大風呂敷の友』をチャップマン・アンド・ホール社から出版。 5月27日、ガブリエルと一緒にウェルズの家に到着。 6月24日、サフォーク州ネイランドのイースト・アングリアン療養所に入る。 6月、『イオニア海のほとり』をチャップマン・アンド・ホール社から出版。 8月上旬、フルリ母娘が夏を過ごすブルゴーニュ地方オータンに戻る。 12月3日、ジロンド県アルカションのヴィラ・スヴニールに転居。	ヴィクトリア女王没 エドワード7世即位（～10） ルーズヴェルト大統領就任（米） オーストラリア連邦成立	タフ・ヴェイル判決 大西洋横断無線通信に成功	ラウントリ『貧困——都市生活の研究』 キプリング『キム』
1902	4月24日、アルカションからスペイン国境近くの海辺の町サン・ジャン・ド・リューズに移り、1ヶ月滞在する。 10月、ジョン・フォースター『ディケンズの生涯』の改訂縮刷版をチャップ	日英同盟 自由連盟 第2次ボーア戦争終結 バルフォア統一党内閣 プレトリア条約	バルフォア教育法（中等教育の改革）	ホブソン『帝国主義論』 ネズビット『砂の妖精』 バトラー、ゾラ没

1902	マン・アンド・ホール社から出版。			
1903	1月、『ヘンリー・ライクロフトの私記』をコンスタブル社から出版。 7月1日、避暑のため、隣町のサン・ジャン・ピエ・ド・ポールに転居。 12月28日（奇しくも父親の33回忌の日）、午後1時15分に死去。	アイルランド土地購入法 チェンバレン関税改革運動	ライト兄弟、飛行機を発明（米） フォード、自動車会社を設立（米） 労働者教育協会 婦人社会政治同盟 アイルランド国民劇協会	ショー『人と超人』 バトラー『万人への道』 コンラッド『台風』 ハーディ『覇者たち』
1904	9月、『ヴェラニルダ』がコンスタブル社から出版される。	英仏協商 トランスヴァール共和国・オレンジ自由国の植民地化	酒類販売免許法 オックスフォード大学に英文学の教授職設置 ダブリンにアベイ座創設	バリ『ピーター・パン』 コンラッド『ノストローモ』 H・ジェイムズ『黄金の杯』 コブデン・クラブ『飢餓の40年代』 ケア『中世』
1905	6月、『ウィル・ウォーバートン』がコンスタブル社から出版される。	アイルランドでシン・フェイン党結成 キャンベル=バナマン自由党内閣	救貧法委員会 帝国国防委員会 ロンドン初のバス 婦人参政権運動の示威運動	ワイルド『獄中記』 スウィンバーン『レズビア・ブランドン』 ウェルズ『現代のユートピア』

（武 井 暁 子）

ギッシングを通して見る
後期ヴィクトリア朝の社会と文化
生誕百五十年記念

2007年11月22日　発　行

編　　者　松　岡　光　治

発行所　株式会社　渓水社
広島市中区小町１－４（〒730-0041）
電話（082）246－7909
FAX（082）246－7876
E-mail：info@keisui.co.jp

ISBN978-4-87440-983-1 C3098